曾國藩 ①

血祭

最新修订本

唐浩明 著

中国出版集团
现代出版社

图书在版编目（CIP）数据

曾国藩：全3册 / 唐浩明著. —北京：现代出版社，2017.1

ISBN 978-7-5143-5280-1

Ⅰ. ①曾… Ⅱ. ①唐… Ⅲ. ①长篇历史小说—中国—当代
Ⅳ. ①I247.5

中国版本图书馆CIP数据核字（2016）第254426号

曾国藩（全3册）

作　　者：唐浩明
责任编辑：申　晶
出版发行：现代出版社
地　　址：北京市安定门外安华里504号
邮政编码：100011
电　　话：010-64267325　64245264（传真）
网　　址：www.1980xd.com
电子邮箱：xiandai@cnpitc.com.cn
印　　刷：三河市宏盛印务有限公司

开　　本：787mm×1092mm　1/16　　印　　张：56.75
版　　次：2017年1月第1版　　印　　次：2019年7月第3次印刷
书　　号：ISBN 978-7-5143-5280-1
定　　价：98.00元

目　录

第一章　奔丧遇险

一　湘乡曾府沉浸在巨大的悲痛中

湘乡县第一号乡绅家，正在大办丧事。

这人家姓曾，住在县城以南一百三十里外的荷叶塘都。荷叶塘位于湘乡、衡阳、衡山三县交界之地，崇山环抱，交通闭塞，是个偏僻冷落、荒凉贫穷的地方，但矗立在白杨坪的曾氏府第，却异常宏伟壮观：一道两人高的白色粉墙，严严实实地围住了府内百十间楼房；大门口悬挂的金边蓝底“进士第”竖匾，门旁两个高大威武的石狮，都显示着主人的特殊地位。往日里，曾府进进出出的人总是昂首挺胸，白色粉墙里是一片欢乐的世界，仿佛整个湘乡县的幸福和机运都钟萃于这里。现在，它却被一片浓重的悲哀笼罩着，到处是一片素白，似乎一场铺天盖地的大雪过早地降临。

大门口用松枝白花扎起一座牌楼，以往那四个写着扁宋体黑字——“曾府”的大红灯笼，一律换成白绢制的素灯，连那两只石狮颈脖上也套了白布条。门前大禾坪的旗杆上，挂着长长的招魂幡，被晚风吹着，一会慢慢飘起，一会轻轻落下。禾坪正中搭起一座高大的碑亭，碑亭里供奉着一块朱红销金大字牌，上书“戊戌科进士前礼部右堂曾”。碑亭四周，燃起四座金银山，一团团浓烟夹着火光，将黄白锡纸的灰烬送到空中，然后再飘落在禾坪各处。

天色慢慢黑下来，大门口素灯里的蜡烛点燃了，院子里各处也次第亮起灯光。曾府的中心建筑黄金堂灯火通明。黄金堂正中是一间大厅，两边对称排着八间厢房。此时，这间大厅正是一个肃穆的灵堂。正面是一块连天接地的白色幔帐，黑漆棺材摆在幔帐的后边，只露出一个头面。幔帐上部一行正楷：“诰封一品曾母江太夫人千古。”中间一个巨大的“奠”字，“奠”字下是身穿一品命服的老太太遗像。只见她端坐在太师椅上，慈眉善目，面带微笑。幔帐两边悬挂着儿女们的挽联。上首是：“断杼教儿四十年，是乡邦秀才，金殿卿贰。”下首是：“扁舟哭母二千里，正鄱阳浪恶，衡岳云愁。”左右墙壁上挂满了祭幛。领头的是一幅加厚黑色哈拉呢，上面贴着四个大字：“懿德永在。”落款：从四品衔长沙知府梅不疑。接下来是长沙府学教授王静斋送的奶白色杭纺，上面也有四个大字：“风范长存。”再下面是一长条白色贡缎，也用针别着四个大字：“千古母仪。”左下方书写一行小字：“世侄湘乡县正堂朱孙贻跪挽。”紧接县令挽幛后面，挂的是湘乡县四十三个都的团练总领所送的各色绸缎绒呢。遗像正下方是一张条形黑漆木桌，上面摆着香炉、供果。灵堂里，只见香烟袅袅，不闻一丝声响。

过一会，一位年迈的僧人领着二十三个和尚鱼贯进入灵堂。他们先站成两排，向老太太的遗像合十鞠躬，然后各自分开，缓步进入幔帐，在黑漆棺材的周围坐下来。只听见一下沉重的木鱼声响后，二十四个和尚便同时哼了起来。二十四个声音——清脆的、浑浊的、低沉的、激越的、苍老的、细嫩的混合在一起，时高时低，时长时短，保持着大体一致。谁也听不清他们究竟在哼些什么：既像在背诵经文，又像在唱歌。这时，一大捆一大捆檀香木开始在铁炉里燃烧。香烟在黄金堂里弥漫着，又被挤出屋外，扩散到坪里，如同春雾似的笼罩四周的一切。整个灵堂变得灰蒙蒙的，只有一些质地较好的浅色绸缎，在附近的烛光照耀下，鬼火般地闪烁着冷幽幽的光。换香火、剪烛头、焚钱纸、倒茶水的人川流不息，一概浑身缟素，蹑手蹑脚。灵堂里充满着凝重而神秘的气氛。

灵堂东边一间厢房里，有一个六十二三岁、满头白发的老者，面无表情地颓坐在雕花太师椅上，他便是曾府的老太爷，名麟书，号竹亭。曾家祖籍衡州，清初才迁至湘乡荷叶塘，一直传到曾麟书的高祖辈，由于族姓渐多略有资产而被正式承认为湘乡人。麟书的父亲玉屏少时强悍放荡，不喜读书，三十岁后才走入正路，遂发愤让儿辈读书。谁知三个儿子在功名场上都不得意。二子鼎尊刚成年便去世，三子骥云一辈子老童生，长子麟书应童子试十七次，才在四十三岁那年勉强中了个秀才。麟书自知不是读书的料子，便死了功名心，以教蒙童糊口，并悉心教育儿子们。麟书秉性懦弱，但妻子江氏却精明强干。江氏比丈夫大五岁，夫妻俩共育有五子四女。家中事无巨细，皆由江氏一手秉断。江氏把家事料理得有条有理，对丈夫照顾周到，体贴备至。麟书干脆乐得个百事不探，逍遥自在。他曾经自撰一副对联，长年挂在书房里：有子孙，有田园，家风半耕半读，但将箕裘承祖泽；无官守，无言责，世事不闻不问，且将艰巨付儿曹。现在夫人撒手去了，曾麟书似乎失去了靠山。偌大一个家业，今后由谁来掌管呢？这些天来，他无时无刻不在巴望着大儿子回来。曾府有今日，都是有这个在朝廷做侍郎的大爷的缘故。丧事还要靠他来主持，今后的家事也要靠他来决断。

就在曾麟书坐在太师椅上，独自一人默默思念的时候，一个三十出头的男子，身着重孝，轻手轻脚地走了进来。这是麟书的次子，名国潢，字澄侯，在族中排行第四，府里通常称他四爷。

“爹，夜深了，您老去歇着吧！哥今夜肯定到不了家。”

“江贵已经回来五天了，”老太爷睁开半闭着的双眼，眼中布满血丝，“他说在安徽太湖小池驿见到你哥的。江贵在路上只走了十六天，你哥就是比他慢三四天，这一两天也要赶回来了。”

“爹，江贵怎好跟哥比！”说话的是次女国蕙。她双眼红肿，面孔清瘦，头上包着一块又长又大的白布，正在房中一角清理母亲留下来的衣服，“江贵沿途用不着停。哥这样大的官，沿途一千多里，哪个不巴结？这个请吃饭，那个请题字，依我看，再过半个月，哥能到家就是好事了。”

麟书摇摇头说：“你们都不知你哥的为人。这种时候，他哪会有心思赴宴题字，莫不是出了什么意外吧！”麟书无意间说出“意外”二字，不免心头一惊，涌出一股莫名的恐惧来。

“哥会遇到什么意外呢？虽说长毛正在打长沙，但沅江、益阳一路还是安宁的呀！江贵不是平安回来了吗？”国潢没有体会到父亲的心情，反而把“意外”二字认真地思考了一番。

“你们不知道，江贵对我说过，他这一路上，胆都差点吓破了。”接话的是个二十七八岁的青年，他是麟书的第四子，名国荃，字沅甫，在族中排行第九，人称九爷。他也是一身纯白，但却不见有多少戚容。国荃放下手中账本，说：“江贵说，他从益阳回湘乡的途中，遇到过两起裹红包头巾，拿着明晃晃大刀的长毛，吓得他两腿发抖，急忙躲到草堆里，直到长毛走过两三里后才敢出来。”

“团勇呢？团勇如何不把那些长毛抓起来？”国潢是荷叶塘都的团总，他对团勇的力量估计很高。

“四哥，益阳还没有办团练哩！”搭腔的是麟书的第三子国华，族中排第六。这位六爷已出抚给叔父为子，他虽然也披麻戴孝，但却跷起二郎腿在细细地品茶，与其说是个孝子，不如说是个茶客。他略带鄙夷地说：“四哥总是团勇团勇的，真正来了长毛，你那几个团勇能起什么作用？省城里提督、总兵带的那些吃皇粮的正经绿营都打不赢，长毛是好对付的？我看长沙早晚会落到长毛的手里。”

曾府少爷们的这番对话，把挂名为湘乡县团练总领的老太爷吓坏了。他离开太师椅，在房子里踱着方步，默默地祷告：“求老天保佑，保佑我的老大早日平安归来。”老太爷喃喃自语多时，才在长女国兰的搀扶下，心事重重地走进卧室。

二　波涛汹涌的洞庭湖中，杨载福只身救排

就在曾麟书默默祷告的第二天午后，岳阳楼下停泊了一只从城陵矶划过来的客船，船老大对舱里坐着的一主一仆说：“客官，船到了岳州城。今天就停在这里，明天一早开船。现在天色还早，客官要不要上岸去散散心？”

舱中那位主人打扮的点点头，随即走出舱外，踏过跳板上岸，仆人在后面紧跟着。走在前面的主人四十一二岁年纪，中等身材，宽肩厚背，戴一顶黑纱处士巾，前额很宽，上面有几道深刻的皱纹，脸瘦长，粗粗的扫把眉下是两只长挑挑的三角眼，明亮的棒色双眸中射出两道锐利、阴冷的光芒，鼻直略扁，两翼法令又长又深，口阔唇薄，一口长长的胡须，浓密而稍呈黄色，被湖风吹着，在胸前飘拂。他身着一件玄色布长袍，腰系一根麻绳，脚穿粗布白袜，上套一双簇新的多耳麻鞋，以缓慢稳重的步履，沿着石磴拾级而上。此人正是曾麟书焦急盼归的长子，早些天尚官居礼部右侍郎兼署吏部左侍郎的曾国藩。一个多月前，曾国藩奉旨离京赴赣，充任江西乡试正主考官。行抵安徽太湖小池驿，突然接到江贵送来的母死凶信，便立即改道回家，火速由水路经江西到湖北，昨天又由湖北进入湖南。跟在后面的仆人名唤王荆七，近三十岁，人生得机灵精神。

“大人。”王荆七轻轻地喊一声。

“又忘记了！”曾国藩威严地打断他的话，“我现在已不是侍郎，而是回籍守制的平民，懂吗？”

“是！”荆七一阵惶恐，连忙改口，“大爷，前面就是岳阳楼，您老上去吃点东西吧！这些天来，您老没有好好吃过一餐饭。”

曾国藩没有做声，只是轻轻地点一下头。自从见到江贵后，曾国藩就处于极度悲痛之中。昨天船进洞庭湖后，心情才开始平静下来。但当他抬头凝望眼前这座号称“天下楼”的岳阳楼时，不禁又双眉紧皱起来。前次游历，是在道光十九年初冬。那时的岳阳楼，是何等的雄伟壮观，气概不凡！登楼游览，酒厅里高挂的是传诵千古的范仲淹《岳阳楼记》，楼下是烟波浩渺的八百里洞庭。散馆进京的二十九岁翰林曾国藩，反复吟诵着“先天下之忧而忧，后天下之乐而乐”的警句，豪情满怀，壮志凌云：此生定要以范文正公为榜样，干一番烈烈轰轰、名垂青史的大事业！而眼下的岳阳楼油漆剥落，檐角生草，黯淡无光，人客稀少，全没有昔日那种繁华兴旺的景象。曾国藩感到奇怪。他心里想，或许是今日的心情大异于先前了吧！

曾国藩上了二楼，拣一个靠近湖面的干净座位坐下，荆七坐在对面。刚落座，酒保便满面堆笑地过来，一边擦着桌面，一边客气地问：“客官，要点什么？”不等回答，又接着说，“小楼有新宰的嫩黄牛，才出湖的活鲤鱼，池子里养着君山的金龟、螺山的王八，还有极烈极香的‘吕仙醉’。李太白当年喝了此酒，在小楼题诗称赞：‘巴陵无限好，醉杀洞庭秋。’……”酒保正滔滔不绝地说得高兴，荆七不耐烦地摆摆手：“你在嚼些什么舌头！看看这个。”说罢，扬起系在腰上的麻绳。

酒保一看，立即收起笑容：“小的不知，得罪，得罪！”随即又说，“客官不吃荤的，小楼也有好素菜：衡山的豆干，常德的捆鸡，湘西的玉兰片，宝庆的金针，古丈的银耳，衡州的湘莲，九嶷山的蘑菇。”

这些菜名，曾国藩听了很觉舒畅。寓居北京十多年，常常想起家乡的土产。他对酒保说：“拣鲜嫩的炒四盘来，再打一斤水酒。”

“好嘞！”酒保高声答应，兴冲冲地走下楼去。很快便端上四大盘：一盘油焖香葱白豆腐，一盘红椒炒玉兰片，一盘茭瓜丝加捆鸡条，一盘新上市的娃娃菜，外加金针木耳蘑菇汤。红白青翠、飘香喷辣地摆在桌上。曾国藩喝着水酒，就着素菜，吃得很是香甜。喝完酒，酒保又端来两碗晶莹的大米饭，曾国藩吃得味道十足。不仅是这些日子，他仿佛觉得自从离开湖南以来，就再也没有吃过这么好的饭菜了。“还是家乡好哇！”曾国藩放下筷子，感慨地说。刚放下碗，酒保又殷勤地端来两碗热气腾腾的茶，说：“客官看来是远道而来，不瞒二位，这茶是用地道的君山毛尖泡的。”见曾国藩微笑地望着自己，酒保心中得意，“客官有所不知，君山上有五棵三百年的老茶树。当中一棵，是给皇上的贡茶，左右两边两棵是抚台大人和知府老爷送给亲戚朋友的礼品。左边第二棵是茶场老板的私用，右边第二棵则是小楼世代包下的。不是小的吹牛，这碗茶在京城，怕是出一百文也买不到。小楼规矩，每位客官用完饭后，奉送一碗地道的君山茶。”酒保边说边利索地收拾碗筷，擦干净桌面，下楼去了。

曾国藩呷了一口茶，虽比不上京师买的上等毛尖，但也确实使人心脾清爽。他没有想到，破败的岳阳楼上却有这样好的饭菜和能说会道的酒保，心情舒畅多了。他端起茶碗，向窗外的湖面眺望。阳光照在湖水上，泛起点点金光。远处，一片片白帆在游弋。极目处，有一团淡淡的黑影。曾国藩知道，那就是君山。近处，沿湖岸停泊着一个接一个木排。这些木材大半出自湘南山区，扎成排后顺着湘江漂流，越过洞庭湖，进入长江，再远漂武昌、江宁、上海等地。放排的人叫做排客。排客们终年在水面漂浮，把家也安在排上。排上用杉树皮盖成小棚子，家眷就住在里面。曾国藩正颇有兴趣地看着楼下几个排上人家的生活，不料湖面陡然起风，满天乌云翻滚，像要下雨的样子。刚才还是明镜般平静的湖面，顿时波浪翻卷。风越刮越大，波浪也越卷越高，湖面上的木排随着波浪在上下起伏，几个离岸边不远的木排在迅速向湖边靠拢。大雨哗哗而下，雨急风猛，温顺的洞庭湖霎时变成一条狂暴的恶龙。曾国藩坐在楼上，浑身感到凉飕飕的。他有点担心，这座千年古楼，会不会被这场暴风雨击垮？

正在胡思乱想之际，他看到离岸边约百来丈远的湖面上，一个小排被风浪打得左右摇晃，却一步也不能前进。一个汉子死死地扶着排后舵把，另一个汉子急得这边跑到那边。猛地一个大浪打来，木排上低矮的杉树皮屋垮了，一个木箱被水冲到湖里。两边跑的汉子纵身跳到水中去抓木箱。木排上一个十来岁的小女孩吓得蹲在排上，紧紧地抓着一根缆绳。一个四十余岁的妇人急得在排上前后乱窜。又一个大浪打过来，小女孩被卷进了湖中。“不得了！”曾国藩喊了一声，放下茶碗，猛地站起。荆七也赶紧站起，紧张地倚着窗口观望。正在这危急时刻，湖边木排上跳下一个年轻人，冒雨迎浪向湖中游去。只见那青年一个猛子扎入水底，刚好到排边又露出头来。他轻捷地游到手脚乱抓的小女孩身边，把她高高托出水面，游到排边。曾国藩到这时才舒了一口气。那青年上了木排，用手指指点点，排上的汉子拿来一大捆粗绳。青年接过绳子，走到排头，将绳子一头系在排上，另一头系在自己腰上，复跳入湖中，用自己一人之力在前面水中拉排。那木排居然跟着年轻人前进起来，湖边观看的人一齐喝彩。曾国藩被眼前这一幕惊呆了。木排缓缓地向岸边移动，平安地来到岳阳楼脚下。排上那两个汉子上得岸来，扶住年轻人，纳头便拜。

曾国藩对那个年轻人见义勇为的品德和罕见的神力感慨不已，对荆七说：“你去请那位壮士来，我要见见他。”

一会，荆七带上一个人来。曾国藩见来人身穿一套粗布衣裤，头上包着一块黑布，四方脸，粗黑的眉毛，大而有神的眼睛，鼻梁端正，两颊丰满，心中甚是高兴。他站起来，伸手指着对面一方座位说：“壮士请坐！”

“在下与老爷素不相识，岂敢冒昧。”

“壮士刚才救人救排的举动，乃英雄豪杰的作为，令鄙人钦佩不已。壮士不必客气，坐下好叙话。”

曾国藩待年轻人坐下后，又吩咐荆七：“叫酒保速来几盘荤菜，外加一斤‘吕仙醉’。再上一盘素菜，半斤水酒。”

须臾酒保端上酒菜来。曾国藩叫荆七满满地给客人倒一杯酒，然后自己举起酒杯来，说：“鄙人因重孝在身，不能用烈酒荤腥，借这水酒素菜，聊陪壮士喝两杯。”

年轻人并不多谦让，将杯中酒一饮而尽。

“好！壮士真豪侠之士。”曾国藩又叫荆七筛酒，问：“请问壮士尊姓大名，何处人氏？青春几何？”

“在下姓杨名载福，字厚庵，长沙县人，今年三十岁。”

曾国藩频频颔首，不待杨载福发问，便说：“鄙人在武昌一官员家教公子读书，上月老母不幸去世，现回湘乡为母亲办理后事。”

“原来是位饱学先生，载福失敬了。”杨载福说着站起来重施一礼。

曾国藩连忙叫他坐下，又劝他喝了一杯酒。

“杨壮士舍己救人，品德高尚，且气力之大，鄙人从未见过第二人，壮士能赏光应邀，鄙人很是感激。请问壮士，你这般神力是如何练出来的？”

“承老先生夸奖，实不敢当。”杨载福放下杯筷，恭敬地答道，“载福生在放排人家。父亲经营一辈子排业，只因生性仗义疏财，家中并未落下积蓄。载福小时，父亲曾请了一位先生教我读书识字。怎奈载福不上进，所爱的是跑马射箭、使枪弄棒。父亲想到排上常年要请武师保镖，不如干脆让我弃文就武，于是请来南北武林高手，教我武功。我在师父们的指教下，略有长进，十八岁便开始随父闯荡江湖，见过一些世面，也会过不少强盗英雄。前年父亲弃世，便自己单独放起排来。”

曾国藩一边听杨载福讲话，一边细细地端详他。见他双眼乌黑发亮，正应相书上所言“黑如点漆、灼然有光者，富贵之相”。左眉上方一颗大黑痣，又应着相书上所言“主中年后富贵”。对于相书，曾国藩既相信又不全信。他喜欢相人，好将别人的长相去套相书上的话，同时，他又看重此人的精神、气色、谈吐举止，尤其看重其为人行事。将两方面结合起来，去判断人之吉凶祸福。眼前这位杨载福，凭着他多年的阅历和相人的经验，两方面都预示着前程远大，只可惜埋没在芸芸众生之中，得不到出人头地的机会。应当指点他。曾国藩待杨载福说完后，问：“目今兵戈已起，国家要的正是壮士这等人才。不知壮士肯舍得排业，去投军吗？”

杨载福答：“父亲从小就跟载福说过：学成文武艺，货与帝王家。我也常想，倘若这点能耐能被在位者赏识，为国家效力，今后求得一官半职，也能告慰先父在天之灵了。”

“好！有志气！”曾国藩高兴地说，“鄙人与湖南巡抚有一面之交，我为你写封荐书，你可愿去长沙投奔骆大人？”

“愿意！”杨载福站起来，爽快地回答，“尽管长毛正在围攻长沙，别人都说长毛厉害，但载福不相信，我偏要在炮火之中进长沙。”

荆七从酒保处借来纸笔，曾国藩写了几句话，用信封封好，交给杨载福。杨载福郑重地接过信，藏在贴身衣袋里，然后对曾国藩倒身一拜：“老先生在上，受载福一拜。今生若有个出头之日，定然不忘老先生的大恩大德。载福这就到排上去料理一番，三五天之内即赴长沙投奔骆大人。”

说罢昂首下楼而去。曾国藩即命荆七与酒保会账，然后也离开了岳阳楼。

三　摆棋摊子的康福

曾国藩从岳阳楼上下来，想起无意间结识一位本事出众的江湖好汉，又给他指引了出路，心中甚是快乐，一个多月来丧母的悲戚暂时淡忘一些。看看离天黑尚有个把时辰，便信步来到岳州城的闹市区。只见三街六市，人来人往，百行百业倒也齐全。十字路口一家当铺门前围着一堆人，地上摊开一张纸，纸上画着横竖交叉的格子，上面布着几颗黑白棋子。原来是街头对弈！曾国藩年轻时有两个嗜好：一个是吸水烟，一个是下围棋。后来，水烟戒了，对围棋的兴趣却始终不减。只是在公事忙时，尽量克制着少下。自从六月份离京以来，两个多月没有下围棋了，今日一见，如同故友重逢，饶有兴趣地驻足观看。荆七看不懂围棋，见旁边有人在耍蛇，便挤进去看热闹。

棋局上首座的那人，二十三四岁，脸色苍白，满脸胡须犹如一丛茅草，衣裤皱皱巴巴的，像有半年未曾换过。他的脚边用石块压着一张纸，上书："康福残局。胜一局收钱十文，败一局送钱二十文。"原来是个摆棋摊子的。曾国藩正想走开，却想起看了这样久，却一直不见二人动过一子，感到奇怪。再细看一眼，只见康福执黑，执白的人一枚子举在半空多时，不知将它定在何处。曾国藩替那人着想。他越想越惊异，这黑子居然无从攻破！他开始对这位摆棋摊子的康福另眼相看：棋艺不错，看来自己也不是他的对手。正思忖间，人圈外有人在大喊大叫："谁敢在我的地盘上逞威风，赶紧识相点滚开！"说着便分开众人，冲了进来，后面跟着三个恶狠狠的打手。康福抬起头来，望了来人一眼，说："大哥，你不认识了？前天在桥边你还跟我对弈了一局。"说罢站起来。围观的人见势头不对，都纷纷散开。

曾国藩这时才看见康福的布鞋头上缝了两块白布，这是沅江、益阳一带的风俗：为死去的父母服丧。

"谁跟你下过棋？不要胡扯！"闯进来的人一脸凶恶，"你也不看看这是什么地方！你在我的地盘上做了半天买卖，居然可以不经过我的允许，好大的胆子！"

"好，好！既然大哥不允许，我这就走，这就走。"康福弯下腰，收拾棋子，准备走。

"好轻松！说走就走？"凶汉子卷起袖子，拦住康福。

"不走怎的？你说！"康福并不示弱。

"拿出一百两银子来，我放你走！"

"岂有此理！我今天一天在这里还没有赚到半两银子。你不是存心讹人吗？"康福小心地将棋子装进布袋，从容地说。

"没有银子，就拿棋子做抵押。"凶汉一挥手，"弟兄们，给我抢棋子！"

打手们一哄而上。康福左手护着布袋，只用右手对付他们。就这一只手，四条汉子也拢不了边。曾国藩暗暗称奇，心想："又是一条好汉！"一个打手火了，顺手抄起旁边一条板凳，就要向康福头上砸来。正在这时，人圈外猛地响起一声雷鸣："住手，你们这一群混蛋！"

喊声刚落，人便来到圈内，一手夺过板凳。那人圆睁豹眼，指着凶脸汉子骂道："好个不知廉耻的家伙，欺侮外乡人，你还算得个男子汉吗？"

那凶脸汉子立时软下来，赔着笑脸说："师父，这小子在我的铺子前面摆摊子，也不跟我打个招呼，是他先欺侮我呀！"

"人家一个人，你三四个，你先动手，到底是他欺侮你，还是你欺侮他？"来人完全是一副长辈训斥晚辈的口气。

"今天看在师父的分上，饶了你。你滚吧！"那汉子对他的师父拱拱手，带着其他三人，悻悻地钻出人圈。康福向来人行了一礼，说声"多谢"，也便转背走了，走出几步远后又回头望了一眼。

曾国藩将这一切都看在眼里，默不作声，这时才喊了声："小岑兄，久违了！"那人掉过脸来，兴奋异常地答道："哎呀！原来是涤生兄！你怎么会在这里？真正是巧遇。"说着，连忙走过来，紧紧拉住曾国藩的手，一眼看见他腰间的麻绳，惊讶地问："这是怎么回事？"

"家母六月十二日去世了。"曾国藩轻轻地回答。

"伯母仙逝两个多月了，我却一点都不知道，真对不起！"小岑叹息着。

"这里不是说话处，我们找个酒楼去喝两杯吧！"

"好！就到前面酒店去吧！"

小岑是欧阳兆熊的表字。欧阳兆熊，湘潭人，比曾国藩大四岁，家资饶富，为人最是仗义疏财。道光二十年，是曾国藩散馆进京的第一年，家眷尚未到，寓居果子巷万顺客店。一日，他突然大口大口咯血，两颊烧得通红，不久便昏迷不省人事。恰好欧阳兆熊那年进京会试，与他同住一店。兆熊精于医道，为之尽心医治。有十天之久，曾国藩水米不沾牙，兆熊整整在他身边坐了十天十夜。曾国藩那时手头拮据，病中所有费用，全由兆熊承担。病好后，曾国藩问他花了多少钱，他始终不说。从那以后，曾国藩视之如同亲兄长。怎奈兆熊官运不济，四次会试均不售，于是打消了做官的念头。兆熊从小拜武林高手为师，有一手好功夫，家中又有钱，便常年云游四海，广结天下朋友。两人一直书信密切。后来曾国藩官位日隆，兆熊觉得彼此地位相差悬殊，回信渐疏；曾国藩也听说兆熊所交太滥，三教九流，无所不有，他怕受牵连，信也写得少了。慢慢地，两人便失去了联系。今日在岳州城邂逅，二人都感到意外地高兴。

"小岑兄，你这次来岳州，是路过，还是长住？"喝了一口酒后，曾国藩问。

"三个月前，我应一个朋友之约，到大梁去游览。前些日子听说长毛打到湖南，我便急着离开大梁回家。在汉阳盘桓了三天，大前天到的岳州，准备住几天，看看吴南屏，再回湘潭。"

"南屏还在岳州？不是说到浏阳去做教谕去了？"南屏是吴敏树的字，是个颇有名望的古文家，曾国藩的老朋友。他每次上京应试，都住在曾家。

"上个月回来的。他那性格，受不得半点约束，教谕还能当得久？"欧阳说着，猛地将杯中的酒一口喝完。荆七连忙拿起酒壶给他斟满。

"还是那样放任不羁吗？我以为岁月总要打磨些他的棱角哩！"

"打磨？这一世怕改不了啦！酒照旧无限制地喝，牢骚照旧无穷尽地发。"

“南屏本是栋梁之材，可惜时运不济，这一生怕只能做个郑板桥了。”曾国藩不无惋惜地说。

“正是这话，南屏现在已是岳州四怪之一了。”

“哪四怪？说出来也让我长长见闻。”十多年未回乡了，一踏入湖南，曾国藩便想一下子什么都知道。

“这岳州人也会联扯，竟把南屏跟那些个下作人扯起来，道是：怪妓何东姑，怪丐李癞子，怪僧空矮子，怪才吴举人。更怪的是，南屏居然不恼。”欧阳兆熊说完苦笑一声，曾国藩也跟着摇头苦笑。他想起前年吴南屏进京，带来一本诗集，很使自己倾倒。这样的奇才，竟然被人目为妓丐僧一流的人，怎不令人浩叹！若不是重孝在身，明天真应该去看看他。二人相对无语。沉默片刻后，曾国藩换了一个话题：“河南情形如何？那里也还安宁吗？”自从道光二十三年出任过四川主考官外，将近十年未出京城一步。这次经直隶到山东到安徽，见到的都是一片乱世景象，比在京城里听到的要严重得多。京中都说柏贵治理河南政绩显著，曾国藩想从兆熊这里打听些实情。

“河南的事提不得。”兆熊说，“官场中的腐败并不亚于湖南。现在正是秋收季节，但从开封到临颍一带饥民络绎不绝，道旁时见饿殍，令人目不忍睹。”

“河南也是这样？京中还盛传柏贵治豫有方哩！竟跟山东、安徽差不多。”深深的忧虑从曾国藩瘦长的脸上现出，他无心喝酒了。

“怪不得长毛造反。官逼民反，自古皆然。”兆熊的话中分明带着满腔激愤。

“各省吏治，弊病均甚多，皇上早已虑及，实为用人不当所致，朝廷自会严加整饬。长毛造反，罪大恶极，那是天地所不容的。”曾国藩对兆熊的偏激不能赞同。兆熊也意识到刚才失言，便不争辩，喝了几口酒后，说：“长毛围长沙城好些天了，想必湘潭已受蹂躏。我有意结交些江湖朋友，请他们到我家乡去训练团练，保境安民。”

“小岑兄识见高远。”曾国藩知他已预见乱世将到，早作防范，的确比一般人高出一筹。

“我和朋友们都以为，保卫乡里要靠自己，依靠官府是不中用的。危急时候，靠得住的只有荆轲、聂政那样慷慨捐躯的热血壮士。不过，识人不易呀！昨日一个朋友给我引荐一个人，我见他还像个样子，便收他做了个徒弟，这人便是刚才那小子。没想到竟是这样一个欺人霸物的混账东西！”

二人边谈边喝酒，看看太阳快要落山了，曾国藩想到明天一早船就开，晚上要在船上过夜，便对兆熊说：“小岑兄，今日就此告别。我这次回湘乡，至少有三年住，今后见面的机会还多，过两个月我到湘潭来会你。南屏那里，这次也不去了，下次再专程拜访。”兆熊为人最是爽快，也不挽留，说：“不劳你来湘潭，待我回家料理几天后，便到荷叶塘来祭奠伯母大人。”

二人走出酒店，拱拱手分别了。

返回湖边的路上，曾国藩心想：自己过去结交的多属文人，现在干戈已起，大乱将至，要像小岑那样，多交一些武功高的朋友才是。想到这里，他庆幸在岳阳楼上认识杨载福。又想起摆围棋摊子的康福，棋下得好，武功也不错，他一只手，居然使四个大汉不能近身，看来是个沦落风尘的英雄。只可惜不知他下榻何处，不然真要去见见他。边走边想，很快到了湖边。船老大客气地把曾国藩主仆二人接进舱里，又端上两碗香茶。刚才喝了不少酒，正口渴得很，曾国藩端起碗，大口喝了起来。一边望着早已风平浪静的湖水，想到今夜可以看到范仲淹笔下“静影沉璧，渔歌互答”的洞庭夜景，心中甚觉舒畅。他告诉船老大，长沙被长毛围住了，明天改道到沅江。正说着闲话，只听见舱外有人问：“船老大，请问你的船明早开哪里？”

船老大赶紧出舱，说：“明早开往沅江。”

“太好了！我搭你的船到沅江去，船费照付。”

“客官，船费付不付倒不碍事，只是我的船是另一位大爷包的。”

“那就请你代我求求那位大爷。”

荆七走出舱，说：“不搭不搭，你找别的船吧！”

“大哥，帮帮忙吧，我问了许多船，他们都不去沅江。”

曾国藩在舱里听到说话声，似觉耳熟，便走出来。这一见，真把他乐了。原来问话的人，正是摆棋摊子的康福。康福一见也惊了：想不到这位大爷竟是帮他解围那人的朋友！曾国藩的三角眼里射出喜悦的光芒，连忙招呼：“这位兄弟，快进舱来，我们一道到沅江去！”

待康福进了舱，坐下，曾国藩说：“我正想找你，你却来了，真是巧事！下午我见你棋摊上写着‘康福残局’，想必足下就是康福了。”

“大爷说得对，在下正是康福。今天在街上，多蒙大爷的朋友出面解围，不然就麻烦了。”

船老大见他们很熟，又端来一碗香茶。曾国藩问：“兄弟，听你的口音，像是沅江、益阳一带的人，你这是回家去吗？”

“在下是沅江县下河桥人。本想在岳州再待些时候，今天下午遇到那几个无赖搅了我的场子，又不愿意和他们再纠缠，便临时决定立刻回沅江，真是天幸，正好遇见大爷。请问大爷尊姓大名，何处人氏？”

“鄙人名叫曾国藩，字涤生，湘乡人。”

康福一听，惊疑片刻，连忙跪下拜道：“您老就是湘乡曾大人？！小人有眼不识泰山，刚才多多冒犯。”

曾国藩没料到一提起名字，康福便什么都知道，早知如此，还不如不告诉他真名。忙叫荆七将他扶起，和气地问：“兄弟，请问台甫？”

“回大人的话，小人贱字价人。”康福恭恭敬敬地回答。

曾国藩见他这样，赶忙说：“我现在回籍奔母丧，已向朝廷奏明开缺一切职务，不再是侍郎，而是普通百姓，你不要再叫我大人，也不要过分讲究礼节，你就叫我涤生吧！若是不便，就叫我一声大爷也行。”

听到这几句话，康福心里很是感动，眼下这位已被乡民神化的侍郎大人，竟然是如此的平易、谦和。喝了几口茶后，曾国藩说：“我素日也喜欢下围棋，今日见足下棋艺，自愧不如。”

“大爷快不要提这事了。”康福显出一副惭愧的神情，“小人这几天万般无奈，才在街头摆摊卖艺，实在有辱棋道，也有辱康氏家风。”

“也不能这样说。足下这是摆下一个擂台，以会天下棋友，怎能说‘有辱’二字。”自从看出康福的棋艺武功以后，曾国藩对他摆摊卖艺之事也改变了看法。康福苦笑一下说：“尧帝亲手制围棋，当初原是为了陶冶太子丹朱性情，教他去掉骄狂习气而走正道，故史书上有‘尧造围棋，丹朱善弈’的话。几千年来，围棋为熏陶我炎黄子孙雅洁舒闲之性情，发挥了益智、养性、娱乐的功用，历朝历代，凡是善弈的人，莫不是情趣高洁、才智超俗的君子，哪有将围棋与金钱混在一起的。”

曾国藩听了康福这番议论，频频点头称是。康福继续说下去：“但康福不幸，穷困蹇滞，逼得无路可走，只得靠卖残局糊口，说来真羞愧。”

“足下有何难处，能否对我叙说一二？”曾国藩觉察到康福胸中似有难言之隐。

“只要大爷想听，康福愿向大爷倾吐。”初见面时的惶恐已经消除，能与曾大人同坐一船，真是三生有幸，且眼前这位红得发紫的大人物又是这等平和，康福恨不得将心中事全部向他倾吐，“小人命苦，十五岁那年父亲去世，母亲带着我们兄弟二人守着父亲留下的几亩薄田艰难度日。前年，母亲因积劳落下重病，我跟弟弟商量，就是卖田卖屋，也要给母亲治病。背着母亲，我们卖尽了祖遗田产。钱用完了，母亲也闭眼了。无法，兄弟俩又借钱为母亲办了丧事。为还债，我留下弟弟在家，独自一人出门做生意。好容易赚了五十两银子，谁知在岳州被贼人全部盗走，当时我简直气昏了。不要说店钱、回家旅费没有，连吃饭的钱都没有了。身上一无所有，唯一的就是一盒围棋。”

说着，康福从包袱里将围棋取出，双手递给曾国藩。曾国藩喜下围棋，对棋子也很有兴趣，家中收藏着十余副名贵棋子。他打开包布，露出一个紫红色檀香木盒，一股淡淡的清香从木盒里透出。盒面上用银钉钉出一朵朵随风飘游的白云，云中奔腾着一条金光四射、张牙舞爪的蛟龙。曾国藩微微一惊，暗想：这不大像民间用物。他小心打开盒盖，里面分成两格，一边放着黑子，一边放着白子。黑子乌黑发亮，犹如婴儿眼中的眸子；白子洁白晶莹，就像夜空中的明星。曾国藩又是一惊。自思所见围棋子不下千副，宫中的御棋也见过不少，还从没有见到过这样质地精美纯净的棋子。他随手拿出一枚黑子，觉得它比一般棋子都压手。时正初秋，天气还热，但这棋子却凉飕飕的，拿在手里很舒适。他将棋子轻轻叩在桌子上，立时发出铿锵的声响，十分悦耳动听。他又拿出一枚白子，感觉一样，又一连拿出十数枚，枚枚如此，心中甚是惊奇，嘴里连声赞道：“好子！好子！”抬起头来望着康福说：“足下方才说到康氏家风，此棋莫非是祖上所传？”

“正是。”康福眼望着棋子说，“这副棋子，是在下先人传下的，到我们兄弟手里，已经是第八代了。正因为是祖上所传，康福今天才同那几个无赖搏斗。”

曾国藩点点头，说：“我看那几个人，说你占了他的地盘是假，借此勒索你这副棋子是真。”

“大爷说得一点不错。”康福随手拿出一枚黑子在手中摩挲，“他们要的就是我的棋子。两天前，那个为头的家伙在桥头与我对弈了两盘。当时，我就看出那人生的是两只贪婪的眼睛。他识货，知道这棋子非比一般，正经得不到，便纠合人来抢。不是我夸口，我是让他几分，真的要打，那几个人不是我的对手。”康福平淡而缓慢地说着，并无半点惊人之态。

凭着曾国藩多年的阅历，他知道眼前的这位青年不仅不是夸夸其谈之辈，或许还有更多令人刮目相看的隐秘没有说出来。他请康福收起棋子，诚恳地说："鄙人尽管在朝廷做了十多年官，平生又酷爱下围棋，却从来没有见过足下这等棋子。我想它定然出身不凡。若足下不嫌我冒昧，这船上没有外人，舟子亦早已安睡，足下是否可对我讲一讲这副棋子的来历？"

"当然可以。"康福毫不犹豫地点了点头。

于是，在渔火点点、星月满天的洞庭湖面上，在安谧狭窄、微微晃动的船舱里，康福将从来不对外人言的祖传之宝的来历告诉曾国藩。

四　康家围棋子的不凡来历

那还是康熙初年的时候，康福的先祖康慎赴京会试。在一个大雪纷飞的傍晚，来到直隶安肃县地面一座古庙边，准备进庙稍避风雪。康慎刚要推开庙门，却突然发现门边雪堆里躺着一个人，这人差不多已全被雪掩埋了。康慎大吃一惊，急忙弯下腰来，手放在此人的鼻孔边，感觉到尚有一丝气在冒出。他把这人身上的雪扫开，双手将人抱进庙里。这是一座破旧的小庙，除一间安放泥菩萨的厅堂外，旁边尚有一间小房。房子里有一张床和一些简陋的用具，像是有人在住，但又不见人。康慎想，或许此人就住在这里，他进门或是出门时病倒在门口。康慎将那人放在床上，拿被盖好，又往灶里塞一把干草，点着火，烧了一碗开水，给那人灌下两口，然后坐在床边，仔细端详。这是个年约五十岁的男子，但嘴巴四周一根胡须都没有，瘦骨嶙峋的，衣衫既单薄又陈旧，是个穷苦人。过一会，那人醒过来，康慎将自己随身带的"风寒丸"给他服了两粒。那人用手撑着床板坐起来，发出一种女人般的尖细声音："相公，是您把我从雪地里背进屋里来的吧！谢谢您的救命大恩。"说着又要挣扎着起来给康慎磕头。康慎制止他，说："大爷，您是不是就住在这里？"

那人点点头，用手指指灶边的瓦罐子。康慎看那瓦罐里放的是半罐包谷粉。那人说："相公，麻烦您将它煮了，您今晚就在我这儿吃两碗包谷糊糊吧！"

这时天色已完全黑下来，外面风雪更紧，附近又没有一户人家，康慎想今晚只得在此过夜了。当康慎将包谷粉煮出一锅粥来时，那人精神好多了，下床来找着几块咸萝卜，又煎了四个鸡蛋。正要吃饭时，他又猛然想起什么，忙跑出门外，从雪地里摸出一只葫芦来。他将葫芦泡在热水中，然后从里面倒出白酒，便和康慎一口一口地对饮起来。那人知道康慎是湖南进京会试的举人后，格外高兴，说："我叫纽序轩，在前明宫中做了十多年的公公。"哦！原来是位太监，怪不得声调像女人。康慎心里想。纽公公继续说下去："明朝亡后，我便回到原籍安肃。因不男不女的，也不愿意住在亲戚家，于是一人住进这座旧庙，靠原来的一点积蓄和给人帮工度日。今日午后到镇上去买酒，回家途中便觉不舒服，又遇上大风雪，勉强走到家门口，便晕倒了。倘若不是遇到相公，这条命就到今天为止了。"说着，纽公公起身高举酒杯，"康相公，权借这杯酒，感谢您的救命大恩。”

康慎慌忙站起说：“纽公公太客气了。今天遇见您，也是我的缘分。您在前明宫中十多年，见多识广，今夜就给我讲点前明皇宫逸事吧！”

纽公公很兴奋，一边喝酒喝糊糊，一边和康慎从洪武帝扯到崇祯帝，又细说了崇祯帝的周后、田妃、袁妃之间争宠吃醋的故事，并极有兴趣地谈起宫女和太监如何结菜户的事。这些宫中秘闻，使康慎大饱耳福。直到深夜，康慎才在纽公公的炕上睡下。

次日上午，康慎醒来时，只见纽公公正坐在灶边生火，手里拿着一本书，房内已作清扫，比昨天整洁多了。窗外，红日高照，风也住了，雪也停了，阳光照耀着人间的玉树琼枝、银山蜡原，显示出一派娇艳壮美的气象。

纽公公今天精神大好了，见康慎醒来，笑容满面地说：“康相公，昨夜歇得好？”

“歇得好。自离家来就没有睡过这么安稳的觉了。您起得早！”

“我是起早惯了的，没有睡早觉的福分。”

康慎穿好衣服，对纽公公说：“您读书的劲头真大，大冷的天，读的什么书？”

“这种书，你们正经读书人怕是不会看的。”说着将书递给康慎。康慎接过一看，是一本题为“古棋谱”的旧书。书皮用黄绫裱就，虽显得陈旧，并有污损，但仍可看出，黄绫的质量和当初裱糊的工艺都是相当高的。康慎笑着说：“纽公公，不瞒您说，我虽是个读孔孟之书的举人，但平生最喜欢的，倒并不是‘四书’、‘五经’，而是琴棋书画一类的闲事。”

“这么说来，康相公于围棋一艺必有深研。今日虽放晴，但大雪封门，行路不易，不如干脆就在我家住几天，我们围几局如何？我已经十多年找不到下棋的对手了。”纽公公说到这里，眼中流露出一种悲凉的神色来。一瞬间，又笑着说，“平时没有人和我下，我便自己和自己下，一手执黑，一手执白，自得其乐，来个当年东坡居士的‘胜也不喜，败亦无忧’。”

康慎觉得很有趣，他本不急着进京，离春闱还有两个多月，时间有的是，遂欣然同意。又从包袱里拿出五两银子来，说：“纽公公，我看您的日子过得艰难，我也不是个富裕的人，这点钱，权当我这几天的食宿费吧！”

“康相公说哪里的话。我因为家贫，不能用丰盛的酒席款待你，已觉惭愧难堪，哪能收你的钱！”

“纽公公，不要客气了，四海之内皆兄弟，你不收下，我也不能在这里安生住。”

纽公公想想也是，家徒四壁，饭菜全无，留下康相公，拿什么来招待呢？于是收下康慎的银子。吃过早饭，纽公公说：“康相公，你就在这里温习温习功课，我这就拿相公的钱去买点酒肉菜蔬来，回头我们好好围几局。”

纽公公走后，康慎拿起《古棋谱》来翻看。书中所载棋谱并不多，打头一篇是尧帝教丹朱弈棋局图，接下是文王拘羑里自弈棋局图、管仲与桓公对弈棋局图、庄周与惠施对弈棋局图、范蠡与西施对弈棋局图、李斯与韩非对弈棋局图、张良与陈平对弈棋局图、孔明与周瑜对弈棋局图等。这些棋局名称，康慎大部分没有听说过，见过的几个棋局图，又与平日的围法大相径庭。这真是本奇书！康慎如获至宝，聚精会神地看起来。看了半天，慢慢地终于看出些门路来。

午后，纽公公回来。吃完饭后，二人对弈。康慎一向以善弈在朋辈中出名，谁知连下三局，局局败北。纽公公下子出神入化，常常一子落盘，使康慎目瞪口呆，很久想不出一个对子。三局下来，康慎自知棋艺与纽公公相比，有天壤之别。于是他整整衣冠，离开座席，双膝跪在纽公公面前，说："公公，您的棋艺非人世间所有。如果您认为康慎尚可教化的话，就请受此一拜，收下我这个徒弟。康慎宁愿不要功名，今生就住在此庙内，侍奉公公，钻研棋艺。"

纽公公哈哈大笑，一把扶起康慎，快乐地说："相公何须如此郑重。想我纽序轩乃天地间一废人，空有围棋绝艺，却不能养活一身。相公若真要弃功名而专研棋艺，那我倒不敢与你谈棋了。"纽序轩收敛笑容，变得庄重起来，"然相公此语，却使纽某大为感动。几局棋后，我已知相公根底不浅，思路灵活，只要稍加指点，有三五个月，便可胜过纽某。况且相公乃我之救命恩人，我昨夜自思一夜，惭愧无法报谢，故今早拿出棋书来，以察相公是否有兴趣。既然如此，那我就平生所知，全部告诉相公。此去京师不过三百里，只有五天的路程，离试期尚有两个多月，相公在我这儿住一个月，估计尚不会误事。"

从那天起，康慎便虚心拜纽公公为师，以《古棋谱》为课本，苦学各种棋局，果然棋艺日进，半个月后便脱离流俗，进入一种全新境界。康慎心中好不欢喜。

转眼一个月已到。次日早晨，康慎就要告别纽公公，启程进京了。这天夜晚，纽公公捧出一盒围棋放在桌上，对康慎说："这是一盒我珍藏二十多年的围棋子，现在送给相公，作为我们之间这段难忘日子的纪念。"

康慎激动地接过紫檀木盒，先看盒面上那银云金龙，便已觉来头不凡，再看里面那两堆黑白棋子，真可谓棋中神品，喜不自胜，赶忙深施一礼："谢公公厚赐！"

"坐下，坐下。"待康慎坐下后，纽公公缓缓地说，"这盒围棋，乃崇祯帝东宫田娘娘房中的宝贝。"康慎听后，心中猛地一震。"田娘娘是崇祯爷最宠爱的妃子，不仅国色天香，更兼冰雪聪明，琴棋书画，样样精绝，后宫佳丽无一人可及。崇祯爷待她，远胜过正宫周后。偏偏崇祯爷坐江山十七年，无一日安宁。皇爷宵衣旰食，勤于政事，没有多少娱乐的时间。田娘娘深知皇爷肩上担子的沉重，遇到皇爷驾幸东宫时，田娘娘总是百般殷勤，想尽法子让他宽心一会。崇祯爷爱下围棋，田娘娘陪他下。论棋艺，皇爷自然不及田娘娘，但田娘娘每次都不露痕迹地有意让皇爷取胜。宫中苦无好棋子，田娘娘就叫她的父亲田弘遇去设法谋一副好棋子来。田弘遇派他的儿子到了云南永昌府。"说到这里，纽公公停住，向火坑里添了几块干柴，屋子里暖和多了。他继续说，"相公知道，云南永昌府出的棋子，世称云子，工精艺绝，历来誉满海内。也是田娘娘这番心意感动了天地，这一年，永昌府东北三十里外的金鸡山里，挖出两块千年难遇的好石头：一块纯白，无半点瑕疵；一块乌黑，无丝毫杂质。知府为讨好田国丈，亲自选派最好的窑工，不惜工本，烧制一盒围棋子。棋子烧好后，谁见谁叫绝。这盒棋子比其他所有的云子都显得更古朴浑厚，色泽分外的纯净柔和，白的胜过和阗玉，黑的极似徽州墨，更兼质地坚实，落盘声铿锵悦耳，拿在手里，冬温夏凉，有一股说不出的舒适之感。田弘遇重重地赏了永昌知府，又叫专为宫中做器具的工匠做了一个精巧的盒子，遂献给崇祯帝。皇爷很是喜欢，就把这副棋子放在田娘娘宫中。从那以后，皇爷到田娘娘宫中的次数更多了。皇爷对田娘娘的宠爱，令周后、西宫袁娘娘和后宫所有妃子们嫉妒；田弘遇也仗着女儿而显赫京师。我因为一直服侍田娘娘，便也受娘娘的影响，酷爱围棋。田娘娘也常为我们讲棋艺，为讨娘娘喜欢，我也就拼命地学，并偷偷地拜当时京中名弈瘸子郎三为师，因而棋艺也慢慢提高了。有一天，皇爷高兴，和田娘娘下完棋后，还在盒子底板上亲自写了几句话。”纽公公把盒子倒转过来，康慎见上面写着：“君子以之游神，先达以之安思，尽有戏之要道，穷情理之奥秘。右录梁武帝《围棋赋》。崇祯十二年冬。”

“后来，”纽公公接着说，“李闯王带兵打进北京，崇祯帝命周后等人自尽后，自己也吊死煤山。宫中一片混乱，大家各自逃命，我也收拾衣服出宫，路过田娘娘旧宫，见这盒围棋和那本《古棋谱》放在窗台边。那时，大家眼里只有金银财宝，谁都不要这些东西。我便顺手将这盒围棋和《古棋谱》塞进包袱，回到了老家。一晃二十多年过去了。我很高兴这次结交了你这位心肠好又爱下棋的朋友。我身子日渐不济，将不久人世，这盒棋子连同这本《古棋谱》就送给相公，也算是没有辱没它们。”说罢，双手将棋及书送到康慎手边。康慎重新跪下，恭敬地接过。纽公公望着康慎，庄重地说：“昔唐明皇与宰相张说对弈，时邺侯李泌年方七岁，在旁戏玩。张说对着围棋随口念了四句诗：‘方如棋盘，圆如棋子，动如棋生，静如棋死。’邺侯应声对了四句：‘方如行义，圆如用智，动如逞才，静如遂意。’邺侯不愧古今无双之神童，小小年纪便能从下棋联想到治世为人。这棋道和世道、人道本是相通的。梁朝名臣沈约说得好：‘弈之时义大矣哉！体希微之趣，含奇正之情，静则合道，动必适变。’愿相公日后慢慢体味这些弈中精微，做一个有德有才之君子。”

纽公公说到这里，心情显得异常激动，而康慎，则早已是两眼饱含泪水了。

五　喜得一人才

“原来这副棋子竟是前明崇祯帝的爱物。”当康福讲到崇祯帝题字时，曾国藩果然从盒子的底板上看到那两行字。崇祯的字迹，他见过不少，一眼就看出确是真迹。

“是的。这副棋子传到我们兄弟手上，已经在康家度过将近二百年，只可惜那本《古棋谱》在我爷爷手上遗失了。我们兄弟没有继承康氏家风，无德无才，棋艺也平平。今日在下流落岳州城，说来真愧煞先人。”康福羞愧地低下头。

“足下何必如此自责。自古以来，因时势不到，英雄受困的事多得很。秦叔宝也有卖马的时候，那时谁能料到他日后会辅佐唐太宗打天下。且足下不仅棋艺出色，武功也出众，望好自为之，出人头地的一天总会有的。”

通过半天来的观察与交谈，曾国藩知道康福孝母爱弟，正直诚实，颠沛流离却并不走入邪途。现在听了他讲述这副棋子的来历以后，更知他家风纯良，祖德深厚，很喜欢这个年轻人，心想：若得此人长随身边，真可谓得一人才！康福受到曾国藩的鼓励后，心里也在想：倘若今生能跟着这位侍郎大人，必能大有长进，康氏家庭可望复兴。他对曾国藩说：“大爷，今日听到您老的这番话，康福以后再不自暴自弃，定要奋发努力，为康氏先祖争光。”

曾国藩亲昵地拍拍康福的肩膀，说：“足下只要有这分志气和抱负，何愁没有前途！夜深了，你先睡吧，明天我们一起对弈几局，借以消除舟中枯乏。”

翌日，曾国藩与康福在舟中一连下了五局棋，都输了；又下了三盘残局，也输了。每局完毕，康福都详尽地给曾国藩分析失误的原因。曾国藩自觉这一天来棋艺进展很大，与康福真有相见恨晚之感。第三天下午，船到沅江县。康福请曾国藩主仆二人到他家做客，曾国藩欣然同意，安排好船老大在码头边等着，便和荆七一道上岸。

下河桥离沅江码头只有十里路，半个时辰便到了。来到家门，康福惊呆了。原来自家的三间土墙茅屋已全部倒塌，隔壁邻居家的屋也都倾圮，一家家在废墟边支起一个个棚子。康福问他们，才知十天前湖水暴涨，将这一带的房屋冲垮不少，弟弟康禄和另外两个年轻人寻求生路去了。康禄走之前，请邻居转告哥哥，说不必为他担心，两三年后混出个人样来再回家。曾国藩见此情景，对康福说：“看来足下一时难以在家安身，如果不嫌弃的话，请到我家住段时间，我也好朝夕向足下请教棋艺。”

曾国藩此话，正中康福下怀，便也不推辞，爽快地答应了。当即三人又返回船上。次日凌晨，船进入资江，当晚到了益阳。荆七付过船费，打发了船老大。

为便于沿途与康福谈话，也因为连续十多天的船坐得手脚发麻，曾国藩不坐轿，三人从益阳开始步行回湘乡。这天中午，来到宁乡境内嵇茄山脚下。

走了两三天的路，曾国藩感到劳累。荆七看到前面一棵老松树下，有一块平坦的石板，便对曾国藩说：“大爷，我们在这里歇息下吧！”曾国藩点点头。康福说：“大爷，我有个表姐住在这里不远，我们到她家去坐坐，就在她那里吃午饭！”

曾国藩说：“我已经累了，再说这样凭空去打扰别人也不好，前面有家小饭铺，我们到那里去吃饭。你一人到表姐家去如何？”

“这样也好，我到表姐家坐会儿就来。”

康福抄小路走了。曾国藩主仆二人顺着大路向小饭铺走去。

这是家乡村马路边常见的饭铺，两张小桌子，一个店主，一个小伙计。见有人来，店主连忙招呼，小伙计立刻端上两碗茶来。荆七知道曾国藩向来节俭，也不大喝酒，便随便点了三四个素菜，要了半斤水酒。

刚吃完饭，店主就笑嘻嘻地走上来，对曾国藩说：“老先生，我看您老这个模样，便知是个知书断文的秀才塾师。小店开张半个多月了，店门口连个对联也没有，今日就请老先生给小店写一副，酒饭钱就不要付了，算是对您老的一点酬谢。”

曾国藩最爱写对联，也自认长于此道，友朋亲戚之间，几乎是有求必应，并以此为乐事。今日店主人这样诚恳，他当然不会敷衍推辞，便笑着说：“好哇！你想要副什么样的对联呢？是想发财，还是想求平安？”

店主人见曾国藩满口答应，很是快活，说：“老先生，小店别的都不想，只想叫别人见了，不好意思向我赊账就行了。”

曾国藩大笑起来，说：“就是有副不准赊账的对联贴在这里，他要赊也会赊。”

店主人憨厚地说：“总要好点。老先生，您老不知，小店开张半个多月来，天天都有人赊账，都是些熟人，还有三亲六戚的。他来赊账，又不白吃，怎好不给他赊呢？

但小店本小利微，天天如此，怎垫得起？不瞒您老说，半个多月来，小店不但分文未赚，还倒欠了肉铺几千钱。”

望着这个可怜巴巴的店主人，曾国藩很同情他的难处，说：

“好！我给你写副口气硬点的对联贴起。”

小伙计赶紧拿出笔和纸，又磨起墨来。店主人和荆七都站在旁边看。曾国藩略微思考一下，援笔写道：“富似石崇，不带银钱休请客；辩如季子，说通王侯不容赊。”写好后，又看了一遍。正在自我欣赏时，忽然耳边响起一个外乡人的口音：“韦卒长，你找了几天找不到读书人，这不就在眼前吗？”

立时就有好几个人围上前来，七嘴八舌地说：

“这个先生的字不丑！”

“是的，不难看！”

“就找他吧！”

曾国藩扭过头去，看是些什么人在说话。这一看不打紧，直把他吓得三魂飞掉两魂，七魄只留一魄！

六　把这个清妖头押到长沙去砍了

原来，围在曾国藩身旁的是一群年轻汉子，一个个头上缠着红包巾，拦腰系一条大红带子，带子上斜插着一把明晃晃的大砍刀，衣裤杂乱无章，一律赤脚草鞋，脸上满是烟土灰尘。虽然脸上都带着笑容，但在曾国藩看来，那笑容里却充满了杀气。他心里暗暗叫苦不迭：这不就是一路来常听人说起的长毛吗？真正冤家路窄，怎么会在这里碰到他们！

一个头上包着黄布头巾的人过来，在曾国藩的肩上重重一拍，操着一口广西官话说：“伙计，帮我们抄几份告示吧！”

曾国藩愣住了，不知怎样回答才好，心想：这怕就是他们的头目韦卒长了。包黄布的人继续说：“不要怕！你是读书人，我们最喜欢。你若是肯归顺我们，包你有吃有穿，仗也不要你打，日后我们天王坐了江山，给你一个大官当如何？”那人边说边瞪着两只大眼望着曾国藩。果然是一群长毛！曾国藩迅速安定下来，脑子里在盘算对策。包黄布的人见他不做声，又说：“如果你不愿意，帮我们抄完告示就放你回去。”

曾国藩料想一时不得脱身，便对荆七说：“你在这里等康福，天晚还没回来，你就去找我。”

荆七一听为难了：如果真的没回来，我到哪里去找呢？还不如现在就跟着去：“大爷，我和你一道去吧！缓急之间也有个照应，康福来后，就烦老板告诉他一声。”

包黄布的大声说：“好，一起走，一起走！”

说着，便指挥手下的士兵连拥带押地将曾国藩主仆二人带走了。

曾国藩心里这时正是十五个吊桶打水——七上八下的不得安宁。到何处去？抄什么样的告示？倘若被别人知道，岂不是在为反贼做事？此中原委，谁能替你分辩？脑

子里一边想，脚不由自主地向前走着。看看方向，却又是在向长沙那边走去，离湘乡是越来越远了。快到天黑时，这队士兵将他们带到一个村庄。

村庄里的人早走光了。士兵们将他们安置在一间较好点的瓦屋里。过会儿，一个十五六岁的童子兵端一大碗热气腾腾的狗肉进来，摆在桌子上，又放上两双筷子。小家伙脸上油汗混在一起，兴高采烈地说："你们真有口福，刚才打了几只肥狗。韦卒长说，优待教书先生，要我送来两碗，趁热吃吧！只可惜没有酒。"曾国藩闻着狗肉那股骚味就作呕，何况炎暑天吃狗肉，是湖南人的大忌。他紧皱双眉，直摇头。荆七对童子兵说："小兄弟，我们不吃狗肉，你拿去吃吧！请给我们盛两碗饭，随便夹点菜就行。"

童子兵一听这话，高兴得跳起来："这么好的东西都不吃，那我不讲客气了。"

小家伙出去后不久，便端来两碗饭，又从口袋里掏出十几只青辣椒，说："老先生，饭我弄来两碗，菜却实在找不到。听说湖南人爱吃辣椒，我特地从菜园子里摘了这些，给你们下饭。"

曾国藩看着这些连蒂都未去掉的青辣椒，哭笑不得。既无盐，又无酱油，如何吃法！湖南人爱吃辣椒，也没有这样生吃的本领啊！无奈，只得扒了几口白饭，便把碗扔到一边。包黄头布的人进来，手里抓着一张写满字的纸，大大咧咧地坐到曾国藩的对面，说："老先生，吃饱了吧！今天夜里就请你照样抄三份。"说罢，将手中的纸展开。曾国藩就着灯火看时，大吃一惊，心扑通扑通地急跳。抄这种告示，今后万一被人告发，岂不要杀头灭族吗？他直瞪瞪地看，头上冷汗不停地冒出。黄包布并不理会这些，高喊："细脚仔，拿纸和笔墨来！再加两支大蜡烛。"

刚才送狗肉的童子兵进来，一只手拿着几张大白纸、两支洋蜡烛，另一只手拿着一支毛笔、一个砚台，砚台上还有一块圆墨。黄包布说："老先生，今夜辛苦你了。抄好后，明早让你走路。"

待兵士们走后，曾国藩将告示又看了一遍，只见那上面写着：

> 太平天国左辅正军师领中军主将东王杨、太平天国右弼又正军师领前军主将西王萧奉天讨胡檄
>
> 嗟尔有众，明听予言：予惟天下者，上帝之天下，非胡虏之天下也；衣食者，上帝之衣食，非胡虏之衣食也；子女民人者，上帝之子女民人，非胡虏之子女民人也。概自满洲肆毒，混乱中国，而中国以六合之大，九州之众，一任其胡行而恬不为怪，中国尚得为有人乎？妖胡虐焰燔苍穹，淫毒秽宸极，腥风播于四海，妖氛惨于五胡，而中国之人，反低首下心，甘为臣仆。甚矣，中国之无人也！

曾国藩读到这里，气愤已极，拍桌骂道："胡说八道！"再看下面，檄文还长得很，足有千余字之多，他不想看下去，只用眼扫了一下结尾部分，见是这样几句：

> 予兴义兵，上为上帝报瞒天之仇，下为中国解下首之苦，务期肃清胡氛，

同享太平之乐。顺天有厚赏，逆天有显戮，布告天下，咸使闻知。

“这些天诛地灭的贼长毛！”曾国藩愤怒地将告示推向一边，又骂了一句。

“大爷，若是我能写字就好了，我就给他们抄几份去交差。您老是决不能抄的。”荆七跟着曾国藩久了，也略能识得些字，但却不能写。

“你也不能抄！你抄就不杀头了吗？”曾国藩眼中的两道凶光使荆七害怕。

“大爷，若是不抄，明天如何脱身呢？”荆七战战兢兢地说，“长毛是什么事都做得出的，听说他们发起怒来，会剥皮抽筋的。”

曾国藩全身颤抖了一下。他微闭双眼，颓丧地坐在凳上。“看来只有装病一条路。”盘算许久，他才在心里拿定了主意。

这时，屋外突然一片明亮。曾国藩看到几十个长毛打着灯笼火把朝这边走来，叽叽喳喳的，不知说些什么。快到屋门口，火把灯笼里走出一个人来。他一脚迈进大门，便高声问：“谁是韦永富带来的教书先生？”

韦永富——缠黄包布的人忙向前走一步，指着曾国藩说：“这个人就是。”又转过脸对曾国藩说：“老先生，我们罗大纲将军来看你了。”

曾国藩坐着不动，以鄙夷的眼光看着罗大纲，见他年约四十岁，粗黑面皮，身躯健壮，头缠一块黄绸包布，身穿一件满绣大红牡丹湖绸绿长袍，腰系一条鲜红宽绸带，脚上和士兵一样地穿一双夹麻草鞋。罗大纲并不计较曾国藩的态度，在他侧面坐下来，以洪亮的嗓门说：“老先生，路上辛苦了吧！兄弟们少礼，你受委屈了。”

曾国藩心想，这个长毛长得还算英武，说话也还文雅。他不知如何回答，干脆不做声。罗大纲定睛望了曾国藩一眼，说：

“老先生，我看你的样子，是个饱学秀才，我们太平军中正缺你这样的人，你留下来吧！我向天王荐举，你就做我们的刘伯温、姚广孝吧！”

曾国藩心里冷笑不止，这个长毛“罗将军”，怕是从戏台上捡来这两个人名吧。他想试探一下罗大纲肚子里究竟有几多货色，便开口道：“刘基辅助朱洪武打江山，道衍却是朱棣篡侄儿位的帮凶，这二人怎能并称？”

罗大纲哈哈笑起来，说：“老先生，你也太认真了。刘伯温、姚广孝都是有学问、有计谋的好军师，如何不能并称？至于是侄儿做皇帝，还是叔叔做皇帝，那是他们朱家自己的事，别人何必去管！方孝孺不值得效法。我看成祖也是个雄才大略的英明之主，建都北京便是极有远见的决策。老先生若是对此有兴趣，以后我们还可以在一起商榷，只是今夜没有时间了。”

曾国藩心想，看来长毛中也有人才，并非个个都是草寇。见曾国藩不再说话，罗大纲站起来，准备走了。临走时，又对曾国藩说：“委屈老先生今夜抄几份告示，明天我们要用。”

王荆七赶快说：“我们大爷病了，今夜不能抄。”

罗大纲伸出手来，摸了下曾国藩的额头，果然热得烫手，便吩咐韦永富：“老先生既然病了，就让他歇着，叫个医生来看看，明天我带他去见天王。老先生有学问，天王一定会重用。”

说着便带着兵士们出了门。曾国藩心里叫苦不已。

过一会，韦永富急匆匆地走进来，板着面孔对王荆七说："把你背的那个包袱给我！"

曾国藩和王荆七立时一惊。那包袱里放的银子倒不多，重要的是有一份朝廷文书，那上面载明曾国藩的身份官职，以便沿途州县按仪礼接待。通常曾国藩都不拿出来，他不愿意过多惊动地方长官。这下糟了，让长毛知道自己的身份，就再也莫想脱身了。王荆七不肯交，但事情来得仓促，现在连藏都无法藏了。韦永富不等王荆七自己交，一把从他身上扯下来，风风火火地走了。主仆二人傻了眼：难道有人认得吗？

原来，跟着罗大纲进来的一群太平军中，有一个湘乡籍士兵粟庆保。十多年前，粟庆保在湘乡城里见过曾国藩一面。曾国藩当时是新科翰林，从北京回到湘乡，县令和城里一批有头面的绅士天天轮流宴请。小小的湘乡县城，谁不知出了个曾国藩！粟庆保那时正在一个绅士家做短工，那一天，他亲眼看见曾国藩坐在主人家的筵席上。尽管十多年过去了，曾国藩脸上有了皱纹，嘴上留着长长的胡须，身体发福了，但粟庆保仍然能认出。粟庆保将这个发现告诉罗大纲。为了核实清楚，避免误会，罗大纲叫韦永富将王荆七随身带的包袱拿来。

"清妖头曾国藩站起来！"一声炸雷震得曾国藩发蒙，他看见韦永富带着四个手执大刀的士兵已站在他的身边。他不由自主地站了起来。一个士兵过来，将他的双手紧紧捆绑着。曾国藩出生四十多年来，从没有被人这样对待过，这十多年来的官宦生涯，更习惯了人们的恭敬尊重。他觉得受到了奇耻大辱。在一瞬间里，他想到不如触柱而死，但又太不甘心了。他脸色铁青，三角眼里的目光凶狠狠、阴森森。旁边的荆七也同样被捆了。

韦永富将曾国藩押到另一间屋里。这里灯火通明，罗大纲杀气腾腾地坐在上面，见曾国藩进屋，便虎地站起来，双眼死死地盯着他，突然吼道："你原来是个大清妖头，险些被你骗了！你不在北京做咸丰的狗官，为何跑到这里来了？"

在押解的路上，曾国藩想：千万不能向反贼乞求饶命，大不了一死罢了。这样一下决心，反倒平静下来，他缓缓地回答："本部堂奉旨典试江西，为国选才，只因途中闻老母去世之讯，改道回籍奔丧。"

罗大纲拍着桌子喝道："你的老娘死了，你晓得悲痛。你知不知道，天下多少人的父母妻儿，死在你们这班贪官污吏之手？！"

"本部堂为官十余年，未曾害死过别人的父母妻儿。"曾国藩分辩。

"住嘴！你看看这是什么地方，岂容你在这里放肆，口口声声自称'本部堂'。再称一声'本部堂'，本将军先割下你的舌头。"第一声"本部堂"已使罗大纲气愤，这一声"本部堂"，更使罗大纲怒不可遏了。

曾国藩向四周扫了一眼，只见满屋子人个个横眉怒对，紧握刀把，那架势，恨不得立即一刀宰了他。他一阵心跳，迅速将目光收到自己的双脚上。

"曾妖头，"罗大纲继续他的审问，"不管你本人害未害人，我来问你，全国每年成千上万的人死于病饿灾荒，不由你们这班人负责，老百姓找谁去！"

曾国藩不敢再称"本部堂"，也便不再分辩了。他心里在自我安慰：不回话是对的，一个堂堂二品大员，岂能跟造反逆贼对答！

罗大纲见曾国藩不开口，心想，再审下去亦无用，无非是骂骂他出口气而已。便对韦永富说："先带下去关起来，明天将这个清妖头押到长沙去砍了，也好借此激励前线将士。"

重新回到原来屋子里，曾国藩想起明天将要不明不白地被砍头，心里懊恼不已：万不该到饭铺去吃饭，万不该写对联，倘若不是碰到这伙千刀万剐的长毛，再过三四天就要到家了。

正在胡思乱想之际，荆七忽然发现从窗口上跳下一个黑影。他紧张地推了一把曾国藩。那黑影直朝他们走来，轻轻地说：

"大爷，我是康福。"

"康福！"荆七又惊又喜。康福连忙制止他，抽出刀来，割断绑在曾国藩和荆七手上的绳子。曾国藩紧紧拉着康福的手，生怕他又要走似的，激动地说：

"贤弟，你怎么找到这里来了！"

"是饭铺老板告诉我的。"康福小声说，"我一路追踪而来，访得他们今夜在此宿营，就一间屋一间屋地找寻。大爷，虎穴不可久留，我们赶快走！"

说完，康福纵身跳上窗台。荆七蹲下，曾国藩踩着他的双肩，康福将曾国藩拉上窗台，自己先跳出屋外，然后双手将曾国藩接住，荆七也跟在后面，从窗口跳下来。在前屋一片喧闹声中，康福领着曾国藩、荆七悄悄地离开了村庄。

三人高一脚低一脚地向西奔去，约走了十来里路，荆七忽然惊叫一声："不好，包袱还在长毛手里！"

"包袱里有什么贵重东西没有？"康福问。

"别的都不要紧，只是有一份朝廷文书，不能落在长毛手里。"曾国藩说。

"我去拿来！"康福说着就要回头，曾国藩一把拉住他，说："去不得，你看后面！"

康福和荆七扭过头去，只见后面点点火把，正跳跃着向他们奔来。荆七急了："长毛追来了，怎么办？"

"我们先找个地方躲躲。"

康福指着前面一个黑堆说："那边有一堆茅草，委屈大爷到那里暂避避，我去打发他们。"

曾国藩二人慌忙钻到茅草堆里躲下，康福大摇大摆地回头走去。

"伙计们，这么黑的天，找什么呀？"

"看到两个慌慌张张赶路的人吗？"

"是不是一个满脸大胡子，一个瘦瘦精精的？"

"正是。他们往哪里去了？"

"往北去了。"

"看清楚了吗？北边追不到，我们回头来要你的脑袋！"

"看清楚了，快点去吧！去迟了，追不到，就怪不得我了。"

火把人群都向北边吵闹着去了。康福走到茅草边，问荆七：“包袱放在哪间屋里？”

“就在长毛议事的前屋。”

“大爷，你们在这里再等等，我去把包袱取来。”

曾国藩拉住康福：“贤弟，不必去了吧！包袱不要了。”

“朝廷文书落在长毛手里总不好，我马上就回来。”

曾国藩的手松了，康福很快消失在黑夜中。将近一个时辰后，康福背着包袱回来了。他递给荆七：“看看是不是这个？”

“是的，是的。”荆七连声说。

曾国藩打开包袱，见朝廷文书还在，一块石头落地了，心里对康福无比感激。康福说：“大爷，我们走吧！”

七　哭倒在母亲的灵柩旁

经过这次虎口逃生之后，曾国藩再也不敢徒步行走了。他雇了一顶小轿抬着，康福、荆七一前一后地紧挨着轿。路过湘乡县城，已是黄昏，为避免应酬再耽搁时间，曾国藩特地选择南门外一家小小的伙铺落脚。次日凌晨悄悄离开，当天傍晚到了歇马镇，正碰上前来迎接的江贵。

“哎呀，我的大爷！您老终于回来了，老太爷和爷们姑们个个都望穿了眼。”歇马离荷叶塘只有七十里，江贵没有走多远就接到了，心里很快活。

“老太爷还好吗？”江贵是曾国藩母亲江氏娘家的远房侄儿。见到江贵，几天来暂时忘记的母丧之悲立刻涌上心头，曾国藩胸中一阵发闷，语音也变得凄苦。

“老太爷身体倒还好，就是天天盼望着您老，巴望您老快到家，生怕有什么意外。”江贵服侍着曾国藩歇下后，说，“大爷，您老今夜在这里安生歇着，这就算到家了，我现在就赶回去告诉老太爷。”

“天这么黑了，你明天一早走吧！”

“家里得早做准备。夜路走惯了，这几十里算得什么。”

曾国藩拿出一两银子给江贵，说：“这些日子辛苦了你，前向跑到安徽送信，今天又到歇马来接我，难为了。”

乡下人平时用的是吊钱，难得见到银子，江贵接过一两白花花的银子，欢天喜地，扒两口饭，便连夜赶回荷叶塘去了。

第二天傍晚，曾国藩到了贺家坳。九弟国荃、满弟国葆早已在这里迎候，见到腰系麻绳的大哥从轿中走出，两个弟弟一齐痛哭起来，曾国藩也落下眼泪。国荃自道光二十二年离京后，兄弟再未见面，国葆则是分别整整十二年了。曾国藩见两个弟弟都已长成大人，又喜又悲。寒暄一番后，便携手步行回白杨坪。

远远地看到家门口素灯高挂，魂幡飘摇，曾国藩悲痛万分，他三步并作两步朝大门口奔去。三道大门早已全部打开，曾府老少数十人一律站在中门两旁。曾国藩一眼看见父亲拄着拐杖站在正中，便不顾一切地跑上前去，双膝跪在父亲面前，语声哽咽地说："不孝儿来迟了……"

话未说完，眼泪早已一串串流下来。姐姐国兰、妹妹国蕙国芝、弟弟国潢国华一齐走过来，将他扶起。曾国藩重新向父亲及叔父叔母请安，吩咐国葆好好照顾康福后，便在弟妹们簇拥下，进了大门。穿过第一进房屋，曾国藩看见黄金堂里烛光辉映下的白色幔帐，顿时眼前天旋地转，一反平时稳重克制的常态，跌跌撞撞地向灵堂奔去，慌得国潢等紧紧追随着。在母亲遗像前，曾国藩双膝跪下，一声"娘啊"喊后，只觉得眼睛发黑，便什么都不知道了。阖府上下慌成一团。堂叔东阳懂得点医道，对麟书说："不碍事。这是连日劳累，加上方才悲痛过度引起的，慢慢就会醒过来的。"

他指挥众人把曾国藩抬到床上，掐着人中，用冷毛巾敷着他的额头，然后撬开牙，灌下一匙姜汤。曾国藩慢慢醒过来了。他满脸是泪，又挣扎着走到灵柩边，要见母亲最后一面。

江氏虽然早已大殓入棺，因为要等大儿子回来，棺盖一直未钉死。众人移开棺盖，曾国藩就着烛光，最后看了一眼母亲。只见母亲十分清瘦，双目紧闭，神态安详，他的心如万箭在穿射。众人把他架开，棺盖很快又盖上，并立即钉死。曾国藩抚着棺盖，想起母亲一生为家庭的操劳，对自己的疼爱；想起母亲重病中，自己居然没有侍奉过一天汤药，也没有聆听到母亲的临终嘱咐；又想起早两天的惊吓，差一点就没命回家了。一时间，他肝肠寸断，心胆俱裂，积压在胸中一个多月来的悲伤和这几天的恐惧，一齐奔涌出来。他再也不能控制了，便索性在灵柩边放声痛哭。大爷这么一哭，惹得曾府上下一齐大哭起来，尤其是国兰姊妹，更是一声娘一声妈地叫喊着。过了好一阵，麟书拉起伏在棺木上的儿子，说：

"宽一，"尽管儿子已官居侍郎，麟书仍习惯用乳名叫他，"你连日劳累，不要太悲伤了。"麟书劝着儿子，自己已是老泪纵横。

自从道光二十一年春天，曾国藩送别护送眷属来京的父亲后，十二个年头过去了，父子再未见面。今夜，曾国藩看着满头白发、一向懦弱的父亲，心中充满着怜悯。

"父亲大人，母亲她老人家这次得的是什么病？"

"心气痛，又加发黑脑晕。"

"她老人家的病情，以往的家信里，您老和弟弟们为何总不见说呢？"曾国藩疑惑地问。

"我是想告诉你的，你娘总不肯，怕影响你为皇上办事……"麟书似乎有满肚子苦水要向儿子倾吐，但他生性言语迟钝，且心中又甚是凄怆，一时气闷语塞，话接不上来了。国兰忙给父亲拿来水烟壶，麟书吸了两口，用手擦着壶嘴，把它递给儿子。曾国藩摆摆手："我已经戒了八年了。"听了父亲这句话，知道母亲在重病之中还这样体贴他，心中愈加难受。他望着从幔帐里伸出头面的黑漆棺材，泪水又流了出来。家里老人的几副寿器，是他专门从京里付回银子，托叔父置办的，当时一共办了四具，还招呼每年为四具寿器加漆一次，并按时寄回漆银。他还特地告诉弟弟，湘潭漆好，但要向内行多打听，因为国漆真假难辨，不要和别人一起去买，以防奸弊；加漆时，不要多用瓷灰、夏布，恐与漆不相胶粘，历久而脱壳。又关照弟弟不要叫黄二漆匠来漆，此人奸诈，办事不可靠。他知道家里几位老人迟早要用，因而格外用心。但现在想着躺在里面永别的母亲，不禁又悲从中来。

一向能言快语的国蕙见爹一个劲地抽烟，知道爹的老毛病又犯了：越是有满肚子话要说，越是不知怎样说才好，最后便是默默地吸烟。她于是接过爹的话头，对哥说：

“三个月前，接到哥的信，得知哥放了江西主考，又蒙皇上恩赏一个月的假期省亲，全家都高兴，娘更欢喜，病都好了几分，也间或可以下床走动了，吩咐家里做准备，迎接哥回来。又是粉刷房子，又是做新衣——全家人每人做一套。孙儿们读书不长进，就骂他们：‘过几天大伯回来，看你们有脸见？’儿子们哪件事没做好，就教训：‘等你大哥回来后，我要告诉他！’好了半个月，又因兴奋过头，躺倒在床上。口里整天念道：‘不要让我就走了，我宽一就要回来了，让我再看看宽一吧！’”曾国藩忍不住又小声抽泣起来，国蕙也伤心得说不下去。家人送来两杯热茶，兄妹接过。喝一口茶后，国蕙继续说：“到了六月初十上午，娘的病突然恶化，痰涌上喉，不能开口，满弟赶紧到镇上请来金太爷。金太爷也没办法，只让灌参汤。灌下一碗参汤后，又拖了两天。十二日点灯时分，看看不济，爹把全家人叫到娘跟前。娘这个望望，那个瞧瞧，一双眼瞪得大大的，死劲用手指柜子。大家都不明白她老人家的意思。我想，娘是不是要看看她平素爱穿的衣服，连忙从柜子里把娘的几件好衣拿出来，送到娘的面前。她用手轻轻推开。四弟妹以为娘要把家里的钥匙亲手交给哪位媳妇，急忙从柜子里捧出一大串钥匙来，娘死命摇头。还是爹懂得娘的心思，他知道全家人都在，唯独缺了哥，娘见不到哥，想再摸摸哥寄回来的家信。爹亲手从柜子里取出哥这些年寄回来的一大捆家信，放到娘的枕边，娘双手摸着摸着，慢慢地咽了气……”

曾国藩听到这里，再也忍不住了，双手捂着脸，又失声痛哭起来。他想起与母亲诀别的那一天——

那是道光十九年十一月初二日，曾国藩散馆进京。天尚未明，在“哇哇”的啼哭声中，次子纪泽降临人世，他心里高兴极了。长子祯第二月因痘夭折，夫人欧阳氏一直心里难受，现在她有了安慰。尤其是母亲，抱孙心切，见添的又是一个孙子，笑得合不上嘴。吃罢早饭，全家人送他上路。母亲不顾劝阻，一定要送他。老人家牵着他的手，沿着山路，顶着北风，一直送出十里之外。他那时已经二十九岁，做父亲了，而母亲却仍把他当做小孩子，像以往每年送他到衡州城里读书一样，一路叮咛不止。母亲噙着眼泪，嘱咐他要爱惜身体，好好在京城做官，今后遇到机会，要回家来看看老父老母。他走出两三里外，回过头来一看，母亲仍站在路边小山头上，北风吹动着老人的花白头发，两眼直直地望着前方……

多少年来，这情景总在曾国藩脑中萦绕，牵动着他的无穷无尽的乡愁。今天，儿子特意回来看母亲了，母亲却已不能睁开双眼，看一看做了大官的儿子。老天爷呀！你怎么这样狠心，竟不能让老母再延长三四个月的寿命，由远归的游子陪伴她老人家在人世间的最后一段日子呢？一刹那间，曾国藩似乎觉得位列卿贰的尊贵、京城九市的繁华，都如尘土烟灰一般，一钱不值，人生天地间，唯有这骨肉之间的至亲至爱，才真正永远值得珍惜。他泪如泉涌，痛不欲生，不顾一切地扑向棺材，喊道：“娘啊！儿子回来晚了！儿子对不起您老人家呀！”

整个灵堂又是一片哭声，曾国藩的弟妹们哭倒在棺材旁边。大家思念老太太生前的盛德，更为国藩的纯孝所感动。极度的悲恸，乌云般地罩住曾府灵堂，一大滴一大滴泪珠雨水似的洒在棺木旁，洒在遗像前……

叔父骥云过来，把国藩扶起，大家也跟着站起来，止住眼泪。厨子进来禀告，夜饭已准备好。大家簇拥着国藩来到另一间屋里。待他坐定后，一家人重新施礼。

麟书招呼大家坐好，吃个团圆饭。曾国藩刚落座，突然想起康福来，连忙打发荆七去请。康福进来，见是曾氏家人团聚，高低不肯坐。曾国藩拉着他，说："贤弟，今天这餐饭一定请你和我全家一起吃。"

待康福坐下后，曾国藩将如何在岳州城结识他，后来又如何被长毛抓去，多亏他搭救之事简单说了一遍，家人无不感慨唏嘘。九弟国荃满斟一杯酒，走到康福面前说："好汉，你是我们曾家的救命恩人，我以全家人的名义，敬你这杯薄酒。"

康福慌忙站起，连声说："不敢当！这要折了小人寿的！"说着，将杯中酒一饮而尽。

吃罢饭，大家劝大爷去休息。曾国藩说："十多年来，我未在母亲跟前尽一天孝，病中，我也没有侍奉过一天汤药。这两个月来，都是你们在操劳。我今夜回来，怎么能不守灵就去睡觉呢！你们置我于何地？就不怕我遭乡亲们耻笑吗？"

大家见他说得有道理，又已到三更天了，于是留下满弟和其他几个仆人在灵堂，其余的便都各自去睡觉。

重新出现在灵堂的时候，曾国藩已经换了孝服，裹着白包布，通体素白。他恭恭敬敬地在母亲遗像前磕了三个头，然后洗净双手，给每个香炉插上香，给每根蜡烛剪去烛芯。然后在灵堂四壁前走了一圈，看看这些挽联祭幛是哪些人送的，又细细地看了看各种挽幛的料子如何，用手摸摸搓搓。看过后，把国葆喊过来，要他指挥仆人们，把自己沿途带回的署江西巡抚陆元烺、江西学政沈兆霖、湖北巡抚常大淳的挽联高高挂在显眼的地方。

曾国藩手捻胡须，认真地欣赏这三副地位最高的人送的挽联。无论文字书法，都可名列前茅。尤其是常大淳的那副，用苍劲的魏碑体写就，墨色光润，笔力饱满。他禁不住念出声来："星使从柴桑归来，闻慈母一笑登天，想岳轴千寻，魂依苍昊；皇诰自阙前颁下，忆家门屡蒙异数，怅烟云万里，望断青山。"

"真不愧衡阳才子，意好，字好，堪称双绝。"曾国藩在心里称赞不已。

他在灵桌边坐下来，望着眼前母亲的遗像，呆呆地想着，仿佛母亲就坐在对面，自己还是三十年前的小书生，在书房里用功累了，跑到厨房，一边帮母亲剥豆子，一边听母亲讲故事。母亲最爱讲的故事，就是生自己那夜的情景。

八　蟒蛇精投胎的传说

那是嘉庆十六年的时候，曾国藩的曾祖父竞希公还健在。这年十月十一日深夜，竞希公忽然看见一条巨蟒在空中盘旋，慢慢地靠近家门，然后降下来，绕屋宅爬行一周，进入大门。竞希公清楚地看到这条蟒蛇身子有吊桶般大，头进到院子里很久了，才见尾巴渐渐收入，浑身黝黑有光，斑纹耀眼，长长的信子从嘴里伸出来，上下颤动，嘶嘶作响，盘在院子里，两只晶亮透红的眼睛直瞪瞪地望着他。竟希公吓得出了一身冷汗，猛地醒过来，却原来是南柯一梦！竟希公感到蹊跷，睡意全无，遂披衣走出屋。但见明月在天，秋风飒飒，四周阒静。他信步走着，突见空坪上分明爬着一条大蛇，居然左右蠕动，似要前行，竟希公又吓了一跳。再定睛看时，并不是蛇，而是白果树边那株老藤的影子。竟希公从藤影又联想到刚才的梦，越发觉得稀奇。正在凝思时，老伴喜滋滋地走过来，说："孙子媳妇生了，是个胖崽！"

竟希公这一喜非比寻常，赶快走进长孙的堂屋。儿媳妇正抱着曾长孙。红烛光下，婴儿白里透红，头脸周正，眼睛微微闭着，似笑非笑的，煞是逗人喜爱。他猛然醒悟了：这孩子莫不就是刚才那条蟒蛇投的胎！他立即把这个不寻常的梦告诉全家，又领着他们去看院子里的藤影。大家都说蟒蛇精进了家门。竟希公喜极了，对身旁儿子玉屏、孙子麟书说："当年郭子仪降生那天，他的祖父也是梦见一条大蟒蛇进门，日后郭子仪果然成了大富大贵的将帅。今夜蟒蛇精进了我们曾家的门，崽伢子又恰好此时生下。我们曾氏门第或许要从此儿身上发达了。你们一定要好生抚养他。"

从那时起，院子里那株老藤也受到了格外的保护……

就在黄金堂门外的大坪中，借着烛光，曾国藩看见那棵分别十二年之久的古藤，依然青翠如故，心中甚是欣慰。他记得母亲还给他讲过一个故事——

七岁那年的正月，母亲带着他到外婆家去拜年。小小的渔划子里坐着母亲、他和妹妹国蕙，远道来接的江贵打着双桨，在清澈见底的涓水上，慢悠悠地划着。天气很好，两岸山坡上树叶枯落、茅草发黄，草木丛中时见一闪而过的羚羊、麂子和野兔，水中一群群游鱼历历可数。他第一次出远门，心里特别高兴，一会目不转睛地看着岸边的山坡，追寻着野物；一会又把手伸到水中，试图捉起一两条小鱼。每当他的小手接触水面时，母亲就显得很紧张，唯恐他掉到河里去。行到一段急流处，船头激起的水花，在阳光照耀下，如同珍珠般发光。他很欢喜，伸手去抓水珠。正在这时，母亲看到一条大蛇向船边游来。"蛇！"母亲惊叫一声，脚一滑，倒在船边。船猛然一歪，他掉进水中。母亲惊呆了，立刻就要往水里跳，江贵赶忙拦住。江贵正要下河，却见国藩两手死命地抓住一根树干，急得哇哇大叫。船划过去，毫不费力地就将他拉了上来。江贵说："表弟福大命大，将来必定大有出息。"

母亲疑惑地说："明明看见一条大水蛇游来，怎么会是一段树干呢？一定是那条水蛇变成树干来救宽一的命，宽一本就是蟒蛇精投的胎。"

到了外婆家，母亲将这段险情一说，大家都说母亲讲得有道理，并恭贺她今后一定会得到皇上的诰封。

九　刺客原来是康福的胞弟

远处几声鸡叫唤起曾府雄鸡的共鸣，天快要亮了，曾国藩披衣走出黄金堂。黎明前的夜空，显得更加黑暗。土坪古藤下，一个黑影在跳跃。那是康福在练拳。康福步法灵活，拳脚有力，曾国藩看着，心中很是羡慕：能像康福这样有些武功在身就好了，平日可以用来强身，缓急之间还可以自卫。正在遐想时，康福猛然喊道："大爷低头！"

曾国藩赶快把头低下，只听见头顶上"嗖"的一声，一样东西飞过，接着便是"嚓"的一声，身后木柱上牢牢钉住一把明晃晃的飞镖。康福说声"有刺客"，便一个箭步奔来，从柱子上拔出飞镖。借着黄金堂里射出的烛光，他看到雪白的飞镖上刻着一个"禄"字，心里猛地一惊："糟糕，难道是弟弟来了？"荆七和灵堂里另外几个家人闻讯赶出，忙将曾国藩扶进屋。康福纵身跃上墙头，只见远处一个黑影在奔跑。他跳下墙，向黑影追去。约摸跑出四五里路远，康福追上那人。这时天已渐渐发亮。康福看清了，刺客果然是自己的胞弟康禄！康福非常惊奇，便在后面喊道："兄弟，你停下来，我是你哥康福！"

康禄在前面边跑边答："哥，我早就看出是你了。这里不能说话，曾家的人会追上来。前面拐弯处有一大片树林，我们到里面去。"

又跑出四五里路远，康禄、康福一先一后进了树林。兄弟二人停下，在林中对坐。康福问："兄弟，这是怎么回事？你为何要谋刺曾大人？"

"我慢慢跟哥细说吧！"康禄借着熹微的晨光，凝视着分别多时的兄长说，"哥离家一个多月后，洞庭湖涨大水，屋也垮了。我不知哥在哪里，便和另外两个邻居结伴离家外出谋生。在外打短工，卖苦力，也难得一饱。有时想起自己空有一身本事，真冤枉了。莫说做一个顶天立地的男子汉，就是求得温饱都做不到，这样活着真受罪。半个月前，我在浏阳城外遇到一支人马，个个背刀拿枪的，威风凛凛，头上包着红黄包布。我想：这几天风传长毛打过来了，这不就是长毛吗？看他们挺胸昂首多神气！我有武功，只要参加进去，定然会比别人立的功劳多，日子过得会比现在舒心。不过我转念一想，爹一向教导我们，为人要堂堂正正，不义之财不能取，损人之事不能为，假若长毛真如官府所说的杀人放火，强抢掳掠，即使日子过得再好，我也不能和他们同流合污。为了试一下他们，我装病躺在路旁。这时又一支队伍过来，立时有几个长毛走出队伍，来到我身边说长道短。有的说这人病了，有的说这人或许是饿的。一会，从队伍中走出一个四十来岁的汉子，看装束，像是他们的头领。那人从腰间取出一个小小的扁瓷瓶子，从瓶子里倒出几粒黑丸子，放到我的口里。又从身旁一个小长毛手上拿过葫芦，将葫芦中的水倒进我口中。说也奇怪，我本没病，但吞下这几粒黑丸子，觉得心里蛮舒服。那人和气地问我：'小兄弟，好些吗？'我点点头。他又说：'小兄弟，如果你能走路，最好和我们一起走段路，我们今晚就宿在前面不远的屋场里，在那里埋锅做饭，你吃点热汤热饭，病就会好的。'我心里想：都说长毛凶恶，这个长毛为何这样和善可亲？我跟他们一起向前走。旁边一个和我一般年纪的小长毛对我说：'这是我们的金一正将军罗大纲。'我说：'罗将军真好！'他说：'我们太平军中的好人多得很。'我同那个小长毛聊天，得知他是全家投奔太平军的，太平军要杀掉贪官污吏，推翻朝廷，让人人有饭吃，有衣穿；太平军中凡男子都是兄弟，凡女子都是姊妹，大家都信上帝，都是上帝的儿女，人人平等。这些话说得我心痒痒的，心想：倘若天下今后是这样的，那岂不是真正的太平了吗？这样的军队好，我决定投靠他们。我从他那里懂得许多新道理。到了宿营地，我见他们不抢不烧，也不威吓当地百姓。吃完饭，我找到罗将军，要跟他们一起干。罗将军爽快地答应了，问我有什么本事。我说棍棒刀枪，样样都会，并当场表演几手，罗将军见了哈哈笑，立即说：‘好小子，你的本事很高，你这几天暂时跟着我，等立了功，我升你做旅帅、师帅。’我们到达长沙，先头部队已经包围好些天了。罗将军要我送封信给浏阳征义堂。五天后我回来了。罗将军说他这几天到益阳、宁乡去了一趟，在路上捉了清妖一个大头头，名叫曾国藩。我忙说：‘曾国藩我知道，是个大官。’罗将军问：‘你认识他？’我说：‘没见过面，只听说过他。他现在哪儿？’罗将军说：‘可惜，他已逃走。他死了娘老子，一定回湘乡老家去了。我现在忙着打仗，没有空；若有空，我要追到湘乡去杀了他，也算是一个大功劳。’我自思这是立功的好机会，便向罗将军讨了这桩差事。昨晚我来到白杨坪，打听到曾国藩也是昨天到的，正在灵堂上守灵。灵堂里灯火通明，人来人往，不便动手。我一直匍匐在高墙上，等待时机。好不容易等到曾国藩出了灵堂，我赶忙放出一镖。谁知镖一出手，便发现了哥哥你！我心里很纳闷，哥怎么在这里？既然是哥哥在此，我便不发第二支镖。倘若不是因为哥哥在，曾国藩今天就没命了。哥，你怎么来到曾府的？”

康福便把这一路来的经过大致说给弟弟听，并劝告弟弟：“兄弟，我看曾国藩不是那种残民害国的贪官污吏，他是一个有学问、会识人的好官，你和我一起投靠曾国藩如何？”

康禄正色道：“哥，你这话差了。曾国藩是贪官是清官，你也不清楚，姑且不谈。这满人所建的清王朝，却是一个地地道道的坏朝廷。这点，哥以前也对我说过。曾国藩替满人效力，压迫我们汉人，你说该杀不该杀？我看哥还是就此和我一道投奔太平军，到罗将军麾下去杀贼立功。以哥的本领，要不了几年，就可以在太平军中当将军、总制。”

兄弟俩争来争去，谁也说服不了谁。康福担心时间一久，会引起曾府的怀疑，便说：“自古以来，兄弟不同道的多得很，既然为兄的不能劝说你，那我们就各走各的路吧！只是有一点，不论在哪边，我们都要谨遵父命，不做伤天害理、辱没康氏清白家风的事。”

“哥说的是。我走了，哥多珍重，后会有期。”

说罢，兄弟分手。康福直到看不见弟弟的背影后，才转身跑回曾府。

旅途劳累悸栗，加之熬了一夜，又添上这一番惊吓，曾国藩病倒了。就在曾国藩病卧床上的时候，省垣长沙已陷于猛烈的炮火之中。

第二章 长沙激战

一 城隍菩萨守南门

咸丰二年二月，从永安突围出来的太平军将士，在天王洪秀全“上到小天堂，凡一概同打江山功勋亲臣，大则封丞相、检点、指挥、将军、侍卫，至小亦军帅职，累代世袭，龙袍角带在天朝”的诏命鼓舞下，北上荔浦、阳朔、桂林、兴安，从全州出广西境，一路惊天动地地杀进湖南。两个多月时间里，相继攻克永州、道州、江华、永明、宁远、蓝山、嘉禾、桂阳州、郴州等府州县，驻守在永州堵防的湖南提督余万清、游击瞿我谦，在太平军未到之前便弃城逃命。道州知州王揆一、永明县令常连亦仓皇出逃。江华县令刘兴桓、训导欧阳高，桂阳州知州李启诏被活捉杀头。巨大变动，震动湖南全省，也震动了朝廷。咸丰帝急命钦差大臣、大学士赛尚阿，钦差大臣原广西提督向荣火速追击。待到太平军攻下郴州后，赛尚阿才赶到永州，而向荣又与赛尚阿意见不合，称病居桂林按兵不动。湖广总督程矞采则奉命进驻衡州。朝廷又调广东高州镇总兵福兴带兵三千协助程矞采。为了要福兴卖命，又赶紧提拔他为广西提督。清廷料定太平军会从衡州北上，准备在衡州与郴州一带采取南北夹攻的战术，将太平军消灭在湖南。

洪秀全、杨秀清洞察清廷阴谋，改道走永兴、安仁、茶陵、攸县一路，七月底的一个夜晚，在攻克醴陵后，西王萧朝贵、翼王石达开率领五千先锋队，神不知鬼不觉地一举全歼驻长沙城外二十里的石马铺一千官军。次日清晨，军威凌厉的太平军将士来到长沙城下。仅在太平军来到城墙边一顿饭工夫前，城里才得到消息。因丢失数州县被革职尚未卸任的巡抚骆秉章，火速下令紧闭七门。长沙城在明代曾有九门，由北向东向南向西依次为：湘春门、新开门、小吴门、浏阳门、黄道门、德润门、驿步门、潮宗门、通货门。清初新开门、通货门堵死，便只剩下七门了。其中湘春门俗称北门，黄道门俗称南门，德润门俗称小西门，驿步门俗称大西门，潮宗门俗称草场门。这时，萧朝贵、石达开来到了南门外。一年多以前尚是紫荆山烧炭佬，今天已坐太平军领袖群第三把交椅的三十二岁汉子萧朝贵，伫马察看南门外地势。见妙高峰拔地而起，林木繁茂，如同一座巨大的营垒扎在南门外，但山上却无一兵一卒。朝贵心里冷笑：“清妖用兵如此，岂有不败之理！”他命亲兵传令，将大营设在妙高峰上，立即构筑炮台，加紧攻城部署。

就在这个时候，位于长沙城北又一村附近的巡抚衙门里，紧急军事会议正在召开。骆秉章虽被革职，但新巡抚张亮基刚卸下署云贵总督的职位，尚奔走在昆明至长沙的路上，他只得照旧管事。骆秉章在官场中浮沉二十来年，知道倘若长沙城保不住，那就不只是革职的事，而是要杀头的。他深恨太平军来得太快，若晚来十天半月，张亮基进了长沙，他就可以避开这个是非之地了，现在只得硬着头皮来应付。参加会议的有布政使潘铎、按察使岳兴阿、长沙知府梅不疑、长沙县令陈必业、善化县令王葆生。还有一位罗绕典，安化人，本是湖北巡抚，现丁忧在籍。因这几个月多事，罗绕典又是有名的干员，骆秉章便请他到长沙来帮忙。另外还有一个重要人物，就是接替余万清任提督的鲍起豹。派人去请，却不知到哪里去了。骆秉章不能等他。先分析长沙城里的兵力：老弱病残全加在一起尚有八千，另有江忠源的五百楚勇，号称劲旅，但可惜人太少。

“虽说有八千多人，怕也不是长毛的对手。”骆秉章忧虑地说。这段时间，骆秉章被长毛吓虚了胆，当了二十来年的官，还是第一次遇到大仗。从清晨到现在，惊魂未定。

“中丞不必忧虑。”说话的是善化县令王葆生，向来以知兵自命，他以为施展才能的机会到了，“现在就打开府库，一面发放刀枪，一面发放银钱。凡男子五十岁以下，十五岁以上的一律编排起来，分成几班，轮流守城。以长沙城居民之多，募三万五万不成问题。卑职愿承办此事。”

骆秉章对王葆生危急时刻能慷慨任事，甚是感激：“王明府主意很好。不过，民众平日未加训练，临危集中，毕竟只是乌合之众。”

“乌合之众也好，可以壮兵丁之胆。”潘铎很赞赏王葆生的建议。

“王明府的办法立即照办，但还有更重要的一手，”这是罗绕典在发言，大家都转而听他的，“火速派人出城到湘潭去，调邓绍良带兵来救援。邓绍良的三千镇筸兵才是真正的精兵。”大家都说好，骆秉章立即叫巡捕派人出城。

“成天说堵长毛，堵它个卵耙！”一个粗野的声音从门外传来。“哐啷”一声，门被推开，一阵风似的闯进一个五大三粗的黑汉子，“长毛到了眼皮底下还不晓得，都是些混蛋！”

这就是刚接任的新提督鲍起豹，是个凶蛮粗俗、不通文墨的武夫。大家都知他的为人，也不计较。骆秉章请他坐下，他一屁股坐在骆秉章的身边，一边“呼哧呼哧”地出大气。

“还有，”翰林出身的罗绕典很瞧不起毫无教养的鲍起豹，按理这时应请这个水陆提督先说，但他还是继续未完的话题，“再派人到衡州禀告程制台，叫福兴将军火速带兵北上护省垣。”

“福兴的兵不能动。”鲍起豹见罗绕典无视他这个提督，心中很是恼怒，他急不可耐地打断罗绕典的话，“福兴的兵应驻在衡州防长毛。长毛兵多，还有不少在衡郴一带。衡州兵一撤，就为长毛开了一道门。”

“鲍提督的话有道理。”骆秉章说。受到骆秉章的称赞，鲍起豹说得更起劲：“各位不要惊慌，长沙不是永州，我鲍某人也不是余万清！长毛想在我这里讨便宜，真他妈的瞎了眼！各位不要怕，现在长沙城里的驻兵都已上了城墙。长沙城墙又高又厚，长毛是绝对攻不破的。我今天一早到了城隍庙求签，求得一个上上吉签。各位就放心好了，长沙由我鲍某人担保。”鲍起豹说得唾沫四溅，众人却不敢相信。

“鲍某人尚有一奇策，早就想好了，现当危急，正可大用。”众人不知他肚里有什么好主意，全都聚精会神地听他讲下去。“不知各位知道不，长毛信的是上帝邪教。每临阵作战，总有天父天兄暗中庇护，故一路攻城略地，连连得手。鲍某人想，长毛的上帝邪教，岂能敌我中华圣教！我早就听说过，长沙城隍菩萨向来灵验，有求必应，法力无边。长毛若攻破长沙，菩萨也要蒙难，他如何会连自身都不顾？我早想好了，长毛若来长沙，我就搬请菩萨大驾。所以我今天一早就到城隍庙去，恳请菩萨保佑。菩萨已赐上上吉签，就是明明白白地答应了。菩萨驾临南门，必可以正驱邪，使上帝失灵，长毛败阵。”

鲍起豹说得神乎其神，罗绕典等听了冷笑不止，但都不反驳他。一则他们知道这个莽提督一贯骄悍跋扈，不能得罪，更何况战火已烧到眉毛，正要靠他出力。再则神道设教，自古来便是愚民的好办法，既然长沙士民都信城隍菩萨，说不定真的把泥菩萨抬上城门，能给守城军民增强信心，岂不大好！于是大家都点头称是。

鲍起豹回到提督衙门，煞有介事地做了布置，又命厨房不送荤菜，当天夜晚也不跟姨太太睡在一起，另铺一张床放在平时供打牌用的房子里。第二天早起，洗了澡，换上一身干净布衣，带着一百名兵士，燃着香火来到贾太傅祠旁的城隍庙，吩咐摆上蜡烛供果，鲍起豹跪在菩萨泥像面前，口中念道：“弟子鲍起豹为使长沙全城百姓免于兵火之灾，特恭请菩萨大驾光临城南，施展法力，消灭长毛。功成后，弟子将重建庙宇，再塑金身，令长沙军民常年供奉，香火不绝。”

祝毕，鞭炮轰鸣，百名兵士一声吆喝，将菩萨抬出庙门，浩浩荡荡地向南门走去。惹得沿途百姓都走出屋来，站在街两旁观看，有的赶紧从家里抬出桌子，点上香烛，跪拜叩头。到了南门口，又小心翼翼地抬上城楼，菩萨面南而坐，两眼睁睁地望着妙高峰。鲍起豹恭恭敬敬地带着将士们又跪下磕头后，便下了城楼，单等太平军攻城时，菩萨施无边法力，救阖城生灵。

二　康禄最先登上城墙

南门外的妙高峰，其实并不高，准确地说，它只是一个土堆罢了，就和城东郊的马王堆一样。但它比马王堆的命好，它紧靠南门，处于长沙城热闹的地方。在闹市区有这么一座地势稍高，又林木葱郁的山丘，更显得难能可贵。历代文人雅士，都喜欢在这里登高赋诗。当年吴三桂占据长沙时，陈圆圆已经老了，八面观音、四面观音成为他的爱妾。吴三桂常常携带两个观音在妙高峰上游憩。峰顶药王庙前的坪中，至今还留下为吴三桂造的石桌石凳。传说吴三桂与八面观音、四面观音，时常在此对弈，石桌上刻的棋盘还清晰地保留着。这几天，药王庙已成为太平军攻城指挥部。现在，萧朝贵、石达开、罗大纲、林凤祥和李开芳等人，就坐在石桌四周，商讨攻城的策略。

萧朝贵说：“长沙是我们起义来攻打的最大一座城池，地位远在桂林之上，打下长沙，意义非同小可。不过，长沙城墙高大而坚固，现在城门紧闭，防守森严，强攻不易。各位有何意见，尽管讲。”

石达开说：“长沙自古为军事要地，今日一看，果然名不虚传。打下长沙，将会震动清妖朝廷，鼓舞全军士气，影响很大。但现在长沙已处于戒备之中，当以正面强攻和侧面挖墙相结合。此次在郴州，幸得刘代伟以千名矿工兄弟前来聚义，这是天授我们攻破长沙以妙法。明日我们率兄弟攻城，主要任务不在攻破，而是吸引城上官兵的注意力，并以此试探城内兵力虚实。刘代伟率领土营兄弟在城墙脚下挖洞，待洞挖好后，再放置地雷火药，炸开城墙，猛冲进去。”

刘代伟站起来大声说：“翼王这条计策最好，开洞打眼，是我们本行，原以为当兵用不上，这次可起大作用了。我今日就从土营中挑选一百五十名强壮的年轻人，分五个地方，轮班开洞，天亮之前埋好炸药，明天保证让大军进城。”

众人都拍手称好。金官正将军李开芳说：“听说清妖提督鲍起豹只一味贪婪凶狠，其实并不会治军，众人也不很服从指挥。城里官多兵少，调度不灵。目前正是攻城的良好时机。”

石达开说：“鲍起豹不足畏，但楚勇头目江忠源极为狡悍，全州蓑衣渡之战，证明他的实战能力不在你我之下。况且骆秉章老成稳重，也不可轻视。”

萧朝贵说：“就按翼王的安排，今日先分兵佯攻，天黑下来后，刘代伟便去挖洞，明早全力以赴。”

正商量间，远处传来一阵劈劈啪啪的鞭炮声，亲兵指着南门方向说：“各位王爷、将军请看，清妖在城楼上耍花招了。”

萧朝贵等人站起来，手搭凉棚朝北边望去。此时正是鲍起豹跪在菩萨面前磕头的时候。大家都莫名其妙，忽听得石达开一阵哈哈大笑，说：“清妖已黔驴技穷，请来泥菩萨守城。”一句话提醒，众人都一齐笑起来。

下午，土官正将军林凤祥、金官正将军李开芳等人率领三千人分别从南门、浏阳门、小吴门、金鸡桥等处攻打，不断向城中投射火箭、火弹，长沙城内凡能打仗的士兵全部上了城墙，老百姓也有许多被驱赶上战场，全城惶恐不安。仗打得很激烈。到天黑时，太平军停止攻城。这时，刘代伟已从南门到小吴门一带布下五个开挖点，正在紧张地挖洞。城墙上的官兵对此一无所察。

卯正，军营中吹起嘹亮的军号，接着鼓声四起，火炮齐发，太平军五千名将士，威风凛凛地对长沙城再次发起进攻。南门到小吴门一带城墙边架起无数云梯，留着长头发，扎着红丝线的勇士们一手拿刀，一手扶梯，像猿猴般敏捷地爬上去。但可惜，所有爬到城墙上的太平军士兵都被守兵砍倒，从墙头摔下来；后面的人接着上去，又很快从云梯顶端处掉下来。石达开坐在马上，看到这个情景，一阵阵心痛。突然，他看到一个瘦小的兄弟爬到云梯顶端，一个清兵挺起丈八长矛向那人戳去。那人手一扬，清兵“哇”的一声扑倒。那人异常灵敏地跳上城墙，抡起手中大刀，边砍边前进，慢慢靠近了城隍菩萨。他从背上取下两个特大的竹筒，将竹筒里的油向菩萨身上泼去，然后又抢过一个飞上城楼的火弹，掷向菩萨。霎时间一片火起，烈焰腾空，城隍菩萨已坐在烈火之中了。旁边的清兵吓得目瞪口呆，正在攻城的太平军高声欢呼，军威猛振，趁此机会，数百名兵士冲上城墙。石达开将这一切看在眼里，暗暗叫了声“英雄”。此时，城墙脚根响起一阵闷雷似的爆炸声，石达开立即策马奔向那里。

五个城墙洞都炸响了，但有三个并没有炸开大的缺口，很快便被清兵堵上，只有靠近小吴门的两个炸开了三四丈宽的口子。太平军在林凤祥指挥下，呐喊着涌向这两个缺口，双方在这里展开白刃格斗。有几百名士兵已冲过缺口进到城里，后边的士兵也喊着向里冲。尸首堆积在缺口边，挡住通道，鲜血把墙砖和泥土染成暗红色。太平军眼看就要大批冲进城里，忽然，后面杀过来一股强大的人马，战斗的重心很快就由阵头转向阵尾。

原来，这是骆秉章从湘潭搬回的救兵。由云南楚雄协副将邓绍良率领的三千镇筸兵，日夜兼程，在战斗最紧张的时刻赶到了长沙。萧朝贵和石达开没有料到南边的救兵会来得这样快。双方激战一场，邓绍良带兵冲进城。萧朝贵传令收兵。

吃过晚饭后，石达开命人查找到了今天冲上南门城楼，火烧城隍菩萨的勇士。亲兵把他带进药王庙时，石达开仔细地看了看他：这人十八九岁，五官端正，面皮白净，中等个子，单薄的身材。看着石达开盯着自己，那人有点不好意思。石达开亲热地问：“小兄弟，今天是你放火烧了那个烂菩萨吗？”

“回禀翼王殿下，是小的烧的。”那人虽面容腼腆，但回话清晰。看得出，他心中并不甚惧怕这位指挥三军的王爷。

“你叫什么名字？哪个地方人？”

“小的叫康禄，湖南沅江人。”

“今年多大年纪了？担任什么职务？”

“小的今年十九岁，在金一正将军罗大纲手下当一名圣兵。”

这样智勇双全的英雄，居然只是普通士兵，太可惜了。石达开把康禄着实夸奖一番，说他今天为攻城立下了大功，鼓励他好好干，日后前程远大。最后对他说：“康禄，从现在起，你就是卒长了。”

康禄没有想到，一瞬间便连升三级，由普通圣兵成为一个统领上百人的军官。他跪下磕头，异常激动地说：“谢翼王殿下恩赏。康禄为天国事业，虽肝脑涂地，矢志不渝！”

三　今日周亚夫

邓绍良进城不久，绥宁镇总兵和春也从广西抽调来长沙。接着，贵州镇远镇总兵秦定三、河南河北镇总兵王家琳、副都统衔头等侍卫开隆阿等都相继调进长沙。张亮基也赶到了长沙，接替骆秉章当起湖南巡抚来。长沙城里又增加四五千兵，阖城官绅稍微舒了一口气。但这些兵都是仓促间从各地调来的，纪律松弛，调度不灵。更令张亮基担忧的是，一时间进来这么多的军队，军饷从哪里开支？这些奉调进城的绿营兵，一来就公开扬言：“老子是拿性命来守城的，你当官的不拿银子出来，老子就不给你守。

长沙城丢了关我屌事！”

为了稳定军心，张亮基与潘铎等商量，决定守城兵士每人由原来的每日三钱银子增加到每日五钱，军官则加倍发放。细算一下，新增的饷银和军火、马匹、甲杖供应等费用，每天要增加五千两银子。这些银子从哪里来呢？张亮基一上任便遇到难题。他终日愁眉苦脸，却无良策，只好将藩库里凡能动用的银子都拿出来，先兑现十天半月再说。

银子发下去后，各地救援长沙的绿营兵劲头有点提高：上城墙的兵多了，巡逻值勤的脚步也加快了。围城的太平军这几天也停止了攻击。萧朝贵派人把城内救兵增加的消息，告诉正率领大队人马前往长沙的天王和东王，要求速派一万兄弟兼程前来增援。在援兵未到之前，太平军战士们抓紧时间构筑工事，搬运粮草。长沙城的战事出现暂时的平静。

战事一旦停下来，城里那些从各地征调来的兵士们便要无事生非了。接连几天，城内抢劫案、强奸案、凶杀案不断发生，大部分都是那批拿了银子不打仗的外省兵干的。张亮基除一再请求将官们严厉钤束部下外，拿不出任何有实效的办法来。他不是不能严惩肇事者，但在这种时候，他能那样办吗？一旦激起兵变，后果岂堪设想！张亮基、罗绕典、潘铎只得天天分头亲自巡逻，希冀以此稍减城里的骚动。

这天，张亮基从巡抚衙门出来，穿过又一村，来到贡院街。贡院街本是长沙城里最热闹的一条大街，往日店铺栉比鳞次，各方商贾云集，但眼下大部分店门紧闭，街上人行走匆匆，生怕走慢了，会冷不防被人刺上一刀似的。扑入眼帘的，常常是那些醉眼蒙眬、斜挎佩刀，操着贵州、河南、陕西、湖北口音的援兵。人们见到这些老总犹如见到瘟神，老远就避开了。张亮基看在眼里，禁不住两眉紧锁。

贡院街的尽头是东正街，东正街的尽头是小吴门。张亮基来到小吴门，忽然眼前一亮，看到的完全是另一番景象。但见这里市井秩序井然，城头上旗帜鲜明。小吴门守兵对进进出出的人盘查仔细。张亮基想起，小吴门一带原来是陕西候补知府江忠源率领的楚勇在守卫。他如同在这里看到史书上所写的细柳营，心中感叹道：江忠源真是个将才！

还是在署理云贵总督任上，张亮基就多次听说过在广西打仗的江忠源的名字，于是留心打听。知道江忠源是湖南新宁人，字岷樵，早年是个喜爱狭邪行的风流荡子，后来改邪归正中了举，为人极讲信义。在京城参加会试时，曾两次护送友人灵柩回原籍，不畏千里长途，雨露风霜，善始善终。那时，曾国藩在京城也爱周济贫困，尤好为人撰写挽联。故京师士人中流传两句打油诗：“代送灵柩江岷樵，包写挽联曾涤生。”因为这，曾国藩与江忠源结为好友，并预言他日后会以功名立天下，最后将以节烈死。曾国藩在咸丰帝登基时，向朝廷推荐五个人才，江忠源便是其中之一。正因为江忠源有这个名气，当金田事起，赛尚阿奉命以钦差大臣督办广西军务时，便请他出来赞襄军务。这时，江忠源正由浙江秀水县令任上丁父忧住在新宁。于是江忠源在新宁募勇五百，号为“楚勇”，隶属于副都统乌兰泰。

咸丰元年十一月，赛尚阿指挥十营清兵围永安。广西提督向荣统北路，乌兰泰统南路。向荣的幕僚建议：“自古围城，当缺一隅，否则困兽之斗不可当。”向荣听从幕僚的话，在北面的包围圈中空出一门。江忠源听说，急忙派人送信给向荣，力谏围师缺隅之非，请向荣合围。向荣不听，结果太平军从永安北门突围而去。待向荣明白过来时，已悔之晚矣。二月，洪秀全攻下全州，乘湘水上涨之机，从水路进入湖南。江忠源率楚勇赶到全州蓑衣渡。此地湘水狭窄，两岸多林木，江忠源伐木做堰，横江拦断，使太平军在蓑衣渡一战损失惨重，船只几乎全部被焚，南王冯云山中炮阵亡。这一仗，是清廷与太平军作战以来所取得的第一个大胜利，使得江忠源之名传遍全国，也使曾国藩得知人之美名。

“我来到长沙已半个月，居然没有早点来拜见江忠源，真是昏愦。”张亮基在心中说。

在张亮基将到小吴门时，江忠源便已得到亲兵的报告，他亲自到东正街尾迎接。

“中丞大人驾到，卑职有失远迎！”江忠源恭恭敬敬地问候。

“江将军客气了。亮基久闻将军威名远播，今日一睹风采，平生之愿足矣。”张亮基微笑着打量江忠源，见他四十来岁年纪，仪表堂堂，从心底里喜欢。

“卑职不过湘中一寒微，谬承大人奖励，不胜赧愧！”

“亮基一早从又一村到东正街，所到之处，混乱不堪。独到将军治下，气象一新，仿佛来到细柳营，会晤了周亚夫。”张亮基说罢，拉着江忠源的手，哈哈大笑。

“大人过奖！请进屋喝茶。”

江忠源把张亮基请进一家南杂店改建的营房。江忠源早就听说过，张亮基是个当今官场中罕见的清官。当年林则徐因烧鸦片事谪襄河务，那时张亮基正以中书从王鼎治河工。某河弁悄悄地送三千两银子给张亮基。张亮基拒绝接受，不过也并未声张出去。但此事林则徐却知道，暗中记在手册上。后来张亮基升为永昌知府，林则徐恰由新疆召回，授云贵总督。路过永昌，张亮基拜谒林则徐。林则徐见到张亮基非常高兴，特地把手册拿出来，告诉张，某年某月某日，拒绝河弁私送之银三千两。张大惊，对林尤为敬佩。后来林向道光帝竭力推荐张。从此张亮基步步高升，不数年而位至督抚。江忠源很敬重这位上司。他请张亮基上坐，并亲手献上一杯茶：“大人不辞劳累，亲到各处巡查，楚勇官兵极受鼓舞。”

张亮基想，正好趁此机会跟江忠源商讨下一步的战事。于是他以极为诚恳的态度说：“亮基初来贵乡，情况不熟，且承平日久，未历兵事。今日局势万分危殆，将军不独湘人之翘楚，也是海内稀见之将才。亮基欲与将军长谈，务望将军以破贼之方，不吝赐教。”

江忠源欠身答道：“保卫桑梓，乃卑职义不容辞之责任。大人于此危难之际来到长沙，三湘士民，莫不感激忭跃。今日垂询，卑职岂有不竭尽所知而献刍荛之理。”

张亮基说：“目今伪西王萧朝贵、伪翼王石达开以五千余人马扎于城南，几次攻城，虽赖城高墙厚、将士用命，暂未得手。然长毛增援部队即将来到，扬言定要攻下长沙，城内人心汹汹，兵士们亦内心恐惧，若不思良策，长沙城破，恐为期不远。”

江忠源对道：“长毛造反，已近两年，朝廷为此靡饷至二千万之多，然从广西到湖南，人无固志，地罕坚城，朝野莫不失望。卑职这一年来厕身戎间，深为绿营将不良、兵不精、法不严、令不一、心不齐、战术低劣，遂使长毛坐大气势猖獗而痛心疾首。

卑职以为，长毛并不足灭，但酿成今日之局面，除诸多原因之外，带兵将帅举止失措，实为其中重要原因。兵志曰：‘不知地利不可行师。’地利者，非仅图史所载山川一定之险地也，视贼出入之踪而先为之防，察贼分合之势而遥为之别，虽渐车之浍、数仞之冈，形势在所必争，机会不可偶失。但两年来，我军要地之疏防，机宜之坐失，实已指不胜屈。全州蓑衣渡之战，贼锋已挫，本应连营河东，断贼右臂。道州之役，贼势本孤，宜分屯七里桥，扼贼东窜。苟此两役地利不失，长毛一入湖南，便可将其置于死地。此次长沙被围，亦因失地利之故。若在长沙东面槼梨市至回龙塘一带设重兵堵防，长毛就不会出现在长沙城下。若在妙高峰上驻有一支人马，南门外的制高点便不会被长毛夺去。此两地利一失，局面则由主动而变被动。”

江忠源这番话，使得张亮基既觉很有道理，又更添忧愁。江忠源见张亮基满脸阴云，于是掉转话头：“不过，大人亦不必忧虑。长毛气焰虽嚣张，但卑职料他们一时难破长沙。”

张亮基精神一振，忙说：“请将军明析。”

江忠源说：“自接仗以来，我军处于不利，非实力不足，乃指挥失误。卑职以为，只要改变目前敌攻我守之被动局面，战事即有转机。卑职建议，只留少数兵力守城，大部分精锐人马拉出城外，在城外乃至城郊与长毛决战。如此，则城内压力可大大减轻。长沙现有兵力一万三四千，当率一万人出城。和总兵兵力最强，以他的三千精兵扎营东门外，秦总兵率二千人扎营西门外，开隆阿将军率二千人扎营北门外，卑职愿自率五百楚勇和二千五百名绿营兄弟一起正面挡贼锋。”说罢，江忠源走到悬挂在墙上的长沙地形图边，指着地图说，“大人请看，这是城南天心阁，乃长沙城的另一制高点，此处当布置强大火力，控制南门外。长沙城内那座五千斤重的炮王须在近日内移来。天心阁对面为蔡公坟，与天心阁对峙，可以屏蔽东南两面。此处即孙子所谓的‘争地’。妙高峰亦为争地，惜已被长毛占去，此处再不能丢了。卑职将扎营蔡公坟，挖壕筑垒，与长毛决一死战。区区芹献，仅供大人参考。”

张亮基听江忠源说出这番话来，心中十分敬佩，说：“将军用兵，远胜吾侪。适才听将军高筹硕画，亮基茅塞顿开，连日忧虑为之一扫。来日就召开军事会议，按将军的设想部署，局面必定会有改观。亮基还想到，从出城的这四支人马中尚须抽出数千兵力，截住长毛增援部队，不使他们靠近长沙。”

“大人想得很周到，截击援师，此着最好。”

“将军调遣兵力，善从全局着眼，实在高明。亮基想古之诸葛亮，处于今日地步，其筹谋部署亦不过如此。”

“大人言重了。卑职何等样人，岂敢与诸葛亮比。不过，经大人一提，卑职倒想起有人跟我说过，湖南有三亮，得一亮，三湘可治。不知大人可曾听说？”

“实不曾听说，请将军详言。亮基虽比不得当年刘玄德，亦愿效法前贤，重金相聘。”

江忠源缓缓地说：“这三亮之说，虽在湖南士人中流传，然多不相信，卑职亦不尽信。三亮即老亮、小亮和今亮。老亮者，罗泽南也，他目前正在湘乡练勇。小亮者，刘蓉也。刘蓉是湘乡一处士，淡泊名利，然对经济之学钻研甚深。今亮者，湘阴左宗棠也。”

江忠源一提起左宗棠，张亮基就想起一到长沙时，便收到贵州黎平知府胡林翼的来信，信中竭力推荐左宗棠。张亮基记得信中有这样的话：“此人廉介刚方，秉性良实，忠肝义胆，与时俗迥异。其胸罗古今地图兵法，本朝国章，切实讲求，精通时务。访问之余，定蒙赏鉴。即使所谋有成，必不受赏，更无论世俗之利欲矣。”如真像胡林翼所说的，那左宗棠也算是当今奇士。但胡林翼和左宗棠是姻亲，怕有点言过其实。访不访左宗棠，尚未拿定主意，现在正好听听江忠源的意见。他说：“湘阴左季高，此人我早就听说过，请将军继续说下去。”

“卑职对老亮、小亮虽然佩服，但窃以为，此乃人们饰美之词，究不可与古亮相比。独有这今亮左宗棠，卑职敬佩至极。左宗棠真可谓人中之龙，其功名虽只一举人，然经纶满腹，才华横绝，当世少有。尤可奇者，此人长期潜心舆地，埋首兵书，天下山川，了如指掌，古今战事，如数家珍。为人倜傥耿介，意气豪迈。当今天下纷扰，正是此人建功立业之时。”江忠源想到自己正在向当政者推荐一个可以扭转乾坤的英雄豪杰时，很觉自豪，禁不住声气高昂，精神振奋，“道光二十九年，林文忠公自云南引疾还闽，路过长沙，特地遣人至柳庄，招来左宗棠。那夜湘江舟次，文忠公与左宗棠抗谈今昔，通宵不眠，直到鸡鸣天晓，才依依惜别。文忠公为之倾倒，诧为绝世奇才。”

张亮基平生最为佩服感激林则徐，听说林则徐如此器重左宗棠，不禁对左宗棠肃然起敬。他说：“这样看来，左宗棠确有真才实学，但不知比起将军来差了几多？”

江忠源答道：“左宗棠平生所学，乃真正经邦济世的学问，绝不是那些寻章摘句、惟务雕虫之辈所可比拟。至于卑职与宗棠比，这可以套用徐庶的一句现成话，真是以驽马比骐骥、寒鸦配鸾凤，百不及一也。”

“将军竟然如此推崇，日前胡林翼来信也全力荐举，既然文忠公都诧为绝世奇才，亮基岂能不为国家百姓着想，礼聘左宗棠！”

江忠源说：“左宗棠为人狷介高傲，怕的是非金帛所能动。”

“然则奈何？”

“动此人者，乃大人之诚心也。卑职有个小计策，大人不妨试试。”说罢，江忠源移过身，附着张亮基的耳边，如此这般地说了一通。

四　欧阳兆熊东山评左诗

傍晚，长沙城内戥子桥陶公馆门前，来了一队士兵，为首的戈什哈对门房说：

“相烦转告陶公子，抚台大人有一封急信给他。”

门房不敢怠慢，把来人迎进客厅，献茶后，立即把信送进内室，交给陶桄。

陶桄是前两江总督陶澍的独生儿子，左宗棠的女婿，原籍安化小淹，这时正寓居长沙。说起陶、左两人结儿女姻亲这桩事来，真是一段佳话。

陶澍少年得志，功名顺遂，二十三岁便中进士，以后历任地方要职，晚年做到两江总督。在任期间，救荒治淮、疏浚河湖，首开海运、改革盐政，是道光年间一代名宦。他多次微服私访民间，秉公处理命案。在湖南老家，士人对陶澍极为崇拜。与陶澍比起来，左宗棠的地位就差得太远了。左宗棠二十一岁中举后，会试蹭蹬。第一次报罢。第二次已被取为第十五名，但因湖南多中了一名，便把他的名字刷了下来，补上湖北一名，仅把他取为誊录。左宗棠不屑于当个区区抄写员，拂袖南归，在家努力钻研史地、荒政、盐政等经世之学。道光十七年，左宗棠主讲醴陵渌江书院。这一年，陶澍总督两江，到江西阅兵，顺路回家省墓，经过醴陵。县令请左宗棠为陶澍下榻之处撰写楹联。左宗棠笔走龙蛇，瞬时挥就："春殿语从容，廿载家山印心石在；大江流日夜，八州子弟翘首公归。"这副对联，既表达故乡人对陶澍的景仰和欢迎，又道出陶澍一生中最引为得意的一段经历：道光十五年十一月底，道光皇帝在乾清宫十四次召见陶澍，并亲笔为其幼年读书的"印心石屋"题匾。这件事，陶澍认为是旷代之荣。当时陶澍见了这副对联，激赏不已，立即把左宗棠请来，满口称赞。左宗棠本仰慕陶澍，他一肚子经世济民的想法，平日恨无处倾吐。这下见了陶澍，巴不得全部倒出。于是半是请教，半是显示，从学问谈到国事，从盐政谈到海运，足足与陶澍畅谈一夜。陶澍为家乡有这样的不凡之才而十分高兴。那年陶澍五十九岁，左宗棠才二十六岁。陶澍认定左宗棠日后的前程会超过自己，竟不顾相差三十几岁而与之订忘年交。

第二年，左宗棠第三次会试报罢。陶澍时已重病在身，一再邀请他到江宁去，要以大事相托。南归时，左宗棠绕道到了江宁。陶澍知自己不久人世，以尚在髫龄的独子陶桄托付左宗棠，并主动提出与之联儿女姻。左宗棠认为自己无论从地位，还是从辈分来说，都不能与陶家联姻，坚执不肯。陶澍握住左宗棠的手，说："三十年后，你的地位必在我之上。我宦游大半生，还没见过超越你的人，请再莫推脱。我死之后，桄儿便如同你的亲生儿子，若能教之成才，不辱陶氏家风，则我在九泉之下也就瞑目了。不独桄儿托付给你，内子不敏，我的家事也全托付给你。"

左宗棠异常感激陶澍的知己之恩，说："制台放心。既然如此，左宗棠今生当为教公子成才而竭尽心力。我已经会试三次，看透了考场弊病，从此以后，再不赴京会试，读书课儿，躬耕柳庄，以湘上农人终世。"

不久，陶澍去世。左宗棠把陶公子接到安化老家，在小淹一住八年，将全部所学悉心教与他。以后，又亲自主办了陶桄的婚事。陶桄也一直把左宗棠视同自己的亲生父亲。

这时，陶桄拆开信来，粗粗一看，惊得半晌回不过气来。原来信中说，近来长沙危急，全体官绅士民为保卫长沙，有力出力，有钱出钱。陶家为湖南有名富户，世受国恩，当此危难之际，应为官民之榜样。特请陶公子在五日内筹办十万银子，以供军需云云。

门房见公子呆坐不做声，弄得丈二金刚摸不着头。他站在一旁轻声提醒说："公子，外面等着回信哩！"

陶桄仿佛惊醒过来，慢慢地说："你去告诉他们，就说我不在家，请他们先回去。"

待来人走后，陶桄立即打发家人陶恭，带着张亮基的这封信，骑一匹快马，火速出了湘春门，向北奔去。

湘阴城东六十里外，有一大片逶迤栕连的山岭，群峰错互，山谷深幽。湘阴人泛指这一带为东山。自从太平军围攻长沙，离长沙只有百来里的湘阴，早已人心惶惶。城里有些财产的人，纷纷把金银细软、眷属迁避到东山。

左宗棠这时也带着全家老少隐居这里，住在白水洞。左宗棠二十一岁成亲，因家贫，入赘于湘潭岳家。夫人周诒端，字筠心，自小受过良好的家庭教育，颇有才气，诗词歌赋，不亚宗棠。夫妇俩暇时以诗词唱和，有时相与谈史。左宗棠遇有记不起的地方，周夫人随即取出藏书，翻到某函某卷，十之八九不错。左宗棠曾花一年时间，亲手画了一张全国分省地图，周夫人为之影绘。琴瑟之趣，颇近古时易安居士夫妇。周夫人体弱，虑子息不繁，于是左宗棠在二十五岁那年，又纳副室张氏。道光二十三年，左宗棠用积年脩脯，在柳庄买下七一亩水田。第二年，举家从湘潭迁到柳庄。柳庄离东山三十里。左宗棠虽多住东山，但也常到柳庄去看看。

这天，他刚从柳庄回来，乡人告诉他，湘潭欧阳兆熊先生来访了。左宗棠一听大喜，三步并两步赶回白水洞。

“小岑兄！”还未进门，左宗棠便高声喊道。

欧阳兆熊与左宗棠是多年的老朋友，过去又同住在湘潭，过从甚密，周夫人、张氏也不回避他。这时，他正坐在书房翻看左宗棠写的诗文，猛听得外面喊叫，连忙站起来，已见左宗棠大步流星地跨进了屋。

“稀客！稀客！有一年多没有见到你了。”左宗棠拍着欧阳的肩膀，高兴得像个小孩子。

“你躲到这大山里来住，也不给我一封信，叫我往哪里找你。”欧阳紧紧地握住宗棠的手，好像分别了几十年。

“你莫误会，我到白水洞才一个多月。上半年我到长沙，往十里香找你三次，连个影子也没见到。问问你的侄儿，他也说不准。你真是浪迹江湖，行踪不定。”

“上半年到匡庐转了一转，特地在浮梁给你买了一篓茶叶。真是好茶。怪不得香山老人作诗，道是‘商人重利轻别离，前月浮梁买茶去’。你品尝品尝。”欧阳指了指放在书桌上那个用细青篾织成的小篓子。

“送茶叶给我，多多益善。泡一杯浮梁茶，读几首渊明诗，我可就是真正的隐者了。”左宗棠打开篾篓，用鼻子嗅了嗅，“哦！不错。”

“你这就说错了，读陶公诗，要斟一杯白鹤液才是。”兆熊笑着说。

“小岑兄，看来你于诗道还不甚通。你只知道陶公诗中多酒，那是陶公常于酒后作诗之故。这写诗要酒。元好问说得好：‘明月高楼燕市酒，梅花人日草堂诗。’有酒才有诗。至于读诗嘛，就不能要酒，而要茶。你难道不记得陆放翁的名句：‘候火亲烹顾渚茶，焚香细读《斜川集》’吗？我们现在就来烹茶谈诗吧！”左宗棠立即要张氏烹两杯好茶来。

对于左宗棠的辩才，欧阳兆熊一向自愧不如，于是顺着左宗棠的话头说：“季高，刚才你不在家，我看了你的《四十自定稿》。你何不将它付梓呢？”

“小岑兄，你也太把诗文看重了。付梓如何？付梓就可以流传下去了？自古以来，诗文写得好的，何止千千万万！但唐宋以后的文人，传名的有几个呢？传名者中，又有几个真正是因诗文作得好的缘故呢？所谓人以文传，文以人传，实际上，只是文以人传。就如我的祖父、父亲，还有令尊大人，诗文都是一时之俊杰，也刻了几个集子，但后世有几个人知道呢？刻与不刻又有多大的差别呢？”左宗棠说到这里，显得很激动，欧阳频频点头。略停片刻，左宗棠以极其认真的口气说：“日后待我封侯拜相再付梓吧！”

这句话要是从别人口中吐出来，说者和听者都会当做一句笑话，现在他们都没有笑，似乎封侯拜相对左宗棠来说，只是早迟而已。

“好吧！就暂不付梓吧！就诗谈诗，我尤其喜欢《癸巳燕台杂感八首》和《二十九岁自题小像八首》，其忧国忧民之意态、苍凉悲壮之风格，足可以和老杜《秋兴八首》媲美，而其间那股郁闷不解之气，更能引起诸多怀才不遇的士人共鸣。”

“曹霑写《石头记》，自题‘字字看来都是血’。其实，他那些东西算得什么！我的这些文字，才真正是血和泪的凝结。这本自定稿，还是这两天才编成的。筠心是第一个读者，你是第二个。我很想听你谈谈，看你和筠心，谁真正是我的诗中知己。”

“诗中知己，自然要推嫂夫人。”欧阳边说边翻开《四十自定稿》，“我刚才讲过，两个八首我最喜欢，另外还有感春四首也很好。从全篇立意、用字来看，又以这两首最佳。”欧阳指着《癸巳燕台杂感八首》中的第一首和第五首念了一遍：

世事悠悠袖手看，谁将儒术策治安。
国无苛政贫犹赖，民有饥心抚亦难。
天下军储劳圣虑，升平弦管集诸官。
青衫不解谈时务，漫卷诗书一浩叹。

西域环兵不计年，当时立国重开边。
橐驼万里输官稻，沙碛千秋此石田。
置省尚烦他日策，兴屯宁费度支钱。
将军莫更纾愁眼，生计中原亦可怜。

赞道：“这才是真正的廊庙之音，可惜不达天听！就个别句子来说，‘书生岂有封侯想，为播天威佐太平’，气魄雄豪；‘和戎自昔非长算，为尔豺狼不可驯’，识见超迈……”

“你呀！尽说好听的，什么气魄雄豪，识见超迈。”左宗棠打断欧阳的话，“‘群公自有安攘略，漫说忧时到草莱’。肉食者自能谋之，我辈有何用？”左宗棠开始愤愤不平了。

“肉食者鄙，未能远谋。他们若真有安攘之策，我今天怎么会到东山来找你。”

“东山可是个好地方呀！安得东山谢安石，为君谈笑静胡沙。湘阴东山也有谢安石，恨无桓温相邀。”左宗棠气愤得站起来。

“天生我材必有用。季高，你不要太气恼了。听说新来的张抚台是个干才，我看他迟早会用你的。”

“这些老爷，无事时威风十足，有事时束手无策，都不是共事的人。胡润芝来信说，已向张亮基做了推荐，劝我莫老死柳庄。我已经死心了，今生今世，长作湘上老农。我今年春上给贺仲肃回了一封信，我念两句给你听听。”左宗棠反背着手，在书房里边走边念，“‘东作甚忙，日与用人缘陇亩。秧苗初茁，田水琮琤，时鸟变声，草新土润，别有一段乐意。安得同心数辈来吾柳庄一晤谈乎！’只要你们常来我这里走走，一起饮酒赋诗，煮茗论文，长此一生，岂不甚好？”

“好是好，但这些好处只能让与别人。你难道忘记令兄的期望吗？‘青毡长物付诸儿，燕颔封侯望予季。’听说，这还是伯母大人的意愿。”

“大丈夫不封万户侯，枉此一生。但宗棠生在今世，时运不佳呀！”

欧阳最清楚左宗棠的志向，知道刚才无意间触动了他心中最大的遗憾，弄得本来谈笑风生的气氛骤然冷落下来，不免有点失悔。恰好，周夫人过来添茶，欧阳立即笑着对周夫人说：“嫂夫人，我给你说段故事吧！”

“好啊！难得你兴致高，我成年缩在闺房里，耳目闭塞，正要听你讲点新闻故事开开心。”周夫人很高兴，挨着宗棠的身边坐下来。

“那一年，我和一个朋友乘舟北上，进京应会试。舟过洞庭湖，在一个小渡口边停下，天色已晚。那个朋友在伏几作书，我问他写给谁，他说给内子写封家信。正在这时，舟子呼他上岸去玩玩。信放在几上，匆忙间未封缄。我那时年轻，好奇心强，想看看人家的情书是怎么写的。开头几句写些别后情事，与常人无异。唯中间一段使我感到惊奇。”欧阳停了一下，看到宗棠和周夫人都在聚精会神地听着，“信中这样说：有一夜，舟停在僻静处。到半夜时，忽然水盗十余人，皆明火执仗入舱，以刀尖启开我的帐子，我奋起大呼，仗剑与这些水盗搏斗。众盗不支，相继败走，退至舱外。我又大呼追赶，盗贼吓得纷纷坠于水中，恨不能游水，眼睁睁地看着他们逃走了。”

“季高，小岑讲的那个朋友是你吧？我记得道光十三年，你从洞庭湖托人带回的信上，写的正是这桩事，你那次也是与小岑同舟的。”

左宗棠看了看周夫人，没有回答。

“嫂夫人，此人正是季高。我今天要当面戳穿他。他杜撰这个英勇的故事，其实完全是捏造。季高，你今天要向筠心赔罪，你骗了她整整二十年。”欧阳笑起来。

“我当时真的完全相信。一方面为他担心，一方面又为他骄傲。我那时想，季高真是个英雄。今天才知道，原来是假的。”周夫人嗔了左宗棠一眼。

左宗棠闲闲地说：“你这个人真怪，你当时又未跟我同梦，安知我所为耶？”

“做梦？”兆熊惊奇地问，“你说你信上所写的都是梦境吗？”

“是的，一点不假。”左宗棠诡谲地笑着。

“你把梦境写得历历如真事，闺阁之中，也能这样大言欺人吗？”兆熊很不能理解左宗棠的这种做法。

“哎！小岑，你真是个痴得可爱的人。”左宗棠叹了一口气，正正经经地说，“那夜睡觉前，我偶读《后汉书·光武纪》，见范晔所叙昆阳之战，王寻、王邑陈兵昆阳城下，包围数十重，列营百余座，旌旗蔽野，埃尘连天，钲鼓之声闻数百里，而光武以三千敢死队终破寻、邑百万之众。适逢大雷电，屋瓦皆飞，雨下如注，河水暴涨，溺死者数以万计，水为之不流。细思古来数不清的战役，哪一仗能与昆阳之役相比？光武真英雄也。如此神飞意动，不觉睡去，当夜即梦水盗来犯。自思光武亦人也，面对百万虎狼尚且不惧，我左宗棠还怕几个跳梁小丑不成！瞬时胆气倍增，便挥刀与之搏斗，一如当年光武败莽军样，杀得水盗鬼哭狼嚎，片甲不留，心中有一股从未有过的畅意。醒来后，我看着无边无涯的湖水，头脑开始清醒，心想：昆阳之役真有此事吗？三千兵卒真可以打败百万之众吗？光武帝怕是和我一样，也在做梦吧！又想到前史所载淝水之战、赤壁之战、长勺之战、城濮之战、牧野之战，怕也都是梦境吧！前人说梦，后人当真。一部二十四史，或许有一半是左宗棠舟中斗水盗的故事。小岑兄，"宗棠拍拍兆熊的肩膀，笑道，"范晔可以杜撰昆阳之役，前人可以杜撰二十四史，左宗棠就不可以杜撰一个小小的英雄故事吗？我也是左传呀，左某人写的传！你这样大惊小怪，诚如古人所说的：痴人不可以说梦。"

兆熊本想揶揄下宗棠，现在反而被他揶揄一顿，觉得有点扫兴，继而一想，宗棠的话寓意极深，看来那信中所言不是一时的率尔操觚，而是心中情绪的借机发泄。想到这里，兆熊也会心地笑了。

喝一口茶，兆熊又说："好了，往事已矣，不再谈它，我的评诗还没完哩，还有几句我也喜欢：'蚕已过眠应作茧，鹊来绕树未依枝'，耐人寻味；'赌史敲棋多乐事，昭山何日共茅庵'，情趣高洁……"

"哈哈哈，"左宗棠听到这里，发出一阵爽朗的笑声，"小岑兄，你与筠心是英雄所见略同。但恕我说一句直话，你们都还算不得我的诗中知己，最好的诗你们都没看出。"

"你自己说说，哪一首？"

"你读读这首。"左宗棠翻了几页，指着《催杨紫卿画梅》说。

兆熊看时，也是一首七律：

柳庄一十二梅树，腊后春前花满枝。
娱我岁寒赖有此，看君墨戏能复奇。
便新寮馆贮琼素，定与院落争妍姿。
大雪湘江归卧晚，幽怀定许山妻知。

"你看看，我像不像林逋？"

望着左宗棠那副得意的样子，欧阳兆熊觉得十分有趣。他想，自己与左宗棠交往二十余年，竟没有完全了解他。原先总以为他是管仲、乐毅一流人物，却不知他也有陶渊明、林和靖的胸襟。真是一位可人！兆熊说："像是像，不过，有最重要的一点不像。人家和靖居士是梅妻鹤子，你却是妻儿成群。"说罢，二人都开心地笑起来。

隔一会，兆熊猛然想起一件事，说："季高，我这次由大梁回湘潭，在岳州城里意外遇见一位老朋友。你猜猜是谁？"

"谁？莫不是吴南屏？"

“不是。吴南屏是岳州人，遇到他不算意外。”

“郭筠仙？他前向去了趟岳州。”

“也不是。”

左宗棠想了想，实在想不出，笑道：“你的朋友，三教九流、天上地下的都有，我哪里想得出！”

“曾涤生。”兆熊轻轻地说。

“涤生！你怎么会在岳州城里见到他？”左宗棠很惊奇。

“他是奔丧回来的。伯母去世了。”

“老太太什么时候去世的？我们一点音讯都不知。他自己还好吗？”

“他自己还好，就是老了点。这次去江西主考乡试，在途中得到讣告。本已蒙皇上恩准，乡试完毕，就回湘乡省母。谁知竟不能如愿。”

“是呀！再大红大紫的人也不能事事如愿。”左宗棠又来感慨了，“涤生这些年也算是青云直上，比我只大得一岁，侍郎都已当了四五年。论人品学问是没得说的，但论才具来说，不是我瞧不起他，怕排不得上等。”

欧阳兆熊知道，左宗棠和曾国藩之间曾有过一段有趣的互相讥讽。那是道光十九年冬，曾国藩散馆离湘乡赴京，途中路过长沙住了几天。一日，左宗棠与郭嵩焘及弟郭崑焘、江忠源等人一起去拜访曾国藩。大家议论国是，兴致很高。左宗棠爱发表一些标新立异的观点，又最会讲话，口若悬河，滔滔不绝。曾国藩总是说不过他，心中略有点不快。临到客人们告辞时，曾国藩笑着对左宗棠说：“我送你一句话：季子自称高，仕不在朝，隐不在山，与人意见辄相左。”

话中嵌着“左季高”三字。左宗棠听后微微一笑，说：“我也送你一句话：‘藩臣当卫国，进不能战，退不能守，问你经济有何曾？”

也恰好嵌着“曾国藩”三字。曾国藩惊叹左宗棠的才思敏捷。二人一笑作别。虽是一段笑话，但左宗棠对曾国藩不服气的心情，便为朋友们所周知了。在这点上，欧阳兆熊与左宗棠看法一致。他听了左宗棠的感慨后，点头说：“涤生官运是好，要说才能，别省不说，就拿我们湖南一批出头露面的读书人来讲，像涤生那样的人，少说也有十个八个。”

二人正闲扯着，张氏进来，说长沙陶公馆来人了。

五　计赚左宗棠

门外站的正是陶府的家人陶恭，左宗棠出门亲迎。陶恭随着左宗棠来到客厅，只见客厅两边楹柱上一副联语甚是引人注目：“文章西汉两司马，经济南阳一卧龙。”陶恭出入过不少诗书官宦之家，还没有见过气魄这样大的联语，心中暗暗称奇。坐定后，陶恭将陶桄的信交给左宗棠。陶恭虽然早闻公子丈人的大名，但见面还是第一次。他趁着左宗棠拿着信边走边看的机会，悄悄地仔细打量了一眼。见左宗棠四十来岁年纪，五短身材，背厚腰粗，面白略胖，眼圆鼻直，下巴饱满。陶恭想起别人议论左宗棠时，常说他燕颔虎背，今日一见，果然如此。再转眼看客厅，尽管是避难寓居，陈设简陋，但四壁整整齐齐地堆着书箱。正面墙壁上挂一幅题为“隆中对”的水墨画，画上诸葛亮正指着地图侃侃高谈，刘备在一旁洗耳恭听。画的两边是左宗棠自撰的对联：“身无半文，心忧天下；读破万卷，神交古人。”对联左边，悬挂着一把斑斓古剑。剑柄的丝绦上系着一块晶莹的玉佩，仔细看时，是一只龇牙踢腿的麒麟。陶恭正在左顾右盼之时，猛听得一声怒吼：“这张亮基真是岂有此理！”

左宗棠平时本声音洪亮，这一声吼，声震屋瓦，吓得周夫人和张氏急忙从内室走出，欧阳兆熊也忙由书房走进客厅。

“季高，什么事这样大怒？”周夫人身体素来虚弱，这时更面色惨白，气喘吁吁。

“你们看，你们看，这张亮基真是欺人太甚！”

周夫人接过信看着，张氏扶着宗棠坐下，又把茶杯端来。陶桄的妻子孝瑜是周夫人所生，她看完信后泪如雨下，喃喃地说：“这如何是好呢？”顺手把信递给欧阳兆熊。

“陶公子虽然年幼，还有我哩！只要我活着一天，就不能容许有人欺负他。不怕他张亮基是抚台，我到长沙跟他评理去！陶文毅公为官清廉，两袖清风，朝野上下谁人不知？他张亮基要陶家捐十万银子，分明是勒索！”任何时候，左宗棠提到陶澍，都是一口一声的“陶文毅公”，今天盛怒之下，亦不改常态。

左宗棠越说越气，把袖一捋，高声喊道：“备马！我即刻就到长沙去。”并对欧阳说：“小岑兄，实在对不起，我左某人咽不下这口气。你在这里宽住两天，待我回来后再接着谈诗。”

“你放心去，不要着急，先把事情弄清楚。”欧阳说，“我正要到筠仙家里去一趟。我在筠仙家里等你。”

“也好，我打发人送你到梓木洞去。”

左宗棠和欧阳拱手一别，随即和陶家仆人骑两匹快马，星夜直奔长沙。第二天上午，左宗棠进了长沙城，来到陶公馆。门房见是公子的丈人来到，立即打开大门。左宗棠还未进屋，就问：“公子呢？”

门房流着眼泪说：“昨日下午，一群兵士把公子绑架走了。”

左宗棠一听，立即策马来到又一村旁边的巡抚衙门，怒气冲冲地向里面闯。守门的卫兵也不阻拦他。左宗棠径直上了大厅，里面走出一位师爷，笑着说：“来的是左老先生吗？张大人已在此等候多时了。”

说毕，从签押房里走出巡抚张亮基，他对左宗棠一拱手：“左先生，鄙人在此恭候已久。”

左宗棠怒气并未消除，一脸的不高兴，问：“陶公子呢？请抚台大人立即释放陶公子！公子年幼，家事是我替他料理。天大的事找我左宗棠，不要为难公子。”

张亮基哈哈大笑，说：“左先生息怒，‘释放’二字从何谈起！岂有陶文毅公之子、左季高之婿被绑架的道理，我昨天是请公子来舍下叙谈叙谈的。亮基一向慕陶老先生的高风亮节，也喜左先生的豪放倜傥，昨夜听公子谈陶公和先生往事，不觉心驰神往。公子正在后花园赏花。”他转身对师爷说：“请陶公子。”

左宗棠听说并不是绑架陶桄，气消了些。

“左先生，请到签押房坐。”

左宗棠并不谦让，和张亮基一起走进签押房，仆人献茶。左宗棠说：“张大人，您知道陶文毅公生前为官廉洁，家里何曾拿得出十万银子，这不是有意叫陶公子为难吗？”

张亮基又是哈哈一笑：“左先生，亮基久闻陶公廉正，今日所谓捐银之事——”正说着，签押房里进来一人。左宗棠一见，忙站起身来，说：“岷樵兄，久违了。”

“季高兄，什么风吹来的？幸会，幸会！”

“我为陶公子的事而来。岷樵兄，你说说，陶家眼下能拿得出十万银子吗？张大人此举太欠思量。”

江忠源大笑，说：“莫怪张大人，此事是我向大人建议的。”

“你？”左宗棠没有想到多年老友会出这样的馊主意。

江忠源拍着左宗棠的肩膀，说：“季高兄，你让我慢慢说给你听。”

于是江忠源把张亮基如何敬慕，自己如何推荐，如何献计，说了一遍。最后，江忠源颇带感情地说：“季高兄，公卿不下士久矣。张大人之举，近世罕闻，望我兄玉成其美。”

此时，左宗棠心情已平复。他对江忠源说：“你不应该献这样的计，我几天劳累奔波不说，陶公子受了一场恐吓，内人在家，至今尚以泪洗面。你不觉得害苦了我们吗？”

江忠源笑道：“仁兄素来身强体壮，骑几天快马不算什么。陶公子那边，昨日张大人亲自与他说明了。小小年纪，经受点风险，亦是一番磨炼。至于嫂夫人么，忠源知罪，改日一定去赔罪问安。然不如此，仁兄怎能来长沙，又怎能进衙门，我和张大人又怎能见到你？”

正说着，陶桄进来。左宗棠确知陶桄在此备受礼遇后，完全平静下来。他问张亮基和江忠源：“不知二位要宗棠到此何干？”

“特请先生协佐鄙人，保全长沙。”

左宗棠微微一笑，说：“宗棠乃一平民，长沙城内，文武官员如云，岂容左某插手其间？”

“先生高才，前有胡润芝极力称赞，昨又蒙江将军竭力推荐，鄙人对先生十分钦慕。长沙文武虽多，岂可与先生相比！”

左宗棠爱以诸葛亮自比，书信末尾常自署“今亮”，又对人说“今亮或胜古亮”。他早就盼望能像诸葛亮一样干一番大事业。今见张亮基如此诚意，又是江忠源一手推荐，哪有不答应之理！但左宗棠并不急于表态，他对张亮基说：“承蒙大人错爱，宗棠荣幸已甚。但宗棠脾气不好，遇事又好专断，恐日后不好与群僚相处，亦难与大人做到有始有终。”

张亮基答道：“先生放心，鄙人今后大事一任先生处理，决不掣肘。既以先生为主，群僚亦不会为难，请先生释怀。我明日就打发人去接宝眷来长沙。”

左宗棠连忙摆手，说：“大人既然如此信任，不容宗棠不来。但目前长沙乃兵凶战危之地，内人还是住湘阴为好。只是有一点需要事先说明：宗棠乃湘上一农人，不惯

官场生涯，若与大人及诸公同僚相处得好，则在长沙多住几天；若相处不好，宗棠会随时拂袖而去。请大人到时莫见怪。”

张亮基已从别人那里得知左宗棠的怪脾气，对他的这番话一点也不介意，满口答应，并吩咐摆宴，为他接风。

六　巡抚衙门里的鸿门宴

左宗棠为人最是忠直，不避嫌疑，不答应则已，既已答应，便把保卫长沙视为当然责任，好像半个巡抚似的，有关守城的一切事务，都往自己肩上压。他事事过问，桩桩关心，凡他经办的事，无论巨细，没有一件不是有条不紊、妥妥帖帖的，且主意甚多。在他面前，几乎没有难事。有这样一个好帮手，张亮基大大地松了一口气。张亮基对江忠源、左宗棠依畀甚重，计划谋略，无一不跟他们商量；守城的军务，明以鲍起豹为首，实际上已全部委托给江、左了。从此，长沙城里的混乱阶段便成过去，代之而起的是一派调度有方、忙而不乱的新气象。

这天夜晚，张亮基忧郁地对左宗棠说：“藩库的银子已用得差不多了，朝廷的饷银又一时不能来。倘若银子接不上手，军心便会涣散。这如何是好？”

左宗棠沉吟半晌，说：“中丞所忧虑的，也正是宗棠这几天所考虑的大事，我思来想去，别无法子，只有向长沙的几家巨富名绅借钱，以救燃眉之急。”

“鄙人来贵乡不久，民情不熟，不知哪几户有钱，能拿出多少来？”

左宗棠说：“长沙首富，当推黄冕。黄冕字服周，号南坡，其父黄博曾任过岷州知州。南坡当年以两淮盐运使委办淮阳赈务，受知于时任江苏巡抚的陶文毅公。陶文毅公提拔他当江都县令，又调上元县令，后又升为常州府、镇江府知府。那年夷人打到东南沿海，镇海陷落，裕谦殉国，南坡以随员谪戍西域。后朝廷赐他回籍，并赏六品顶戴。南坡回籍后，不过问官场事，一心经商，在八角亭开办永泰金号。据说南坡为官不太廉洁，家中积蓄有好几十万。凭着这份财力，永泰金号成了长沙城首家富户，每年获利都在五六万之多。”

“哦！”张亮基轻轻地喊了一声，他没想到，长沙城里居然有这等财力雄厚的商人。

“第二个要数普济药店贺瑗。他是贺长龄的侄儿、山东道监察御史贺熙龄的二公子。”

“贺长龄家还开药店？”贺长龄历任封疆，勋名赫赫，是道光年间的名宦，张亮基知道。不过，他不知道贺家也经商。

“贺公子从小锦衣玉食，本不懂经商营业，只是读书不成器，家里怕他学坏，也为着要磨炼他，有意开了这爿药店，让他当个少老板。药店出息不大，但贺家的财产，少说也有三四十万。第三户是利生绸缎铺的老板孙观臣，号灵房。”

“是侍读学士孙鼎臣的弟弟吗？”

“正是。孙鼎臣是其大哥，二哥孙颐臣现在兵部职方司任员外郎。孙观臣仗着两个哥哥的势力，在城中心红牌楼开一家利生绸缎铺，一年也有三四万的收入。这三个富户，每户借出三四万，就可以得十来万，可以对付半个月二十天。待长毛一退，再申报朝廷，还给他们。”

“这个主意好是好。”张亮基摸着下巴上几根稀疏的胡须，迟疑地说，“不过，这些个老板商贾，向他们借银子，就好比要他们身上的肉一样，他们肯借吗？”

“中丞说得不错，是难得很。”左宗棠边走边思考。突然，他停住脚步，“再请一个人来，事情就好办了。”

“谁？”

“十里香酱园的老板欧阳兆熊。”

“一个酱园能有多大的收入，他即使愿借也借不了多少。”

“中丞，这欧阳兆熊不比别的经商牟利者，此人最是古道热肠、仗义疏财，颇有当年鲁肃指仓借谷之气概。他是湘潭人，十里香酱园只是他在长沙的落脚点。此人来了，不容他们不借。中丞，你且放心，明天看我的安排。”

次日下午，又一村巡抚衙门花厅里，摆下了一桌丰盛的酒席。出席的客人为黄冕、孙观臣、贺瑗和欧阳兆熊。主人为巡抚张亮基，作陪的有前湖北巡抚罗绕典、布政使潘铎和幕僚左宗棠。客人们为新巡抚的礼遇而感动，兴致勃勃地喝酒谈天。酒过三巡，张亮基起身说：

“诸公乃三湘贤达，亮基承乏贵乡，今日能借此相识，实生平之幸。”

黄冕起身答礼：

“张中丞危难之际来到长沙，率我全城军民共抗发逆，令我等敬重感佩。”

张亮基微笑说：“多谢诸公厚爱。老先生请坐。”

待黄冕坐下，张亮基接着说：“亮基奉皇上圣旨巡抚湖南，自应誓死守城。只是战事尚无转机，诸公和阖城百姓受惊不少，亮基心中有愧。”

孙观臣说：“中丞说哪里话来！守土抗贼，乃是我们分内之事。中丞已尽力了，战事无转机，岂能怪中丞一人。”

黄、贺、欧阳均随声附和。

张亮基激动地说：“诸公如此明达，亮基为长沙数十万生灵免遭涂炭，就是粉身碎骨，亦心甘情愿。然亮基才疏学浅，深恐有负重托，今日邀请各位光临，敢请诸公遗我以度危济困之良策。”

黄、孙、贺等人平日于守城之事想得不多，一时也无良策出来，只好默默喝酒。左宗棠拿眼瞟了下欧阳兆熊。兆熊会意，大声说：“中丞，你有何为难之处，尽管说吧！兆熊不才，但南坡兄、灵房兄和贺公子都是胸藏奇策、腹有良谋的能人，他们可以为中丞排难分忧。”

兆熊这两句话说得黄、孙、贺心里高兴，齐声说：“中丞有何困难，只管说吧！”

张亮基顺势说：“有诸公这等慷慨仗义，亮基有何困难不可克服？今有大事一桩，恳请在座诸公帮忙。大家知道，自从发逆围城以来，朝廷急调了七八千人马到长沙，饷银却一时供应不上。这些人马和其他费用，每天约增加五千两银子的开支。潘大人竭尽全力，勉强支撑了二十余天。眼下藩库枯竭，再过几天，就要断银了。一旦断银，军心就会涣散，其后果不堪设想。亮基为此事，连日来忧心如焚，千思百虑，无计可施，只有请诸公前来共商。诸公均三湘大富，又素抱忠义之心，亮基以湖南巡抚名义向诸公借十万银子，待长毛撤退，难关渡过，亮基即申报朝廷，表彰诸公爱国之心，并连本带息偿还。”

张亮基话一出口，客人们立时傻了眼。常言道说到钱，便无缘，酒席桌上刚才那股热乎气氛即刻冷下来。各人低头望着筷子，默不作声，心里怀着鬼胎：悔不该来吃这顿酒席。倘若长沙守不住，张亮基革职杀头，谁来还债！冷了好长一段时间，孙观臣掏出手绢揩揩油晃晃的嘴脸，说：“国难当头，匹夫有责。借银助军饷，在下本不应推辞。只是敝号手头拮据，拿不出银子来。往年这个时候，湖南四方都到敝号来定买绸缎，准备秋后的婚嫁和年节的贺礼。眼下给长毛一闹，连个登门问价的人都没有。敝号十多个伙计要过日子，每日里没有进钱，只有出钱。唉，再这样下去，利生号要关铺门了。”

孙观臣说到这里，现出垂头丧气的样子，似有倾吐不尽的苦楚。话音刚落，黄冕就接着说：“永泰金号和利生绸缎铺一样。这个时节，谁还有心打金银器皿。一个月来，敝号没有做一笔生意，我头发都急得全白了。”

“敝号也差不多。”接话的是贺瑗，一副纨绔子弟的打扮，“长毛一包围，连买药的人都少了。你们说怪不怪！”

张亮基见他们一个个叫苦连天，心里很是着急，担心酒席就会这样散了，半两银子也借不到。他一双眼睛老瞅着左宗棠。只见左宗棠悠闲自在地边喝酒吃菜，边听老板们的诉苦。待贺瑗一说完，他端起酒壶，走到客人们身边，边给他们筛酒边说：“这个把月来，各位老板生意的确是萧条些，可是各位的家底都很厚啊。俗话说，饿死的骆驼比马大，再苦，拿出几万银子也不成问题。”敬到欧阳兆熊身边，轻轻地用脚踢了他一下。兆熊大声说：“张中丞为保长沙，苦心孤诣，令湘人感动。刚才各位老板说的也是实情。十里香酱菜园是个小买卖，不能和各位的宝号相比，这些日子生意也清淡。不过，古人说得好，为人当公而忘私，国而忘家。处今日之际，除守住长沙，打退长毛外，别无选择。鄙人家底本薄，又不善经营，也拿不出许多银子来，我就先借一万吧！杯水车薪，不足为济。真正起作用的，还是各位财主。”

“欧阳先生真是个爽快人。”处在尴尬局面中的张亮基见欧阳兆熊有如此豪侠之举，无限感慨地说，“事平之后，亮基一定为先生向朝廷请封，并在八角亭铸一铜钟，上镌先生大名，名扬三湘，永垂不朽。”

但欧阳兆熊的举动并没有引起连锁反应，巡抚的话一完，酒席上又是一片沉寂。张亮基、罗绕典、潘铎坐立不安。左宗棠看看情形不对头，端起酒杯，霍地站起来，走到欧阳兆熊身边，说：“欧阳先生，你不是长沙人，田产家业都不在长沙，能有如此侠义举动，宗棠敬佩不已。宗棠从不敬人酒，今日却要为了长沙数十万生灵，敬你这一杯。先生不愧为三湘父老之肖子、孔孟程朱之贤徒、朝廷官府之良民、士林商界之楷模。”

欧阳兆熊站起来说：“不敢当，不敢当。”

左宗棠把酒杯举到欧阳兆熊的嘴边，说：“你一定要把这杯酒喝了，我还有话说。”

欧阳兆熊只得把酒喝了，依然坐下。黄、孙、贺等人早就听说湘阴左宗棠厉害过人，现在见他这副模样，听他这几句掺了骨头的话，已知来者果然不善，都一齐规规矩矩坐在凳子上，恭听他的下文。

“左某论家世，累代耕读；论功名，不过一举人。今日是中丞大人请各位来共商守城大事，按理，无左某置喙之地。且长沙守与不守，与左某亦无干，万一长沙攻破，左某一走了事。湘阴东山白水洞，有我的妻室老小，我可以仍在那里过隐居生活，僻山野岭，谅长毛不至来犯。左某今日多嘴，实是一为长沙数十万生灵着想，二为各位老先生着想。在座各位，不是曾做过朝廷之官员，便是显宦名吏之子弟，世受国恩，身被荣泽。试想想，没有朝廷，各位能有今日这份家业吗？当前国家有难，各位袖手旁观，置之不理，对得起自己的良心吗？对得起父祖兄长吗？且长沙城一旦被长毛攻破，玉石俱焚：金银财宝，悉被长毛所虏；富户财主，一个个被长毛杀头肢解。与其眼睁睁地看到那一天的到来，为何不设法保住长沙呢？各位可以比较一下，是让长毛攻破长沙，人死财亡好呢，还是借银发饷，打退长毛，渡过难关好呢？”

说到这里，左宗棠瞟了一眼黄、孙、贺等人，见他们头上流汗、面带忧愁，知他们内心斗争激烈。左宗棠心想，一不做，二不休，干脆给他们点颜色看看。他把身旁的亲兵唤过来，悄悄地吩咐几句，然后提高嗓门说：“欧阳先生，你可以回去了，门外已备好轿子。南坡兄、灵房兄和贺公子，暂时委屈一下，在这里还坐一坐。”

黄、孙、贺三人大吃一惊，不由地向门口一望。只见门口站立一排手拿大刀、满脸杀气的兵士。三人心怦怦乱跳，没想到刚才还是觥筹交错的欢聚，忽然化作刀枪相见的鸿门宴。大家面面相觑，唬得说不出话来。左宗棠继续说：“今日事不关张中丞和罗、潘两位大人，全是左某一人所为。左某斗胆代表长沙数十万生灵挽留一下各位。各位心中若有委屈之处，尽可以上告朝廷。不过，”左宗棠目光威厉，露出一副凛不可犯的神态，“左某也会将各位的态度宣告长沙全城，让父老乡亲们来评说评说。”

黄冕老练，知道今日局面，不拿出银子来，无论在朝廷，还是在百姓面前都会过不去，且自己的银子来路也不是那么干净的，于是硬硬心说：“张中丞的苦心，鄙人深知。鄙人两代受朝廷恩泽，岂有不思报效之理，且又何忍眼看长沙城破，乡亲蒙难。只是敝号近来生意不景气，拿不出太多罢了。鄙人竭尽全力，借出四万两来，如何？”

张亮基高兴地说：“多谢老先生资助。亮基担保，一定偿还。”

阔少爷贺瑗从小便不知爱惜银子，拿出几万来，他看得并不重。现在见门口站着荷枪持刀的兵士，知道要留他做人质。他想起今夜已约好要和三姨太打牌听曲，心里正急得不得了。这时只要拿得出，随便拿多少他都愿意。贺瑗赶忙说：“敝号也借四万！”

“好个识大体、顾大局的贺公子！”罗绕典、潘铎一齐称赞。

孙观臣掏出手绢来，擦了擦头上的汗，说：“敝号店小财薄，不能跟南坡兄和贺公子相比，就借三万吧！”

“好！”十二万两银子已到手，张亮基喜出望外，他站起身说：“多谢诸公慷慨解囊，亮基代表长沙阖城老少，给诸公作揖。”

说罢，张亮基整整衣冠，抱拳，并弯下腰去，慌得全体来客都站起答礼。张亮基高举酒杯，说："各位贤达，亮基誓与长沙共存亡。耿耿此心，皇天后土共鉴！"

七　药王庙里出了前明的传国玉玺

就在长沙城里张、江、左等人为守城精心筹划的时候，太平天国北王韦昌辉、天官正丞相秦日纲奉天王洪秀全之令，率领一万人马，倍道兼程，赶到长沙南门外。萧朝贵、石达开、韦昌辉、秦日纲等人商量，决定再发动一次全面进攻。

这天清晨，东起小吴门，西到小西门，太平军一万五千人马向长沙南城发动了猛烈进攻。长沙城内城外，经过江忠源、左宗棠等人的重新部署，防守也更加严密。岳麓书院、城南书院一部分士子也参与防守，有的居然持刀上了城墙。每天五千两银子按时发下去，对稳定军心也起了些作用。这次双方争斗，比上次更显得激烈。天心阁附近的拼搏尤其残酷。江忠源的楚勇在对面蔡公坟占住制高点，天心阁上又安放那座五千斤的炮王，火力强大。太平军一时没有占到上风。但在其他地方，他们都取得了胜利。战士们靠近墙根架设云梯，正在一个接一个地登墙。他们接受上次的教训，离墙头还有丈把远时，就抛出带有铁钩的软绳，钩子挂住墙头清兵的衣裤，用力一拖，就连人一起拖了下来，然后收起绳子，抽出腰刀杀上去。这些清兵，大部分因朝廷常常欠饷，官长又克扣，积了一肚子怨气，虽说这几天多领了几两银子，但到底不愿意拿命去换，见势不对，便纷纷逃窜。太平军这方面正是出山之虎，以一当十，士气高昂，一段又一段城墙被他们所占领。

在地面上两军肉搏之际，有一条地道正在紧张地堆放炸药和地雷。这条地道，不仅穿过城墙，而且已到达城内天妃宫边。

天妃宫里，邓绍良和一批大小头目们正在开怀畅饮。他们以功臣自居，根本不理睬外面的战斗。宫里的人大都喝得七八分醉了，嘴里却仍在喊着："哥俩好哇！三星照哇！……五魁首哇！"邓绍良搂着一个唱曲的姑娘，要把一杯酒硬灌给她喝。一个亲兵轻轻走上前，说："大人，外面炮声响得厉害，弟兄们醉成这样，怕会误事吧！"

"不要紧，我们是在城内，不攻破城，他们能进来吗？弟兄们援救有功，不要坏了他们的兴头。"说罢，重重地掐一下唱曲姑娘的粉脸，痛得那姑娘尖叫，邓绍良乐得大笑。

突然，一声巨响，城墙炸开一个大缺口。康禄率领一批兵士穿过缺口，直奔天妃宫来。邓绍良还未弄清发生什么事，康禄一刀捅进他身边那个亲兵的胸膛，邓绍良急忙抽出佩剑抵挡，边战边退，在门口跨上一匹马，顺着南正街往城中逃去。那些烂醉的大小头目，大部分被太平军战士像割韭菜似的割去了脑袋。

天妃宫被占领后，南城魁星楼侧又一声巨响，天崩地裂，砖石横飞，城墙被炸开五丈多宽。清兵慌了神，纷纷往城里奔去。左宗棠骑马过来，喝令清兵返回堵住。但这些逃兵都不认识他，继续向前跑。左宗棠气愤已极，命令亲兵就地斩首为头的几个逃兵，这才把他们震慑住。左宗棠叫清兵把火药桶、油桶往缺口抛掷，然后点燃火。霎时，在缺口周围烧起一道火墙，阻挡城外太平军兵士的进攻。左宗棠又令赶紧用石块填缺口，不管是谁，向缺口抛一块石，赏钱一千文。一时间，石块从各处飞来，不但太平军兵士被砸伤砸死很多，正在搏斗的清兵也有不少被砸。一个亲兵对左宗棠说：“左师爷，石头打死我们许多人，传令不抛了吧！”

左宗棠双眼怒睁，喝道：“胡说！是几条命要紧，还是长沙城要紧？先投石，打死的以后再抚恤。”

天心阁下，萧朝贵冒着火石，跨马挥刀冲向前，他真想飞到墙头，亲手砍翻城墙上的妖头。忽然，一颗炮子射过来，萧朝贵感到眼前一黑，从马背上栽下。亲兵们急忙围过来，但见朝贵满头是血，已经不能说话了。城墙上的清兵们狂呼乱叫：“打死萧朝贵了！打死萧朝贵了！”

正在进攻的各队将士，一听萧朝贵阵亡，顿时乱了阵脚，清兵乘机猛攻。康禄等冲进城里的兵士们，也不得不又从缺口冲出来。石达开见状，急令鸣金收兵。

这天夜晚，太平军将士人人悲愤填膺。为着防备清军劫营，只得草草安葬朝贵，并立下一块暗石，好日后寻找，再隆重礼葬。

第二天凌晨，东王杨秀清带着三千人马来到妙高峰下，并告诉大家，天王率领大队人马已驻扎在石马铺。东王的到来，使军心为之一振。

妙高峰药王庙里，东王杨秀清主持的高级将领军事会议即将结束。经过一个下午的激烈讨论，杨秀清开始做总结，全体将领的眼睛都望着他。这位广西紫荆山的烧炭工，今年三十二岁，粗眉大眼，身材不高，强壮精干，浑身似乎有永远使不尽的力气，眼睛闪出两道光芒，既威严又狡黠，既深峻又热情。他用洪亮的广西官话说道：

“西王殿下死在长沙城下，我们与湖南清妖不共戴天，此仇一定要报。但我们的进军目标是金陵。长沙只是路过站，易取即取，若以牺牲数千将士的代价来换长沙城，则大可不必。刚才翼王殿下的意见很对，我们一面佯装全力攻城，另一方面派出得力人员到河西打粮。待全军粮食足够后，便直下岳州，取道洞庭湖，进入长江。明天便由翼王带三千人马渡湘江而西，这边由北王和天官正丞相负责攻城。天王陛下过两天就到。待天王陛下到后，我们再定北进日期。”众将齐声拥护。

第二天，翼王石达开率领三千人马渡过湘江。过江的时候，石达开要康禄带五百人埋伏在水陆洲上，并面授机宜。渡江后，石达开顺利占领龙回潭、阳湖，控制通往宁乡、湘阴的大路，并从岳麓山下的地主们手中轻易地得到了七八万斤新粮。

消息传到城内，巡抚衙门又是一阵惊慌。张亮基连夜与左宗棠商量对策。左宗棠说：“石达开带人在河西掠粮，可见贼对短期破城没有把握。以宗棠看来，洪秀全、杨秀清下步的打算不出两条：一为长期屯兵城外，与我抗衡；一为掠足粮草，准备远飏。这一年多来，他们一路陷城略地，并不久留，桂林围而未破，则绕道陷全州。从贼之一贯行事来看，放弃长沙远飏他处的可能性较大。”

张亮基说：“但愿如先生所分析，长毛早日离开湖南境内。然则洪杨未走之前，如何对付呢？”

“目前不管他们走还是不走，先要歼灭石达开一股。石达开只有三千人马，且离开贼之老巢。我们选调五千人，分成三部分，以一千人驻扎水陆洲，堵其归路；另外四千分两队南北包抄。将这股人马歼灭后，贼军心必乱。但这三路人马分别由谁来带领呢？”左宗棠捻着胡须，像问张亮基，又像是自问。

张亮基说：“我看驻水陆洲一军，由广西提督向荣带领，他一路尾追长毛，经验最丰富。包抄两路则由绥宁总兵和春、河南河北总兵王家琳分别带领。你以为如何？”

左宗棠沉默一会，缓缓地说：“宗棠刚来，对诸将才能性情尚不甚了解。大人既然定了，就这样办吧！”

次日，向荣、和春、王家琳分别带领各自人马，离城过江。

向荣从朱张渡口过浮桥，杀气腾腾地带着一千人马来到水陆洲，却被太平军的一把火烧了个呜呼哀哉，一千人马，被烧死杀死八九百。

南北包抄的两支人马听说水陆洲向荣全军覆没，都吓虚了胆；交战不到一个时辰，便大败而逃，为争夺浮桥，又在湘江中淹死几百人。

左宗棠站在天心阁上，看到水陆洲火起，三路人马全部败逃，不觉长叹，心里说道：“当年诸葛亮初出茅庐，便在博望坡以火攻取胜而使关、张心服，想不到我左宗棠初出，却中了别人的火攻之计。今亮就这样不如古亮吗？”继而又想：“这班绿营官兵真是一群饭桶，即令水陆洲全军失败，南北两路尚有四千人马，何以如此不中用！”左宗棠从心里鄙夷这班酒囊饭袋。他暗暗决定，今后必须亲自选择一批将官，重新招募一支新兵，严格训练，一扫绿营积习。否则，纵有诸葛之谋，也不能在战场上取胜。

石达开在河西的胜利，极大地鼓舞了围城的将士，不少将领向杨秀清提出：趁此机会，再次攻城。杨秀清没有立即答应，他要和洪秀全商量。

将近黄昏，洪秀全带着一班侍卫，悄悄来到妙高峰上。他屏退左右，与杨秀清闭门密谈了半夜。

第二天中午，一桩天大的喜事在太平军将士中传开。原来，杨秀清的几个亲兵在药王庙的神座下发现一颗前明的传国玉玺。这玉玺四寸见方，上镌五龙交纽，刻着“天地齐寿，日月同辉”八个篆字，装在一个檀香木匣内，用金锁锁着。经随军的博学文人鉴定，的确是真正的国宝。他们纷纷猜测，不能理解明朝的传国玉玺何以藏在药王庙的神座下。后来，还是杨秀清解释得最好，众皆钦服。杨秀清说：“当年吴三桂引清兵入关，原是想借满人的力量自己做皇帝，故在明朝宫中搜得这颗传国玉玺，秘密保存。后满人称了帝，封他为平西王，他心中不服，但兵力单薄，无可奈何。吴三桂到云南后招兵买马，扩大实力。康熙十二年，与靖南王耿精忠、平南王尚可喜之子尚之信发动叛乱。吴三桂从云南打到湖南，占领了长沙。他原想在长沙称帝，后来时局不利，便撤退到衡州，匆忙之中，将这颗玉玺藏在药王庙神座下。吴三桂虽然兵败，但是想过皇帝的瘾，于是在衡州称起帝来。当时清兵已围住衡州，他一时无法到药王庙取玉玺。不久，吴三桂一命归天，藏玺的人也都战死了，谁也不知道这颗玉玺的下落。今天，天父天兄将这颗传国玉玺赐给我们。我们的天王陛下是真正的真龙天子。”

杨秀清的解释与历史事实很相符合，这颗传国玉玺的真实性是不容怀疑的。全体将士兴奋至极，尤其是那些广西过来的老兄弟，自觉地焚香祷告，眼中流出无限激动的泪水，感激天父天兄将清妖的江山赐予天国，决心一举攻克长沙。

当天夜晚，洪秀全召开全体高级将官会议。在庄严隆重的气氛中，洪秀全出来和大家见了面。因为玉玺的发现，天王在众人眼中俨然已是登基的天子，全体将官自觉地跪在洪秀全的脚下，三呼万岁。在大家的无限虔诚之中，杨秀清给洪秀全递来一个诡谲的微笑。这个微笑，只有洪秀全心中明白。

洪秀全今年三十九岁，身材高大魁梧，面孔英俊，留着淡茶色胡须。他与人突出的不同是耳小而圆。现在，他端坐在临时铺就的龙椅上，威严地说道："天父天兄将明朝的传国玉玺赐予我们，是清妖朝廷的结束，汉人重坐江山的象征。我已命令工匠将前明的玺文磨去，刻上'天父天兄天王太平天国'十个大字。"脚下欢声雷动。待大家的心情平静下来后，洪秀全继续说："诸位兄弟在长沙城下围攻两个多月，给湖南清妖以沉重打击。清妖目前是坐困危城，一筹莫展。我们在攻克道州时，便制定了'直前冲击，循江而下，略城堡，舍要害，克复武昌，号令天下'的大计。目前我军士气正盛，粮草充足，连日江水暴涨，正是我军浮江北下的大好时机。各军今夜做好准备，搜集船只，明早登船，撤离长沙。另林凤祥带五千人从陆路出发，扫除障碍，到王家坪上船，出临资口，到湘阴与大队人马会合。李开芳带一千人连夜南行，布下疑阵，引诱清妖南下，务使大军安然北进。"

洪秀全说完后，杨秀清又站起来强调了两句。他说："北进的水陆两军都要连夜悄悄做好准备，不让清妖得到一点风声。南下的一支人马，则要大造舆论，大张旗鼓，把清妖引诱得越远越好。待把清妖引出百余里之后，再从小路间行往北，与大队会合。"

翌日上午，当数千清兵尾随李开芳南下时，五万太平军将士，已分别从水陆两路浩浩荡荡向岳州进发。

八　左宗棠荐贤

太平军撤离长沙，阖城官绅大大地舒了一口气，穷苦百姓却深感惋惜。他们巴不得大军进城来，多杀掉几个贪官劣绅，为穷人出气申冤。听说药王庙里出了明朝的传国玉玺，长沙城内和四乡的百姓，都认为今后的江山是太平军的，对将来的日子有了指望。许多家中无牵挂的年轻人随着太平军走了。他们要跟着洪杨去打天下，建新朝。

张亮基以巡抚名义大摆宴席，犒劳这两个多月来为守长沙城出力的全体官绅，并特地请黄冕、孙观臣、贺瑗和欧阳兆熊坐在第一席上，并保证立即申报朝廷，偿还他们借的十二万两银子。又封那座立了功的炮王为"红袍大将军"。又循鲍起豹之请，为城隍菩萨重新塑像，封它为"定湘王"。又要左宗棠赶紧起草奏章，题目就叫做"长沙大捷贼匪败窜北逃折"，向朝廷邀功请赏。

左宗棠却不像张亮基那样喜形于色，他在深思。这些年来，左宗棠以一个旁观者的身份，对朝廷的腐朽、官场的龌龊、绿营的窳败，看得非常清楚。他知道洪杨起事，是由于走投无路而被逼上梁山，其战斗力非同小可，况且又得到百姓的拥护。长沙城能守住，并非是由于官军的力量，而是因为洪杨志不在此。天下从此将要大乱，不可乐观过早。河西之役失败后，他就想到今后与洪杨作战，不能指望绿营。看来只能仿照过去与白莲教打仗的样子，组织团练，从团练中练出一支劲旅来。现在，长毛已退，必须赶紧筹办这事。他向张亮基建议，各县都要像湘乡、新宁、湘潭等地那样建团练，省里由一人统领。谁来筹办此事呢？他首先想到罗泽南。

罗泽南是个出名的理学家，但他并不空谈性理，而注重经世致用，他的弟子中能人不少。从去年以来，他在湘乡主办团练，集合了一千多人。由于练勇有功，已被保举候补训导。不过，罗泽南虽然办团练有经验，但毕竟位卑人微，长沙不是湘乡，他难以在此站住脚。自己出面吗？也觉资望尚浅，恐别人不服。这个大任，由谁来担负呢？他想起江忠源，但长沙城防离不开他。郭嵩焘呢？他是个典型的书生，不堪烦剧。欧阳兆熊呢？此人太不讲法规，不能充当领袖人物。想来想去，无一人合适。左宗棠在房间里踱来踱去，突然把脑门一拍，大喜道："我怎么一时忘了此人！"

他急忙走到签押房，以少有的兴奋情绪对张亮基说："中丞，这主办省团练的人有了。"

"谁？"张亮基高兴地问。

"中丞看，正在湘乡原籍守制的曾涤生侍郎如何？"

"涤生侍郎的什么人亡故了？"

"他的母亲在六月间就已去世。他由江西主考任上折转回籍奔丧，回家已有两个来月了。"

"这段日子给长毛冲得六神无主，也不知道涤生兄回籍来了，真正对不住。要是由他来主办，那当然是太好不过的事。"略停一下，张亮基说，"不过，听说曾涤生为人素来拘谨，最讲名教，他正在服丧期间，能出山办事吗？"

"这点我也虑及了。墨绖从戎，古有明训。涤生重名教，但更重功名事业。只要大人作书恳请，一面上报朝廷，请皇上下诏，我看他会出山的。"

"好，我这就修书，请你拟个折子。"

第三章 墨经出山

一 谢绝张亮基的邀请

湖南乡下有躲生的习俗。

十月十二日，是曾国藩进四十三岁的生日。自从道光十九年冬散馆进京，他已是十二个生日没有在家过了。父亲和弟妹们暗暗地准备为他热热闹闹办一场生日酒。远近的亲朋好友早就在打听消息。他们中间有真心来祝贺的，但更多的是借此巴结讨好。

曾国藩童稚时期，正是家境最好的时候，后来弟妹渐多，父亲馆运常不佳；叔父成家后亦未分爨，叔母多病，药费耗去不少。到他十多岁后，家境大大不如前，因而从小养成俭朴的生活作风。回家来，他看到家里的房屋建得这样好，宅院这样大，排场这样阔绰，又惊异又生气。母亲的发丧酒办了五百多桌，惊动四乡八邻，也是曾国藩不曾想到的。他把几个弟弟重重地责备了一顿，为着表示对他们这种讲排场、摆阔气的不满，他决定不办生日酒，并到离家十五里路远的桐木冲南五舅家去躲生。

南五舅对此很感动。外甥回家两个月来，不知有多少阔亲朋来接他去住，他都谢绝了，唯独看得起自己这个穷舅父，一住便是几天，给老娘舅很增了光彩。

曾国藩也的确敬重这个既无钱又无才的南五舅。南五舅是国藩母亲的嫡堂兄弟。他也读过几年私塾。后来父亲死了，家道中落，他辍学在家种田，过早地肩负起家庭重担。南五舅为人忠厚朴讷，从小起就对国藩好，人前人后，总说国藩今后有出息。国藩两次会试落第，心里不好受，南五舅都接他到桐木冲，一住就是半个月，常鼓励他：宝剑锋从磨砺出，梅花香自苦寒来。不要怕挫折，多几番磨炼，日后好干大事业。

丁酉年冬，曾国藩第三次进京会试。家中七拼八凑，总共只有二十千钱，向人借贷，一个铜子也没借到，曾国藩心里难受极了。忽然，南五舅喜冲冲地跑来："宽一，我这里有十二千钱，凑起那二十千，就有三十二千了，节省点用，也可以到达京师。"

曾国藩高兴得直流泪，一把收下，当时也没问：南五舅怎么一下子会有这么多钱。到了京师才想起，写信问家里，才知道南五舅把仅有的一头小黄牛卖了！

曾国藩始终记得南五舅的大恩。那年从四川主考回来，得了三千两银子的程仪。他寄回家一千两，特别指明从中分出一百两给南五舅。以后升了侍郎，俸金多了，他每年都送二十两银子年礼。

这几天，他和南五舅谈年景，知道荷叶塘种田人这些年来日子过得很艰难，田里出产不多，捐派却年年增加。遇到天灾人祸，有的甚至家破人亡，几年来减少十多户。自从四月来，又增加办团练的捐派，每户见人捐五百，百姓怨声载道。南五舅还悄悄告诉国藩，荷叶塘还有人希望长毛成事，好改朝换代，新天子大赦天下，过几天好日子。这些都使国藩大为吃惊。

南五舅家人客少，清静。一早起来，曾国藩按惯例临了半个时辰的帖后，开始给京师的朋友写信。随后，又给儿子写了一封长长的家信。长子纪泽今年虚岁十四，该让他慢慢学习办事了。曾国藩将家眷离京回籍前应在京师办的事，一一写给纪泽，写好了，又细细地从头至尾看一遍，数一数，一共有十七条。正准备封缄时，又拿出一张纸来，补充三件事。一是告诉儿子如何处理家里的三车三骡，大小骡子当初买时用了多少银子。二是家具都送给毛寄云一人，不要分散了，因为家具少，送一人则成人情。三是要儿子做一套新衣服，以便在祖父面前叩头承欢。

他将这张纸连同刚才写好的六大张纸一起折起来，放进信套里，小心地封好。正要提笔写封面，江贵进门来："大爷，巡抚张大人来了一封信，老太爷请您老回家去。"

曾国藩忙与南五舅告辞，和江贵回家。刚进家门，四弟便喜滋滋地说："哥，听说是张大人的亲笔信！"

说着，把一个尺余长的大信套递给国藩。由于曾国藩的身份和地位，使得他在诸弟中有着崇高的威望。对大哥，弟弟们敬若神明。尽管信使说信中讲的是张大人请大哥晋省办团练事，荷叶塘都团总曾国潢急于知道内中的详细，却没敢私拆哥哥的信。

曾国藩拆开信封，果然是张亮基的亲笔。巡抚的信写得很亲热，先是对国藩丧母表示沉痛哀悼，说自己当时远在昆明，不能前来吊唁，后在战火中来到长沙，又抽不出身，心里很觉得对不住，只好明年清明再到荷叶塘来扫墓；继而又把自己如何敬慕的心情说了一番。最后讲到此次长沙被围，好不容易才打退长毛，请国藩为桑梓父老着想，出山来长沙办团练。信的末尾这样写道：

> 亮基不才，承乏贵乡，实不堪此重任。大人乃三湘英才，国之栋梁，皇上倚重，百姓信赖，亟望能移驾长沙，主办团练，肃匪盗而靖地方，安黎民而慰宸虑；亮基也好朝夕听命，共济时艰。

曾国藩将信细细地看了两遍，又重新放进信套里，锁进柜子中。这几天和南五舅扯家常，越扯越对湖南吏治的印象坏。早就听说湖南官场腐败，两个多月来的所见所闻，果然如此。这种环境怎能办事！何况张亮基、潘铎等人都不熟。练勇在几十年前平白莲教造反时，为朝廷立了大功。白莲教事毕，练勇也就全部撤了。近十几年来，云贵一带地方不靖，又相继在各州县办了一些团练，但鲜有成效。听南五舅的口气，百姓似乎并不拥护。为验证南五舅的话，国藩将四弟唤进内室。

一听哥哥召唤，曾国潢便进来了。在曾氏五兄弟中，国潢天分最低，但偏生又最爱出风头。罗泽南要他当个都团总，他便如同做了一品大员，得意洋洋，在乡民面前拿大装腔，趾高气扬的。曾国藩有点看不惯，回来这么久了，有意不问他办团练的事。

国潢想在哥哥面前卖弄，见哥对此毫不感兴趣，几次话到嘴边又咽下去了。现在哥主动来问他湘乡办团练的事，这下正搔到他的痒处。他兴致勃勃地告诉哥："今年四月，长毛攻破广西永安，窜至全州，逼近楚境，朱明府即在我县举办保甲，并令练族练团，互相保护。一族议定族长、房长，或四族，或五族合为一团。团议定团长、练长。各家各户男子年满十五以上、五十以下的一律入团练。每人自制号褂一件、器械一件。早晚在家操演，一遇贼警，由团长、练长、族长、房长带赴有事之处。平日无事，各安本业。团长、练长等每月会议两次。"

"经费怎么来？"曾国藩问。

"团练一切由各家自己开销，不要多少经费。"

"总要点钱吧！团长、练长每月聚会两次，在谁家吃饭？"

"当然是要点经费。各团各族自己规定，有的按人口出，一人一百文、两百文的，有的则由几户殷实人家出。"

"你说一人出一百两百，南五舅说他们一人出五百，怎么相差这样远？"

"有的族长黑心，想趁这机会捞一把。"

"澄侯，看来这团练中有弊端。刚建不久，就有人想从中谋私利。再办些时候，会干更多坏事。"

"是的，有的团丁还借机做坏事。如借禁赌行敲诈，借查夜行奸淫。听说添梓坪就发生了几起。"

"你说早晚操演，我回来两个来月了，怎么没见过你们操演？"

"刚成立时，操演过几回，后来渐渐懒散了，再加上长毛又没来，有两三个月没练了。说早晚操演，那是写在纸上的规定。"

"也有操演得好的吗？"

"有。县城附近几个都，由罗山带着璞山、希庵兄弟等亲自指挥，据说蛮像个样子。"

"澄侯，你说团练办好，还是不办好？"

"我看还是办好，至少可以对付小股土匪、抢王。不过，按现在这样办下去，可能怕只是神气了几个长字号，百姓得不到多少实惠，大家也不齐心。弄不好，过几个月就会散伙。"

"要怎样才会真正起作用？"

"依我看要起作用，就得专练一支队伍，也要吃粮吃饷，那样才练得好，免得心挂两头。"

"粮饷从哪里来呢？"

"就是因为粮饷无出路，才办不起来呀！"

兄弟俩就团练一事扯了大半夜。待国潢走后，国藩摇摇头，心里想：看来这个团练没有办头。再说，自己乃朝中堂堂正二品侍郎，又热孝在身，若仅因一巡抚之相邀，便出山办事，既有失自己的身份，又招致士林的讥嘲。这事如何办得！

曾国藩给张亮基写了封回信。诸多原因不能写，唯一可以拿得出的理由，是要在家守制。在一大通客气话之后，他写道：

国藩自别家乡，已历一纪，思亲之情，与日俱增，几欲长辞帝京，侍亲左右，做一孝子贤孙而终此生。岂料今日游子归来，王父王母，墓有宿草；慈母弃养，远驭仙鹤。百日来，忧思不绝，方寸已乱，自思负罪之深，虽百死亦不能赎也。

明公雅意，国藩再拜叩谢。然岂有母死未葬，即办公事之理耶？若应命，不独遭士林之讥，亦己身所深以为耻也。国藩此时别无他求，惟愿结庐墓旁，陪母三年，以尽人子之责，以减不孝之罪。乌鸟之私，尚望明公鉴谅。晚生曾国藩顿首。

二　世无艰难，何来人杰

过几天，湘乡县团练副总罗泽南召集全县四十三都团长、练长会议，特地请曾国藩光临指导。国藩、国潢兄弟俩一起到了县城。拜会县令朱孙贻后，国藩出席了县城团练的比武大会，亲眼看到罗泽南和他的弟子王鑫、李续宾、李续宜所训练的三营一千余名团丁，已初成规模，心里很有感慨。夜晚，又与罗泽南通宵长谈，听他讲按戚继光练兵法挑选将官、招募勇丁以及平时操练的体会。罗泽南竭力怂恿曾国藩出山办团练，并表示愿将这一千团勇交给曾国藩，他和他的学生都情愿在其帐下听令。曾国藩听后，更是激动不已。他深感自己无论在识见方面，还是在能力方面都不如罗泽南，自己只看到吏治腐败、绿营腐朽的现象，弄得心灰意冷，却不曾想到可以用自己的力量，按自己的想法去重新开创一个局面。如果下定决心来办好团练，也很有可能像当年戚继光创建戚家军那样，练就一支今日的曾家军。古人能做到的事，今人为什么做不到呢？

从县城一回到家，曾国藩就看到由湖南巡抚衙门转递来的四封信。其中三封是儿女亲家的。一是安徽池州府知府陈源兖的，国藩的二女纪耀许给他的儿子远济。一是詹事府右赞善郭霈霖的，他的女儿许给国藩的次子纪鸿。一是翰林院侍讲学士袁芳瑛的，国藩的大女纪静许给他的儿子秉桢。这三封都是亲戚之间的慰问信，全是客套话。国藩看后，也就扔到一边了。另外一封，则给他带来意想不到的喜讯，使得他的心情激动起来，并且久久不能平静。这封信是唐鉴从北京寄来的。

唐鉴，字镜海，湖南善化人，道光二十一年，由江宁藩司任上进京任太常寺卿，道光帝在乾清门接见他。这一天，曾国藩恰好随侍在旁。道光帝奖谕唐鉴治程朱之学有成就，并躬自实践，是个笃实诚敬的君子。道光帝对唐鉴的称赞，激发曾国藩对这位乡贤的敬意，他决定拜唐鉴为师。

几天后，曾国藩到了碾儿胡同，以弟子之礼拜谒唐鉴。年过花甲的唐鉴，已知这位同乡后辈勤奋实在，见他如此谦卑，自投门下，很乐意收下这个新门生。

“先生，请问检身之要、读书之法究在何处？”曾国藩十分恭敬地向唐鉴请教。

“当以朱子全书为宗。”唐鉴抚摸着垂在胸前一尺有余的银须，腰板挺得笔直，不假思索地回答，“此书最宜熟读，即以为课程，身体力行，切不可视为浏览之书。检身之要，我送你八个字。即检摄在外，在‘整齐严肃’四个字；持守于内，在‘主一无适’四个字。至于读书之法，在专一经；一经果能通，则诸经可旁及；若遽求专精，则万不能通一经。比如老夫，生平所精者，亦不过《易》一种耳。”曾国藩听了镜海先生这番话，有昭然若发懵之感。

“古今学问，汪洋若大海，弟子在它面前，有如迷路之孩童，不知从何处起步。”关于检身、读书，曾国藩思索多年而不得要领，唐先生居然八个字就为其提纲挈领了。在唐鉴面前，曾国藩深觉自己学问浅陋，他继续请教，“先生，请问这为学之道？”

“为学只有三门。”国藩的提问刚落，唐鉴便以明快简捷的语言做了回答，“曰义理，曰考核，曰文章。考核之学，多求粗而遗精，管窥而蠡测；文章之学，非精于义理者不能至。”

“经济之学呢？”一心想要经邦济世的曾国藩急着问。

“经济之学即在义理中。”唐鉴的答复明确而肯定。

“请问先生，经济宜如何审端致力？”

“经济不外看史。古人已然之迹，法戒昭然。历代典章，不外乎此。”

经唐鉴逐一指点，曾国藩于学问之道和修身之法似乎一下子全明朗了。唐鉴又告诉他，读朱子全书重在践行。践行的要点在五个字：诚、敬、静、谨、恒。不欺人，不自欺。这是诚字的要义。以恭肃之心待人待物。这是敬字的要义。用志不纷乃凝于神。这是静字的要义。不妄语，不大言。这是谨字的要义。持之以恒，有度有节。这是恒字的要义。每天用这五个字来对照自身，切实反省。最好的自我督促，就是写日记。唐鉴对他说，借日记来三省吾身这方面，用功最笃实的是倭仁。倭仁每日自朝至寝，一言一行，坐作饮食，皆有札记，或心有私欲不克，外有不及检者皆记出。又说自己记日记一一如实，决不欺瞒，夜晚与老妻亲热，亦记于日记中。曾国藩听后心中暗自发笑，也佩服老头子诚实不欺的品德。

自从跟着唐鉴研习程朱之学后，曾国藩开始对自己的一言一行严加修饬，并立下日课，分为主敬、静坐、早起、读书不二、读史、写日记、记茶余偶谈、日作诗文数首、谨言、保身、早起临摹字帖、夜不出门十二条。又作《立志箴》《居敬箴》《主静箴》《谨言箴》《有恒箴》各一首，高悬于书房内。朋友们见了，无不钦服。

这一天，曾国藩带着日记，又去碾儿胡同谒见唐鉴。唐鉴审读他的日记，见满纸都是痛骂自己不成器的话，很是满意。翻到二十二日的日记，看上面写道：“自今日起改号涤生。涤者，取涤其旧染之污也；生者，取明袁了凡之言‘从前种种，譬如昨日死，以后种种，譬如今日生也’。”唐鉴称赞：“有志气！涤生，望你今后涤旧而生新。”

唐鉴翻到二十八日那一页，见上面写着：“昨夜梦人得利，甚觉艳羡。醒后痛自惩责。谓好利之心至形诸梦寐，何以卑鄙若此。真可谓下流矣。”唐鉴面露欣色说：“好！就要这样不讲情面地痛骂，方才改得掉恶习。”说罢，转过脸来审视曾国藩，问：“足下昨夜所梦何事？”

“昨夜梦见何绍基放广东正考官，考完回来，得程仪五千两，皇上又赏他一千两，私心甚是羡慕。”曾国藩红着脸嗫嚅。

"这是好利之心未全然湔除之故。"唐鉴一本正经地说，"《中庸》上讲：'莫见乎隐，莫显乎微，故君子慎其独也。'君子之可贵，就在于慎独。'独'尚能审察，世人能见之不善岂敢为乎？涤生，你今日回去，就作一篇《君子慎独论》，下次带给我看。"

曾国藩满口答应着。临走，唐鉴又送他一本自著《畿辅水利》，一张亲笔楷书条幅："不为圣贤，则为禽兽。只问耕耘，不问收获。善化唐鉴。"

跟了唐鉴一段时期，尤其在通读了他的《畿辅水利》一书后，曾国藩看出这位理学名臣并不是埋首故纸、空谈心性的书呆子，而是关心民瘼、留意经济、不乏谋略、可办实事的能吏。同样，唐鉴也知道曾国藩是老成深重、极有心计的干才。以后，师生之间的话题更多地转向历史上的兴衰治乱、鼎革隆替，眼下的时政得失、地方利弊等等。唐鉴从江宁来，又多年历任地方官，深知民生疾苦。他觉察到大乱将至，常在密室中鼓励曾国藩以天下为己任，多读史书，浏览舆地图册，钻研兵法，以备来日大用。曾国藩将唐鉴视为黄石老人，而唐鉴也以张良期待曾国藩。

道光二十六年，唐鉴致仕。回善化老家住了一年之后，应友人之邀，到江宁主讲金陵书院，很快名震江南，甚受士子们的敬重。咸丰二年七月，唐鉴奉召入京。两个月内，咸丰帝召见十五次，极耆儒晚遇之荣。在第十五次召见时，咸丰帝向唐鉴垂询对付太平军的事。唐鉴鉴于江忠源的楚勇，在全州蓑衣渡获胜及保卫长沙的战功，向咸丰帝提出各省仿嘉庆朝办团练的成法组建团练，并提出先在湖南举办。同时向咸丰帝力荐曾国藩可大用，请皇上任命曾国藩为湖南团练大臣，授予他便宜行事之权。出于对曾国藩的深刻了解，唐鉴对咸丰帝说，曾国藩翰林出身，久任京官，对地方事不熟悉，刚开始时会有不顺利，请皇上自始至终信任他。唐鉴以自己一生名望向皇上担保，曾国藩必可成大事。

老夫子认认真真地用蝇头小楷写了一封长长的信，语气极为亲热，极为诚恳。他把这次由江宁入京，皇上所给予的破格隆遇详细地介绍一番，特别把最后一次陛见，皇上的垂询及自己的密荐写得更为生动。最后，老先生用动情的语言，回忆当初四合院内，师生切磋学问、砥砺品性的情景。结尾尤使曾国藩感动：

> 涤生吾弟，当年在京都时，老夫即知贤弟乃当今不可多得之伟器。此番进京，凡所见之昔日朋友，说起贤弟道德学问、文章政绩，莫不交口称誉。老夫行将就木，亲见贤弟已成参天大树，私心喜慰之情，岂众人所可比拟！老夫满腹话欲与贤弟倾吐，讵料伯母仙逝，贤弟已回湘上，奈何！
>
> 眼下洪杨作乱，三湘涂炭。南望家山，不胜悲念。常言说"时势造英雄"，正因祸乱并发乃英雄崛起之时，故老夫才向皇上竭力推荐，并以一生薄名为贤弟担保，所幸皇上已简记在心矣。
>
> 孟子曰"天将降大任于是人也，必先苦其心志，劳其筋骨"，贤弟数十年来，已备尝人世艰苦，现正当年富力强，担当大任之时，况贤弟素有澄清天下之志，此为老夫所深知。老夫往日与贤弟，一起读圣贤之书，讲经世之学，所为何事？岂不正是为今日拯黎民于水火之中，挽狂澜于既倒之时！虽然，老夫亦知，今日办事，千难万难。但古人说得好：世无艰难，何来人杰？此中

道理，吾弟自明。老夫已矣，一生庸碌无为，而今衰朽残阳，虽有报效之心，实乏济世之力。此系老夫常以晚年得遇贤弟而自慰也。酬皇上厚恩，展生平怀抱，正当其时，望吾弟好自为之。切切。

曾国藩拿着唐鉴的这封信，反复看了几遍，心潮澎湃，起伏不安。当年在先生安静的四合院内，师生之间不知多少次探讨过前人的经世济民之术，对张良、陈平、诸葛亮、王猛、谢安、魏徵、房玄龄、范仲淹、司马光、张居正等人的辉煌相业，神往不已。也曾暗暗下了决心，今生一定要入阁拜相，干一番轰轰烈烈的事业，让史官将自己的业绩记在青史上，激励后世读书人。他想起谢绝张亮基相邀之事。正是要自己办大事的时候，为何如此瞻前顾后、顾虑重重呢？世无艰难，何来人杰？唐鉴的话像闷雷一样，在耳边沉重地响起。涤生啊涤生，平素漫自矜许，当时机来到之时，你却畏葸不前，害怕困难，这不是懦弱无能吗？曾国藩捧着唐鉴的来信，在椅子上正襟危坐，对自己提出了严厉的责问。

三　接到严惩岳州失守的圣旨，张亮基晕死在签押房里

正当曾国藩在罗泽南的感染和唐鉴的激励下，对办团练跃跃欲试的时候，太平军的一次大捷，震撼了湖南全省九府四州，也狠狠地给曾国藩当头一瓢冷水。

太平军撤出长沙后，由宁乡进入益阳，从临时搭成的浮桥上渡过资江，在桃花仑迎击向荣所统率的尾追清军，大获全胜，阵斩清总兵纪冠军，杀死兵勇七八百人。向荣败退宁家铺。

这时，资江水大涨。洪秀全下令全军集中一切船只，将所有粮草辎重装在船上，浮江而下。另由翼王石达开率七千人马，由陆路护船前进，取道三里桥、兰溪市、西林港至王家坪上船，最后，全体人员由临资口进入湘江。

在益阳动身之前，洪秀全派遣两名拜上帝会的老兄弟，悄悄潜入岳州城，与巴陵人晏仲武接上头。晏仲武是当地渔民中的头领，为人有心计，有胆量。一年前，广西拜上帝会的重要成员杜子婴，在巴陵购地建房，暗中从事反清活动。晏仲武与之联系密切，后一同随往广西，加入拜上帝会。永安建制时，晏仲武被封为岳州军帅。他在岳州积极发展会员，许多渔民参加了拜上帝会，形成一股不小的势力。

在临资口江面上，洪秀全命令绕过湘阴县城，直接挺进岳州府。当太平军围攻长沙的时候，湖北巡抚常大淳害怕太平军北上武汉，派提督博勒恭武驻防岳州。临湘县令张开霁急忙驻防羊楼司，吴南屏之弟、巴陵绅士吴士迈强募渔民二千人组建水营驻防土星港。这两千渔民中有晏仲武手下三百多个兄弟，在太平军的战船驶进土星港时，这三百兄弟一齐哗变，土星港水营顷刻土崩瓦解。博勒恭武和岳州知府廉昌、巴陵县令胡方穀、参将阿克东阿闻讯仓皇逃走。晏仲武乘机在城里起事，击败清军副将巴图，夺得仓库中三万两银子军饷，并一举拿下梁夫岘、隆奉庵、黄福滩等要地。太平军顺利进驻岳州城。

太平军在岳州缴获大批饷糈、火药、枪械，并意外地发现三十门吴三桂留下的铜炮。这批铜炮封存在武库中，从来没有人过问，擦去锈迹灰尘后，依然锃亮耀眼，十分令人喜爱。装上火药一试，效果极佳。这三十门大炮的发现，和药王庙明朝传国玉玺的发现一样，极大地鼓舞了全军的士气。大家都认为，这是上帝为太平军打天下所保存的武器。几天之间，岳州城内城外投靠太平军的人络绎不绝，队伍迅速由五万扩大到十万。洪秀全又任命近日投靠的、原停泊在岳阳楼下的祁阳商船主唐正财为典水匠，职同将军，正式建立水营。水师也由五军扩为九军，共一万五千人。这时，太平军从诸王到普通士兵，人人喜气洋洋，军威大振。全军在岳州城休整十天，然后在一片鞭炮锣鼓声中，顺流向武昌进发。

岳州失守的奏折以日行六百里的速度报告朝廷，咸丰帝大为震怒，立即命军机起草，颁布上谕：一、巴陵县令胡方穀、参将阿克东阿即行处斩。二、岳州知府廉昌监候秋后处决，博勒恭武革职拿问。三、任命两广总督徐广缙为钦差大臣、署理湖广总督，即赴武昌防守，原湖广总督程矞采革职。

张亮基拜读上谕后，两眼呆滞，双手冰凉，仿佛眼前摆着的不是煌煌圣旨，而是胡方穀、阿克东阿、廉昌血淋淋的头颅。一整天，他茶饭不思，六神无主，像木偶似的坐在签押房里。岳州失守的凶讯沉重地压在巡抚衙门的上空，衙门内外死一般的沉寂，庆贺长沙解围的欢乐气氛，已被彻底扫荡干净。张亮基眼前浮现出几天前长沙城激战的惨象，幸亏长毛主动撤走，否则，长沙城的命运会和岳州城一样。但长毛用兵狡诈，说不定哪天又会突然挥师南进，攻下长沙。那时自己的这颗头颅不是被长毛砍下，便是被朝廷砍下。张亮基想到这里，眼前一黑，从太师椅上摔了下来……

“好了，终于醒过来了！”当张亮基睁开双眼时，看见夫人正垂泪守候在他的身旁。他这才发现自己已躺在卧房里。天已黑了，烛光下，依稀看见潘铎、江忠源、左宗棠等人站在卧榻四周。张亮基招呼他们坐下。

“岳州失守，皇上震怒，诸位都已看到上谕，真令人痛心啊！”喝下一口参汤后，张亮基的精神好多了。

“胡方穀等弃城逃命，上负朝廷之寄托，下违大人之军令，杀头不足恤；请大人不必忧伤，务望保重。”江忠源很鄙夷胡方穀等人的行为。他心里想，这样的人，如在我的手下，不待朝廷下令，早就先把他杀了。

张亮基点点头，说：“我并不是怜恤他们。身为一城之主，临阵脱逃，理应斩首，以肃国法军纪。我是在想，将士们如何这般不中用，任长毛横冲直撞。现在长毛并未撤离湖南，保不定他们哪天又回过头来打长沙。湖南境内的兵祸何日是了啊！”

“长沙的戒备不能松。”潘铎和张亮基有同感。

左宗棠没有做声。对岳州失守、守城文武出逃一事，他认为不屑一提。在他的心目中，那些人不过是一班酒囊饭袋而已，本来就不够资格担此重任。是谁把这批废物提拔上来，安置在这个重要的位子上呢？还不是朝廷的决定！现在出事了，杀他们来出气，有什么用呢？第一个该谴责的，是中枢那些决策者。无用之辈占据要津，自己满腹经纶，连个进士都没取中。他越想越气，干脆紧闭双唇，不发表意见。

又喝下两口参汤，张亮基的精神全恢复了。他想，正好趁着大家都在这里，谈谈省里办团练和请曾国藩出山的事，便把一份禀报递给潘铎，说："今天浏阳县来了一份禀报。最近，县里又闹出一桩大案。征义堂堂长周国虞杀了狮山书院廪生王应苹，封存粮仓，强迫有钱人打造武器，准备造反。长毛已闹得天翻地覆了，再加上这些土寇又吵得各地不得安宁，我们纵有三头六臂，也不能应付。前向，我跟诸位商量过团练的事，大家也认为全省都可以仿照湘乡、新宁等县的样子，把团练办起来。一则可以抵御发逆的入侵，二则可以镇压当地土寇，三则还可以清除奸细，整肃民风。这次岳州失守，关键原因是奸细在内部作乱，地方失察。倘若没有晏仲武做内应，岳州城绝不可能陷落。"

"晏仲武的事，早一个月前就有人告发过，我也札饬廉昌严加查访。谁知廉昌禀报说，晏仲武办理水营卖力，一贯襄助官府，忠诚可靠，请求平息诽谤，奖励晏某，勿寒忠良之心。真真糊涂昏庸，忠奸不辨！"潘铎气愤地说。

张亮基说："各县办团练，全省要有一个人来总管。前向我们议定请曾涤生侍郎来主持。早几天，他回信说要在家终制，不能出山。不知那是客气，还是真的不愿出？"

潘铎说："曾涤生要在家终制，也是实情。人同此心，不可强求，那就再请别人吧！"

"你看请谁呢？"左宗棠望着潘铎问。

"如果没有更合适的人，还是请罗泽南到长沙来吧！"

"罗泽南威望浅了，不合适。"张亮基不同意。

江忠源说："此事非涤生不可，别人谁都办不好。"

"也不是说除涤生外就没有第二人了。不过，目前从资历、地位和才具几个方面来看，还只有曾涤生比较合适。"左宗棠一边浏览浏阳县的禀报，一边说，"关键是要弄清涤生不愿出山的原因。依我看，潘大人刚才说的，尚不是主要原因，那只是推辞的理由。"

"你看真正的原因在哪里？"张亮基问。

"我看真正的原因，是涤生对自己办好团练一事没有信心。这也难怪，他虽然兼过兵部左堂之职，其实并没有亲历过兵事。涤生为人，素来胆小谨慎，现在要他办团练，和兵勇刀枪打交道，他不免有些胆怯，要找个人给他打打气才行。"

"季高说得对！要能找到一个涤生平素最相信的，又会说话的人去说动他，他是会出山的。我了解他。他虽胆小谨慎，但也不是那种只图平平安安，怕冒风险的人。"江忠源说。

"能够把涤生说动当然好，谁去当说客呢？"潘铎问。

"我倒想起一个人。"左宗棠故意放慢语调。

"谁？"张亮基迫不及待地问。

"他是我的同乡，目前正丁忧在家，隐居东山梓木洞……"

"哦！我知道了，你说的是我的同年郭筠仙。"江忠源打断左宗棠的话。

"对！就是郭嵩焘。涤生与他的交往，又胜过与我和岷樵的交往。他去劝说，比我

们几个都合适。”

江忠源点头说：“涤生朋友遍天下，最知己者莫过于二仙——筠仙和霞仙，筠仙去一定可以说动。”

左宗棠说：“还有一个重要原因。郭筠仙这人事业心极重，他想匡时济世，但又无领袖群伦之才，只能因人成事。他正要依靠曾国藩做一番事业，所以他会全力相劝。”

江忠源笑道：“还是季高知人论世，高出一筹，涤生和筠仙的心坎，都让你摸到了。”

“上次请朝廷诏命曾涤生办团练的奏折，朱批大概也快发下来了。先让郭筠仙去劝说，再加皇上的命令，不容他曾涤生不出山。”张亮基凄然一笑。

潘铎请张亮基好好休息一晚，便和江忠源、左宗棠一起退出卧室。当夜，左宗棠修书一封，又顺便也给周夫人写了封家信。第二天一早，便派一匹快骑送往东山去。

四　陈敷游说荷叶塘，给大丧中的曾府带来融融喜气

郭嵩焘五年前中进士点翰林，还未散馆，母亲便病逝，几个月后，父亲又跟着母亲去了，于是他母忧、父忧一起丁。太平军围长沙时，他估计马上就会到湘阴来，遂举家迁移东山梓木洞。在幽深的山谷里，郭嵩焘诗酒逍遥，宛如世外神仙。这几天好友陈敷来访，他天天陪着陈敷谈天说地，访僧问道。陈敷字广敷，江西新城人，比郭嵩焘大十余岁，长得颀长清癯。陈敷为学颇杂，三教九流、天文地理，他都曾用功钻研过；更兼精通相面拆字、卜筮扶乩、奇门遁甲、阴阳风水，颇有点江湖术士的味道。

这天，郭嵩焘正与陈敷畅谈江湖趣事，家人送来左宗棠的信。

“这真是一句老话所说的：洞中方数日，世上已千年。”郭嵩焘看完信，十分感慨地说，并随手将信递给陈敷，“我来梓木洞才多久，就好像与世隔绝了似的。不知季高已当上巡抚的师爷，更不知涤生已奔丧回到荷叶塘。真正是神仙好做，世人难为。”

郭嵩焘说话间，陈敷已把信浏览了一遍，笑着说：

“左师爷请你当说客哩！”

“我和涤生相交十多年，他的为人，我最清楚。这个使命我大概完成不了。”

“也未见得。”陈敷头靠墙壁，悠悠和和地说，“曾涤生侍郎，我虽未见过面，但听不少人说过，此人志大才高，识见闳通，是当今廷臣中的凤毛麟角。他素抱澄清寰宇之志，现遇绝好机会，岂会放过？我看他的推辞，只是做做样子而已。筠仙此去，我包你马到成功。”

“兄台只知其一，不知其二。”郭嵩焘摇摇头说，“曾涤生虽胸有大志，但处事却极为谨慎。一事当前，顾虑甚多。这样大的事情，要说动他，颇不容易。况且他在籍守制，亦是实情。别人墨绖在身，可以戴孝办事，官场中甚至还有隐丧不发的丑闻。但曾涤生素来拘于名节，他不会做那种惹人取笑的事。再说他一介书生，练勇带兵，非其所长，能否有大的成效，他也不能不有所顾虑。”

陈敷笑笑：“你还记得他的那首古风吗？”

“不知你说的是哪一首？”

“曾侍郎的诗文，海内看重，每一篇出，士人争相传诵，我亦甚为喜爱。你是他的好友，于他的诗作自然篇篇都熟。我背几句，你就知道了。”陈敷摇头晃脑地吟唱，“生世不能学夔皋，裁量帝载归甄陶。犹当下同郭与李，手提两京还天子。三年海国困长鲸，百万民膏喂封豕。诸公密勿既不藏，吾徒迂疏尤可耻。高嵋山下有弱士，早岁儒林慕正轨。读史万卷发浩叹，余事尚须效膑起。”

“知道知道，这就是那首《戎行图》了。”

“读其诗，观其人，我以为，谨慎拘名节是其外表，其实，他是一个渴望建非常之业，立非常之功，享非常之名的英雄豪杰式的人物，而不是那种规规然恂恂然的腐儒庸吏。”

郭嵩焘不禁颔首：“仁兄看人，烛幽显微，真不愧为相人高手。”

说罢，二人一齐笑起来。过一会，陈敷问：“你刚才提起相人一事，我问你一句，曾侍郎是否也信此事？”

“涤生最喜相人，常以善相人自居。”

“这就好！”陈敷得意地说，“在梓木洞白吃了半个月的饭，无可为报，我陪你到湘乡走一遭，助你一臂之力如何？”

郭嵩焘是个极聪明的人，立即明白他的意思，连忙说：“好极了！有仁兄相助，一定会成功。”

过几天，郭嵩焘、陈敷二人上路了。他们先到长沙见过左宗棠。左宗棠拿出一封翰林院侍讲学士周寿昌的信。郭嵩焘看完信后很高兴，说：“荇农这封信来得及时，正好为我此行增加几分力量。”便向左宗棠要了这封信，继续向湘乡走去。

这一天，二人来到湘乡县城，拣一家不起眼的小旅店住下。夜里，郭嵩焘将曾国藩的模样细细地向陈敷描绘一番，然后又将曾氏一家的情况大致说了说，并仔细画了一张路线图。

第二天一早，陈敷告别暂留县城的郭嵩焘，独自一人向荷叶塘走去。当天晚上宿在歇马镇。次日午后，陈敷远远地望见一道粉白色围墙，便知曾府已经到了。他缓步向曾府走去，见禾坪左边一口五亩大塘的塘埂上站满了人。十多条粗壮汉子正在脱衣脱裤，个个打着赤膊，只穿条短裤。湖南的初冬，天气本不太冷，且今天又是一个少见的和暖日子。那些汉子们喝足了烧酒，半醒半醉的，吆喝一声，毫不畏缩地牵着一张大网走向水中，然后一字儿摆开，向对岸游去。一会，塘里的鱼便吓得四处蹦跳。头大身肥的鳙鱼在水面惊慌地拱进拱出，机灵强健的鲤鱼则飞出水面，翻腾跳跃。站在塘埂上的观众，也便飞跃着跑向对岸。塘里打鱼的汉子们开始收网了。两边的人把网向中央靠拢，数百条肥大的草、鲤、鲢、青、鳙鱼东蹦西跳。阳光下，银鳞闪耀，生机勃勃，煞是逗人喜爱。

陈敷这时看见塘埂上站着一位长脸美髯、宽肩厚背、身着青布长袍的中年人，正在对人指指点点说着话，不时发出哈哈大笑声，随着渔网的挪动而移步，像个孩子似的喜笑颜开。陈敷心想：这人大概就是曾国藩了。常听人说曾国藩严肃拘谨，一天到晚正襟危坐，但眼前这人却天真毕露，纯情烂漫。难道是他的弟弟？筠仙说曾国藩有个弟弟极像他。陈敷想。他走上前问："请问大爷，曾侍郎的府第在这里吗？"

"正是，先生要找何人？"

"山人闻曾侍郎已回家奔母丧，特来会他一会。"陈敷见那人收起笑容后，两只三角眼里便射出电似的光芒，心中暗暗叫绝。

"先生会他有何事？"

"山人云游湘乡，见离此不远的两屏山，有一处吉壤，这块地，全湘乡县没有任何一人有此福分，唯独曾府的老太太福寿双全，可配葬在那里。故山人特来告知曾侍郎。"

那人面露微笑说："鄙人正是曾国藩。"

陈敷忙说："山人不知，适才多多冒犯大人。"

说罢，连忙稽首。曾国藩爽朗一笑："先生免礼。国藩今日在籍守丧，乃一平民百姓，先生万勿再以大人相称。贱字涤生，你就叫我国藩或涤生吧！"

陈敷原以为曾国藩必定是个城府极深的人，见他如此爽快平易，不觉大喜，不待曾国藩问，便自我介绍："山人乃江右陈敷，字广敷，欲往宝庆寻一友人，路过贵乡，闻大人，"陈敷话一出口，又含笑改口，"闻大爷已丁忧回籍。欲来拜谒，恨无见面之礼，也不知老太太已下葬否，遂在附近私下寻找四五天，昨日觅到一块绝好吉壤。故今日专来拜访。"

"难得先生如此看得起，令国藩惭愧。请先生到寒舍叙话。"

曾国藩带着陈敷进了书房，荆七献茶毕，曾国藩说："刚才先生说在两屏山觅到一吉壤，国藩全家感激不尽。实不相瞒，家母灵柩一直未下土，为的是在等地仙的消息。"

"寻常地仙，不过混口饭吃而已，哪里识得真正的佳城吉壤。"

"诚如先生所言。鄙人早先本不信地仙，家大父生前亦不信三姑六婆、巫师地仙。"

"混饭吃的油嘴地仙，固不值得相信，但风水地学却不能不信。"陈敷正色道，"当年赤松子将地学正经《青囊经》三卷授黄石公，黄石公又将它传给张良，张良广收门徒，传之四方，造福人类。其中卷《化机篇》说得好：'天有五星，地有五形，天分星宿，地列山川，气行于地，地丽于天，因行察气，以立人纪。'地气天文本为一体。人秉天地阴阳二气所生，岂能不信地学？地学传到东晋郭景纯先生，他著《葬书》，将地学大为发展，并使阴宅之学更臻完善。《葬书》上说：'占山之法，以势为难，而形次之。势如万马，从天而下，其葬王者。势如巨浪，重岭叠嶂，千乘之葬。势如降龙，水绕云从，爵禄三公。势如重屋，茂草乔木，开府建国。势如惊蛇，曲屈徐斜，灭国亡家。势如戈矛，兵死形囚。势如流水，生人皆鬼。'可见，这阴宅之学，功夫深得很，不是轻易能探求得到的。"

曾国藩听陈敷说出这番话来，知他学问渊博，遂点头说："先生之言很有道理。自从家祖母下葬七斗冲，鄙家发达之后，国藩也就相信阴宅地学了。"

"令祖母下葬七斗冲后，家里有哪些发达？"

"自从家祖母葬后，第二年，国藩便由从四品骤升从二品，后来六弟入国子监，九弟亦进了学。"

陈敷哈哈笑道："令祖母下葬的七斗冲，山人特地去看过。那里前滨涓水，后傍紫石山，出路仄逼，草木不丰，只能算块好地，够不上吉壤佳城。所以它只保佑得大爷官升二品，令弟亦只能入监进学。七斗冲何能跟两屏山相比！这两屏山葬地，"陈敷说到这里，有意停了一下，两目注视曾国藩，见他凛然恭听，便轻轻地说，"不是山人讨好大爷，这两屏山葬地，将保佑尊府家业如鲜花着锦、烈火烹油，日后将成为当今天子之下第一家。"

曾国藩两只三角眼里射出惊诧而灼热的光辉，激动地说："倘若真如先生所言，国藩将以千两银子相报！"

陈敷摇头，淡淡一笑，说："山人生计自有来路，这些小技，乃兴之所至，偶一为之。漫说千两银子，便是万两黄金，山人亦分文不受。"

曾国藩见陈敷并非为金钱而来，对他更加敬重，也更相信了，便客气地说："待先生用完饭后，我陪先生一起到两屏山去看看。"

两屏山离白杨坪只有十里路。吃完饭后，国藩带着满弟国葆，陪陈敷一起徒步来到两屏山。三个人在山前山后看了一遍，然后登上山顶。陈敷指着山势，对曾国藩说："大爷，这两屏山乃是一只大鹏金翅鸟。你看，"陈敷遥指对面山峰说，"对面是大鹏的左翼，我们脚下是其右翼。"陈敷又指着山下的一条路说，"这是大鹏的长颈。大爷看，远处那座小山是大鹏的头，后面那个山包是大鹏的尾。"

这一带，曾国藩从小便熟悉，只是从来没有站在山顶，做如此俯瞰。经陈敷一指点，他越看越像，仿佛真是庄子《逍遥游》中所描绘的那只"展垂天乌云之翼，击三千里之水，抟扶摇而上九万里"的大鹏神鸟。陈敷又指着尾部说："我昨天看到那里有一座修缮得很好的坟墓，也不知是哪位地仙看的，算是有眼力。"

曾国藩顺着陈敷的手指方向看去，说："那座坟我知道，不是哪个特意看的，而是无心碰上的。"

"无心碰上的？"陈敷惊奇地问，"怎么碰得这样好？"

"我们荷叶塘流传着这样一个故事。"曾国藩缓缓地说，"前明嘉靖年间，贺家坳有个贺三婆婆，带着一个十二岁的儿子，儿子名唤狗伢子。母子二人终年在荷叶塘一带以乞食为生。那年大年三十，风雪交加，母子俩乞讨回家途中，路过两屏山时，贺三婆婆一脚未走稳，从山上滚到山脚，摔死在一块石头边。狗伢子抱着母亲痛哭，想自己家无尺寸之地，如何埋葬呢？只好就地挖一个坑，把母亲掩埋了。狗伢子埋葬母亲后，便离开荷叶塘，远走他乡。四十年后，狗伢子在外乡发财致富，三个儿子也都得了功名。他带着大把钱衣锦还乡，乡亲们都说是贺三婆婆的坟地好。于是狗伢子将母坟修缮一新，并请人年年代他祭奠。"

"哦！原来这样。"陈敷笑着说，"这贺婆婆葬在大鹏鸟的尾巴上，保佑了后人发财致富得功名，这便是这块宝地的明证。我现在看中的是大鹏鸟的嘴口，那才是胜过尾部千百倍的好地。大爷请下山，我陪你亲自去看看。"

三人一起来到被陈敷称之为大鹏嘴口的小山边，只见此地山峰三面壁立，中间一块凹地。山不高，却林木葱茏，尤其是那块凹地，芳草丰盛，虽是冬天，亦青青翠翠。

环绕四周的是一条清澈见底的小溪，溪中时见游鱼出没。曾国藩心中赞道："果然一块好地。"

"大爷看此地山环水抱，气势团聚，草木葱郁，活力旺盛。这种山、水、势、气四样俱全的宝地，世上难得。"

曾国葆这里瞧瞧，那里看看，连连点头："陈先生说得不错，这方圆百来里地面，确实再也找不出一块这样好的地来。"

陈敷说："自古以来，风水之事不能不讲。当年朱洪武贫不能葬父母，祷告上天，代为看管，用芦席将父母尸体包好，浅浅下葬。后来，扫平群雄，据有天下，打发刘伯温到凤阳老家营造皇陵。刘伯温看了看朱洪武父母的葬地，对人说：'原来皇上的双亲葬在龙口里，怪不得今日坐江山。'"

说到这里，曾国藩、曾国葆都笑起来。陈敷继续说："葬在龙口出天子，葬在凤口出皇后，葬在大鹏口里出将相。大爷，请再也不要迟疑，就将老太太的灵柩下葬此地吧！"

曾国藩高兴地说："先生说得好，过些日子，就把灵柩移来，葬在这里。"

陈敷又打开罗盘，细细地测了一番，削一根树枝插在凹地上，说："这里便是金眼的正中处，让老太太头枕山峰，脚踏流水。"

说罢，三人一起离开大鹏金翅鸟的嘴口回白杨坪。

听说来了位奇人，给老太太寻了一个绝好佳城，可以保佑曾府大吉大利，阖府上下，无不欢喜。曾麟书也过来见了陈敷，说了几句感谢话。晚饭时，曾氏五兄弟都陪着陈敷吃饭，以示谢意。晚饭后，曾国藩把陈敷请进书房，秉烛夜谈。陈敷浪迹江湖几十年，一肚子奇闻逸事，今日又因有所为而来，更是滔滔不绝。曾国藩也将朝中一些有趣味的故事，拣了一些说说。二人谈得甚是投机。

"三个月前，我住在长沙，那正是长毛围攻长沙最紧张的日子。"陈敷有意将话题扯到战事，并刺激他，"亏得张中丞居中调度，更兼左师爷出谋划策，亲临指挥，江将军率楚勇拼死抵抗，终于保住长沙几十万生灵免遭蹂躏。山人想，左师爷、江将军都只是文弱书生，何来如此胆识魄力。从左、江身上，我看到湖南士子的气概，真佩服不已。"

这几句话，说得曾国藩心里酸溜溜的，他强作笑容说："湖南士人为学，向来重经世致用，大都懂些军事、舆地、医农之学，不比那些只会寻章摘句的腐儒。"

"大爷是湖南士人的榜样，想大爷在这些方面更为出类拔萃。"

曾国藩颇难为情地一笑，说："鄙人虽亦涉猎过兵医之类，但究竟不甚深透。左、江乃人中之杰，鄙人不能与之相比。"

陈敷道："大爷过谦了。想大爷署兵部左堂时，慨然上书皇上，谈天下兵饷之道，是何等鞭辟入里、激昂慷慨；举江忠源等五人为当今将才，又是何等慧眼独具，识人于微。依山人之见，左、江虽是人杰，但只供人驱使而已，大爷才真是领袖群伦的英雄。"

"先生言重了。不过，国藩倒也不愿碌碌此生，倘若长毛继续作恶下去，只要朝廷一声令下，国藩亦可带兵遣将，乘时自效。”

说到这里，陈敷见其三角眼中两颗棒色眸子分外光亮，暗想：曾国藩动心了。陈敷有意将曾国藩谛视良久。曾国藩感到奇怪，问：“先生为何如此久看？”

陈敷说：“今日初见大爷时，见大爷眉目平和，有一股雍容大方、文人雅士的风度。适才与大爷偶谈兵事，便见大爷眉目之间，出现一股威严峻厉、肃杀凛冽之气。当听到大爷讲带兵遣将、乘时自效时，此气骤然凝聚，有直冲斗牛之状。”

曾国藩见陈敷说得如此玄奥，大为惊讶，暗想：这陈敷莫不就是古时吕公、管辂一类人物。曾国藩往日读书，就十分留意那些隐于占卜星相中的奇人。他细看眼前这位学问博洽、谈吐不俗，不畏旅途艰难，无偿地送来一处绝好吉壤的江右山人，心中顿起敬意。他自己喜欢看相，便趁机问道：“史书上载有星相家吕公、管辂的事，断人未来吉凶，毫发不差，真是神奇。请问先生，这人之贫富寿夭，真能够从骨相上判断出来吗？”

“当然可以。”陈敷断然答道，“《孔子三朝记》上说：‘尧取人以状，舜取人以色，文王取人以度。’古代圣贤选择辅佐，总先从骨相着眼，而所选不差，足可资证。璞蕴而玉，山童而金，犬马鹑蛩，相之且有不爽，何况于人。只是人心深微，机奥甚多，相准不易。”

“先生高论。”曾国藩心中欢喜，又说，“照这样说来，这相人之事可以相信了。”

“相人之事，有可信，亦有不可信。”陈敷侃侃而谈，“若是那种挂牌设摊，以此谋生之辈，其相人，或迎合世人趋吉好利之俗念，或为自己某种意愿目的，往往信口雌黄，抑或阿红踩黑，此不过是攫人银钱的骗局而已。若夫博览历代典籍、推究古今成败、参透天地玄黄、洞悉人情世态者，其平日不轻易相人，要么为命世之主指引方向，要么为辅世之才指明前途，要么为孝子节妇摆脱困境，胸中并无一丝私欲。其所图者，为国家万民造福，为天地间存一点忠孝仁义之气。这种人不相则已，相则惊天动地。如此星相家，岂可不信？”

曾国藩频频颔首，说：“先生所论，洞察世情，不容鄙人不佩服。不过，鄙人心中有一段往事，其中缘故，一直不解。先生可否为我一释？”

“大爷有何不解之事，不妨说与山人听听。”

“那是二十年前的事。”曾国藩缓慢地说，“那年国藩尚未进学，一次偶到永丰镇赶集。见集上一先生，身旁竖起一块布幡，上书‘司马铁嘴相命’六个大字。我那时正为自己年过二十，尚无半个功名而苦恼，便走到司马铁嘴面前，求他相一相，看此生到底有没有出息。司马铁嘴将我左瞧右看，好半天后，沉下脸说：‘先生是喜欢听实话，还是喜欢听奉承话？’我心头一惊，自思不妙。但既然已坐到他的对面，便不能中途走掉，于是硬着头皮说：‘当然要听实话。’司马铁嘴把我又细细端详一番，说：‘不是我有心吓唬你，你这副相长得很不好，满脸凶气死气，将来不死于囚房，便死于刀兵。我说了实话，你心中不舒服。你这就走吧！我也不收你的钱，自己今后多多注意。’我听了好不晦气，一连几个月心神不定。谁知我第二年就进了学，第三年便中了举，再过几年，中进士点翰林，一路顺利。点翰林回家的那年，我特地到永丰镇去找司马铁嘴，谁知再也找不到了。别人说，司马铁嘴知我回来修谱，吓得半个月前便逃走了。

陈先生，你说那个司马铁嘴的话可信不可信？”

“哈哈哈！”陈敷一阵大笑，心想：怪不得他不愿出山办团练，是怕死于刀兵之中，必须彻底打消他这个顾虑。“有趣！有趣！司马铁嘴可惜走了，不然，山人倒要去见识见识这个至愚至陋的算命先生。山人想那司马铁嘴一定是多时没有生意，穷极无聊，拿大爷开心取笑罢了。大爷的长相，倘若在不得志之时，双眉紧蹙，目光无神，两颊下垂，嘴角微闭，的确给人一副苦难中人的感觉。但那个铁嘴忘记了相书上所说的‘相随心转’的道理。大爷这副相，若长在心肠歹毒、邪恶多端人的脸上，或有所碍。但他不知，大爷乃堂堂正正伟男子，是忠贞不贰、疾恶如仇的志士，一颗心千金不换，万金难买。可惜他一个庸人，哪能看得透彻？何况大爷十多年来为学勤勉，为官清正，纾君主之忧，解万民之难，在刑部为百余人洗冤伸屈，在工部为数十州县修路架桥，功德广被人世，贤名远播四域。大爷面相，已早非昔日了。”

陈敷这盆米汤，灌得曾国藩喜滋滋乐融融，连声说：“先生言之有理，言之有理。”

“山人从今日午后来，便留心大爷面相骨相。见大爷山根之上，光明如镜，额如川字，驿马骨起，三庭平分，五岳朝拱，三光兴旺，六府高强。此数者，若备一种，都大有出息。大爷全兼足备，前程不可限量。且骨与肉相称，气与血相应。无论从面相骨相而言，均非常人所有。看来大爷位至将相，爵封公侯，是指日可待之事。”

曾国藩连连摆手，说：“先生这番话，鄙人担当不起。想鄙人出身微末，秉性愚钝，有今日之名位，亦大出意外，何敢望公侯将相之荣贵。”

“王侯将相，宁有种乎！”陈敷说，“历来农家出俊秀，大爷不必自限。我细思过，相书上所言，类似大爷骨相者，古来只有三人。即唐之郭汾阳、裴相国，明王文成公，然则三人皆以平乱之功而名垂史册。如此看来，大爷也将要从此发迹。”

曾国藩想到对张亮基邀请的推辞，一时陷于沉思。陈敷见曾国藩不语，便继续说下去：“大爷，贵府昆仲，山人今日有幸得以谒见，不是山人面谀，大爷兄弟五人，个个玉树芝兰，人人官秩隆盛，尤以大爷和九爷面相最好，将来都可列五等之爵。”

“如先生之言，国藩亦可置身戎间，上马杀贼了？”

陈敷点头，说：“山人这些年来夜观天象，见轸翼之间将星特别明亮，在轸星十六度处有一将星尤其耀眼。轸星十六度下应长沙府。故山人这几年一直在荆楚一带游历，广结英雄豪杰。今日一见大爷，心中暗自诧异。自思相人三十余年，足迹遍天下，从未见过大爷这等骨相的人。昨日又偶遇大鹏金翅鸟之嘴。如此看来，天意已在大爷昆仲身上，请万勿错过好时机。古人云，天赐不取，反受其咎。请大爷好自为之。山人所言实乃天机，幸勿与外人道。”

曾国藩神色庄严地点了点头。这时，曾府的报晓鸡已发出第一声啼叫，曾国藩吹熄灯，与陈敷对床而卧。

日上三竿，陈敷起床，曾国藩早已不见。曾国藩将昨夜与陈敷的一番话，择要告诉了诸弟。四个弟弟，个个欢喜。想当今满目刀兵，遍地狼烟，正是男儿争功名、猎富贵的好时候，莫不是天遣异人来指引方向？曾府上下将陈敷看得如同神仙似的。兄弟五人齐齐陪伴陈敷吃早饭。饭毕，陈敷告辞。曾国藩命荆七取出百两白银来，酬谢陈敷看地之劳。陈敷笑了笑，轻轻用手推开，说：“待大爷功成名就之后，再赏山人不迟。”

曾国藩将陈敷送出大门外二里路远，国潢、国华、国荃、国葆四兄弟又将陈敷送到贺家坳后，才彼此拱手作别。

五　郭嵩焘剖析利害，密谋对策，促使曾国藩墨经出山

陈敷返回湘乡县城旅店，将此行经过一五一十地告诉郭嵩焘。嵩焘大喜道：“广敷兄，你不仅会看相看风水，巧舌如簧，还会察访民情，连荷叶塘死了几百年的贺三婆婆的坟都给你派上用场了。”

陈敷得意地笑道：“贺三婆婆的坟给那块风水宝地做了最好的证明。不然，我与曾侍郎素不相识，他们何以会相信我呢？”

郭嵩焘也笑道：“不是贺三婆婆给你的宝地以证明，怕是你的宝地是受贺三婆婆的启发吧！”

陈敷大笑起来。笑完后，正色道：“筠仙，你不要说风凉话。这风水地学的确不可不信。你想想看，若不是父母葬得好地，朱元璋一个要饭的和尚，怎么会做起九五之尊来呢？”

郭嵩焘点点头说：“对风水之说，我取圣人的态度，也学个子不语：既不信，亦不贬。”

“幸好曾侍郎一家不取你的态度。不然，我这一套就吃不开了。”陈敷一边说，一边收拾行李，“筠仙，对曾侍郎，我讲的是虚，你这次去要讲实，实实在在地剖析局势，打消他的顾虑。他不是二十几岁的热血青年，不会因为我那几句空头话，就会不顾一切地出山办事。曾侍郎常对人说要实事求是。我那一番话，会对他起些作用，但关键还在于你的实话。我们就此分道扬镳。我去宝庆府寻一个方外友人。你此番去，必定会和曾侍郎一道出来。好自为之吧，前程大得很。”

“兄台不要走，我们一起办吧！”

“我是闲云野鹤，疏懒惯了，哪里耐得那种繁剧。”陈敷笑道，“贤弟珍重，后会有期！”

说罢，飘然向宝庆方向走去。郭嵩焘也急忙收拾行装，离开旅店，向荷叶塘出发。

陈敷走后的当天下午，湖南巡抚衙门遣人送来一封咨文。咨文转录兵部火票递来的上谕：

> 前任丁忧侍郎曾国藩籍隶湘乡，于湖南地方人情自必熟悉。着该抚传旨，令其帮同办理本省团练乡民搜查土匪诸事务，伊必尽力，不负委任。钦此。

曾国藩想，这是不是镜海先生密荐的结果呢？陈敷前脚走，上谕后脚便跟来了，难道真的就如这个江右山人所预言的：后半生将要由此而入阁拜相、封侯赐爵？他紧

闭房门，燃起一炷清香，盘坐在床上。在袅袅香烟中，他微闭双眼，如同老僧入定般，尘世的一切都已远去，灵府深处一片澄静，思路格外地清晰。这是他十年前跟随唐鉴读书，从唐先生那儿学来的诀窍。曾国藩治学不主门户，善于贯通各家学派。唐鉴有一次告诉他："最是'静'字功夫要紧，大程夫子是三代后圣人，亦是'静'字功夫；王文成亦是'静'字有功夫，所以他能不动心。若不静，省身也不密，见理也不明，都是浮的。"

唐鉴的话指点了他。他想到老庄也主张静，管子也主张静，佛家也主张静，看来这"静"字是贯通各家学派的一根主线，正是天地间最精微的底蕴，所以各家学派都在这一点上建立自己的养性处世理论。管理国家也要这样，人们常称赞治国贤臣都是"每逢大事有静气"的人物。心静下来，就能处理各种纷乱的军国大事。从那时起，他每天都要静坐一会，许多为人处世、治学从政的体会和方法，便都在此中获得。尤其在遇到重大问题时，他更是不轻易作出决定，总要通过几番静思、反复权衡之后，才拿出一个主意来。为让气氛更宁馨些，还往往点上一炷香。每见到这种情况，家人有再大的事也不打扰他。

无论是为皇上分忧，还是为实现个人抱负，曾国藩认为都不应该推辞这个使命。十多年来，皇恩深重，皇上的江山和他自身及整个曾氏家族都早已连成一体。现在皇上要臣下临危受命，他怎能辞而不受？何况早在家乡读书时，他便立志，此生定要做出一番大事业。进了翰林院以后，他对自己的要求是，文要有韩愈的成就，武要有李泌的功绩，从而彪炳史册，留名后世。自从升授礼部侍郎以后，他便更加踌躇满志。几年来，除户部外，他遍兼五部侍郎。国家大事，他件件都能应付裕如。在兼管兵部时，他遍读历代兵书，尤爱读《孙子兵法》和戚继光的《练兵实纪》《纪效新书》。眼看时局动乱，心中隐然以救世拯民者自居。他赋诗明志："树德追孔孟，拯时俪诸葛。"立志做孔孟诸葛亮一流的人物。现在长毛作乱，危及两湖，看来还有蔓延北去东下的危险，朝廷视之为心腹之患。拯国难，纾君忧，不正当其时吗？何况自己已与长毛结下不共戴天之仇，他恨死了这帮犯上作乱的叛逆。受命出山吧！蓦然间，又下意识地摇了摇头，他想起去年的一次朝会——

乾清宫正殿。当年的太子奕詝、现在的年轻皇上，端坐在宝座上。他登基已一年多了，改号咸丰。

在曾国藩看来，皇上好像有一股励精图治的劲头。一年多来，皇上广开言路，重用贤臣，颇思有一番作为。比起道光帝晚年来，朝中充满了生气。曾国藩因为遍兼五部，深知国事已到了难以收拾的地步。连年干旱、虫灾，有的地方几乎是颗粒无收，而各级官吏的征搜敲诈则有增无已，到处是流离失所的饥民，是赤地千里的荒土。而更可怕的是，十余年间，九卿无一人陈时政之得失，科道无一折言地方之利弊，京官办事退缩、琐屑，外官办事敷衍、颟顸。上个月，曾国藩上了一折，指出当前国家有两大病患，一是国用不足，二是兵伍不精。他建议裁汰五万绿营兵，以裕国用。奏折送上去，倒是很快地就批下来了，但只有"知道了"三个字，弄不清楚是同意还是不同意。曾国藩只有轻轻叹息而已。

今天的朝会上，有几个大臣谈到广西的战事。洪秀全扯旗造反已近一年，每当谈起这件事，满朝文武，无不变色。大家心里都清楚，八旗驻防兵和绿营加在一起，虽然将近百万，但根本不能打仗；派遣大学士赛尚阿为钦差大臣去督军，那其实也是无济于事的。

曾国藩站在朝班中，想到国家经纬万端，最终归于天子一人。对年轻的咸丰帝，他充满希望。皇上若能这样继续下去，端正圣躬，发愤图强，则国事尚可为。想到这里，他把早已准备好的几点意见重新清理一下，从队伍中走出来，跪下奏道：

"臣闻美德所在，常有一近似者为之混淆，若对此辨之不早，则流弊不可胜防。臣窃观皇上生安之美德，约有三端，而三端之近似，亦各有流弊，不可不预防其渐，请为我皇上陈之。"

两班文武听到这里，吓得一声不敢吭。这曾国藩今天变成了虎胆豹心，竟然敢说皇上的不是！有人偷眼看了下皇帝。但见"正大光明"匾下那位年方二十、瘦瘦精精的天子正在听着。或许是曾国藩的湘乡官话不大容易听得懂的缘故，皇帝的脸上并无任何表情。在曾国藩略为停顿的当儿，咸丰帝嘴角微微一动，说："卿只管说下去。"

曾国藩慢慢地一字一句地说："臣每观皇上祭祀肃雍，跬步必谨，而寻常莅事，亦推求精到。此敬慎之美德也。而辨之不早，其流弊为琐碎。自去岁以来，广林、福济、麟魁、惠丰等都以小节获咎。此风一长，则群臣皆务小而失大。即为广西一事，其大者在位置人材，其次者在审度地利，又其次者在慎重军需。而此三者，筹措中都有失误。"

咸丰帝脸色已见不怿，为顾全体面，也怕堵塞言路，他没有发作，只是不大耐烦地打断曾国藩的话："第二端呢？"

"臣闻皇上万几之暇，熙情典籍，游艺之末，亦法前贤。此好古之美德也。而辨之不细，其流弊徒尚文饰，亦不可不预防。去岁广开言路，然群臣所奏，大抵以'知道了'三字了之。间有特被奖许者，手诏以褒倭仁，未几而疏之以万里之外；优旨以答苏廷魁，未几而斥为乱道之流。是鲜察言之实意，徒饰纳谏之虚文。"

咸丰帝见曾国藩先是指责他处理广西军务失措，现又说他纳谏是虚，不觉大为恼火，本想不让他说完，但又想知道下文，于是带着怒气地指示："曾国藩奏语宜短，快说下去！"

曾国藩听到这句话，顿时感到脚腿发颤，虚汗直流。"是！"他镇静一下，决心一吐为快："臣又闻皇上娱神淡远，恭己自怡。此广大之美德。然辨之不精，亦恐厌薄恒俗而长骄矜之气，犹不可不防……"

"狂悖！放肆！"咸丰帝再也不能忍受了。一年来，臣工们也曾上过不少指责时弊，规劝皇上的奏疏，但语气都极为委婉温和。对这样的奏疏，咸丰帝看得下。尽管文字用得婉转，但用意他还是明白的，他喜欢臣下都用这样的语言奏对。他没有想到，今天曾国藩在众多文武面前，居然用"失误"、"虚文"、"骄矜"这样尖刻的语气来指责，他感到自己至高无上的尊严受到挫伤，怒火中烧。曾国藩分明是瞧自己只是刚过弱冠的年轻人，才敢于如此肆无忌惮。今日如不给他点颜色看看，怎能建立起自己的威望？他厉声喝道："曾国藩所奏纯属想象之词，并无实在内容。如此以激辞上奏而沽忠直之名，岂不虚伪？岂不骄矜？该当何罪？"

两班文武见咸丰帝盛怒，莫不战栗异常。慌得大学士祁寯藻忙出班叩首奏道：“曾国藩所奏狂悖，罪该万死。但姑念他敢于冒死直谏者，原视皇上为尧舜之君。自古君圣臣直，恳求皇上宽恕他这一次。”

左都御史季芝昌也出班担保：“曾国藩系臣门生，生性愚戆，然心则最直最忠。倘蒙皇上不治其罪，今后自当谨慎。”

咸丰帝看到祁寯藻、季芝昌都来说情，又思曾国藩之言本出于忠悃，今日治罪于他，势必招来朝野议论，反为不美。于是趁他们说情的当儿，把手一挥：“下去！”

曾国藩不敢再说什么，忙磕头谢恩，退了下来。他不知那天是怎样回到家里的。他在床上躺了一整天，想到即将大祸临头，心中不免有点懊悔。原以为今上会有所作为，谁知却这样的器量狭小！他设想马上会来的处分：重则削职为民，轻则降级外调。他吩咐欧阳夫人收拾金银细软；又把纪泽叫到跟前，告诫他好生念书，日后只做一个明理晓事的君子，千万不要做大官。纪泽似懂非懂地点了点头。

曾国藩着实紧张了几天。后来听说咸丰帝气消了，只批评他“迂腐欠通”，同时也肯定他“意尚可取”，没有处分。一场惊恐虽已过去，但新天子的圣德，曾国藩也算体会到了。

十多年的官场生涯，使曾国藩深深懂得，当今为官，没有皇上的信任、满蒙亲贵的支持，要办大事是不可能的。现在是办团练，性质更加不同。团练若不能打仗，则不成事；不成事，则皇上看不起。若能打仗，必然会成为一支实际上的军队。满人对握有军权的汉人，一向猜忌甚深。这支军队将会招致多少嫌猜！弄不好，非徒无功，还有不测之祸。再说，湖南的吏治也太腐败了，在十八省中可谓首屈一指。从去年到今年上半年，皇上多次痛责湖南的吏治。原巡抚陆费泉、布政使万贡珍、辰永沅靖道吕恩湛，都因贪污营私舞弊、办事颟顸等原因交部严议，或撤职查办。现在巡抚、两司虽说都换了新人，但多年来的腐败习气，岂是换掉几个人就会改变的？还有一个原因隐埋在他的心底最深处，不能有丝毫流露——

过去在京中做官，从奏章、塘报，以及亲友的信函中，曾国藩知道国势已败坏。这次出京南下，从直隶到山东，从苏北到淮南，所到之处皆哀鸿遍野，饿殍盈路，满目疮痍，惨不忍睹。各种事态都使他感到国家正处在人心浮动、危机四伏的时刻。曾国藩多次在心里叹息：没有想到国势竟坏到这般地步！被太平军俘虏的那半天，他亲眼看到长毛军容整齐，战斗力强，军中亦不乏人才。尤其是那晚要他誊抄的告示，以民族大义鼓动汉人起来光复国土一节，更是甚合汉人之心。看来洪杨非等闲之辈。莫非天心真的已厌倦爱新觉罗氏，要改朝换代了么？自己受皇恩深重，理应匡扶皇室。但天心既厌，人力岂能改变得了！大厦将倾，一木难支。皇上的江山，能保得住吗？

想到这些，曾国藩深深地叹了一口气：“不料欲效武乡、邺侯竟不能！”他决定不受命，至少暂不受命。曾国藩不再想了。他从床上起来，摊开纸，要给皇上写一份“恳请在籍终制折”。

经过三四天的反复修改、润色、誊抄，奏折已出来了。正拟派人送往长沙，呈请张亮基代奏，荆七进来禀报：“湘阴郭翰林来访。”

又是几年没见面了，曾国藩与郭嵩焘两位至交老友相见后分外亲热。郭嵩焘以晚辈身份，向停厝在腰里新屋的江氏老太太灵柩跪拜行礼，又拜谒老太爷曾麟书，并与曾国藩的四个弟弟一一见面。

郭嵩焘对曾国藩说：“我来荷叶塘，一来向伯母大人致哀，二来向仁兄恭贺。”

曾国藩惊道：“我有何事可恭贺？”

嵩焘笑道：“听说仁兄即将赴省垣高就，总办全省团练事务。三湘士人，识与不识，莫不欣欣然，咸谓湖南之事可为，期望仁兄慨然展郭、李之大才，一施素日澄清天下之抱负，抚境安民，拨乱反正。此等大好事，嵩焘能不恭贺？”

曾国藩听了这几句话，心中兴奋，脸上却毫无表情，说：“筠仙谬听传闻。张中丞虽来信相邀，皇上近日也有谕旨，但国藩身已不祥，何能担此重任？张中丞那里早有信婉谢，皇上谕旨，我亦不能接受。”

说着，从柜子里拿出两封信函来递给郭嵩焘。郭嵩焘看时，一封是转录兵部火票递来的上谕，一封是曾国藩刚誊正的奏折。折子的第一句写着：“臣恳请在籍终制，不能受命，仰祈圣鉴事……”郭嵩焘不再看下去，扔在一边，叹息道：“哎！可惜张中丞、左季高、江岷樵都看错了人。我郭嵩焘这二十年来自认与你最相知，看来也靠不住。‘犹当下同郭与李，手提两京还天子’，原来只是文人的诗句，并不是志士的心愿。”

曾国藩是个最要强的人，郭嵩焘这几句挖苦话，说得他脸一阵阵发热，极不好意思。

“筠仙，你也不理解我？我是热孝在身啦！哪有母死未葬，就出山办事的道理？”

郭嵩焘并不理睬他的辩白，继续以自言自语的口气说：“只有一人没有说错。”

“谁？”曾国藩脱口而出。

“湖南水陆提督鲍起豹。他说，曾国藩乃一介文弱书生，他有何本事办团练，别看他平日气壮如牛，到头来一定胆小如鼠。”

曾国藩扑哧一声笑了起来。他知道郭嵩焘在有意激将，反而脸不热了，平静地笑道：“好个乖巧的郭老大，我又不是周公瑾，几句话就可以激得了的。”

郭嵩焘正色道：“谁要激你？我只是为你可惜，你辜负了桑梓的厚望，更可惜的是，你使恭王、肃学士、镜海先生得了个不知人的恶名。”

曾国藩心里一惊，镜海先生向皇上密荐事，已从他的来信中得知，至于恭王、肃顺的保荐，却一点也不知。

“筠仙，此话怎讲？”

“你看看这封信吧！”

郭嵩焘从袖口里掏出周寿昌给左宗棠的那封信来。曾国藩忙一手接过，细细地看着。

周寿昌的信中讲，自唐鉴密荐后，皇上一直在考虑起用曾国藩，但未最后拿定主意。为此事，皇上分别召见恭王奕䜣和内阁学士肃顺。二人都竭力主张起用汉人来平洪杨。恭王说曾国藩是先帝破格超擢的年轻有为人才，是林则徐、陶澍一类的人物，要皇上实心依畀，予以重用。肃顺更明确提出，当前两湖动乱，请饬曾国藩在原籍主办团练，效嘉庆爷平川楚白莲教的成法，给曾国藩方便行事的权力。如此，则洪杨可早日剪灭，国家可早得平安。皇上欣然接受，并夸恭王、肃顺见识卓越，老成谋国。

曾国藩看完信，心情异常激动。自从陈敷来过以后，曾府表面上虽仍处大丧之中，内里则充满着融融喜气。国荃请了附近十多个风水先生去看那块凹地，无人不称赞这是块绝好的地，因而更加相信陈敷的话。加之又来了上谕，兄弟们都鼓励大哥晋省办团练。国华说："李贺说得好：'请君暂上凌烟阁，若个书生万户侯？'五等之爵从来靠沙场猎取，几曾见过以文章封侯的？"

国荃说："嘉庆年间，杨遇春不过是额勒登保手下一员武将，后竟拜陕甘总督，封一等侯。道光年间，马济胜一勇之夫而封二等男爵。靠的是什么，还不靠平叛的军功？"

弟弟们说的都有道理，但曾国藩考虑得更深。陈敷的预言给他带来激动，增加了出山的信心。不过，预言终归是预言，并不就是现实，现实却有重重困难。现在，从周寿昌的信上，曾国藩却看到了希望。他与恭王、肃顺都有过多次接触。恭王才思敏捷、器识闳达，是皇族中最有头脑的人物。肃顺是郑亲王乌兰泰尔的第六子，明练刚决，敢作敢为，不但是满族中数一数二的拔尖角色，也是阖朝文武中少有人比得上的干才。上半年在京城时，曾国藩就知道皇上将会重用肃顺，依靠他来整饬朝纲，力矫弊端。肃顺的入阁拜相，只是明后两年的事了。有恭王、肃顺的信任，有皇上爽快地接受，还怕朝中无奥援吗？这个最大的顾虑一消除，曾国藩真的动心了。但他并不明白地表示出来，只是以一种遗憾的神情对郭嵩焘说："这么大的事情，荇农居然不直接给我来信，他是还在记我的仇啊！"

周寿昌字荇农，又字应甫，长沙人，道光二十四年中顺天乡试南元，二十五年中进士入翰林院。周寿昌结交甚广，官位虽不过一翰林院侍讲学士，然交游遍及王公大臣，是湖南京官中的百事通。出自他的消息，十之八九是可靠的。但周寿昌又是个不拘小节的人，有次在妓院，与妓女饮酒赋诗弹唱，差点被人告发。曾国藩以前辈身份声色俱厉地将他责骂一通。周寿昌嫌曾国藩太拘谨，曾国藩也怕以后受周寿昌的牵累。从那以后，二人往来就不多了。周寿昌通报出这个绝密消息，使曾国藩大为感激。

"我那次说他，重是重了点，但完全是为他好。"

"荇农还是领了你的情的，从那以后收敛多了。他把这个消息告诉季高，其实也就是告诉你。他不直接给你来信，是怕你还在记恨他哩！"

"我要写封信去感谢他。我这人，有时对人脸色不好看，是有拒人于千里之外的样子。"

"涤生，你看看，如果你坚不受命，恭王和肃学士会怎么想呢？"

曾国藩低头不语，良久，轻轻地说："筠仙，我跟你说句实话，我从未跟张中丞、潘藩台他们打过交道，不知道彼此好不好相处。你也知道，湖南的情形是积重难返。我这人性子急，今后与湖南官场亦难相得。"

"要说张中丞，此人最为爱才，为人又极坦诚。他不受苞苴之事，你应该知道。"

"张中丞之清廉，的确古今少有。"

"'当文官的不爱财，再平庸亦是良吏；当武官的不怕死，再粗鲁亦是好将。'这话是你说的。凭此一端，即知张中丞的品性。涤生，你大概不知季高是怎么到的长沙吧？"

曾国藩摇摇头。

“这是个令人捧腹的故事。”

郭嵩焘将这次在长沙听到的计赚左宗棠的事，绘声绘色地讲了一通，果然令曾国藩大笑不已，说：“季高此事，今后真要给他刻上墓志铭，让后世子孙都知道他左三爹爹是如何受骗当师爷的。”

“用的手法虽是骗，但心却至诚可感。”

曾国藩点头赞同。

“潘藩台为人也忠厚本分，季高、岷樵都是多年老朋友了，这个顾虑不必要。至于湖南的吏治，说来的确腐败。但是，涤生兄，眼下中国十八省，哪个省的吏治又不腐败？天下乌鸦一般黑。不做事则已，既要做事，就无可选择之地。东坡问贾太傅：‘然则是天下无尧舜，终不可有所为邪？’嵩焘借这句话问仁兄：‘然则是天下无乐土，终不可有所为邪？’”

曾国藩不觉笑起来，指着郭嵩焘说：“唐宋八大家，就只有你读得活！”

“涤生，你莫跟我兜圈子了，什么热孝在身，什么湖南吏治腐败，都不是你不出山的主要原因，我知道你的顾虑在哪里。”

“在哪里？”

“今世知你者莫过于我。”郭嵩焘狡黠地望了曾国藩一眼，“你是担心长毛不好对付，怕万一不能成功，半世英名毁于一旦。”

“哈哈哈！”曾国藩大笑起来，既不首肯，也不否定。

“涤生，我跟你打个赌：莫看眼前长毛势大，嵩焘料死他们不能成事。”郭嵩焘伸出一只手来，放到曾国藩面前，做出一个击掌的样子。国藩仍坐着不动，不露声色地问：“何以见得？”

郭嵩焘将他这些天来，苦苦思索而得出的认识搬了出来：“长毛起事有一个致命的弱点。其所依靠者拜上帝会，所崇拜者天父天兄；信耶稣异教，迷《新约》邪书；所过之处，毁孔圣牌位，焚士子学宫，与我中华数千年文明为敌，已激起天怒人怨。凡我孔孟之徒、斯文之辈，莫不切齿痛恨。就连乡村愚民、贩夫走卒，亦不能容其砸菩萨神灵、关帝岳王像之暴行。涤生，你出山之后，打起捍卫名教的旗帜，必定得天下民心。天下人都归顺你的勤王之师，长毛还能长久吗？”

郭嵩焘这番痛快陈辞，使曾国藩心智大开：洪杨以民族大义争人心，我则以卫道争人心！郭嵩焘见曾国藩眼中已射出兴奋的光芒，知这几句话已打动了他，于是益发高谈阔论：“涤生兄，你说吏治腐败，国事日非，不是办事之时。仁兄熟知本朝掌故，难道忘记了当年圣祖爷平三藩之乱的壮举吗？三藩作乱时，圣祖爷亲政不久。朝臣有的说，国家根基尚未大固，吴三桂等人势力很大，不如用抚保险。圣祖爷不为所动，坚决削藩。结果不但平息了三藩之乱，且借平乱之威刷新社稷，开创康乾盛世，使我大清江山固若金汤。沧海横流，更能显现出英雄的本色。仁兄一向仰慕武乡侯、邺侯。武乡受聘，正奸臣窃命；邺侯出山，当天下乱极。今日国势，如同汉末唐衰之时，焉知不再出武乡、邺侯？”

曾国藩三角眼中的光芒越来越亮，连声叫道：“好！贤弟说得好极了！”

“涤生兄，你素抱澄清天下之志，今日正可一展鸿抱。古人云：‘虽有智慧，不如乘势；虽有镃基，不如待时。’又云：‘难得而易失者时也，时至而不旋踵者机也。故圣人常顺时而动，智者必因机以发。’今时机已到，气运已来，上自皇上亲王，下至士民友朋，莫不瞩目于你。你若践运不抚，临机不发，不但辜负了自己的平生志向，也使皇上心冷、友朋失望。涤生兄，你还犹豫什么呢？”

“前人著书，说苏秦、张仪口似悬河，陆贾、郦生舌如利剑，适才听贤弟一番话，使国藩如拨云雾而睹青天，任铁石心肠亦不能不动心，今日方知苏张陆郦之不假！”曾国藩叹道。

嵩焘高兴地说：“仁兄出山办团练，军饷是第一大事。前向长毛围城，藩库已空，料张中丞一时不易筹措，嵩焘即刻回湘阴，劝募二十万饷银，助兄一臂之力。”

曾国藩拊嵩焘背，满怀深情地说：“难得贤弟一腔热血。若朝野文武都像贤弟这样忠于皇上，忧国忧民，哪来今日的洪杨作乱！就看在贤弟分上，也不由国藩不出。只是，”曾国藩说到这里，停了一下。他想到自己一贯打着终制不出的旗号，现在收起这个旗号，也得有个转圜，“国藩今日乃戴孝之身，老母并未安葬妥帖，怎忍离家出山，且亦将招致士林指责！”

郭嵩焘心里冷笑不止，说：“大丈夫办事，岂可过于拘泥！况且墨绖从戎，古有明训。为保桑梓而出，为保孔孟之道而出，正大光明，何况又有皇上煌煌明谕，仁兄不必多虑，若你尚有不便之处，可由伯父出面，催促出山，家事付与诸弟。这样，上奉君命，下秉父训，名正言顺，谁敢再有烦言？且我听老九说，前几天有一江右山人，为伯母寻了一个极绝极妙之佳城，将保佑贵府大富大贵，又断定仁兄此番出山，乃步郭汾阳、裴相国之足迹，日后必定封侯拜相。看来事非偶然，天时、地利、人和一应俱备。仁兄万勿再固小节而失大义，徒留千古遗恨！”

翌日，郭嵩焘将昨夜的谈话禀告曾麟书。麟书是湘乡县的挂名团总，这几天又听说了陈敷的预言，俟郭嵩焘说完，立即满口答应。遂面谕国藩移孝作忠，为朝廷效力。恰好这时，张亮基又来一信，报告武昌失守的消息，再一次恳切敦请国藩出山晋省。于是，曾国藩将家事妥为安排，与四个弟弟分别各做一次长谈。六弟、九弟、满弟都要求大哥这次就带他们出去，曾国藩考虑再三，决定暂带国葆一人先去长沙，叮嘱国华、国荃且安心在家，不要轻举妄动，视局势的发展再定进止。然后，他来到腰里新屋，在母亲灵柩前焚烧已经誊抄尚未发出的“恳请在籍终制折”，并轻轻地对着母亲遗像说：“儿子不能尽人子之孝，庐墓三年了，为酬君恩，为兴家族，已决定墨绖出山！”

第四章 天王定都

一 洪秀全江宁称王

正当曾国藩带着满弟国葆、康福、王荆七与郭嵩焘一起离开群山环抱的荷叶塘，向长沙走去的时候，百万太平军将士正在天王洪秀全、东王杨秀清的指挥下，借攻克武昌的巨大军威，以排山倒海之势、雷霆万钧之力，浮江东下，相继拿下九江、湖口、安庆、芜湖等沿江两岸重镇，最后以迅雷不及掩耳之势一举夺得江宁。两江总督陆建瀛被杀，江宁将军祥厚战死。小天堂敞开大门，准备迎接两年来浴血奋战、劳苦功高的天国将士。

江宁，古称金陵，清代置两江总督衙门于此，乾隆二十五年，又增设江宁布政使司，是仅次于北京的重要城市。北王韦昌辉率部最先进城，第二天，东王、翼王也进来了。在三王指挥下，江宁城内的善后事宜进展得迅速而有条不紊。积尸清除了，大火扑灭了，街道清洗了。为着防止向荣和琦善南北夹攻的队伍攻城报复，江宁十三道城门和破损的城墙也奇迹般地恢复了。只是城里人口大大减少，老百姓纷纷迁徙城外躲避战火，百万多人出走十之八九，只剩下十多万了。

两江总督衙门被定为天王宫，这两天也略加修饰。清妖的一切仪仗、匾额、字画全部焚烧，从大门口一直到天王殿，所有门墙都用黄纸裱糊。将士们清扫庭院，张灯结彩，以便恭迎天王驾到。

咸丰三年正月二十日，虽然天气清冷凛冽，却阳光灿烂。对于江宁百姓来说，这是个冬天里的好日子。一旦战火熄灭，这个六朝古都，便又显现出它气概非凡的本色来。紫金山雄踞城外，犹如一个儒雅的将军，仗剑守卫着东大门。山脚下玄武湖波光粼粼，晶莹透亮，好比一块明丽的妆镜，将紫金山的英姿尽摄镜里。小小的圆菱湖羞涩地躲在西南脚，那正是持镜美人的笑靥。长江是一匹浅黄色的练带，弯弯曲曲地铺在城北，停泊在江面上的大小战船，如同练带上镶嵌的一颗颗珍珠，熠熠闪光。练带上有一根乳白色的丝绦，蜿蜒穿过城南。这丝绦便是胭脂金粉秦淮河。从古到今，它载过多少梦幻般的画舫，水中混杂过多少公子王孙的绿酒、商女村姑的清泪！那清凉山、幕府山、雨花台、燕子矶，那莫愁湖、胜棋楼、鸡鸣寺、夫子庙，每一处风景、每一座建筑，都有着一段神奇的传说、一个动人的故事，引起人们对这个古都的无限缅怀和神往。金陵，你真是中国城镇中的瑰宝，人人向往的小天堂。今天，你千年史册又揭开了新的一页。

从清晨开始，原来的两江总督衙门到仪凤门这段街道，便全部由两广过来的老兄弟刀枪森严地警卫着。天王就要率领天朝的文武百官进小天堂了！

留在城中的十万百姓，出于好奇、仰慕、看热闹等各色心情，吃过早饭后，全部都来到这段街道，以先睹天王威仪为快，把两旁的小街小巷堵得水泄不通。

忽然，一道严厉冷酷的命令传过来："全体原地跪下，不得走动，低头看地，不准仰视，违者斩首！"十万百姓颤颤抖抖地遵命跪下来，两眼直勾勾地看着膝前的那块小黑土，年长体弱的后悔不该来。但已迟了，来了就不能走，"违者斩首"。跪在人群中的年轻人，无论如何也抵抗不了那强大的诱惑，趁着警卫兵士不注意，常常偷眼向街中心望去。

来了！眼前是一片数不清的红、黄、白、黑、蓝军旗，从仪凤门那边走过来，尘土飞扬，旌旗蔽空。不见天王，先见一副威严不可抗拒的气派向跪在地上的百姓头上压来。长长的军旗队伍过后，接下来的是一批佩剑武官，一色的高头大马，五人一排，足足有一百排，红色褂子的前面均绣着"两司马"、"卒长"等黑字。跟着马队而来的是一座六十四人抬的大黄轿，轿身四面绣着四条或腾云驾雾或翻江倒海的巨龙，轿顶上有五只用丝线、竹骨扎成的仰头朝天的丹顶仙鹤。卫兵和轿夫一色的黄风帽。轿后是十六对吹鼓手，十六对铜鼓手，有节奏地吹吹打打。偷看的老百姓心中揣测：这轿里坐的怕就是天王了。

是的，轿里坐的正是洪秀全。这几日，是他出生四十年来最痛快的日子。从岳州以来，千里长驱，势如破竹，自己几乎没有亲临过战场，没有指挥过一场战斗，小天堂就这样轻而易举地到手了。他起先还有点感到意外，但很快就意识到这是应该的事。自己是天父的次子、天兄的亲弟，有万能的天父天兄的帮助，世上哪里还有敌手呢？他坚定不移地相信，在他挥手之间，北京就可以拿下，咸丰妖头就得让位，中国的一统江山就在自己的掌握之中。昨天，他登高眺望六朝胜地，心里涌现出一股难以抑制的志得意满的情绪。这个广东花县的落选童生，长期看到的只是田园阡陌、寒山僻水，从未见过如此壮丽的江山。钟山龙盘，石城虎踞，的确名不虚传！他想起幼时读过的李后主词，看过的孔尚任《桃花扇》。这个金粉繁华之地、温柔富贵之乡，再也不是想象中的虚无缥缈的仙境，而是实实在在已属于自己了。黄龙轿里的天王，决定从此卸甲下鞍，好好地享受加倍地享受这人世间的幸福，方不辜负天父之子的身份，不委屈十多年来提着头颅传教造反的艰难岁月，以至于补足过去整整四十年的亏欠。

黄龙轿后，一匹装扮得华丽考究的白马上坐着一个漂亮的女人，她怀里抱着一个三岁孩子。这孩子身着滚龙绣袍。并排的是另一匹同样装扮的枣红马。那上面也坐着一个女人，怀里同样抱着一个孩子。这孩子大概尚不满周岁，用一条黄色绣龙围巾包着。

这两匹马后，是一队花花绿绿的女人，一共三十六位，全部骑马。这些女人大部分都在二十岁上下，身穿短衣长裤，不着裙，一双大脚格外显眼。每个女人后面紧跟着一个女仆。女仆手撑一把色彩艳丽的日照伞。日照伞上分别写着"赖王娘"、"谢王娘"、"韦王娘"等等。跪在地上的百姓心中明白，这是天王的后妃们。对于天王有三十六个娘娘的事，他们不感到惊讶，都认为这并不算多。住在北京紫禁城里的皇爷，据说是三宫六院七十二妃，比天王的老婆多多了。尤其令他们钦佩的是，天王的妃子个个能骑马打仗，就凭这一点，即可称巾帼英雄。天王的老婆们尚且如此，天王的本领就可想而知了。这三十六个女人过后，接下来的又是数百名步行的士兵。从天王的开路旗手算起，一直到最后一个士兵走过，足足过了半个时辰。这位开创新国的天王是多么的有气派！老百姓个个钦佩万分，以前看到总督出巡，以为是大开眼界，现在跟天王的仪仗比起来，真个是小巫见大巫。

跟在天王后面的是幼西王、幼南王，接下去是天、地、冬、夏、春、秋正（又正）副（又副）二十四丞相，再接下去是检点、指挥、将军、总制、监军等，最后是一支英姿飒爽的女兵。女兵们身着戎装，腰佩刀剑，背后背着一张花弓。举止之英武，是江宁城百姓所从未见过的。一直到日落西山，队伍才过完。老百姓们也在地上整整跪了三个时辰。但他们都不觉得累，反而得到极大的满足。原先后悔想走的也庆幸终于没有走，因为到后来，大家都抬起头来观望，也没有哪个警卫认真地执行命令，有的警卫还和百姓笑嘻嘻地说几句话，露出得意的神色。

二　天王开国的三件事：定都、朝拜、开科取士

一进天王府，洪秀全想到有几件大事，必须在近期内由他出面定下来：一是定都，二是朝拜，三是开科取士。至于稳定局面、巩固政权、管理百姓、建设小天堂乃至北征西征等军国要事，他都全部委托东王去办理。他自己要静下心来，把生平所作的诗文，尤其是关于拜上帝会的宣传文字好好整理下，选最好的刻手，用最精美的纸刻印出来，每个拜上帝会成员人手一册。洪秀全认为这才是教化万民、惠泽子孙的千秋伟业，今后自己就将会和文、武、周公、孔、孟、天父、天兄一样，世世代代被人们捧为圣人，至于攻城略地、建设国家，毕竟是形而下之器，它是永远不能跟形而上之道相比的。"器"的事，就让清胞、昌胞、达胞他们去干吧！

定都，毫无疑问就定在金陵。这在天王看来，是天经地义之事，东王、北王也拥护。天王没有料到，临在武昌出兵时，翼王却对此发表了不同看法。翼王认为应改变永安既定方针，北进河南，再渡黄河直捣幽燕。尤其是部将罗大纲，反对定都金陵最为激烈。天王记得，罗大纲当面对他说过：

"翼王北进中州之策为上策。上策若不行，可用中策，即先定南方九省，然后分三路出师：一出湘楚，一出汉中，一出淮扬，三路会合，共猎燕都。定都金陵，诚为下策。天下未定，欲安居金陵，岂能长久！"

罗大纲的主张，无疑最具眼光。可惜，天王早已渴望进小天堂享福，他听不进纲胞这番还要他亲冒矢石的话。为了统一思想、坚定信心，在向金陵进军的船上，天王出了一道题目，叫"建天京于金陵论"，吩咐何震川让随军文人每人写一篇论文。昨夜

何震川呈上一叠论文，同时又向天王建议，应该贬斥直隶和北京。洪秀全将论文数了数，共四十一篇。就像当年教私塾时批阅学生作业样，他把每篇论文都细细审读一遍。文章都写得短而有力，道理也说得扼要透彻，甚得天王之意。或许因为喜欢何震川的缘故，天王把四十一篇论文比来比去，总觉得何震川那篇写得最好，很有韩愈碑铭文的派头。他拿起何震川的论文，饶有兴致地轻声念道：

欲创非常之业，必得非常之人；欲立永久之基，必得至当之地。斯能立久而不易，亘古而常尊者也。溯自天父上帝自造天地以来，其间窃号流传，未尝不代有其人。究之人非天命之人，国非天命之国，所以弑夺频仍，纷更不一，以至于今。

惟我天王承帝命，永掌山河。金田起义，用肇方刚之旅；金陵定鼎，平成永固之基。京曰天京，一一悉准乎天命；国为天国，在在悉简乎帝心。迄今建都既成，天下大定，天王降诏，咨于群臣。诏于是，爰为之论曰：穆穆皇皇，赫赫我王，奄有四海，抚绥万方。恩覃普宇，德遍要荒，遐迩壹体，率宾归王。宜乎永奠千百代无疆之福，肇基亿万年有道之长。

“这样的满腹经纶，绝大手笔，居然连个举人都得不到。若不是天国承运而起，岂不埋没了这个人才！”洪秀全为何震川先前的怀才不遇，大大感到不平。何震川是广西象州人，秀才出身。金田起义时，全家投军，战争中他一家死了二十二人，现仅剩一弟一侄和他自己三人，是一个为天国事业满门尽忠的功臣。天王立即封何震川为恩赏丞相，调来天王府掌文书承宣事宜。何震川的建议很好。金陵既定为天京，北京和直隶就应该贬斥。天王略为思考一下，亲手写了一道诏书：

诏曰：有功当封，有罪当贬。今朕既贬北燕为妖穴，是因妖现秽其地。妖有罪，地亦因之有罪，故并贬直隶省为罪隶省。天下万廓，帝无二，京亦无二。天京而外，皆不得僭称京。故特诏清，速行告谕守城出军所有兵将，共知朕现贬北燕为妖穴，俟灭妖后方复其名为北燕。并知朕现贬直隶省为罪隶省，俟此省知悔罪，敬拜天父上帝，然后更罪隶之名为迁善省，庶俾天下万国同知妖胡为天父上帝所深谴所必诛之罪人。钦此。

建天京于金陵，看来是众望所归。天王想，幸亏当初采纳东王等人的意见，没有用罗大纲的上策、中策。不然，小天堂一下子还进不来，建都登基之事就得推迟。都城已定，下一步是群臣如何朝拜天子了。天王爱读史书，知道汉高祖得天下后，第一次在长安宫殿里大宴群臣，那些臣子是和高祖一起，身经百战艰苦打天下的功臣，他们自恃有功，酒席之间，还和战争年代一样，一点不讲礼节，有时甚至直呼高祖之名，提起高祖过去一些脸红的事，弄得高祖很不愉快。后来，叔孙通制定礼仪，群臣朝见高祖时，依职位高低排列，跪拜行礼，山呼万岁，再也不敢大声喧闹越次行动。高祖大喜，算是真正过了皇帝的瘾。还是在由安庆往金陵的船上，天王又把这段史事温习了一遍，心里非常佩服叔孙通的学问。是的，只有礼仪立，才能名位正；名位正了，权威也就建立起来了，今后谁也不能再起歹心，觊觎天王宝位，自己的子子孙孙就能无穷尽地传下去，坐稳铁打的江山。

天王设计了一幅朝拜图。

金龙殿里，自己坐在大殿台上正中。台左边空一个位子，是天父耶和华的宝座。台右边空一个位子，是天兄耶稣的宝座。台下左边摆一个矮几，是幼西王之几。台下右边同样地摆一个矮几，是幼南王之几。幼西王、幼南王年纪都小，不要他们朝拜，但为他们留两个位子，表示对为天国捐躯的西王和南王的尊崇。每当想起在最艰难的年代，南王冯云山和西王萧朝贵与自己同甘共苦的情景，天王便黯然神伤，心里很是感激这两个既忠诚又有才干的兄弟。因此决定把这两个幼王的座位摆在最前面。靠着幼西王后面的，依次为东王、翼王，天、地、春、夏、秋、冬各位正丞相，又正丞相；靠着幼南王后面的依次是北王，天、地、春、夏、秋、冬各位副丞相，又副丞相。这之后，按官职大小，两边依次排着检点、指挥、将军等。设计好后，天王亲自绘出一幅天国朝主图。他对这幅图很满意。

再就是开科取士。一提起考试，天王就有一股冲天怒气，有时这种怒气发作起来，他恨不得杀尽天下考官。偶尔夜深人静，他想起自己为何扯旗造反，走上与大清王朝作对这条路，说到底，怕就是因为考场上屡屡受挫的缘故吧！倘若那时府试、乡试、会试节节顺利，可能就没有今天的天王了。即使做了万民之主的天王，洪秀全一旦想起那些伤心失意的往事，心里仍然会浮起一种因为被人瞧不起而产生的悲哀——

洪秀全出生在广东花县官禄布一个农民家里，父兄都以耕田为业，全家省吃俭用，供洪秀全读书。秀全从小天资聪颖，读书过目不忘。因家贫，十六岁辍学，助父兄耕田。十八岁受聘为本村塾师，第二年，他到广州参加府试，但没有考取。二十五岁那年，又去广州参加秀才考试。在广州，他认识一个名叫梁发的传教士。梁发给他一本《劝世良言》。他回到寓所细细读了一遍，觉得很有趣味。但那时他并不想洗礼做教徒，他要做孔孟的信徒，通过科举爬上去，最后当尚书，当大学士。谁知榜发，再次落选。这个打击非同小可，他当时昏厥在地。被同乡送回家后，在床上足足躺了四十天，成天发高烧讲胡话。家里为他准备了棺材，只是还有一口气，不忍心装进去。第四十一天早上，他醒过来了。二十八岁那年和三十二岁那年，他又两次到广州应试，两次皆报罢。待到第四次名落孙山时，心高气傲的洪秀全气得脸发白，唇发紫。他当天就烧掉家藏的全部“四书”、“五经”和诸如《闱墨观止》之类的书，愤然地对族弟洪仁玕说：“满洲人主持的考试我再也不参加了，日后我要自己开科取士，气死那些混账东西！”后来，他索性连孔子的牌位也砸掉，出走到广西贵平一带，和冯云山、杨秀清、萧朝贵、韦昌辉、石达开六人结为异姓兄弟，将梁发送的《劝世良言》加以发挥，在广西紫荆山组织拜上帝会，发展会众，积极筹备起义。那时，六兄弟对着天父天兄起誓，日后成功了，六人坐江山，都称王。洪秀全还特别提出，每年于各人生日那天开科取士，在天下读书人面前出这口怨气……

“今日成功了，六人共坐江山的誓言可以不必兑现，但开科取士，则非实行不

可！”天王在心里狠狠地说。

连日来，金陵城里摆开成千上万桌庆功酒。拜上帝会的人们在尽情享受小天堂的幸福，虔诚感激天父天兄的恩赐。天王宫金龙殿里，天王也摆了二十桌酒，把他当年广西传道最亲密的袍泽和这两年劳苦功高的高级将领们请来，他要亲自犒劳这批兄弟，并向他们宣布几项重大国策。

这批兄弟暂时还不需要山珍海味，他们最喜欢吃什么，天王清楚。每个桌上，天王特赐三大碗菜：一大碗油焖狗肉，一大碗爆炒狗内脏，一大碗狗肉炖萝卜汤。果然，入席者人人称赞天王知心贴己。山呼万岁后，便大嚼大喝起来。酒过三巡，一个个都微有醉意了。天王站起，几句祝酒词说过后，庄严宣告："天父天兄天王太平天国将都城天京定在金陵。"全体起立，高声拥护，纷纷举杯庆祝，齐声称赞天王的英明。接着天王命人将天国朝主图悬挂起来，定于二月初一日按此朝拜。金龙殿里醉醺醺的功臣们，几乎没有一个人去看它一眼，又一齐起立，高呼万岁，狂欢通过。最后，天王以洪亮的声音郑重宣告：

"从今年起，天国将在天京和各省开科取士。科试分天试、东试、北试和翼试。每年开四科，每科分别取状元、榜眼、探花一名和进士若干名，为国选贤，让天下有真才实学的读书人，都有出人头地的一天。"

又是一阵欢呼声。在醉眼蒙眬的酒席桌上，天王的三大国策，像春风吹过秧田一样，畅行无阻地通过了。天王醉了，功臣们醉了，整个金龙殿都醉了。没醉的人只有两个：一是东王，一是翼王。

三　东王揽权，翼王献策

由江宁将军衙门改建的东王府，是太平天国实际上的最高权力机关。天国大大小小的政令均由这里发出。各处禀报、奏本也都递往这里。东王杨秀清事事躬亲，日理万机。

杨秀清五岁丧母，九岁丧父，由伯父杨庆善收留，十二岁便在平隘山上烧炭糊口，是太平军诸王中最贫苦的人。他从小聪明过人，精力充沛。十年的传道、建会及战争生涯，磨炼出他极为强悍的性格，培养出他非凡的组织才能，锻炼出他指挥打仗、处理政事的杰出本领，也赋予他机巧权变的出众聪明。他虽不识字，但身边有十多个承宣为他服务：阅读报告、汇报情况、传达命令、起草文件。所有该办的事，他都以极高的效率处理得有条不紊。

这些日子来，杨秀清主要办了这样几件大事。第一件事，是定下天王宫及东、北、翼和幼南、幼西各王府的建制。第二件事，安置随军进入天京的眷属和留在城内未走的十余万百姓。东王在原来男营、女营的基础上设置男馆、女馆。每馆二十五人，设馆长一人。十馆为一卒，设卒长一人。十卒为一旅，设旅长一人。十旅为一师，设师帅一人。另设童子馆、残废馆、敬老馆，安置小孩及老弱病残。按馆分配劳作，发放口粮。天王在武昌许下的进了小天堂就夫妻团聚的诺言，暂时不能兑现。许多人虽有不满，但一时只得遵守。因为东王的禁令很严，自从杀了几对偷偷聚会的夫妻后，大家都害怕，只得忍受着。第三件，建立各种为王宫王府、军队和百姓服务的工商衙门，如圣库、圣粮仓、铅码衙、弓箭衙、红粉衙、豆腐衙、茶心衙、竖斩衙、提报衙、人医衙、兽医衙、织染衙等等。这些衙门全由东王府直接掌管，归天国所有，任何人不得开办。

这几件大事办好后，天京城便纳入了正轨，刚进城时的混乱局面已不复存在。人人无失业，个个有衣食，各级官员的意图，都能在所辖区内得到有效的贯彻。阖城都听东王的号令，万众齐心，犹如一人。不久，林凤祥、李开芳、罗大纲等人又克复镇江、扬州。喜讯传来，人心振奋。天国的事业在蒸蒸日上，欣欣向荣。

杨秀清心里很明白，天国不能只局限于一隅之地，它要发展到全国去。当天京城内部署已定的时候，对外的征战，便应该在议事的日程中占第一位了，北征和西征的决策必须立即定下来。

杨秀清和洪秀全不同。他的心灵深处，从来就没有天父天兄的位置。他不相信真的有什么天父天兄，也不相信洪秀全是天父的次子，自己是天父的四子这一类无稽之谈。他参加拜上帝会，信仰天父上帝，只不过是利用他们而已。要办大事，就得有很多人，人多了，就要有组织；维系这个组织，就要有信仰。至于这个信仰是真理还是谬误，暂时可不管，只要大家相信就可以了。杨秀清拜上帝，其实不过如此而已。他也知道，诸王中，除冯云山以外，萧朝贵、韦昌辉、石达开也和自己差不多，都明白神道设教的作用。不过，他也从不点破。杨秀清表面上显得比天王的信仰还要虔诚，以至于天父对他的宠爱，似乎超过了天王。他几次装扮成天父下凡的附身，居然使天王完全相信。想到这里，他不禁冷笑起来。

北征和西征是天国成立后最大的军事决策。东王清楚，北征是对清妖的犁庭扫穴之举，按道理应该是天王御驾亲征。但是，天王已在王宫里安富尊荣，再也不想亲冒矢石了。东王不去劝天王，他心里正是希望天王不出征。他知道，天王之所以能进小天堂，完全是自己的功劳。论功行赏，自己才最有资格坐在金龙殿里，接受群臣的山呼万岁。不过，他也知道，天王毕竟是拜上帝会的创始人，两广老兄弟对他的崇拜超过了自己。眼下若抢着坐金龙殿，老兄弟们是绝不会答应的。如果天王这次御驾亲自北征，成功后，威望就会更高，今生今世自己就将永远坐不了金龙殿。天王提出让林凤祥、李开芳带人马从扬州出发，北上幽燕，东王完全赞同。林、李一直是萧朝贵的部下，不是自己的嫡系，正好让他们出去。杨秀清料定北征不会顺利，一万人也太少了。过段时期，待天京城内各方经营妥帖，将天王完全架空后，自己再指挥大军渡江北上，拿下北京。到那时，不怕洪秀全不让位。

连日来，翼王石达开很忧虑。北征西征，这个保卫胜利成果、发展天国事业的头号决策，天王似乎并没有把它摆在重要的地位上。据说北征的是林凤祥、李开芳，西征的事还没有消息。他两次到天王宫去晋谒天王，但都被挡了回来。天王因身体不适，所有人都不见。今天，翼王第三次来到天王宫。天王宫门口已新竖起一块高大的石碑，上刻四行字：“大小众臣工，到此止行踪。有诏方准进，否则云雪中。”他感到惊诧，但不得不停步。自己并非奉诏，如何能见到天王呢？正在思忖中，一个

女承宣过来。见是翼王，忙下跪拜见。翼王要她回宫代请诏命，说有要事禀告。女承宣去后不久，王宫传命，天王诏命翼王进宫。

自进入天王宫后，东王、北王又相继送来十二名美女，全是江南娇娃。天王大喜，都封为王娘。自此天天锦衣玉食，夜夜洞房新婚，耳中笙歌如天上仙乐，眼前曼舞似杨柳曳枝。

天王对这种生活已十分满足了，他的脚步再也不迈出天王宫一步，怕刺客暗杀；昔日铁马金戈的岁月，已成为十分遥远的记忆了。洪秀全知道达胞这是第三次来天王宫，不知他有何事，若再阻挡，又恐伤了兄弟间的和气，他无可奈何地传旨召见。

"达胞，你有何事，这般急着要进宫？"

"二兄，北征的阵营要加强，最好二兄亲征。"石达开开门见山，直陈来意。

洪秀全心里不大高兴，慢慢地说："北征已决定由林凤祥、李开芳带一万人马，阵营已不弱了。当年我们在金田起义时，才不过几千人。有天父天兄的庇佑，不用我亲自出马也会胜利的。"

"二兄，北伐幽燕，比不得浮江而下，清妖重心向来在北方，长江以北，必定防守森严，且兄弟们都是两广、两湖一带人，不服水土，林、李此行困难会不小。倘若北征有个三长两短，定会长清妖之志气，而灭我天国之威风。"石达开忧心忡忡地说。

"哈哈哈！"天王一阵大笑，"达胞，你过虑了。从岳州到天京，时间不过三个月，大军发展到两百万之众，所过城池，望风归附，旌旗指处，江山易主，所仗者何？难道是我们自己的力量吗？这是天父天兄的旨意！凤祥、开芳必然旗开得胜，一路凯歌。达胞，你就等着看捷报吧！"

翼王见天王如此迷信天父的力量，深感不安，但他又不能直率指出，沉吟片刻，说："二兄，既然你不亲征，就让我代二兄往北边走一趟吧！"

天王关切地对翼王说："达胞，这几年来你也太辛苦了，休息几个月吧！王府里侍候的人不够，朕再给你挑几个送过去。"

达开摆摆手，说："二兄，西征之事也要早议了。芜湖、安庆、九江都是长江重镇，担负着屏蔽天京的大任。我们走后清妖又把这些城池占去了，得马上再收回来。"

秀全说："西征一事，我早就考虑了，叫胡以晃、赖汉英和令兄祥祯率领水师五千、陆师一万前去。以晃智勇双全，汉英老成持重，祥祯勇猛善战，他们三人会合作得很好，你就放心吧！"

对于西征的安排，达开略为满意，就是兵力还欠弱了点，至少应增加一倍。这段路曾经是一条通往胜利的道路，再收回来，把握也较大。达开点点头，对秀全说："二兄，据说咸丰妖头已任命前礼部侍郎曾国藩为湖南团练大臣，正在长沙大办团练。我们起义以来，长沙是一颗顽固的钉子，围攻八十多天不能拿下。现在曾国藩又在训练新的军队，我们要多多留心才是。"

秀全笑道："我们在长沙打了几场猛仗，贵胞也牺牲在那里，没有攻下，那不是因为他们强，而是我们主动放弃。这也是天父天兄的旨意。倘若当初不接受天父天兄的旨意主动放弃，我们就不能赢得战机，顺利进入小天堂。曾国藩不过一书生罢了，不足为虑。他长期在朝廷做官，既不懂民情，又不懂军事，成得了什么气候？团练乃乌合之众，哪能称之为军队？这一点更不必挂心。天色已晚，六弟，你今晚就不要回府了。清胞昨日送来一对熊掌，今天炖了大半天，已经炖烂了。朕今夜和你再来个一醉方休！”说罢，亲热地拉着石达开的手，向花厅走去。

第五章　初办团练

一　乱世须用重典

紧靠巡抚衙门的鱼塘口，新开办了一个衙门，招牌上写着“湖南审案局”五个大字。布袍素巾、腰缠麻丝一身守制装束的曾国藩在这个衙门里办事，当起以安境保民为主要职责的帮办团练大臣已经有两个月了。记得进长沙的那一天，他和郭嵩焘、国葆、康福一行来到大托铺时，江忠源便带着一百楚勇在镇上恭候，亲自陪他们进城。来到新开铺时，左宗棠又带着一班长沙乡绅和昔日师友，如黄冕、孙观臣、陈季牧及岳麓书院山长丁善庆、城南书院山长丁辅臣等来迎接。来到又一村巡抚衙门口，只见中门大开，张亮基带着前鄂抚罗绕典、布政使潘铎、按察使岳兴阿及盐道、粮道等一批高级官员早已等候在那里。当夜，张亮基在巡抚衙门大摆酒席，为曾国藩洗尘。张亮基如此隆重而诚恳地迎接，使曾国藩深为感动。一连几天，张亮基和曾国藩密谈。二人对湖南吏治松弛、匪盗横行，都深恶痛绝。曾国藩认为乱世须用重典，对官场要严加整饬，尤其对匪盗要严加镇压。张亮基完全赞同。对曾国藩所持的“宁可失之于严，不可失之于宽”的方略，张亮基也甚为欣赏。曾国藩又提出在省城建一大团，从各县已经训练的乡勇中择其优者，招募来省，严格训练，以这支团练来保卫省城安全，镇压各地匪乱的建议。张亮基个人也表示同意。只是兹事体大，要曾国藩亲给皇上上一奏章。最后，张亮基紧握曾国藩的双手，说：“今后有关湖南保境安民的一切，都拜托给仁兄了，全仗大才经纬。湖南是仁兄桑梓，仁兄对湖南的挚爱之心，定不在亮基之下，千万莫存避嫌之念，尽管放开手脚，施补天之术，使三湘父老早得安宁。”

这番话，说得曾国藩热血沸腾，恨与张亮基相见太晚，对先前的谢绝颇感愧赧。

第二天，曾国藩便向朝廷呈上一道奏折。曾国藩要在省城建大团，自然并不是仅仅为了防卫省城，镇压匪乱。他的主要意图在于建立一支新军。他的想法是：先招募少数人，加以严格训练，使之起到以一当十的效果；然后以这批人为骨干，再招募十倍二十倍的人，立即就可成为一支劲旅，到时拉出省外，与太平军较量。满人对汉人向来防范甚严，兵权由朝廷牢牢控制，从不放心让汉人多带兵，更不允许有人像明代戚继光那样建“戚家军”。或许是曾国藩的奏折写得含糊，或许是由于时局危急，咸丰帝知绿营不足依靠，希望有一支新的军事力量出现，也或许有恭王、肃顺和唐鉴的竭力担保，使得咸丰帝特别相信曾国藩，居然很快便亲自批复：“悉心办理，以资防剿。”

曾国藩奉了这道圣旨，立刻把罗泽南和他的几个高足调来长沙。他的一千团丁，经过挑选后，留下八百，又新招三百余名精壮汉子。这些团丁编为三个营，每营三百六十人，中营由罗泽南统领，左营由罗的弟子王鑫统领，右营则由善化监生邹寿璋统领。又从中抽调八十名精悍团丁，组成亲兵队，由曾国葆统领。曾国藩又亲自通过考核比较，从八十名亲兵中挑出彭毓橘、蒋益澧、萧启江、萧庆衍等六人来，由康福负责训练，充当自己的贴身保镖。这六个人都是曾国藩的亲戚或世谊。曾国藩认为，大团练勇中的大小头目，都必须有亲谊关系，这是将这支练勇连为一个坚强整体的纽带，彼此之间才能荣枯与共，生死相关。曾国藩叫罗泽南、王鑫等人全力练勇，另外再请几个委员来办理日常案件。一听说新开办的审案局衙门中要委员办事，立即便有许多官员和士绅前来推荐人。曾国藩本想自己物色，不受推荐，但一来一时不易找到合适的人，二来刚办事碍不过情面，便从那些被荐人中挑出十余名，委托过去岳麓书院的同窗好友在籍江苏候补知州黄廷瓒负责。

春节刚过，道州天地会头领何贱苟，以道州岩头村、常宁五洞、桂阳白水洞、宁远赖子山为据点，发牌吊码，扩大组织，会众发展到四五千人，分布十余州县，在太平军节节胜利的鼓舞下，宣布起义，自称普南王，围攻县城，杀把总许得禄、典史吴世昌。曾国藩速派刘长佑、李朝辅带楚勇四百、王鑫带湘勇四百前去镇压。刚出发不久，衡山草市刘积厚又起事。曾国藩急忙派人通知王鑫，叫他先去草市，然后再去道州。过几天，安化蓝田串子会又宣布起义，江西上犹刘洪义的义军进入桂东，杀死清兵把总吕志漳、绅士黄达三，进据沙田。还有攸县的红黑会、桂阳的半边钱会、永州的一股香会，都在积极发展会众，酝酿起事。更使曾国藩头痛的是，这几个月里，又新冒出一批游匪。这批游匪主要有三种人：一种是从岳州、武昌、汉阳等城逃出的兵勇，无钱回家，又无营可投，沿途逗留，随处抢劫；一种是太平军与清兵交战过程中，被烧了房屋而无家可归的百姓，弱者沦为乞丐，强者聚众生事；一种是清兵行军打仗中所掳的长夫，用过之后，没有盘缠回家，于是辗转流落，到处滋扰。这些游匪大半混迹市井，破坏性很大。

曾国藩指示审案局，对这些危害社会治安的不良分子，一律处以重刑。为着鼓励团丁，他规定，凡捉一匪徒，赏银五两。重赏之下，团丁个个踊跃，有的一天甚至捉几个送来。不管是游匪、土匪、抢王、盗贼及其他闹事者，捉一个，杀一个。不管谁来讲情，曾国藩都不宽宥。他常对委员们讲，镇压匪乱，要心狠手辣，不讲仁慈，要以申、韩、商鞅的手段办案，不要怕今后得车裂的下场。为着收到杀一儆百的效果，曾国藩命人制作十个木笼，取名叫站笼。站笼约一人高，犯人头卡在木枷中，四肢捆绑，站在笼子里。白天用车拉着，在城内四处游街。夜晚则放在露天里，派兵守住。不给吃，也不给喝，不出三四天，犯人便惨死在笼子里。这十个站笼天天都装着犯人，天天都在长沙城内巡游，弄得全城百姓见之发憷，无人不知审案局的帮办团练大臣曾国藩残忍酷毒。士民乡绅要求废除站笼施行仁政的状子，雪片似的飞往巡抚签押房，有几个心肠软的委员们也到张亮基那儿告状，并以辞职相威胁。张亮基对此一概不理，反而称赞曾国藩有胆有识，刚强干练。曾国藩看到团练有成效，匪乱报警日渐减少，

感到一切都很顺利，心中甚为得意。

但不久，政局发生重大变化。

自太平军在江宁建都立国，与朝廷作对，一百八十年前的三藩之乱重演以来，太平军声威大震，东南河山烈焰腾空，千里长江，战舰如云。朝廷在任命曾国藩为第一个帮办团练大臣后，又火速在安徽、江苏、江西、直隶、河南、山东、浙江、贵州、福建九省任命四十二个帮办团练大臣，用以协助地方文武镇压各地风起云涌的骚乱。向荣、张国梁奉命带领从广西跟踪出来的绿营沿江追击，在江宁南部建江南大营，把江宁城团团围住。琦善带着一支军队匆匆南下，在长江北岸扬州建起江北大营，虎视江宁。本已积贫积弱、灾难深重的中国百姓，从此以后，又陷于血与火的战乱之中，命运更加悲惨。

武汉三镇失守，使咸丰帝大为震怒。署湖广总督徐广缙被革职严办，张亮基奉调到武昌，接替徐广缙的空缺。张亮基视江忠源为左右手，他把江忠源及其一千楚勇也带到武昌，剩下的五百楚勇编为一营，由江忠源的弟弟江忠济统带留在湖南。这时，郭嵩焘也离开长沙回湘阴募捐。接着罗绕典晋升云贵总督，潘铎因病告免，岳兴阿迁升湖北布政使。骆秉章又回到湖南来当巡抚，他请朝廷调老僚属徐有壬从云南到长沙来当布政使，又向朝廷推荐衡永郴桂道陶恩培升任按察使。一时间，湖南高级官员更换一新。在曾国藩看来，骆秉章庸碌、徐有壬平凡、陶恩培无能，他从心里瞧不起。曾国藩知道今后会有掣肘，但他不顾这些，仍然像张亮基在长沙时那样我行我素地干下去。

近来，长沙城里常有小股骚乱，抢劫、斗殴、聚众闹事等时有发生。团丁一去，肇事者先闻讯走了，往往抓不到。曾国藩很是恼火。为着警告闹事的匪徒，也为着在新巡抚面前表示团练坚决镇压的强硬态度，曾国藩亲自草拟“格杀勿论”的告示，印刷数百份，每份都盖上“钦命帮办团练大臣曾”的紫花大印，大街小巷，城门码头，广为张贴。又加派团丁，四处巡逻监视，市中心和各主要街道上，更是严加防范。百姓人人低眉敛容，生怕与闹事匪徒沾上边。长沙城俨然处于恐怖之中，几天来，一片肃杀死寂。眼看坚决镇压的措施取得成效，曾国藩想：看来严刑峻法，确为治国治民的不易之道。

谁知没有安静几天，长沙城又爆发一场更大的骚乱。

二　曾剃头

这天上午，曾国藩正在审阅道州报来的告急文书，一个团丁急匆匆闯进审案局报告：

“曾大人，出大事了！”

“什么事，这样惊慌？”曾国藩两眼离开告急文书，盯着那团丁问。

“大人，有人抢米行。”团丁急忙回答，紧张的神态还没恢复过来。

“有这样的事？”曾国藩颇感意外。这几个月来，长沙城闹事虽多，抢米行却还从来没有出现过。他意识到事态严重，不禁有些急迫，“抢的哪家米行？有多少人？”

曾国藩的凶恶神态，使团丁吓了一跳，一时语塞，竟答不出话来。

“快说！”曾国藩又盯了团丁一眼，心里骂道，“一个不中用的脓包！”

团丁定定神，结结巴巴地回答：“小西门……不，说错了……是大西门内五谷丰米行。人很多……很多……怕有一两百……也可能有两三百。”

“曾国葆！”国葆急忙来到大哥身边，曾国藩果断地命令，“将你的亲兵队所有团丁集合起来，带着他们立即赶到大西门内五谷丰米行，把打劫米行的歹徒一个不漏地抓住。有抵抗者，就地处决！”

“是！”国葆答应一声，转身出门。

“停一下！”曾国藩喊住满弟，“叫彭毓橘骑一匹快马，到罗山营里调一百团丁支援你！”

待国葆出去以后，曾国藩换上一件短衣，戴一顶宽边布帽，由康福、蒋益澧保护，悄悄出了审案局，抄小道奔向大西门。审案局离大西门不远，两刻钟后便到了。曾国藩见五谷丰米行前人山人海，除看热闹的外，有上百人或提着米袋，或拿着木桶、脸盆等围在米行门前，大部分是老人小孩，有人在给他们发米。人群中不断发出一阵阵哄笑声。米行四周一片乱糟糟。曾国藩小声骂道：“这些无法无天的匪徒！开仓放粮，岂不是要造反吗？”

这时，曾国葆带领的亲兵队六十多号团丁由北面赶来，彭毓橘带领的罗山营一百号团丁从南面赶来，已将米行团团包围了。人们见此情景，吓得鸡飞鸭走，不少人丢下手中的米袋、木桶，仓皇逃窜。团丁们抓住了几十个背米的老人、小孩，粗暴地喝骂、拳击，被抓的人跪在地上磕头求饶，哭着叫着，呼爹喊娘，情景甚是凄惨。曾国藩命蒋益澧传令：“围观的、背米的，一律不抓，为首的、抢米的，全部抓到审案局来。”

说罢，带着康福悄悄离开现场回衙门。

一个时辰后，国葆前来报告：抓到歹徒十三名。曾国藩指示黄廷瓒立即审讯。过会儿，他又想起一桩事，从抽屉里拿出一张纸来，写着：

“叔康兄：审讯时请留意，歹徒中是否有会堂分子，或是与会堂有联系者。”

写完封好，叫荆七送给黄廷瓒，接着拿出上午未看完的告急文书，聚精会神地看起来。

深夜，黄廷瓒前来汇报审讯情况——

五谷丰米行老板吴新刚，是个贪婪刻薄、心肠阴毒的商人。多年来，他使用许多不法手腕，挤垮附近几家同行，垄断了从南门到大西门一带的米业，常常抬高市价，以次充好，短斤少两，坑害市民，聚敛了万贯不义之财。百姓背地里都骂他“无心肝”。这“无心肝”偏又最会巴结官府，寻找靠山，尽管市民对他恨之入骨，却又奈何不得。这一向，正是长沙城内缺米的时候，“无心肝”以低价从外地购得一批霉米朽米，掺在好米内，高价卖给市民。市民们受此坑害，莫不破口大骂。这时恼了一个汉子。此人名叫廖仁和，住在大西门外，是个码头上的脚夫，人生得高大魁梧，好打抱不平。他一声吆喝，带着十多条汉子冲进五谷丰米行，把“无心肝”痛打一顿。围观的人拍手称快。有人喊："廖大哥，干脆把仓库里的米分给百姓，出口怨气！"

人群中一片附和声。廖仁和平时吃了"无心肝"不少苦头，想想这不义之财，百姓取之何妨，遂应了大家的请求。附近百姓纷纷前来分米，闹成了一场大事！

曾国藩静静地听着黄廷瓒的审讯报告，眼睛半眯着，脸上没有任何表情，心中在思考着如何处理这桩案子。这明摆着是百姓对奸商的惩罚。像五谷丰老板这样的奸商，比比皆是，用不着再取什么旁证，曾国藩相信审讯报告是真实的。但这桩案子闹得很大，弄得长沙城人心浮动，如果不严加惩处，不法之徒便会蜂起效尤，抢米行，抢商店，抢钱庄，那不翻了天？要彻底断绝效尤者的念头，非严惩不可！打定了主意，曾国藩问黄廷瓒："叔康兄，你看此事如何处理？"

黄廷瓒想了想，说："吴新刚为商奸诈，百姓自发起来惩处，于情理来说，百姓无罪；从律令上讲，有碍社会安定。无论如何，此风不可长。依卑职之见，这十三名闹事者，为头的廖仁和，杖责一百棍，游街三日，其余的人各杖责五十棍，释放回家。"

黄廷瓒的处理，按通常民众起哄闹事而言，完全符合朝廷律令。不过，现在是乱世，乱世办案，不能循常规。这个书呆子办事，就是迂了点。曾国藩在心里说。

黄廷瓒为人的确迂直。这一点，曾国藩与他在岳麓书院同窗时就已深知。正因为迂直，他在官场上混得不顺利。在江苏候补知州，一候就是三年，后来的早已赴任，他却一直得不到实缺，弄得衣食无着，寒酸不堪，老娘死了，连回籍奔丧的路费都没有。也正因为迂直，却被曾国藩看中。曾国藩喜欢这种不会使乖弄巧，心地踏实的人。他认为当今官场腐败，就由于巧佞之徒太多、迂直之人太少的缘故。曾国藩将审案局的日常事务，委托黄廷瓒负责，其他委员办的事，也要黄廷瓒审查。黄廷瓒对曾国藩感恩戴德，尽心尽力地办事。一般案件，曾国藩都依黄廷瓒的处理意见，但这件事，却不能按他的意见办。

曾国藩把此事处置不重，将会引起不良后果的利害关系，向黄廷瓒剖析了一番，终于使黄廷瓒信服了。

"重判可以。为首的囚禁三年，胁从的分别囚禁三到六个月。"黄廷瓒提出了从重的方案。

"这些人与会堂有联系吗？"曾国藩不对黄廷瓒的方案置以可否，却提出另一个问题。

"接到大人的手谕，卑职着重审讯了这件事。有人供称为头的廖仁和与串子会有些联系，但没有证据。"

"除廖仁和外，那十二名都是些什么人？"

"十二人都长住大西门一带。有四人曾被长毛掳去当过长夫，有三人原为驻守武昌的绿营，武昌被长毛攻破后，逃回来的。另外五名也都无固定职业，其中有三人因打过人，被按察使司传讯过。"

"这就对了。"曾国藩点点头，"我说这些人为何这样无法无天，原来不是游匪，便是流氓，竟无一个安分守己的良民。对付这种人，杀头也不过分。"

"杀头？"黄廷瓒大吃一惊，再重也重不到杀头哇！

"谁？"正说话间，曾国藩见窗外似有一人影闪过，"荆七，你到外面去看看。"

一会，荆七捧着一个纸套进来，说："人没见到，只见门口摆着这个东西。像是信套，却又很重。"说着，双手递了过去。

曾国藩看时，是个信套。他用力扯开，只见一把明晃晃的短刀从里面笔直掉下来，刀尖插进地板中，刀把在微微摆动。黄廷瓒吓得脸色变白，曾国藩也吓了一跳，但很快镇静下来，强笑道："谁给我送来这样锋利的短刀！"

说着从信套里抽出一张纸来，黄廷瓒凑过脸去看，只见纸上歪歪斜斜写着两行字："放人，万事俱休；不放，刀不认人。"旁边用红、蓝、黑三色笔画了三个互相套着的圆圈圈。黄廷瓒惊叫道："这是串子会的人干的！"

"你怎么知道？"曾国藩问。

"这三色圈圈便是串子会的标记。"黄廷瓒这几个月亲自审讯过不少案件，懂得一些会堂黑幕。

"想以死来威吓我？哼！"曾国藩鄙夷地冷笑，"本部堂兼过兵部堂官，还怕这几个草寇！"

"听说串子会有两三百号人。"黄廷瓒的心还在跳。

"两三百号人怎么样？我们有一千多号团丁，还怕他们翻天不成？"曾国藩突然略带兴奋地说，"叔康兄，你刚才还说廖仁和与会堂的联系没有证据，现在证据送上门来了。倘若廖仁和这批家伙不是串子会的人，串子会怎会送这封恐吓信？"

黄廷瓒说："大人分析得有道理，看来廖仁和是串子会里的人。"

"是串子会里的人，就更应该重判了。事不宜迟，我看明天一早就把这批人押到红牌楼去杀头示众。"

"全部杀头？"黄廷瓒惊疑地问。

"全部杀头。"曾国藩沉下脸。

"其中有一个十七岁的孩子、一个六十二岁的老头，是不是从宽处理？"

"不分老少！这种人，留下一个，就留下一个隐患。与其日后为害国家，不如现在杀掉了事。"

曾国藩的态度如此坚定，黄廷瓒不敢再说什么了，只是期期艾艾地嘀咕："一次杀十多个人，审案局成立以来，在长沙城里还没有过，最好先跟骆中丞打个招呼，请来王旗再杀人，省得以后招致口舌。"

"你说得有道理，倘若没有这封恐吓信，是应该先告诉骆中丞，请来王旗。但现在却不能按常规办事了，早杀早安宁。万一明天夜里串子会冲进审案局抢人，怎么办？杀这种会堂匪徒，骆中丞不会不同意的。"

"我看，五谷丰老板吴新刚也要抓起来，不抓不能平民愤。"黄廷瓒又提出一个问题。

曾国藩沉吟良久，默不作声。黄廷瓒似乎得到了鼓舞，颇为激动地说："大人，骚乱要镇压，但贪官污吏、奸商恶棍也要惩办。"

曾国藩点点头，说："叔康兄，你的话说中了要害，但眼下我无权办这种事啊！我不过一在籍侍郎，暂时奉命帮办团练，只能镇压匪乱，无权惩办腐败。不在其位，不谋其政啊！"

曾国藩抚着黄廷瓒的背，凝视着窗外漆黑的夜景，略停片刻，轻轻地说：“叔康兄，有朝一日国藩能任一方督抚，一定请你前去襄助，我们齐心合力，清除贪官污吏，打击奸商恶棍，先从自己做起，兢兢业业，克勤克俭，为皇上办事，做全省官吏的榜样，整顿纲纪秩序，扭转不良风气，做一番移风易俗、陶铸世人的伟大事业，方不负我们当初在岳麓书院的寒窗苦读。”

黄廷瓒浑身热血奔腾，他紧紧握着曾国藩的手，激动地说：“好！到那时，廷瓒一定鞠躬尽瘁，死而后已。”

黄廷瓒走后，曾国藩从地上抽出那把短刀，细细地看看摸摸，然后放进信套，一起锁进柜子。这一夜，曾国藩不住原来的卧室，拣了一处衙门中最不起眼的小房间睡下，叫康福、蒋益澧等人睡在他的旁边。

第二天，当天色尚未全亮的时候，曾国藩命国葆带领一百五十号团丁，押解廖仁和等十三名抢米行的犯人前往红牌楼。国葆不解：“大哥，天尚未亮，不可以晚一点吗？”

曾国藩严肃地对满弟说：“你还年轻，不懂得世界的复杂。这些人既然与串子会有联系，难保串子会不中途拦抢，还要提防他们劫法场，所以要愈早愈好。你一到红牌楼，就命团丁将四方路口堵好，不能放一人进来，一交卯正，便发令行刑。”

国葆押解犯人走后不久，荆七便慌慌张张进来禀报：“大人，衙门外黑压压地跪着一大片人，口口声声要见大人。”

“是些什么人？”曾国藩警觉起来，心想，“难道是串子会的人来了不成？”

“大半是老头老太婆，看来不像是歹人。”荆七回答，“要么，大人下令，叫康福带团丁轰走算了。”见曾国藩在犹豫，荆七自作主张地说：“我这就去叫康福。”说完扭头便走。

“回来！”曾国藩吼道。他对荆七这个行动甚为恼火，荆七惶恐地站在原地，等候训斥，但曾国藩并未训斥他，只是吩咐，“叫康福带着蒋益澧、萧启江等人跟着我，我要亲自见他们。”

曾国藩整了整衣冠，迈着稳健的步伐，不慌不忙地走出衙门外，果然见外面跪着几十个头发斑白的老翁老妪。那些人见曾国藩一出来，便乱哄哄地喊着：“曾大人，曾大人。”头不停地叩着。曾国藩和颜悦色地说：“诸位父老乡亲，不知唤鄙人出来有何赐教？”

一个须发皆白，身穿旧布长袍的老者，拄着拐杖站起，说：“曾大人，各位公推老朽说几句话。”

老者刚一开口，便咳嗽起来。曾国藩高喊：“荆七，拿条凳子来，让老伯坐下说话。”

老者连称不敢，见荆七真的搬了凳子来，也便坐下。康福也为曾国藩搬了把太师椅，但他并不坐。

“各位乡亲都说，曾大人这几个月来，严厉镇压匪乱，长沙风气大为好转，这是曾大人的功劳。不过，”老者又咳起来，吐了一口痰说，“昨天，大西门内抢米之事，实乃奸商吴新刚逼出来的。廖仁和等为受害四邻打抱不平，开仓放粮，也是应百姓所求。

且吴新刚仓中堆积的谷米，完全是这几年盘剥市民所得，现将它还给市民，亦不能称之为犯法。老汉今年八十了，年轻时也读过几年书，《礼》曰：‘贼贤害民则伐之。’吴新刚一贯害民，廖仁和等施以惩罚，亦合古训。望大人怜抢米者事出有因，宽恕其举措不当，释放廖仁和等十三人，以孚众望。另外，昨日数百名得米者亦惶惶不可终日，一并求大人开恩。”

老者说完，跪着的人一齐喊：“求大人开恩！”

曾国藩冷冷地扫视着人群，心里狠狠地骂道：一群糊涂人！他强压恼怒，仍旧用平缓的口气说，“各位乡亲父老，鄙人奉圣旨办团练，目的在镇压骚乱，保境安民。刚才这位老伯说的，几个月来长沙风气有所好转。鄙人深谢各位的支持。五谷丰老板吴新刚贪婪害民，鄙人亦有所闻。倘若昨日抢米者果真出自义愤，尽管举措不当，造成骚乱，鄙人亦可考虑从宽处理。但是，乡亲们，”说到这里，曾国藩提高嗓门，语气变得冷峻起来，“你们都受欺骗了，廖仁和等十三名罪犯，根本不是见义勇为的豪杰，而是会堂匪徒！他们都是一批狼心狗肺的土匪！”

阶下人群莫不惊愕万分，纷纷交头接耳，小声议论起来。

“本部堂有铁证在此。”曾国藩转脸对荆七说，“将昨夜串子会送来的恐吓信和短刀拿出来，让这些好心的父老见识见识。”

荆七将刀和信拿了出来。曾国藩将刀一扬：“这就是串子会昨夜送来，扬言要刺杀本部堂的短刀。”又拿起信说，“这就是他们的恐吓信，大家不妨看看。”

信在人群中传阅，有的叹息，有的点头，有的摇首。大家都被这封信给镇住了。

“各位父老乡亲，这些人从来就不是安分守己的良民，他们都是串子会的骨干，借百姓对五谷丰米行的怨恨，乘机行此不法之事，妄图扰乱人心，破坏秩序，以便乱中起事，附逆长毛。这等会匪，不杀何以平民愤，何以护纲纪？至于昨日不明真相，贪图小利的百姓，”曾国藩停下来，换成较为和缓的语气说，“烦各位父老转告，请他们放宽心，本部堂一概不追究。大家回去吧！”

见阶下人并无起身的样子，曾国藩突然大声说：“诸位到红牌楼看热闹去吧，十三名会匪的头颅已挂在那里半天了！”

众人惊惶不已，这才纷纷起身，向红牌楼奔去。刚才说话的老者边走边摇头，自言自语：“事情真蹊跷，怎么都成串子会了，先前从没听说过呀！”

旁边一个老妇人说：“阿弥陀佛，造孽呀，造孽，一下子砍掉十三个脑壳，这杀人就跟剃头一样。”

另一个老婆婆气愤地说：“么子曾大人，曾剃头！”

老妪无意间给曾国藩起了一个形象的绰号。从那天起，“曾剃头”一词，便在长沙城里四处传开。

过了几天，五谷丰老板吴新刚买了几丈黄绫，做了一把硕大的万民伞，带着米行十几个伙计来到审案局，要面谒曾大人，谢谢他救了米行，并请他下令收缴那天被分出去的米。当王荆七将吴新刚的来意禀告曾国藩时，他气得扫帚眉倒竖，三角眼冒火，恶狠狠地说：“这个奸商，本部堂暂不动他，他倒翘起了狗尾巴！本部堂要他什么万民伞！你去正告他，今后若不改恶从善，老实经商，再有不法情事出现，本部堂将查封

米行，严惩不贷！”

吴新刚听完王荆七疾言厉色的正告，吓得万民伞也顾不得拿，带着伙计们抱头鼠窜。曾国藩吩咐，就在门外将万民伞烧掉。

又是杀头，又是烧万民伞，长沙市民都摸不透这位团练大臣曾剃头的心思。

三　宁愿错杀一百个秀才，也不放过一个衣冠败类

审案局的委员们过了半个月的安静日子后，忽然又报抓了一个勾结串子会谋反的人，此人还是个秀才。黄廷瓒知曾国藩最恨串子会，又见犯人是个有功名的人，怕做不得主，请曾国藩亲自审理。曾国藩说："一个秀才有多大的功名，何况他身为黉门中人，竟串通会匪，更是罪加一等。"他略微翻了翻黄廷瓒送来的案卷，吩咐升堂。待犯人押上来，曾国藩将特制的惊堂木往案桌上重重一拍，厉声喝道："林明光，你这个衣冠败类，快将如何与串子会匪首魏逵勾结的事，在本部堂面前如实招来！"

两旁团丁扶着水火棍，凶神恶煞般地吆喝一声："招！"

案桌下那个长得白白净净，年纪二十四五岁的秀才吓得叩头不止，连忙说："大人明鉴，这完全是一桩诬陷案。学生是圣人门徒，岂肯与会匪往来，玷污清白。"

"这是怎么回事？"曾国藩一脸杀气地问站在旁边的善化县平塘都团总郭家虎，林明光就是被郭家虎押到审案局来的。郭家虎忙上前一步，低头说："现有林明光的同里熊秉国为证。"

"带熊秉国！"

熊秉国被带上堂来，也是个二十多岁、穿着大袖宽袍的读书人。熊秉国靠着林明光的身边跪下。曾国藩又将茶木条重重一拍，声色俱厉地问："熊秉国，林明光如何勾结会匪，你须实事求是讲来，不可在本部堂面前有半句假话！"

"是。"熊秉国磕了一个头，神气十足地说，"这有串子会大龙头魏逵的令牌为证。"说着，从怀中抽出一支上红下黑约一寸宽、六寸长的竹牌，站起来，双手递给曾国藩，自己又跪在原地。曾国藩看那令牌正面写着"串子会大龙头魏逵"一行字，背面画着红、蓝、黑三个互相套着的圆圈圈，与半个月前收到的恐吓信上的标记一模一样。他心头火起，暗骂道："这串子会果然猖狂！"于是绷着脸问："这块牌子从哪里得来的？"

熊秉国答："今早从林明光的书房里搜得。"

曾国藩以怀疑的眼光审视熊秉国良久，猛然大声问："熊秉国，你如何知道林家有串子会的令牌？"

熊秉国被曾国藩如电目光、如雷吼声吓得两腿发抖，全身冒出虚汗，好半天才战战兢兢地回答："是本都颜癞子告诉我的。"

"颜癞子又是如何知道的？"曾国藩追问。

"大人，"熊秉国终于镇静下来，"颜癞子也一起来了，他可以当堂作证。"

团丁带上颜癞子。曾国藩见此人三十余岁年纪，一头癞子，鼻勾腮尖，贼眉贼眼的，心中已先讨厌。那颜癞子跪在熊秉国后面，不待审讯，就主动地说："青天大老爷

在上，小人是亲眼看到林明光与串子会大龙头魏逵勾勾搭搭的。前天夜里，小人因赌输急了，想到林家捞几个钱。刚爬上林家屋梁，就看见书房里灯火明亮，林明光与一个头扎黑布、身穿夜行服的人在悄悄说话。只听见那人说：‘这一百两银子是魏龙头的心意。魏龙头说，当初若不是老太太的恩德，他也没有今天。滴水之恩，尚且要涌泉相报，何况老太太的大恩大德。请您老千万收下。’我心想，好哇！你林秀才表面装得一本正经，看不起我颜癞子，原来背地里却与串子会偷偷来往，看我不告发你！曾大人，听说您老的告示上写明，捉一个匪徒，赏银五两，有这事吗？”

颜癞子抬起头来，挤弄鼠眼望着曾国藩。见曾国藩铁青着面孔，眼光凶恶，颜癞子魂都吓掉了，赶紧低下头。

曾国藩用力拍了一下茶木条，凛然喝道：“你还看见了什么？”

“是，是。小人在梁上还看见他们推来推去。最后，那人又从怀里掏出一块牌子说：‘这块牌子是魏龙头的令牌，他要我送给您老。魏龙头讲，只要这块令牌在身，方圆百里之内，无人敢动您老一根毫毛。’林明光接过令牌。我心里想，这不就是他勾结串子会的铁证吗？趁着林明光送那人出门的时候，我从梁上溜了下来。昨天一早，我到镇上酒店里喝酒，心里高兴，对老板说：‘给我打二两老白酒，一碟牛肉，记到账上，过两天就还钱！’我见老板还在犹豫，就高声说：‘你放心，你大爷要发财了，还能欠你这几个钱！’不想熊二爷这时也在店里喝酒。”

熊秉国点点头说：“治下当时正在那里……”

“不许多嘴！”茶木条重重地响了一下，熊秉国吓得赶紧缩口。曾国藩冷冷地望了颜癞子一眼：“你继续说下去！”

“是！”颜癞子继续说，“我心里想，熊二爷是个有脸面的人，凭我这副模样，又没有抓到林明光，这五两银子怕领不到，不如把它卖给熊二爷。打定了主意，我便附着熊二爷的耳边说：‘二爷，有个串子会的头目，被我发现了，您老要抓吗？’熊二爷一听，忙说：‘到我家里详说。’到了熊二爷的家，我把昨夜看到的都对他说了。熊二爷说：‘你也不必到曾大人那里去讨赏，我给你五两银子就行了。你千万不要再说出去。’今日早上，熊二爷带着郭团总把林明光抓了起来。大人在上，小人说的句句是实。”

颜癞子说完，又在公堂上磕了几个响头。

这是个痞子！曾国藩心里骂道，对颜癞子说：“你下去吧！”

待到颜癞子下堂去后，曾国藩问林明光：“刚才此人说的是实话吗？”

林明光答：“大人，颜癞子所说的，有的是事实，有的不对。前夜的确有个人来我家，说是奉魏逵之令送银子来，也的确拿出了一百两纹银，但我分文未收。”

“你跟魏逵是什么关系？他为何要送你这么多银子？”

“大人，”林明光答，“这魏逵与我家非亲非故。五年前的一天，有一汉子突然晕倒在我家屋门边。家母信佛，一向乐善好施。见此情景，叫人将他抬进屋，又喊太爷给他诊治。原来此人得了乌痧症。太爷给他放痧，醒过来后，家母又留他住了一天。见他贫寒，临走时，又打发一点旧衣和钱。那人自称名叫魏逵，说今生今世不忘家母救命之恩，日后富贵了，要重重报答。从那以后，我们一家再也没有见过魏逵，也不记得此事了。前几个月，风言说串子会的大龙头名叫魏逵，我们也没有将两个魏逵联系起来。前夜，来人自称是串子会大龙头魏逵派来的，又拿出一百两银子，说是谢家母恩德。我这才知道，原来串子会的大龙头，就是当年倒在我家门口的那个人。大人，我是个清清白白的读书人，家里世世代代以耕读为业，从来是安分守法的，我怎么愿意跟造反谋乱的串子会拉扯上？我坚决不受银子，那人见我一定不要，又从怀里拿出魏逵的一块令牌，说是可以护身，百里之内无人敢动我丝毫。我想目前世道这样乱，危急之间，有这道护身符在身也好，便收下了。大人明鉴，学生一时糊涂，不该收下魏逵的令牌，但学生决不想与魏逵有往来，更不愿参与他们谋乱的事。大人，学生再蠢，也是个秀才，懂得国法，岂敢做这杀头灭门的事！”说罢，磕头不止。

熊秉国说：“大人，林明光在当面扯谎，欺蒙大人。若不是想投匪，要什么魏逵的令牌？世道虽乱，还有朝廷的绿营和大人统率的团练在，岂容得匪徒们无法无天！我们这些人都没有魏逵的令牌，难道就不能保家护身？林明光说他未收银子，谁人可以作证？银子又无记号，谁分得出姓魏姓林？只有这令牌，他无可抵赖，才不得不承认。大人，林明光私通串子会铁证如山，岂容狡辩！”

熊秉国这几句话说得曾国藩心里舒服，案子审到此时，才见他脸色略为放松。曾国藩问林明光：“你还有何话说？”

林明光大叫道：“大人，熊秉国是个无赖，学生就是平日得罪了他父子的缘故，今日才蒙受这等耻辱。”

曾国藩颇感意外，怒目喝问：“你与熊家有何隙，仔细说来！”

“怪只怪学生平日不懂世故，恃才傲物。”林明光懊丧地说，“熊秉国是我的同里，其父熊固基是平塘镇的大富翁，仗着家里有钱，又有远房亲戚在外做官，一贯在乡里横行霸道。大人，您老别看熊秉国穿戴得斯斯文文，他实际上是个吃喝嫖赌的浪荡公子。诗文不通，却又偏爱附庸风雅。学生心里十分讨厌，常常在乡间奚落熊氏父子，于是与他家结下怨仇。今日，熊秉国便以公报私。至于颜癞子，他不过是平塘镇上一只癞皮狗而已，学生从来不把他当人看，故他也恨学生。”

“大人，”熊秉国在下面抢着说，“林明光刚才的话全是诬蔑。”

审到这里，当过多年刑部侍郎的曾国藩心里已有数了。他吩咐一声“退堂”，便回到书房。

曾国藩细细地思索案件审讯的全部过程，以及原告、被告的身份、说话、表情、神态，从当堂审讯来看，林明光所说的多为实话，而熊秉国很可能是挟嫌报复。但林明光收下了串子会的令牌，他自己也供认不讳，难保他没有二心。为慎重起见，曾国藩叫审案局委员、安徽候补县令曹克勤到平塘镇去走一遭，实地了解一下。

过两天，曹克勤回来说，林明光的确与串子会有往来，又递给曾国藩一个小册子，说是从林明光书房里抄出来的。曾国藩看那册子封面上题作《太平天国天王御制原道醒世训》，随便翻开一页，只见上面写着：“天下多男子，尽是兄弟之辈，天下多女子，尽是姊妹之群，何得存此疆彼界之私，何可起尔吞我并之念。”他把书往地下一摔，骂道：“什么乌七八糟的东西，可笑得很！难道父与子也是兄弟之辈？母与女也是姊妹之群？看来这林明光真是个不安分的家伙。”

因为林明光是个秀才，曾国藩这天夜里独自在签押房里为此案思考了很久。说林明光勾通串子会，唯一的依据是魏逵的令牌。这本册子，也可能是从其书房里搜出来的，也可能是熊家有意栽赃。即使真的是从其书房里抄出，也不能作为勾通长毛的铁证。林明光说的魏逵报恩之事，于情理上可以说得通。此案，若从轻，可将林明光杖责数十板，教训一顿后放回家。若从重，就凭他收下串子会令牌，心怀二志，也可判个死刑。从轻呢？从重呢？他记得过去读《明史》，读《明季北略》，都讲到自从牛金星、李岩两个举人投归李自成后，李自成便设官分治，守土不流，气象与从前迥然不同，结果居然推倒明王朝，祭天登位，做起了大顺朝的皇帝。"读书人附匪逆，则匪逆有可能成大事。"曾国藩深信前人的这个看法是对的。倘若轻易放了林明光，则给别的读书人存一线侥幸之机。要从重！即使林明光不是真的投靠串子会，也要借他的头来教训教训其他不安本分的读书人。为了皇上江山的巩固，为了湖南全境的安宁，宁肯错杀一百个秀才，也不能放走一个会匪中的衣冠败类！况且串子会活动如此猖獗，看来他们是存心要跟团练过不去，何不以林明光为钓饵，将魏逵等人引出来，也好一网打尽，为湖南除一大害。

他想到学政刘昆必然会不同意他的做法，老头子为人倔强，倘若顶起牛来，会千方百计使事情办不成，到时自己的全盘计划就会落空。一旦决定了的事情，曾国藩便非办不可，他最讨厌有人出来干扰。干脆不告诉刘昆！他拿起朱笔，在林明光的名字上重重地画了一个钩。

第二天，林明光被关进站笼，在长沙城内四处游街。站笼上插着一块长木条，上面大书"勾通串子会造反之衣冠败类林明光"一行字。旁边跟着四个团丁，不停地敲打铜锣，引得市民纷纷过来观看。在站笼通过的主要街道上，罗山营、璞山营七百多号团丁一律便衣混在人群中，每三四十人后面跟着一辆板车，里面藏着刀枪。林明光本是个受人敬重的秀才，何曾受过这种奇耻大辱。他愤极羞极，只游了半天，便死在站笼里，而魏逵的串子会并没有出来，曾国藩颇为扫兴。

林明光之死，在长沙城及东南西北四乡引起极大震动。一个秀才，以勾通会堂之罪，被处以站笼游街，这是长沙城里亘古未见的事。人们议论纷纷，有骂林明光是士林渣滓的，也有骂曾剃头手段残酷的，更多人则不相信林明光会勾通串子会。那些家中保存有太平军、天地会、串子会、一股香会、半边钱会等会堂告白文书的人，都连夜焚毁一尽。林明光的弟弟林明亮联合善化县的十个秀才，为哥哥鸣冤叫屈。他们写了两份状子，一份上递巡抚衙门，一份上递学政衙门。

五十多岁、须发斑白的学台大人刘昆接到林明亮的状子后，气得胡须都抖起来。他在衙门里破口大骂："这还得了！曾国藩眼里还有我这个学政衙门吗？漫说林明光不是勾通会堂，即使真有其事，一个堂堂秀才，不通过我学政衙门，就这样处以极刑。曾国藩置斯文何在？真真岂有此理！"

刘昆拿着状子，坐轿来到巡抚衙门。骆秉章正为林秀才一案犯愁。见刘学台来，便拉着他的手，说："老先生，我们一道到审案局去吧！"

刘昆将手一甩，说："我不愿见他！这案子就委托给你了。"

说罢，气冲冲地走出抚台衙门。

骆秉章无奈，只得亲自来到审案局。接任一个多月来，曾国藩多次请动王旗杀人，有时甚至连这个形式都不要，随便将犯人当场击毙。上次杀打劫五谷丰米行的十三名犯人，连王旗都未请。后来，曾国藩亲去说明情况，又见有串子会的恐吓信，虽然也默认了，但身为巡抚的骆秉章，心里究竟不是滋味。这回杀一个秀才，居然连学政也不打个招呼，亏他还是翰林出身，任礼部侍郎多年。他眼里是没有湖南官员的位置啊！

“涤生兄，林明光的案子，许多人都有议论。”骆秉章决心借此案压一压曾国藩的威风，“林明光乃秀才，怎能囚以站笼，游街示众？且杀人过多，仁政何在！”

曾国藩将状子略微浏览下，便扔到一边。心想：这段时期来，官场市井物议甚多，要堵住这些非难，首先要说服这位全省的最高长官，而且态度必须强硬，只能进，不能退，倘若退一步，则前功尽弃。曾国藩一本正经地对骆秉章说：“籲门兄，杀人多，非国藩生性嗜杀，这是迫不得已的事。追究起来，正是湖南吏治不严，养痈遗患，才造成今日的局面。”

骆秉章听了这话，心中大为不快。这个曾剃头，非但不检点自己的过错，反而倒打一耙，要算我的账了！他打断曾国藩的话：“你可要讲清楚，湖南吏治不严，究竟是谁的责任。”

曾国藩知骆秉章见怪了，为了使谈话气氛和缓，他要稳住这个老头：“骆中丞，我还没说完，湖南吏治不严，责任当然不在你；你前后在湖南加起来不过两年多。我是湖南人，岂不知三湘之乱，由来已久。道光二十三年，武冈抢米杀知州。二十四年，耒阳抗粮。二十六年，宁远会党打县城。二十七年，新宁又起棒棒会。二十九年，李源发造反。这些，都不是发生在籲门兄你的任上。”

这段解释，使骆秉章的火气消了：曾国藩的矛头原来并不是对准他的。

“涤生兄，不怕你怪罪，贵乡竟是个烂摊子。当初调我来此，我三次推辞，无奈圣上温旨勉励，才不得不上任。”

“中丞说的是实话。”曾国藩恳切地说，“湖南为何连年不得安宁，主要在地方文武胆怯手软，但求保得自己任内无事，便相与掩饰弥缝，苟且偷安，积数十年应办不办之案，任其延宕，积数十年应杀不杀之人，任其横行。如此，乡间不法之徒气焰甚嚣尘上，以为官府软弱可欺，相率造谣生事，蛊惑人心，杀人越货，无恶不作。倘若陆费泉、冯德馨等人忠于职守，早行镇压，湖南何来今日这等局面？”

骆秉章点头称是：“就因为他们渎职，而造成今日祸害，难得仁兄看得清楚。朝野有些人不明事理，还以为我骆秉章无能。”

“正因为湖南已烂到如此地步，故国藩愚见，不用重典以锄强暴，则民无安宁之日，省无安宁之境。眼下四方骚乱，奸宄蜂起，还讲什么仁政不仁政呢？古人说：‘惟有德者能宽服民，其次莫如猛。’有德者如诸葛孔明，尚以威猛治蜀，何况我辈？国藩唯愿通省无不破之案，全境早得安宁，则我个人身得残忍之名亦在所不惜。处今日之势，办今日之事。依国藩愚见，宁愿错杀，不可轻放。错杀只结一人之仇，轻放则贻国家之患。”

“你说的这些诚然有理，”骆秉章说，“不过，就凭串子会一块令牌，处以站笼游街，无论如何太重了。”

“林明光一案嘛，”曾国藩敛容说，“国藩认为，匪患最可怕的不是游匪，游匪只一人或三五人，纵作恶，为害有限。可怕的是会堂，他们结伙成帮，组建死党，对抗官府，为害甚烈。大的如长毛，小的如串子会，就是明证。对会堂的处理，尤其要严厉。读书人一旦参与其事，为之出谋划策，收揽人心，会使会堂如虎添翼、如火加油，其对江山社稷之危害，将不可估量。想籲门兄不会忘记牛金星、李岩附逆闯贼的教训。我岂不知林明光之罪，不杀亦可。然刑一而正百，杀一而慎万，历来为治国者不易之方。杀一林明光，则绝千百个读书人投贼之路。即使过重，甚或冤屈，借他一人头以安天下，亦可谓值得，不必为林明光喊冤叫屈，以乱人心而坏剿匪大计。籲门兄，你说对吗？”

见骆秉章不做声，曾国藩换了一种诚恳的语气说：“籲门兄为皇上守这块疆土，做千万人之父母官，自然会知道，当以湖南山川和芸芸黔首为第一位，而不会把几个人的性命放在这之上。国藩乃在籍之士，奉朝命协助巡抚办团练，以靖地方，所作所为，无非是为了桑梓父老，为了你这位巡抚大人。籲门兄，国藩之杀人，别人指责尚可谅解，你怎么也跟在别人后面指责我呢？”

这番话冠冕堂皇，义正词严，说得骆秉章哑口无言。停了好一会，他才说：“涤生兄，你这番苦心，我可以理解，但别人就不一定能理解。比如林明光，他是通过府试录取的秀才，刘学台掌管的人，你不和他打招呼，征求他的同意，他能理解吗？你就不怕他向朝廷告状吗？”

曾国藩淡淡一笑：“林明光之事，按理是应该先通知刘学台，由刘学台革掉他的秀才功名后再用刑。但老夫子办事，籲门兄不是不知道，这个案子到了他手里，起码要拖半年，最终还是不了了之。昆老育材有方，国藩深为钦佩。但恕我直言，这安境保民之事，昆老尚欠魄力谋略。况且这案子是一桩会匪大案，与通常秀才犯法不同。当此非常时期，可从权处理。应该说，我杀的不是秀才，而是一个会匪，一个士林败类。昆老硬要向朝廷告状，就让他告去吧，我也无法阻拦。朝廷若怪罪下来，一切责任由我承担，与中丞无关。”

骆秉章本是大兴问罪之师而来，结果竟被曾国藩充足的理由和强硬的态度弄得无言以对，只得讪讪告辞。

曾国藩想到湖南官场、民间对自己这几个月来严办匪乱指责如此之多，且其中也免不了有枉杀的人在内，若不先向皇上申明，求得皇上支持，日后有可能成为被人弹劾的口实。他思索几天，给皇上上了一道《严办土匪以靖地方折》。不久，奏折奉朱批递回来：“办理土匪，必须从严，务期根株净尽。”曾国藩将这道朱批遍示湖南各文武衙门。从此，官场上的公开指责便销声匿迹了。

半个月后的一天，康福从平塘镇办公事回来，悄悄告诉曾国藩：林明光一案冤情重得很，百姓反应很大。曹克勤受了熊家父子的贿赂，长毛小册子是熊家栽的赃。熊家借此事将林明光置于死地，是为了报积怨私仇。曾国藩听后，对林明光的冤情并不太感意外，但对曹克勤受贿却很愤慨，他生平最恨受贿的官吏。曾国藩交给康福一件任务，要他和彭毓橘、蒋益澧三人秘密查访委员中的受贿情况和冒功领赏的团丁。

不久，曾国藩借“严办土匪”的圣旨，将审案局中的委员做了大幅度的裁汰，从自己旧日友朋和岳麓、城南两书院中，挑选一批廉洁有操守的乡绅和士子来递补；又将凡有冒功领赏行为的团丁一律开缺回籍，从荷叶塘募来一批老实的农夫代替。从那以后，他自己对判决之事，态度也审慎些了。

一日，浏阳县团练所专程派人来到审案局，说周国虞的征义堂又死灰复燃了，在城外山林里活动猖獗，县团对付不了，请省团派人前去镇压。巡抚衙门也接到浏阳县令的告急文书，骆秉章请曾国藩办理。

曾国藩吸取林明光一案的教训，对下边报来的匪情不敢轻易相信。他带着李续宾、曾国葆、康福、彭毓橘，乔装成普通老百姓，亲自到浏阳去，对周国虞和征义堂做一番秘密查访。

四　鲍超卖妻

原来，这周国虞乃浏阳宝塔山下一方大户，其先祖是南明弘光朝大学士、兵部尚书史可法的贴身侍卫周天赐。明亡后，周天赐隐居湖南浏阳，以反清复明为职志。由于清朝统治严密，周天赐的宏愿不得实现，但后代子孙恪遵祖训，代代不忘反清复明大业。周国虞及其弟国材、国贤从小读书习武，广交四方友朋，图谋大事。一次偶然机会，周国虞结识了天地会首领罗大纲，罗大纲带着周氏兄弟拜见天地会大头领洪大全。于是周氏兄弟参加了天地会，并在浏阳县办起征义堂，明里布仁施义，广结良缘，背地里发展会众，鼓吹反清复明，会众很快发展到数千人，声势浩大。后来江忠源带领楚勇前去镇压，周国虞和征义堂的兄弟们退到城外野人山。罗大纲投奔太平军后，几次派人相邀，周国虞因为与太平军的目标不一致，不愿参加。前几天，他们下山想杀掉横行霸道、强娶人妻的浏阳县团练副总张义山，结果没抓到张，便一把火烧了县团练所，县令饶丰平吓得惶惶不安，遂火急上报省城。

了解这些情况后，曾国藩制定了一个巧取野人山的计谋。通过旅店老板买通征义堂一个小头目，小头目带着李续宾、曾国葆、康福进入人迹罕至的野人山。李续宾等人化装成湘乡县三合会的头目，以携带十万两银子前来合伙的谎言，骗取了周国虞的信任。这时，王鑫奉命带着八百团勇从长沙赶到浏阳。王鑫、李续宾率领勇丁并挟持张义山打进野人山。在征义堂兄弟们的面前，王鑫宣示张义山鱼肉百姓的罪恶，并当场将这个团练副总一刀杀了，鼓动征义堂的人放下武器，下山做良民。曾国藩这套软硬兼施的做法取得了效果，征义堂被打垮了，周国虞兄弟不得不带着一批骨干撤离野人山。

这是省城大团成立以来干得最得意的一桩大事，王鑫、李续宾等人满心想得到省里各衙门的表扬，却不料长沙的反应甚为冷淡。曾国藩心里虽不高兴，但并不跟骆秉章谈起这事，就连左宗棠面前也不提及，仍旧每日办理匪盗案件，并将精力转到操练勇丁上。

曾国藩痛感教官缺乏。王鑫、康福、李续宾、彭毓橘等人虽武艺超群，但都任务繁重，不能以全副精力教练团丁。曾国藩随时注意从团丁中识拔人才，发现有武艺较好、人又实在的团丁，便加奖掖，并提拔起来充当什长、哨长。每天夜晚，则重温历代兵书，尤其对戚继光的《纪效新书》、《练兵实纪》细细加以揣摩，许多地方，都照戚继光所说的办。大团训练日有起色。

一天下午略有点空闲，曾国藩正和康福饶有兴致地对弈，荆七进来说："大人，去年在岳阳楼上见面的那个杨载福来了。"

"快请他进来！"曾国藩喜出望外，一边叫康福收棋，一边已迈步向门外走去。

杨载福一进门来，便跪下磕头行大礼：

"曾大人，小人有眼不识泰山。上次岳阳楼上多多冒犯，请大人海涵。"

曾国藩亲手扶起杨载福，乐呵呵地说："什么冒犯，说哪里话来！我能在洞庭湖畔结识足下，实为有幸。这一年来，足下可好？"

曾国藩上下打量着杨载福，见他身穿一套绿营军官衣服，便又问："足下在哪个营做事？我怎么一直没见过你？"

杨载福恭恭敬敬地回答："去年蒙大人给我指明出路，第二天，我便将排上事安排好，带着大人写的荐书，到长沙投奔骆抚台。骆抚台问我：'曾大人是你什么人？'我说：'曾大人与我非亲非故，得荐书之前，我根本不认识他。'骆抚台问我荐书怎么来的，我把当时的情况说了一下。骆抚台说：'你这个毛头小子，你知道曾大人是什么人吗？'我摇摇头。骆抚台说：'曾大人是当今礼部侍郎，因回家奔丧，让你给有幸碰上了。'我当时大吃一惊，想起大人的确说过回家奔母丧的话。骆抚台把我留在抚标右营。见我武艺尚可，今年初，提拔我当了个外委把总，派我到辰州协训练新兵。前几天才回长沙来交差。昨日在街上见到大人出的告示，方知大人在省里办团练。今天特地请了假，来拜谒大人。"

曾国藩见杨载福不负推荐，很是高兴，说："足下这一年来长进很大，又有训练新兵的经验，我想请足下到大团来训练勇丁。足下肯吗？"

杨载福说："大人是我的恩人，莫说叫我来大团当教官，就是叫我立即入狼窝虎穴，敢不从命！"

曾国藩甚喜，当即给骆秉章写封亲笔信，请他放杨载福来大团听命。骆秉章自然准许。次日，杨载福即到曾国藩衙门报到。吃过早饭，曾国藩带杨载福到南门外操场，分到罗泽南一营当个哨官，并兼管全营教习。下午，曾国藩徒步从南门口操场回鱼塘口，途经盐道街口时，见提刑按察使司的几个差役锁拿一个汉子往前走。忽然，从后面跌跌撞撞地跑来一个妇人。那妇人抱住汉子的大腿，哭喊着："春霆，我跟你一起去吧！"妇人哭声极为悲哀，引得路人全都停下来观看。又见后面跑来两三个汉子，扯着妇人的手往回拖，妇人死命不肯。那汉子满脸是泪，说道："菊英，你多保重，过几年我再来接你。"差役们吆喝着，赶着汉子走。

曾国藩定睛看那汉子，年纪二十六七岁，身材长大，足比常人高出一个头，膀阔腰圆，面孔虽黧黑消瘦，但两眼却大而有神，满脸络腮胡子又黑又密。曾国藩心想：好一

条汉子，不知犯了何事？提刑按察使司的差役见是曾国藩，忙点头哈腰问好：“曾大人，您老回府去？”

那汉子听差役叫“曾大人”，连忙喊：“您老就是曾大人？我鲍超今日落难受辱，请您老救我。”

曾国藩感觉意外，问：“要我救你？”

“曾大人，您老不是在奉旨操练团练吗？鲍超愿投效您老帐下。我现在好比当年落难的薛仁贵，日后，我会辅助您老征东扫北。”

曾国藩想：此人口气倒不小，现在正是用人之际，不妨将此人带到审案局详细问问。他对差役说：“把他押到审案局去，我要审问审问。”

差役面有难色，说：“陶大人要小的们这就押去，若送到审案局，陶大人怪罪下来，小的们吃不了。”

“不要紧，我这就打发人告诉陶大人，审问后即给他送去。”

鲍超又说：“曾大人，这妇人是小人的女人，请您老发点慈悲心，让她再在旅店住几天，待小人与她见一面后，再由马家带去。”

曾国藩叫王荆七把那女人送到旅店后，再到臬台衙门去告诉陶恩培，并要那几个汉子先回去，过几天再说。差役无奈，只好跟着到了审案局。

曾国藩坐在大堂太师椅上，鲍超跪在堂下。他屏退差役后，对鲍超说：“你因何事被锁拿，要从实告诉我。”

鲍超磕了一个头，答道：“是。”然后慢慢地将原委说了出来。

原来，鲍超字春霆，是四川奉节人，自小父母双亡，帮人拾粪放牛糊口。十五岁时，曾经人介绍到峨眉山清虚观，为观里道人打柴担水，混一口斋饭吃。鲍超有力气，做事又勤快，虽性情暴烈，但为人爽直，很得观主清安道长的喜爱。清安道长空闲时教他一些武艺。鲍超不识字，却悟性好。各种武艺，一经点拨，便熟记在心，又肯下功夫苦练，三四年过后，鲍超便成为清虚观里第一号高手。清安道长有心想把他留在观里，但鲍超却过不惯峨眉山上的冷清生活，他要凭借这身武艺去干一番轰轰烈烈的大事，挣个荣华富贵、光宗耀祖的前程。清安道长得知他的志向后，深为惋惜，悔不该当初看错了人。二十岁那年，鲍超为一件小事与观里另一道人口角起来，他挥起铁拳把那道人打得口吐鲜血，晕死过去。清安道长大怒，把他捆绑起来，打了五十水火棍。鲍超岂咽得下这口气，第二天一早，便卷起包袱下山了。走到半山腰，想起师父五年来的教诲之恩，自思这样不辞而别，未免对不起师父，便又转身上山，向清安道长告辞。道长并不挽留他，只叮嘱：“日后不管立下多大功劳，不管有多高官爵，都不要再对人提起清虚观这几年的事，更不要提为师的姓名。”

鲍超下山，来到成都投了军。几年过去，东打西跑，辛苦不已，却没有捞到个一官半职。鲍超灰心了。

恰好，那年广西洪杨事发，朝廷要调兵到广西前线。鲍超看定是立功的机会来了，主动请缨，来到广西。一来便被向荣看中，选为亲兵。眼看鲍超要发迹了。谁知时运不佳，永安一战，鲍超身负重伤。向荣给他几两银子，留他在广西一个老百姓家养伤。不久，向荣带兵尾追太平军离开广西到湖南去了。

鲍超住的这家姓韦。韦家的姑娘菊英，尽心尽意地招呼鲍超。菊英爱鲍超仪表堂堂，鲍超爱菊英秀气水灵，心眼又好。两人便你欢我爱，偷偷地搅在一起了。菊英父母也觉得鲍超有股男子汉气概，便同意女儿的选择，为小两口举办了婚礼。几个月后，鲍超伤好了，他和菊英商量，要到湖南去找向提督。菊英舍不得跟他分开，便和他一同来到湖南。到长沙后，方知向提督早已到江宁去了，鲍超夫妇好不气馁。盘缠眼看就要用光，伙铺老板又天天催房租，鲍超气得在一家酒店里喝了两斤白干，醉得昏昏的，突然冒出一个主意来。他在酒店里大嚷："谁要老婆，二百两银子，我把老婆卖给他。"大家都觉得好笑，便怂恿酒店马老板去买。马老板四十多岁，去年刚死了老婆，正要续弦，看鲍超不过二十几岁，料想老婆一定年轻，便问："汉子，真的卖老婆？"

"真的。"鲍超布满血丝的双眼乜斜着酒店老板。

"不反悔？"

"男子汉大丈夫，说话算数。"

"嗯。"马老板心想，连老婆都要卖的人，还有脸说男子汉大丈夫。他用鄙夷的眼神对鲍超说，"汉子，去看看你的老婆长得如何，麻脸瞎眼的我可不要。"

当场便有几个好事之徒，兴高采烈地跟着去看热闹。马老板见菊英年轻漂亮，大喜过望，当下拉出鲍超，说："汉子，就这样定了。明天一手交钱，一手交婆娘，诸位帮忙做个证，可不许反悔呀！"

立即便有人写来一张字据，鲍超按了手印。

这天晚上，鲍超酒醒了，对白天卖老婆的荒唐之事后悔不迭。但木已成舟，他只得告诉菊英。菊英一听，顿时昏厥过去，老半天才醒过来，对鲍超的绝情灭义恨得要死。鲍超安慰妻子。说实在是万不得已，与其两人都死在此地，不如换得银子到江宁去，找到向提督，一两年后立了军功当了官，一定回长沙再来赎回。夫妻俩抱头痛哭一夜。第二天，马老板拿着二百两银子来，要把菊英带走。老婆是自己卖的，一时反悔不成，但他毕竟是个血性男儿，见真来抬老婆了，又恼羞成怒，一股无名火起，将马老板痛打了一顿。马老板无辜挨打，如何气得过，便到臬台衙门告了鲍超一状。又有手印契约，又有十多个人证，臬台陶恩培下令提拿鲍超，并将韦菊英判给马老板。

曾国藩细细听了鲍超这段叙述，心想：这个莽夫人品的确不太好，日后保不定忘恩负义，卖友求荣。转过来又想：鲍超也可怜，空有一身本事，却命运不济，英雄短路，也难怪他做出这等没良心的事来，吴起不也有过杀妻求将的事吗？现在正要几个有真本领的人来教习团丁，且不去管他的人品，先看看他的本事究竟如何。

曾国藩唤来差役，打开鲍超手上的锁链，又赏他一顿酒饭，要他当面表演几套拳术刀枪。

鲍超甚喜，他恨不得在曾大人面前把浑身解数都使出来。当即来到射圃，脱了衣服，先表演了一套长拳。这套拳打得真好！将少林拳和峨眉拳融为一路，几声轻啸之后，但听得风声霍霍人影流窜。猛然间一声怒吼，只见他一拳冲出，"哗啦"一声，三层牛皮绷成的箭靶被打出一个窟窿。曾国藩脱口称赞："好神力！"

一路拳打下来，鲍超心不跳，脸不红。曾国藩自己并不会武功，但见多识广，一看就知道他身手不凡，心想大团一千多号勇丁，只怕少有能超过他的，一边想着，一

边站起来拍着他的肩膀，说：

“你有这等本事，何愁没有用武之地！大丈夫要的是封妻荫子，怎能做出卖老婆的蠢事来。你也不必到江宁去找向提督了，本部堂派你当个哨官，也管百十来号人，你愿意吗？”

鲍超受宠若惊，赶快跪下磕头，激动地说：“谢大人！大人好比鲍超的再生父母。今生今世，鲍超跟定大人，为大人效犬马之劳。”

曾国藩扶起鲍超，说：“今后要将本事全部教给勇丁，莫要保留。从我这里拿五十两银子回去，给二十两与酒店老板，当养伤之费，给人赔个不是，把字据取回；另三十两给你的老婆，把家安顿好。后天就到我这里来上任。陶大人那里，我叫人去了结。”

鲍超喜从天降，千恩万谢，回旅店去了。这里曾国藩修书一封，说明鲍超是个人才，要留下他教习团丁，不必再追究云云，交给差役回去复命。

五　拿长沙协副将清德开刀

“骆中丞，这曾国藩做事，也未免太过分了吧！”不久前才从衡永郴桂道任上提拔起来的陶恩培，拿着曾国藩写给他的信，来到骆秉章的签押房。

“什么事？”骆秉章问。

“一个兵痞子，自愿卖老婆，与人讲好了，还盖了手印。第二天翻脸不认账，还打得人家半死。状子告到我这里，情况属实，我把兵痞锁拿到衙门来审问。半路之中，曾国藩把他截走了，说是一个人才，他要留用。骆中丞，你看这办事还有个规矩吗？杀了那么多人，还弄些个什么站笼，惨无人道。杀人抢人，自行其是，全没把我们这些人放在眼里。这样下去，湖南一省，只要他曾国藩就行了。”陶恩培越说越有气。

“这曾国藩也是跋扈了些。”骆秉章同情陶恩培，“那十个站笼，倒是经我劝说，又拿出几份状子给他看，总算拆了。可是专断自决，则一点未改。上月到浏阳剿征义堂，又擅自杀了县团练副总张义山。张义山的副总是我批的，招呼都不打一声就杀了。对不起，回来后我虽不讲他，也给他碰了个冷钉子，平征义堂的事，一句不提。”

“哪还提得！再提，尾巴都会翘到天上去了。”陶恩培把身子往骆秉章跟前凑了凑，说，“中丞，听说鲍提督也讨厌这个姓曾的。”

正说着，左宗棠进来，把刚起草的《湖南境内匪患次第肃清》的奏稿送给骆秉章过目。

“中丞，肃清湖南境内土匪，主要靠的是曾涤生的团练，尤其是这次剿平征义堂，厥功甚伟。征义堂闹了好几年，浏阳县对之束手无策，上次江岷樵也只是把他们赶到山中，全赖曾涤生彻底扑灭。但奏稿对此只一笔带过，曾国藩的名字都未提及。我虽然按中丞的意思写了，但终究有点为涤生抱屈。”

“怎么是彻底扑灭？周国虞三兄弟一个都没逮住，难保不死灰复燃。”陶恩培不买曾国藩的账，更看不起连个进士都没中的左宗棠。

左宗棠瞟了陶恩培一眼，权当没有听见他的话，继续对骆秉章说："添不添，由中丞决定，但有功不赏已不当，现在连在皇上面前一句好话都舍不得说，只怕将来难以服人心。"

说完，抬脚就走。骆秉章连忙叫住："季高，你看着添几句吧！"把奏稿又塞给了左宗棠。待左宗棠走后，骆秉章对陶恩培说："曾国藩虽然专断了些，但他勇于任事，也难能可贵。皇上信任他，你就开一只眼闭一只眼吧。"

陶恩培说："我倒无所谓，只是中丞你处于这种地位难以应付。论年龄，论资历，论现在的官位，哪样不在他曾国藩之上？团练就只能做团练的事，不能事事都插手。安徽的吕贤基、江苏的季芝昌，哪个不是在巡抚的管辖下办事？团练大臣几十个，没有哪个像他曾国藩这样！"

骆秉章没有做声。从他心里说，对曾国藩快刀斩乱麻、敢于任事、不避嫌疑的作风，并不反感。他是个老官僚，对官场那种推诿、敷衍、不负责任、办事拖拉的习气看得多了，深知国事就坏在这种风气上。难得曾国藩这几个月来雷厉风行，湖南境内的动乱已渐次肃清，功劳是大的。但曾国藩也太不顾各衙门的面子了，开口闭口总说湖南官员暮气深重，要起用一班书生来代替他们，气势咄咄逼人。办事从不与他们商量，许多超过自己职权范围的事，也擅自处理。长此以往，弄得各衙门都不痛快，叫他这个巡抚如何当！停了一会，骆秉章问："你刚才说鲍提督讨厌他，是怎么回事？"

陶恩培说："听说曾国藩要撤换清德副将，提拔塔齐布。清德到鲍提督那里诉苦。鲍提督大为恼火，这不是清除异己，培植亲信吗？塔齐布还只是早几个月前才授予都司衔，现在实际上不过是一个署理抚标中营守备，比起清德来，还差得远哪！"

"呵，呵。"骆秉章漫应着，一连打了两个哈欠。他今年六十岁了，常常感到精力不支，陶恩培见状，便起身告辞了。

两个月前，当曾国藩把大团三营勇丁整顿好后，便与提督鲍起豹商量，这三营团丁和驻长沙的绿营兵平时分开操练，五日一会操，由他亲自来检阅。太平军撤离长沙后，外省奉调来的兵勇已全部回防，本省一部分士兵随张亮基去了湖北，长沙还有三千本省兵。鲍起豹把他们全部留在长沙，合长沙协左营五百兵（右营五百兵驻湘潭）在内，还有三千五百人，一旦有事，以资防守。鲍起豹同意曾国藩的建议。军队吃皇粮，战时打仗，平日操练，这是天经地义的，只是自己懒得吃那个苦，不想到操场去督促。现在曾国藩自愿领这份苦差，何乐而不为呢？

在操练过程中，曾国藩发现绿营中几个尖子。一个是署抚标中营守备塔齐布。他带的营每次会操都按时到齐，自己短衣紧裤，脚穿草鞋，为兵士做示范。曾国藩见塔齐布是上三旗中的人，对他格外亲切。为了今后办事方便，曾国藩要把这个满人推上来。因此特别把他去年守城时的功劳提出，向朝廷保奏他为游击。另一个是提标二营的千总诸殿元。他是武举出身，技艺精熟，训练士兵有方。还有一个把总周凤山，是镇筸兵中的小头目。此人不仅武艺好，且熟悉兵法，在镇筸兵中很有威信。大团中的三营，带队的几乎都是书生，虽然热情很高，有的武艺也很不错，但毕竟缺乏行伍经验。近来虽有杨载福、鲍超做教师，两个人究竟不够，于是曾国藩将塔齐布、诸殿元、周凤山请来当大团勇丁的教师，给他们双份饷。大团勇丁的武艺在一天天进步，绿营的训练也有起色。但不久，麻烦事来了。

原来，那些绿营兵，平素懒散惯了，一个月难得有一两次操练。就这一两次，去的人也不多，用几个钱雇个人代替，本人则睡觉、上馆子、下妓院。操练也有名无实，集个合，点个名，走走步伐，各自拿刀枪挥舞几下，就算完了。三伏天、三九天照例是不操练的。但曾国藩练兵，作风却大不一般。

大团一天的操练总在四个时辰以上，事事讲认真过硬，一丝也不许马虎。他自己一天到操场去几次，严格督促。这样一来，绿营兵也只能陪在那里。到了逢三、逢八会操这一天，天还没亮，就得集合上操场。那些绿营兵油子擦着惺忪的眼睛，胡乱穿上号褂，昏昏沉沉地跟着走，个个嘀嘀咕咕。曾国藩整天一刻也不离开练兵场。将士们无奈，只得一遍又一遍地练习。一天下来，浑身骨架都散了。不仅如此，他还要训话，喋喋不休地聒噪个把时辰，讲军纪，讲作风，讲吃苦耐劳，讲精忠报国等等，讲得那些绿营兵腻烦极了，个个昏昏欲睡，一回到营里，便骂开了：

“这个曾剃头，早点死了好！”

“曾国藩不过是个团练大臣罢了，他有什么资格管我们！”

“跟那些作田佬一起操练，脸都丢尽了。”

一个湘乡籍的兵告诉大家一个秘密：“你们知道吗？曾国藩是个蛇皮癞，他每天都痒不可当，死命地抓，抓下的癣皮有一饭碗，血流不止。”

“活该！这是天报应。”

“让他一天痒到晚，上不了操场就好。”

士兵们在一阵笑骂中放出满肚皮怨气。

个把月后，除塔齐布的抚标中营外，其他营的士兵常常缺席。最近一段时期，上操场的绿营兵越来越少了，抚标中营也受到影响。曾国藩对此很恼火。尤使他难堪的是，长沙协副将清德，几个月来，凡会操一概不参加，派人请也请不动。这两次会操，长沙协缺席的又特别多。经打听，原来是清德对曾国藩重用塔齐布很嫉妒。塔齐布还是火器营的护军时，清德便已是副将了。曾国藩一来，便保奏塔齐布为游击，最近又保奏为参将，眼看就要与他平起平坐了。清德如何能服气！他认为这是曾国藩明显地结党营私，培植亲信。因此，清德不但自己不会操，而且对不会操的长沙协士兵也暗中支持。对于清德明目张胆的对抗，曾国藩十分恼怒。他听说太平军围攻长沙时，有一次清德竟摘去顶戴，躲到老百姓家里去了。查实以后，便决定拿清德开刀。

机会来了。六月初八日，是清德最宠爱的四姨太二十五岁寿辰。早在五天前，清德就大发请柬，准备为四姨太热闹一天。而这天，又恰恰是逢八的会操期。

初七日上午，曾国藩以团练大臣的身份出了一个告示，晓谕全体绿营和团丁，明早在南门外大操场会操，要对半年来的操练做一番全面大检查，不管是谁，不管任何原因，一律不得请假。

当晚，长沙协中被清德安排为酒席服务的兵士，公推几个代表到副将衙门，把曾国藩的告示给清德看。清德看完，把告示揉成一团丢到脚下，冷冷一笑：“不要理他，他神气得几天？长毛一平，他就得滚蛋。”

“大人，是不是让他点了名以后再来？”一个外委把总试探地问。

清德眼睛一瞪：“你们的饷是谁关的？长沙协归谁管？曾国藩的一张告示，你们就这样怕得要死，眼里还有没有我这个副将！明天，操办喜事的人一个不能少。另外，有事有病的兄弟都可以不去。你们就说是我清德讲的，看他曾国藩能奈何我个屌！”

第二天一早，曾国藩就穿戴利索，骑马上南门外练兵场。

这是一个酷热的日子。太阳火辣辣地炙烤着大地，一丝风都没有，整个长沙城就像一口烧红了的大锅。而南门外练兵场，无一株树，无一堵墙，灰尘扑面，沙石烫脚，更如同这口大锅的锅底正中，无情地折磨穿着号褂舞刀弄棒的兵丁们。

点名时，曾国藩知道长沙协缺了不少人，但他没有发作。到了巳正时分，曾国藩特意来到长沙协操练地。本来应到五百人的长沙协左营，现在不到三百人了。曾国藩顿时火起，下令全场停止操练，声色俱厉地问长沙协带队的都司人都到哪里去了。都司吓得结结巴巴地禀告：有五十多号人在清德将军家办喜事，有七十多号人因病请假，有八十多号人半途溜走了。

曾国藩听后，对全场兵丁大声说：“各位弟兄，你们看看，究竟是国事重要，还是私事重要。自己不来会操，还要弟兄们为他办私事。国家出钱招兵，是为他个人招的吗？大家都还只二三十来岁，正是年轻力壮的时候，长沙协就有那么多的人吃不了苦，不来的不来，溜走的溜走，这还像个军队吗？眼前这点苦都不能吃，日后两军搏斗，生死存亡之际，岂不当逃兵吗？本部堂四十多岁了，还和大家一起操练，所为何来？为的是练出一支能打仗的军队，为的是保湖南全境不被长毛占领。今天天气是热了点，这样的天练兵确是一桩苦事，但比起流血杀头，这个苦就小多了。各位兄弟要体谅本部堂的苦心。常言说，夏练三伏，冬练三九。再冷再热，都不能不练兵。今天缺席的，每人记大过一次。”

曾国藩讲完后，要李续宾带一营湘勇到城里各处去寻找长沙协的兵，记下他们的名字。

这天晚上，李续宾汇报：长沙协昨天有五十八人为清德办酒席服务，有四十六人在营房里乘凉、赌牌、聊天，有三十三人在酒店里喝酒，有十二人在妓院里胡闹，还有五十一人在城里逛街，真正生病卧床的只有六人。

曾国藩把这些情况写了一封长信，连夜打发人送到武昌张亮基处。按制度，各省绿营受总督节制，巡抚除兼有提督衔外，不得干预兵事。湖南绿营由署湖广总督张亮基管辖。张亮基对湖南绿营的腐败本极为不满，曾国藩又是他一再请出来的，看了曾国藩的信后，也很气愤，立即复信，交来人带回，请曾国藩按军纪国法处置。

于是曾国藩给朝廷上了一本，亲笔写道：

> 奏为特参庸劣武员，请旨革职，以肃军纪而儆疲玩事。窃维军兴以来，官兵之退却迁延，望风而溃，胜不相让，败不相救，种种恶习，久在圣明洞察之中。推其原故，在平日毫无训练，技艺生疏，心虚胆怯所致。臣惩前毖后，今年以来，谆饬各营将弁认真操练，三、八则臣亲往校阅。惟长沙协副将清德，性耽安逸，不遵训饬。操演之期，该将从不一至，在署偷闲，养习

花木。六月初八日为其小妾过生，竟令五十余士兵为其办酒服役，并公开支持怯苦不愿上操之兵。该副将对营务武备，茫然不知，形同木偶。现当军务吃紧之际，该将疲玩如此，何以督率士卒？相应请旨将长沙协副将清德革职，以励将士而振军威。

写毕，尚不解恨，又附一片：

再，长沙协副将清德性耽安逸，不理营务。去年九月十八日见贼开挖长沙地道，轰陷南城，人心惊惶之时，该将自行摘去顶戴，藏匿民房。所带兵丁脱去号褂，抛弃满街，至今传为笑柄。请旨将清德革职解交刑部从重治罪，庶几惩一儆百，稍肃军威而作士气。臣痛恨文臣取巧、武臣退缩，酿成今日之大变，是以为此激切之情。若臣稍怀私见，求皇上严密查出，治臣欺罔之罪。

撤掉清德，换谁来当长沙协副将呢？论才能，杨载福最合适。但他仅只一外委把总，小小的九品顶戴，与从二品的副将相差太远了。诸殿元也可胜任，但也只是个从六品的千总，骤升副将，也嫌太快。从官阶来看，塔齐布是参将，从三品，最高，从才具方面来说，固然不及杨、诸，但塔齐布老实恭顺，此外尚有杨、诸天生不及之处，那便是塔齐布为镶黄旗人。曾国藩深知皇上对汉人猜忌甚多，今后要建曾家军，从皇上到朝野满人都会不放心。倘若有人参一本，随便加一个图谋不轨的罪名，立刻就可满门抄斩。必须推个满人出来！名义上还要把这个满人摆在自己之上，才可能消除皇上及朝野满人的顾虑。若是推个才大心大的出来，今后驾驭不了，那就更麻烦。塔齐布虽无大才，但听话，又是自己一手提拔上来的，想必日后不会有意为难。主意定了，曾国藩又补一片：

查署抚标中军参将塔齐布，忠勇奋发，习劳耐苦，深得兵心。臣今在省操练，常倚该参将整顿营务。现将塔齐布履历开单进呈，伏乞皇上天恩，破格超擢。

为使皇上采纳他的建议，并表示自己对满人的绝对信赖，他在片后着重补了一句："如塔齐布日后有临阵退缩之事，即将微臣一并治罪。"

曾国藩参劾清德和保奏塔齐布的事很快传到清德的耳中，他又急又恨，跑到鲍起豹那里，先不提参劾自己的事，而把营兵对曾国藩酷暑操练的怨气，添油加醋地渲染了一遍。他有意挑拨说："鲍提督，兄弟们都在说，我们到底是受提督指挥，还是受团练大臣指挥？兄弟们跟曾国藩讲，鲍提督爱兵如子，三伏、三九天都不在营外操练，只在营内讲兵法。曾国藩不但不听，反而说您老治军不严，姑息放纵，养了一批老爷兵。"

鲍起豹本是一个骄悍昏庸的武夫，一向看不起文官，听了清德的话，勃然大怒：

“曾国藩是个舞弄笔墨的文吏，他懂什么带兵练兵！朝廷尽用一批文官当团练大臣，真是笑话！曾国藩竟敢讥笑我治军不严，他懂不懂，哪有酷暑练兵的道理？六月天牛尚不用，何况人？这哪里是练兵，这分明是虐待士卒。”

清德见鲍起豹支持他，暗自得意，于是提起参劾的事：“六月初八日是贱妾的生日，又正是会操的日子，卑职想天这般热，有心让士兵们休息一天，在家躲躲热。曾国藩居然叫他的团丁到我这里清点人数，几个人上街，几个人在营，几个人帮我办酒席。上了一本给朝廷，要撤我的职，让塔齐布来当长沙协的副将。”

“岂有此理！参劾军中大员，事先不经过我，就上奏朝廷。他曾国藩读没读过大清军律？张制军不在这里，就是骆中丞也不干预营中之事，何况这撤换二品大员的大事。真是欺人太甚！”鲍起豹愤怒起来。

“都是塔齐布谄媚曾国藩，坏了咱们绿营的规矩。”

“传我的命令，从明天起，营兵一律不再与团丁会操，塔齐布也不准再到大团那里去教练。谁敢违背我的命令，先打他五十军棍！”

“鲍大人，卑职这个委屈实在受不了。”清德担心朝廷一旦接受曾国藩的参劾，他的二品顶戴就会被摘除。

“你放心，我这就向朝廷申述，不能让曾国藩为所欲为。”

从那以后，绿营士兵再也不来会操，塔齐布也不敢再来教练团丁了。大团勇丁无故遭长沙协士兵的袭击、唾骂之事屡屡发生，甚至曾国葆在街上都无缘无故地挨了他们一顿拳击。曾国藩心里窝着一团火，但他强忍着，也劝告曾国葆和其他受辱的团丁，天天照旧训练。他在等待着朝廷的批复，心里想：若朝廷支持，则不怕他鲍起豹嚣张；若朝廷不支持，马上辞职回荷叶塘守墓！

六　大闹火宫殿

夏去秋来，转眼到了七月半中元节。十四日这天，绿营兵士每人得了五百钱节礼，又通知十五日放假一天。外委把总以上的军官，每人都接到一份请帖：十五日下午在天心阁祭吊去年守城阵亡的将士，祭吊仪式结束后，鲍提督宴请。但藩库没有给大团三营团丁发一文节礼，包括曾国藩在内，也没有一个当官的收到请帖。这是对团练的公然歧视！王鑫、李续宾、曾国葆等人对这种露骨的不公平待遇气愤万分。曾国藩强压着满腔怒火，将王鑫等人劝阻住，又想方设法，凑了点钱，十四日晚上匆匆发给团丁，总算把大家的怨气暂时平息了。

团丁们每人分得五百文钱。各营各哨平日的伙食费，也都多少节余点，多的有五六百文，少的也有三四百文，这些伙食尾子也发给了各人。团丁们绝大部分都是乡下老实巴交的种田佬，分得的这千把文钱，自己都舍不得用，托熟人带回去补贴家用；也有的一时找不到熟人，便稳稳当当地藏好，今后自己再带回去。辰州、宝庆、新宁来的团丁中，也有家中较为殷实的。这些人不在乎这点钱，难得到省城来住，便三五成群吆喝着逛大街、上馆子，图个快活。辰州团丁中有个叫滕绕树的伢子，平日极羡

慕鲍超的武功，想方设法跟鲍超接近，想求鲍超多教给他点武艺。今天得了几个钱，他约了素日合得来的五个乡亲，商量好请鲍超到火宫殿去玩一玩，大家都说好。

这几个月来，为报曾国藩的知遇之恩，鲍超尽心尽意地教练团丁，哪里都没去过。听说火宫殿是个好玩之处，滕绕树一邀，鲍超就满口答应了。半路上又遇到塔齐布，鲍超说好久不见了，硬拉着塔齐布一起到火宫殿去。塔齐布拗不过，只得从命。一行八人有说有笑，来到了位于坡子街的火宫殿。

火宫殿果然热闹。正中是一座盖着黄色琉璃瓦、斗拱飞檐、上面雕刻不少飞禽走兽的古老庙宇。庙宇里供奉着一尊火神爷塑像。那火神爷金盔金甲，红脸红须，眼如铜铃，舌如赤炭，真是一团正在燃烧的烈火，望之令人生畏。庙宇里长年住着七八个庙祝。这几个庙祝主要不是服侍火神爷和接待前来请求保佑的香客，而是管理着庙门前那个人来人往熙熙攘攘的市场。

火宫殿四周红色围墙包围一大片空坪，因为位于长沙闹市区，久而久之，这空坪便成为走江湖跑码头的郎中、卖艺人、耍猴的、卖狗皮膏药的、算命看相的、卖杂七杂八小玩意的集中地，也引起长沙城里那些游手好闲的人的兴趣，卖各色小吃的小贩们也到这里来做生意，庙祝便来管理这块发财之地。每天夜深，人散走后，他们清扫场地；天亮则开门迎接各种来人。有的生意较好，要跟庙祝长来往的小贩，常送些钱给他们，庙祝也就慢慢富裕起来。后来庙祝在空坪上搭起四个大敞棚，棚上盖着树皮，分别取名为东成、西就、南通、北达。敞棚遮雨防晒，给卖主和买主都带来方便。到了过年过节时，还有唱大戏的到这里来卖艺。这火宫殿也就益发繁华热闹，几乎可以和开封的大相国寺、江宁的夫子庙媲美了。

塔齐布、鲍超、滕绕树等人先进庙宇瞻仰火神爷的尊颜，又跟庙祝闲聊了一番。滕绕树和那几个辰州籍团丁做东，请塔、鲍吃火宫殿的名产。这火宫殿虽是集散无定之地，但也有好些卖吃食的小贩，一代一代、长年累月在这里做生意，有几样吃食便成了火宫殿传统的名产。这几样名产是：王家的姊妹团子、萧家的臭豆腐干子、谢家的红烧猪脚、何家的神仙钵饭。逛火宫殿的人，不吃吃这几样东西，就不算逛了火宫殿。

塔、鲍一行先来到南通棚。只见这里是一个说书人在说兰陵笑笑生的《金瓶梅词话》，正说到西门庆贪欲丧身一节，听众挤得水泄不通，漫说找个座位，连个站的地方都没有。无奈，只得走到对面的北达棚。棚里一个耍猴的操着河北口音在叫道：“徒儿们，把连升三级这出戏，由赛悟空给各位叔叔伯伯兄弟爷们表演一番，请各位指教指教，给俺们捧个场。”

一阵细锣敲响，一个徒儿捧着三顶不知哪个朝代的官帽走上场。只见那三顶帽子一顶全黑，一顶半红半黑，一顶全红，那帽子两边是两个放大的纸糊的黄灿灿的铜钱，用两根竹棍子与帽子连起来。全红官帽铜钱最大，全黑官帽铜钱最小。又一个徒儿牵着一只瘦骨嶙峋的猴子出来。那猴子两只眼睛忽闪忽闪，贼溜溜地这边转转那边转转。随着锣声，徒儿用绳子牵着它一瘸一拐地走圆场。滕绕树心想：这猴儿的名字倒怪美的，赛悟空，但却是簸箕比天——太不自量了，莫说不能赛过孙悟空，只怕是孙大圣拔根毫毛吹出的猴子也比它强百倍。

塔齐布、鲍超等人站着看了一会，见找不到座位，便又出来，转到东成棚。

东成棚里，一个卖狗皮膏药的关中大汉，光着上身，打了一路拳，又要一顿三截棍，弄得浑身大汗淋漓。那大汉弯腰抱拳，用带有浓重鼻音的关中腔叫道："祖传秘方，名药配制，驰名江湖，誉满海内。在下姓沈，陕西米脂人，祖传十代专配狗皮膏药。嘿！"那汉子拍了一下光溜溜的胸膛，声音放高起来，"头晕目眩，四肢酸胀，腰痛腿痛，头痛脚痛，男子遗精早泄，勃起不坚，妇女月经不调，长年不育，贴了我沈家祖传膏药一帖，立见效果，两帖过后，病痛消除，三帖四帖，永远断根。一百文一帖，一百五十文，买一帖送一帖，要者从速，过时不候。"塔齐布最瞧不起以打拳舞棍来招徕顾客贩卖膏药的人。他认为这些江湖骗子亵渎了中华武功，略停了一下，便离开东成棚，鲍超、滕绕树等也跟着出来了。

刚走出来，塔齐布便看到东成棚的东角偏僻处，有一个三十余岁的汉子正在舒气运神。他停下脚步，不露声色地仔细看着。只见那汉子用脚尖点触地面，双手空握，一前一后，一左一右地打出去，脚尖不停地在地上绕圈子，双腿微屈，整个身子看去轻飘飘的。看那汉子脸上，却神色凝重，嘴唇紧闭，两腮泛红。塔齐布注目看了半晌，大步走上前去，双手一拱："大哥请了！"

那汉子停住，看塔齐布一身戎装，便客气地回答："将军请了！"

塔齐布说："在下适才间看大哥行步运拳的架势，想冒昧请问一句：大哥打的是不是巫家拳？"

那汉子面露喜色，说："将军好眼力，鄙人刚才打的正是巫家拳。"

"大哥拳法，严谨紧凑，外柔内刚，深得巫家拳法之精蕴。大哥拳术造诣，当今少有。"

"将军过奖了。"

"大哥，恕在下唐突。大哥这等本事，埋没在这勾栏瓦肆之间，岂不可惜？何不以此报效国家，且可光大巫家拳术。"

"鄙人并非长住此地。"汉子说，"因前几日过忙，未遑练功，今日偶尔路过此地，得点空闲，故略为舒展一下筋骨。将军劝我报效国家，莫非要鄙人投军吗？"

"正是。"塔齐布说。

汉子哈哈一笑，说："时下之绿营，也可以谈得上是报效国家的军队吗？"

塔齐布脸一红，立即说："我并非劝大哥投奔绿营。目前长沙另有一支人马，急需你这样的人才，你可愿去？"

"哪支人马？"

"曾大人曾国藩办的团练，现有三营一千多号人马。"

那汉子又是一笑，说："将军，你我初次相交，我看得出，你是个有本事有血性的男子汉，故愿和你多说几句话。依我看，不独我不应去投绿营投团练，我还劝将军也及早解甲归田为好。二千年前南华真人便已经看透这一切，什么江山社稷，实际上只是蜗角罢了。你说办团练的是'争'大人？哎！世道坏就坏在一个'争'字上。古往今来，一个'争'字，害得人世间互相仇恨残杀，永无休止。还是南华真人说得好：'荣辱立，然后睹所病。货财聚，然后睹所争。'看轻荣辱，不慕货财，无病无争，世界才能安宁

啊！时候不早，将军自爱，后会有期。"说罢扬长而去。塔齐布摇摇头，走进了西就棚。

这是最后一个棚子了。棚子里较为安静。一张桌子边，有个游方郎中在给一个老婆子诊脉。一个瞎子坐在几个桌子之间的空隙处。那瞎子呆头呆脑的，面前摊开一张大纸，纸正中画了个太极图，图右边写着"点破迷途君子"，左边写着"指引久困英雄"。绕树看了好笑，说："自己这副要饭的相，黑白不分，昼夜不明，还要指引别人，真正可笑！"

塔齐布说："自然也有人甘愿听他的瞎扯，不然，他也不会天天摆摊子了。"

那瞎子听到说话声了，忙喊："算命抽花水啦！专讲实话，不打诳语。"

众人都笑了。恰好有一桌人会了账，滕绕树赶紧占了这张桌子。招呼塔、鲍等人坐好后，他和另外两个辰州勇忙着张罗。一会，捧来一坛白鹤液老酒，端着一大盘臭豆腐干、四笼姊妹团子，每人面前再摆一大碗红烧猪脚，又叫来几个炒菜。大家津津有味地吃着。滕绕树问塔齐布："塔爷，刚才您老对那个打拳人为何如此客气？我看那人的拳术也平平，比鲍哨官差远了。"

塔齐布未及回答，鲍超抢着说："这人的拳术不错，你不懂，不要看轻人家了，只不过我一时没有看出他的路数来。塔大哥，你细说给我们听听。"

塔齐布说："诸位有所不知，那人的功夫深得很，他打的是南拳中极有名的一家——巫家拳。"

"巫家拳来历如何？"一个辰州勇问。

"乾隆末，福建汀州有个拳师名叫巫必达，幼年闯荡江湖，广拜武林高手为师，经过几十年的苦钻苦练，将福建少林外家拳术的阳刚、劲健、强身、壮骨的特征与湖北武当内家拳术的藏精、蓄气、培神、固本的密旨结合起来，形成一种外有行云流水之柔、内有五岳三江之刚的巫家拳。巫必达后来在湘潭教习李大魁，以后又传与冯南山、冯连山兄弟，死后葬在湘潭，由李、冯两家立碑。巫家拳广为流传在南方，但真正得其奥妙的是李、冯二家，可惜刚才忘记问那汉子的姓名了。"

"这巫家拳我也听说过，只是没有亲眼见到。那人刚才打的是巫家拳中的哪一路？"鲍超问。

"他刚才打的是梅花拳，为巫家拳中第一绝招。你看他双脚尖在地上绕圈子，莫以为是随便绕绕，那划出的圈子是一朵朵梅花。"

滕绕树惊讶地说："我们是外行，竟一点都看不出来。"

"巫家拳还有太子金拳、麒麟、四字、正平、摆门、单吊、掐吊、三桩等六肘拳，都是很厉害的。"

众人听了，对塔齐布的巫家拳术知识的丰富，都很佩服。滕绕树又就福建少林外家拳和湖北武当内家拳两家拳术的异同，向鲍超和塔齐布请教。大家正边吃边谈得高兴，忽听得旁边一桌人大吵大闹起来。

这是四个镇筸兵在喝酒赌博。输者不服气，先是骂着粗话脏话，然后和赢家扭打起来。另外两个并不劝架，反而在一旁添火加油。塔齐布看看不像话，过去喝道："不要在这里打架！丢人现眼的，要打回营房去打！"

镇筸兵自明代起便以凶悍闻名于世。咸丰时期的镇筸兵，虽不能跟过去相比，但在全国绿营六十六镇中，仍然算是第一等强悍。个个是私斗、打群架、管闲事的能手，平时相处，内部常起械斗。一声胡哨，立即形成两军对垒之势。打得眼红了，白刀子进，红刀子出，也不在乎。一般总兵都怕调到镇筸镇来。若是遇到镇筸镇的兵与别镇的兵争吵起来，镇筸兵便会自动联合起来，一致对外，拿刀使棒，不把对方打败，决不罢休。当下这几个镇筸兵听到塔齐布的吆喝，扭打的松了手，都斜歪着头看着塔齐布，其中一个说："老子们在这儿玩玩，干你屌事？你叫个屁！"

鲍超走过来大声说："一个参将的话，你们都不听，还有军纪王法吗？"

一个镇筸兵乜斜着眼，喷着满口酒气，冷笑说："你算什么东西？吃饱了胀着肚子，到茅房里屙屎去！人还没变全，竟敢教训起你的大伯来了！"

滕绕树看着这几个镇筸兵如此骄横粗野，用这种难听的话骂鲍超，他一则听着不舒服，二来也要讨好鲍超，便冲过去大声说："这是鲍哨官，你们休得无礼！"

那人哈哈笑起来："么子绳罡鲍哨官，老子只知道山海关、函谷关，从来也没有听说过什么鲍哨'关'。屌毛灰团丁头，也算个官吗？"

另一个镇筸兵冷言冷语地说："这鲍哨官不就是那个穷得无聊要卖老婆的痞子吗？什么时候当起官来啦？"

四个镇筸兵放声狂笑。鲍超又气又羞，满脸通红，脖子上的筋一根根鼓起，恨不得将这几个兵油子捏个粉碎。滕绕树跨上前去，要和他们讲理。一个镇筸兵大叫："你要打人吗？"说时手一抬，滕绕树脸上挨了一巴掌。滕绕树火了，一拳打过去，那人牙齿碰着舌头，顿时鲜血直流，气得哇哇大叫，用头撞过来，另外几个兵也跟着冲来。辰州团丁们仗着有鲍超在旁，勇气大增，一齐迎上去，大打起来。棚里棚外的人，见兵勇打斗，吓得纷纷逃离，那瞎子也卷起太极图慌忙走开。鲍超几次想打过去，被塔齐布抱住了。镇筸兵人少，吃了亏后，狼狈逃出火宫殿。塔齐布、鲍超、滕绕树等继续喝酒吃饭，待到日头偏西时才回营。

还没等他们在营房里坐定，一百多名镇筸兵人人执刀拿枪，气势汹汹地跑到三营营房门外，大声嚷道："把在火宫殿打人的凶手交出来！"营房里其他辰州、新宁、宝庆等地团丁都不明白发生了什么事。营官邹寿璋急忙走出营房："弟兄们，有话好好说，邹某人一定负责处理好。"

火宫殿里几个挨打的兵吵吵嚷嚷地说了个大概。邹寿璋怕闹出大事，赔着笑脸说："弟兄们先回去，待我禀告曾大人后，一定从严处治。"

待镇筸兵走后，邹寿璋把滕绕树等人叫来，详细讯问。滕绕树把情况如实说了一遍。邹寿璋和鲍超一起来到巡抚衙门射圃旁的曾国藩住所里。邹寿璋把情况说了一遍。曾国藩气得脸色铁青，扫帚眉倒吊，三角眼里充满杀气。鲍超忙跪下说："鲍超该死！今日在火宫殿，实是因为镇筸兵骂鲍超。他们骂鲍超，看不起团练，其实就是骂大人，看不起大人，若不是塔将军扯住，鲍超今日会打死那几个畜生。曾大人，鲍超辜负了您老的情意，您老打鲍超一百军棍，把鲍超赶出团练吧！鲍超是个堂堂男子汉，也不想再在团练里受这种鸟气。我还是到江宁找向提督去。"

曾国藩在房里快步走来走去，牙齿咬得格格响，腮帮一起一伏，一句话也不说。罗泽南说："鲍哨官无过，还多亏鲍哨官气量大，没有酿成更大的事故。今日之事，错

在镇筸兵，但滕绕树也有些责任。绿营、团丁之间本不和，为了顾全大局，不如忍下这口气，将滕绕树等人责打几十军棍，平息这场风波算了。”

曾国藩看着罗泽南说：“绿营欺负曾某人，得寸进尺，连兄弟们也跟着我受委屈。从大局着想，自然应如你所说，忍着，以免事态扩大。但绿营怯于战阵，勇于私斗，此种积习，为害甚烈。我今日正要借此事整一下这股歪风。”

罗泽南有些担心：“如何整法？说不定会闹出更大的事来。”

曾国藩说：“想必鲍起豹也不会有意把事态扩大吧！”

曾国藩叫鲍超起来，亲笔修书一封给鲍起豹，说火宫殿兵丁私斗，影响极坏，为严肃军纪、惩前毖后，这边将滕绕树等打五十军棍，并以箭贯耳游营三日，也请鲍提督将镇筸镇闹事的士兵做同样处治。

鲍起豹看完信，冷笑一声，心里说：“要老子处治，老子才不做这种蠢事。我要你曾国藩下不了台。”他也叫人写了一封信。信上说：火宫殿闹事士兵已捆绑送来，请曾大人按军律处置。鲍起豹派了几个亲兵到镇筸兵驻地，声言曾国藩要捆今天下午在火宫殿和团丁打架的四个士兵。亲兵将这四个兵捆好，连信一起送给曾国藩。

镇筸兵原以为团丁会来向他们赔礼道歉，现在想不到竟然将他们的兄弟捆了去，军法从事。镇筸兵感到蒙受了奇耻大辱。带兵的头领、云南楚雄协副将邓绍良亲自指挥，吹号集合。他煽动说：“曾国藩的团丁捆绑我们四个兄弟，要将他们杀头示众。这是我们镇筸兵数百年来没有过的耻辱。是可忍，孰不可忍！我们怎么办？”

队伍中有人喊叫：“冲到审案局去，把弟兄们抢出来！”又有人叫：“曾国藩敢杀我们的人，我们就杀掉曾国藩！”也有人喊：“塔齐布身为绿营将官，反而为团丁讲话，他是绿营的奸细。今天的事是他引起的。”有人举起刀喊：“捣毁塔齐布的窝！”镇筸兵一致拥护。

邓绍良率领三百多个镇筸兵，气势汹汹地冲进塔齐布的住房，把塔齐布房间里的全部东西打得稀巴烂。塔齐布幸而事先躲到室后草丛中，才免于一死。捣毁塔齐布的家后，镇筸兵又呼啸着向审案局冲去，将审案局团团围住，七嘴八舌地高声喧闹：“曾国藩放出我们的兄弟！”“不放人我们就冲了！”

亲兵进屋告诉曾国藩。

曾国藩正在与罗泽南对弈。他将鲍超唤到跟前来，对着他的耳朵吩咐一番。鲍超立即出了门。曾国藩神色自若地对罗泽南说：“罗山，该你走了。”

“还是出去跟他们说几句吧！”罗泽南放下手中的棋子，从近视眼镜片后投来不安的目光。

“不理睬他们，看他们怎么闹。”曾国藩的眼睛始终没有离开过棋枰。

一阵急促的脚步声伴随着刀枪相撞声从外边传了进来，曾国藩转过脸看时，邓绍良带着几十个士兵旋风似的冲进门，已到了他的身边。罗泽南见势不妙，急忙打发亲兵告诉王鑫，叫他翻墙到巡抚衙门去请骆秉章过来。一个镇筸兵已拔出刀来，刀尖直指曾国藩的额头。邓绍良用手拨开刀，不客气地对曾国藩说：“曾大人，请你放人！”

曾国藩坐在棋枰边，纹丝不动，一手把玩着棋子，慢慢地说：“鲍提督派人将闹事的士兵送到我这里，并有亲笔信，要我军法从事。处置完毕，人自然放回，何劳邓副将你兴师动众、气势汹汹地前来索取呢？”

邓绍良瞪起双眼，怒目而视：“我要你现在就放人！”

曾国藩太阳穴上的青筋在一根根地暴起，棋子已经停止转动，被两只手指紧紧地掐住，虽仍坐在棋枰边未动，语气却生硬得多了：“本部堂尚来不及处置，现在岂能放！”

邓绍良左手紧握刀鞘，右手捏着刀把，走上一步，气焰咄咄地吼着：“你到底放不放？！”

“砰”的一声，曾国藩将棋枰一脚踢倒，虎地站了起来，吊起扫帚眉，鼓起三角眼，满脸青里透白，一股杀气冲出，厉声喝道：“邓绍良，你欺人太甚！”

邓绍良冷不防曾国藩这么一着，不自觉地退了一步，右手松开了刀把。曾国藩指着他骂道：“邓绍良，谅你不过只是一个操刀杀人的鲁莽武夫而已，竟狗胆包天，在我钦命帮办团练大臣面前如此放肆。你眼里还有没有朝廷，有没有国法？”

经这一骂，邓绍良的嚣张气焰矮了半截，嘴巴上仍硬着：“曾大人，不是我放肆，审案局不放人，弟兄们不答应！”

曾国藩目光如喷火般地瞪着邓绍良：“弟兄们不答应，你答不答应？手下的士兵都不能弹压，朝廷要你这个副将何用？况且你要明白，今天是你带兵闯进了我的衙门，你是犯上闹事的带头人！”

邓绍良觉得事态不对，不免有些气馁。身旁的士兵在乱嚷：“放人，放人！不放我们就要搜了！”

“不得无礼！”正在不可开交之时，骆秉章进来了。他对曾国藩一笑，“曾大人，这是怎么回事？”

“骆中丞，曾大人捆了我们四个兄弟。”邓绍良抢着说。其实骆秉章早已知事情的原委。镇筸兵如此吵吵闹闹地围攻审案局，巡抚衙门仅在一墙之隔，他如何不知？但这个老官僚滑头得很，若不是王鑫翻墙去请，他是不会过来的。让曾国藩受点委屈也好，谁叫他的手伸得太长了！王鑫过来请，他不能不放驾了。

“邓副将，这样对待曾大人，太不应该了，还不快出去！”打了邓绍良一下后，骆秉章又转过脸对曾国藩说，“曾大人，火宫殿闹事的兵非得要狠狠处置不可，此事由我来办。眼下群情汹汹，难免不出意外之事。今后朝廷追问下来，你我都不好交代。我看暂时放了这几个人，平息了众怒，再从容处置。你看如何呢？”

曾国藩心想：好个滑头偏心的骆秉章！什么“平息众怒”，难道是我做错了事，激起了他们的“众怒”？你骆秉章怕犯镇筸兵的众怒，就不怕犯团练的众怒？好！事情既已如此，我要你看看我曾国藩的手段！

“骆中丞，你请坐。我循鲍提督之请，处置火宫殿闹事人。曾某人一碗水端平，决不偏袒哪方。团丁滕绕树等六人，昨日已每人打了五十军棍，贯耳游营三日。镇筸兵也同样处置。”不等骆秉章开口，曾国藩大喊一声：“来人！把鲍提督捆来的四个闹事者押上来！”

康福答应一声，走出门外高喊：“带人上来！”

只见鲍超、刘松山、彭毓橘、李臣典、王魁山、易良幹等人全身披挂，带着一百名手执刀枪的团丁，押着四个闹事的镇筸兵上来。这一百个团丁进得门来，便一齐站在屋内镇筸兵的周围。鲍超拿着一把明晃晃的大刀，凶神恶煞般地走到邓绍良的身边。刘松山、彭毓橘等人分站在曾国藩的两旁。骆秉章见此情景，早吓得脸色惨白，如坐针毡。邓绍良和他的士兵们也有一种大祸临头的恐惧。那四个双手被捆的镇筸兵更是吓得两腿发软，“噗通”跪在曾国藩面前。曾国藩喝道：“你们身为保境安民的兵士，却带头在公众场合闹事行凶，恶劣至极！本部堂按大清军律第一百二十三条第八款，并循鲍提督所请，杖责五十军棍，贯耳游营三日。”

说完将茶木条往案桌上重重一击，高喊：“来人哪！”

“在！”两旁一声雷鸣般的吼叫，早有八条大汉手持八根水火棍，如狼似虎般地走上前来，将四个镇筸兵按倒在地，扯掉裤子，抡起水火棍便打。

曾国藩坐在太师椅上，想起这几个月来所受鲍起豹、清德的窝囊气，想起弟弟及团丁们所受绿营兵士的欺侮，满肚子的仇恨，随着一下下的棍击声发泄出来。他多次想命令行刑的团丁：“给我往死里打！”但瞥见坐在一旁汗如雨下的骆秉章，又将这句话咽了下去。八个行刑团丁又何尝不和曾国藩一样的心情，无须他的命令，个个用死力打。二十，四十，一棍棍下去，越打越重，越打越凶。可怜那四个倒霉的镇筸兵先是喊爹唤娘、鬼哭狼嚎，到后来，便连喊都喊不出声来了。打满五十军棍后，又将他们抓起来，在每人左耳上插了一支箭。只见鲜血流出来，却听不到叫痛声——人早已失去知觉了。

曾国藩冷冷地对四个镇筸兵说：“看在镇筸镇兄弟们来接的分上，游营三日，罚在本营进行。你们现在可以走了。”

几个镇筸兵上来，背起他们出了门。邓绍良内衣早已湿透，正要出门，曾国藩喝住：“邓绍良，你身为副将，平日治军不严，咎责已重，今日又带兵闯进审案局衙门，持刀威胁本部堂，形同谋反，罪当诛戮。本部堂因不直接管你，且暂时放你回去。来日本部堂将与骆中丞、鲍提督妥商，申报朝廷，你回营待审吧！”

邓绍良蔫头耷脑地出了门，见衙门外镇筸兵的四周，已被全副戎装、满脸凶恶的团丁死死看定了。邓绍良做不得声，只得摆摆手，带着镇筸兵垂头丧气地走了。屋里，曾国藩对坐在一旁发呆的骆秉章说：“骆中丞，你受惊了。国藩此举，实出不得已，尚望中丞体谅。”

骆秉章见全部兵勇都已退出，慢慢地恢复了元气。他对曾国藩不听劝告，在他面前如此强硬十分生气，责怪说：“涤生兄，你太强梁了。绿营与团丁的冤仇，这一世都不能解了。”

曾国藩心中不快地说：“我刚才的处置错在哪里？”

骆秉章恼火了：“涤生兄，不是我说你。我身为湖南巡抚，要对湖南负责。说不定哪天长毛卷土重来，你的那几个团丁能抵抗吗？他们只配抓抓抢王、土匪，是上不了大台盘的。打长毛，还得靠绿营，靠镇筸兵。你这下好了，当着我的面，打了他们的人，还扬言要诛戮邓绍良。三千镇筸兵还要不要？你叫我这巡抚如何当？”

曾国藩见骆秉章如此瞧不起团练，偏袒镇筸兵，大为光火。他强压着怒火，冷笑道：“中丞不要着急，长毛来了，我自有办法。”

骆秉章反唇相讥："你有何法？真的有办法，也不会有火宫殿的闹事！"

说罢，拂袖而去。

七　停尸审案局

正当审案局这边为出了口气而快慰的时候，更大的麻烦事却来了。

原来，那四个挨打的镇筸兵中有一个名叫王连升的，年纪本有四十五六岁了，前几天又害着病。那天略好点，便被同伴拉去火宫殿喝酒，回来时便感了风寒，被捆绑到审案局已是受惊。这下又挨了五十军棍，穿了耳朵，一背到营房便昏厥过去，抢救无效，当夜便气绝了。镇筸兵闻之，人人怒火冲天，声言要曾国藩偿命。

第二天一早，邓绍良便来谒见鲍起豹，将昨日的情形和王连升的死，添油加醋地说了一遍。鲍起豹这一气非同小可，他挥舞着手中的长烟杆，嚷道："好哇！曾国藩这个婊子养的，竟敢在老子的权限内胡作非为，我岂能容他！邓绍良，你将王连升的尸体抬到审案局去，叫审案局为他披麻戴孝，以命抵命，就说是我鲍起豹说的，看他曾国藩这个狗娘养的有什么能耐！"

邓绍良见鲍起豹这样为他撑腰，登时神气起来。他集合三百镇筸兵，抬起王连升的尸体，气势汹汹地来到审案局。

当曾国藩得知王连升被打死的消息，心头一惊，随即很快镇静下来，吩咐紧闭大门，对于镇筸兵的任何叫骂，都不予理睬。邓绍良不敢冲大门，他知道万一引起绿营和团丁火并起来，他的脑袋也保不住。

镇筸兵在审案局外叫闹了半天，无一人答理。邓绍良叫人将鲍起豹的话和自己出的一条主意共三条，用白纸写了，糊在墙壁上，把尸体摆在门口，然后带着镇筸兵扬长而去。

康福到门外转了一圈，进屋来告诉曾国藩："门外贴着一张白纸，那些龟孙子给大人提了三点要求。"

"怎么说？"

"第一条，审案局为王连升披麻戴孝办丧事。"

"哼！"曾国藩发出一声冷笑。

"第二条，打死王连升的团丁要以命偿命。"

"妄想！"

"第三条，发王连升遗属抚恤银一千两。"

"邓绍良在白日做梦！"曾国藩叫起来，"康福，你带几个人把王连升的尸体搬开，我审案局的衙门天天要办事，岂能让这具臭尸挡路。"

"慢点。"康福正要走，罗泽南连忙叫住，"涤生，我看是这样：先买副棺材来，将王连升的尸体装殓，抬到一间空屋里去。这么热的天，尸体放在审案局外不好。你看如何呢？"

曾国藩未做声。罗泽南叫康福带人去办。待康福走后，罗泽南又说："涤生，我看

此事还得跟骆中丞商量一下才是。”

曾国藩想起骆秉章昨天的态度，知道跟他商量不出个好主意来，但事情重大，又不能撇开他，便说：“还是请璞山过去先跟他说一声吧，晚上我再过去拜访。”

过一会，王鑫回来，面色不悦地说：“骆中丞家人说他昨日受惊，今日病倒在床上，这两天不见客。”

曾国藩的长脸登时拉了下来，心中骂道：“好个骆秉章，你是存心让我下不了台！”对王鑫说：“不来算了！”

说完一屁股坐在椅子上出大气，两只拳头捏得紧紧的。

罗泽南轻轻地说：“光气愤不行，此事要慎重处理。人命关天，让朝廷知道了，也不是件好事。”

曾国藩说：“罗山，这明摆着是鲍起豹、邓绍良在寻衅闹事，哪有五十军棍就打死人的道理。”

“是的。莫非王连升早有病在身？”

罗泽南这句话提醒曾国藩，他说：“罗山，你这话说得好，王连升一定是先有病。”

“不过，王连升总是死在审案局的军棍之下。你说他有病在身，证据呢？”

“叫个人去访查一下。”曾国藩想了想，说：“叫谁去呢？镇筸兵向来一致对外，王连升即使有病此时他们也不会说了。”

“叫杨载福去，他在辰州练了半年新兵，与镇筸兵有些联系，要他用重金收买，套出些话来。”

三天后，杨载福果然通过一些老关系，探知王连升在打军棍之前已患病，并从王连升捡药的利生药铺里查出了账单。利生药铺老板贺瑗的堂妹已许配给曾国藩的长子纪泽为妻，两家结了亲。贺瑗愿为此事出来作证。曾国藩听了杨载福的报告后，高兴地说：“这下好了，把王连升的尸体给他抬回去，对他的死，审案局不负责任。”

“涤生，话不能这样说。”罗泽南说，“军律上讲，处置犯事官兵，倘遇有病在身，可缓施行。鲍起豹、邓绍良还可据此上告。我看此事双方都让些步，快点平息算了。”

曾国藩心中老大不高兴。转念一想，鲍起豹真的据此上告，自己也脱不了干系，便对罗泽南说：“这样吧，你就代表审案局和邓绍良去商谈，总不能让他们多占便宜才是。”

当罗泽南亮出王连升在利生药铺捡药的账单，以及贺瑗当面证明王连升受刑前已风寒严重时，邓绍良气焰收敛了许多，经过讨价还价，最后双方定下三条：一、审案局派人护送王连升灵柩回原籍；二、审案局赔抚恤费五百两银子；三、打死王连升的两个团丁开除回籍。

曾国藩见到这三条，甚为不快，但知目前这种情况下，也只有这样处理才能使镇筸兵勉强答应。为表示对打死王连升的那两个团丁的安慰，曾国藩叫罗泽南各送他们十两银子，并特许他们两年后再来。

八 逼走衡州城

一连几天，曾国藩郁郁寡欢。这一夜，他想起到长沙办团练的这七八个月来，事事不顺心，处处不如意，心里烦躁已极，身上的牛皮癣又发了，奇痒难耐。他气得死劲地抓，弄得浑身血迹斑斑，床上一层癣皮。

十年前，曾国藩在京中得了这个皮肤病，不知请过多少个郎中，吃过多少服药，总不得痊愈，特别是遇到事烦心乱时，更是痒得厉害，有时辗转床上，通宵不能入睡，简直无生人之乐。有一年，荆七带来一个江湖郎中，自称是治癣病的高手，一连上门看了三个月，一天一服药，最后无一丝效果。郎中知此病无法医好，寻思着退步。他悄悄地请荆七到前门大街一家酒店，求荆七帮他出主意，又拿出五两银子作谢金。荆七贪恋这五两银子，将曾国藩是蟒蛇精投胎的传说说了一遍，并告诉江湖郎中一个脱身的法子。

一天，江湖郎中叫曾国藩把衣裤全部脱掉，煞有介事地上上下下、前后左右细细地看了一遍，抚摸良久，见曾国藩背部和两条大腿上全是一圈接一圈的白癣，想着荆七讲的传说，心中暗自诧异。他帮曾国藩把衣裤穿好，满脸谄笑地对曾国藩说："大人，我今日才算是真正看明白了，大人原来并不是患的癣病，乃是与生俱来的本性。大人，你前生不是凡人，而是昆仑山上修炼了千年之久的蟒蛇，这满身圆圈，便是明证。大人，此病不必治了，倘若真的没有这一身圆圈，大人今后何能穿仙鹤蟒袍，登宰相之位？"

曾国藩听了江湖郎中这番话，想起母亲常说的蟒蛇精投胎的故事，心情舒畅。不但不责备郎中医治无术，反而赏了他一锭大元宝，果然从此以后再不医治。

待痒略止，曾国藩起床，自己磨墨摊纸。他要向皇上奏参骆秉章、鲍起豹。刚写了句"为奏参庸劣官员骆秉章、鲍起豹"的话，便又颓然停住笔。他想起参劾清德的奏折，皇上至今没有批复下来。是同意，还是不同意？对湖南官场，皇上究竟如何看待？直接参劾湖南文武最高官员，会不会引起皇上的反感？再说，为兵丁斗殴一事去参劾对方，皇上对此又会如何看待自己？天意从来高难问。他觉得满腹苦水无处倒，气得将笔杆折断，把纸揉烂，扔到篓子中。过一会，他又从篓子里把那张纸寻出来，细细地抹平，看了看，放在烛火上，失神地看着它迅速变为灰烬。王荆七跟着曾国藩十多年了，从来没有见他这样愤怒过。荆七不敢劝，更不敢自己去睡，只得坐在门外陪着。

"骆秉章、鲍起豹看不起我，我就偏要争这口气不可！偏要练就一支强兵劲旅来，给他们瞧瞧！"曾国藩下定了决心。壁上，唐鉴所赠"不做圣贤，便为禽兽"的条幅跳入眼帘，当年与镜海先生切磋学问的情景，又浮现在脑中。是的，古往今来，哪一个办大事、成大功的英雄，没有过一番困厄颠沛的经历？他轻轻地念起太史公的名句："古者，富贵而名摩灭不可胜记，唯倜傥非常之人称焉。盖文王拘而演《周易》；仲尼厄而作《春秋》；屈原放逐，乃赋《离骚》；左丘失明，厥有《国语》；孙子膑脚，兵法修列；不韦迁蜀，世传《吕览》；韩非囚秦，《说难》《孤愤》；《诗》三百篇，大抵贤圣

发愤之所为作也。”念着念着，他心里慢慢好受多了。

心中的怒涛平息下来后，他开始冷静地思考出路。他想起这几个月来的所作所为，仅只限于平乱安境而已，离建曾家军、与长毛决一雌雄的目标还差得很远。如果这个目标不达到，官场和绿营便会始终看不起，而自己一生的理想也只是空想罢了。几个月来，他已逐渐清醒地看出，长沙不是做事的地方。官场暮气沉沉，绿营腐朽透顶，他们自己什么正事都不干，而别人要干事，则又是嫉妒，又是掣肘，最后弄得你一事无成方肯罢休。这里好比一群乌鸦麇集之地，只有当你浑身变得和它们一样黑的时候，才不会听到前后左右的聒噪声。漫说建不成新军队，就是辛辛苦苦建起来，不久也会被绿营的恶习所传染，最终也必定会和他们一起烂掉。必须离开长沙！这一点，曾国藩是愈来愈看清了。二月份，在给皇上的一份奏折中，他提到衡州一带地方混乱，拟到衡州去驻扎一段时期。那时他已觉察到长沙官场的难处，暗中为自己埋下一条出路。皇上对此没有异议。至今一直没有走，是因为他有顾虑。担心到衡州去扩充团练，会招致离开监督、自树一帜的非议。现在顾不得这些议论，非去不可了。团练和绿营结下如此深的怨仇，今后的冲突摩擦会无穷无尽。掂掂实力，曾国藩知道自己目前尚扳不过骆秉章、鲍起豹和绿营。走吧！到衡州去，离开这批成事不足、败事有余的庸碌之辈，到衡州去大展宏图！

主意打定后，东方已泛白。他盥洗完毕，拿起书籍里一本《诗经》，信手翻到一页，高声吟诵：“伐木丁丁，鸟鸣嘤嘤，出自幽谷，迁于乔木。”他忽然觉得这是一个吉兆，预卜从此可以走出幽谷，步入阳光普照的大道。

第六章　衡州练勇

一　王鑫挂出“湘军总营务局”招牌，遭到曾国藩的指责

位于南岳衡山南麓的衡州城，是湖南仅次于长沙的名城。湖南自古有三湘之称。何谓三湘，其说不一。有一种说法是：潇湘、蒸湘、沅湘合为三湘。衡州城正是蒸水与湘水的汇合处，为两广之门户，扼水陆之要冲，物产富庶，民风强悍，历来是兵家必争之地。曾国藩对衡州特别亲切，这是因为他一来祖籍衡州，二来欧阳夫人是衡州人，三则他少年时代曾在衡州求学多年。来到衡州，曾国藩如同回到湘乡，有一种鱼游大海、虎归深山之感。

衡州城小西门外蒸水滨，有一片宽阔的荒地，当地百姓称之为演武坪。这是当年吴三桂在衡州称帝时，为演兵而开辟的，后来便成为历代驻军的操练场，比长沙南门外练兵场要大得多。曾国藩把他带来的一千多号团丁，便安扎在演武坪旁边的桑园街，指挥所设在桑园街上一栋赵姓祠堂里。为便于日常商讨，他要罗泽南、王鑫、李续宾、李续宜、康福、江忠济及满弟国葆等都住在祠堂里。

这天上午，曾国藩吩咐王鑫布置指挥所后，便带着罗泽南等人去拜访衡州知府陆传应。在知府衙门里吃完午饭回来，曾国藩老远就听见赵家祠堂前鞭炮轰响。罗泽南笑着对曾国藩说：“璞山办事能干，就是有点好大喜功的毛病。其实也不必搞这大的排场，像金号开张一样。”

罗泽南出身酷贫，又笃信理学，持身处事一向节俭，在这点上与曾国藩甚是相投。曾国藩点点头说：“关键是要把勇练好，这种虚排场不要摆。”

王鑫见曾国藩回来，满面春风地迎上前去，说：“曾大人，木牌子一时做不出来，我们这样大的一个衙门，岂能没有招牌？我一边叫木匠赶快做，一边先用纸写了糊起来。为图个吉利热闹，买了几万响鞭炮庆贺庆贺。”

曾国藩看祠堂正门右边，已从顶到底糊上一长条红纸，上面用颜体端端正正地写了一行大字，字字饱满稳当，出自王鑫的手笔：“钦命团练大臣曾统辖湖南湘军总营务局。”为招牌一事，王鑫思考了一上午，最后定下这十七个字。他认为堂堂皇皇，很有气派，心中甚是得意，正期待着曾国藩的夸奖，只见曾国藩两道扫帚眉慢慢锁紧，说了句“璞山跟我进来”，便径直向祠堂里面走去。王鑫心头一凉，跟着进了屋。待王鑫

进门后，曾国藩板着面孔说："璞山，这么大的一件事，你如何不问我便自作主张，你知道犯了大错吗？"

王鑫不到三十岁，心高才大，常谓一息尚存，即当以天下万世为念，虽连个秀才都未捞到，却俨然以主宰浮沉的人物自居。他这种气魄很得罗泽南的赏识。在罗泽南看来，王鑫是他众多才气横溢的弟子中的第一人，好比孔门七十二贤中的颜回。王鑫不认为自己写的招牌有什么错，不服气地说："卑职不知有何过错。"

对王鑫的文武之才，曾国藩也很欣赏。他意识到刚才过于严厉了，便放松面皮，略为和缓地说："你先坐下吧！"

王鑫在曾国藩对面坐下来。曾国藩耐着性子细细地说："璞山，你这个招牌气派是够气派了，但有两个大的差错。钦命说的是帮办团练，'帮办'二字，定下了主从关系。巡抚骆大人是主，我是协助。你如何能偷梁换柱，擅自去掉'帮办'二字呢？此其一。第二，我们办的是团练，不是军队，怎能自称湘军？这不是在公告大众，要在绿营之外另建军队吗？罗山和你们在湘乡练的勇，人家也只称湘勇。今后，我们这批团丁可自称湘勇，一来湖南简称湘，二来也可纪念湘乡练勇的开创之功，但决不能自称湘军。璞山，你有没有想过，这一去'帮办'，改'勇'为'军'，将会授人以柄啊！"

王鑫是个聪明人，经曾国藩一提醒，立即认识到问题的严重性，赶紧说："卑职一时考虑不周，我这就叫人撕下。"

王鑫刚要出门，曾国藩又叫住他："璞山，你的颜字越写越好了，木牌要好几天才能制成，还得借你的大笔再写一幅先贴着。"

"写几个什么字？"

"还写原来的老招牌：湖南审案局。"

离开长沙前夕，骆秉章在曲园酒家大摆筵席，为曾国藩及团练全体哨长以上的头目饯行。徐有壬、陶恩培、左宗棠和粮道、盐道等官员都出席作陪，鲍起豹和清德却拒绝参加。久游宦海的曾国藩十分清楚骆秉章等人的世故，但他不想与骆秉章撕破脸，于是带着众头目欣然出席。骆秉章心里果然高兴，二人并肩坐在一起畅谈，如同一对亲密无间的好朋友。

曾国藩深知借助骆秉章的重要，把招牌一事处理好后，便立即给骆秉章写了一封信，向他报告团丁安置的情况，欢迎他随时来衡州视察。接着，曾国藩又给郭嵩焘、刘蓉各写一信，邀请他们来衡州共举大事。又写了一封信给黔阳教谕、平江举人李元度。李元度字次青，曾和曾国藩在岳麓书院同窗。曾国藩欣赏李元度的才思敏捷，也请他来衡州帮办文书。又写了一封给正在桂阳州原籍守制的陈士杰。道光二十八年，陈士杰以拔贡上京考小京官，朝考时，阅卷大臣正是曾国藩。曾国藩见他的策论议论风发，言之有物，欣喜地录取了他。从那以后，陈士杰视曾国藩为恩师。

写完这几封信后，曾国藩感觉疲劳。他在床上躺了一下，却不能合眼。一个更大的计划，需要他尽快拿定主意。这就是今后如何训练这批湘勇。他在心里盘算着：自己之所以出山，目的是做李泌、郭子仪的事业，要如此，必须有一支强兵劲旅，这支人马虽不能叫军队，而只能称练勇，但实际上要比八旗、绿营强得多。一千号人，无论如何少了。但若一旦扩勇，便会立即招致非议。目前有十个省办起了团练，其他九省都没有湖南这样的大团，帮办团练大臣所直接掌握的团丁，都不过二三百人。湖南已有一千余人了，还要扩大，朝廷会不会同意？这是一。第二，饷银从何而来？自从洪杨事起，朝廷的经费便日感不支。这是曾国藩所深知的。要朝廷拨钱，希望渺茫；要骆秉章、徐有壬拨款吗？也不能指望。曾国藩躺在床上，被这两大难题困扰着，思前想后，找不到解决的办法。

荆七推门进来，对曾国藩说："大人，刚才陆知府派人送来一封急信。"

曾国藩坐起，从荆七手中接过信。原来，这信是新擢升为湖北按察使、正带兵在江西前线与太平军西征军作战的江忠源寄来的。江忠源信上说，长毛势力强大，能征惯战，打仗不怕死，又会收买人心，很难对付。请曾国藩在长沙多募几千人马，练成精兵，早日开赴江西，补充他的楚勇。看完这封信后，曾国藩想到了一个好主意。

曾国藩兴冲冲地给江忠源回信，告诉他已来到衡州练勇，请他向皇上奏明，委托湖南帮办团练大臣在衡州招募五千勇丁，训练成军，交他指挥。"只要朝廷明文同意扩勇，饷银的着落再想办法。"曾国藩心想，"至于交不交江忠源去指挥，那还不是凭我一句话。我不给他，谅他也不好意思来硬要。"

不久，郭嵩焘、刘蓉、陈士杰都先后来到衡州，曾国藩很是高兴，他认为自己给这几个地位不高却才能罕见的朋友，找到了一个可以施展平生抱负的舞台。郭嵩焘告诉曾国藩，他在湘阴募集了一批军饷，过几个月便可凑齐二十万。李元度也应邀来了。这个戴着深度近视眼镜、个头瘦小的文人还带来五百平江勇，一来便对曾国藩说，要弃文就武，当营官带兵打仗。曾国藩很欣赏他的这份勇气。趁着大批勇丁尚未到齐的空隙，曾国藩和罗泽南、王鑫、郭嵩焘、刘蓉、陈士杰、李元度等人天天商讨练勇之事。大家参照戚继光的束伍成法，结合目前的实际情况，制定详细的军事条例。曾国藩又写信给骆秉章，向抚标中军借调塔齐布、杨载福、周凤山三人。骆秉章同意了。不久，三人也一同来到衡州。曾国藩见文武人才济济，气象兴旺，心中甚为兴奋。这时，朝廷同意扩勇的批文也已下达。一个月后，李续宾、曾国葆、金松龄从湘乡募来二千五百勇丁，邹寿璋、储枚躬、江忠济从靖州、辰州、新宁、宝庆等地募来一千勇丁，连同过去的一千人和李元度的五百平江勇，合共五千余人。曾国藩将这五千余人分为十营，委任塔齐布、罗泽南、王鑫等人为营官。为使官勇们能一心一意地操练，曾国藩决定发厚饷。

在朝廷未拨下饷银之前，曾国藩与衡州知府陆传应商议，先把修城墙的十万银子挪过来用。银子兑了现，官勇们操练都有劲。曾国藩制定了严格的营规：每天五更三点放炮，闻炮即起，夜晚每营派十人巡逻；黎明演早操，营官、哨官必须亲自到场；午刻点名一次；日斜时演晚操，二更前点名一次。每逢三、六、九日午前，曾国藩本人亲到演武坪监督操练，并训话。从早到晚，每天演武坪尘土飞扬，喊杀声不绝，衡州城里的百姓都奇怪，这是哪来的一支人马，操练如此认真、勤勉？年长的记得，这块荒芜的演武坪，已经几十年没有吃粮的人在上面操演了。

二 忍痛杀了金松龄

经过严格的训练，两个月后，这支大部分都是新募勇丁的部队，阵法整齐、技艺也较熟稔，曾国藩颇为满意。

这天，一封紧急文书由长沙巡抚衙门递到衡州桑园街赵家祠堂。文书中说，长毛夏官副丞相赖汉英、殿右八指挥林启容、殿右十二指挥白挥怀统率十二万人马，从金陵出发，溯江攻陷湖口入江西，包围了江西省垣南昌。九江镇总兵马济美被杀，丰城、瑞州、饶州、乐平、景德镇、浮梁、泰和相继失陷，局势十分危急。已被任命为安徽巡抚，但还在江西与长毛作战的江忠源和江西巡抚张芾向湖南求援。骆秉章因此请曾国藩拨两营勇丁前往江西应援。

“岷樵是向骆中丞求援的，为何不叫鲍提督派兵去呢？发节礼，摆酒宴，没有想到我们，到江西送死倒想起我们了。”王鑫不是不愿意打仗，他心里早就想把部队拉出去，和长毛较量较量了。这样说，只是为出一口怨气。

“曾大人，虽说这几个月的训练，勇丁们的阵法和技艺都大有长进，但毕竟放下锄头拿起刀矛的时间还不长。听说长毛赖汉英是洪秀全的妻弟，最为凶狠善战，勇丁们不是他的对手。此番还是以不去为好。”塔齐布久于行伍，经验丰富，勇丁的弱点看得清楚。

王鑫闹的是意气，塔齐布才是持重之言，但曾国藩考虑再三，还是决定派两个营去试试。以前打过几次仗，对手都是小股土匪、会党，从来没有跟真正的长毛交过手，书生究竟可否杀敌立功，还没有把握。于是，罗泽南的泽字营和金松龄的龄字营奉命开赴江西。

几天后，江西前线传来捷报：泽字龄字二营，不足千人，杀败长毛数千，收复安福，解吉安之围。初试告捷，使曾国藩大为高兴。书生可用！他对这支人马充满了信心。

但不久，前线传来凶讯：泽字营在南昌附近中长毛埋伏，大败。哨官哨长易良幹、谢邦翰、罗信东、罗镇南阵亡。一连几夜，曾国藩都被这凶讯搅得不能安睡。牛皮癣又发了。

因收复安福之功，被张芾保举为直隶州知州的罗泽南，在班师回衡州途中，心头十分沉重。这个理学信徒，一生以王阳明为榜样，要求自己立圣贤之德、建不世之功。但第一次与长毛较量，便丢掉二十多个兄弟的性命，这中间包括他的四个优秀的弟子。最为伤心的是，罗镇南是自己未出五服的族弟，回湘乡后，如何向八叔交代呢？为着减少自己的罪过，他尽量把阵亡勇丁的尸首都找回来，用棺木装好，准备派人送回湘乡安葬。他恨自己毕竟实战经验少，轻易地便中了埋伏，也恨金松龄在最危急的时候，见死不救。不然，损失也不至于这样惨重——

那天黄昏，泽字营和龄字营满怀着收复安福后的胜利心情，应江忠源之请，来到南昌城西南郊。只见永和门外帐篷林立，旌旗蔽空，太平军约有一万人马驻扎在这里，把个永和门围得水泄不通。当中一座大营，营门前一根巨大的旗杆上，绣着斗大一个“林”字的杏黄镶黑边蜈蚣旗在迎风招展。在离永和门十里外，罗泽南和金松龄扎下营盘。

罗泽南求胜心切，帐篷一扎好，便邀来金松龄商议。他记得各种兵书上都讲偷营劫寨，是速战速决的好办法，便向金松龄提出当夜劫营的计策。金松龄跟随江忠源打过两年多的仗，知道太平军的厉害。他对罗泽南说：“劫营固然好，但我军来到此地，估计长毛已经知道，鸟飞尚有影子，何况一千多号人马？倘若他们已做好准备，反而弄巧成拙。”

罗泽南说：“今夜二更，我率泽字营去偷袭大营，即使不胜，也可挫伤他们的锐气。龄字营跟在我后面，胜则乘势追击，败则抵死相救。”

金松龄自知无论声望、地位以及与曾国藩的关系，都不能与罗泽南相比，只得勉强答应。

这夜，两营勇丁都没睡觉。二更时分，罗泽南派出的侦探回来，说长毛都已睡着，站岗巡逻的也没几个。罗泽南大喜，亲自带领泽字营走在前面，金松龄带着龄字营随后跟着。一直到太平军营盘前，四周漆黑，没有一丝动静。罗泽南下令直冲大营。令刚下，前哨一片骚乱。原来踩着陷阱了，十几个勇丁掉了下去。正在这时，只听得一声炮响，四周灯火通明，一个年纪二十八九的太平军将领横刀立马出现在眼前，对着惊蒙了的勇丁们哈哈大笑：“林爷爷已在此等候多时！”这青年将领便是威震江西的太平军殿右八指挥林启容。林启容年纪虽轻，却已是太平军中一位百战功高的大将。太平军的营盘四周都挖了陷阱，不是自己人不能识别。这是太平军安营扎寨的规矩，罗泽南并不知道。罗泽南从驻地启行的时候，早有探子告诉林启容。当下一场混战，泽字营丢下了二十多具尸体。龄字营见势不妙，后哨变前哨，撤离了战场。正当林启容指挥人马将要全歼泽字营时，永和门内江忠源的部队闻讯冲出城外，罗泽南才带着败兵狼狈冲出包围圈。

当罗泽南将这场战斗的经过报告曾国藩后，引起曾国藩的深深忧虑。罗泽南的失败并不可怕，可怕的是金松龄的败不相救。绿营在广西战场上与长毛作战，失败的主要原因就在此。倘若不对此事严加处罚，今后湘勇就会步绿营的后尘，后果不堪设想。罗泽南劫营失之轻率，然其勇气可嘉。书生带兵，最怕的就是缺乏勇气，罗泽南的这种勇气不可挫伤；尽管金松龄不赞同罗泽南的轻率冒进，但他终究答应了共同行事，即使不答应，也不能见死不救。金松龄罪不可赦。

曾国藩决定将此次泽字营、龄字营江西之行的奖罚大肆渲染一番。

这是一个晴朗的秋日。从北边飞来的大雁，在演武坪的上空结队飞过，有时还传下一两声清唳的鸣叫，使人想起“雁阵惊寒，声断衡阳之浦”的名句。千百年来，人们都相信北雁南飞，绕衡州回雁峰飞行三周后，便折转返回的传说，其实大雁北来，越过回雁峰，还会继续南行，直到找到它们认为满意的地方，才会成群落下过冬。

演武坪上，五千湘勇按营、哨、队，面对着指挥台整齐地排列着。曾国藩骑马来到演武坪，后面跟着的是塔齐布、罗泽南等十营营官。下马后，曾国藩径直走上指挥台，几个亲兵执刀跟随，各营营官则走到本营队列前。今天指挥台上做了一些简单布置。台上正中的旗杆上飘拂着一面明黄长条旗，上面用黑丝线绣着一个硕大的“曾”字。两边各插着五面不同颜色的长条旗，比中间那面旗略小一点，旗上方分别绣着“塔”、“罗”、“王”、“李”等各营官的姓。台前方摆一张长桌，用一块白布罩着。台左右两边摆了几条长凳。曾国藩站在长桌后面，长凳全部空着。按照三、六、九曾国藩训话的规矩，训话开始前，各营官跑步到曾国藩面前禀报实到人数、缺席人数及原因。当十个营官都禀报完毕后，曾国藩清了清喉咙，大声说：“弟兄们！”演武坪上五千湘勇一律腰板挺直，脚跟靠拢，发出一阵沉重的响声。“弟兄们，这次泽字营和龄字营出省与长毛作战，是湘勇创建以来第一次与真长毛交手。这次旗开得胜，一举收复安福，值得大大庆贺。这证明我们这支由书生和农夫组建起来的队伍是能够打仗的。弟兄们，我今天要在这里重重奖赏泽字、龄字二营。营官罗泽南、金松龄各赏银五十两，各营哨官赏银二十两，哨长赏银十五两，什长赏银十两，每个弟兄赏银五两。”

底下开始出现骚动，队伍中有叽叽喳喳的声响，隐隐听得出轻声的议论：“真走运，到江西走一趟，就得了这多赏银。”“眼红了吧！莫着急，有你发洋财的时候。”

曾国藩接着说：“今后，我们要到湖北、江西、安徽、江苏去和长毛打仗，只要大家不怕死，把仗打赢，本部堂每仗要大发赏银。打了几仗后，大家都会阔起来。”

曾国藩放眼看指挥台下的勇丁们，一个个脸上泛出兴奋的光彩。他停了一下，换成另一番声调：“但不幸的是，我们在南昌城外误入长毛的埋伏圈，哨官哨长易良幹、谢邦翰、罗信东、罗镇南和另外二十二名弟兄以身殉国。我们为英烈的忠魂三鞠躬。”

曾国藩带头脱下帽子，台下所有官丁一齐把帽子脱下。曾国藩在台上每鞠一躬，台下的人也跟着一鞠躬。三次鞠躬后，曾国藩接着说：“对这些为国捐躯的英烈，将在他们的家乡湘乡县建祠纪念，使他们的英名流芳百世，永为后代子孙所怀念。”

这时，一个亲兵走上指挥台，悄悄地告诉曾国藩：“金松龄已被看起来了。”曾国藩点点头，他的湘乡口音突然变得十分严厉起来，“弟兄们，我请各位都再想想，大家背井离乡到衡州来投军，究竟为的什么？”

说到这里，曾国藩用威峻的目光扫了全场勇丁一眼，没有人做声。曾国藩今天的训话，如同早春天气，一时晴，一时阴，众人都摸不着头脑，只有默默地听着他的下文。

“弟兄们，我看不外两点，一为保卫乡里，二为在战场上建立军功，升官发财，上替父母祖宗争光，下为妻子儿女谋福，也不枉变个男子汉，在世上走一遭。”

曾国藩对勇丁们讲话，一贯是一副乡下腔。他不用文绉绉的语言，也不讲修身齐家治国平天下的大道理。刚才这几句自问自答，又使气氛略为缓和，台下勇丁们大部分在点头，有些人在小声议论：“曾大人讲的是实话。”“是呀！不为升官发财，我投么子军？说不定哪天脑袋就搬了家。”

“弟兄们！”曾国藩继续说下去，“既然大家都为这些个目标而来，那么我们就要努力去实现这些目标。我们十营弟兄是一家人。过些日子，我们要全部到前线去和长毛打仗。鼓点一响，就要冲上前去，那就是你死我活的事。弟兄们，你们在家，看到自己的父母兄弟和别人打架，打输了，会不会只在旁边看，而不冲上前去帮忙呢？我看不会的。或许也有，那是不孝不悌的孽子，死后不能入祖茔的人。我们和长毛打仗，大家都是叔伯兄弟，长毛就是敌人。我们要团结一致去打长毛。绿营官兵为什么失败？就在于他们胜则争功，败则不救。眼看着自家兄弟被长毛吃掉，为保全实力，就不肯上前支援。弟兄们，这不但没有军纪，也没有良心呀！”

说到这里，曾国藩停了一下，他看到所有勇丁都在专心听着，从眼神里看得出是赞同的。他知道自己的话起了作用。在衡州这几个月，曾国藩的训话比在长沙还要勤快，还要恳切。他给勇丁订军纪军规，严戒嫖赌、游冶、懒散、骄傲。曾国藩懂得恩威并重的道理。他认为带兵之法，用恩莫如仁，用威莫如礼。对待营中官兵，他常以父兄的身份向他们不厌其烦地谈为人处世的道理，言辞诚恳。他常说十营勇丁是一个家庭，自己是一家之长，从来没有哪个家长不希望自己的子弟人人学好，个个成才的。有时讲到动情处，曾国藩能声泪俱下，使官兵深受感动。

平时，曾国藩带兵常用鼓励、劝勉、宏奖等以仁体现恩的一套，今天，他决定要用以礼——军纪，来体现威的一面。这时，曾国藩两道扫帚眉一皱，三角眼中射出肃杀的冷光。台下的勇丁，看到曾国藩这副神态，如同骤然刮起一股西北风，浑身泛起鸡皮疙瘩，胆小的两腿已发抖了。只听见他威厉的声音响起：“这次在江西作战，就出现这样无军纪、没良心的人。泽字营陷入长毛的埋伏，即将全军覆没，而约好了的龄字营，却不去救援，反而撤离战场。大家说，我们这个家里能容忍这样不孝不悌、狼心狗肺的孽子吗？我不责备龄字营的弟兄们，他们听的是营官的命令。罪不可容的是他们的营官金松龄。”

曾国藩猛然提高嗓门，大喝一声：“把金松龄押上来！”方才还在做发财梦的金松龄，被两个亲兵推到前台。金松龄面朝曾国藩跪下，说：“卑职没有及时救援，卑职罪该万死！”

曾国藩望着跪在脚下的金松龄，虽叩头认罪，而神色并不紧张。曾国藩好一会没做声。只见他左手逐渐握拢，捏紧，忽然．猛地一下放开，喝道：“给我推下去斩了！”

这是湘勇建立以来，第一次斩自家兄弟，而且这首次开刀的竟是一个营官！台下五千勇丁和各级将官们一时全都吓蒙了。金松龄顿时脸色灰白，瘫倒下去，好一阵才醒悟过来。他泪流满面，连连磕头：“曾大人饶命，念卑职是初犯，宽恕一次，卑职宁愿挨一百军棍。”

曾国藩漠然看着金松龄，一言不发，蜡黄的长面孔阴沉沉、冷冰冰的，如同一张将死老马的脸。罗泽南慌忙出队跑到台上，跪下，磕了一个头：“曾大人，金松龄罪虽该死，但卑职当初跟他商议时，他并不赞同卑职的主意，情尚可原，且又是初犯，目前正是用人之际，恳求大人饶他一死。”

罗泽南第一次在曾国藩面前叫他“大人”，自称“卑职”，使他心中一震。就凭着与罗泽南多年的深交而今日这样匍匐求情的面子，应该可以饶恕金松龄的死罪。曾国藩稍一犹豫，立即定了定神。不行！今天可以饶恕金松龄，明天就可以饶恕别人。犯了罪的人，一经讲情便饶恕，今后军中还能杀人吗？军法还有威严吗？倘若军纪松弛，今后不能成事，自己辜负朝廷之罪，谁来饶恕？他又一次握紧左手，严厉地对罗泽南说：“军中无戏言，既不同意，可以不答应；一经答应，岂可不践诺？”

罗泽南讪讪地退到一边。金松龄又叩头道："曾大人，卑职一死不足惜，但上有八十风烛残年之老母，下有嗷嗷待哺之幼儿，望大人看在母老子幼的分上，网开一面，饶卑职一死，金氏先人定会衔环结草以报。"

曾国藩脸上的肌肉一阵阵抽搐，左手捏得更紧，汗在手心里流出，他咬了咬牙关说："母老子幼，本可饶你一死，但五千湘勇之军纪军风，不能因你一命而废弛，皇上之圣命，三湘父老之期望，不能容许我法外施恩。今日杀你，实出无奈。你从小读圣贤书，带勇以来，我又多次开导，应当明白一身与天下相比，孰重孰轻的道理。眼下长毛肆虐，生灵涂炭，我是要一支荡平巨寇的劲旅，还是要一盘松松垮垮的散沙？母老子幼，你不必担忧。"

曾国藩叫身边的亲兵拿来纸笔，写了几行字交给金松龄，说："你看后交给一位信得过的人保存，放心上路吧！"

金松龄接过纸条，只见上面写着：

原湘勇营官金松龄因犯军法处死，家中老母幼子无靠，每月由营务处寄银十两，直到老母去世，儿子成人时止。咸丰三年十月二十一日曾国藩于衡州演武坪

金松龄知已无望，把这张纸条双手递给罗泽南，求他保管并督促营务处。罗泽南接过纸条，抱着金松龄的双肩，低头不语，心里万分内疚。金松龄不待曾国藩再说话，便自己走下台去。五千湘勇看着这个场面，莫不又惊又惧。龄字营的勇丁们，更是个个脸变色，心发跳。站在台下大队伍中的曾国葆，早就想出来为金松龄说情，但一直不敢出面。国葆深知大哥的脾气，最厌恶在公开场合以私情干扰公务，也最怕别人说自己徇私。前几个月，国葆回家招募了一千团丁，按理可当个营官。国葆自己也以为这个营官是当稳了，但曾国藩偏不给他当，他心里气不过。曾国藩把弟弟唤进内房，先是把正己才能正人、持身严才能军令严的道理说了一通，再又将这十个营官，一个个拿来跟国葆比，国葆也自认为不如他们，最后又给国葆讲了触詟说赵太后的故事，告诉弟弟无功而处高位并非好事的道理，这才把国葆说得消了气。曾国葆一直期待着金松龄自己的辩护和罗泽南的说情，能使大哥回心转意。看来一切都已无效，此时再不出面，金松龄就没命了。曾国葆硬着头皮，不顾一切地冲出队列奔上台来，"噗通"一声跪在大哥面前，喊道："大哥！请你看在母亲大人的面上饶金松龄一死。"

曾国藩吃了一惊，他不明白该杀的金松龄与自己死去的母亲之间有什么关系。

"大哥，八年前，母亲大人一天突发心绞痛，抬到镇上，已经晕死过去。亏得金大哥的父亲金老太爷，以祖传秘方竭力抢救，才回转过气来。金老太爷又将母亲留在家里，亲自煎药服侍，三日三夜不曾合眼，最后母亲终于转危为安。母亲很是感谢金老太爷的救命之恩，每年三节都叫我们兄弟亲自送礼，以表酬谢。大哥，倘若没有金老太爷的抢救，母亲那年便已故去了。恳请大哥看在金老太爷救母亲命的分上，宽恕金大哥这一次，给他一个戴罪立功的机会。大哥，小弟求你了！"

说罢，头一个劲地在地上磕，满脸都是泪水。台上台下官勇见此情景，无不恻然。

曾国藩听了弟弟的哭诉，半晌做不得声。一提起母亲，他心里就悲痛。早知金松龄的父亲救过母亲的命，他今天无论如何也不会这样对待金松龄。这件事，国葆以前没说过，金松龄自己也没说过，他不觉对金松龄生出敬意来。但现在当着全体官勇的面，只因金松龄对自己有私恩便出尔反尔，饶他死罪，官勇将会怎样议论自己呢？威信怎能树立呢？军纪又何能整肃呢？不能收回成命！母亲已经死去，她老人家也不可能因此而责备自己了。为了湘勇今后的战斗力，为荡平洪杨的大业，松龄老弟，委屈你了，我是不得已才借你的头颅号令三军的。几十年后，到九泉之下，我再向你负荆请罪吧！经过一阵痛苦的思索，曾国藩释然了。他阴冷地望着满弟，严厉训斥："曾国葆，此地乃湘勇练兵场，非白杨坪黄金堂，只有上下尊卑之分，没有兄弟骨肉之谊；只有军纪军法之严酷，没有私恩旧德之温情。你口口声声叫我大哥，哭哭啼啼诉说旧事，你是想要我以私恩坏朝廷法典吗？还不给我下去！"

曾国葆被骂得不敢回言，只得低着头走下台。金松龄彻底绝望了，闭着眼，任行刑团丁推着往前走。

最后，曾国藩又宣布："罗泽南身为营官，不能正确判断敌情，轻率冒进，致使兵败，本应严办。姑念其敢以五百初次出征勇丁进捣一万长毛之老营，其勇气可贵可嘉。现革去营官职务，戴罪留营，以观后效。"

演武坪一片死寂。全体湘勇官丁，今天才真正领略到帮办团练大臣的威严和军法的凛然不可侵犯。

当晚，曾国藩在赵家祠堂召见金松龄的堂弟金龟龄。要他挑选二十名团丁，护送其兄灵柩回湘乡。又从自己的积蓄中拿出四百两银子来，要金龟龄代他送给金松龄的母亲，略表自己对金老太爷当年救母的酬谢。

三　从钓钩子主想到办水师

衡州因为地处湘南，即使是冬天，只要太阳出来，就显得温暖如春。那条秀美的湘江，在冬日的阳光照耀下，益发显得纤尘不染，一清到底，实在逗人喜爱，偶尔还可以看到几个不怕冷的后生子在江中游泳！江面上除开来往的货船、客船外，还有一种当地叫做钓钩子的小船，小船上只能坐一个人。一年四季，哪怕是烟雨霏霏的时候，湘江上都布满了这种钓钩子。渔翁们或站或坐在船上，把钓竿垂向水面，平心静气，等着鱼儿上钩。冬日和暖的江面上，没有风，水不急，钓钩子稳稳当当，如同用钉子钉死在水中。头上鹰击长空，脚下鱼游浅底，简直令人心旷神怡。这种南国冬钓的情景，与柳宗元笔下的"千山鸟飞绝，万径人踪灭。孤舟蓑笠翁，独钓寒江雪"的风味大异其趣。到了日落西山的时候，渔翁们上得岸来，一手提着满满一桶鱼，另一只手扶着反扣在肩膀上的钓钩子，笑微微地回家去。那情景，正是"高歌一曲斜阳晚"的典型写照。

曾国藩十多岁时，在石鼓书院从汪觉庵先生读过两年书，早早晚晚在湘江边散步，看着江上星星点点的钓钩子和站在其上的渔翁，觉得他们真是世界上无忧无虑最快活的人，常常不自觉地吟起《三国演义》开卷那首《西江月》：“滚滚长江东逝水，浪花淘尽英雄。是非成败转头空：青山依旧在，几度夕阳红。　　白发渔樵江渚上，惯看秋月春风。一壶浊酒喜相逢：古今多少事，都付笑谈中。”这个时候，攻读“四书”、“五经”的烦躁厌倦之情，便会一时淡化，功名莫测的忧虑苦恼，也会得到片刻安慰：当么子大官？建么子功业？“是非成败转头空”，还是当个渔翁幸福！

自到衡州治军以来，曾国藩的脑中常常浮现出少年时代所艳羡的那种情景。多次想过，哪一天要抽空去当一天钓钩子主。怎奈湘勇草创，百事丛杂，没有一天空闲，且办事不易，心情郁闷，也缺少那份闲情。近一个月来，通过对泽字营、龄字营江西作战的奖赏以及对金松龄的处置，湘勇的训练效果大为提高，军纪也更加整肃，塔齐布、周凤山、杨载福等人常说湘勇可用。曾国藩近来心情略为舒畅些了。今天是一个艳阳普照的好天气，吃早饭时，他突然萌发驾舟浮钓的念头。想起兵勇们到衡州四个月了，还从来没有放过假，索性今天放假一天。命令下达后，大家都很高兴。

曾国藩带了满弟国葆，两个亲兵扛着两只钓钩子跟着，沿着蒸水走到石鼓嘴下，亲兵把钓钩子放到水中。他打算钓完鱼后，再上石鼓嘴去看看石鼓书院，尽管觉庵师已离开书院回到乡下去了，但石鼓嘴上的一草一木仍然牵动他的情丝。

曾国藩饶有兴致地将钓钩子划到江中，国葆也划着一只跟着他，两个亲兵在岸上等候。钓钩子上的渔翁看着逍遥自在，真正当起来却不那么容易。船并不听曾国藩的使唤，左右摇摆，弄得他常常站不稳，有几次晃动得大，连装鱼的桶都打翻了。国葆的处境，也不比哥哥强多少。曾国藩坐在船上，心猿意马，不能安宁。一时想起过去在江畔的吟游，一时又想起在刑部时的审理案件，一时又想起好久没有去看岳父了。还有汪师，已二十五六年未见面，怕是早已白发皤然了吧！一时又想起，对金松龄太残酷了，其实不杀也可以。一个时辰过去了，他的心思很少平静过，钓钩子也一直在晃动，鱼儿也很少有上钩的。他看看船头上那只小木桶，除几条瘦瘪的浮油子在窜来窜去外，仍是一桶清水。他叹了一口气：今生今世大概当不成一个像样的渔翁了。

正在这时，一艘大货船鼓帆顺流北去，船主并不知道这条小小的钓钩子上，居然坐着一位团练大臣，船过之时，激起的水波差点将曾国藩掀到水中。就在这个剧烈的颠簸当儿，他猛然想起，长毛凭着强大的战船，在千里长江上称王称霸，今后要与长毛作战，水师一定不能少，当不了渔翁，却可以当水师统领。是的，要趁着衡州有湘江、蒸水两条河流的有利条件，将湘勇的水师建立起来。水陆二军，齐头并进，那才是真正威风凛凛的曾家军。想到这里，曾国藩十分兴奋。

“曾大人！”呼声从岸上传来，打断了他的遐想。他回头一望，岸上的亲兵正对他打手势，示意他把船划到岸边来。

原来是欧阳凝祉先生前来桑园街看他，罗泽南打发人来喊。曾国藩当渔翁的兴趣已过，就是没有人来喊，他也准备上岸了，许多事急于要处理，渔翁不可久当。

曾国藩兄弟匆匆回到赵家祠堂，欧阳老人笑吟吟地迎上前：“涤生，你看谁来了？”

话音刚落，从里屋走出一个矮矮胖胖的老头子，笑容满面地说：“伯涵，还认得我吗？”

“呵哟哟，恩师驾到，国藩有失远迎。”原来这胖老头正是刚才在钓钩子上想起的汪觉庵，他仍用过去的表字称呼自己的得意门生。

“一别二十多年了，您老身体还这样硬朗，可喜！可喜！”

“不行啦，这几年常闹毛病。”汪觉庵拉着曾国藩的双手，异常亲热地上下打量，“胖多了，也威武多了，到底当了大官，与过去的穷书生完全不同了。”

曾国藩把觉庵师和岳父让进书房，亲手恭恭敬敬地给两位老人献上茶，望着觉庵师说：“岳父讲，您老离开石鼓书院，回乡下老家已有七八年了。国藩一直想抽空到长乐去看望您老，总找不到空。到衡州四个多月了，没有一天清闲，今天我是下了很大的决心，丢开一切事，去过一过几十年来想当个钓钩子主的瘾。”

觉庵哈哈一笑：“偷得浮生半日闲。不容易，不容易呀！”

“不瞒您老说，刚才在石鼓嘴边垂钓，我又想起您老当年执鞭教诲的情景，恨不得明天就到长乐去看望您老。”对眼前这位青少年时代的恩师，曾国藩有着真挚的深情。

“老朽蛰居山乡，路途遥远，岂敢劳贤契枉驾。你今日的担子很重，有贤契刚才这句话，老朽心中已备感欣慰。”

“恩师说哪里话来。当年您老朝夕相教的重恩，国藩至今未报，思想起来，常觉惭愧。没有恩师，哪有国藩今日。”

欧阳老人也说：“到长乐去看看老师，是应该的。我原拟明年春暖花开时候，和涤生一起到长乐来看你呢！”

“那就益发不敢当了。”汪觉庵高兴得开怀大笑。

“恩师一向不大到城里来，这次进城，有何贵干？”曾国藩问。

“我原不知在城里练兵的统帅就是你。”

“这是自然的。当年那个文弱单薄的书生，怎么也不可能与刀枪兵马连在一起。莫说您老，就是我在一年前也没有想到过。”欧阳老人插话。

“话要说回来，”觉庵望了一眼欧阳凝祉后，又转向曾国藩，说，“自古以来，当统帅的也有不少书生出身的。远的如孔明，近的如郑成功，都是羽扇纶巾之辈。我以前的确不知是你，若是知道，我早就会来看望了。我教了一辈子书，出息了你这个人才，心里有多高兴啊！这次是亲家六十大寿，三番五次邀请，才在初五进了城。昨天去看望老朋友——你的泰山，才知道贤契是今日的李邺侯、王文成了。”

“学生岂能与李泌、王阳明相比。请问恩师，您老的亲家是谁？”曾国藩笑道。

觉庵未开口，凝祉忙说：“汪师的亲家，可是个大名鼎鼎的人物，他是船山先生的六世孙王世佺先生。”

“就是与新化邓湘皋一起合刻《船山遗书》的王世佺？”

“正是的。”

曾国藩笑道：“恩师与大儒结上亲戚，应当祝贺。”

“前年满女嫁给了世佺的老四。这孩子酷爱诗书，有乃祖遗风。”

“听说王家世代建有船山先生的纪念室，过去在石鼓书院读书时，竟未一至，实在遗憾。”

“既然想去，我看今天最巧，下午我们一道到王衙坪去拜访汪师的亲家如何？”

“正好，”曾国藩说，“下午我就陪二位老人一起去瞻仰船山先生的故居，以偿夙愿。”

觉庵满心高兴：“伯涵肯去，这可给世佺家增色添辉了。”

国葆听说下午要去王家，立即叫一名亲兵先去通知王世佺。

吃过午饭后，曾国藩陪着汪师和岳丈前往城南王衙坪。得知去拜访船山公的后裔，湘勇中书生出身的营官哨官个个兴致浓厚，大家都想随着去。曾国藩怕去的人多，王家招待不起，制止了他们，只带罗泽南和国葆同行。

四　接受船山后裔赠送的宝剑

出南门外不远便是王衙坪。它坐落在回雁峰脚下。这一带丘陵起伏，林木繁茂，风景很好。在并排摆着的四口大鱼塘旁边，有一栋年代久远的青砖瓦房，汪师告诉曾国藩：“船山故居到了。”

门口，王世佺带着四个儿子早已恭候着。王世佺说：“曾部堂光临寒舍，世佺父子蒙幸匪浅。”

曾国藩答道：“大儒贤裔，国藩景仰已久，今日陪同恩师前来一偿夙愿。”

世佺陪着曾国藩一行进了大门。曾国藩见大门楹柱上刻着一副笔势老迈苍劲的对联：“武功开一朝国运，文教启百代群蒙。”在客厅坐下后，王家很客气地敬献香茶，又端来满桌各式茶点。世佺殷勤相劝：“寒舍无佳物招待，请大人和各位贵客赏光。”

曾国藩说：“听恩师说，先生正逢六十花甲大庆，国藩略备薄礼，愿先生康健长寿。”

国葆递上临出门时准备的，上面绕着一条红纸的一百两封银。慌得世佺忙说：“大人请快收回。世佺一介寒士，今日与大人初次见面，如何担当得起！”又转过脸对觉庵请求，“亲家，你帮我说说。”

觉庵说：“伯涵，你如何这样客气，弄得老朽都不好意思。”

曾国藩说：“今日送这点薄礼，有三层用意：一为庆贺世佺先生六十大寿，二来为祝贺王汪两家联姻。二十多年来，我未曾给恩师寄过分文，妹子出嫁，岂可不送点嫁妆？三则略表我对船山公的一点敬意。”

世佺、觉庵见他说得如此恳切，只得收下。

吃了一会茶后，曾国藩对世佺说：“令先祖学问，近世罕有。国藩当年从汪师求学，便向往船山公的特立卓行。先生克绍箕裘，远承祖业，近年又刊刻令先祖不少遗著，嘉惠士林，功德不浅。”

世佺欠身答道：“把家先祖所遗旧作刊刻出来，是王氏世代心愿，也是世佺的本分。只是世佺学力和财力都不副，多年来心愿未遂。道光十九年，仰仗新化邓湘皋先生硕学大才，湘潭欧阳小岑先生又慷慨资助五千余金，家先祖经学方面的十多种著作才得以梓行。”

“据传令先祖晚年生活贫困，仍读书写作不辍，实为读书人万代楷模。”

“家先祖一生清贫，晚年隐居曲兰湘西草堂读书著述，甚为困苦。说来寒碜，家先祖当时竟无钱买纸，把别人不要的陈年账本翻过来装订成册，时有领悟，便记在这些册子上。临终时，写满字的册子，满满堆了一屋。但生前一卷都无力付梓。”

曾国藩问：“道光十九年前，船山公的书刻印过哪些？”

世佺说：“家先祖去世不久，其四子王敔以湘西草堂藏本为据，在衡州刊刻十余种，总题为“王船山先生书集”，当时印得不多。后来惠江书局又刻了几种，印得更少。”

“道光十九年的版片印了多少？”曾国藩问。

世佺答：“当时一种也只刷印了两三百部，版片存欧阳小岑家，拟日后再印一点。前些日子，小岑先生来信，说此版已毁于兵火之中。”

“可惜！”客厅里所有人都同时发出一声叹息。

曾国藩说：“我于船山公之书所读不多。在京时，蒙小岑赠送《礼记章句》四十九卷，诸经稗疏考证十四卷，对先生的学问文章钦佩不已。昔孔子好语求仁而雅言执礼，孟子亦仁义并称。圣王所以平物我之情而息天下之争，内之莫大于仁，外之莫急于礼。先生注《礼记》数十万言，幽以究民物之同原，显以纲维万事，弭世乱于无形，功德大矣。”

欧阳老人说：“涤生所论甚是。前明之末，我朝开基之初，将黄南雷、顾亭林、王船山并称为三大儒。其实，南雷党同伐异，器宇太狭窄；亭林为学支零破碎，未成体系，唯船山公学问包罗万象，博大精深，其人品更是高洁，非黄、顾所及。”

觉庵说：“船山公书中处处珍宝，只要留意，开卷可拾。且议论多发前人所未发，其精到细微，非世人可及。就拿对岳武穆的评价来说，后人都说武穆愚忠，为他可惜。船山公慧眼独具，说武穆正是不忠君，与高宗针锋相对才遭杀害的。”

世佺说：“家先祖认为，武穆是要将抗金进行到底，而高宗赵构却要向金求和称臣，因此高宗不能容武穆。”

觉庵说：“更骇人的是，船山先生公然认为武穆灭掉金后，再来攻宋也是无可非议的。”

国葆说：“船山公言之有理，赵构昏庸，武穆取代有何不可！”

罗泽南也说：“此议痛快！”

曾国藩觉得这样的议论不便多发，万一传到朝廷，说不定会碍事。他换了一个话题：“船山公现存有多少后人？”

“一百五十余人。我是家先祖次子放公之后。”世佺答。

曾国藩点头说：“先生典守船山公旧居，保存了祖宗珍贵遗物。近来世道乖乱，先生守之不易。”

“先祖旧业，世佺不敢抛弃，守之虽不易，但也是后人应尽之责任。”

觉庵说：“亲家，何不陪伯涵参观一下船山公遗迹。”

曾国藩说：“正要瞻仰，烦世佺先生带路。”

世佺把曾国藩一行领进左边一间厢房。这里陈列的多为船山旧物。一进屋，迎面而来的是一幅船山公画像。画的是一个容貌清癯的老头儿，脸特别长，细眉长眼，头上包着黑布，黑布两端拖下一尺余长的尾巴，顺着两耳下来，搁在两肩上。画像上题着船山公写的《鹧鸪天》一首："把镜相看认不来，问人云此是薑斋。龟于朽后随人卜，梦未圆时莫浪猜。　　谁笔仗，此形骸，闲愁输汝两眉开。铅华未落君还在，我自从天乞活埋。"画像两边贴着船山自撰的对联："六经责我开生面，七尺从天乞活埋。"世佺介绍，这是船山公七十岁寿辰时，请人画的一张像。曾国藩指着像上方"孝思恬品、霞灿松坚"八个篆字问："这八个字是谁题的？"

世佺答："这是永历帝赐赠家先祖的话，为家先祖友人陈天台所书。家先祖的画像，这里还有一幅。"世佺用手指着对面的墙壁。曾国藩等人转过脸，看到对面墙上也悬挂着一幅船山公的画像。像上的老人是一样的，只是头上不包布，而戴着一顶处士巾，也有船山自题的《念奴娇》一首："孤灯无奈，向颓墙破壁，为余出丑。秋水蜻蜓无着处，全现败荷衰柳，画里圈叉，图中黑白，欲说原无口。只应笑我，杜鹃啼到春后。　　当日落魄苍梧，云暗天低，准拟藏衰朽。断岭斜阳枯树底，更与行监坐守。勾撮指天，霜丝拂项，皂帽仍粘首。问君去日，有人还似君否！"

曾国藩问世佺："令先祖诗词集中好像没有收这首词？"

世佺回答："的确没收。什么原因，现在已不得而知。想必是家先祖兴之所至，率尔操觚，书以自嘲。过后又不以为然，便不收进集中。"

曾国藩点点头。

他与罗泽南、曾国葆都是首次来此，一一细看，室中收藏了三次所刻的部分书和大部分尚未刊刻的手稿。曾国藩将这些手稿也翻了翻。有个柜子里放着船山生前穿戴过的衣帽。最令他感兴趣的是一把古纹斑斓的宝剑。剑鞘为紫铜皮所制，周围钉着密密的银钉，五寸长的青铜剑柄，被手磨得锃亮闪光。曾国藩没有想到王船山的遗物中还有这样一把古剑，好奇地把它抽出一截，立刻见毫光四射。他脱口而出："好剑！"便把抽出的部分重新插进剑鞘，又继续观看。过一会，他对身旁的罗泽南说："待日后战事平息下来，我辈集资刊刻船山公的全集，这是一件有大功于世的事业。"

罗泽南笑道："那时涤生牵头，我全力协助。"

曾国藩说："一言为定。那时我牵头可以，校勘就要靠你了。"

泽南说："我愿用十年时间来办此事。"

国葆笑着说："罗山师太聪明了，那其实是出钱请你读十年书。"

三人都笑起来。王世佺听到他们三人的谈话，又想到曾国藩称赞柜子里的古剑，便悄悄把汪觉庵叫到一边，说："曾大人看来喜爱家先祖那把剑。常言道，宝剑赠壮士，红粉贻佳人。曾大人正领兵杀敌，需要这种东西，我们留着无用，不如送给他。"

觉庵说："那太好了，等会你就送给他吧！"

"只怕曾大人不收。"

"你是说他讲客气，不好意思？"

"不是。"

"那是什么原因？"

"亲家，你知道，家先祖是前明的臣子，生前一直不与国朝通往来。曾大人不会有忌讳吗？"

觉庵沉思一下说："过会儿我来说几句话，他自然会收下。"

曾国藩的视线转到西边墙上，这里是近世几位名人题字。最前面高悬的是四个楷书字："衡岳仰止。"字后有段跋语："衡山王船山先生，国朝大儒也，经学而外，著述等身，不惟行宜介特，足立顽懦。新化邓学博来金陵节署，言其后嗣谋梓遗书，喜贤者之后，克绍家声，固体额以寄。道光十八年四月望总督两江使者前翰林院编修安化后学陶澍敬题。"接下来还有陶澍联一副："天下士非一乡之士，人伦师亦百世之师。"曾国藩心里暗暗叫好。再看下去是祁寯藻和许乃普所书的两副联语："气凌衡岳九千丈，心抚离骚廿五篇。""痛哭西台，当年航海君臣，知己犹余瞿相国；羁栖南岳，此后名山述作，同声惟许顾亭林。"许乃普后是常大淳壬午游湘西草堂而作的一首七律："老屋三间丹垩新，先贤前此久栖身。叹嗟今日风光换，想见当年著述频。甲子自书陶靖节，庚寅谁吊楚灵均。我来无限榛荟慕，欲向船山荐藻萍。"看着常大淳的墨迹，想到他已作古了，曾国藩心里不免有些伤感。常大淳之后，尚有一些诗词联语，也有写得好的，也有平平的。忽然，一种熟悉的字迹跳进眼帘。原来又是一副联语："自抱孤忠悲越石，群推正学接横渠。"联语后端端正正写着一行字："而农先生几筵，不能窥之万一。谨节录先生自铭语以为献。道光壬寅六月既望长沙后学唐鉴敬题并书。"镜海先生都有字挂在这儿，自己却今日才第一次来，相比前辈敬贤之心，曾国藩感到惭愧。

王世佺走过来说："承蒙前辈贤良关注，惠赐翰墨，使陋室生辉。今日大人光临，幸会难再，世佺已备下笔墨纸砚，请大人及各位贵宾赏赐诗联，王氏族人感激不尽。"

"国藩才疏学浅，前贤墨宝之后，岂容我辈插足？日后世人将以狗尾视之，则自贻羞辱矣。"

曾国藩谦让不肯，王世佺执意恳求。曾国藩本喜题诗作对，平日等闲之处，都愿题联留念，今日来到一代儒宗故居，怎会不愿留下墨迹呢？刚才推让，一是出自礼仪上的谦逊，二是正因为此地非比寻常，而自己还没考虑成熟，为慎重起见，不题也好。现在见世佺态度诚挚，便思考一番，在书案上写下一联："笺疏训诂，六经于易尤尊，阐羲文周孔之遗，汉宋诸儒齐退听；节义词章，终身以道为准，继濂洛关闽而后，元明两代一先生。"写完后连声说："见笑，见笑。"众人见曾国藩对船山学问评价甚高，又见其字刚劲挺拔，严谨流畅，齐声称赞。曾国藩又在左下方以小字落款："咸丰三年十一月钦命帮办团练大臣前礼部右堂曾国藩敬题。"

世佺又请罗泽南题。泽南一再逊谢："我素来才思迟钝，仓促之间无好句，免了吧！"

曾国藩说："罗山莫推辞了，你再推辞，就显得我不自量了。"

世佺知罗泽南是湘中一带极有影响的学者，如何肯错过这个机会，一再请求。泽南拗不过，只得也写了一联："忠希越石，学绍横渠，在当年立说著书，早定千秋事业；身隐山林，名传史乘，到今日征文考献，久推百世儒宗。"也落款："咸丰三年十一月保升直隶州知州湘乡县训导罗泽南谨识。"大家一致称赞。世佺又要国葆题。国葆感到为难，他望着大哥，不知该题不该题。曾国藩懂得他的意思，说："你素日崇敬船山公，今日瞻仰先生故居，也题一联，表表心意吧！"

得到大哥的鼓励，国葆认真思索之后，也题下一联："湘水衡云留正气，楚辞孤

竹证同心。”家人进来，说晚餐已备好，世佺请曾国藩一行、觉庵师和欧阳老人一道入席。

酒席宴上，世佺频频敬酒，觉庵也以主人身份不断劝菜，宾主甚是欢悦。觉庵想起世佺要以宝剑相赠的事，为消除曾国藩的顾虑，他把话题引到王船山对朝廷的态度上。觉庵有意隐去了船山对清朝敌视的一面，却大谈他对朝廷的依顺：“人们说船山公是明之遗臣，不与国朝合作，其实此说不全面。先生的确忠于明朝，但对我大清也是拥戴的。”

“真的吗？”国葆插话。

“这有事实为证。”汪觉庵接着说，“康熙十六年，吴三桂慕船山大名，重金请先生为他撰《劝进表》，先生严词拒绝，说我怎能作此天不盖、地不载之语耶？在大是大非面前，可见先生的志向。”

曾国藩点头，表示同意汪师的观点。世佺深知觉庵用意，立即接过话头：“正因为家先祖不与吴三桂同流合污，所以康熙帝景仰家先祖品藻气节。康熙十八年，湖南巡抚郑端遵循朝廷旨意，命衡州知府崔鸣鹫馈赠米银。康熙四十二年，受湖广学政潘宗洛之请，才有虎止公刊刻遗书的事。康熙四十六年，朝廷批准将船山公入祀乡贤祠。乾隆三十九年将《周易》《书经》《诗经》《春秋》四种《稗疏》列入四库全书，并命国史馆为家先祖立传。”

曾国藩说：“我朝历代圣主，对船山先生之恩都有加无已。”

世佺又说：“幸而长毛未进衡州，以其对待孔孟之态度，家先祖亦将蒙辱。王衙坪之所以尚有今日之平静，实赖大人及各位先生捍卫乡邑、力战长毛之功。家先祖九泉有知，定会感激莫名。”

曾国藩逊谢一番，说：“适才进门之际，见府上楹联书‘武功开一朝国运’，看来先生祖上是以武功起家的。”

世佺说：“大人明鉴。王氏祖上确是凭武功为家族争得了一席地位。”

泽南说：“我辈孤陋，对令祖上所立军功一事，一向不曾听说。”

“我王氏一脉，出自太原，后迁至江苏邗江。船山公这一支始祖仲一公，当年跟随洪武帝起兵，后渡江攻克金陵有功，封山东青州左卫正千户。洪武二十二年，进阶武德将军、骁骑尉。二世祖成公从明成祖南下有功，升衡州卫指挥佥事，晋同知，授阶怀远将军、轻车都尉，遂定居衡州。相传六世，绍紫垂荣，到七叶而武业中衰。此后则儒者辈出。”

“到船山公是第几代了？”

“已是第十一代。适才所看到的那把旧剑，正是洪武帝赐给仲一公的，仲一公仗此剑随洪武帝攻克金陵。曾大人，您老如今统率兵马，正是用剑的时候。王家自武夷公以来，一直以文章名世。此剑再留在王家，只是一件古董，而不能发挥它的作用。自古宝剑赠壮士，若大人不嫌弃，世佺愿代表王氏家族将此剑送与大人。”

“这可使不得！此剑乃王家祖传之宝，国藩怎能夺人之爱！”曾国藩急忙辞谢。

“伯涵，既然世佺一片真心，你就收下吧！此剑曾立赫赫武功，又是当年攻克金陵的吉物。今日长毛占据金陵，世佺送与你，此乃天意。将来光复金陵，一定非伯涵莫属。”汪觉庵协助亲家来劝。

曾国藩原先认为王船山是个不同清朝合作的前明遗臣，今天听王世佺和汪觉庵说来，方知他也是本朝的贞士。更使他激动的是，这把剑有过攻克金陵的光荣经历。难道收复金陵的盖世功勋真的要由自己来建立吗？如真的是天意，则不可违背。曾国藩想到这里，站起来说：“既蒙世佺先生错爱，又是汪师之命，国藩只好受了。”

世佺命人拿出宝剑来，双手恭送给国藩，说：“此剑有两点异处。一是剑刃看来甚钝，然削铁砍玉，如同泥土。二是每到午夜之间，它要长鸣一声。多少年来，都是如此。”

满桌人都感到惊奇，曾国藩更是高兴。汪觉庵说：“伯涵，老朽代王家求你一事。日后金陵攻克之际，天下安定之时，请你出面邀请海内名儒，校勘刻印船山公全集，既使船山公一生宏愿得以实现，又光扬我朝学术。依老朽愚见，此功或不在荡平长毛之下。”

曾国藩侧身答道：“弟子谨记吾师教导。日后攻克金陵首功不在弟子则已，若天意授予弟子，弟子一定在金陵刻印船山公全部遗书。”

世佺起身，深表感谢。大家继续喝酒。欧阳老人说：“涤生今日喜得宝剑，老夫也高兴。老夫十分喜爱旧日读过的一首古剑铭，现把这首古剑铭送给你如何？”

“谢谢岳父大人。”曾国藩恭敬地回答。

“这首古剑铭是这样写的。”凝祉一字一顿地念道，“轻用其芒，动即有伤，是为凶器；深藏若拙，临机取决，是为利器。”

曾国藩听完这首古剑铭后，明白岳父的深远用意，十分感激地站起来说：“国藩牢记在心。”

凝祉又对曾国藩说：“你来衡四个月了，听人说无论巨细，事事躬亲，昼夜操劳，毫无暇日。长此以往，将有损身体。秉钰娘要我转告你，还须随时注意保重才是。今日上午你能忙里偷闲，垂钓江上，我很高兴。自古以来，干大事有成就的人，都会忙里偷闲。一张一弛，文武之道嘛！”

听岳父提起上午的垂钓，他忽然想到创办水师之事，汪师、岳父和世佺先生都是博学鸿儒，何不与他们商量一下？

“岳母大人的关怀，国藩很是感激。国藩今日上午在江上学钓，想起长毛这次顺利攻破武汉三镇、安庆、九江，长趋江宁，近来又在江西肆虐，靠的全是水师。日后，我们与长毛交战，不能没有炮船，我想就在衡州建立水师。今日特地请教各位前辈，不知可行否？”

欧阳凝祉、汪觉庵、王世佺一致认为曾国藩此虑深远，衡州地处蒸湘汇合处，熟悉水性的人极多，不愁练不出一支水师劲旅。末了，王世佺说：“曾大人要办水师，我倒想起一个人来，此人从小跟父亲在安徽长大，家藏一部《公瑾水战法》，多年来，对水师钻研有素，乃是一个极有用的人才。”

“此人是谁？”曾国藩对王世佺的推荐极感兴趣。

“此人名叫彭玉麟，字雪琴，就是本县渣江人。”

汪觉庵说：“正是。若不是亲家提起，我竟忘记了。此人真可称得上衡州府一只玉麒麟。”

“彭玉麟现在何处？”

“他目前正陪老母在渣江闲居。”世佺答。

“我日内当去渣江拜访他。”

“不烦曾大人亲到渣江，”王世佺说，“来日我修书一封，请他到寒舍来，我再陪他去桑园街谒见大人。”

五　一个钟情的奇男子

发源于邵阳、祁阳两县交界山脉的蒸水，上游水浅河窄，不能行船，到了渣江地带，河面开始宽阔起来，货船可以在江上畅行无阻。这里位于衡州城北偏西，水路到衡州有一百一十里。附近几十里山区的土特产在此处聚集，通过蒸水，运到衡州城，再南由陆路运到两广，北经湘江运到长沙，过洞庭到长江，远销全国各地。南北物产也由衡州经蒸水用船运到渣江，然后流散到各户农家去。因为这个缘故，一个小小码头，逐渐变成了衡阳、清泉两县的最大口岸。渣江镇上三街六巷，百货俱全，店铺栉比，商旅辐辏，不亚于一个中等县城。由于渣江地面重要，设在衡州城里的衡阳县衙门将县丞官署设置在渣江，以便管理。咸丰二年，县丞衙门被饥民放火焚毁，现在又修复起来，照旧行使它的职权。

彭玉麟就住在县丞衙门旁边一栋简陋的木板房里。一早起来，稍事梳洗后，他对母亲王氏说："母亲，我到外婆坟上去看看。"

王氏知道儿子笃于情义，从小在外婆家里长大，对外婆感情很深。自从外婆去世以来，只要玉麟住在渣江，隔不了三五天，便要到外婆坟上看看坐坐，有时呆痴痴的，一坐个把时辰，硬是用双脚把家门到外婆下葬处之间走出了一条五里长的小路。她对儿子说："麟儿，你去去就回来，不要停得太久了。"

彭玉麟离开屋门，在一家纸马铺里买了些纸钱、线香，沿着草河（蒸水的俗称）走了两里多路，然后折入一条小道，迤逦进了一座名叫斗笠岭的山冈。这是一座湘南常见的不大不小的丘陵，山不高，全是紫色页岩堆成。这种紫色页岩，当地老百姓叫它“见风消”——刚挖出来，坚硬如岩石，过十天半月，便散碎如泥沙了，山丘表层尽是暗红色沙砾。这些沙砾既不装水，又没有一点肥性，它成了湘南贫困的象征。走到衡清一带，眼里若见着铺满暗红色沙砾的山冈，不用说，这里的农民一定苦不堪言。

斗笠岭上几乎没有像样的树木，只有几株松树，矮矮小小的，稀疏的枝干在寒风中抖动，如同站着几个缺衣少食的孩子，令人见了既扫兴又怜悯。玉麟外婆的坟就葬在斗笠岭上一块向阳之地。在外婆坟边还有一座稍小的坟，立着一块矮一点的石碑，上面写着：梅小姑之墓。两座坟头各有一株松树，这是玉麟十多年前亲手栽的，至今仍不到四尺高。

对于玉麟的上坟，王氏总以为儿子是眷念外婆生前的鞠养之恩。其实，玉麟想念外婆，更想念永远偎依在外婆身边的梅小姑。玉麟每次上坟，实际上都是来看望小姑的。今天，他照例在外婆坟头点燃线香，焚化纸钱后，再在小姑的碑下也插了几支线香，燃起一堆纸钱。他站在坟边，心里默默念道：

“小姑，我又来看望你了。明天我就要离开渣江，到曾大人军中去了，将会随大军转战南北，还不知有没有再来看你的一天。”

望着坟头被风扬起的片片纸灰，玉麟眼睛变得模糊了，整个身心完全沉浸在往事的回忆中。

玉麟父亲彭鸣九因家贫，二十岁时离开渣江投军，在绿营多年，积功升至安徽怀宁县三桥巡检，后又迁合肥县梁园巡检。鸣九娶妻王氏。王氏浙江山阴人，父亲是个老塾师。王氏十二岁时，父亲弃养，母亲周氏带着一子二女守节。王氏择婿甚严，三十岁时才嫁给鸣九。以后王氏的哥哥在安徽芜湖县衙门做了个文案小吏，周氏便带着满女跟着儿子住在芜湖。

嘉庆二十一年，玉麟出生于梁园巡检司署。十岁那年，舅父为玉麟在芜湖找到一个品学俱优的先生，于是就在那年告别父母来到芜湖。玉麟的姨妈五年前正要出嫁时，却不幸得天花身亡，舅父虽成亲多年，却至今未生得一男半女，外婆王老太太常感膝下冷寂。对于玉麟的到来，真如天上落下一颗星星，欢喜不尽。玉麟生得眉清目秀，聪明伶俐，且秉性笃厚，对长辈恭顺，深得外婆和舅父母的疼爱。

一个冬天的午后，玉麟放学回家，绕道到附近一座小山上去看蜡梅。刚到山脚，见山沟边躺着一个十三四岁的姑娘，脸色青白，两眼微闭，玉麟吓了一跳。心想：这女孩一定是病倒在这里，天气这样冷，若不叫醒她，病会加重。他蹲下来，推了推她，喊道：“小大姐，你醒醒。”喊了几声，那女孩醒了过来，睁开双眼望着他，却不做声。玉麟问：“你是不是病了？”女孩摇摇头。玉麟好生奇怪，没有病，为什么躺在沟边？他想了想，又问道：“你是饿得很厉害？”女孩点点头。“我扶你起来，你到我家去吧，我请你吃饭。”女孩望着玉麟，仍然没有做声，眼睛里流出两行泪水。玉麟明白她心里在感谢。于是扶起女孩，一路搀着她回到自己的家。玉麟把情况跟外婆说了，王老太太也很怜悯，怕饿过头的人一时受不了硬饭，赶紧熬稀饭给她吃。那女孩狼吞虎咽喝了两碗稀饭后，气色好多了。王老太太又收拾好自己的床铺，要女孩睡到被子里去暖和暖和。那女孩激动地叫了声大娘，双膝跪下去，给王老太太和玉麟磕头，慌得玉麟赶快扶起她。王老太太要女孩休息。把玉麟拉出门外。王老太太把这事告诉儿子和媳妇，舅父母都称赞玉麟这事做得好，说心扬好的人今后会有好报。玉麟很高兴。

到了掌灯时，那女孩还未醒过来。王老太太进屋，坐在她的旁边。眼前这个孩子，王老太太越看越像自己的满女，看看想想，竟然流出了几滴泪水。过一会，女孩醒过来。她一眼看着王老太太慈祥地坐在自己身边，心里暖洋洋的，如同看到妈妈一样，情不自禁地喊了一声“大妈”。她向王老太太恳求：“大妈，我不走了，我就留在你这儿吧！我什么活都会做。”

王老太太吃了一惊：“孩子，你怎么能不回家，父母怕都要想死你了。”

女孩流着眼泪说：“大妈，我没有父母，也没有家。”

王老太太扶着女孩坐起，说：“孩子，你为什么昏倒在路边，你把详情给大妈说说吧！”

女孩点点头，穿上衣，坐在床边，就像对自己亲生的母亲样，倾吐满腔苦水。

原来，这孩子姓梅，名叫梅小姑，今年十四岁了，是浙江嵊县人。两年前，父亲得痨病去世，母亲哭得死去活来。谁料半年后，小姑十岁的弟弟又得天花死去。儿子的死，给小姑母亲沉重的打击。自那以后，母亲便病倒了。家贫无钱医治，拖了一年多，也下世了。剩下小姑一个女孩子，无依无靠，孤苦伶仃。小姑虽然没有读过书，心眼却灵秀，裁剪针黹，煮饭烧菜，样样都做得好，模样也长得出众。街坊邻里有心肠好的，常常送点东西给她吃。也有人叫她做点女红，送她些手工钱。这样过了半年。

有一天，小姑的一个远房婶子从合肥回来，晓得了小姑的情况，便笑吟吟地来到小姑的家，对她说："婶子领你到合肥去，那里有个小歌班，班主是我们嵊县人。你长得漂亮聪明，今后跟班主学戏，一定可以赚大钱出大名。"嵊县是越剧的故乡，会唱越剧的人很多，小姑也会哼几句。她不想赚大钱、出大名，但她喜欢越剧，何况家里没有挂牵，去就去吧！小姑跟着远房婶子上了路。一路上，她把婶子当恩人，尽心尽意照顾她。昨天夜里，小姑和婶子落脚在一家伙铺里。半夜醒来，发觉隔壁有两人在说话。听声音，一人是婶子，另一个也是个中年妇女，但不是浙江人的口音。小姑好奇，把耳朵贴着板壁上偷听。这一听，吓得她脸色煞白，手脚发抖，浑身如同掉进了冰窟。原来，她错把恶鬼当菩萨。这个远房婶子，过两天就要把她卖到一家窑子里去做婊子，卖笑接客。小姑想到自己命运的悲惨，一夜里，泪水把整个枕头全部湿透了。小姑想：宁愿死，也不进窑子。她趁天未亮，便偷偷离开伙铺，不分东西南北，信天跑去，心里只有一个念头：离开婶子越远越好。她又急又怕又冷又饿，走到山沟边想掬口水喝，刚弯下腰，头一晕，眼一黑，便倒在水沟边……

小姑边说边哭，王老太太边听边流泪。老太太自满女去世以后，常常痴心地想带一个女孩。她怜悯小姑的苦命八字，也喜欢小姑的清秀灵泛，又一口绍兴府的乡音，和儿子媳妇商量后，收下了这个养女。

没有多久，小姑身体复原了，面孔光洁，白里透红，益发显得标致。她勤快温柔，样样活都干得好，对王老太太像对亲生母亲样的贴心，对老太太的儿子媳妇，也和对亲哥嫂样的亲热，对待玉麟，则更是关心体贴，无微不至。她感激玉麟，是玉麟救了她的命，是玉麟把她带到这样好的家庭。今生今世，要把自己全部的心血和爱都奉献给玉麟。她打算自己一辈子不嫁人，今后养母归天了，玉麟成家了，她就到玉麟家去，为他操持家务，把一个女人所能做到的一切，都用来报答玉麟的再生之恩。

每天一早，小姑都把玉麟上学所用的书和笔墨纸砚整整齐齐地放到竹篮子里。吃完饭后，她提着竹篮送玉麟到先生家。到了放学的时候，她早早地跑去接他。放学回家后，玉麟喜欢画画，小姑就常在一旁帮他铺纸、研墨。傍晚，玉麟休息时，她坐在玉麟身边，听玉麟讲些古今故事。那些故事多有味啊！慢慢地，她也懂得了不少知识，也跟玉麟学得了几百个字。

"玉麟，我问你一件事。"有一天夜晚，玉麟在灯下合起书本准备休息时，小姑轻轻地问他。

"什么事？梅姨。"

"我跟你说过好多次了，你不要叫我梅姨，我只比你大两岁，听起来多难为情。"

“你是外婆的养女，我不叫你姨叫什么呢？总不能叫你小姑姐吧！”

“你就叫我小姑吧。”

“小姑？太不礼貌了。”

“你就叫我小姑吧，我喜欢听。”小姑说着，脸上泛起一阵红晕，犹如三春季节，桃花开了。玉麟真想用手去摸摸。

“好！以后就叫你小姑吧。你刚才要问件什么事？”

“玉麟，你以前讲，古时有个叫兰芝的女子，曾割臂蒸汤给丈夫吃，终于治好丈夫的病。人肉真的可以治病吗？”小姑瞪着两只秋水般的眼睛望着玉麟，一转不转的。

“这怎么说呢。”玉麟感到很为难，“可能有用吧！不然古书上为何常有割臂疗母、割臂疗夫的记载呢！”

几个月后，玉麟感风寒病倒在床，一连七八天，吃了十来服药都不见效。这天，小姑端来一小碗汤：“玉麟，你把它喝了吧，喝了就会好。”

“这是什么药？”玉麟问。

“你不要管，喝了再说。”

玉麟端起碗，汤上浮着几个油圈圈，碗中有一块一寸长三分宽的肉条。他望望小姑惨白的脸，有点怀疑。他放下碗，抓起小姑的手，大声说：“你把手臂伸给我看！”

小姑两眼含着泪水，死死地把手缩紧。玉麟明白了，他抓紧小姑的手，带着哭腔地说：

“傻姑，割臂疗病，那是古人心诚的表示，哪里真的就可以治病呢！你怎么下得手，割自己的肉。”

小姑眼里的泪水流了下来，喃喃地说：“你不是说有用吗？即使无用，表示我的心诚也好嘛！”

玉麟哪里能喝下。从这碗汤里，玉麟看到小姑那颗水晶般的心。

时间一天天过去，玉麟和小姑也一天天长大。玉麟觉得自己不知从哪天起，就已经深深地爱上了小姑，常常夜阑更深想起小姑，想得心里火辣辣的，恨不得立刻就把小姑娶来做妻子。他恨外婆那时为什么不认小姑为干孙女，却偏要认作养女。外婆的女儿，就是自己的姨，有外甥娶姨妈的吗？但小姑毕竟不是外婆的亲女，只要外婆说一声，改养女为干孙女，不就行了吗？玉麟不敢向外婆开这个口，羞哇！小姑想得更多，更热切，她更羞于言辞。到了后来，两人在一起，又快乐又痛苦。纯真的爱情，便被这人为的大石板压着，只能弯弯曲曲、扭扭捏捏地萌生。

玉麟十七岁那年秋天，祖母在渣江病逝。父亲辞官，全家回原籍奔丧。行前写信给玉麟，要他在芜湖等候。玉麟从出生到现在还没有见过祖母一面，但老人家去世，他也感到悲痛。更使他伤心的是，他就要离开小姑了。小姑听到这个消息，哭得两眼红肿。她请玉麟给她画一幅画，画面是她自己想好的：一株盛开的红梅，旁边站着一只威武的麒麟。玉麟懂得她的意思，按着她的构思画了。那一夜，小姑房里一盏油灯一直亮着，她在用彩色丝线绣这幅画。那一夜，玉麟躺在床上，直到天明未合眼。就要离开小姑了，他有种失魂落魄之感。第二天，小姑又绣了一天。到了夜晚，小姑推门进来了。她什么话都没有说，拿出两双鞋子、四双袜子、一个精致的绣荷包，默默地递给玉麟。看着小姑面色憔悴，两眼无神，玉麟伤心，小姑又从怀里拿出那幅绣好的麒麟梅花图来，双手抖抖地送给玉麟。玉麟接过，只见那只麒麟用脸摩挲着身旁盛开的红梅花，互相依依不舍。玉麟忽然把小姑紧紧地抱着，一股热血在胸中奔涌，他似乎觉得今夜自己已经是一个成熟了的真正的男子汉。他失去了理智，狂吻着小姑那张洁白细嫩的脸。小姑闭着眼睛，柔软地躺在他的怀里，温顺地接受着他的抚爱。当玉麟把她抱到床上的时候，她一点也没有加以制止，只是用手指了指那盏忽明忽暗的豆油灯。玉麟吹灭了灯……

重新点燃油灯的时候，小姑已穿好了衣服，两颊红灿灿的，偎依在玉麟的肩上，喃喃地说："玉麟，我的弟弟，我的郎君，我永远是你的人，三四年后你一定回来。"

玉麟用手梳理小姑散乱的头发，说："小姑，我的姐姐，我的亲人，三四年后我一定回芜湖来，那时我和你拜天地，洞房花烛。"

"莫这样急，玉麟，再晚点，妈妈今年七十多岁了，待她老人家百年后，我们再成亲。我不忍心在老人家生前不做她的女儿，而做她的孙媳妇。再说，你也还要抓紧时间用功，我盼望你早日进学中举点翰林，为彭氏光宗耀祖。三四年后你回芜湖来，我陪你读书。"

"好，小姑，我听你的，等外祖母百年后再说。我要用功，我要早点取得功名，让你当夫人。小姑，你等着我，三四年后我一定回来。"

"玉麟，我等着你。此去衡州，登山涉水，你要保重，你要常常给我来信。"

玉麟跟着父母，带着十二岁的弟弟玉麒回到了渣江。他从没有见过自己的故乡，渣江在他的眼里是陌生而新鲜的。办完祖母的丧事，他就急忙给小姑写了一封信，趁父亲发信给上司的机会，顺路将此信寄到芜湖。信中还夹了一首五律："昔闻蒸湘水，今日到衡阳。树绕湘流绿，云开岳色苍。弟兄惭二陆，父母喜双康。风土初经历，家乡等异乡。"他尽量写得浅显，为的是让小姑看得懂。怕小姑不明白"二陆"的典故，又在旁边用小字注着："系陆机陆云，兄弟二人以文才名世。"但小姑没有信来。玉麟知道，小姑寄信不容易。她只能趁舅父寄信机会才能捎来一页纸几句话。有没有信来不要紧，玉麟相信小姑是时时刻刻在想着自己的。

谁知灾祸接踵而来，回渣江两年后，正在壮年的父亲却染病身亡。父亲临死时没有留给他别的话，只把一本旧书郑重交给玉麟，告诉他：这是多年前一位朋友送的。近几年来，夷人从水路侵犯我海疆，看来水师在今后会大有用处。原本想起复后，自己训练水师用。现在不行了，要玉麟好好研读。玉麟接过一看，这是一本从来没有见过的书，封面上写着："公瑾水战法。"玉麟埋葬父亲后，杜门不出，在家细读《公瑾水战法》。这是三国时周瑜在鄱阳湖训练水师时所写的，内有水师的编制、阵法、训练等内容，是周瑜训练水师的经验总结。玉麟认真揣摩周瑜的水师作战方法，平时常用纸船在池塘里模拟演习。他相信今后会有一天用得上。

转眼回渣江已五年，玉麟二十二岁了。丧服刚一除，提亲的人便络绎不绝地来到彭家。王氏也想早点抱孙，极力要儿子早成亲。玉麟心中想着小姑，根本不理睬这事。每次提起，均以年岁尚小、功名未成相推辞。五年间，玉麟只收到小姑一封信。信纸拿在手里皱巴巴的，凸凸凹凹不平。玉麟知道，这是小姑写信时眼泪滴在纸上造成的，真是“一行书信千行泪”呀！小姑告诉他，外婆身体好，舅父母身体好，她的身体也好，媒人辞掉了几十个，天天巴望着玉麟回芜湖。父亲已去世，还回安徽做什么？安徽并没有彭家的根，彭家的根在渣江！玉麟看完信后苦笑着。他按捺着火一般的思念之情，耐心地等待着那一天。

又过了两年，从芜湖来了封急信。信中说舅父去世，要玉麟前去吊唁。舅父无子，他爱玉麟，把玉麟当作自己的亲生儿子。得知舅父去世，想起在舅父身边生活了七年之久，舅父的疼爱终生难忘。玉麟又想起风烛残年的外婆晚年丧子，不知有几多悲痛。玉麟心里很难受。他跟母亲商议，要把外婆和姨妈接到渣江来奉养。王氏为儿子的孝顺所感动。她不知，儿子固然是要奉养外婆，更重要的是天天和“姨妈”在一起。玉麟一路急如星火地赶到芜湖，祖孙见面，抱头痛哭，和小姑见面，悲喜交集。一别七年，小姑已二十六岁，是个老姑娘了，她不能再不出嫁。看着悲痛欲绝的外婆，玉麟打消了立即成亲的念头。

玉麟护送外婆和小姑回湖南。一路上，玉麟和小姑耳鬓厮磨，形影不离。七年的离别太久太苦了，从今以后永远不能再分开，过去的亏欠要加倍地补回来。船将到彭泽的时候，玉麟指着长江中高高耸立的小孤山，给她讲小姑和彭郎相望的故事：传说很久很久以前，有一对恩爱的夫妻，男的叫彭郎，女的叫小姑，在长江边靠打鱼为生，夫妻俩相亲相爱，过着幸福平静的生活。有一年，彭郎病了，一连半个月，不能出船打鱼。小姑偷偷地驾了一只船下水，她要打些鱼来为彭郎换药治病。但那天江面忽起巨浪，小姑的船被吞没，她再不能回来了。彭郎倚门望江，一声接一声地喊着“小姑，小姑”。忽然，奇迹出现了。彭郎发现江心冒出了一座小岛，看那形状，正是他的小姑所化。彭郎激动地扑向江中，向小姑奔去。一个巨浪过来，彭郎与巨浪合成一体。它日日夜夜拍着小姑，千百年过去了，永远如此。

“这是你瞎编的。”小姑听着听着，脸上泛出红晕，笑着说。

“不是的，书上有记载。”

“那为什么也叫彭郎，也叫小姑呢？”

“那我就不知道了。”

江水在船底急速地流着，小姑躺在船舱里，心里感到无比的幸福。忽然，她想起彭郎和小姑的爱情，最后竟以悲剧结束，眼前似乎浮现一层阴影，心中有一种莫名的怅意。

老天真是无眼。正当这对有情人又开始朝朝夕夕相处的时候，一个可怕的疾病已偷偷地缠住了小姑。一天清晨，小姑起来到井边挑水。回来的途中，她觉得喉咙黏糊糊的，吐出来一看，她惊呆了：竟是一口血痰！小姑立时软瘫。她想起十多年前，父亲正是死于吐血。这可是不治之症啊！她明白，得这个病是因为多年来苦苦思念玉麟的缘故。她常常整夜整夜不眠，睡不着，就起来为玉麟纳鞋底。写信无法寄，她干脆把鞋底当信纸。这一针一线，便是对玉麟说的千言万语。就这样活生生地把人给弄病了。

“小姑，就是倾家荡产，我也要把你的病治好。”玉麟脸挨着小姑的脸说。

“玉麟，你不要着急，我相信我的病会好。我现在有多幸福啊！我再也不要苦思苦想了。”小姑把脸挨得更紧，两行泪水流在玉麟的脸上。

人力终于无法回天。小姑一天天瘦了，干了。她再也不水灵灵、嫩生生了。挨到第二年春天，正是百花盛开的时候，小姑却长眠在寸草不生的斗笠岭。玉麟悔恨不已。那时如果鼓起勇气跟外婆讲清一切就好了。外婆那样的慈祥，对自己，对小姑那样的疼爱，她会宽恕我们的孟浪的。假若那时就携带小姑一道回渣江，怎么会有今天她的早逝呢！玉麟捶胸打背，呼天抢地，但已经晚了。在小姑的坟前，玉麟栽下一棵松树，又拿出那幅麒麟梅花图来，失神地看着，喃喃低语：“小姑，我这一生要画一万幅梅花来纪念你，纪念我们生死不渝的爱情。”

那夜，玉麟用泪水做墨，写了两首七律。

少小相亲意气投，芳踪喜共渭阳留。
剧怜窗下厮磨惯，难忘灯前笑语柔。
生许相依原有愿，死期入梦竟无繇。
斗笠岭上冬青树，一道土墙万古愁。

皖水分襟整七年，潇湘重聚晚春天。
徒留四载刀环约，未遂三生镜匣缘。
惜别惺惺情缱绻，关怀事事意缠绵。
抚今思昔增悲哽，无限心肠听杜鹃。

彭玉麟从坟上回来，已是将近吃中饭的时候了。王氏对儿子事事满意，就是有一点不理解：今年都三十七岁了，却始终不愿成家。任你怎样漂亮的女子，都不能打动他的心。问他，总说：“待金榜题名时，再议洞房花烛事。”王氏想，天下哪有这样犟的人，倘若这一辈子名不能题金榜，就一辈子不成亲了吗？几多人在妻子儿女一大群之后才中举中进士的。这孩子，如何这样认死了目标，就九条牛都拉不回头呢？幸而次子玉麒早已成家，并生下两个女儿，王氏尚不苦膝下冷寞。玉麟实在不愿成亲，她后来也懒得说了。

玉麟将随身衣服书籍收拾好，把《公瑾水战法》又大致翻了一遍，然后用布包好。他找出珍藏的麒麟梅花图来，贴心口放着。又把几年来已画好的一千多张梅花包扎好，锁进大柜子。已是深夜了，窗外，一只鸟儿飞过，发出一种奇怪的叫声。玉麟听了，心潮起伏，感慨万千。他拿出一张纸来，提笔写道：

岣嵝峰有鸟，夜呼“当时错过”，声清越凄婉，不知何名，其亦精卫、杜鹃之流欤？

写完这几句话后，他站起来，在屋里背手来回踱步，轻轻低吟，然后又重新坐下，在纸上写了两首七律。

“当时错过”是禽言，无限伤心竟夜喧。
沧海难填精卫恨，清宵易断杜鹃魂。
悲啼只为追前怨，苦忆难教续旧恩。
事后悔迟行不得，小哥空唤月黄昏。

我为禽言仔细思，不知何事错当时。
前机多为因循误，后悔皆以决断迟。
鸟语漫遗终古恨，人怀难释此心悲。
空山静夜花窗寂，独听声凄甚子规。

写完诗，玉麟久久地伫立在窗边。白天热闹的渣江已被夜色所吞没。天长地久有时尽，此恨绵绵无绝期。“小姑，待日后大功告就，我决不贪恋富贵，以寒士出，以寒士归，一定回渣江守着你的孤坟。”玉麟在心里自言自语。

六　把筹建水师的重任交给彭玉麟杨载福

从那次王衙坪回来，曾国藩又派人把王世佺接到桑园街住了一天。王世佺把彭玉麟的情况详详细细地告诉曾国藩。当然，王世佺不知道彭玉麟至今单身的真正原因，而曾国藩却更佩服玉麟“匈奴未灭，无以家为”的志气，认为是当今少有的奇男子。他对世佺说：“一旦彭玉麟到了你家，你就派人告诉我，我要亲到贵府去拜访他。”

恰巧这时上月派往江西了解军情的郭嵩焘，从江西带着江忠源的信，来到了衡州桑园街。江忠源鉴于太平军水师的强大，力劝曾国藩在衡州训练水师，并答应向朝廷上奏。郭嵩焘也把在前线所看到的太平军炮船，在江上往来如飞的威风告诉曾国藩。曾国藩愈想早一点见到彭玉麟。

彭玉麟来到王衙坪的第二天下午，曾国藩就来了。玉麟见曾国藩亲自来看他，十分感动。有点局促不安地说：“曾大人，玉麟渣江街上一落魄书生而已，岂敢劳大人屈尊降贵前来，这实在是万万担当不起的。”

曾国藩双手拉着玉麟的手，仔细端详着这位早几年才进学的秀才，果然长身玉立，英迈娴雅，在清秀的眉目之间透露出一股卓尔不群的勇武气概来。他突然在脑子里浮现出由秀才而封王的郑成功的形象，心中喜不自已，笑道：“听世佺先生介绍，雪琴兄是时下罕见的奇男子，国藩心仪已久，今日有幸结识，实为三生缘分。”

一股相见恨晚的诚意深深感动了彭玉麟。他激动地说：“大人言重了。大人以朝中卿贰之贵，在衡州训练虎旅雄师，为衡州大壮声威。大人文武兼资，一身担天下重任，大人您才是真正的奇男子。”

曾国藩哈哈一笑：“衡州是国藩的老家，况且今日还谈不上壮声威，即使壮了声威，也是应该的。”

“雪琴知道大人要办水师，极愿为大人效力。”王世佺说。

曾国藩对彭玉麟说："早就知足下深通周瑜水师战法，是国家栋梁之材。国藩欲请足下先筹建水师第一营，待足下将此营建好后，拟以此营为榜样，再多建几营水师。"

"玉麟其实只是一个书生，虽读过周公瑾的水师法，但毕竟是纸上谈兵。大人将这副重担交给我，玉麟如临深履薄，深恐日后折足覆悚。"

"足下不必谦逊。国藩深知兄台机警勇敢。道光末年，亲擒反贼李沅发，实儒林中少见之英雄。"

"后来衡州协为雪琴请功，总督裕泰公以为擒李沅发者必为武人，于是拔雪琴为临武营外委，赏蓝翎。雪琴一笑置之，竟不受赏，辞归渣江。"世侄笑道。

"此事真可载儒林趣谈。去年足下在耒阳当机立断，发主人质库数百万钱募勇制旗守城。这种魄力，国藩深佩不已。"

玉麟淡然一笑："这也是仓促之间，无可奈何。那时县令请饷，竟无一应，只得以此应急，也顾不得主人肯不肯了。"

"将在外，君命有所不受。就凭这一件事，足可以看出雪琴兄的将才。"

大家都笑起来。曾国藩说："军事殷急，不容闲暇。请雪琴兄明日就搬到桑园街去，立即着手筹建水营。不过，有一事我想劝足下一句。"

"请大人赐教。"

"听说足下至今尚单身一人，要等功成名就后再成家，志气虽可嘉，但窃以为不必如此固执。古人说，不孝有三，无后为大。不娶妻生子，怎能慰老母之心？且今后从军打仗，兵凶战危，生死难以逆料，更不能没有子嗣。望足下听某一言，在大军离开衡州之前，一定成家。"国藩叫亲兵抬来一盒银子，指着盒子说，"军中饷银匮缺，又乏珍稀，这八百两银子不是聘足下之礼，只是作为足下的安家之费。待得足下成家之后，水师训练好了，再浮江北上，为朝廷分忧。"

彭玉麟既不能拂逆曾国藩的这番好心，也不能不接受这份厚赠，只得恭敬从命。

彭玉麟第二天就搬进桑园街赵家祠堂。曾国藩想起杨载福在洞庭湖上的精彩表演，觉得杨载福实在是个难得的水师军官，便向彭玉麟介绍了杨载福。二人相见，甚是欢洽。前些日子，曾国藩从长沙请来永泰金号老板黄冕到衡州。黄冕曾在江苏一带任过多年知府，见过许多炮船，视察过江苏水营，对办水师有经验。又调来在广西管带过水营的候补同知褚汝航。杨、黄、褚三人和彭玉麟一起商讨水师的筹建。先定在石鼓嘴下的青草桥边建一大造船厂，广招各方木匠，努力造船。为互相辨认和壮声势，彭玉麟还为新筹建的水师第一营设计了各色旗帜。

常言道，插起招军旗，自有吃粮人。衡州、衡山、祁阳一带历来多船民。这些船民，并不打鱼，而是靠长途运货为生。自从太平军这一两年在湘江、洞庭湖一带点燃战火以来，长途贩运的船民的生计受到很大影响，许多人只得改行另谋生路，但大部分既无田，又没有别的手艺，生活很困难。得知曾国藩在衡州招水勇，连个橹工的饷银都可以养活一个四口之家，于是这一带失业的船民接踵而来。短短十天，前来投军的便有二三千，大大超过一个营的编制。曾国藩决定从中挑出一千五百人，同时建三个营。任命彭玉麟为第一营哨官，杨载福为第二营哨官，褚汝航为第三营哨官。

七 湘江水盗申名标

自从彭玉麟的到来和水师的顺利建成，湘勇出现了一派新气象。每逢单日，曾国藩去演武坪，逢双日则去石鼓嘴，见塔、罗训练的陆勇和彭、杨训练的水勇都在认真操练。坪里，刀枪闪光，杀声震天；江面，旌旗耀眼，战船如梭。水陆两支人马威武雄壮，曾国藩心情十分欢悦。这些日子来，曾国藩每天夜晚都和康福对弈。康福将祖传秘局一一传授给曾国藩，曾国藩的棋艺大有进展。这天夜里，曾国藩与康福又在以康氏祖传的云子切磋棋艺，彭玉麟、罗泽南等在一旁观看。正下得起劲，一个水勇风风火火地闯进门来禀报："曾大人，彭总爷，江上有贼偷袭我们，杨总爷正率领人和他们在搏斗。"

曾国藩忙把棋子一扔，对彭玉麟说："到江边去看看。"

说完，二人带了几个随从，骑着快马，一溜烟向石鼓嘴江边跑去。

黑夜里，只见江面上灯火通明，七八条水师长龙围住一条极大的民船，民船上装着垒得高高的麻袋，那些麻袋里装的都是湘勇的口粮。快蟹上的水勇们，一手提着刀，一手擎着火把，七嘴八舌地吆喝。一些人则纵身跳到民船上，与船上的人扭打。江面，有两个人头在水面上下出没。曾国藩来到岸边，立即又叫开出四五条长龙，命令他们务必将民船上的人全部抓起来。约莫过了半个钟点，杨载福钻出水面，一只手抓住另一个人的头发，把他拖到岸边。时已隆冬，杨载福出水后已冷得发抖。曾国藩看那人时，只见他脸色青灰，就像死去一般。曾国藩要杨载福进舱换衣，并吩咐多喝几口白酒，又叫人拿出一套干衣服来给那人换了。接着走进船舱，亲自审讯被抓的一批窃贼。这批窃贼共有十六人，他们招供，因生活所逼，前来盗窃军粮，为头的就是被杨载福从水中拖出的那人，名叫申名标。

申名标被押了上来。此人年近四十，长得五大三粗，剽悍狰狞。见到曾国藩，便双膝跪下，说："我申名标有眼不识泰山，冒犯了大人，我甘受大人处罚。在水中擒拿我的那位壮士一手好功夫，我佩服。如果大人不嫌我是窃贼，我愿投靠大人麾下，为大人效力。"

曾国藩问："你除开会偷盗外，还有些什么本事？"

申名标苦笑了一下，说："大人，偷盗不是我申名标的本事，只是这些天来，弟兄们揽不到事干，家里老少都饿得肚皮贴着脊梁骨，我们眼红大人军中的粮食。大人，我们是被逼干的。我申名标十几年前，也曾是关天培将军手下的把总，于水战稍知一二。大江之上，一刀在握，二三十条汉子并不在我的眼中，这上下百余里水面上，提起我申名标的名字，船民中无人不知。"

杨载福在一旁说："这小子是有些能耐，十几个兄弟都被他打下了水。水下功夫也了得。"

曾国藩捋着长须，微闭着三角眼在思索：这申名标分明是个湘江上的水盗，梁山泊里阮氏三雄那样的人物。这种人最无品行操守，给他当个头目，他会坏了军风军纪，把一群人都带坏；若只给他当个普通勇丁，谁又能管得了他？如不要，此人勇敢，有些功夫，目前正是用人之际，埋没了他的长技，又太可惜。尤其是当过关天培手下的把总，这点更使曾国藩动心。对关天培，曾国藩一向钦佩，在关提督手下当过把总的人，总不是十分不济的人。收，还是不收？曾国藩在犹豫着。彭玉麟说："大人，这等鼠盗之辈，纵有某些长处，也还是以不用为好，将来败坏军营风气，为害更大。"

杨载福见曾国藩沉吟不语，便说："大人，雪琴兄的话固然有道理，但依载福看来，此人尚能用。我与他交手半个时辰之久，无论水上水下的功夫，湘勇水师中还少有人及得他的。况且用人如用器，用其所长，避其所短，主要看在驾驭得不得法。"

曾国藩频频点头，杨载福的这种观点与他的想法完全一致。他暗思，莫看杨载福年纪轻轻，真有大将气度。曾国藩睁开眼，微笑地看了杨载福一眼，然后转过脸去，威严地审视申名标良久，厉声训道："申名标，你带头偷盗我湘勇军粮，犯了死罪，你知不知道？"

申名标磕头如捣蒜："小人知罪，小人罪该万死。求大人饶命。"

曾国藩喝道："你这等偷鸡摸狗之辈，本不应该收留，以免坏了我的营规。本部堂怜你有一技之长，目前国家正是用人之际，我为国家着想，又看在杨总爷的面上，收下你。就派你在杨总爷营中听命。今后要遵杨总爷将令，老老实实改邪归正，为国家出力。立了功，一样少不了你的升官发财；若旧病重犯，两罪并罚，本部堂军法不容！去吧！"

申名标见曾国藩收下了他，喜不自禁，忙又磕头。起来后，又在杨载福面前磕了两个头。曾国藩命令将抓到的窃贼，每人杖责十板后放了。申名标本无妻小，跟那帮兄弟说了几句分别话，也不回去了，当夜便宿在船上。

从那以后，申名标便在杨载福的水师二营中充当一名水勇。申名标十分感激杨载福的恩德，对他毕恭毕敬，训练时百倍卖力，又加之对水战很有一套，不久，杨载福便提拔他当了一名什长。申名标又暗地召集来二三十个船民头领投靠杨载福。杨载福放排出身，自然十分熟悉水上船民的性格，知道他们大都骁勇粗豪，不受约束。他不仅能容下申名标，又见他招来的兄弟个个都有一身硬功夫，且其中几个，杨载福在放排时就已闻其名，故而对他们一概欢迎。这批人也死心塌地跟着杨载福。一个月后，杨载福提拔申名标当了一名哨长。申名标给杨载福当参谋，将在关天培水师中所学得的布阵操练的功夫全部献了出来，协助杨载福训练。杨载福的水师二营果然进步甚快，在三个水师营中一枝独秀。其他两营也不甘落后，水师中出现一股你追我赶的气氛。湘江本一向平静温柔，像个待字闺中的淑女，这下弄得一天到晚剑拔弩张、杀气腾腾，变得如同一个准备出征的武夫似的。曾国藩见三营水师蒸蒸日上，又恰好这时收到郭嵩焘在湘阴募集的二十万两饷银，于是索性比照陆勇的建制，也建十个营。告示一贴出去，应募者纷至沓来。那个年代，老百姓贫穷困苦，走投无路。苦难的岁月，使得人对生的留恋大大减弱，对死也不甚畏惧，反正生和死都差不了多少。他们想：投军吃粮，固然容易死在战场，但吃了几天饱饭，喝了几顿好酒，就是死了也值得，兴许还能在战场上发横财也不可知。若祖上的坟堆葬得好，说不定还可杀出个军官来，光宗耀祖，享受人世间的荣华富贵。不上半月，水师又建起七个营，连同原来三个，共十营。战船不够，曾国藩便委托黄冕在湘潭又建一座船厂，昼夜不停地改造民船，制造新船。又派人到广东购买洋炮。曾国藩对这十营水师分外喜爱，彭玉麟、杨载福又是他一手赏识提拔上来的营官，可谓真正的心腹嫡系。曾国藩将大部分心思转而用在水师上，他甚至认为，这十营水师，才是真正的曾家军。

正当彭玉麟、杨载福等人指挥十营水师在湘江上，按照周瑜当年所创造的长蛇阵、方城阵、八卦阵等阵式，并参照关天培训练水师的经验逐日操练时，太平军西征军在千里长江两岸取得了辉煌战果。安徽战场上，翼王石达开坐镇安庆主持全局。先是攻克集贤关、桐城、舒城，帮办团练大臣、工部侍郎吕贤基兵败自杀；接着是庐州克复，新任安徽巡抚江忠源投水自尽。江西战场上，国舅赖汉英在占领湖口后，战船进入鄱阳湖，一举攻克南康府。接着湖口、九江易帜，又连克丰城、瑞州、饶州、乐平、浮梁，击毙守城官吏。国宗石祥祯指挥大军从江西西上进入湖北，克复武穴、田家镇、蕲州。张亮基奉旨降调，新任湖广总督吴文镕战死在黄州府城外二十里的堵城。节节胜利的西征军将士，从水陆两路再次包围湖北省垣武昌。

第七章　靖港惨败

一　为筹军饷，不得不为贪官奏请入乡贤祠

江忠源、吴文镕先后兵败而亡，给曾国藩刺激极大。江忠源与曾国藩相交十余年，曾国藩赏识、推荐他。江忠源也不负期望，军兴以来，建楚勇，守城池，屡立军功，两三年间，便由署理县令而升至巡抚，为湖南读书人走立军功而显达之路，树立了一个榜样。江忠源为谢曾国藩的知遇之恩，多次向朝廷禀报曾国藩在衡州练勇的业绩，并为他争取了扩勇的合法地位。在以后的岁月里，无论是在战场上，还是在官场上，江忠源都是曾国藩可以靠得住的朋友。不想正在功名日隆之际，却突然应了他当年“以节烈死”的预言。如同心中一根支柱被摧折，曾国藩心里有种空荡荡的感觉。吴文镕是曾国藩戊戌年会试座师，是一个于曾国藩有大恩的人。吴文镕从贵州巡抚任上奉调为湖广总督，途经长沙时，书报曾国藩来长会见。曾国藩因军务方殷，不遑离开。吴文镕到武昌后，多次请曾国藩派勇援助，并奏请朝廷下令调派。曾国藩因对湘勇出省作战无把握，宁愿冒着有负恩师与朝命之大不韪，都不肯派一兵一卒北上。他写信给恩师，要他坚守武昌，等几个月湘勇训练好了后再出兵。但朝廷的严责、湖北文武的讥讽，使得吴文镕不得不亲到前线督兵。战死前两天，他还给曾国藩写了一封信，说自己是被逼来到前线，必死无疑，环顾皖赣鄂湘四省，唯一能与洪杨作战的，只有衡州一支人马，要曾国藩好自为之。吴文镕的阵亡，使曾国藩负着一层深深的疚意。

忽然又报围攻武昌的太平军分兵为二，一支由北王之弟韦俊统率，继续攻打武昌城，一支由翼王胞兄石祥祯与秋官又正丞相曾天养、春官又副丞相林绍璋、金一正将军罗大纲等统率，名号征湘军，挺进湖南，要打通天京至两广的道路。消息传到长沙，骆秉章火速上奏朝廷。咸丰帝降旨，令曾国藩尽快从衡州发兵，堵住征湘军南下，并进而北上救援武汉。

接到皇上的谕旨，曾国藩仍按兵不动。这有几个原因。一是向广东定购的洋炮还只到八十座，大部分未到。二是大军启程，要几千夫役，这笔银子尚无着落。这几个月招募水师，开办船厂，靠的是郭嵩焘募来的二十万两银子。国库空虚，朝廷所拨的银子远不够用。湖南藩库只原来那一千号人的饷银，一两银子也未增。兵马未动，粮草先行，没有银子，哪来的先行粮草？甚至连勇丁们近来训练的劲头也大大降低了。

还有一个原因，是曾国藩不能对任何人讲的：有意缓点出兵，隔岸观火，看看骆秉章和鲍起豹在长毛面前丢城失地的狼狈相，到那时自己再来收拾残局，扬眉吐气，岂不更好？

洋炮等一等就会来的，曾国藩并不着急。但银子缺乏，却最使他头痛。向衡州城里几家大绅士、大商号发出的捐饷书，已经五六天了，好比泥牛入海，无半点消息。曾国藩为此事十分心焦。

“大人，捐饷一事有了点进展。”彭玉麟走进赵家祠堂，面有喜色地对曾国藩说。

“呵？快坐下来谈谈。”就像久旱时听到一声雷响，曾国藩眼里射出兴奋的光芒。

“昨天下午，杨健的孙子杨江派人邀我到他家去。”杨江为户部候补员外郎，两个月前丧母回衡州，其祖父杨健以湖北巡抚致仕。杨家是衡州城里绅士中的首富。曾国藩对杨江相邀甚感兴趣，忙问：“足下跟杨江熟？”

“十多年前，卑职和他在东洲书院同窗，彼此相处得还好。当即我便过河到了江东岸杨府。杨江说，他收到了大人的信，对大人在衡州训练勤王之师十分钦佩，愿意尽力襄助。这几天，衡州城里也有几户绅商与他计议捐饷事。”

“杨员外郎急公好义，真是国家忠臣。”刚才还只是听到远处的雷声，现在真的要下雨了，曾国藩很高兴。

“杨家是衡州城里最有影响的士绅。只要杨家带头，几万饷银就不难得到。不过，杨江说他捐银可以，但有一点小小的要求。”

“他有什么要求？”曾国藩的目光变得犀利起来，彭玉麟微微一怔。

“杨江说，请大人代他上奏皇上，准许为其祖父在原籍建乡贤祠。”

曾国藩摸着胸前的浓须，沉吟起来。他对杨健的情况是清楚的。杨健是衡阳人，嘉庆年间进士，授户部主事，累官郎中，外任府、道、运司、藩司，道光初，升湖北巡抚，道光二十五年在衡州病逝。衡州籍京官欧阳光奏请入祀乡贤祠。道光帝因杨健在湖北巡抚任上贪污受贿，官声恶劣而严斥不允。曾国藩时任詹事府右春坊右庶子，也讥嘲欧阳光的孟浪。现在却要自己出面，为贪官杨健申请。欧阳光覆辙在前，岂不要重蹈吗？不过，时过境迁，道光帝已换成了咸丰帝，且眼下军情紧急，饷银难得，皇上或许可以体谅。

“杨健入祀乡贤祠一事，有奏驳在案。足下知道吗？”曾国藩问彭玉麟。

“这件事，我从前也听说过。杨中丞为官的确欠清廉，但他已过世八九年了。作古的人，也不忍心多指责。也搭帮他在生前聚敛一批银子，倘若是个担月袖风的人，他的孙子再有心，也是空的。”

曾国藩淡淡一笑，没有做声。彭玉麟继续说：“我们目前急需银子，只要他肯拿出来就好。大人不妨为他写份奏折，准不准是皇上的事。实在皇上不允，杨江也怪不得了。”

“他答应捐多少？”

“他说捐二万两。”

“杨家储藏的银子，少说也有二十万。捐二万，也太小气了。”

“杨江说，待大人奏报朝廷，皇上允许后，他再捐五万。”

狡狯！曾国藩在心里骂了一句。

“杨江捐二万是少了点，不过，他一带头，其他绅商都会捐一些，凑起来，大概也不会少于七八万。只是他们都希望朝廷能给他们以奖叙。”

“那是自然的。我会向朝廷奏明，为他们邀赏。”

“看来大人同意替杨江上奏了。”

曾国藩点点头说：“一张纸换来七八万两银子，尽管要担些风险，也是值得的。”

“我看不会有多大风险，大不了就是当年欧阳光那样，斥责一通罢了。况且大人今天之举，纯为国家而做的权变，中间苦心，皇上一定会体谅的。”

曾国藩同意彭玉麟的分析，默默地摸着胡须，不再做声，他在思考这份奏折应该如何措词方为妥当。

二　出兵前夕，曾国藩亲拟檄文

杨江一带头，其他绅商都跟着捐了些，几天之内，居然募到了九万两银子。各种规格的大炮近日内陆续运来一百座，曾国藩将银子拨到各营，命令做好启程准备。

看着水陆各营人马这些日子来忙着擦磨刀枪，发放军备，搬运粮草，修缮战船，一派热火朝天的战前繁忙景象，曾国藩心里又兴奋又激动。已是午夜时分，蒸水和湘水交汇之处的石鼓嘴下，临时搭起的修造厂里，仍然灯光明亮，炉火熊熊。清脆的金属撞击声，一声声传进赵家祠堂。曾国藩站在顶楼上，深情地向石鼓嘴方向望去，似乎看见了从铁砧上飞溅的火星，看见了围观湘勇红彤彤的笑脸，一时心潮起伏难平。

曾国藩生性稳重，不是那种情感易起易落的轻薄人。自从跟着唐鉴研习程朱理学后，更是自觉要求为人处世、办事治学，多用理智，少用感情，他崇拜，也模仿学习那种从容镇静、藏大智大勇于胸中而不露声色的古代名相风度。然而今夜，一颗心却像走火入魔样地不能安定。他点燃一炷香，闭着眼睛，盘腿坐在床上，努力想象着当年谢安在淝水之战前围棋赌墅，得捷报后围棋如故的那种超人理智，强制自己安定下来……

是的，曾国藩有千百条理由兴奋激动。从“勿言一勺水，会有蛟龙蟠”到“犹当下同郭与李，手提两京还天子”到“树德追孔孟，拯时俪诸葛”，从少年到青年到中年，一种渴望建大功大业，做非常之人的理想，一直贯穿着他的一生。但过去，这种理想只流露在诗文中，间或也流露在与至亲好友的书信谈话中。这些年来，官运虽亨通，究竟没有大功勋。今天，经过一年来忍辱负重、含辛茹苦的组建、训练，他的手中已有水陆二十营一万湘勇，加上长夫在内，将近二万。他是这支人马名副其实的统帅，只等他一声令下，水陆两路并进，旌旗蔽空，战舰如云，真可谓浩浩荡荡、威风凛凛。今后，他将亲自指挥这支人马，歼灭长毛，收复失地，做郭、李、诸葛的事业。三十年来的理想，今朝一旦成为现实，这个从荷叶塘走出，没有祖业和靠山，全凭自我奋斗的农家子弟，心情是何等的感慨万端！

此刻，他想起蟒蛇精投胎的传说，想起陈敷的预言。公侯将相，真的已是指日之间的事了！当年的文弱书生，真的已是扭转乾坤的巨人了！

此刻，他也想起长沙市民“曾剃头”的咒骂，想起鲍起豹、邓绍良的骄横，想起忍气吞声、移师衡州的痛苦。现在，这支湘勇已经建起来了，马上就可以打胜仗，扬眉吐气了！天下人即将看到，他曾国藩不是一个平庸的人！

此刻，他还想起皇上的殷殷廑注，想起恭王、肃学士的热忱推荐，想起镜海师以一生名望为之担保的极端信赖，浑身热流滚滚。“我没有辜负你们的厚望，我曾国藩将是拯世济民的郭子仪、李泌！从此以后，将以频频捷报报答你们的知遇之恩！”曾国藩几乎要从心底里呼喊出来。

南国暮冬之夜，天气仍然寒冷，今夜曾国藩却浑身燥热，他解开旧棉袍上的布扣子，心里有一种从未有过的快慰。远处传来一阵马嘶，是值夜的马夫在添加草料。“马作的卢飞快，弓如霹雳弦惊。了却君王天下事，赢得生前身后名”。几百年前辛稼轩的长短句，仿佛就写的此时他的心情。而曾国藩比辛弃疾幸运，他不必发出“可怜白发生”的悲叹，他正当年富力强，就可建轰轰烈烈的功业！

这样一场堂堂正正的讨逆之战，出兵前夕，应当有一篇檄文！由辛弃疾的词，曾国藩忽然想到了骆宾王的《讨武曌檄》。当年那场顷刻溃败，不起任何作用的徐敬业的讨伐，本该早被历史淘汰，就因为有骆宾王的那篇檄文，才使得一千多年来，人们谈论不息。自己这次奉旨讨伐，必将取得胜利，绝不是徐敬业起兵所可比拟的，应当有一篇比《讨武曌檄》更好的文章！它要以，宏大的气魄，传神的警句，铿锵的声调，斑斓的色彩伴随着这场震古烁今的战争流芳百世，让后人在读这篇檄文时，缅怀前人的丰功伟绩。

曾国藩认为前代檄文虽多，但除骆宾王那篇外，几无好文章，那是因为都是捉刀者所为。一个以咬文嚼字为职事的文人，怎能有三军统帅那种吞吐天地的气概和旋转宇宙的雄心。这篇文章当由自己亲手执笔！

是的，曾国藩本来就是个作文的高手。

进翰苑之初，他便跟着梅伯言，入了桐城派的藩篱，对姚鼐的古文很喜爱，并赞同姚鼐的古文理论。曾国藩刻苦钻研古文的写作。几年之间，他便名重京师，求其作文者络绎不绝，连房师季芝昌的诗集付梓，都请他代为作序；士人以求得他的一篇文章为光荣。曾国藩深受姚鼐的影响，喜气势浩瀚、瑰伟飞腾、雄奇壮大的阳刚之美，作起文来，气势充沛，声光炯然。但他才思并不敏捷，每作一文，都要搜肠刮肚地冥思苦想，有时弄得精疲力竭，写好后，改而又改，直到他满意的时候，才拿出来给朋友们看。这最后改定的文章，往往得到文坛的很高评价。但过去所作的数百篇文章，跟将要写出的这篇檄文相比，算得了什么！曾国藩想，那些诗序、文序、寿序，那些墓表、墓铭，要么是借题发挥，要么是无病呻吟，要么是碍不过情面而言不由衷，即使写得再好，也不过只是一篇好文章而已，它绝不能跟这篇檄文相比。这篇檄文可以振作士气，赢得人心，威慑敌人，瓦解胁从。它的作用，甚至能超过一支雄师劲旅，不然自古以来，何以有“传檄定天下”之说呢？在这样的檄文面前，一切文人之作都将显得软弱无力、黯淡失色。而这篇檄文，今天却要出自于一个三军统帅的笔下！这尤其使曾国藩激动不已。古往今来，檄文何止千百，有哪篇是统帅自己写的？没有！三军统

帅亲拟讨贼檄文，就凭这一点，也将以史无前例的荣耀记之于史册！

曾国藩越想越兴奋，他熄灭香头，走下床来，挑亮油灯，拿出汤鹏所送的荷叶古砚，用道光帝御赐徽墨磨出一砚浓汁，选一张细密绵软的上等宣纸，握一管兼毫湖笔，迅速地写出檄文的题目：《讨粤匪檄》，然后离开书案，在房间里背手踱步打腹稿。

油灯一闪一闪地跳跃，照着他疲倦而亢奋的长脸，照着他宽肩厚背的身躯，一会把影子拉得长长的，映在墙壁上，如同一根竹竿；一会又是一大片阴影，把半边屋都遮了，如同起了半天乌云。这篇檄文一定要超过《讨武曌檄》。曾国藩想。他试图不落骆宾王的窠臼，设计了几种不同的布局，但比来比去，都不如骆宾王的好。无奈，只得步骆氏后尘，先来骂一通讨伐的对象。刚提起笔，他又感到困难。骆宾王对武则天熟，武氏许多把柄都在骆的手里。但曾国藩对洪秀全、杨秀清一无所知，对长毛也不甚清楚。在被长毛俘虏的半天中，他也只感觉到长毛的凶恶，恨朝廷命官，但并没有亲眼看见他们做过什么坏事。不过，长毛毕竟是可恨的，那天倘若没有康福来救，头早就被砍了。不管怎样，长毛都是强盗之列，必须痛骂一顿，以激起国人的仇恨。他提笔写起来。写好一段后，又反复斟酌字句，涂来改去，最后自己觉得满意了，才轻声念出来，看看抑扬顿挫、高低缓急的声调如何：

> 为传檄事。逆贼洪秀全、杨秀清称乱以来，于今五年矣。荼毒生灵数百余万，蹂躏州县五千余里。所过之境，船只无论大小，人们无论贫富，一概抢掠罄尽，寸草不留，其掳入贼中者，则剥衣服，搜刮银钱。银满五两而不献贼者，即行斩首。男子日给米一合，驱之临阵向前，驱之筑城浚濠；妇人日给米一合，驱之登陴守夜，驱之运米挑煤。妇女而不肯解脚者，则立斩其足以示众妇。船户阴谋逃归者，则倒抬其尸以示众船户。

读完这段后，他觉得声调还可以。近来，曾国藩在军务之暇，悟出了许多人世诀窍，他把这些诀窍归之为“八本”：“读书以训诂为本，作诗文以声调为本，事亲以得欢心为本，养生以戒恼怒为本，立身以不妄语为本，居家以不晏起为本，做官以不要钱为本，行军以不扰民为本。”他有时想，待长毛平定之后，在老家再盖一栋房子，这栋房子里典藏皇上的诰封和赐物，以及自己这些年所写的奏折底本、诗文日记和家中的图书，就将这栋房子命名为“八本堂”，把这“八本”之说刻在堂上，让它与皇恩和文册一起，传给子孙后代，永保曾氏家道兴旺。内容和声调都使他满意，曾国藩继续写下去。他想起去年出山前与郭嵩焘的对话。对！必须打起卫道的旗帜，以卫道保教来争取人心，特别是要激起普天下读书人的公愤。曾国藩写道：

> 士不能诵孔子之经，而别有所谓耶稣之说、《新约》之书，举中国数千年礼义人伦、诗书典则，一旦扫地荡尽。此岂独我大清之变，乃开辟以来名教之奇变，我孔子孟子之所痛哭于九泉，凡读书识字者，又乌可袖手安坐，不思一为也。

他觉得这段写得很好，很有力量，是自己心中感情的真切流露，也为天下斯文之辈说出了久蓄于胸的义愤。接下去，曾国藩再将洪杨烧学宫、毁孔子木主、污关帝岳王之像、坏佛寺道院城隍社坛等话写了一段，他要以此激起全社会对太平军的仇恨。最后，曾国藩宣布自己“奉天子命，统帅二万，水陆并进，誓将卧薪尝胆，殄此凶逆”，并号召各方人士支持他。对这些人，或以宾师相待，或将奏请优叙，或授官爵，而反戈者将免死。如果谁“甘心从逆，抗拒天诛”，那么“大兵一压，玉石俱焚”。

全文写完后，曾国藩通篇再读一遍，读着读着竟大感失望了。这篇写成的文字，与他盘腿坐在床上所想的那篇檄文，相差太远了。无论从气魄上，还是从行文上，都比骆宾王的《讨武曌檄》大为逊色。“超过”云云，从何谈起！既缺乏“喑呜则山岳崩颓，叱咤则风云变色。以此制敌，何敌不摧；以此图功，何功不克”的气势，又没有“言犹在耳，忠岂忘心，一抔之土未干，六尺之孤何托”的悲愤，更没有“请看今日之域中，竟是谁家之天下”那样震烁千古的结尾警句。曾国藩翻来覆去地修改了几遍，一直到鸡叫，仍不能满意。他无可奈何地叹道：“看来这檄文，已让骆宾王登峰造极了，后人竟无可超过。”说罢又摇摇头，不服气地想：世上哪有不能超过的事！昌黎说“气盛则言之短长与声之高下者皆宜”，莫非我的气势不如骆宾王？骆宾王不过一文人，自己堂堂三军统帅，反不如他！曾国藩百思不解，直到远远近近的鸡一齐叫起来，天已蒙蒙发亮，他才疲倦地放下笔，动手前的那股激奋情绪已消失大半了。

檄文写好后，曾国藩命大量誊抄，四处张贴，务使闹市僻壤，人人皆知。办好这件事后，他又开始考虑另一件大事。

水陆两支人马，加上夫役在内近二万人，一旦开出衡州，全力以赴的事，必将是行军打仗。曾国藩想，自己的主要精力也将要摆在克敌制胜方面，因而必须建立一个类似朝中内阁那样的机构，处理诸如发放文书、调配粮草银钱、采买军需给养等日常事务。这个机构以供应粮草为主，曾国藩给他取名为粮台。粮台下设八个所。文案所负责处理上下左右往来文书；内银钱所负责调配安排湘勇内部水陆各营的银钱；外银钱所负责收发朝廷及各省各地拨、援、捐等银钱；军械所负责采买随军所用的各种器械，如军服、帐篷、马匹等；火器所专门负责采买以大炮为主的各种火器；侦探所负责情报侦探、军报传递；发审所负责处理勇丁内部及勇丁与百姓之间发生的各种冲突案件；采编所专门采集编辑湘勇官兵忠义孝悌的材料上奏朝廷，以便奖掖忠良，激励士气；粮台委托黄冕、郭崑焘为总管；同时，还在衡州设一捐局，接纳各地绅商的捐助，此事便委托给内兄欧阳秉铨。

不久，衡州、湘潭两处船厂禀报，已建成快蟹四十号，长龙五十号，舢板一百五十号，又建造一艘特大的船，名为拖罟，以五六只船拖着前进，作为曾国藩的座船，同时还改造民船数十号，雇民船二百余号，以载辎重。到了咸丰四年正月底，各个方面的准备工作，在周密的安排下，都大体就绪，曾国藩心里松了一口气。这时，朝廷又下达一道紧急命令，令曾国藩沿湘江北上，兼程赴援武汉。曾国藩决定正月二十八日由衡州启程。

二十七日下午，曾国藩想起明天一早就要誓师北进了，心情无论如何也难以平静。他焚香盘坐在床上，闭目凝神，半个钟点后，心绪渐渐安静。于是他请罗泽南过来品

茗对弈。罗泽南前些日子又恢复了一营营官之职。经过那次挫折后，罗泽南变得更加老练深重了。金松龄的营官一缺，则由曾国葆代理。在平时的相处中，曾国藩对罗泽南，与任何人都不同，总以一种亦师亦友的态度对待。空闲时间，二人常在一起谈些学问上的事。在对程朱理学的研究方面，曾国藩常自愧不如罗泽南。

曾国藩与罗泽南一局未终，亲兵进来禀报：门外有个年轻的读书人来访。曾国藩一向谦卑抑己接待来访者，尤其是读书人。他吩咐收起棋盘，传令立即接见。

三　青年学子王闿运的一番轻言细语，使曾国藩心跳血涌

那人进得门来，在曾国藩面前端端正正地行了一个礼，不卑不亢地自我介绍："晚生王闿运拜见部堂大人。"

"足下便是王闿运？"曾国藩将王闿运细细地打量一番。见他很是年轻，二十岁左右，中等身材，宽长脸，两只眼睛乌亮照人，身穿灰色粗布棉袍，头戴黑布单帽，脚着宽头厚底单梁布鞋。虽穿着朴素，却神采奕奕。曾国藩心中喜欢，亲热地对王闿运说："久仰，久仰，不必拘礼，请坐。"

曾国藩"久仰"二字，并非寻常文人见面的客套话，他的确早就听说过王闿运其人了。那是王世佺对他讲的：一日，一个要饭的老花子，持着"欠食饮泉，白水焉能度日"的上联，来到东洲书院求对，一时难倒了书院那些饱学之士。后来，一年轻士子以"麻石磨粉，分米庶可充饥"的下联对上了，才免去东洲书院之羞。此人便是王闿运。曾国藩欣赏王闿运的聪明。现在，这个聪明的士子自己来了，他自然高兴。王闿运大大方方地坐下后，曾国藩问："听足下口音，好像是湘潭一带的人。"

王闿运说："晚生是湘潭云湖桥人。去年来东洲书院求学。昨日在渡口拜读《讨粤匪檄》，知明公即日将挥师北上，荡平巨寇，解民倒悬，故不惮人微位卑，特来明公处祝贺。"

曾国藩见王闿运口齿清爽，谈吐不俗，心想此人果然有些才学，微笑着说："半年来，湘勇在衡州，多蒙各界父老乡亲支助，现已初具规模。洪杨又转而进犯湖北，践踏湖南。鄙人奉朝廷之命，近日即要出师，灭凶逆而卫家乡，还烦足下代为转达鄙人对衡州父老的感激之情。"

王闿运忙站起，作了一揖，说："明公在衡州训练士卒，将帅三军，一扫衡州官场疲顽之积习，振作蒸湘士农工商之精神，功在衡清，有口皆碑，尤为我东洲三百学子所倾心景仰。"

"足下过奖了。"

王闿运重新坐下，说："晚生昨日通读《讨粤匪檄》，此文笔力雄肆，鼓舞人心，其作用当不亚于一支万人劲旅。但愿东南半壁，凭此一纸檄文而定。"

"倘能真如足下所言，则实为国家之福，万民之幸。"

"《讨粤匪檄》好则好矣，然此中有一大失误。不知此文出自明公幕中何人之手，明公可曾注意否？"

曾国藩心里吃了一惊，坐在一旁的罗泽南等人也感到意外。曾国藩素知“十步之泽，必有芳草；十室之邑，必有忠士”，何况眼前这位年轻人是个聪明过人的才子，决不能以世俗观念看待他，他既然敢于进彭家祠堂来当面指出檄文的失误，必然有一番深研。曾国藩不露声色，摸着胡须，和颜悦色地对王闿运说：“《讨粤匪檄》仓促写成，必定多有不妥之处，望足下坦率指出。”

王闿运侃侃而谈：“大军出师，颁发讨伐檄文，以振人心而作士气，向来为统帅所重。故当年汤王伐桀，有《汤誓》传世；武王伐纣，在孟津作《泰誓》，在牧野作《牧誓》。征讨有罪，恭行天罚。徐敬业起兵伐武曌，骆宾王为其作《讨武曌檄》，千古传诵，遂为一代名文。明公出师衡州，此事将永载史册，为当今天下第一等大事。《讨粤匪檄》一文配合此次出师，自张贴之日起，便已传遍衡州城内城外千家万户，日后也定当如《讨武曌檄》一样流传下去。但可惜的是，此文回避了洪杨叛逆的主要意图。明公一定读过长毛的《奉天讨胡檄》。”

曾国藩想起被太平军俘虏的那天夜里，罗大纲要他抄的那份告示，于是点了点头。

“不怕明公怪罪，恕晚生直言，洪杨的《奉天讨胡檄》虽然胆大妄为，罪不可赦，但就文论文，在蛊惑人心、欺蒙世人这点上，却有它的独到之处。文章开头几句就极富煽动性，其中如‘用夏变夷，斩邪留正，誓扫胡尘，拓开疆土。此诚千古难逢之际，正宜建万世不朽之勋。是以不时智谋之士、英杰之俦，无不瞻云就日，望风影从。诚深明去逆效顺之理，以共建夫敬天勤王之绩也’等也能打动那些急功近利之辈。洪杨叛逆用来煽动人心的正是所谓‘用夏变夷’、‘誓扫胡尘’，此中祸心，恶毒至极，厉害至极。窃以为《讨粤匪檄》正要从此等地方驳斥起。然则遗憾的是，檄文绕过了它，使人读后，觉得明公的军队不是勤王之师，倒是一支卫道之师、护教之师。”

曾国藩的扫帚眉微微皱了起来，王闿运似乎没有觉察到，继续高谈阔论：“其实，洪杨檄文不值一驳，说什么满人是夷狄，是胡人，纯是一派胡言。若说夷狄，洪杨自己就是夷狄，我们都是夷狄。荆楚一带，在春秋时为蛮夷之地，我们不都是夷狄的后人吗？满洲早在唐代，便已列入华夏版图，明代还受过朝廷封爵，怎么能说满人不是中国人呢？”

王闿运这几句话，如同石破天惊般震动曾国藩和罗泽南等人。曾国藩坐在椅子上，斜眯着眼睛，将眼前这位刚过弱冠的后生刮目相看。自己在执笔为文时，不是没有想到要批驳洪杨的夷夏之论，只是不好措辞，故有意回避这个问题，着重在维护君臣人伦、孔孟礼义上做文章。难怪檄文力量不足，看来不是气势不够，而是识见不高的缘故。“有志不在年高”，诚哉斯言！曾国藩微笑着说：“足下高见。足下年纪轻轻，便有如此见识，将来前程不可限量！”

王闿运起身答谢：“明公夸奖，晚生荣幸至极。请屏退左右，晚生尚有几句心腹话要禀告明公。”

“请足下随我到书房来。”

进书房后，王闿运自己关好门窗，压低声音对曾国藩说：“晚生愚见，《讨粤匪檄》不宜再张贴，以免有人从中挑刺，议论长短。满人入关二百年来，历代都对汉人防范甚严。明公今有水陆万众，且皆为明公一人所招，兵强马壮，训练有素，此为我朝从

未有过的事。朝廷对此，将会一喜一惧。望明公师出以后，于此等处时时加以检点注意，免遭不测。”

曾国藩轻轻点了一下头，王闿运把声音再压低：“明公治军严明，礼贤下士，衡州有识之士咸以为，明公乃当今扭转乾坤之人物。秦无道，遂有各路诸侯逐鹿中原。来日鹿死谁手，尚未可预料，愿明公留意。”

王闿运这两句轻细得只有曾国藩一人听得到的话，却如千钧炸雷，使曾国藩为之心跳血涌。他本想大声斥责一句“狂妄荒谬”，但他看出王闿运纯是一片好心，且又喜爱他的才识过人。对这种初次相见的有为青年，他优加宽容。曾国藩采取回避的态度，不予回答，说：“今日天色已晚，足下不必回东洲了，就在我这里留宿一夜如何？”

王闿运学的是帝王之学，本想以这番主意作为投靠曾国藩的进身之阶，见他对此毫无兴趣，亦不便再谈下去。他极想在曾国藩身边待一段时间，伺机再进言，于是高兴地说：“谢明公美意。晚生拟近日到省城走一趟，不知大军几日启程？”

“明日一早出发。”

王闿运大喜：“倘蒙明公允许晚生随军同行，则感激不尽！”

曾国藩满口答应：“明日就请足下和粮台众委员同船吧！”

王闿运拜谢。

四　曾国藩踌躇满志，血祭出师；一道上谕，使他从头寒到脚

第二天一早，石鼓嘴到演武坪一带沸腾了。五千陆勇全部穿上一色的新装，什长以上的官员都配上了马，刀枪晃动，战马嘶鸣。全体陆勇聚集在演武坪上，等待出征的炮响。五千水勇全部登上新船。这些新船整齐地停泊在石鼓嘴下湘江水面上。近三百座西洋大炮已安装在快蟹、长龙上。一个多月前还只是些不起眼的船民农夫们，现在神气十足地站在洋炮边，仿佛已变成勇士似的。从桑园街渡口到石鼓嘴渡口一段的蒸水上，则停泊着临时雇来的两百多号民船，六七千夫役忙着装上最后一批粮草煤盐。

三声炮响后，塔齐布、罗泽南等人率领陆营官兵从演武坪出发，走过青草桥，向北前进。曾国藩带着郭嵩焘、刘蓉、陈士杰、黄冕等一批人来到石鼓嘴江边，他们将在此乘船随同水师顺流北下。

江边早已竖起一根两丈多高的旗杆，旗杆用白漆刷得发亮，杆顶端挂着一面杏黄旗，旗上用黑丝线绣着斗大一个“曾”字。江风吹动着旗帜哗哗作响，吸引石鼓嘴上上下下成千上万看热闹的百姓。旗杆旁边摆着一张大方桌，桌上满是点燃的蜡烛、线香。桌边有一只空木盘。离方桌十余丈处，临时搭起一个帐篷，衡州知府陆传应带领衡阳、清泉两县县令和各衙门官员，在这里为曾国藩等置酒饯行。

曾国藩在众人簇拥下，来到石鼓嘴边。因为尚在丧期中，他仍着往日常穿的黑布旧棉袍，只是由于过度兴奋，脸上泛着红光，显得神采焕发。他双手抱拳，向四方围观人群不停地拱手，算是对他们表示问候、答谢。山上山下发出一阵阵轰动，许多人

在高喊："曾大人！曾大人！"曾国藩径直向旗杆边的方桌走去。方桌前早已铺好一块蒲垫。曾国藩跪在蒲垫上，望天拜了三拜。

这时，一个团丁牵了一头水牛过来。这水牛虽然骨架庞大，但皮褐肉瘦，步履蹒跚，显然是一头已精疲力竭的老牛了。昨天，曾国藩临时决定，要在湘江边举行隆重的血祭仪式，吩咐国葆买一头牛来。国葆懂得血祭仪式的重要，在附近农家用高价买来一头油光水亮、高大精壮的水牛。当国葆将牛牵到大哥面前时，曾国藩抚摸着牛背，很是满意，随后叹了一口气，对国葆说："换一头不能耕田的老牛吧！它还在出力之时，杀了可惜。"

于是换成现在的这头羸牛。昨夜，这头牛被清水洗了三遍，又喂了些精饲料。清早起来，脖子上又套上一条彩绸。这头老牛并不明白此行是在奔赴杀场，因受过昨夜的精心款待，今晨一反平日奄奄待毙的神态，居然扬起四蹄，欢快地走到石鼓嘴下。队伍中走出十个穿戴鲜艳、年轻力壮的团丁，他们来到老牛身边。八个人蹲下去，二人一组，分成四组，都用手捉住牛的四只脚，前面两人，一人捏住一只角。只听见牵牛的团丁发出一声口哨，十个人同时一声吆喝，将老牛掀翻在地。牵牛的团丁迅速从腰中拔出一把短刀来，朝老牛的喉管猛地一刺，鲜血从喉管喷出。一个小团丁赶快跑过来，用木盆将血接住。老牛在地上四蹄乱踢，全身痛苦地抽搐着，两只榛色大眼珠鼓鼓地望着苍天，嘴里发出一声声悲惨凄厉的吼叫。它挣扎一番，慢慢地气竭力尽，终于平静地躺在沙砾上，再也不动弹了。

国葆过来，双手捧着牛血，走向跪在方桌边的大哥身边。曾国藩站起来，神色异常庄重地接过血盆，将它举过头顶，缓缓地走到旗杆边，跪下，默默地祷告，然后站起，将牛血淋在旗杆上，看着暗红色的血顺着洁白的旗杆流向土中。最后，他将木盆猛地一摔。随着木盆落地声，锣鼓声、军号声、鞭炮声一齐响起，直震得地动山摇，水波晃荡。

陆传应率领文武官员们走过来，向曾国藩敬献美酒一杯。曾国藩接过酒杯，用手指弹出几滴落在地上，然后一饮而尽。随之一阵欢快的唢呐声响起，陆传应后面，两个大汉抬着一面黑底金字横匾走过来，那匾上漆着八个大字：国之干城，民之瞩望。曾国藩喜出望外，双手捧过，立即有亲兵过来接了去。曾国藩拱手向陆传应道谢："陆太守，衡州父老所送的金匾，国藩担当不起，请太守转达一万湘勇的谢意。国藩亦将勉力为之，不负众望。"

陆传应说："祝大人此去旗开得胜，早净逆氛，造福社稷。"

陆传应说完后，王世佺也捧着一杯酒走过来说："大人，世佺受东洲书院、石鼓书院四百学子的委托，向大人敬一杯酒，祝大人一路捷报频传，凯歌高奏。"

曾国藩笑着说："国藩与全体湘勇深谢东洲、石鼓两书院学子的美意。"

从世佺后面也走出两个青年学子，抬着一块蓝底白字横匾恭恭敬敬地送给国藩。国藩看时，那匾上也是八个字：剪灭邪教，卫我孔孟。曾国藩也高兴地收了。

锣鼓军号鞭炮声又响起，曾国藩与衡州官员、东洲石鼓两书院学子，以及衡州城里昔日的亲朋好友和半年来新交的各界人物，一一告别，满怀着壮志将酬的豪情，迈着稳重的步伐，向停泊在江边的拖罟走去。

正在这时，一骑飞马从北边奔来，踏过青草桥，直向石鼓嘴冲去。快到欢送的人堆边时，马上的人高喊："曾大人接旨！"

曾国藩此时正走在跳板上，猛听得"接旨"声，赶紧停下脚步。飞马已来到江边，马上坐的是巡抚衙门的聂巡捕。聂巡捕跳下马来，对曾国藩说："请大人接旨。"

曾国藩回到岸上，望北跪下。聂巡捕摊开圣旨，高声念道："前任礼部右侍郎曾国藩轻信一面之词，为革职降级业已亡故之前湖北巡抚杨健请入乡贤祠，实属大干律令，部议革职严办。朕思曾国藩将统率湘勇北上剿贼，改为降二级留用。钦此。"

聂巡捕念完后，江岸所有为曾国藩送行的人莫不惊愕万分，一齐望着跪在地上的曾国藩。只见曾国藩脸色铁青，两眼冷漠。他机械地说了声"谢旨"，磕了一个头，然后站起来，整整衣袍，昂首向跳板走去。

拖罟缓缓起锚，水师按预定时间启程了。望着渐渐远去的衡州府城，曾国藩对此时忽然接到这样一道圣旨百思不解。即使那份奏请完全不当，也不至于受这般重的处分，何况那份奏请用词极为稳当："名宦以吏治为衡，乡贤当以舆论为断。"既然原籍舆论尚可，以一故巡抚而入乡贤祠，又干了哪条律令呢？更何况其孙今日有功于国！昨日王闿运书房密言浮现在曾国藩脑海里，莫非是出于王闿运所指出的那个缘故？想到这里，曾国藩从头寒到了脚。在一万湘勇喜气洋洋，充满着升官发财的热望时，他们的统帅心头却蒙上一层浓厚的阴影。

五　定下引蛇出洞之计

征湘军首领石祥祯是翼王石达开的从兄，今年二十八岁，长得英俊雄壮，是太平军中一位杰出的青年将领。他手下三个副手，个个勇敢忠诚，三万将士能征惯战。这是一支真正的雄兵。这次过洞庭南下，除服从于整个西征战略部署外，还有一个目的，就是要为战死在长沙城下的西王萧朝贵报仇雪恨。

曾国藩从衡州出师的当天，石祥祯带领三万将士以摧枯拉朽之势一举攻下岳州府，知府贾亨春弃城逃亡，巴陵县令朱燮元投井自尽。接着华容、湘阴等县相继攻克。整个湘北，大半都在征湘军的控制下。

大半年来隐藏在连云山的周国虞三兄弟和幸存的六七十号征义堂骨干，在失败中总结教训，明白了溪涧之水只有汇入江河才能掀起波澜的道理，当他们听到太平军重回湖南，在湘北一带闹得热火朝天的消息后，遂一致决定投奔太平军，接受太平天国的领导，加入拜上帝会。石祥祯、罗大纲等热情接纳了这批迷途知返的兄弟，并请周国虞参加征湘军的领导。周国虞对湘北地形很熟悉，指出湘鄂交界之地的羊楼司地势险峻，宜在此处打埋伏。石祥祯欣然接受这个建议，并由此而拟订一个作战方案。

离开长沙半年之后，统率连同夫役在内，水陆约二万人马的曾国藩，在朱张渡码头登岸，从小西门再次进入长沙城的时候，正是征湘军控制湘北，对长沙和全省形成巨大压力之际。湖南巡抚骆秉章必须依靠这支力量，他亲率文武官员数十名到小西门外迎接，只有鲍起豹借口军事紧急未来。朝廷终于准许了曾国藩的所请，以塔齐布为长沙协副将，取代清德的地位，鲍起豹认为这是对他的一次重大打击。当前天在湘潭舟次接到这个上谕抄件时，曾国藩也的确认为这是他与鲍起豹较量的一次大胜利。这个胜利，将降二级处分的那层阴影大为冲淡。皇上对我毕竟还是相信的。曾国藩心里想。

只在长沙停歇两天，曾国藩便率领湘勇分别由水陆两路向岳州进发。离城只有三十里了，探马报，岳州城三万长毛已卷旗退出城去。曾国藩一行兵不血刃地进了岳州城。真个是旗开得胜！全体湘勇莫不高兴万分。

第二天清早，先锋王鑫、李续宾带着一千号勇丁，兴冲冲地沿着岳州到武昌的大道进发，两天行军途中未见半个征湘军影子，必定是望风而逃！从王鑫、李续宾到每个勇丁无不都是这样看的。这夜，他们宿营羊楼司，连夜间巡逻的人都没派一个。半夜时分，罗大纲、周国虞率领五千征湘军从四周山里冲出，他们举着灯笼火把，持着刀枪，呐喊着向羊楼司镇上奔来。湘勇毫无准备，睡梦中被惊醒，许多人连衣裤都找不到，王鑫、李续宾不敢恋战，慌忙率部南逃，在羊楼司丢下了一两百具尸体。

就在这个时候，埋伏在岳州城附近的石祥祯、曾天养、林绍璋率领二万五千征湘军，趁夜重新杀进岳州城，藏在城里的周国材、周国贤等三百人与之配合，点火烧屋，杀死守城门的官勇，打开城门。驻扎在城里的湘勇也没有提防这一着，仓促应战，打不了几下，便纷纷败逃。曾国藩在康福的保护下仓皇逃出城外，幸而宿在洞庭湖上的彭玉麟、杨载福闻城内有变，匆匆率水师前来接应。曾国藩慌乱地上了船，朝长沙方向奔去。在鹿角附近，与从羊楼司败下的王鑫、李续宾相会，湘勇水陆两支人马夺路逃命，直到过了湘阴后才喘过气来。

将到长沙了，曾国藩不好意思进城，把船停泊在水陆洲附近，陆勇在城外扎营住下来。清点人数，共死散五百多人，哨官、哨长也丢了十余名。曾国藩虽气恼，但并不灰心。他总结教训：失利在于虚骄轻敌。曾国藩不理睬城内官场中的闲言碎语，在城外整顿队伍，下次再跟征湘军决个雌雄。

岳州城原知府衙门里，征湘军首领们在大吃大喝，庆贺与湘勇开战的首次大捷。周国虞说："可惜让王鑫、李续宾这两个妖头跑了。若捉住，非取出他们的心肝来祭死去的弟兄们不可。"

石祥祯说："曾国藩这个老贼奸诈。他若和王鑫等人一同出城，这次要让他来个出师授首。"

林绍璋说："听说曾国藩手下尽是一扎书生在带兵，难怪老子刀一举，便吓得他们屁滚尿流。来日再打几仗，叫他们全军死在湖南境内，确保武昌包围战不受干扰。"

罗大纲一直未开口。他在湖南多年，对湖南地形民情都较为熟悉。进入湖南之初，石祥祯就委托他在军事决策方面多出主意。待大家兴奋心绪稍微平息下来后，他把几天来所设想的一个计划讲了出来："这次初与湘勇交锋的胜利，对全军是个很大的鼓舞。不过，我想曾国藩等人并非蠢材，这次失败，也会给他们以教训。与这个老贼打交道，还须谨慎为是。"

石祥祯对罗大纲的话深表赞同："骄兵必败。大纲说得对，要切诫兄弟们不要因这次胜利而骄傲。”

“现在，曾国藩又退到长沙。”罗大纲接着说，“我们要对长沙形成一个包围之势。紧靠长沙南面的第一个城市是湘潭。湘潭物产丰饶，城内粮食堆积如山，只有长沙协右营五百人驻扎在那里，兵力很弱。且湘潭居水陆要冲，占领湘潭，不但可以得粮饷，压长沙，还可以阻止曾妖头南逃衡州。”

“大纲这个主意好，占领湘潭好比关住了南门。”周国虞很赞成这个计划。

石祥祯也点头说：“很好，你再说下去。”

罗大纲说：“以偏师攻取湘潭后，大军再继续南下，逼近长沙，在长沙附近，再与曾妖头决一死战。”

石祥祯说：“曾妖头战败后，无颜进长沙城，但如果大军进逼，他也会顾不得脸面而进城了。长沙城易守难攻。前年攻了八十余天攻不下，旷日持久，不是办法。”

曾天养说：“要吸取西王攻长沙的教训，这次要想办法将曾国藩这条毒蛇引出洞。”

“引蛇出洞。好主意！”石祥祯很赞赏这个点子。

林绍璋说：“军事瞬息万变，难以在事先都料定好。我看偏师取湘潭之策，可以立即执行。国宗爷，就让我带一万人马把湘潭拿下来吧！”

“行！限你七天拿下湘潭。”石祥祯果断答应。他想，如果曾国藩带兵去救湘潭，毒蛇不就出洞了吗？

次日，林绍璋带着一万人出发了。一路晓行夜宿，衔枚疾进。过汨罗镇时，驻扎镇上的绿营都司早已逃跑。林绍璋没有在汨罗停留，继续南下。第四天夜晚，部队宿在桥头镇。为不惊动长沙，决定翌日转而西行，过湘江，沿小路继续南下。在离宁乡县城三十里的地方，林绍璋叫一名军帅带三千人奇袭宁乡，并吩咐拿下县城后，即驻扎在城里，不再赶到湘潭。林绍璋带着余下七千人，翻过嵇茄山，从小道前进，过靳江，进驻姜畬市。第六天下午，仿佛从天而降似的出现在湘潭城下。长沙协右营守备崔宗光，做梦都没想到西征军会越过长沙来打湘潭。五百营兵平素骄懒惯了，这下都慌慌张张地爬上城头。这五百老爷兵如何是七千征湘军的对手，到掌灯时分，湘潭城便告易主。

在湘潭攻下的同时，石祥祯带领大队人马从岳州南下，迅速收回湘阴。

湘潭失守的消息传到长沙，骆秉章急忙来到水陆洲拖罟上，请曾国藩派勇夺回。曾国藩对此则另有想法。他想征湘军既然分兵占领了湘潭，北边一定兵力空虚，不如趁此机会冲过去，越过洞庭湖，赶到武昌城下。救武昌，是皇上屡次上谕中都强调的大事，湖南的长毛实力雄厚，让骆、鲍去与之周旋。如果救援武昌成功，这个功劳就将震动天下。他将北进的想法，提出跟身旁的谋士们商量，有赞成的，也有反对的。反对最力的，则是在衡州城里搭船来到长沙的东洲书院学子王闿运。王闿运到长沙后，即去岳麓书院会友，前几天才又来到曾国藩船上。他对曾国藩说：“冲出洞庭，救援武昌，自然是明公的出师宗旨，但目前此策不宜采用。湘勇初败，军威尚未复振，此次北进，倘若能冲出去诚然好。只恐冲不出去，前被麇集岳州的长毛拦截，后被占领湘潭的逆贼堵住，形势则危矣。南下先救湘潭，胜则明公为朝廷复一城池，战功立见。万一有失，则可退至衡州府，尚可徐图再进。向南向北，还望明公三思。”

陈士杰也进言："王壬秋此言极是。我听人说，占据湘潭的贼首林绍璋有勇无谋，轻率大意。我军拼命进攻，湘潭必可克复。"

塔、罗、彭等人都赞同王闿运的分析。于是曾国藩派塔、罗率五营陆勇，彭、杨率五营水勇前去收复湘潭。

早有细作报告给驻扎在汨罗镇的征湘军老营，石祥祯召集众人计议。祥祯说："曾妖头老奸巨猾，并不离开水陆洲，如何是好？"

曾天养说："一定要把他引出来，择一有利之地，一鼓聚歼。"

国虞说："此去向南百余里，离长沙城六十里左右，有一处名叫靖港的地方，为沩水入湘江口，水流湍急，船易北下而难南进；且对岸铜官山，山深林密，便于伏兵，设法把曾妖头引到此处，定叫他有来无回。"

"如何引他来呢？"石祥祯问。

是的，如何引蛇出洞呢？

六　利生绸缎铺来了位阔主顾

这天上午，长沙城内利生绸缎铺里，走进一位客人。此人年在二十岁左右，身穿一件簇新天青底酱色团花贡缎袍，头戴一顶黑亮呢帽，帽额上嵌着一块晶莹透亮的红宝石。他面色微傲，器宇昂扬，身后跟着两个中年仆人。绸缎铺里的账房先生见来人这身打扮和气概，知道不是贵公子，便是阔少爷，赶紧起身上前去迎接："少爷来了，请坐，请坐！"

账房将来人带进旁边一间客厅，一边张罗着倒茶递烟，讨好地笑着，试探问："少爷尊姓，是来看货的？"

一个仆人答："这位是隆之清隆老爷的侄公子。"

"哦，原来是隆少爷，失敬失敬！"账房满脸尽是谄笑。

隆之清的父亲曾在朝中当过户部员外郎，后外放江西臬台，当了十几年的地方官，为家里积蓄了万贯家财。隆之清也做过几任小官，四十岁便致仕，在家乡铜官山下建起一座大宅院，管理着几百亩水田和分布在长沙、湘潭、湘阴等地的十余家店铺。长沙各大商号都知道铜官隆家是个财大气粗的阔主顾。

隆少爷跷起二郎腿，端着茶杯问："孙老板呢？"

"孙老板有点小事出去了。"账房向门外望了一眼，见铺里几个伙计都在忙着应付顾客，便起身拱手，"隆少爷宽坐片刻，敝人亲自去叫孙老板来。"

趁着等老板孙观臣的空闲，隆少爷将客厅浏览了一遍。房间不大，布置得倒也整洁雅致，没有一般店铺客厅的粗俗气味，显示出老板书香门第的出身。正面墙上的装饰，尤其引起隆少爷的注意。这里悬挂着三幅字画：正中是一幅水墨画，画的是满山大大小小的竹子，竹竿挺挺，枝叶森森，竹林上飘浮着两三朵闲云，旁边蜿蜒一溪山水，林间飞跃着三四只杜鹃鸟，整个画面情趣清幽，生机盎然；右上角题了四个字：苍筤谷图。隆少爷脱口说了声："好一幅墨竹！不亚于板桥手笔。"

画的左右两边是两幅字。隆少爷本无心细看，却瞥见上首那幅字的落款是“涤生曾国藩”五字，下首那幅的落款是“湘上农人左宗棠”七字，顿时生了兴趣。

他先看曾国藩的字，是一篇七言古风，题作《题苍筤谷图》：

我家湘上高嵋山，茅房修竹一万竿。
春风晨锄劚玉版，秋风夜馆鸣琅玕。
自来京华昵车马，满腔俗恶不可删。
苦忆故乡好林壑，梦想此君无由攀。
钱塘画师天所纵，手割湘云落此间。
风枝雨叶战寒碧，明窗大几生虚澜。
簿书尘埃不称意，得此亦足镌疏顽。
还君此画与君约，一月更借十回看。

再看左宗棠的字，也是一篇七言古风，也是十六句，也题作《题苍筤谷图》：

湘山宜竹天下知，小者苍筤尤繁滋。
冻雷破地锥倒卓，千山万山啼子规。
子规声里羁愁逼，有客长安归不得。
画师相从询乡里，为割湘云入湘纸。
眼中突兀见家山，数间老屋参差是。
频年兵气缠湖湘，杳杳郊垌驱豺狼。
会缚湘筠作大帚，一扫区宇净氛垢。
归来共枕沧江眠，卧看寒云归谷口。

隆少爷看罢，嘴角边露出一丝冷笑。

“隆少爷光临，敝人未及迎迓，实在对不起！”孙观臣刚进客厅，便高声打着招呼。隆少爷起身作答：“孙老板，打扰了。舍弟拟今年端阳节完娶……”

“恭喜恭喜！”孙老板一听，便知财神爷进了门，忙关心地问，“令弟娶的是哪家千金？”

“湘阴李文恭公的孙女。”

李文恭公就是做过两江总督的李星沅。又是一个大名鼎鼎的富家，孙观臣心里好不欢喜，对隆少爷说：“想必尚未用饭？”转过脸吩咐账房，“赶快到菜根香去叫一桌菜来！”

“家叔叫我到长沙、汉口一带采买些绸缎首饰。”隆少爷慢条斯理地说，“久闻得利生铺绸货齐全，孙老板为人厚道，故特来宝号拜访，并看看货。”

“隆少爷光临，是小铺的福气。小铺虽谈不上齐全，但在长沙城里，不是敝人自夸，却也算得上第一家。敝人经商多年，向来把信誉看得比性命还重要。八方来客，敝人不但将他们当做主顾，也视如朋友。少顷吃完饭后，敝人陪同少爷看看货，倘若还缺些什么，只需少爷开个单子，要不了十天半月，必将货物备齐。”

“孙老板果然商界豪杰，怪不得在长沙久享盛誉。听说前年长毛围攻长沙，孙老板仗义捐助巨款，使长沙城得以保住。家叔每提起此事，总是称赞不已。”

前年孙观臣迫不得已借出三万两银子，回得家来，太太哭了几日几夜，账房也说是出借荆州，有去无回，他心痛了好久。后来太平军走了，张亮基践诺如数归还，还给了三百两银子的利息。又说，待湖南全境安宁后，一定在红牌楼铸铜钟刻名纪念。孙观臣与黄冕、贺瑗、欧阳兆熊一起，顿时成了长沙城里备受尊崇的英雄。太太和账房也夸他有远见。孙观臣甚为得意，对张亮基、左宗棠也很敬重。

“隆老爷客气了，这是敝人分内事。”孙观臣不无自得地谦让。

“往日只听说孙老板的豪放仗义，今日见客厅里悬挂的字画，更见孙老板雅量高致，且与湖南时下两大名人交谊极深。”

“孙家与曾、左两家原是世交，敝人与他们二位亦相识多年，不过，这幅画与曾、左题诗，都与敝人并无直接关系。”

“那又为何悬挂在宝号客厅中？”隆少爷奇怪地问。

孙观臣正要说明，忽见菜根香的菜已到，忙说：“少爷与两位贵价请入席，容在席间慢慢叙说。”

席上，孙老板殷勤相劝，隆少爷也竭力奉迎，二人十分亲密。

“刚才少爷问起这字画的事。”孙观臣一边擦嘴，一边说，“这幅画，原是家兄鼎臣在京师请人画的，画的是我们老家的山景。”

“怪不得孙老板一家芝兰玉树，昆仲联袂高中，原来贵府风光这样好，真可谓地灵人杰。”隆少爷有意恭维。

“少爷夸奖了。”孙观臣心中高兴，继续说，“尽管京中有兄弟二人，但为官日长，离家日久，这思乡怀土之念是无法消除的，反而与日俱增。想得急了，大哥便请一位钱塘丹青名手，按自己的述说画了这幅苍筤谷图，将它挂在家中，公事完毕后便伫目凝视，仿佛回到竹山冲，摸到了那根根挺拔直上的翠竹。”

“令兄风雅高情，在京师显宦中怕是凤毛麟角吧！”

“少虽少，但亦不乏知己。曾涤生侍郎便是一个。”孙观臣又劝隆少爷喝酒吃菜，接着说，“那日，涤生侍郎到家兄处，见了这幅苍筤谷图，赞不绝口，在画前站了一两刻钟，对家兄说他天天想着高嵋山，念记着山上的幽篁翠竹，只可惜回不去。家兄见他如此喜爱，便说送给你吧！涤生侍郎连说不敢，只提出借看半个月。半个月后送还画，同时还送了一篇七言古风。”

“看来就是上首这幅了。”隆少爷指了指对面墙壁。

“正是。涤生侍郎诗、文、字俱佳，这篇古风发自真情，尤其作得好，字也写得出色，家兄甚是看重，叫人装裱起来。去年冬，家兄回家省亲，随身把字画带了回来。一日，左师爷来访。家兄拿出字画来，夸奖画、诗双绝。左师爷只微微发笑，不做声。过几天，他也送来一篇七言古风，题目一样，句数也一样。”

“左师爷是存心要与曾侍郎比一比高低。”隆少爷笑着说。

“少爷真是猜到左师爷的心里去了！”孙观臣笑得满脸肉堆起，两眼眯成一条缝，整个头脸，活像一个油光水滑的大肉丸。“家兄读过左师爷的诗后，也是这样说的。家兄也叫人装裱起来，临回京前，招呼我好好藏于家中，并说：‘曾、左二人都是当世不可多得之人才，日后名望事业都不可限量，几十年后，这两幅字便是宝贝了。’我说：‘涤生侍郎十年二十年之后，或许有入阁之望，但左季高已年过四十，还是布衣，这一生的出息怕不会很大。’家兄正色道：‘你不会看人，左宗棠的发迹，只在这几年之中。’果然给家兄言中了。骆中丞对左师爷现在是言听计从，皇上也多次表彰，左师爷这不真的要发迹了吗？”说完，又笑起来。

“原来如此，怪不得孙老板将这字画挂在客厅中！”

孙观臣没有听出隆少爷话中有话，仍然得意地说：“自这几幅字画张挂之后，小铺生意真的兴隆起来。长沙官绅名流都喜欢来坐坐看看，欣赏一番。不少人说，曾侍郎的诗虽比左师爷写得好，但这篇古风却不及左师爷，左师爷的气魄雄健、音韵流转。看来左师爷是比赢了！”

孙观臣说得快活起来，起身走到墙壁边，指着左宗棠题诗中的“会缚湘筠作大帚，一扫区宇净氛垢”两句说：“你看看，多有气概，真有力敌千军、横扫一切的魄力。曾侍郎的确比不上。”

孙观臣只顾自己说，没有看到隆少爷脸上已渐露不快。他走到隆少爷身边，问：“少爷以为如何？”

隆少爷意识到自己刚才的失态，忙换上笑脸说：“孙老板说得对，看来这压倒元白的事，也是常有的。”

吃完饭后，隆少爷转入了正题。

“舍弟的喜期定在端阳节。”

孙观臣一直在等待着隆少爷谈起买货事，这时忙接言：“今天是四月初一，这不很快就到了吗？”

“是不远了，但可恼的是地方不靖。早几天，靖港来了几百号长毛，沩水、湘江上泊着几十号战船，弄得人心惶惶。家叔有心想在长沙采办些衣料，又怕沿途遭抢劫；且长毛在靖港，喜事又如何好办呢？老人家意欲将喜期推到中秋，一发等武昌安定后，再到汉口去采办。”

孙观臣一听急了：“隆老爷也太过虑了，长毛能待得多久，况且到汉口去买，盘缠要贵几倍，划不来。”

“我也是这样和家叔说的。再说孙老板是君子经商，靠得住，故一再劝说家叔打消出省采办的意图。”

“小铺日后还得靠少爷扶持，请少爷一定劝说老爷惠成这笔生意。”

“我是一心要与孙老板做个长久往来的主顾。你看，”隆少爷从靴子夹层里取出一张纸来，“这是一千两银子的支票，且放在孙老板这里作为定金。你看如何？”

孙观臣两眼发亮，连声说：“少爷真是个诚信的人。少爷要什么货，小铺一定如期采办，务必使少爷在老爷面前挣个全脸面。”

说话间双手接过支票，见它是汇丰钱庄的，忙慎重放进袖口里。

“孙老板，这笔生意要做成，还得靠你合作。”

“是的，是的。”孙观臣赶急答话，“不知少爷对货物还有何吩咐？”

“孙老板没理解我的意思。”隆少爷说，“我不是对货物而言。我是怕靖港、铜官一带不清静，日后家叔又改变主意，或到汉口，或到上海去买，那时我虽有心成全，也是爱莫能助了。”

“少爷说得对。”孙观臣又急了，“这倒是件难事。”

“呃，孙老板不是同曾侍郎很熟吗？”隆少爷跷起二郎腿，摩挲着手中的青花瓷杯，似突然想起，不经意地说，“你可以请曾侍郎出兵啊！叫曾侍郎派兵剿灭长毛，靖港、铜官不就安静了吗？”隆少爷双目炬炯地望着孙观臣。孙观臣为难了：

“我叫曾侍郎出兵，能说得动吗？”

“叫我看，能！”隆少爷凑过脸去，严肃地说，“曾侍郎不久前败在长毛手中，在朝廷和湖南官场面前丢了脸，他急于要杀贼立功，挽回面子，一定会出兵的。何况，”隆少爷指着对面墙壁上的字画说，“就凭这字和画，他也不会拂你的请求哇！”

孙观臣想，倘若说不敢去请曾国藩发兵，那是很失身份的事，况且生意也做不成了，无论如何要办好这事。

“靖港到底有多少长毛？”孙观臣问。

“家叔为保乡邑，曾派庄上团丁探过长毛虚实，长毛水陆合在一起不会超过五百。”

孙观臣想了想说：“过两天我去拜访曾侍郎。”

“其实，明天倒是有个好机会，不知曾大人能不能抓住这个时机。”

“此话怎讲？”

“孙老板，”隆少爷压低声音说，“明天是个长毛大头领的生日，全体长毛都要大吃大喝一天。对于兵家来说，这不是个可遇不可求的好机会嘛！”

“真的？”

“这还有假！从昨天开始，长毛就四处买肉买酒，操办酒席了。”

“好！”孙观臣拿定主意，“我今下午就去见曾侍郎。”

“孙老板，”隆少爷起身，“若是这笔生意做成了，腊月舍妹出嫁的衣料，也全部定在宝号。”

“一言为定？”

“一言为定。”

隆少爷随便看了看货，便告辞了。出了湘春门，三人相视哈哈大笑。一人说：“国贤兄弟，幸亏你是大家出身，真正把个隆少爷扮得惟妙惟肖，那神态，那派头，我们这些穷苦人是一辈子都学不出的。”

周国贤心里很是痛快，说：“我是真正当了二十年阔少爷的人，怎会不像？”

七　曾国藩紧闭双眼，跳进湘江漩涡中

下午，孙观臣赶到江边，上了曾国藩的拖罟，将这一重要军情告诉曾国藩。

“曾侍郎，这可是千载难逢的好机会，失之可惜呀！”

曾国藩摸着大胡子，良久没有做声。向北出兵，这是他既定用兵计划，消灭靖港这股长毛，符合这个计划。曾国藩与孙观臣的大哥关系非比一般，对孙观臣，他也有好感。他认为在前年那个危难关头，孙观臣能慨然借款，的确是个血性志士，今天前来要求出兵，固然是为了做生意，但也有保境安民的好心在内，何况明天又确是个好机会。不过，他心里还有点不踏实。

"隆少爷这人，你以前见过吗？"曾国藩问孙观臣。

"见过，见过。隆家是我的老主顾，每年都要和他家做几笔大生意。"孙观臣其实并没有见过隆家的少爷，他知道曾国藩多疑，若说没见过，曾国藩必定怀疑；何况他与那人谈了个多时辰的话，可以断定其人是千真万确的隆家少爷。倘若不是，怎会一段料子未买，先付下千两银子的定金？

曾国藩点点头，自言自语："长毛安排五百号人在靖港做什么呢？"有了上次岳州的失败，曾国藩慎重多了，发不发兵，他仍然没拿定主意。

"涤师，管他做什么！先把这五百号长毛收拾再说。"王鑫急着要报羊楼司之仇，在一旁竭力怂恿。

"涤师，靖港离此不远，我看先派几个人去打听打听，若确如隆少爷所说的，再发兵不迟。"李续宾也很想借这一胜仗来洗羊楼司之羞，但他比王鑫稳重些。

王、李二人的态度促使曾国藩下了决心。"倘若真的只有五百人，"他在心里盘算着，"水陆洲现有五千人，以十倍兵力前去剿洗，必胜无疑。这一仗打胜了，大可振作湘勇士气。"

是的，曾国藩此时太需要打胜仗了！他终于采纳了李续宾的建议。晚上，派出侦探的人回来禀报，隆少爷说的一切属实。曾国藩终于决定出兵。

第二天，湘勇四更起床吃饭。王鑫、李续宾带领全部陆勇，曾国藩坐着拖罟，亲自指挥全体水勇，浩浩荡荡向靖港开出。一路顺水，战船很快驶到离靖港二十里水路的白沙洲。水师在白沙洲停下。不久，陆勇也赶到了。骑兵回头报告：靖港镇上正在杀猪宰牛，八仙桌摆满了一条街。曾国藩大喜，下令水陆并进，水师在靖港登岸，陆勇过浮桥在靖港会师。

中午时分，湘勇水陆两支人马聚集在靖港。靖港镇上，八仙桌虽摆满街，却不见半个太平军。正在疑惑之际，忽听得一声冲天炮响，埋伏在铜官山上的两万太平军将士一齐钻了出来，一个个举着大砍刀，呐喊着奔下山，像一股势不可挡的急流冲过浮桥，压向靖港。曾国藩看着漫山遍野的红、黄包巾，方知上了隆少爷的当，心中叫苦不迭。湘勇只知道靖港仅有五百长毛，满怀轻易取胜的把握，眼前忽然出现的这种惊天动地的场面，完全没有料到，个个吓得胆战心惊，尚未交手，先已气馁腿软。王鑫、李续宾只得强压住阵脚，指挥湘勇迎敌。刚一接仗，湘勇便纷纷败下阵来。靖港镇上，四面八方响起"活捉清妖曾国藩"的吼叫。炮声、鼓声、脚步声，仿佛雷鸣电闪。湘勇如同跌进八卦阵，不知向何处奔逃，只得退回江边。曾国藩又气又急，无计可施。看到一群湘勇抱头鼠窜，直向江边奔来，他怒火中烧，慌忙抽出王世佺所赠的宝剑，离船上岸，叫康福将一面军旗插在江边，自己仗剑立在旗下，鼓起三角眼高喊：

"有过此旗者，立斩不赦！"

溃勇被镇住了，呆立在江边，不敢前进，有几个想将功补过的，又硬着头皮转回去。这时，又一股溃勇犹如被狂风卷起的败叶，没头没脑地来到江边。其中一个湘乡籍小个子勇丁慌慌张张，只顾逃命，没有看到曾国藩站在那里，晕头转向地从旗杆边跑过去。曾国藩恨得牙齿直咬，一剑刺去。小个子勇丁惨叫一声，痛得在地上打滚，鲜血染红了河滩。趁着曾国藩抽剑的时刻，一群胆子较大的逃勇慌忙绕过军旗，手忙脚乱地向停在江边的战船涌去，并不等将令，便扯帆开船，一面盲目地向两岸开炮。许多湘勇则趁混乱之机脱下号褂，丢掉刀枪，躲进草丛树后。周国虞和新近前来投奔的串子会大龙头魏逵，带着兄弟们从靖港街上冲过来，一路高喊:“抓住曾国藩！”“杀死王鑫、李续宾！”“为弟兄们报仇的日子到了！”

曾国藩虽仍仗剑立在军旗下，但已丝毫不起作用，一队队溃勇绕过军旗，跳上战船，仓皇逃命。浮桥头边，王鑫率领的一批敢死队经过一番搏斗，略占上风，浮桥被湘勇夺过来了，但一批批溃勇却乘机从浮桥上逃跑，奔走在回长沙的路上。曾国藩气得把剑扔到地上，命令康福带人去拆桥。李续宾跑到曾国藩面前请求：“涤师，千万莫拆桥，让兄弟们寻一条活路吧！否则就要全军覆没了。您老也赶快上船，此仇来日再报。”

曾国藩看着如海浪般压来的太平军，以及全部乱了套、争先恐后上船逃命的湘勇，无可奈何地直摇头，但仍不愿意上船。李续宾急得团团转。忽然，有人高喊:“韦永富，射军旗下那个大胡子！”

话音未落，一支箭擦着曾国藩的左耳飞过去，他吓得魂都掉了。李续宾、康福过来，将他硬拉上拖罟，立即开船。

这时，江面上刮起西南风，战船逆风逆流而上，甚是艰难。李续宾逼着勇丁下船，到岸上去拉纤；褚汝航督促水勇放炮掩护。各船火炮一齐发射，终于勉强把后面追赶的太平军压住。没有上得了船的勇丁，则四处寻路，翻山越岭，丢盔卸甲地向长沙方向逃去。从开仗到全线崩溃，前后不过一顿饭工夫。

曾国藩坐在拖罟上，听着后面追兵一声声“活捉曾妖头”的喊叫，看着两岸飞蝗般射来的箭，以及自己这副仓皇奔命的狼狈相，又恼又羞。自衡州出师以来，与长毛打的两仗，都以惨败告终，还不知湘潭那边战局如何，长毛如此诡计多端，怕多半也会失败。辛辛苦苦训练了一年、期望建不世之功的湘勇，竟是如此不堪一击。曾国藩灰心至极。皇上的重托，恭王、肃学士、镜海师的信任，自己的抱负，眼看都将化为泡影。《讨粤匪檄》中的那些大话，将会永远成为子孙后世的笑柄。想到这里，曾国藩羞得无地自容。他闭住眼睛，眼前忽然出现鲍起豹狰狞愤怒的面孔，徐有壬、陶恩培嫉恨阴冷的面孔，骆秉章幸灾乐祸的面孔，以及长沙官场形形色色不怀好意的面孔，心里又烦又乱，慢慢地，这些面孔合为一张脸。这张脸蜡黄狭长，两只尖细的眼睛，从镜片后面射出寒冷的光来，死死地盯着他，干瘦的喉管里挤出哑涩的声音:“先生，你今后不死于囚房，便死于刀兵。”曾国藩唬得睁开眼睛，这不是二十年前的司马铁嘴吗！“活捉曾妖头”的喊叫声从后面铺天盖地压来，似乎越来越近，越来越响了。他断定司马铁嘴预言的这一天已经来到，今日必死无疑。他深知自己已与太平军结下大仇，一旦被抓，结局只有这样几种：抽筋、剥皮、点天灯、五马分尸、剜目凌迟、枭首示众。哪一种都令他心惊肉跳。他设想受刑时的痛苦，全身的血液都凝固了。“不行！我堂堂朝廷二品大员，岂能受长毛的侮辱，还不如自己一死干净。”曾国藩下定自尽的决心。他两眼下垂，面色煞白，无神地望着舱外湍急北去的江水。怎么也不能想象，这条从小深受自己喜爱的美丽多情的江水，今天居然会无情地吞噬自己的躯体。“命运哪，这是命运！”曾国藩在心里绝望地长叹了一口气。

康福进舱来，见曾国藩死人般地呆坐在凳子上，两只眼睛已经木了，他猛然意识到情形不妙。康福悄悄退出，坐在舱外，一步不再离开。

船过白沙洲，曾国藩望准舱边有一个漩涡。他推开舱门，紧闭双眼，纵身向漩涡跳去。康福听见水响，见舱门大开，知是曾国藩投水，一边大喊“救曾大人”，一边跳进漩涡中。满船人大惊，纷纷奔向船舷边。康福水性好，很快就把曾国藩推出水面，船上人接住，把他抬进舱内。众人见曾国藩一脸灰白，担心已死。康福把手放到曾国藩鼻孔边，觉察到一丝气在出进，才放心。大家七手八脚给他换衣服。好半天，曾国藩才睁开眼睛，看见康福湿漉漉地站在旁边，知是他下水救自己上来的。他怒视康福一眼：“你是想让长毛侮辱我吗？”

康福急中生智，忙笑着说：“大人，刚才长沙飞马来报，塔副将在湘潭大获全胜！”

曾国藩冷冷地说：“船在水上走，飞马报信，你是如何知道的？”

康福不慌不忙地答：“璞山在陆路遇到报捷的骑兵，为着使大人放心，特遣人坐小划子前来相告。”

“人呢？”

“在后舱，待我去叫他。”

“不用了。”曾国藩又闭上眼睛。

康福对着曾国藩轻轻地说：“大人，您老安心养神吧！一切到长沙后再说。”

曾国藩已无力再说话，平躺在床上，让拖罟拖着他向长沙逃去。一路上风吹浪打之声，他总疑心是长毛在追赶，直到靠近水陆洲，惊魂甫定。

八　左宗棠痛斥曾国藩

就在曾国藩靖港惨败投水被救仓皇逃回水陆洲的这天傍晚，巡抚衙门西花厅里，为陶恩培饯行的盛大宴会正在进行。前几天，陶恩培接到上谕，擢升山西布政使，限期进京陛见，赴山西接任。陶恩培心里好不得意：一为升官，二为离开长沙这个兵凶战危之地。出席宴会的官场要员，城里各界头面人物，都殷勤向陶恩培致意。酒杯频频举起，奉承话洋洋盈耳。这里是荣耀、富贵、享受、升平的世界。正当骆秉章又要带头敬酒的时候，一个戈什哈匆匆进来，向各位报告靖港之役的消息。骆秉章为之一惊。陶恩培却分外快活起来。一边是蒙恩荣升，一边是兵败受辱。孰优孰劣，孰是孰非，不是清清楚楚了吗？骆秉章的酒杯僵在半空，陶恩培主动把杯子碰过去，微带醉意地说：

“中丞，你感到意外吗？说实话，这早在我的意料之中。曾国藩这种目空一切的人，不彻底失败才怪哩！”

骆秉章苦笑着喝了杯中的酒，心想，你陶恩培今夜就离开长沙了，你可以说风凉话，我怎么办呢？看来长沙又要被围了。想起去年担惊受怕的那些日日夜夜，骆秉章心里害怕。鲍起豹喝得醉醺醺的，满脸通红，他放下手中的鸡腿，嚷着："怎么样？诸位，我早就把曾国藩这个人看透了。一个书生，没有一点毛钯本事，眼睛却长到头顶上去了。上百万两银子抛到水里不说，现在引狼入室，完全打乱了我的用兵计划。"

说罢突然站起，对身边的亲兵大声吼道："传我的命令，关闭城门，加强警戒，准备香烛花果，老子明天一早上城隍庙里请菩萨。"

听着鲍起豹下达的军令，西花厅里的气氛骤然紧张起来。才过了几个月的平安日子，又要打仗了，大家都无心喝酒吃菜，叽叽喳喳地讨论开来。干瘦的老官僚徐有壬气愤愤地说："练勇团丁，剿点零星土匪尚可，哪能跟长毛交战呢！我去年有意将他们与绿营做点区别，免得刺伤绿营兄弟的自尊心。若不加区别，一体对待，大家说说，还有没有朝廷的体面？他曾国藩还不满，还要负气出走，还要在衡州大肆招兵买马，想要取代绿营，真是不自量力！也是朝廷一时受了他的骗，结果弄得这样，把我们湖南文武的脸都丢光了。"

唯独左宗棠坐在那里不语。他既为鲍、陶、徐等人的中伤而愤懑，也为曾国藩不争气而懊恼。忽然，鲍起豹又嚷起来："骆中丞，我们联名弹劾曾国藩吧！此人在湖南一年多来，好事没办一桩，坏事数不清。这种劣吏不弹劾，今后谁还肯实心为朝廷卖力？"

陶恩培、徐有壬立即附和。骆秉章稳重，他制止了鲍起豹的鲁莽："曾国藩兵败之事，朝廷自会处置。至于弹劾一事，现在不忙，待朝命下来后再说吧！"

左宗棠坐在一旁气得腮帮鼓鼓的，心里骂道：这班落井下石的小人！

看看时候不早了，陶恩培想今夜如走不成，万一长毛围住长沙，就脱不了身；若不幸城破身亡，那就冤枉透顶了。他站起身，对骆秉章和满座宾客拱了拱手，说："恩培在湖南数年，多蒙各位顾看，今日离湘，实不忍之至，且大战在即，真恨不得朝廷收回成命，好让恩培在长沙和全城父老一起与长毛决一生死。只是一切都已安排就绪，今夜就得起航。恩培感谢各位厚意，就在此与骆中丞、徐方伯、鲍军门和各位告别了。"

说罢，挤出几滴眼泪来。不知是为陶恩培的深情和忠心所感动，还是想起马上就要打仗而胆怯，很有几个高级官员掩面哭泣。骆秉章说："哪能就在这里分手，我们都一起送陶方伯到江边上船。"

当灯笼火把、各色执事前后簇拥着几十顶绿呢蓝呢大轿出现在江边的时候，曾国藩正兀然坐在船舱里，望着汩汩北流的江水出神，心想：湘潭并没有胜仗的消息传来，看来多半也败了。长毛确实会打仗，怪不得两三个月间，便从长沙一路顺利地打到江宁。突然，他看到一列庞大的轿队向他走来，心里觉得奇怪：如此浩浩荡荡的队伍深夜来到江边，一定是湘潭获胜了，骆秉章带着文武官员们前来祝贺。自从岳州败北逃到水陆洲两个月了，除开左宗棠来过几次外，从没有一位现任官员登船看望过他。徐

有壬、陶恩培等人好几次送客到江边，都不肯多走几步上他的船，想不到今夜大出动。但他又不大相信，对康福说："你上岸去看看，可能是骆中丞他们来了。打听好了，就上船来告诉我。"

康福走后，曾国藩赶紧收拾一下，戴上帽子，穿好靴子。一会，康福进舱了，满脸怒气地说："骆中丞倒是来了，但不是看我们的。"

"他们到江边来做什么？"曾国藩不理解，不是来贺喜的，深夜全副人马到江边，为的何事呢？

"说是陶恩培荣升山西布政使，今夜刚在巡抚衙门里结束了宴会，骆中丞、徐方伯等人亲自送他上船。"

像重病之人盼来的不是救星而是死神，曾国藩颓然倒在船舱里，吓得康福忙把他背到床上。曾国藩想到自己如此辛苦劳累，亲冒矢石，尽忠国事，得到的却是失败、冷落，陶恩培嫉贤妒能，安富尊荣，尸位素餐，却官运亨通，步步高升，愤怨、不平、痛苦、失望，一时全部涌上胸膛。他睁开失神的三角眼，对康福说："把贞干叫来！"

曾国葆的贞字营就是过去金松龄的龄字营，死伤最重，听到大哥叫他，垂头丧气地进了舱，走到床边问："大哥，这会子好点了吗？"

"你带几个人到城里去买一副棺材来。"

国葆大吃一惊，带着哭腔说："大哥，你不能再寻短见了，你要想开点！"

曾国藩鼓起眼睛吼道："不要多说了，叫你去你就去！"

大哥与满弟之间相隔十七岁，国葆从来是敬兄胜过敬父。他尽管心里十分不情愿，也不敢与大哥顶嘴，只得说声"好，我就去"，就退出了船舱。出舱后，他赶紧把这事告诉康福、彭毓橘，叫他们务必不能离开半步。

透过船上的窗户，曾国藩看见离他三百步远的江边灯火明亮，陶恩培满面春风地与各位送行的文武官员、名流乡绅一一拱手道别，各衙门和私人送的礼物，一担接一担地抬进陶恩培的座舱。陶恩培的大小老婆们，一个个披红着绿、花枝招展地被扶上跳板，一扭一摆地走进船舱。半个时辰后，陶恩培才登上甲板，在众人一片"珍重"声中，官船缓缓启动。然后，一顶接一顶的绿呢蓝呢大轿气派十足地向城里抬去。似乎谁都没有想到，有一个从靖港败回的前礼部侍郎、现任钦命帮办团练大臣就在离此不远处。

曾国藩此时已万念俱灰，决心一死了之。但既奉命办事，就不能不给皇上最后一个交代。他提笔写了一封遗折：

为臣力已竭，谨以身殉，恭具遗折，仰祈圣鉴事。臣于初二日，自带水师陆勇各五营，前经靖港剿贼巢，不料开战半时之久，便全军溃散。臣愧愤之至。不特不能肃清下游江面，而且在本省屡次丧师失律，获罪甚重，无以对我君父。谨北向九叩首，恭折阙廷，即于今日殉难。论臣贻误之事，则一死不足蔽辜；究臣未伸之志，则万古不肯瞑目。谨具折，伏乞圣慈垂鉴。谨奏。

写完后，又仔细看了一遍，改动两个字；想了一下，又附一片于后，片中称赞塔齐布忠勇绝伦，深得士卒之心，请皇上委以重任，并保荐罗泽南、彭玉麟、杨载福等人。

遗折遗片写好后，曾国藩反觉得心静了些。他想起应该向弟弟交代几句办理后事的话，于是又拿出一张纸来，写道：

> 季弟：吾死后，赶紧送灵柩回家，愈速愈妙，以慰父亲之望，不可在外开吊。所受赙银，除棺殓途费外，到家后不留一钱，概交粮台。国藩绝笔。

现在，曾国藩轻松多了。他要好好思考一下，究以何种方式自裁：投水，还是上吊？

左宗棠的蓝呢大轿紧随着藩司徐有壬的绿呢大轿之后。对这种官场的虚文应酬，他深感厌倦，本不想到江边来送陶恩培，只是因为想看看靖港败退下来的湘勇阵营最近是否有所变化，才随着骆秉章出了城。他看到水陆洲一带船破桅断，灯火稀疏，心中甚是不忍，决定明早再一人前来看望曾国藩。猛然间，他见前面有几个人抬着一口黑漆棺材向江边走去，在旁边指指点点的竟是曾国葆！他心里一惊，难道是曾国藩死了？不然，为什么由曾国葆亲自监抬棺材呢？他吩咐停轿，待后面的轿队过去之后，轿夫抬着他，飞速向曾国藩的大船奔去。

曾国藩见左宗棠进来，跟他打了声招呼。左宗棠见曾国藩没死，舒了一口气，开门见山地质问："听说你在白沙洲投水自杀，有这事吗？"

曾国藩点点头。

左宗棠又问："我方才见贞干指挥人抬了一副棺材往江边走，这副棺材是给谁的？"

曾国藩斜着眼睛回答："鄙人自用。"

左宗棠突然心头火起，大叫："好哇！好个不忠不孝不仁不义的曾涤生，你大丈夫不做，却要效法愚夫村妇。你若真的死了，我要鞭尸扬灰，劝说伯父大人不准你入曾氏祖茔。"

曾国藩没想到左宗棠不但不劝慰他，反而来这样一顿痛骂，又气愤又尴尬，冷冷地问："你说我不忠不孝不仁不义，理由何在？"

"好吧，让我慢慢地说给你听，使你心服口服。"左宗棠一屁股坐到曾国藩床边，声色俱厉地说，"你二十八岁入翰苑，三十七岁授礼部侍郎衔，官居二品，诰封三代，皇上对你的恩情，天高地厚，河长海深。洪杨作乱，朝廷有难，皇上委派你帮办团练，指望你保境安民、平乱兴邦，你却刚刚出师，便以受挫而自杀，置皇上殷殷期望于不顾，视国家安危为身外之事，你忠在哪里？"

曾国藩身冒冷汗，惨无血色的面孔开始出现绯红，两眼依旧微闭，躺在床上默不作声。左宗棠继续说："令祖星冈公多次说过，懦弱无刚乃男儿奇耻大辱。你将祖训书之于绅，发愤自励，并以此教诫诸弟。京中桑梓，谁不知道你曾涤生这些年来自强不息，是曾氏克家兴业的孝子贤孙。现在一受挫折，便想一死了之。这不是懦弱无刚是什么？上让老父为之伤心，下使子弟为之失望。你死之后，何能在九泉下见令祖星冈公？令尊大人在你出山前夕，庭训移孝作忠，实望你为国家做出一番烈烈轰轰的事业，流芳千古，使曾氏门第世代有光。你今日自杀，使父、祖心愿化为泡影，请问孝在何处？”

左宗棠的一番貌为谴责，实为信任的话，使得浑身僵冷的曾国藩渐有活气。这个自诩为今亮的怪杰，是充分相信自己能够建功立业、流芳千古的啊！他从心里感激左宗棠的好心，但嘴上却有气无力地说：“国藩自尽，实因兵败，不得已而为之呀！”

左宗棠横眉望了曾国藩一眼，根本不理睬他的辩白，依然侃侃而谈：“一万水陆湘勇，从四处赶来投在你的麾下，他们都是你的子弟，犹如儿子投靠父母，幼弟依赖兄长一样，眼巴巴地盼着你带他们攻城略地、克敌制胜，日后也好图个升官发财、光宗耀祖。现在，你全然不顾他们嗷嗷待哺之处境，撒手不管，使湘勇成为无头之众，最后的结局只能落魄回乡，过无穷尽的苦日子。这一年多来的辛苦都白费了，功名富贵也成了水中之月、镜中之花。作为湘勇的统帅、子弟的父兄，你的仁在哪里？众多朋友，应你之邀，放弃自己的事情来做你的助手，郭筠仙募二十万巨款资助你。他们图什么？图的是你平天下巨憝，建盖世勋名，大家也好攀龙附凤，青史上留个名字，也不枉变个男儿在世上活过一场。你如今只图自己省去烦恼，却不想因此会给多少朋友带来烦恼。你的义又在哪里呢？这不忠不孝不仁不义八个字，只因你今日一死，便如同铜打铁铸，永远伴随着你曾涤生的大名……”

不待左宗棠说完，曾国藩霍地从床上爬起，握着他的手说：“古人云‘涣乎若一听圣人辩士之言，涊然汗出，霍然病已’，这不是指今日的我吗？国藩一时糊涂，若不是吾兄这番责骂，险些做下贻笑万世的蠢事。眼下兵败，士气不振，尚望吾兄点拨茅塞。”

左宗棠想，曾国藩毕竟不是俗子，此番能够复起，前途大有指望。他微露笑容说：“宗棠生怕仁兄一时气极而懵懂，故不惜危言耸听。涤生兄，我想你一定是见到今夜江边送陶恩培荣升而更抑郁。其实，这算得什么！像陶恩培那样的行尸走肉，宗棠从来就没正眼瞧过。漫说他今日只升个布政使，就是日后入阁拜相，也不过是一个会做官的庸吏罢了。太史公说得好：‘古者，富贵而名摩灭不可胜记，唯倜傥非常之人称焉。’不能在史册上留下惊天动地、烈烈轰轰的丰功伟绩，再高的官位也不值得羡慕。至于世俗的趋炎附势，只可冷眼观之，更不必放在心上。孙子云：‘善胜不败，善败不亡。’经得起失败，才会有胜利。失败不可怕，怕的是败后一蹶不振，缺乏不屈不挠的气概。昔汉高祖与项羽争天下，屡战屡败，最后垓下一战，项羽自刎。诸葛亮初辅刘先主，弃新野，走樊城，败当阳，奔夏口，几无容身之地，最后才鼎足三分。这些都是仁兄熟知的史事，以宗棠之见，今日靖港之败，安得不是日后大胜的前奏？此刻溃不成军的湘勇，异日或许就是灭洪杨、克江宁的雄师！”

慷慨激昂的议论，意气风发的神态，给曾国藩平添百倍勇气。他握着左宗棠刚劲有力的双手，久久说不出话来。

左宗棠摸摸口袋，猛然想起一件事，说：“昨日朱县令来长沙，谈起日前见到伯父大人情形。伯父大人临时提笔写了两行字，托朱县令带给你。今日幸好放在我身上，你拿去看吧！”

左宗棠从衣袋中拿出一张折叠得整整齐齐的纸条。曾国藩看时，果然是父亲的亲笔：“儿此出以杀贼报国，非直为桑梓也。兵事时有利钝，出湖南境而战死，是皆死所，若死于湖南，吾不尔哭！”父亲的教诲，使曾国藩心酸：今日若真的死了，何以见列祖列宗！他抖抖地重新折好父亲的手谕，放进贴身衣袋里，轻轻地舒了一口气。

他望着左宗棠，浅浅笑道：“昔日与人聊天，多次讥笑那些平日袖手谈心性、临危一死报君王的书呆子。今日若不是吾兄点拨，国藩我也就沦为这种书呆子了。

正在这时，康福兴奋异常地奔进船舱，问候过左宗棠后，对曾国藩说：“大人，湘潭水陆大胜。十战十捷，逆贼全军覆没，贼首林绍璋只身仓皇逃走。”

“真的？”曾国藩简直不敢相信。

“真的！这是塔副将的亲笔信。”

曾国藩接过塔齐布的来信，两行热泪再也不能控制，簌簌流了下来。

九　白云苍狗

湘潭水陆全胜，把曾国藩和整个湘勇从死亡中挽救过来。不久，报捷的奏折加上咸丰帝的朱批转了回来。朱批大大嘉奖湘潭之捷，对岳州和靖港的失败仅轻轻带过，未加指责。尤使曾国藩感到意外的是，皇上严词训斥鲍起豹失城丧土之咎，并革了他的职，交部查办；塔齐布被任命为湖南水陆提督，管带湖南境内全体绿营，又撤销对曾国藩降二级的处分，准其单衔奏事。还有一点，是曾国藩做梦都不曾想到的：除巡抚外，包括藩、臬两司在内的湖南所有文武官员，都可以由曾国藩视军务调遣。这一道上谕，是咸丰帝对曾国藩最有力的支持，使湖南官场对曾国藩的态度彻底改变了。骆秉章带着徐有壬、左宗棠等一班官员来到水陆洲畔，并抬来一顶八抬绿呢空轿，亲来拜访一直住在船上，被长沙官场冷落了两个月的曾国藩。骆秉章异常亲热地对曾国藩问长问短，说鲍起豹等人要上参折，自己如何反对；对湘勇的能征惯战，自己如何赏识等等。这种官场的极端虚伪，曾国藩见得多了，心里不住地冷笑。经过左宗棠那一顿痛骂后，曾国藩对功名与事业、人情与世态，认识又大大加深一步。他知道自己今后仍需要骆秉章，需要湖南官场，故当骆秉章执意恭请他上岸，依旧回到原来审案局衙门去住时，他在几经推辞后，还是上了骆秉章送来的大轿，带着水陆营官和郭、刘、陈等一批参谋进了城。王闿运则在前次随彭玉麟的船回湘潭云湖桥老家去了。曾国藩坐在轿中，想起这一年来的酸甜苦辣，心里很不是个滋味，特别是这几天的变化，更令人感慨良多。“天上浮云似白衣，斯须改变如苍狗”。变幻难测的人世，真比白云化作苍狗还来得快！

当天夜里，藩司徐有壬便客客气气地单独来审案局拜访。寒暄毕，徐有壬说：“去年中元节的节礼，鄙人原拟绿营、练勇一体散发，不分彼此，怎奈鲍起豹坚持说不能发给练勇，不然，他的提督面上无光，并以辞职相要挟。也是鄙人生性软弱，一时间少了主张，还望仁兄千万勿挂在心上。”

曾国藩淡淡一笑，说："徐方伯客气了，区区小事，国藩早已淡忘，何烦再提。"

徐有壬放下心来，又说："去年湘勇向衡州陆知府腾借的十万两银子，我已通知陆知府，这批银子就从藩库里增拨下去，不必再向湘勇讨还了。"

曾国藩心想，这是拿朝廷的钱来结私人的感情。这种事，曾国藩也见得多了。湘勇现在缺的就是银子，你既然送银子上门，我就照收不误。曾国藩客气地微笑着说："徐方伯厚意，国藩很是感激。"

徐有壬摆出一副诚恳的神态，说："都是皇上的银子，仁兄在为皇上办事，何谢之有！湘勇不久就要出省与长毛作战，随营征战，非鄙人所长，这后方筹款筹粮之事，鄙人则尽力而为。"

曾国藩心想，原来他是怕征调入营去担惊受苦，便笑着说："随营征战之事，哪里敢劳动大人，若能为湘勇筹款筹粮，方伯之功，将莫大焉！"

徐有壬彻底放心了，满意出门。王鑫看不过去，对曾国藩说："何不委他个苦差事，让他尝尝味道。"

曾国藩说："这种人架子大骨头软，派在军中，反而误了我的事。莫说他还拿了十万两银子来，就是朝廷下令调他到军中，我都不要。"

说罢，二人都笑起来。因徐有壬的到来，曾国藩想起一件大事，赶紧叫荆七到提督衙门去请塔齐布来。曾国藩对当初推出塔齐布的决策深为满意。倘若塔齐布不是满人，何能如此快地得到朝廷的绝对信任！绿营在塔齐布的手里，也就在自己的手里。

塔齐布招之即来。曾国藩问："塔提督，湖南绿营，你将如何统率？"

"绿营腐败已甚，当今之务，首在严加整顿。"塔齐布不假思索地回答。曾国藩微微摇头，说："严加整顿，固是必行之事，但今日首务，却不在此。"

"为什么？"塔齐布感到奇怪，曾国藩不是常常说绿营已烂，必须下狠心割去烂肉吗？

"塔提督，论资历，你比得上鲍起豹吗？"

塔齐布摇摇头说："远不及。"

"去年镇筸兵哗变，冲进你的宅院要杀你，还记得吗？"

"这仇恨永世不忘。"

"智亭兄，你资历不及鲍起豹，军中不服者必多；你记下镇筸兵的仇恨，又必然引起镇筸兵的害怕。这一个不服，一个害怕，绿营军心能稳吗？"

塔齐布感到事情严重了，他望着曾国藩，以祈求的口吻说："大人，我是您老一手提拔上来的。我只有一句话，从今以后，死心塌地跟着大人。听大人分析，我才知我这个提督位子尚在动摇之中。请大人明示，塔齐布一定照办。"

"智亭兄，今日治绿营，当首在收抚人心，其手段只有一个字。"曾国藩伸出一只手，清脆地吐出一个字来："赏！"

塔齐布按曾国藩的指示，遍赏绿营将士，得六品军功者，多达三千人。火宫殿闹事的那几个镇筸兵，也都在赏赐之列，于是绿营皆大欢喜。塔齐布又特地请来邓绍良一道喝酒，邓绍良很受感动。绿营将士知曾国藩和新提督宽宏大量，不记旧怨，军心立即稳定下来。

与遍赏绿营相反，对湘勇，曾国藩却实行塔齐布所提出的“严加整顿”的方针。

第一个拿来开刀的便是曾国葆的贞字营。这个营在靖港战役中最先溃逃，除开五十余名跟着曾国藩败退的勇丁外，包括曾国葆在内，一律开缺回籍。曾国葆不服气，听了大哥“正人先正己”的一番大道理后，勉强服从了。曾国藩把满弟叫到书房，密谈了大半夜，最后叮嘱国葆，要国华、国荃各招募五百壮丁，用心操练，五百勇丁都当什长训练，到时便可由五百立即变成五千。

由于贞字营先被撤掉，曾国葆带头回原籍，其他各营的整顿都很顺利，共裁掉团丁三千余人。岳州、靖港战场上逃走的人，有的又想回来，曾国藩命令一个不收。他又乘着这个大好时机，将湘勇扩大一倍，建陆师二十营；水师二十营；又水陆二师分别设统领二人。陆师由塔齐布、罗泽南充当，一人管十营；水师由彭玉麟、杨载福充当，也是一人管十营。塔、罗、彭、杨均听调于曾国藩。湘勇建制更显得健全了。鲍超、申名标在湘潭战场上打得勇敢，都被提拔当了营官。

每天，南门外操场由塔、罗负责训练陆师，江面上由彭、杨负责训练水师。曾国藩再忙，每天也要到操场、江边去看看，训训话。曾国藩又吸取戚继光用军歌教育士卒的经验，用心编了几支通俗易懂的歌，又由精通乐理的郭嵩焘谱成曲，早晚教习。这些歌词七字一句，将行军打仗安营扎寨等要点都包括了进去。陆勇唱《陆军得胜歌》，水勇唱《水师得胜歌》。几天唱下来，从官到勇，个个都唱得流畅、记得烂熟了。每天上操下操路上，湘勇们高声唱着军歌，虽不动听，但合着步伐，也还显得整齐、威武，长沙城里的百姓觉得十分新鲜。当听到“军士与民如一家，千万不欺负他”的结尾时，老百姓的脸上都有了笑容。

湘勇的再次兴旺给曾国藩带来喜悦，他想到，幸而没有死成，否则哪能看到今天的气象！他很感激救他性命的康福和左宗棠，思量报答他们。左宗棠是大才，今后可以大事相委托，眼下不着急。康福有统领之才，但曾国藩不想让他离开自己身边，他极需要康福这样的保镖。若让他领统领的薪水，别人会说是因救自己而得到额外好处，也或许会有人说，当初自己投水是做样子的假死，不然，何以对救者这样重报呢？曾国藩想来想去，想不出一个如何报答康福的好办法。一次，他偶尔翻阅野史，上载鳌拜厚报塾师的故事。他觉得这个方法好。于是暗地叫荆七到沅江去，以康福的名义买下一座大宅院和三百亩水田，迁一户老实人住进宅院，每年代康福收这三百亩水田的租。不久，康福知道了这事，十分感激曾国藩的厚赐，对曾国藩更加忠心耿耿。康福有救主帅之恩，又并没有加薪晋官，湘勇上下也都称赞曾国藩不以官禄报私恩的品德。

这时，天天都有西征军围攻武昌的消息传到长沙，曾国藩与大家日夜商议，准备救援鄂省。

一日下午，曾国藩正在书房读书。曾国藩的书房原自名为“求阙斋”。有一次，他深夜之中高声朗诵古文，在前人的妙辞巧构和自己的抑扬顿挫声中进入一种艺术境界，领略到极大的乐趣。他想起孟子说过“君子有三乐”的话，总结出自己的三大乐趣：宏奖人才，诱人日进，一乐；读书声出金石，飘飘意远，二乐；勤劳而后憩息，三乐。一时高兴，他把“求阙斋”易名为“三乐书屋”。这天读的是《史记·高祖本纪》。曾国藩深为汉高祖称赞张良、萧何、韩信的一段话所吸引。他想，刘邦起事前，不过泗

水一亭长，文武两方面都平平，后之所以有天下，实仗三杰之功；而使三杰各尽其才，这便是刘邦的才能。自己在带兵打仗这方面，既无才能又无经验，靖港之败便是明证。今后务必要让塔、罗、彭、杨等人充分施展其才，还要多多发现、物色人才。正思忖间，亲兵来报："门外有一人求见，自称大人故人胡林翼。"曾国藩心里喜道："吾之萧韩来了。"立即放下《史记》，奔出门外。

十　兄才胜我十倍

曾国藩和胡林翼在翰林院共事一年，彼此年龄相仿，又同为湖南人，故相交亲密。道光二十一年，胡林翼之父詹事府右詹事胡达源病逝，胡林翼奉父柩回益阳原籍。曾胡二人便在那年分手了。三年丧期满，胡林翼捐贵州安顺府知府，后又改镇远府知府、黎平府知府。在知府任上，因组织乡勇镇压苗民动乱有功，升为贵东道。吴文镕在贵州巡抚任上，极看重胡林翼的军事才干，到武昌署理湖广总督后，急向朝廷求调胡林翼来湖北支援。胡带六百乡勇来到金口时，吴文镕已阵亡。胡不愿投靠接任的荆州将军旗人台涌，于是将六百乡勇留在金口，只身来到长沙，与曾国藩、左宗棠商量进止。

"润芝兄！"曾国藩望着一身戎装的胡林翼，亲热地说，"多年不见，兄台与昔日相比，更显得雄姿英发了。"

胡林翼也异常高兴地说："自道光二十一年先父弃养，林翼离京回籍，与仁兄分别已经整整十四年。云树之思，无日不萌。知仁兄这些年春风得意，今又统率雄兵两万，战将百员，拯国难，纾君忧，林翼不胜仰慕之至。"

二人携手来到书房，亲兵献茶毕。曾国藩深情地对胡林翼说："前年八月，国藩不幸闻母丧，遂从江西主考任上急回湘乡。后奉朝廷帮办团练之命，思欲负山驰河，挽吾乡枯瘠于万一，遂来省与张石卿中丞、江岷樵、左季高等招募乡勇，组建军营。谁知国藩非带兵之才，初与长毛交手，便两次败北，幸赖塔、罗、彭、杨诸君之力，免使全军覆没，蒙皇上高恩宽恕，今再次组建。兄台练兵，成效卓著，弟与季高、罗山等常以兄台大才振刷相勖，屡称台端鸿才伟抱，足以救今日之滔滔。"

"涤生兄太客气了。贵州乃荒僻之地，林翼所做之事，实不值一提。长毛巨寇，其强悍善战，古今少有，且胜败兵家之常，林翼今见湘勇军营整肃，甲胄鲜明，来日大胜，定可预卜。"

正说话间，左宗棠闻讯赶来。胡林翼正妻乃陶澍第七女静娟。按辈分，左宗棠比胡林翼高一辈。但实际上，左胡同年，胡比左还大四个月，故二人之间，始终以兄弟相称。寒暄之后，左宗棠说："听说仁兄应吴文节公生前之邀，率领六百乡勇来到湖北。现在吴公殉国，仁兄何进何止？"

"林翼正为此事来与二位仁兄相商。"

"湘勇即将北上援鄂，正缺乏大将。兄才胜我十倍，若不嫌弃，这支人马就由我兄统率，国藩和季高为仁兄筹饷补员，做个镇国家，抚百姓，给馈饷，不绝粮道的萧何吧！"曾国藩说罢大笑。

胡林翼连连摆手，说："涤生兄真会开玩笑，筚路蓝缕，艰苦创业，你是众望所归的湘勇统帅，林翼何能望兄之项背。"

左宗棠觉得曾国藩此话有些矫情虚伪，便断然说："涤生不必让出寨主之位，润芝也不要再回贵州。六百黔勇由湖南藩库发饷，润芝就协助涤生，一道北进吧！"

由于左宗棠去年建议到南门外操场犒劳湘勇，靖港败后，又到舟中斥劝曾国藩，使得骆秉章对左宗棠的卓越识见十分敬佩；平时相处之中，骆秉章常为左宗棠办事的魄力、干练所折服，因而对左宗棠很是看重，甚至到了言听计从的地步。故左宗棠可以俨然用巡抚的口气，对此事做了安排。

胡林翼正愁这六百乡勇的粮饷无着落，便慨然相允："林翼遵季高之命，从今以后就在涤生兄帐下做一偏裨。"

曾国藩也谦让一番，就定下了此事。胡林翼说："林翼蒙涤生兄收容，无以为报，今特献曹操乌巢断粮败袁术之计，作为见面礼。"

曾国藩高兴地说："请言其详。"

胡林翼说："我在金口十余天，探知长毛粮草多聚于通城、崇阳两城。此次北进，宜分头行动，派一军先攻通城、崇阳，夺其粮草。"

曾国藩和左宗棠几乎同时说："这是一条好计。"

数日后，曾国藩湘勇水陆三路大军在长沙誓师出发，救援武昌。这三路是：第一路，由塔齐布、罗泽南等人率领七千人马，沿汨罗、岳州、临湘、蒲圻、咸宁、纸坊一路进武昌；第二路，由胡林翼、李元度等人率领三千人马在夺取通城、崇阳的太平军粮草后，再投咸宁大道进攻武昌；第三路是水师，由彭、杨统领，出洞庭湖，从临湘、嘉鱼、金口东进武昌。三路人马刚启程，亲兵报，湖北巡抚青麟带一千饥疲之兵已到湘春门外。曾国藩闻之大惊，跌足叹息：

"看来武昌已经丢了！"

第八章　攻取武昌

一　青麟哭诉武昌失守

青麟一进巡抚衙门，就要向骆秉章、曾国藩等人行旗人大礼，慌得骆秉章连声说：“墨卿兄，这使不得，快坐下来，谈谈武昌战事。”

“青麟有罪，武昌失落了。”青麟一开口，就流下了眼泪。他是正白旗人，翰林出身，去年由户部左侍郎差委湖北学政，今年已调任礼部右侍郎，人却仍在湖北。二月，湖北巡抚崇纶丁母忧解职，在德安守城有功的青麟，被咸丰帝任命为巡抚。因战事紧急，崇纶亦未离城，以协助军务的身份留在武昌。荆州将军台涌被任命为湖广总督，代替战死堵城的吴文镕。青麟的到来，已经说明了武昌被太平军攻下的事实，所以他的这句话并没有引起骆秉章、曾国藩等人的震惊。青麟语声哽咽地继续说：

“青麟辜负皇上圣恩，罪不可赦，但武昌之失，湖北战局惨败，完全是崇纶、台涌等人造成。小人秉政，贻误国事，再没有比这更可恨的了。”

青麟痛苦得说不下去了。曾国藩叫亲兵端来一盆水，又叫送来一碗香茶，让他先擦擦脸喝点茶，并安慰他说：“墨卿兄，湘勇三路人马已动身前往湖北，湖北战事的转机已到，你先宽下心来。吴文节公殉国前，曾有信给我。信中饱含冤屈，然又未明言。国藩正为恩师之死而痛心，你慢慢讲清楚，我要向皇上禀告。”

青麟得到了鼓舞。他正愁满腹苦衷无法上达朝廷，于是将一肚子委屈都倒了出来：“吴文节公本不会死的，完全是崇纶排挤的结果。崇纶不学无术，心胸狭窄，凭着祖上的军功和钻营投机的伎俩，才爬上巡抚的高位。但他还不满足。自从程裔采制军革职后，他便在朝中四处活动，谋取湖广总督一职。所图不成，故嫉恨中伤张石卿制军。田家镇一役，有意拖延两天，贻误战机，张制军兵败。他又添油加醋告恶状，遂使张制军降调山东。”

左宗棠气愤地说：“据说张制军离鄂之时，三千得军功的兵士摘去顶戴夹道跪送，为张制军鸣不平。”

“是的。”青麟接着说：“崇纶原以为把张石卿挤走后，会稳坐湖广总督宝座，谁知接任的不是他，而是吴甄甫制军。吴制军一来，他就视之为眼中钉，一日三次催吴制军出兵。吴制军拟稳守武昌，伺机出击。崇纶就上奏朝廷，讥讽吴制军怯阵。朝廷不明真相，严令吴制军离武昌赴前线。”

曾国藩说：“甄甫师来信说受小人所害，原来如此。”

青麟说：“吴制军出兵后，崇纶借道路阻塞为由，一不发粮草，二不发援兵，活活地把吴制军推到绝路。”

“崇纶这般缺德，天理国法不容！”想起吴文镕当年的厚恩及死前信中所流露的悲哀，曾国藩对崇纶恨之入骨。

“天公有眼，崇纶因母丧而离职，但他并不离开武昌，仍然暗中控制文武员属。我因吴文节公死事之惨，说了他几句，他便迁怒于我，指使下属不听号令。长毛围城三个多月，城内文武却各怀异志。诸君替我想想，这武昌如何能守？”

众人叹息。

“署总督台涌也畏敌如虎，不发一兵来武昌增援。粮尽援绝，军中怨声载道。十五日夜里，当长毛猛攻武胜门时，崇纶却领着亲兵，化装成百姓出城逃命去了。十六日清早，总兵李文广冲进我的房子，喊道：‘中丞，眼下城里只剩下一千饥疲之兵，再不出城，便要全军覆没了。’我说：‘我身为巡抚，城在人在，城破人亡，岂可舍城出逃！’李总兵哭着说：‘中丞，崇纶世受国恩，却临危仓皇逃命，台涌握有重兵，却一兵不发。中丞你死守武昌三个月，与士卒一起喝菜汤、上城楼，却落得如此下场。朝廷忠奸不分，贤愚不辨，令人气沮。中丞纵然不为自己着想，也要为百战幸存的一千弟兄们着想。他们都是忠于朝廷的硬汉。’说着说着，他便跪下，拉着我的衣袖叩头说：‘中丞，我请求你为国保存这一千忠良吧！’我被李总兵说得六神无主。突然一阵炮响，文昌门被攻破，长毛涌进武昌。李总兵拉着我上马，从望山门出了城，一路向南奔来。”

青麟说到这里，低下头来，显出一副又羞又愧的神情。这时，刘蓉在旁向曾国藩使了个眼色，随即离席。曾国藩对青麟拱拱手说：“墨卿兄稳坐，我出去更衣即来。”

二　湖北巡抚做了彭玉麟的俘虏

曾国藩出门后，悄声问刘蓉：“孟容有何见教？”

刘蓉说：“克复武昌，就在青麟身上。”

“此话怎讲？”

刘蓉附在曾国藩耳边，说出一条计策来。曾国藩笑着说：“人称你为小亮，果真名不虚传。”

说着，二人一先一后回到厅里。曾国藩皱着眉头对青麟说：“墨卿兄的处境，实在令人同情。不过，”他的神情变得严峻起来，“省城丢失，不管出于何种原因，巡抚罪当斩首。”

青麟脸色惨白，冷汗直流，抖抖地说：“我亦知皇上不会饶过，还望诸君为我将实情奏报，即使皇上不能网开一面留下青麟残躯，但能为国家保存这一千忠良之士，我死亦值得了。”

说完，重重地叹了一口长气，两眼无神地看着眼前的茶碗。

曾国藩说："有一个办法，或许可使墨卿兄将功补过，换取皇上的宽恕。"

"涤生兄有何高见？"就像一个即将毙命的落水者看到上游漂来了木头，青麟眼中闪出希望的光芒。

"目前湘勇已分三路北进，即日将达武昌，倘若墨卿兄为湘勇光复武昌出力，则前过可补。只是颇有一点危险，不知老兄愿为否？"

曾国藩摸着胸前的胡须，两只三角眼盯着青麟那张典型的尖细泛白的旗人脸，似乎在审视着他的胆量。曾国藩出自对吴文镕的怜悯，固然同情青麟的处境，但实际上是瞧不起这个怕死鬼的。

"青麟已犯死罪，何险可惧？涤生兄，你只管说。"青麟说的是实话。

"我有一个主意，也不知可用不可用，说出来，尚请骆中丞和季高兄润芝兄指点。我想以三百精干湘勇，作老百姓打扮，装成半路上捉住墨卿兄的样子，然后把墨卿兄送到武昌长毛头领那里，以此博得长毛的信任，埋伏在武昌城里做内应。到时里应外合，收复武昌就容易多了。"

"此计甚好。"左宗棠说："只是要有几个胆大心细会办事的人去干，要打入贼窝子里去。据说打武昌的长毛头，就是不久前进犯我湖南的那个人，湘潭收复后，他匆忙带兵返回湖北，攻陷了武昌。"

胡林翼说："此人是长毛伪翼王石达开的胞兄石祥祯。派去的人，要善于临机应变，弄些乖巧法子出来，把此人拉下水。"

骆秉章也说："这个主意可行。季高说得对，要选几个靠得住的人。"

青麟想：把我送回武昌交给长毛，万一长毛先把我处死，怎么办呢？但这层意思他不敢说出，只得硬着头皮说："一切凭涤生兄安排！"

一队穿着各色衣服的百姓，在通往武昌的大道上疾行，他们正是曾国藩派出的化了装的三百湘勇，为首的是水师统领彭玉麟，副手是康福和鲍超。鲍超是个粗鲁汉子，曾国藩挑选他，是因为看重他高超的武艺，危难之际，他一人可顶十人用。

这天正午，在纸坊客店里吃罢中饭后，彭玉麟对青麟说："中丞，请您老委屈一下，戏要开场了。"

青麟懂得他的意思，说："你动手吧！"

几个湘勇上前，用一根粗麻绳将青麟的上身捆得严严实实，押着他，向武昌城走去。

酉初时分，彭玉麟一行来到武昌望山门。为防奸细混入，武昌各门把守严密。巡视望山门城防的是周国贤，他和康禄一样，也已升为师帅了。康福眼尖，一眼看到站在城楼上的，竟是野人山上的仇人，忙把帽檐拉下，并钻进人堆里。周国贤威严地发问："城下是何人在喧闹？"

彭玉麟走上前，靠着城墙根，以一口纯正的安徽话答应："将军，我等本是武昌城里的良民。前几天被青麟裹胁出城，半途间我们杀了青麟的亲兵，把青麟抓了起来，现送给将军发落。"

周国贤问："你既然是武昌人，为何口音不对？"

彭玉麟对此早有准备。在路上时，彭玉麟就想到，长毛最担心的是湖南派湘勇救援武昌，这一队人从南边来，如果讲衡州话，就会引起他们的怀疑，既然不会讲武昌话，不如讲安徽话，消除他们对湘勇的戒备。彭玉麟不慌不忙地说："在下本是安徽人，十年前来到武昌城里开茶庄，口舌拙，学不来湖北话，只会讲家乡土话。"

周国贤听彭玉麟讲得有理，不再查问了，高声说："你们把青麟推出来！"

彭玉麟把五花大绑的青麟推到前面，城楼上有认得青麟的，告诉国贤，捆绑的正是前湖北巡抚。国贤不再怀疑，打开城门，放彭玉麟一行进了城，并要彭玉麟押着青麟去见石祥祯。彭玉麟对三百化了装的湘勇说："各位都回自己家去吧！"

湘勇便按路上所商量好的，三三两两地散开去。康福戴着一副大墨晶眼镜走到彭玉麟身边。彭玉麟指着康福、鲍超对国贤介绍说："这二位都是敝庄的伙计，康大、鲍四，擒拿青麟，主要靠鲍四的功夫。在下名叫彭忠。"

国贤将他们带到设在原巡抚衙门的西征军湖北总部。石祥祯十分高兴地接待他们，亲热地说："难得三位壮士对天国一片忠心，擒拿妖头。"

彭玉麟说："青麟祸国殃民，罪大恶极，人人痛恨。敝茶庄的一点积蓄也被清兵抢去。在下与两位伙计被裹胁的那天，就打算在路上擒拿他们，只是一路无下手机会。走到蒲圻时，青麟的护兵大部分逃散，只剩下百把人了。我见机会已到，便暗中串通难民在半夜起事。难得鲍四好武艺，康大也一旁协助，杀死几十名卫兵，把青麟活捉了。"

石祥祯端详着鲍超、康福，连声说"好汉，好汉"，并吩咐亲兵拿出五百两银子来。彭玉麟忙站起推辞："将军，我等捉拿青麟，并不是为了赏银，实是为民除害，为敝庄雪恨，若是赏银子，倒是看轻了我们。"

石祥祯是个豪爽的人，见彭玉麟这样说，愈加喜欢："好汉不要银子，就算了吧！既然茶庄破产，若是愿意的话，和我们一起灭清妖，打江山吧！我看三位均非等闲人，天国正需要你们这样的好汉。"

彭玉麟一听，正中下怀，忙又离座答道："蒙将军错爱，彭忠等愿随将军马后！"

石祥祯大喜，命令亲兵将青麟带上来。

青麟被押了上来。他瞧见彭玉麟等均是座上之客，心里放心。他不慌不忙地走着，站在石祥祯面前，并不下跪。石祥祯愤怒地喝道：

"狗官跪下！"

青麟仍不动。亲兵上来，一脚扫过去，青麟立刻扑倒在地，想起好汉不吃眼前亏的俗话，只得勉强跪着。

"狗官，报上名来！"石祥祯虎目怒睁，吼声如雷。青麟吓了一大跳，好一阵才平息下来，低声回答："丙申科进士前翰林院侍讲学士，现任礼部右侍郎，差委湖北学政，湖北巡抚青麟。"

"妈的，死到临头了还要神气，什么侍郎、巡抚，统统都是妖孽，都要斩尽杀绝！"青麟跪在地上，不敢回嘴。石祥祯又问，"狗官，你知罪吗？"

青麟抬起头，望一眼彭玉麟。彭玉麟向他丢了一个眼色。青麟像喝了一口参汤似

的，精神振作起来，说："本抚院无罪。"

"妖头，你还嘴硬！这些日子，武昌百姓诉苦申冤的接连不断，待我数几桩给你听听，看你有罪无罪。妖头，你仔细听着：自从去年正月，我天国将士撤离武汉三镇，向小天堂进军时，你们蜂拥进城，疯狂倒算，杀害与我天国有往来的无辜百姓三万余人。这是不是罪？这一年半来，你们在这里对百姓肆意掠夺，横征暴敛，数万百姓家破人亡，四处逃荒。这是不是罪？你手下的官吏敲诈勒索，贪污中饱，你的几千兵卒明火执仗，抢劫财物，杀人越货，强奸妇女，无恶不作。这是不是罪？说！"

石祥祯重重地拍了一下桌子，一个茶碗被震得跳下来，摔得粉碎，尽管有彭玉麟等人坐在上面，青麟还是吓得心惊肉跳。略为平静后，他为了不在彭玉麟面前失去面子，强作镇静地回答："刚才所说的，有的不是罪，有的言过其实，即使所说皆实，也是本抚院前任的事，非本抚院所为。"

石祥祯大怒："我不管是你干的，还是你的前任干的，总之都是你们这些妖头狗官的所作所为。吴文镕已被我天国处死，崇纶逃走了，一旦抓获，决不会让他活着。天理昭彰，三位好汉把你抓来了，我今天岂能容你！"

石祥祯猛地站起来，大声命令："把狗官推出，给我砍了！"

青麟一听，吓得瘫倒在地，晕死过去。彭玉麟也没料到这一着，他慌忙起身，对石祥祯一拱手："将军暂息雷霆之怒。青麟之罪，十恶不赦，不过，依在下看来不如暂且关他几天。听说曾国藩就要率湘勇前来攻武昌，待活捉曾国藩、塔齐布等人后，再召集武汉三镇父老公审他们，岂不是一件大快人心的好事。"

石祥祯说："彭兄说得有理，就让他再苟活几天吧！押下去！"

亲兵过来，像拖一条死狗似的，把青麟拖了下去。

三　薛涛巷的妓女蚕儿真心爱上造反的长毛头领

五天后，从中路进军的塔、罗七千人马一路顺利地来到武昌城下。从水路进军的杨载福、李孟群一万水师，在城陵矶遭到曾天养的阻击，陈辉龙、褚汝航被打死。杨载福收拾部队，乘曾天养得胜放松警惕的空隙，夜袭太平军，杀了曾天养。水师突破洞庭湖，此后，便顺流东下，没有遇到大的阻力。东路胡林翼、李元度率领的三千人马，军行迅速，驻扎崇阳、通城一带的太平军没有料到这一着，几仗下来吃了亏，便丢下城池粮草，向武昌靠拢。胡林翼一路战果最大：收复通城、崇阳两城，得粮食二十万石，马草无数，先行向朝廷报捷。十天后，这三支队伍便会师武昌城下。水师在北，中路在南，东路在东，对武昌城形成一个三路包围的局面。湘勇和太平军展开激烈的争斗，双方互有胜负。由于从崇、通两城缴获了大批粮草，湘勇军心稳定，而太平军在得到这个消息后，内部出现恐慌。

几天后，曾国藩派彭毓橘潜入武昌城。经过几番周折，这天深夜，彭毓橘突然出现在彭玉麟等人的住房——巡抚衙门旁边建筑考究的刘家宅院里。彭玉麟见到彭毓橘，又惊又喜，二人互通了情况。彭毓橘说："湘勇老营就设在洪山脚下，曾大人急切想了解城里的情况。”

彭玉麟说：“石逆等人虽然对我们很热情，但我们无法打入他的内层，机密尚并不知。”

彭毓橘说：“曾大人希望你们像孙猴子那样，钻进铁扇公主的肚子里去，等待时机，先捣毁他们的巢穴，然后夺取两道城门，里应外合，拿下武昌。”

彭玉麟等人和彭毓橘商量大半夜，约定每隔三天彭毓橘来一次，交换城里城外的情况，遇有特殊事情，则随时通报。

过两天，康福对彭玉麟说，“我这几天到城里各处逛了逛，见司门口贴了一张取缔妓女的告示。正看着，人群中一个四五十岁的妇人，唾了一口痰在告示上，边走边骂：‘该死的长毛，断了老娘的生意。’”

“那一定是个开妓院的鸨母。”鲍超插话。他对这些事最有兴趣。

“被你说对了，确是个鸨母。”康福看了鲍超一眼，继续对彭玉麟说：“我跟在她的后面，看她进了一条巷子。巷子口钉着一块木牌，上写‘薛涛巷’三字。”

“这就是鸨母的住处了。”彭玉麟说。

“为什么薛涛巷就是妓院呢？”鲍超奇怪地问。

“这你就不懂了，打完仗后跟我读几年书吧！”康福笑着说。

鲍超不服气地说：“这要读啥子书。我想你们以前一定都在武昌城里嫖过妓女，所以记得这条巷子名，这会子倒又来耍弄我。”

“放屁！”康福不再理睬鲍超，对彭玉麟说，“我想找个妓女送一个人。”

“送给谁？”彭玉麟好奇地问。

“长毛头领石祥祯不过二十多岁，这样一条猛虎般强壮的汉子，身边没有一个女子，他如何打熬得过。”

鲍超又笑着插话了：“康福巴结石逆可算到家了，我也是条猛虎般的汉子，怎么没想到送个妓女给我呢？”

“送给你有什么用？我这是范蠡送西施之计。”

彭玉麟说：“这种美人计历代都有，但我向来鄙视，实非正人君子之所为。”

鲍超对此大不以为然，说：“雪琴大哥，像你这样迂腐，还办什么大事！管他卑鄙不卑鄙，只要对我们有好处就干。我看此计要得，但要那野鸡死心塌地为我们做事才好，若是他们一日夫妻百日恩，把我们卖了，到头来是偷鸡不着蚀把米，逗人笑话。”

康福说：“鲍大哥说了半天话，只有这两句才是正经的。不过你放心，鸨母和妓女爱的是钱，送她们千把两银子，再告诉大兵压境的厉害，谅她不会卖我们。”

彭玉麟说：“为了打武昌，就违心行一次美人计吧！听说长毛纪律很严，男女不能混杂，除开伪天王和东、北、翼诸伪王可以妻妾成群外，就是夫妻都不能同房，违者杀头。石逆怎么可以公开娶一个女子呢？此事还要从长计议。”

康福低头沉思片刻，想出一个主意来。

第二天傍晚，彭玉麟来到西征军总部，对石祥祯说：“石将军，彭某今日备薄酒一杯，请将军赏光。”

石祥祯问："今天是什么日子，你请我的客？"

"今日是在下贱诞，借将军虎威增色。"

"好，我向足下恭贺。"石祥祯爽朗地笑着说。

说着便和彭玉麟出了大门，来到刘家宅院。

这里已备下一桌丰盛的酒席，康福、鲍超穿戴一新。康福见只有石祥祯一人来，便不戴眼镜。四人叙礼毕，坐下饮酒。大家谈谈笑笑，十分欢悦。过一会，彭玉麟喊道："蚕儿，出来给石将军斟酒。"

话音刚落，从里屋走出一个人来。石祥祯见来人虽是男子打扮，但极为纤小，走起路来，袅袅婷婷，腰肢摆弄，就像一个女人。再看那人脸上，细眉秀目，嘴如樱桃，愈看愈不对劲。蚕儿见石祥祯目不转睛地看着自己，便径直朝他走来，嫣然一笑，两只眼睛水波粼粼地望着石祥祯，似乎含着千种柔情、万般蜜意，把个石祥祯弄得心猿意马。斟完酒后，彭玉麟说："蚕儿，给石将军唱个曲子吧！"

蚕儿回到里屋，抱出一个琵琶来，大大方方地坐在酒席边，将弦轻拢慢拨，清清喉咙，唱出一曲小晏的《临江仙》：

梦后楼台高锁，酒醒帘幕低垂。去年春恨却来时，落花人独立，微雨燕双飞。　　记得小蘋初见，两重心字罗衣。琵琶弦上说相思。当时明月在，曾照彩云归。

歌声清亮婉转，绕梁不绝。石祥祯出生二十八年来，从来没有听过这样美而雅的歌曲，他完全被蚕儿的人和歌声所陶醉。鲍超嚷道："蚕儿，方才那个曲子好听是好听，就是不大好懂。石将军是刀枪堆里的英雄，谅他也不爱听这种文绉绉的曲子，你就来一首俗一点的吧！石将军，你说呢？"

"好，好！"石祥祯一双眼睛一直盯在蚕儿的脸上，随便地答应着。只听见蚕儿又唱开了：

傻酸角，我的哥，合块黄泥儿捏咱两个。捏一个你，捏一个我。捏的来一似活托。捏的来同床歇卧。将泥儿摔碎，着水儿重合过。再捏一个你，再捏一个我。哥哥身上也有妹妹，妹妹身上也有哥哥。

"唱得好，真过瘾！"鲍超乐得手舞足蹈。蚕儿唱完这曲"哥哥妹妹"后，石祥祯终于恍然大悟了，他笑着对彭玉麟说："彭兄，蚕儿是个姑娘吧！"

彭玉麟颔首微笑："将军慧眼，到底看出来了。蚕儿是贱内的满妹，今年十八岁，外舅因无男孩，蚕儿生下后，便一直作男儿打扮。长大后，蚕儿倒习惯着男装，不爱女儿粉黛了。"

石祥祯哈哈大笑："有趣，有趣！我看还是女儿装为好，蚕儿擦粉抹脂后会更漂亮的。"

彭玉麟对蚕儿说："既然石将军喜欢，你就回房去换衣服吧！"

待到蚕儿换了衣服出来，石祥祯觉得眼前蓦地一亮，但见她描画着两条细长新月眉，精心敷着浅浅的眼影，洁白的两颊抹上薄薄的胭脂，小小的嘴唇上涂着红艳如火的口红；头上插着一支镶嵌八宝珠花，耳上挂着珍珠吊环；身着大红绣花紧身袄，下配翡翠撒花绉裙，浑身上下珠光宝气，光彩照人。石祥祯这个血气方刚的汉子，第一次见到如此佳丽，不觉呆呆地凝望，如醉如痴。

康福对着彭玉麟微笑，好像说："怎么样，鱼儿上钩了吧？"

"石将军，"玉麟一声轻呼，把醉迷的石祥祯唤醒，"请喝酒。"

石祥祯意识到自己失态，很不好意思地赔笑："好，彭壮士请！"

"石将军，"彭玉麟又亲热地叫了一声，"蚕儿是外舅外姑掌上明珠，今年虽已到了十八岁，却并未字人。蚕儿自小心性甚高，非英雄不嫁。今天我看她如此顺从将军之意，脱下男子服，换上女儿装，一定是看上了将军。蚕儿与将军，倒真是天生一对，地造一双。彭某斗胆问一问，将军可否愿与彭某结下这桩姻缘？"

蚕儿听了这话，羞得满脸通红，转身进了里屋。灯光下，石祥祯见蚕儿这么一红脸，真如一朵娇滴滴的盛开芍药，那一缕魂魄早已随着她去了。听到彭玉麟这句话，他大喜过望："我今年二十八岁，并未婚娶，令姨国色天香，宛如仙女。哎，"说到这里，石祥祯突然叹了一口气，"只是我石祥祯没有这个艳福哇！"

彭玉麟故作惊讶地问："将军何故出此言？"

石祥祯泄气地说："彭兄，你或许不知道，我天国严别男女，男归男营，女归女营，男女不得结合。我身为一军统帅，岂能带头违反禁令。"

彭玉麟一本正经地说："将军，请恕彭某妄言，天国事事都好，就是这条纪律，大大地不合人情。古人说，夫妻之际，人道之大伦也。若男女不结合，岂有我人群生衍繁育？且天国在这件事上也不公平，天王、东王、北王及令弟翼王可以王娘成群，而兄弟们却连个妻子都不能娶，这能服人心、慰众望吗？石将军，你一个七尺男儿，勇冠三军，难道还不能堂堂正正地娶一个女人吗？我看此事大可不必顾虑。"

"国法不容情啊！"石祥祯苦笑，说完紧闭双眼，陷于极度的痛苦之中。康福对彭玉麟说："彭兄，蚕儿不是爱着男装吗？就让她穿着男子的衣服侍候石将军，岂不两全其美！"

彭玉麟笑道："还是我这个伙计有办法，就这样吧。我今夜就送给将军一个随从小厮。"

石祥祯开心地大笑，当夜便带着这个身着男装的蚕儿回府了。

石祥祯每天忙着指挥打仗，白天几乎没有工夫跟蚕儿说一句话。身着男装的蚕儿，也没有引起西征军总部其他人的注意。但相处七八天后，薛涛巷的妓女却处在一种极为矛盾的心情中了。那天，蚕儿从康福手里接过三百两白花花的银子。康福要她与石祥祯虚与委蛇十天半月，偷取他的军事机密，随时禀报。湘勇攻下武昌后，一定赎她离开薛涛巷，回到天门老家去。蚕儿是个苦命的孩子，七岁时就死去了父亲，母亲带着她和九岁的哥哥艰难度日，十三岁那年，哥哥身染重病，奄奄待毙。为了救儿子，也为了给女儿寻一条出路，母亲狠了狠心，把蚕儿卖给一个来找丫鬟的中年妇人。谁知中年妇人并不是正经人，而是武昌城里的鸨母。十六岁那年，鸨母便逼着蚕儿接客。蚕儿在泪水中过了一年多，直到近半年来，才慢慢安了心。她自认命苦，再哭也是空的，只望积蓄点钱，今后自己赎身再嫁人从良。太平军取缔妓院，打破了她的梦，她对太平军没有好感。康福送给她三百两银子，并许诺帮她逃出火坑回老家，她感激不尽，愿为他效力。这几天来，蚕儿越来越感觉到，自己身边这个造反的长毛头领，却是一个顶天立地的男子汉。蚕儿两年来接的客不下百个。那些名为男人的人，要么是花花公子、膏粱子弟，要么是糟老头子、混账流氓，没有一个是真正的男人。但这个石祥祯不同，他英俊威武，仪表堂堂，身体中有一股旺烈的阳刚劲气；他豪放豁达，气魄恢宏，城外数万大军包围，他视之如无物。他对自己体贴爱护，把自己作为心上人，不是玩物。“这是天地间一个名副其实的男子汉”。蚕儿常常这样自言自语。蚕儿的少女情愫第一次萌发，她从心里爱上了这个造反谋乱的头目。特别是每天深夜睡觉前，蚕儿倚窗看石祥祯在草坪上舞剑。星月下，寒光闪闪，身影矫健。那一副英豪潇洒的模样，直把蚕儿看得呆呆的。英雄，这才是真正的英雄！蚕儿觉得自己在石祥祯面前既渺小又卑下，她真的愿意这一辈子跟着他，真心实意地侍奉他。但他又是一个遭极刑、灭九族的反叛头啊！蚕儿想到这里，便害怕得要命。康福说，外面有几万官兵包围了，随时都会打进来，长毛一个都走不脱。哎，算了吧！石祥祯再好，也不能真正嫁给他，只要今后出了火坑，凭着自己的长相，一定可以找个老实敦厚的汉子，平平安安过日子，虽苦也强过担惊受怕。想到这里，蚕儿换上一件太平军两司马的衣帽，迈着男人的步伐，出了总部大门，来到旁边的刘家宅院。

“彭大人，有一件顶重要的机密。”蚕儿第一次干这样的大事，心跳得很厉害，脸涨得通红，神情紧张。

彭玉麟倒了一杯茶过来：“不要急，慢慢说。”

“今天一大早，我正在给石祥祯打扫房间，听他在隔壁跟另一个长毛头领谈打仗的事。我只听见他们说翼王的援兵已从江西出发，四天后便会来到武昌城下。他们很高兴地说，翼王的兵一到，城里城外夹攻，一举歼灭湖南来的人马。”

彭玉麟暗自一惊，问：“你听他们说援兵有多少？”

“有四五万。”

“他们还说了些什么？”

“后来他们便一起到外面吃饭去了，我也不好跟着，也不知他们再说些什么。”蚕儿急着说，“我要走了，待得久了，怕他找不到我生疑心。”

“你回去吧！”彭玉麟拿出十两银子来给蚕儿，“你方才的话很重要。这几天你只要听到打仗的事，便要来告诉我们。”

待蚕儿出门，彭玉麟对康、鲍说：“蚕儿讲的这个情况很重要，估计曾大人尚不知道。武昌城一定要在石达开的援兵来到之前攻破。否则，我们便处于腹背受敌的逆境，就很危险了。”

康福说：“我这就出城，向曾大人禀报，今天闭城门前一定赶回来。”

听完康福的禀报后，曾国藩感到事态很严重。三路人马围武昌，已经有二十来天了。武昌城大，两万人马根本就不能把城围死，城内的太平军依旧可以从外面获取粮草。湘勇攻了几次城，都被太平军打退。旷日持久，已使曾国藩苦恼，如今他们的援兵将到，湘勇全都集中在这里，这一仗若再打败，那就彻底完了。为筹谋攻下武昌之策，曾国藩一夜不寐，时而躺在床上，时而披衣徘徊，拿不出一个好主意来。

第二天上午，曾国藩仍在思考攻城之策，彭毓橘进来报告："大人，门外有个读书人求见。"

尽管此时曾国藩很讨厌有人打断他的思路，但听说求见的是读书人，还是传令接见。

来人五十余岁，一副老塾师打扮。曾国藩想早点结束这次不太合时宜的会见，便以温和的态度开门见山地问："老先生见鄙人有何事？"

那人回答也直截了当："特向大人献攻武昌之计。"

曾国藩喜出望外，忙问："老先生有何妙计？"

"大人屯兵武昌城外已二十余天，在下一直很注意大人与长毛之间的胜负。以这二十来天的情形看，若不采取奇策，武昌可能难以攻下。大人兵少，又从湖南远道而来，粮饷供应不易，宜速战而不能拖延。且长毛在长江下游尚有几十万人马，倘若发兵来救，则大人处境危矣。"

曾国藩微微点头说："老先生言之有理。"

"大人，前年年底，长毛来攻武昌，那还是常中丞、双提督在守城，长毛开头几天攻不下，后来挖了几个地道，每个地道里塞了几百斤炸药，这才把城墙轰倒的。以后地道又被填平，人们也就慢慢忘记了。在下却记得，长毛挖了十多处地道，还有一半多没有炸开，若把这些地道口找出来，把以前的炸药清出，再堆放加倍的好炸药，不愁武昌城墙不倒。"

曾国藩问："时隔一年多了，那些地道口还找得到吗？"

"找得到。在下当初一一记下它们的位置，莫说只有一年多，就是十年后都找得到。"

世上居然也有这样的有心人。曾国藩正感欣慰，又突然想起靖港上当的教训，他不敢轻易相信这个陌生人，甚至怀疑这个塾师可能是太平军派出的奸细。曾国藩换了一种使人心寒的犀利目光，把眼前的老塾师注视良久，然后慢慢地说："老先生，我军驻扎洪山二十来天，并没有一个人对我谈起地道之事。你为何前年就记得那样仔细，供今天攻城之用。老先生难道有未卜先知之本事？"

塾师见曾国藩不信任他，心中甚不自在，说："大人，在下并无未卜先知的本事，当初记下的目的，只是为了记下长毛的罪行。长毛到处烧毁学宫，辱骂先圣，妄图以上帝耶稣来代替孔孟程朱，在下对这批乱世之贼恨之入骨，自思不能操刀杀贼，却可以秉笔直书，将他们的罪恶昭示天下，告诉后代子孙。长毛挖地道之事，也就被在下记了下来。大人若不相信我，我现在就走。"

曾国藩见他说得有道理，立刻笑道："老先生不必生气，两军对垒之际，鄙人不得不小心。今夜就烦老先生带领我们去找地道口。"

当夜，塾师带着曾国藩找到五六处未炸开的地道，证明所说不误。曾国藩拿出

五十两银子酬谢，塾师推辞几次，也便收下了。

天亮前，彭毓橘再次潜入刘家宅院，约定二十二日半夜，内外夹攻，希望彭玉麟等人从太平军总部杀出，如能杀掉石祥祯，则立下大功。

四　康福挥刀砍杀之际，一眼看见弟弟康禄

二十二日傍晚，当蚕儿从康福手里接过毒药时，她的手抖抖的，浑身发软，一回到屋里，便瘫倒在椅子上，半天起不来。康福吩咐的话一直在脑中盘旋："今天夜里，在石祥祯就寝前，将毒药放在茶碗里，无论如何要劝他喝下这碗茶。毒药要半个钟点后才发作，趁这个机会逃出总部，躲进刘家宅院。"石祥祯马上就要回来了，蚕儿还没有最后下定决心。既是一个造反的长毛头领，又是一个顶天立地的男子汉，对他，她又怕又爱。到武昌城破时悄悄离开他，这点，蚕儿咬咬牙可以做到，但要亲手放毒药去毒死他，她怎么能下得手呢？听到石祥祯进屋的脚步声，蚕儿一跺脚，狠下心将毒药放进茶壶里。正在这时，石祥祯推门进来了。

石祥祯今夜很高兴。他看到因过度紧张而满脸泛红的蚕儿，觉得她比往日更美。他摸了摸蚕儿的脸，热得烫手，再摸摸额头，更烫。石祥祯惊奇地问："你病了？"

蚕儿下意识地摇摇头。

"你脸上和额头都烫得厉害。"

蚕儿情急生智："我刚才喝了一口酒。"

石祥祯深情地望着她："蚕儿，你真美。这几天委屈你了，也没有好好地跟你说几句话。你是个讨人喜爱的女子。"

蚕儿奇怪，今夜怎么这多话？她怯怯地说："将军，你今天很高兴。"

石祥祯笑道："你说对了，蚕儿。我的弟弟翼王率领五万援军后天就要来到武昌，我们内外夹击，马上就会将曾国藩活捉。到那时，我们在阅马厂开公审大会，将青麟、曾国藩押上台，让老百姓诉苦申冤，扬眉吐气，你姐丈的茶庄也可复业了。"

"真的？"蚕儿现出惊喜的样子。

"真的。蚕儿，把湖南来的人马打败，杀了曾国藩后，我要亲自到天王那儿去禀报，请天王实践他自己上次撤离武昌时，对全体兄弟姐妹们所许下的诺言。"

"天王当时许下了什么诺言？"蚕儿问。

"天王当时说，进了小天堂，成了家的夫妻团聚，没有成家的，男婚女嫁。"

"那后来又为什么没有这样做呢？"

"也不知天王是怎么想的，怪不得兄弟们都有怨言。我要为你，为我，也为天国所有的兄弟姐妹面奏天王。蚕儿，"石祥祯摸着蚕儿的手说，"到那时我要你脱下男人的衣服，换上最美丽的凤冠霞帔，我和你拜天地天父天兄，做一世恩爱夫妻，白头到老。"

石祥祯的这几句话，像一罐蜜似的灌进蚕儿的心里，她感到一种从未有过的巨大幸福，如果真的能跟眼前这位英雄白头到老，也不枉此一生。但他是造反的逆贼，他

们的造反能成功吗？

“将军，别人说你们成不了大事，今后要满门抄斩的。”

石祥祯哈哈一笑：“你听谁说的？我们的天王已在天京登基，我们水陆大军有百万之多，半个中国已是我天国的了。北征军马上就要打到北京，活捉咸丰妖头，清妖就要彻底灭亡了。蚕儿，你就等着做一品夫人吧！”

蚕儿被石祥祯说得满心高兴，她也觉得，在这样的英雄面前，应该没有敌手。石祥祯又说：“蚕儿，去年我在天门收下了一批兄弟。”

“将军到过天门？”一听到说起自己日夜思念的家乡，蚕儿立刻想起了母亲和哥哥。

“我去年在天门驻兵一个月，杀了天门的狗官，开仓放粮。那一天，一位中年妇女牵着一个十八九岁的小伙子来到我的身边，对我说：‘老总，你们真是好人啊。没有你们，我们娘儿俩早就饿死了。我儿子要投军，老总，你收下他吧！跟着你们我放心。’妇人又转过脸对儿子说：‘小三子，你今后若有机会到武昌，千万要打听到妹妹的下落，见不到你妹妹，我死不瞑目哇！”

蚕儿蓦地一惊，哥哥的小名不正是叫小三子吗？她急忙问：“将军，小三子的大名叫什么？”

“叫王金来。我今天正碰到他，问他妹子寻到没有，他摇了摇头。”

蚕儿完全明白了。自己的母亲和哥哥都还健在，她感谢太平军的大恩大德。而今，哥哥已参加了太平军，自己却要为官府来谋害恩人和亲人。蚕儿仿佛大梦初醒，她暗自庆幸，还没有铸下大错，一切都还来得及补救。石祥祯走到茶壶边，倒出一碗茶，蚕儿惊叫一声：“将军！”正在这时，门被打开，彭玉麟、康福、鲍超进来了。石祥祯笑问：“三位壮士，为何深夜来访？”

说罢又举起茶碗要喝，蚕儿扑过去，大叫：“碗里有毒！”

同时抽出一只手将茶碗打落在地。石祥祯被眼前的情景弄糊涂了。蚕儿指着彭玉麟等人对石祥祯说：“他们是官府的人。”

石祥祯一听，猛地抽出刀。鲍超气得大骂蚕儿：“你这个贱人！老子宰了你。”

边说，一把刀已向蚕儿头上砍来，石祥祯用刀拦住。这时国贤兄弟闻讯冲进来，一眼认出了康福，恨得牙齿咬得吱吱响，破口大骂：“你这个千刀万剐的贱奴才，老子今天要将你碎尸万段！”

西征军总部立时变成了血肉横飞的战场。太平军层层逼过来，将彭玉麟、鲍超、康福三人围在当中，三人也不示弱，挥刀迎战，太平军虽多，一时却也近不了身。鲍超抡起大刀，抖擞着精神，一人对付二三十人，毫无惧色。杀得兴起，他猛然吼叫起来，顺手操起身边的案桌，朝人堆里打去，几个太平军兵士被砸得头破血流，鲍超趁机手起刀落，砍倒了几个。彭玉麟见屋里门外人越来越多，知久战下去必然吃亏，边战边对康福、鲍超说：“不要硬拼，准备从窗口冲出去！”

正在这时，惊天动地的炮声接连响起，石祥祯、周国贤等人一愣，彭玉麟等人趁这一瞬间跳上窗头，冲出屋外。三人脚刚落地，康禄带着十来名兵士从旁边绕了出来。康福对彭玉麟说：“你们快走，我在这里断后！”

彭玉麟想到还有带领三百湘勇攻破城门的大任务，便对康福说："我和鲍超先走了，你略抵挡一阵就走，赶到文昌门。"

康福点点头，束紧腰带，大吼一声，挥刀冲过去，正要砍杀，一眼看见康禄，大吃一惊。与此同时，康禄也发现眼前这位官府中的人就是自己的胞兄，也大出意外。康福不忍心弟弟死在湘勇手下，更不愿兄弟刀枪相见，相互残杀，高声对弟弟说："兄弟，武昌城就要破了，你赶快逃出去，逃出去！"说罢，刀虚晃一下，腾空跳上屋顶，踩着瓦片一溜烟跑了。

五　一律剜目凌迟

彭玉麟、鲍超指挥三百湘勇从城内杀出，打开了文昌门，湘勇潮水般从文昌门冲进城来。这些最先冲进城的湘勇，一个个像发了疯似的乱砍乱杀，城内秩序大乱。城外其他湘勇，则从炸开的缺口中蜂拥而入。他们见人就杀，见房就烧，见金银就抢。火光冲天，哭声动地。武昌城被湘勇攻下了。

天还没亮，当城内烽火弥漫，各处巷战还在进行的时候，曾国藩便带着郭嵩焘、刘蓉、陈士杰等一班幕僚，在王鑫老湘营一百勇丁的保护下，乘马由望山门进了城。看到湖广第一大名城已由自己收复，曾国藩心里有着说不出的激动。他转过脸，笑着对刘蓉说："孟容，此情此景，使我想起你早年的佳句。"

刘蓉也笑道："此情此景，也使我想起你早年的佳句。"

曾国藩念道："明月半勾森画戟，秋风万里入悲笳。何当一鼓幽燕气，缚取天骄祀莫邪。这诗简直就为今夜而作。"

刘蓉也念道："国家声灵薄万里，岂有大辂阻孱螳。立收乌合成齑粉，早晚红旗报未央。这不就是为此刻所吟的吗？"

二人在黑夜中相视大笑。郭嵩焘在一旁不服气地说："你们都有旧作应了今日的情景，唯独我没有。"

"别人都说郭大有七步之才。你没有旧作，吟一首新诗也好嘛！"曾国藩笑着怂恿。

"好哇，我就作一首给你们看看。"一阵轻哼细吟之后，郭嵩焘高声念道："江畔狼烟起中宵，频年民气半枯凋。文人也有雄豪梦，梦驾长鲸控海潮。各位说如何？"

"好诗，真是好诗！"曾国藩用鞭子轻轻敲着马背，由衷地赞叹。

走在后边的王鑫，见他们几个吟诗，心里早就痒痒的了，听曾国藩称赞郭嵩焘，终于忍不住叫起来："你们称赞郭翰林的七步之才，就看不起我这个未中举的王鑫。"

刘蓉说："你未中举，我也未中举，谁看不起你了。你不做声，哪个知道你有无此雅兴。"

王鑫为人最好强，他见郭嵩焘七步成诗，也说："看我也来个七步成诗。"

只听见马蹄踏踏响中，王鑫也念道："浩劫名城将息兵，书生今夜建功名。十年寒窗堪回味……"

念到这里忽然卡壳了。郭嵩焘喊："已经十多步了！"

陈士杰也催道："快结尾呀！"

王鑫沉思一下，不慌不忙地提高声调："不负深宵对短檠。"

众人一齐说："结得好！"

曾国藩喜道："还是璞山这首后来居上，今天诗社的鳌头让他占了。"

大家正在得意时，彭毓橘在一旁突然大叫："当心冷箭！"

曾国藩赶紧把头低下，只听见脑顶一阵风过去，帽子已掉到马屁股后，他吓得出了一身冷汗，愤怒地命令："彭毓橘，带人把这栋房子围起来！"

彭毓橘和王鑫将一百湘勇分成两组，从左右两边包抄射出冷箭的那栋房子。经过一场激烈搏斗，除战死者外，守在这栋房子里的十多名太平军兵士全部被湘勇捉住了。曾国藩等人进了附近一家茶馆。茶馆主人早已吓跑，留下空荡荡几间房子。彭毓橘和王鑫将这十多名太平军押了进来，曾国藩余怒未消，凶恶地问："刚才是哪个射的冷箭，有胆量的，在本部堂面前站出来！"

队伍里一人应声答道："是你爷爷射的，怎么样？只可惜射高了点，再矮一寸，你早就魂归西天了。"

曾国藩盯着这人。他很惊讶这个矮矮小小的单薄汉子，竟然有这样大的胆量，一点都没有将他这个攻克名城的湘勇统帅放在眼里。曾国藩心里沮丧，突然吼道："你这个倒行逆施的贼匪，死到临头，还如此放肆！你可知只要我一句话，你脑袋就要搬家吗？"

那汉子大笑道："你爷爷魏逵如果怕死，早就躲起来逃走了。你不必啰唆，要杀要剐，随你的便。"

曾国藩一听"魏逵"二字，心里想："这人就是串子会的大龙头，那个被人说成是青面獠牙的土匪吗？"

他走近魏逵身边，仔细再看一看，除满脸倔强外，清清秀秀的五官中没有一丝匪气。他奇怪地问："你就是串子会的魏逵？"

魏逵圆睁双眼，对着曾国藩脸吐了一口唾沫，骂道："曾剃头，你这个没人性的畜生，好端端的林秀才被你害死。老子今日若有刀在手，恨不得剥了你的皮！"

曾国藩勃然大怒，叫道："统统拉出去，挖眼剖腹，凌迟处死！"

曾国藩想起那次受罗大纲训斥的耻辱，想起岳州出逃的狼狈，尤其是误中奸计，靖港惨败、投水自杀的丑态，心里顿时烧起万丈怒火，他以不可遏制的愤怒对彭毓橘下令：

"立即向全城传达我的命令，凡胆敢抵抗的长毛，抓到后，不分男女老少，一律剜目凌迟！"

六　来了个满人兵部郎中

攻下武昌的当天下午，杨载福指挥水师又一举克复汉阳城。曾国藩的报捷奏折，以日行六百里的速度向京师飞送。不久，上谕下达，嘉奖同日攻克武昌、汉阳之功，委任曾国藩为署理湖北巡抚。曾国藩没有想到，早在武昌将克未克之时，荆州将军官文已派人和署湖广总督杨霈取得联系，先行向咸丰帝报捷。杨霈因此由署理改为实授。

曾国藩事后知道，心里很不好受。但毕竟有个一省最高长官的职务了，今后筹饷调粮调人，都可以由自己专断，不需仰人鼻息，这是值得宽慰的事。又想到尚在守制期中，如果不做点推让，难免招致物议。他给皇上上了一道谢恩折：

> 武汉克复，有提臣塔齐布之忠奋，有罗泽南、胡林翼、杨载福之勇鸷，有彭玉麟、康福之谋略，故能将士用命，迅克坚城，微臣实无劳绩。至奉命署理湖北巡抚，则于公事毫无所益，而于私心万难自安。臣母丧未除，葬事未妥，若远就官职，则外得罪于名教，内见讥于宗族。微臣两年练勇、造船之举，似专为一己希荣徼功之地，亦将何以自立乎！

后面再奏，洪杨虽已受挫，然长江下游兵力强盛，未可轻视，拟将湖北肃清，后方巩固后，再水陆并进，直捣金陵。

刚拜折毕，亲兵报，衙门外有官员来拜见。曾国藩正与亲兵说话间，来人已昂首进了衙门，说："曾大人，下官奉朝命来大人衙门报到。"

说着递上一个手本。曾国藩见那人三十五六岁年纪，丰腴白净，是个极会保养的人，又看手本上面写着：德音杭布，镶黄旗人，由盛京兵部郎中任上调往曾国藩大营效力等等。曾国藩看了这道手本，心里大吃一惊，暗思这样一个人物，朝廷何以差他到我这儿来，我又如何安置他呢？突然，曾国藩想起一件往事来。那还是在衡州水师刚组建成军不久，朝廷便来谕旨，说曾国藩统领水陆两军太辛苦，已调贵州提督布克慎来衡州掌管水师。不过以后布克慎并没有来，据知内情的人说，朝廷的安排是让湖广总督台涌接管布克慎留在前线的绿营，只因台涌脱不了身，故而布克慎也便离不开。水师虽因此没有落到满人的手里，但朝廷的用心已暴露无遗。见来的又是一个满人，他心里已明白了七八分。遂满脸堆笑地招呼："请坐，请坐。贵部郎光临，不胜荣幸。此处池小塘浅，难容黄河龙鲤。请问贵部郎台甫大号。"

"下官贱字振邦，小号泉石。"

"部郎怀振兴邦国之抱负，又有优游林泉之胸襟，实为难得。"

"大人过于推许了。"德音杭布得意地笑起来。"大人一举收复武昌、汉阳两大名城，为国家建此不世功勋，下官十分钦敬。朝廷派下官来，虽说是襄助军务，但下官认为，这不啻一个学习的好机会，故欣然前来，望得到大人朝夕教诲。"

"部郎为朝廷镇守留都，功莫大焉。湘勇得部郎指教，军事技艺将会与日俱进。学生今后亦有良师，匡误纠谬，少出差错，无论于国于己，部郎此来，赐福多矣。"

"大人客气。请问武昌城内局面如何？"

"近日已渐趋安静，各项善后事宜正在顺利进行。只是常有小股长毛隐藏在街头巷尾，不时向我军偷袭。部郎若不在意，过两天，我陪部郎到城内各处走走。"

德音杭布听说城内尚不安定，心中有几分害怕，便说："好，过几天再去吧！这两天我想与各位同寅随便晤谈，借此熟悉情况。"

曾国藩心想：看来这角色不安好心，得多提防才是。略停片刻，曾国藩换了一个话题："部郎过去到过武昌吗？"

“下官过去一直在京中供职，前几年谪到盛京，除开京城到留都这段路外，其他各处都没去过。久闻武昌名胜甚多，只是无缘一览。”

“这下好了，待战事平息后，学生亲陪部郎去登龟蛇二山，凭吊陈友谅墓、孔明灯，看看古琴台、归元寺。”

德音杭布大喜：“是啊，‘晴川历历汉阳树，芳草萋萋鹦鹉洲’。武昌自古便是九省通衢之地，好看的地方多啦。只是不敢劳动大人陪同，待下官一人慢慢寻访。”

“部郎高雅，学问优长，实为难得。”

“惭愧，要说读书作诗文，下官只可谓平平而已。只是平生有一大爱好，便是收藏字画碑版，可惜战火纷乱，旅途不靖，不曾带来，异日到了京师，再请大人观赏。”

曾国藩想起自己竹箱里正藏着一幅字，便笑着说：“学生亦好此类东西，只是没有力量广为收集。现身旁只有一幅山谷真迹，不知部郎有兴趣一看否？”

德音杭布立即兴奋起来，说：“下官能在此地看到山谷真迹，真是幸事。”

曾国藩本想要王荆七去卧室取来，突然想起郭子仪当年洞开居室，让朝廷使者自由进出的故事，便说：“部郎若不嫌国藩卧室龌龊，便一同进去如何？”

“大人起居间，下官怎好随便进去。”

“部郎乃天潢贵胄，若肯光临，真使陋室生辉。”

德音杭布虽是满人，但与爱新觉罗氏并无血缘关系，听此出格之颂，他乐得心花怒放，连忙说：“难得大人如此破格款待，下官真受宠若惊了。”

曾国藩领着德音杭布进了卧室。门一打开，简直令德音杭布不敢相信，这便是前礼部侍郎、现二万湘勇统帅的居室！只见屋内除一张床、一张书案、两条木凳、三只大竹箱外，再无别物。床上蚊帐陈旧黑黄，低矮窄小，仅可容身。床上只铺着一张半旧草席，草席上垒着一床蓝底印花棉被，被上放着一件打了三四个补丁的天青哈拉呢马甲。屋里唯一饰物，便是墙上挂的当年唐鉴所赠“不作圣贤，便为禽兽”的条幅。德音杭布自幼出入官绅王侯之门，所见的哪一家不是纸醉金迷，满堂光辉！虽是战争之中，但原巡抚衙门里一应器具都在，尽可搬来，也不须如此寒碜。早在京城，就听说过曾国藩生性节俭的话，果然名不虚传。德音杭布感慨地说：“大人自奉也太俭朴了。”

曾国藩不以为然地说：“学生出身寒素，多年节俭成习，况军旅之中，更不能铺张。”说着自己打开竹箱。德音杭布见竹箱里黑黄黑黄的，又笑着说：“大人这几只竹箱真是地道的湖南物品，在北方可是见不到。”

“在我们湖南，家家都用这种竹箱盛东西，既便宜又耐用。不怕部郎见笑，这几只竹箱，还是先祖星冈公手上制的，距今有四十余年了。”

德音杭布心中又是一叹。竹箱里半边摆着一叠旧衣服，半边放着些书纸杂物，并无一件珍奇可玩的东西。曾国藩慢慢搬开书，从箱底拿出一个油纸包好的卷筒来。打开油纸，是一幅装裱好的字画。德音杭布看上面写的是一首七绝：“满川风雨独凭栏，绾结湘娥十二鬟。可惜不当湖水面，银山堆里看青山。”诗后面有一行小字：“崇宁元年春山谷雨中登岳阳楼望君山。”德音杭布眼睛一亮，说：“这的确是山谷老人的真迹，这两个‘山’字写得有多传神，正是山谷晚年妙笔。实在是难得的珍品。这幅字，大人从何处得来？”

“那年我偶游琉璃厂，从一个流落京师的外省人手里购得。那人自称是山谷后裔，因贫病不得已出卖祖上遗物。”

“花了多少银子？”

“他开口一百两。我哪里拿得出这多，但我那时正迷恋山谷书法，便和他讨价还价，最后忍痛以六十两买来了。”

“便宜，便宜！要是现在，二百两也买不到。”

德音杭布拿起字画，对着窗棂细看，心中捉摸着如何要过来才好。过了一会，德音杭布说：“大人，我在京师听朋友们说，大人写得一手好柳体字。”

曾国藩微笑着说：“哪里算得好，不过我早年的确有心摹过柳诚悬的字，后来转向黄山谷，近来又颇喜李北海了。结果是一种字也没写好。学生生性浮躁，成不了事。”

德音杭布恭维说：“这正是大人的高明处。老杜说转益多师是吾师，集各家之长，乃能自成一体。改日有暇，下官还想请大人赐字一幅，好使蓬荜增辉。”

“部郎过奖，部郎看得起，学生自当向部郎请教。”

“下官最好赵文敏的书法。听人说，赵字集古今南北之大成。下官愚陋，不识两派之分究竟在何处，敢请大人指拨。”

曾国藩弄不清德音杭布究竟是真的不懂，还是有意考问自己，稍微思索一下，说：“所谓南派北派者，大抵指其神而言。赵文敏的确集古今之大成，于初唐四家内，师虞永兴而参以钟绍京，以此上窥二王，下法山谷，此一径也；于中唐师李北海，而参以颜鲁公、徐季海之沉着，此一径也；于晚唐师苏灵芝，此又一径。由虞永兴以溯二王及晋六朝诸贤，此即世所谓南派。由李北海以溯欧、褚及魏、北齐诸贤，世所谓北派。以余之愚见，南派以神韵胜，北派以魄力胜。宋四家，苏、黄近于南派；米、蔡近于北派。赵孟頫欲合二派为一。部郎喜赵文敏，看来部郎书法，既有南派之神韵，又有北派之魄力了。”

德音杭布心里甚是高兴，说：“大人过奖了。下官不过初学字，哪里就谈得上兼南北派之长。不过，今日听大人之言，以神韵和魄力来为南北书派作分野，真是大启茅塞。大人学问，下官万不及一也。常听人说，张得天、何义门、刘石庵为国朝书法大家，不知大人如何看待？”

曾国藩说：“凡大家名家之作，必有一种面貌一种神态，与他人迥不相同。譬如羲、献、欧、虞、颜、柳，一点一画，其面貌既截然不同，其神气亦全无似处。本朝张得天、何义门虽号称书家，而未能尽变古人之貌。至于刘石庵，则貌异神亦异，窃以为本朝书法之大家，只刘石庵配得上。”

德音杭布见曾国藩说得兴致很浓，知火候已到，遂又拿起桌上的山谷字迹，看来看去，以一种爱不释手的神态说：“下官家中藏着几幅苏轼、米芾、蔡京的真迹，只有山谷的字，一幅也没觅到。”

曾国藩明白他的用意，立即接话：“这幅字就送给部郎吧！”

“大人珍藏多年的东西，下官怎能夺爱。”

曾国藩心里冷笑，嘴里却很诚恳地说：“苏、黄、米、蔡，在部郎处是三缺一，在学生处是一缺三，自来少的归多的，这有什么话说！何况古玩字画，究竟比不得金银珠宝。在识者眼中有连城之价，在不识者眼中无异废物。部郎热心收藏字画，真乃高雅之士。山谷这幅字存于部郎家，也甚相宜。再说兵火无情，万一我这竹箱被烧被丢，连累了这幅字，岂不可惜。”

说罢，亲手将这幅字卷好送给德音杭布。德音杭布颇为感动地说：“大人厚赐，下官却之不恭，来日方便，下官便托人送到京师，定为山谷老人妥藏这一珍品。”

这天深夜，三乐书屋里，曾国藩和刘蓉在悄悄说话。曾国藩说：“一个堂堂满郎中，不在盛京享福，却要跑到我这儿受苦，岂不怪哉。”

刘蓉沉默良久，说：“此人怕不是来赞襄军务的，我看是来监视湘勇的。”

曾国藩点点头，说：“我也有这种怀疑，所以今天给他灌了不少米汤。”

“此人德性如何？”

“是个标准的八旗子弟：心眼多，摆阔，贪财，好享受，无真才实学。”

曾国藩又把送黄庭坚字的事说了一遍。刘蓉说：“可惜。一件稀世之物落入俗人手里，山谷有知，九泉当为之下泪。”

曾国藩笑道：“那是一件赝品。”

“此话怎讲？”刘蓉惊问。

曾国藩说：“这幅字是我的一个学生送我的，他说是他的朋友临摹的，其人有乱真之技。这幅山谷字临摹之妙，令我叹为观止，便一直带在身边，想不到今日做了一份厚礼。”

刘蓉乐道：“你的学生有这样的朋友，以后也给我临摹一幅。”

曾国藩笑了笑，未作答复。过一会，又说：“我原本想过几天自己陪他到各处去看看，后来又觉得不妥。这种人，自以为出身高贵，长期厕身于显赫之中，本来就目空一切，倘若真的奉有密令，更加不可一世。我如陪他，他会以为我巴结他，尾巴更会翘到天上去。我有意压压他的气焰，暂晾几天。你去陪陪他，也借此观察一下，套套他的话，以便心中有数。”

刘蓉说：“这话不错，但这种人也得罪不得。他不是鲍起豹、清德那样的人。我看，过几天还得给他派个仆人，好好服侍他。”

说完，向曾国藩诡谲地一笑。曾国藩明白刘蓉的意思，拍拍他的肩膀，说：“还是小亮想得周到，明天就给他派一个可靠的仆人。”

七　明知青麟将要走向刑场，曾国藩却满面笑容地说：我将为兄台置酒饯行

曾国藩一面委派塔齐布、李元度在城内搜捕残留的太平军，整顿三镇秩序；一面派胡林翼、罗泽南带勇到孝感、天门、沔阳一带围剿驻扎在那里的西征军，以便安定湖北，并起拱卫武汉的作用。他计划把湖北稳定之后，再出师江宁。

谢恩折拜发后的第十天中午，亲兵报“折差到”。曾国藩好生奇怪：这会子又有什

么谕旨呢？对谢恩折的批复，再快也得过三四天才到武昌。曾国藩跪在香案前，聆听上谕：

> 曾国藩着赏给兵部侍郎衔，办理军务，毋庸署理湖北巡抚。陶恩培著补授湖北巡抚，未到任之前，湖北巡抚着杨霈兼署。曾国藩、塔齐布立即整师东下，不得延误。

曾国藩简直不敢相信，这就是任命署理湖北巡抚后十天的第二道上谕！他谢恩后，怏怏回到卧室，百思不解。倘若是皇上在接到辞谢奏折后再下这道上谕，也还可以说得过去。上次辞署抚折是九月十三日拜发的，兵部火票上清楚说明九月十二日内阁奉上谕。这分明不是圣衷对辞谢的接受，而是对前命的否定。更使曾国藩不舒服的是，湖北巡抚一职，居然由毫不相干的陶恩培来补授。这个对头平白无故地，半年之间两获迁升，湘勇流血奋战夺得的城池，竟然由他来主宰，真正应了湘乡的一句老话：牛犁田，马吃谷，别人生儿他享福。什么人来湖北当巡抚都可以，唯独这个陶恩培，曾国藩怎么也不能接受。他心里气愤不过，加之几天来接连熬夜，竟然病倒了。

曾国藩刚和衣躺下，德音杭布便走进屋来。

"涤生兄，哪里不舒服哇？"早两天，为着表示亲昵，曾国藩称德音杭布为"泉石兄"，也要他叫自己"涤生"。他从哪里嗅到了气味？曾国藩厌恶地想，随即从床上坐起来，笑道："泉石兄，请坐。弟偶得采薪之忧，何劳仁兄过访。"

"听说刚才来了谕旨，仁兄官复原职，弟特来恭贺。"

刚送走折差，他就什么都知道了。谁先告诉了他，待会儿要严查。曾国藩心里想，嘴上却说："皇上厚恩，国藩无以报答。"顺手把上谕递给德音杭布。德音杭布浏览一下，随口问："仁兄拟何时整师东进？"

"十天后出兵。"曾国藩答得干脆。

"罗泽南、胡林翼远在天门、沔阳，能赶得到吗？"

"速发急令召回，可以赶得到。"

停了一会，德音杭布说："我看仁兄上个折子给皇上，一请不要撤署理巡抚之职，没有地方实权，粮饷筹措有困难。二请稍缓出兵，待湖北经理有头绪后再出不迟。仁兄，这可是弟之贴心话，完全为仁兄日后大业着想。"

这番话若从湘勇其他人口中说出，曾国藩一定会欣赏，这的确是真心为湘勇和他本人着想的建议，但对眼前这个朝廷派来的满郎中，曾国藩有着十二分的戒备。他淡淡笑道："皇上圣命，便是弟之大业，弟向来不敢有个人事业。署湖北巡抚一职，我早有辞谢折上奏皇上，请皇上收回成命。现改赏兵部侍郎衔，已是皇上破格之优待。弟母丧未除，本不应接受，只是为此再渎皇上圣意，于心不安，故勉强拜受。我身在军中，不宜兼地方之职，有朝廷调遣，饷粮亦不必忧。泉石兄，你在兵部任职多年，于军事卓有建树，来日商议东进事，还请仁兄多出良策，弟仰之久矣。"

德音杭布刚出门，派给他当仆人的蒋益澧便进来悄悄报告："折差将兵部一封密信送给了德音杭布，他看后立即就烧了，不知里面说些什么。"

曾国藩说："这两天他必定有些活动，你注意盯着，随时报我。"

被德音杭布一冲击，曾国藩的精神倒恢复了。圣命不可违抗，出师在即，一件思之已久的事，要在离开武昌时办好。他将康福唤进来，要他立即调集武汉三镇的好铁匠，五天之内用上等好铁打造一百把小腰刀。又亲自在一张白纸上画了腰刀的式样：长九寸，阔一寸，不求花哨，但求锋利。每把刀上刻"殄灭丑类，尽忠王事。涤生曾国藩赠"十四个字，并依次编号。康福问："打造这多腰刀送给谁？"

曾国藩对他挥挥手："快去办吧，过几天就知道了。"

这时亲兵进来，呈送一份湖广总督杨霈的咨文。曾国藩看咨文内转抄一道谕旨，皇上命杨霈立即捉拿失地出逃的前鄂抚青麟就地正法。曾国藩心中一阵急跳，一种负疚的心情不期而然地冒了出来。他决定马上去见见青麟。他要借此稍释自己的歉疚心理，更重要的是，他要堵住青麟的嘴。万一青麟觉察到已被出卖，临死时不顾一切地说出献俘真相，若再捏造事实，反咬一口，那岂不坏了大事！

武昌、汉阳的同日克复，给青麟带来希望。他钦佩曾国藩的军事谋略，更感谢他为自己将功补过所出的好主意。青麟哪里知道，曾国藩给朝廷的报捷折里，压根儿就没提青麟一个字。谨慎老练的曾国藩非常清楚，为舍城逃命的巡抚说情，无异于捋虎须，必然引起皇上的震怒，而以献巡抚为名获取长毛的信任，又置大清王朝的尊严何在？曾国藩决不会因一个贪生怕死的青麟，而有损自己和湘勇的前程。武昌、汉阳同日克复，这是湘勇成立以来所取得的最大胜利，也是自太平军起事以来，朝廷方面所获得的最大军事成就，它应当是一幅辉煌灿烂、完美无缺的大捷图，不应当，也不允许有一丝败笔。

正当青麟一个人在学政衙门里，思量今后如何报答曾国藩时，仆人报"曾大人来访"，青麟慌忙走出门来。曾国藩满脸堆笑走下轿，拉着青麟的手说："墨卿兄，国藩这几日军务倥偬，未遑探望，想我兄能体谅。"

青麟感动地说："武昌、汉阳光复，万事丛杂，全赖涤翁你一人支撑，此时正是一沐三握发、一饭三吐哺的时候，且青麟乃戴罪之身，能活到今日，已蒙涤翁恩德不浅，还有什么谅解不谅解的呢？"

进屋坐下后，青麟心绪不宁地说："涤翁，皇上对我的处置尚未下来，心中一直惶惶不安，如坐针毡，索性早点下达，革职为民，我倒乐得无官一身轻。"

看着蒙在鼓里的青麟那副可怜相，曾国藩心上飘过一丝同情，遂安慰他："墨卿兄不必过于忧虑，我想皇上一定会念兄守德安之功，以及此次收复武昌的忍辱负重，大不了降级调用而已。"

青麟感叹地说："涤翁，不瞒你说，当初我俩同在翰苑时，我可没想到你还有用兵之才。"

曾国藩谦逊地说："哪里有什么用兵之才，这也是没有办法逼出来的。墨卿兄，我昨日草拟了一份奏稿，你看看有无出入。"

说罢，曾国藩从袖口里取出几张纸来，青麟见上面写着：

缕陈鄂省前任督抚优劣折。窃臣自入鄂城以来，抚恤遗黎，采访舆论。据官吏将弁乡绅合谓武汉所以再陷之由，实因崇纶、台涌办理不善，多方贻误，百姓恨之入骨，而极称前督臣吴文镕忠勤忧国，殉难甚烈，官民至今念之，即于前抚臣青麟亦多同情之语。

青麟眼含泪水，十分感动地说："难得涤翁主持公道，伸张正义，如此，不但青麟之冤可伸，鄂省吏治亦将有指望。"

"我前折已详述兄台收复武昌之功，这一折再言崇纶、台涌劣迹，想兄台定获皇上宽宥，且安心等待佳音吧！"

青麟感慨地说："涤翁于我，真有再造之恩。此番回到原籍，青麟将以耕读课子为业，以清风明月为伴，再不过问世事了。"

曾国藩恳切地说："兄台说哪里话来，我辈深受国恩，岂能一受挫折，便消沉至此。兄台此次失事，原因不在你，而在小人当道，环境险恶，想天下之大，决不至于处处如此。纵然这次调动他处，只要我兄勤于王事，皇上一定会念记前功，很快就会起复重用的。"

"涤翁指教的是。青麟这些日子也是消沉了些，总感罪责太大，无法向世人交代。现经涤翁指教，心情开朗多了。今生若再有起复之时，定当重报大恩大德。"

二人正说得融洽，仆人慌慌张张进来说："大人，不好了，总督衙门来了兵士，执刀仗剑的，说要大人到制府接旨。"

青麟笑道："有什么好慌张的，我这就去。"转脸对曾国藩说，"涤翁请回，我晚上再来拜谒。"

曾国藩也笑道："兄台且放心前去，皇上圣谕已到，离开武昌时，国藩再为兄台置酒饯行。"

青麟拱拱手，走进轿子，心舒神坦地吩咐起轿。曾国藩心情复杂地目送轿子出了巷口后，才离开学政衙门回府。

下午，青麟正法的事，在武汉三镇沸沸扬扬地传开了。有称赞皇上圣明，执法如山的；也有怜悯青麟，摇头叹气的；更多的人觉得天威莫测，心中又添了几分恐惧。

八　康福的绝密任务

青麟正法的这天夜里，曾国藩自己也弄不清楚是何缘故，一夜心绪不宁，无端地生出许多恐惧来。刚一合眼，便出现一群索命的鬼魂：无头的廖仁和、死在站笼里的林明光，还有剜目凌迟的魏逵、提着血淋淋头颅的青麟，全都向他走来，张牙舞爪，哇哇乱叫。他吓得急忙睁开眼睛，昏暗的油灯上，火苗一闪一闪的，屋里的什物时有时无。他索性披衣起床，拨亮灯芯，坐在案桌前沉思。满郎中的到来、署理巡抚的取消、陶恩培的一再迁升，这三桩事都颇为蹊跷，还有前次的降二级处分，难道真的是皇上对自己有怀疑？如果是这样，那今后的结局就不会是封侯拜相，很可能是身首异处了。历史上立大功、拥重兵的人遭忌被杀的事太多了，远的不讲，本朝的鳌拜、年羹尧就是例子。他们都是旗人，或为辅政大臣，或为国舅，在朝廷中盘根错节，党羽甚多，都逃不脱这个厄运，何况自己孤身一个汉族书生……曾国藩思前想后，心惊胆战地在油灯前坐了一夜，临近天亮时才蒙蒙睡去。

一觉醒来，红日高挂，曾国藩推开窗门，见屋前屋后满是身着戎装的湘勇，顿时精神旺盛，勇气平添，昨夜的恐惧感早已飞到九霄云外去了。

荆七进来，送给曾国藩一封家信。一年多前，欧阳夫人挈子女出都还湘，这信是长子纪泽从湘乡老家寄来的。除禀安外，还夹了几首近日作的诗，请父亲为他修改指正。曾国藩记得，前次给儿子的信，除谈做人的道理外，也谈到了作诗的事。他认为儿子秉性气清，心胸淡泊，宜学陶、孟之诗。想起昨夜的无端恐惧，曾国藩发觉自己的心灵深处，竟然仍埋藏着怯懦的一面，而儿子的清、淡，是否就是秉承自己的这个方面呢？假若真的这样，那就可怕了。他决定今早就给儿子回封信。

在京师时，不管如何忙，曾国藩对家信从不苟且，每个月都有一两封寄到家里，信写得琐碎详尽。尤其是给诸弟的信，谈读书，谈作诗文，谈为人处世交朋友，谈身心道德修养，谈时事新闻，言辞恳切，情意深长。他巴不得把一切都传授给弟弟，希望他们个个成才成器，做曾氏家族的克家之子。纪泽一天天长大了，他又将过去对诸弟的那份心意转给儿子。带兵两年来，他已给纪泽单独写了七八封信，多是谈些读书作诗文的事。他希望纪泽做个读书明理的君子，并不指望他当大官。他教给儿子读书的方法是:经、史、子、集都要读，除读“四书”、“五经”外，还要读《史》《汉》《庄》《韩》《文选》《说文》《孙子》《古文辞类纂》。他勉励儿子，读书记忆差点不要紧，主要在有恒。他给儿子命题，要他按题作文寄到军中来。每次寄来的文章，他都仔细批阅后再寄回去。纪泽喜写字，他便告诉儿子，学字要学欧、虞、颜、柳四大家的字。这四家好比诗家中的李、杜、韩、苏，天地之日月江河，并具体告诉儿子，写字要注意换笔，这是写好字的关键。曾国藩给儿子的家信，倾注了一个做父亲的望子成龙的拳拳情意。

曾国藩细读儿子作的《怀人三首》，觉得第二首写得有点气势，便拿起笔来批了一句:“二首风格似黄山谷，有飘摇飞动之气。”是的，就从诗文的阳刚之美谈起，扭转纪泽性格中的清弱一面。他摊开纸来，先写了自己对《怀人三首》的整体看法，然后接着写:

> 吾尝取姚姬传先生之说，诗文之道，分阳刚之美，阴柔之美。大抵阳刚者气势浩瀚，阴柔者韵味深美。浩瀚者喷薄而出之，深美者吞吐而出之。姚先生喜阳刚之美，吾生平亦最喜雄奇瑰伟之作。儿之天资不低，此时作文，当求议论风发，才气奔放，作为如火如荼之文，将来庶有成就。少年文字，总贵气象峥嵘，东坡所谓蓬蓬勃勃如釜上气，才是上乘之作。作诗作文所凭者，胸中之气也，奇辞大句，须得瑰伟飞腾之气驱之以行。故诗文之雄奇，实作诗文者之雄奇也。尔太公曾言“男儿当以懦弱无刚为耻”，此为吾曾氏传家之训，儿谨记之。

为检验这封信的效果，曾国藩命儿子下月作一篇《赤壁破曹军赋》寄来。信写完后，他感到一阵轻松，觉得这既是对儿子的教育，又是对自己昨夜怯弱的鞭挞！他在封信的时候，又想起这段日子来所发生的种种，蓦地一个主意浮上心头。

吃过早饭后，他把康福叫进三乐书屋，关起门窗，放下帘子，轻轻地对他说："价人，你今夜动身，到京城去一趟。"

"到京城去？"康福惊奇地问。

"是的，你到京城去走一趟，做一桩极为重要的事情。"曾国藩神色严峻地说，"有几件事我很奇怪：前次衡州出师时，突遭降二级处分，难道真的是为杨健请入乡贤祠吗？这次先有署鄂抚之命，没有几天又改赏兵部侍郎衔，陶恩培来湖北，还有那个德音杭布的光临，桩桩件件，都令人深思。这不仅关系我个人的荣枯，我对此并不在乎，主要是对我们湘勇的前途关系甚大。你懂吗？"

"大人放心，这中间的干系我懂。"康福已意识到此行的非凡意义，他十分庄重地说，"不瞒大人，这些事我也想过，只是不敢跟大人提罢了。不过，我这是初次进京，对京中人事一无所知，这等朝廷机密，我如何能打听得到呢？"

"你空手去当然不行。"曾国藩指着案桌上一沓信说，"我这里有三封信，你带上。一封是给翰林院侍讲学士袁芳瑛的，他是我的儿女亲家。一封是给内阁学士周寿昌的，他是个京师通。还有一封给穆彰阿大人。他是我的座师，虽已致仕在家不管事，但关于朝政，他一向是消息灵通的。他们有什么事会跟你讲真的。"

说完又给康福一张三千两银子的户部官票，以便他在京师相机行事。康福郑重其事地接过三封信和银票，将它藏在内衣里，心中充满着一种受到特殊信任时所感发出来的激动，对曾国藩一鞠躬，转身向门外走去。刚要出门，曾国藩又轻轻叫了一声："价人。"

康福连忙回头："大人还有何吩咐？"

曾国藩凝神望着他，慢慢地说："你此番进京，一切须要绝对保密，到三位府上拜访时，要断黑才去，平时不要上街逛店。你就住在城南报国寺外贤至旅店，那里清静。选一匹好马，今夜就走，对人说是回沅江老家办点急事，事毕即归。"

康福一一记住，告辞出门。

九　一颗奇异的玛瑙

吃完中饭后，曾国藩午睡片刻，一起床就不断地有人来找，弄得他无法披阅文书。晚饭后，他要荆七挡住一切来客，今夜务必要将各营报来的军饷开支单审定。

水陆四十名营官，都是曾国藩亲自任命的，对他们的品德、才能、长处、短处，他都了解得很清楚。罗泽南、王鑫、李续宾、彭玉麟等人上报的开支单，一般与实际出入不大，曾国藩比较放心。对于他们所报的细项，不再一一查核。有的营官，特别是从绿营中调来的营官，在看他们的开支单时，则格外用心，逐条查对，逐项核实，他不允许湘勇将官中有贪污中饱的现象，常以岳飞“文臣不爱钱，武将不惜死”的话教育部属。曾国藩尤其不能容忍有人欺蒙他。审过二十多份开支单后，已是深夜了，王荆七又换来两支大蜡烛。一个亲兵进来禀报：“水师标字营营官申名标求见。”

“今夜一律不见人，有事明天来。”曾国藩头都没抬，仍在看那些写满密密麻麻数字的开支单。过会儿亲兵又进来：“申名标说有要紧事，非晚上来不可，恳请大人接见。”

“什么事非得夜间来呢？”曾国藩想。他放下笔，伸了一个懒腰说：“那就让他进来吧！”

待申名标坐下后，曾国藩微笑说：“标字营这次在长江水面上纵火焚烧贼船近百艘，为攻破武昌立了大功。申营官指挥有方。”

申名标忙欠身说：“收复武昌、汉阳，全靠大人妙计，职下出力甚微。”

曾国藩不想跟他多扯，问：“申营官夤夜至此，有何贵干？”

申名标把凳子移向曾国藩，小声说：“标字营进城后攻打总督衙门时，一什长在贼首韦俊的卧室中发现一紫檀木盒。盒内装着一颗一寸见方的淡黄色玛瑙，玛瑙中有一朵红牡丹。勇丁们正在好奇地观看，恰逢我进去。什长把玛瑙给了我。日光下，我见那朵牡丹开着血红色的花瓣，真是好看，便收下了。今夜我睡在床上，想我是个带兵的粗人，要这玛瑙做什么！大人平素喜爱古董文物，何不将此玛瑙送给大人。我连夜起身，从木盒中取出玛瑙。突然发现一桩怪事。”

申名标有意停了一下，看曾国藩正聚精会神地听他讲，很是得意。他以为曾国藩会问他“什么怪事”，见曾国藩并未开口，只得继续说下去：“大人，您老说怪不怪，白天看到的那朵红牡丹，花瓣竟然全部收缩了，就像已经凋谢一样。我很奇怪，便赶紧点燃两支大蜡烛，再仔细看时，花瓣重又开起来，只是比不得白天的鲜亮。我想，这可真是个宝贝，便连夜把它带来送给大人。”

说罢从身上取出那个紫檀木盒来，双手递给曾国藩。曾国藩说：“玛瑙里有牡丹花不是怪事，像你刚才说的，花瓣能开能收，倒是过去没有听说过的，待我看看。”

曾国藩看那玛瑙，内中确有一朵开着的红牡丹。他吹熄蜡烛，再看玛瑙时，果然那牡丹神鬼不知地萎缩了。他叫荆七再把蜡烛点燃，那牡丹真的又开起来。曾国藩高兴地说：“真是一件怪物！”

“大人喜欢，这颗玛瑙就孝敬给大人吧！”申名标笑嘻嘻地说，说完起身就走。

申名标走后，曾国藩又试了一次，跟刚才一样。他猜不透其中的奥妙，心里说：“这天下果真有些匪夷所思的东西。”随手把玛瑙置于案桌上，继续审阅未了的开支单。看过几份后，便是标字营的军饷开支细账了。打武昌前夕，曾国藩风闻申名标在湘潭船厂监工时，冒领工钱三千两银子，当时因急于出征，不能细查。曾国藩认真地看了申名标报上来的单子，项目与彭玉麟、杨载福的差不多，银子却多开了五千余两。曾国藩很觉怀疑。他离开案桌背手踱步，一眼看见烛光下那颗淡黄色的玛瑙在闪光，心里明白了，狠狠地骂道：“这小子想用玛瑙来贿赂我，真正是个瞎了眼的家伙！”

前两天，刘蓉告诉曾国藩，这段时期，每夜都有不少湘勇卷带在武汉三镇抢掠来的财物，离营逃走。曾国藩已吩咐彭毓橘带人守在通往湖南的各条路口擒拿。据彭毓橘说，被捉的人中也数标字营的多。

“这个江湖窃贼，本性不改！”曾国藩想到这里又骂了一句。他在申名标的单子上重重地画上一个叉，然后把它气愤地推到一边。

烛光下，那颗奇异的玛瑙仍在闪烁着淡黄色的幽光。曾国藩走过去，将它轻轻地捧起，细细地端详着。他想起明天要设宴为多隆阿接风，脸上泛起了一丝冷笑：

“明晚我就用这个宝贝，来它个一箭双雕！”

十　一箭双雕

曾国藩正在调兵遣将，准备整师东下的时候，却突然又从半路中杀出个多隆阿，令他心里颇不是滋味。多隆阿，字礼堂，呼尔拉特氏，满洲正白旗人。咸丰元年，多隆阿任盛京工部笔帖式，在京察未过堂之先，深夜至工部侍郎培成家，恳求优评。培成为人较正派，当面训斥他这种行为，并将他前次京察时所得之“卓异一等”考评亦予撤销。多隆阿不死心，又在工部堂上当众哀求，培成大怒，上奏朝廷。多隆阿遭革职处分。多隆阿十分狼狈，到处托人找路子，结果投靠科尔沁札萨克多郡王僧格林沁行营，在与林凤祥、李开芳统率的太平天国北征军的战斗中，多隆阿接连打了几个胜仗，得到僧格林沁的赏识重用。僧格林沁打败太平天国北征军后，自以为天下无敌，眼角里非但没有太平天国数十万大军的地位，也没有朝廷的江南大营、江北大营的地位，江宁将军都兴阿原先也是僧格林沁的部下，僧格林沁便把多隆阿派到都兴阿那里，以加强都兴阿的力量，日后争得攻克江宁的首功。湘勇攻下武昌、汉阳，这是僧格林沁想都没有想到的事情，他对曾国藩十分妒忌，密奏咸丰帝，要谨防这支掌握在汉人手中的人马，并建议速派多隆阿带一支部队赴武昌，名为加强东进兵力，实际上充当朝廷的监视人。僧格林沁的密奏深合咸丰帝的心意。一道密谕下来，多隆阿立即以副都统的身份统带三千精兵，星夜出发，从六合进入安徽，再由英山进湖北境，然后从黄州溯江赶到武昌。

尽管曾国藩对多隆阿从江宁赶来的意图很清楚，但他却不能得罪这位当今天子表兄手下的红人。湖北巡抚衙门花厅里，曾国藩摆了十二桌丰盛的酒席。鄂省绿营都司以上的将官，以及湘勇所有营官都前来赴宴。主宾席上，除多隆阿外，还坐着荆州将军官文、湖广总督兼署湖北巡抚杨霈、固原提督桂明和盛京兵部郎中德音杭布。曾国藩举杯向多隆阿敬酒，说：“多将军谋勇双全，这两年来在山东、河北一带屡败长毛，拱卫京师，功勋赫赫，现长毛林凤祥、李开芳已粮尽弹绝，毙命在即，多将军盖世之功，将永垂史册。”

一贯以英雄自居的多隆阿骄矜地笑道：“这全是托皇上洪福、僧王伟谟，多某何功之有！”说罢将杯中酒一饮而尽。

官文也起身向多隆阿敬酒：“这次我军东下，还须仰仗将军旋乾转坤之力，我敬将军这杯酒，但愿借得将军虎威，一鼓聚歼窃据江宁群丑。”

“多谢，多谢。”多隆阿又昂然站起说，“多某和三千江宁绿营将士为皇上赴汤蹈火，在所不辞，长毛末日已到。多某为激励士气，已许下明年上元节，将江宁全城歌女载到秦淮河上，为立功将士唱曲侑酒。”

多隆阿话音未落，花厅里的绿营将官们早已欢呼雀跃，杯盏相碰。桂明接着说：“鄂省兵力单薄，经验不足，一切都要靠多将军指教。”

多隆阿带着几分醉意，大大咧咧地挥挥手：“彼此一家，何必客气。”

说罢，又端起酒杯喝了个底朝天。随着官文等人的频频举杯，出席宴会的绿营将官纷纷站起，呼喊着向多隆阿敬酒。多隆阿的倨傲，以及官文等人无视湘勇的神态，使得湘勇营官们大为恼怒。这些营官全坐在凳上不动，无一人站起。曾国藩见此情景，忙起身端酒杯，望着一动不动的湘勇营官们说：“诸位，我全体将士即将誓师东进，多礼堂将军亲率精兵前来，大增我军声威。今日此酒，一来为多将军等接风洗尘，二来也为诸位壮行色。各位请起，让我们为东进胜利满饮此杯！”

湘勇营官们见曾国藩如此说，只得站起来，互相敬酒。酒席上重新响起一片吆五喝六的喊叫声，气氛渐趋热火。曾国藩见时机已到，满脸高兴地对大家说：“为助多将军和各位的酒兴，我请大家看一件稀世珍宝。”

多隆阿最是贪财爱宝，一听这话，大添兴头。他放下酒杯，急切地问：“侍郎公有何珍宝，快拿出来，让大家一饱眼福。”

这边王荆七已将申名标所送的紫檀木匣捧进花厅。曾国藩从中把玛瑙取出。

“好一颗光美的玛瑙！”多隆阿情不自禁地赞叹。

曾国藩笑着对大家说：“诸位看看，这玛瑙里面有什么？”

多隆阿从曾国藩手里将玛瑙一把夺去，仔细看了一眼，大声说：“这里面有一朵好看的红牡丹。”

官文、杨霈都凑过来，一齐称赞：“这朵红牡丹就像生成的真花一样。”

玛瑙在酒席桌上传递，大家纷纷夸奖它的光泽之亮和颜色之纯，尤其对里面那朵鲜嫩欲滴的红牡丹赞不绝口。申名标坐在桌边，装出一副第一次看到的样子，心里却暗自得意。玛瑙最后又传到曾国藩手里，他诡秘地对大家说：“请各位将桌上的蜡烛吹熄。”

众人都不知何故，遵令把烛火吹灭。曾国藩说：“请大家再看看这颗玛瑙。”

借着月色，多隆阿好奇地再看时，那朵红牡丹早已蔫落，就像遭了霜打冰冻似的枯萎下来。多隆阿好生奇怪，揉了揉眼睛，拿着玛瑙走到窗边再看，红牡丹的确已凋谢！多隆阿这一惊非同小可。官文、杨霈、桂明、德音杭布及各位将官传看着这颗玛瑙，都对红牡丹的凋谢摇头不解。这时，曾国藩又吩咐再点燃蜡烛，灯火通明的酒席宴上，众人再看玛瑙时，都惊呆了：红牡丹又娇艳地盛开了。

“稀奇！侍郎公，这可真是一件盖世奇物。”多隆阿不胜感叹。他家中收藏了不少珍宝，现在与这个玛瑙比起来，那些珍宝都成了废物。全花厅的人大大地开了眼界，申名标很快活。罗泽南纳闷：涤生一向不喜珍稀，今夜如何将一颗玛瑙当着多隆阿和各位将官的面如此炫耀，难道是武昌的胜利使他昏了头？

“侍郎公，你这个宝贝是从哪里得来的？”多隆阿的眼神是毫无顾忌的艳羡，仿佛只要说出宝贝的出处，他就立即会到那里去寻找！

“我手下一个营官送的。”曾国藩笑着回答，“他从长毛那里获得，又转送给了我。”

“难得这样有孝心的部下。”多隆阿感慨起来，望了一眼坐在另外几桌的他的部属。

“多将军，这正说明你的廉洁无私，你一身正气，部下不敢冒犯。”曾国藩一本正经地夸奖，使多隆阿心中一丝由嫉妒而生的怨怼化除了，高兴地笑道：“侍郎公过奖了。”

“多将军，在你的面前我感到惭愧。我想请教，这颗玛瑙，我应怎样处置？”曾国藩的态度是认真的，多隆阿不得不放下酒杯。官文、杨霈、桂明等人也一齐放下酒杯。

“我看你还是收下，别冷了部属们的心。”多隆阿竭力做出一副为他人着想的神态。官文、杨霈、桂明也都说：“收下吧，这是理所当然的。”

申名标听了，喜得把杯中的酒一口喝光，又忙着给自己倒一杯。

“各位不知，他这颗玛瑙要换我八千两银子哩！”

“不是说送给你吗？”多隆阿先是一怔，立即又说，“那也值得，值得！”

“八千两银子易得，稀世珍奇难遇。”官文是这方面的行家，他以略带夸耀的神色说，“去年暹罗一个珠宝商人向我兜售一个径长一寸的夜明珠，他开价就是三万。”

“官将军家还有这样的奇宝，我一定要去看看。”多隆阿嚷道，眼色很贪婪。

官文见状，自悔失言，忙赔着笑脸说：“不知多将军会来，我在上月让家人带回京师家中去了。下次再请你鉴赏吧！”

“可惜上月没来得！”多隆阿很遗憾，转过脸又对曾国藩说，“官将军一颗夜明珠花三万，我看这颗玛瑙也不亚于他的珠子，八千两银子算是太便宜了。”

“多将军你不知内情啊！”曾国藩收起笑容，正色道，“倘若此人像官将军刚才说的暹罗商人那样，明码实价，莫说八千两，就是八万两也由他漫天要价，买不起我不买就是了；倘若是真心真意敬重上司的僚属，为感激知遇之恩送来，也可说在情理之中。但此人不然。他去年利用监造战船之机，谎报工价物价，多领三千两银子，这次报开支单，又多报五千两。他想用这颗玛瑙来堵住我的嘴，不说出这八千两银子的冒滥，又想以这颗玛瑙为钓饵，以后好不断地从我这里把银子钓走。骗我私人的银子可恕，骗皇上的银子，国法难容！”

酒桌上的军官们都不去管主宾席上的对话，依旧是一片乱糟糟劝酒劝菜的吆喝叫嚷。申名标却时刻在留心倾听，听到这几句话时，一颗心像被曾国藩抓住似的，紧张得透不过气来，脸上红一阵白一阵地坐在那里，如同受审一般。多隆阿、官文等人心里想：他不想得好处，白送给你？拿皇上的银子换来自家的财富，只有傻瓜才不干！但嘴巴上都说：“此人手段卑鄙！”

曾国藩说：“所以我正要与多将军你们商量下，我有个主意，看行得通不？”

“什么主意？”众人都凑过脸来问。

“我想这种行贿受贿的风气，一定要在我湘勇中根绝，我今天正要借多将军虎威为我壮胆。”

“侍郎公，你只管放心干，本都统为你撑腰！”多隆阿气壮如牛，俨然一个扶正压邪的英雄。

“我要就多将军坐镇的好机会，当众将这颗玛瑙砸碎，以示国法军纪不可亵渎。”

众人一听都大吃一惊，申名标觉得一把铁钟正击在他的头顶上，嗡的一声，眼前全变黑了。多隆阿忙说：“侍郎公，不能这样干，不能这样干！”

官文等人也说：“矫枉过正了，矫枉过正了！”

曾国藩说：“多将军，不如此不可根绝呀！”

“侍郎公，这样的稀世珍宝不可多得，砸了可惜。将送玛瑙的人撤职查办就得了，玛瑙无罪，千万别迁怒于它。”

官文等人忙附和：“砸了可惜，砸了可惜！”

“好一个为国惜宝，多将军说得是。”曾国藩转怒为喜，对着满厅人说，“我湘勇全体将官听着，刚才多礼堂将军说了，今后若再有人学这个送玛瑙的人的样子，一概撤职查办；在座各位若有索贿受贿之事，一经查出，也严惩不贷。这次我听多将军的，为国惜宝，不砸了，请多将军代我将这颗玛瑙转给大内珍藏。”

说完，曾国藩双手捧起紫檀木匣送给多隆阿：“多将军，拜托了。”

多隆阿大出意外，真有喜从天降之感，忙站起双手接过，连声说：“一定效劳，一定效劳！”

旁边官文、杨霈、桂明、德音杭布一个个眼红得不得了。那边申名标恨不得一头钻进地下去躲起来。酒席散后，他赶紧跪在曾国藩面前，坦白认罪，请求宽大处理。曾国藩撤了他的营官之职，留在亲兵营以观后效。

这天半夜，德音杭布的卧室还亮着灯光。原来，德音杭布和多隆阿在盛京共事过一段时期，深知他的底细，鄙视他的为人。德音杭布并不知多隆阿奉密谕而来，在今天这场酒席上，他既看到曾国藩的不受苞苴，又看到多隆阿的贪财好货。他想了很久，决定向皇上上一道密折，把到湘勇大营这几天来所了解的情况做个禀报，既称赞曾国藩廉洁奉公，治军严明，又将多隆阿收下红牡丹玛瑙的事也写了进去。德音杭布睡着之后，蒋益澧把密折偷出来，送给曾国藩。曾国藩看完密折，露出快意的微笑，对蒋益澧说：“把它放回原处，让皇上早日看到它。”

十一　曾国藩身着朝服，隆重地向湘勇军官授腰刀

由于岳州和武昌、汉阳的攻克，湘勇的大小头目都升了官。胡林翼升为湖北按察使，罗泽南升为浙江宁绍台道，彭玉麟升为广东惠潮嘉道，杨载福擢常德协副将，鲍超擢参将，李元度、李续宾、王鑫等营官及郭嵩焘、刘蓉、陈士杰等幕僚都有迁升。唯独救了曾国藩命的康福没有得到一官半职，大家都从心里佩服曾国藩不以公职报私恩的品德。绝大部分勇丁都在进入这几个城镇的头几天里，抢足了金银财宝。除上缴部分给什长、哨长和营官外，其余的便自己留下，托人辗转送回家去。又是升官，又是发财，算是真正尝到了打胜仗的甜头，湘勇士气高涨，渴望着早日离武昌去打江宁。都说长毛把江宁建成了小天堂，那里金银如海、财货如山，弄得湘勇个个垂涎欲滴，夜夜做着买田起屋、娶亲讨小、衣锦还乡的美梦。太平天国西征军在蕲州至田家镇一

带重兵防守，欲与湘勇决一死战的消息，很快传到湘勇大营。曾国藩与胡林翼、罗泽南、塔齐布、彭玉麟、杨载福等反复计议三路进军的决策和具体细节。

这天中午，彭毓橘带领亲兵抬了一个大木箱进来报告："一百把腰刀已打好，请大人过目。"亲兵撬开木箱，从中取出一把来。曾国藩见腰刀果然打造得精美，熟铁皮制就的刀鞘上，用铜钉钉出一朵朵云形花纹，铜钉锃亮，如同黄金般闪光；刀把上镶嵌着墨绿色南阳玉。曾国藩将刀抽出，立时便有一道寒光扑面而来，刀刃锋利，手不敢试。刀面正中端端正正刻着"殄灭丑类，尽忠王事"八个大字，旁边是一行小楷"涤生曾国藩赠"，边上另有几个小字，那是编号。曾国藩一连看了几把，把把如此。他很满意，吩咐将木箱抬进里屋。

湘勇官兵打仗立了功，可以按朝廷规定升官晋级，这是出自天恩。曾国藩想，还必须用一种方式来表达他个人对部属的奖励和赏识。用什么方式呢？过多地发赏银，他觉得有违于自己"不怕死，不要钱"的宣言；拜把结兄弟，这是山大王的行为，他又鄙夷不屑为。曾国藩想了很久，终于想出赠送腰刀这个好主意。武职不用讲了，即使是文职，既然在军营效力，就要有尚武精神。以个人名义赠送一把腰刀，既表达了自己与对方的特殊感情，又是鼓励湘勇的尚武精神。第一批受刀者，人数要少，仪式要安排得异常隆重，使他们感到无上的光荣。这把亲赠的腰刀，今后要成为湘勇官兵人人企望的最高奖赏。

次日下午，秋阳灿烂，湖北巡抚衙门头进二进两栋房屋之间宽阔土坪上，聚集着近四百名湘勇哨长以上的军官。他们一律按朝廷所授的官衔品级穿着蟒服，前后缀着补子。这些哨长以上的军官，无论授文职还是授武职，品级都不高，大部分在七品以下，黑底补子上五彩金线绣的多为鸂鶒、鹌鹑、练雀、犀牛、海马等，伞形红缨帽上戴的是起花或镂花金顶，插的是用鹖尾制的蓝翎。一色簇新的衣帽，加上耀眼的刺绣和闪光的翎顶，真个是花团锦簇，美不胜收。湘勇这批军官，大半出身书生，少部分来自无业游民和乡下作田人。不久前还是毫无功名的寒士细民，今日一旦穿着日思夜想的官服，个个脸上流光溢彩，无异步入洞房时的新郎。不过，他们不明白，今天并非喜庆节日，为何要如此隆重对待？

正在大家议论纷纷的时候，亲兵高喊："曾大人到！"

土坪上叽叽喳喳的声音顿时停息，全体军官一律挺直腰板，翘首肃立。只见曾国藩从二进厅堂里迈着稳重的步履，威严地走出来。这批跟随曾国藩近两年之久的湘勇军官们，此刻第一次看到他身着朝服出现。昨天，曾国藩拜发了给皇上的《陈明服阕日期折》，报告三年（实际上只需二十七个月）守制期满，从明天起释服。今天，曾国藩头戴装有起花珊瑚红顶帽，身穿石青四爪九蟒袍服，缀着绀色丝绣锦鸡补子，束一根金方玉版中嵌红宝石腰带，脚登粉底黑缎朝靴，显得格外高贵庄重。身后跟着穿三品文官服的胡林翼，一品武官服的塔齐布，四品文官服的罗泽南、彭玉麟和二品武官服的杨载福。土坪上的军官们心里猜测，今天一定有非常喜事。

曾国藩站在屋檐下高出地面三四尺的台阶上，用他特有的尖利目光，打量台阶下这批新着官服的军官们。荆七搬出一把虎皮交椅放在他的身后。曾国藩皱了下眉头，挥手叫他搬走。他轻轻地咳了一声，然后提高嗓门，用洪亮的湘乡官话说："诸位，本部堂奉皇上之命，受父老之托，训练乡勇，讨伐叛逆，已近两载。上赖皇上如天之福，下靠将士忠愤之心，虽经百端挫折，又遭岳州、靖港之败，但我湘勇非但没有压垮，反而愈战愈强。湘潭胜仗、岳州胜仗，使我们在家乡赢得英名。现在我们又攻克武昌、汉阳，更是威镇寰宇。这是我们全体湘勇将士的光荣。”

说到这里，曾国藩灼灼逼人的目光将所有军官又横扫了一眼，见他们个个神采焕发，又兴奋地说下去：“今天，各位都已荷蒙酬庸，升官晋级，有的已成为朝廷命官，有的正候补待缺，不久就可以授予实职。总之，都已不是平头百姓了。不仅为自己，也为列祖列宗、为妻子儿女争得了风光荣耀。这些靠何而来？除靠皇上的格外施恩外，靠的是全体将士服从命令、精诚团结、勇猛刚强、百折不屈的精神。本部堂以为，这十六个字，便是我们湘勇的精神。本部堂最看重的就是这种精神，战果尚在其次。要彻底剪灭长毛，光复江宁，就要靠发扬光大这种精神。为此，特举办今天的授奖大会。”

湘勇军官们这才知道今天这个不同寻常的集会的目的。统帅要授什么奖呢？授给哪些人呢？就像盯着变戏法的魔术师一样，全体军官怀着极大的兴致注视曾国藩。这时，彭毓橘指挥两个勇丁抬着一个木箱出来。勇丁解开绳索，揭开盖板，顿时，台阶上一片光亮。站在前面的军官们禁不住诱惑，纷纷伸头探脑，有的似乎隐隐约约地看到了什么，不时发出啧啧声。彭毓橘从木箱里拿出一把腰刀来，近四百双眼睛一齐集中到这把腰刀上。曾国藩神情凛冽地说：“本部堂新近在武昌打造了五十把上等腰刀。每把腰刀上都刻有‘殄灭丑类，尽忠王事’八个字，这是本部堂对各位的期望，也是三湘父老对各位的期望，愿它成为我全体湘勇的志向。”

曾国藩原拟发一百把腰刀，昨天夜晚临时又改变主意，改发五十把，以此来提高身价。第一号腰刀发给谁呢？他苦苦地思索良久。论湘勇的首创之功，第一号应属罗泽南。论攻打城池的贡献，第一号应属彭玉麟。论官阶品级，第一号应属塔齐布。论劝他出山办团练之力，第一号应属郭嵩焘。论对他个人的恩情，第一号应属康福。想到德音杭布和多隆阿一先一后地到来，想到他们两人的背景，直到今天凌晨，他才把第一号腰刀的属主定下来。曾国藩在台阶上高喊：“湖南水陆提督塔齐布！”

“到！”塔布齐气宇轩昂地走上台阶，对着曾国藩恭恭敬敬地行了一礼。

“训练湘勇，劳绩卓异，攻城略地，连战连捷，塔齐布乃湘勇中第一功臣。本部堂赠你第一号腰刀。”

塔齐布双手接过，雄赳赳地走下去。正在大家无限羡慕之际，彭毓橘又从木箱里拿出一把腰刀，递到曾国藩手中。

“浙江宁绍台道道员罗泽南！”

“到！”罗泽南跨上台阶，也行了一礼。

“创办乡勇，厥功甚伟，指挥作战，谋勇出众。罗泽南为湘勇德高望重之功臣。本部堂赠你第二号腰刀。”

罗泽南庄重地接过腰刀下去。

曾国藩又高声喊道：

“广东惠潮嘉道道员彭玉麟！”

“到！”

“创建水师，从无到有，纵横大江，扬我湘威。彭玉麟乃我湘勇水师众望所归之大将，本部堂赠你第三号腰刀。”

“湖北按察使胡林翼！”

“到！”

“书生从戎，鸿韬伟略，立功鄂省，英名远播。胡林翼为我湘勇陆师杰出之大将，本部堂赠你第四号腰刀。”

接着，曾国藩将腰刀依次赠给郭嵩焘、杨载福、王鑫、李续宾、李元度、李孟群、刘蓉、陈士杰、鲍超、康福、周凤山、刘松山、彭毓橘等共四十七人。阳光照在刀鞘刀把上，五光十色，绚丽夺目。有的喜不自禁地将腰刀抽出，立刻就有一股强烈的光束，刺得人睁不开眼睛。旁边的人称赞着。欣赏、赞叹、艳羡、嫉妒，各种复杂的心情，在受刀者和旁观者的心中翻腾。这四十七把腰刀发下来，犹如一批火药弹投在干草堆里，顷刻劈劈啪啪，烧出腾空烈焰；又如一阵狂飙袭击海面，顿时澎澎湃湃，卷起滔天巨浪。湘勇军官们的议论嘈嘈切切，眼光热辣辣的。“多好的腰刀！”“多令人爱重的奖赏！”军官们心里想着，口里念着，仿佛皇上所赐的翎顶蟒袍，都在这把腰刀面前失去了迷人的光彩。

“各位弟兄，”曾国藩浑厚的湘乡官话又响起来了，把沉浸在喜庆气氛中的湘勇军官们唤起，“本部堂打造的五十把腰刀，已发下四十七把，还剩下三把。没有得到腰刀的弟兄们，可以上台阶来自报战功。本部堂将视功业劳绩，择优奖赠。”

就像在烧得滚烫的油锅里骤然泼上一瓢水，湘勇军官队伍里开了大炸。有的在咧嘴大笑，有的在挠耳抓颈，有的在怂恿别人，有的在独自思考，有的头上汗珠直沁，有的脸色铁青，个个心里发痒，人人跃跃欲试，但却没有人敢跳上台阶。

“曾大人，你不奖我一把腰刀，我心里不服！”突然，一个愣头小伙冲出队伍，纵身一跳上了台阶。众人看时，原来是宾字营左哨哨长刘连捷。

刘连捷跳上台阶后，两腮涨得通红，一时反而说不出话来。曾国藩十分欣赏刘连捷这种毛遂自荐的勇气，分外和气地对他说：

“你当众说说，你有哪些战功？”

刘连捷望着曾国藩赞许期待的眼光，心神安定下来，大声说：“湘潭之战，我杀了十几个长毛。岳州之仗，我缴获长毛一门大炮。武昌城破，我第三个冲进城内，杀老长毛五人、两司马一人，夺长毛黄旗十面。曾大人，凭这些战功，我可以得腰刀吗？”

曾国藩眼中射出惊喜的光芒，高喊：“刘连捷，你是本部堂没有发现的少年英雄。有这样大的战功，如何不能得腰刀！彭毓橘拿刀来！”

刘连捷喜从天降，两眼潮润。他双膝跪下，然后两手过头，从曾国藩手中接过第四十八号腰刀，再站起来，将刀抽出，对着众人在空中一扬，高叫：“殄灭丑类，尽忠王事！”最后轻轻一跃，跳进了队伍。刘连捷意外地获得一把腰刀，给那些未得到者增加了无穷勇气。随着刘连捷的双脚刚从空中落地，一双飞毛腿早已踩在台阶上。众人看时，原来是水师第一营左哨哨官宋国永。

“曾大人，这腰刀我也要一把！”

"你凭什么要？"

"打湘潭时，我一人从长毛手里夺得三只战船。打岳州时，我纵火烧掉长毛两船粮食。打武昌时，我杀死八个广西老长毛。"

宋国永正述说着，底下一人大叫："曾大人的腰刀当送与我！"

说话间，也纵身跳上台阶。大家看时，此人是老湘营后哨哨长张运兰。他不待曾国藩问，便自报功绩："曾大人，我随璞山征伐野人山，杀征义堂贼匪三人。岳州城里，我率先冲进被长毛占据的知府衙门，活捉衙门里老少长毛十三口。武昌城里，又夺取长毛火药库，缴获各种武器数百件。"

突然又有人在底下大喊大叫："若他们都可得腰刀，我王可升得不到，我要跳长江自杀！"

众人被吓了一跳，只见王可升脸色惨白地奔上台阶，气急败坏地推开宋国永和张运兰，吼道："这腰刀是我的！"

宋国永捋起袖子，挥出拳头，恶狠狠地说："你小子逞什么狠？老子拳头可不认人！"

王可升也摆开架势，凶煞煞地说："老子用不着摆功，今日把你打下台阶，就是老子的功劳！"

二人正要对打之时，蓦地一人如同从天降下一般，跳入二人之间，大声笑道："二位老弟都给我下去，曾大人的腰刀我都没拿到，岂轮得到你们？"

众人看时，这人原来是水师二营前哨哨官邓翼升。他转而对台阶下的人说："老子一人得长毛大炮五门，杀军帅、旅帅各一名，老子都得不到腰刀，谁敢得？"

四人都在台阶上摩拳擦掌，恨不得拼个你死我活。曾国藩喝道："都给我住手！"

四人都僵着。曾国藩抬头见天上远处一行大雁正由北向南飞来，立时有了主意。他对台阶下的军官们喊："还有谁要腰刀？都上来！"

话音刚落，又有三名哨长跳上台阶。等了片刻，见无人再上，曾国藩对台阶上的七个人说："诸位都是勇敢杀贼的壮士，都可得到一把腰刀，可惜本部堂只有两把了，过去的战功都不再提，今日当着诸位兄弟的面来一试硬功夫。"

七人一听，以为是要斗打，都暗暗运气。

"彭毓橘！"曾国藩喊，"你给我拿一张好弓和七支好箭来。"

彭毓橘从后屋背出一张雕花强弓，手里拿着七支长箭。曾国藩说："大家看天上一行大雁正结伴南行，每人一支箭，不论何人，射中者，本部堂一律赠腰刀一把。"

台阶下一片欢呼。最先上来的宋国永屏息静气，心中默默祷告完毕，"嗖"的一箭射出，却是一支空箭！"可惜！"在众人惋惜声中，宋国永知趣地走下台阶。第二箭是张运兰射的，随着箭离弦的响声，几声凄厉的雁叫传来，一只灰色大雁沉重地摔在土坪上，在众人的鼓掌声中，曾国藩将第四十九号腰刀郑重赠与张运兰。张运兰神气十足地跳下台阶。第三箭、第四箭、第五箭都是空箭，三人垂头丧气地下去了。第六箭轮到王可升。他运足气，两眼鼓起，一箭射出，又一只褐色大雁摔了下来。众人高呼。曾国藩将第五十号腰刀送给王可升。底下有人在喊："邓翼升，不要射了，腰刀没有了！"

这邓翼升素称湘勇中的射雕手，他有意最后出手，来个后来居上，却不想张运兰、王可升的箭法也高超，将两把腰刀夺去了。他天生要强，心想：就是得不到腰刀，也难得有这样好的机会在曾大人和众人面前露一手。他不慌不忙，心平神定，放开虎腿，伸长猿臂，瞄准天上的雁群，口中喊了一声“着”，一支箭飞也似的直指蓝天而去，眨眼间又折了回来，土坪上传出沉重的“扑扑”声。大家看时，都惊呆了，原来一支箭贯穿两只大雁。近四百名军官一齐欢呼，掌声雷动。曾国藩紧紧抓住邓翼升的肩膀，激动地说：“不想今日在湘勇中复出养由基、纪昌。”

然后转过脸对全体军官说：“本部堂赠送腰刀的目的，是鼓励湘勇将士多立战功，多出英雄。今有一箭贯双雁的神射手，本部堂岂能吝一腰刀而不奖赏？彭毓橘，你明日再去打造一把好腰刀，本部堂要亲自给今日养由基赠刀！”

十二　曾国华率勇来武昌，王璞山请调回湖南

第二天午后，曾国华带领在湘乡招募的五百勇丁来到武昌。曾国藩见到这个出抚给叔父的六弟，心中很是高兴。四个弟弟，他认为最奇特的便是这个为人倜傥的六弟。国华告诉大哥：九弟因妻子临产，过两个月再来，要大哥在攻打江宁时，给他留个立功的机会；又说满弟被裁回家心情抑郁，得知武昌大捷后，更为自己羞愧。国藩听后哈哈大笑。他一一问了家中情况，知老父康健，儿子读书用功，甚是放心。国华捎来两封信，一封是左宗棠的，一封是骆秉章的。攻下武昌，曾国藩向朝廷保奏出力官员，没有忘记在长沙的左宗棠的功劳，特地给他保了一个知府衔，赏戴花翎。他想左宗棠此信必定对老朋友的厚意会有所表示，谁知抖开信一看，却大出意外。左宗棠在几句寒暄后，写道：

> 吾非山人，亦非经纶之手，自前年至今，两次窃预保奏，过其所期。来示谓以蓝顶花翎尊武侯，大非相处之道。此次克复武昌，吾相距七百余里，未尝有一日汗马功劳，又未尝偶参帷幄计议，何以处己？何以服人？方望溪与友论出处，‘天不欲废吾道，自有堂堂正正登进之阶，何必假史局以起？’此言即是。吾欲做官，则同州直隶州亦官矣，必知府而后为官耶？且鄙人二十年来，所尝留心自信可称职者，惟督抚而已。以蓝顶尊武侯而夺其纶巾，以花翎尊武侯而褫其羽扇，既不当武侯之意，而令此武侯为讪笑。特将蓝顶花翎原璧奉还。

曾国藩览毕微笑说：“人说季高可大授而不可小知，可用人而不可为人所用，果然不错。”又问弟弟，“季高近来得意吗？”

“我在长沙听官场上说，湖南只知左师爷，不知骆中丞。”

“有这等事？”

国华笑笑说：“有人讲了个故事：有天骆中丞在签押房办事，听衙门外三声炮响，

惊问何故。仆人答：'左师爷正拜折。'骆中丞先是吃一惊，随即平静地说：'到左师爷那里拿底稿来给我看看。'骆中丞不过右副都御史的衔，季高现在被人称为左都御史了。"

曾国藩大笑："这样的师爷，历史上怕找不出第二个，难怪他不受知府翎顶。"

国华说："骆中丞这个巡抚也做得太可怜了。若是我，哪怕他左宗棠真有诸葛亮之才，我也不能让他爬到我的头上。"

"骆籲门也是没有办法，又无做乱世巡抚的才干，又要恋栈，就只得听季高的了。"曾国藩说着再拿起骆秉章的信来看。信中说湖南匪乱又起，四境不得安宁，若有可能，请借一营劲旅回湘剿匪安民。曾国藩问："省里会匪又起了？"

"天地会、征义堂、串子会、半边钱会、一股香会都在闹，骆中丞一天到晚如坐水火之中。"国华答道，"据说串子会拟攻长沙，声称要为林明光报仇。"

"看来林明光真是串子会的人，关跕笼不冤枉。"

"林明光其实不是串子会的人，串子会是借机与官府作对。"

停了一会，曾国藩问六弟："县里还安静吗？最近有何新闻？"

"哦，真的，大哥不问起，我倒忘记告诉你一桩事。"国华将凳子移动一步，靠近大哥身边小声说，"我来的前两天，听说璞山在家的两个弟弟开琳、开化也在乡里招募勇丁，说是奉令组建两营人马来大营效力。"

曾国藩一惊，说："奉谁的令？我怎么不知道？"

国华压低声音说："我看璞山这人有野心，他是想壮大自己的力量。大哥，你可不能做骆籲门，让璞山做起左老三来了。"

曾国藩蹙紧眉头，沉默不语。国华见大哥心中不快，后悔这句话说得过分了。他有意转换话题："大哥，我一向只知读书作文，从未带过勇，以后还请大哥多多指教。"

"带勇之法，"曾国藩想了想说，"为兄这两年来的体会是，以体察人才为第一，整顿营规，讲求战守尚在次之。制胜之道，有的人归结在使用坚船利炮，其实，在人而不在器。故你最要紧的，不是在多添刀炮马匹，而在于慎选哨官哨长。"

曾国华为人眼界甚高，平日里只服自己的这个大哥，别人都不放在眼里。此刻他知道大哥是在给他传授真正的学问，便恭恭敬敬地端坐聆听。

"选择哨官哨长，主要在实心办事，有忠义血性；其次在能吃苦，号令严明，有智谋。此中尤以实心办事最为重要。实心，就是真心实肠，朴实稳当，这是第一义。至于算路程之远近，算粮草之余缺，算彼己之强弱，都是第二义了。这也就是德和才之间的关系。德才兼备最好，二者不可兼得，宁可用才低点而德好的人，决不可用才高德薄之人。"

国华点头称是。曾国藩知道弟弟的脾性，又说："衡人亦不可眼界过高。人才靠奖励而出。大凡中等之才，奖率鼓励，便可望成大器；若一味贬斥不用，则慢慢地就会坠为朽庸。对待部属，大哥有两句话，望弟切记。"

国华望着大哥，诚恳地说："请大哥赐教。"

"这两句话是：扬善于公庭，规过于私室。"

国华点点头，轻轻地重复一遍。

曾国藩又说："我明天给你派几个好哨官，日后要靠你自己慎选帮手。"

兄弟二人正说话间，王鑫进来了。国华与王鑫相见，甚是亲密，互道思念之情。王鑫对国藩说："昨天涤师亲授腰刀，在二万湘勇中影响甚为剧烈。得腰刀者，莫不感激涤师知遇之恩，发誓要跟着涤师，万死不辞。没有得到的，不少人找到我，要我禀请涤师再打造五十把，他们要凭战功来获取。"

曾国藩捋着长须，开怀大笑："好！看在璞山的面上，再打造五十把。"

王鑫很得意，说："听说日内即将整师东下，自古战胜攻取，靠的是奇谋妙策。学生现有一奇策，不知可用否？"

曾国藩说："璞山有何妙计，尽管说。"

"据情报，长毛伪燕王秦日纲收集武昌溃卒，在蕲州至田家镇一带设下防线，其企图在阻我长江水师。蕲州至田家镇地形险峻，敌人已重兵把守，胜负难卜。长毛伪翼王现据九江。九江兵力已溯江而上，城内必然空虚。我军不如暂不惊动田家镇之贼，而出奇兵突袭九江。九江危急，则贼之人马必回援。那时，我水陆大军将顺利冲破蕲州、田家镇，会师于九江城下。若此策可行，学生愿率五千人马星夜奔驰江西，擒石达开于九江。"王鑫一番话说得气概昂扬。

曾国藩一边捋着胡须，一边微闭着双眼在认真地听。他不以王鑫此策为然。待到王鑫说完，他缓缓地说："用兵打仗，虽常有奇策，但只可偶尔用之，不可倚为根本。稳当平实者，常操胜券。璞山刚才所说的，名为围魏救赵，实乃越寨进攻。依我看，把握不大。"

王鑫满腔热情，遇到的却是一盆冷水，心中颇为不快，但他不甘心放弃，想用前代成功的战例来说服曾国藩："涤师，越寨进攻，古来多有成例。宋明帝泰始二年，晋安王子勋作乱。官军与乱军相持于浓湖，久未决。时官军在下游赭圻，乱军袁凯在上游浓湖，另一将刘胡又在上游鹊尾。官军龙骧将军张兴世越浓湖而攻鹊尾，最后鹊尾、浓湖二处相继而溃。当时情形，与今日颇相似。"

王鑫不愧罗泽南的头号高足，书读得很好，此时引用这个战例也十分恰当。对这一点，曾国藩暗中赞赏，但这种赞赏，他只藏在心里，不愿表露出来。他不正面回答王鑫的挑战，而讲出一个相反的战例："陈文帝天嘉元年，王琳屯长江西岸之栅口，侯瑱屯长江东岸之芜湖。王琳越侯瑱直趋建康，侯瑱出芜湖尾随其后。时西南风急，王琳掷火烧侯瑱船，结果皆反而烧了自己的船。侯瑱发艨艟以击之，琳军大败。此越寨进攻失败之例。"

王鑫辩解："此乃王琳无才，西南风起，岂能再用火烧尾后之船！"

曾国藩说："你说的有道理。但我问你，九江空虚，你有无确报？石达开乃贼中枭雄，你五千兵何能使九江惊慌？倘若田镇之兵并不回援，非但不能调虎离山，反而分散我军兵力。且三路进兵已成定局，不便再行更改。"

王鑫听了很不是滋味，他知道再说也是空的，便问："请问三路人马如何布置？"

曾国藩说："北路由多隆阿、桂明统率，沿河口、杨逻、巴河、兰溪、茅山镇东下，驻扎蕲州；南路塔智亭任统领，罗山、迪庵、春霆为分统领，由纸坊南下至山坡，再转向东，由金牛堡、大冶方向向江边靠拢；中路水师雪琴为统领，厚庵、鹤人为分统，沿江东下。三路大军在蕲州会合。润芝新授湖北臬司，守土为其责任，则镇守武昌，不随军出发。”

王鑫听说鲍超都当了分统，却没有自己的份儿，老大不快。其实，鲍超这个分统，本是王鑫的，只是刚才听了国华的话后，才临时改变主意。曾国藩决不能容忍有人背着他，在湘勇中培植自己的私人势力。他原本极喜王鑫的才能，野人山一仗后，更器重王鑫了。但后来，曾国藩发现王鑫越来越心高气傲起来，常常自作主张，隐然以湘勇首脑自居。特别是初到衡州时写招牌一事，使曾国藩很长时间心中不安。今天听到六弟说的情况后，便断然决定，撤掉他的分统一职，派他回长沙去。曾国藩见王鑫闷坐不语，便换上笑脸，显出一副极信任的姿态，对他说："璞山，这是温甫刚带来的骆中丞的信，你先看看。"

王鑫接过信，边看边想：既然涤师不信任我，我何不借此机会回湖南去。天下纷乱，哪里不可冒头，何必一定要在某人手下受气？

"涤师，你让我带老湘营回长沙去吧！"

王鑫这一主动请求，倒出乎国藩意外。他自思：王鑫志大才高，敢于任事，此人年纪尚轻，经过一番磨炼之后，或许有可能成为一代名将。想到这里，他认为不能对王鑫太刻薄，要留个去后之思。曾国藩充满感情地说："璞山，罗山曾对我说过，贤弟是他弟子中的第一人。这两年来，我也有同样的感觉，贤弟是湘勇营官中最有才华者之一。我一向寄予厚望。骆中丞来信请派劲旅，我也寻思着，此事非贤弟不可。湖南是湘勇的家乡，家乡不宁，湘勇将士何来斗志？且今后粮饷、兵员，还得靠家乡源源不断地供给。家乡对湘勇之重要，想必贤弟十分清楚。贤弟此番回家，要独当一面，自然会备尝艰难。然自古以来，成十分之名者，乃做十分艰难之事者，望贤弟好自为之。老湘营还缺哪些器械，贤弟自可提出，大营将尽力补齐。"

王鑫说："老湘营的装备比其他营雄厚，不缺什么。"

曾国藩指着身后的书柜，对王鑫说：

"器械不缺，我就不送了。这一柜子明刻二十三史送给贤弟，权当饯行。"

"涤师于学生恩德太厚了。"

曾国藩深情地说："道光十六年，会试再报罢，我出都为江南之游。同邑易作梅在睢宁做县令，我去拜访他，从他那里借来一百两银子，路过金陵时，全部买了书。这部二十三史，即当时所买。近二十年来一直伴随着我，未曾一时离开。今以这部书送给贤弟，愿弟暇时浏览，磨炼砥砺，成就一代名将，一代贤臣，今后好青史留名。"

曾国藩这番话使王鑫大为感动，一旁的曾国华也为之动容。王鑫为自己错怪曾国藩而内疚，站起来说："涤师厚情，王鑫领受了。王鑫决不辜负涤师期望，待湖南匪乱平定后，我即率营回归，永远追随在您老的左右。"

第九章　田镇大捷

一　周国虞横架六根铁锁，将田家镇江面牢牢锁住

当武昌城被湘军攻破时，太平天国国宗石祥祯、韦俊和春官又副丞相林绍璋、殿左一指挥罗大纲、殿左七指挥周国虞等率领所部连夜向长江下游方向奔去。第二天下午，在樊口一带遇到检点陈玉成率领的救援先头部队。陈玉成告诉石祥祯等人，翼王在九江，燕王秦日纲率领援军目前正在蕲州。大家商议了一下，都认为此时不宜反攻武昌，不如全部撤退到蕲州和援军会合，再定对策。经过两天行军，武昌撤退的二万人马，和秦日纲统率的三万人马在蕲州会师。当天夜晚，便在秦日纲主持下，计议下一步的军事行动。石祥祯在会上沉痛地检讨自己的失误，请求燕王转呈天王给予处分。秦日纲宽慰了一番。接着韦俊、林绍璋、罗大纲等人都对武昌失守，各自承担了责任。陈玉成说："各位都不必再检讨了，从来就没有不打败仗的将军，武昌此时丢掉，不久后还可再夺回来。曾妖头必然会乘攻陷武昌之机，率妖东下，犯我天京。我军目前有五万之众，足可以在长江两岸占据关隘，阻其东犯。"

陈玉成今年才二十岁。他十四岁投军，英勇机智，屡立战功，天王亲自提拔他为检点，是太平军中最年轻的高级将领。他身材不高，却声如洪钟。小时患眼疾，家贫无钱医治，烂了好几年，至今两眼眼皮上各留一条深深的疤痕，军中戏称他为四眼将军。周国虞很赞同陈玉成的意见，说："陈将军分析得对。曾妖头必定很快会浮江东下，他的全部人马加起来不会超过三万，我们只要重振军威，足可制服。从蕲州到武穴一带，关隘颇多，此乃天助我军以地利，我军应充分利用。"

他走到挂在墙上的地图边，指着地图说："诸位将军请看，蕲州城五十里以下，有一处地方，名唤田家镇。田家镇在江北，隔江相对的是半壁山。此地向来扼控由湖北到江西、安徽的水陆两路，江流湍急，地势险要，只要在此地驻扎一支人马，曾妖头就是飞也飞不过去。"

罗大纲说："周将军所说极是，去年清妖悍将江忠源便在此地被我军击败，这田家镇最是个险要之地。"

大家都认为将大军驻扎在田家镇两岸，阻止曾国藩东下是最好之策。最后，秦日纲决定，由陈玉成统领一万人马驻扎蕲州，作为第一道防线，其余四万人全部进驻田

家镇，在那里将湘勇一鼓聚歼。

田家镇是一个有五千人口的大集镇，由于水陆交通便利，自古以来便是长江北岸上的一个繁华市井。与之隔江相对的半壁山，孤峰挺拔，雄峙在大江南岸。山底下是一条通往江西瑞昌的大道。发源于幕阜山，流经通山、兴国州的富水从半壁山南麓注入长江。入口处也有一个市镇，名叫富池镇，人口虽不多，却也热闹。往下走三十里，便是武穴。去年正月，东王杨秀清在这里大败陆建瀛的防军，威震千里长江。秦日纲和石祥祯来到这里，查看了两岸地势，甚为满意。秦日纲、石祥祯率二万人马驻田家镇，韦俊、罗大纲、周国虞等带二万人守半壁山。

北王韦昌辉之弟韦俊也不过二十六七岁，但因家境富裕，小时饱读诗书，因而处事显得老练稳重，识见也比别的年轻将领高明。这一年来在湖南、湖北与湘勇打过几次交道，他已经知道曾国藩不同于清朝的其他官吏，由湖南农民所组建的湘勇，也绝不是清朝的绿营可比。对付曾国藩和湘勇，决不能掉以轻心。韦俊对南岸驻防作了精心安排。他吩咐罗大纲带八千人，在半壁山脚安营下寨，林绍璋带五千人驻富池镇，周国虞带六千人搜集船只，扼守江面，自己带一千亲兵将营设在半壁山半腰上，以便各方兼顾。韦俊命令营寨要扎得严实，江面要掐死。

太平军在与官军的作战中，积累了一套建营寨的成功经验。半壁山下，共扎六座营盘：大营一座，小营五座。营盘四周挖一条深一丈多、宽三四丈的沟，将离半壁山五里远的网湖水引来灌满。沟内竖立炮台十座，再用木栅围住。沟外密钉五丈宽的一排排竹签、木桩。林绍璋在富池镇扎了四座营盘，其布置大致和半壁山营寨相仿。半壁山顶，架起一座望台，一天到晚有兵士在上面瞭望，对岸田家镇和下游富池镇，都可以清楚地看到山上打出的信号旗。江面上，周国虞指挥的战船聚集了三百多号，天天在南北两岸穿梭巡逻，严阵以待。北岸也是营寨相连，炮台相接。田家镇摆开了一个大战场，杀气腾腾地准备一场恶战。

这天，周国虞从江边检查战船回来，对弟弟国材、国贤说："我看这江面上的防守还很薄弱，曾国藩水师力量强大，还得想法子控制住江面。"

国材说："我这两天也常想这事，要是能把江面封锁起来就好了。"

国贤说："有办法。当年东吴阻挡晋军，后晋阻挡后汉，都曾用过铁锁拦江的办法。我们何不学前人的样，也打根铁锁将长江锁住。"

国材说："这个办法也并不有效，岂不闻'王濬楼船下益州，金陵王气黯然收。千寻铁锁沉江底，一片降幡出石头'的诗吗？"

国材的几句诗一背，国贤垂头丧气了。国虞想了想，说："国贤的主意也可以考虑，当年东吴和后晋的铁锁，中间没有船承受，又只一根。我们改进一下。你们看，可以这样来拦江。"

国虞拿出两根木棍，又拿出五六只碗来，将木棍并排摆在碗口上，说："我们用两根铁锁，每隔十丈安置一条船，将铁锁架在船上，这样就牢固了。为防止船被水冲走，船的头尾都用大锚固定。铁锁用铁码钤在船上。"

国贤高兴地说："此法最好，为保险起见，每隔三只船再加一个大木排，那就更稳

当了。”

国材也同意了，说：“还加两根吧，一共四根。”

“再加两根！”国贤叫道。

“对！用六根，牢牢将长江锁住，叫曾国藩的水师全部葬在这里。”国虞重重地拍了下木板，五六只碗一齐跳了起来。

周氏三兄弟的想法，秦日纲等人都赞成。随军的铁匠们不分昼夜打造。十天后，六根铁锁南系半壁山，北拴田家镇，横截长江。铁锁下共摆二十多只战船，八个木排，滔滔长江，犹如系上六根腰带，单等曾国藩水师到来，好将他们葬身江底。

二　三国周郎赤壁畔，美人名士结良缘

杨载福指挥五营水师作前锋先天已出发，表字鹤人的李孟群指挥五营水师做后卫暂时未动，曾国藩带着一班幕僚亲兵，坐着特制的拖罟，夹在居中的十营水师中，这天起航了。为了议事的方便，彭玉麟也坐在曾国藩的座船上。时已深秋，长江水显得比春夏两季清亮。天空万里无云，灿烂的秋阳，照射着勇丁们划起的水波，发出白花花的耀眼的亮光。因为是乘胜东下，全军斗志旺盛，又在流水的帮助下，船行得很快。曾国藩时而在舱内，时而在甲板上，与彭玉麟、郭嵩焘、刘蓉等人谈古论今，意气风发。目送着两岸青山向后退去，大家甚是欢快。

黄昏时，近三百艘战船停泊在葛店。劳累一天，吃过夜饭后勇丁们都早早安歇。彭玉麟看着舱外被夜色笼罩的江水，心里很不平静。白天站在船头，指挥战船航行之暇，他想起，十四年前，也是在这段江面上，他陪着小姑，度过了一生中最幸福的一段日子。白天不允许他多想，现在，万籁俱寂，尘嚣已息，儿时与小姑青梅竹马的情景，一幕一幕地浮现脑海。小姑画眉般动听的越语，一句一句在耳畔响起。他拿出麒麟梅花图，轻轻地抚摸，仿佛已坠入爱河，沐浴在小姑的万种柔情之中。

自乔装进武昌城后，就一直没有再画梅花了，彭玉麟觉得很对不起小姑的在天之灵，于是增添蜡烛，铺开宣纸，一边磨墨一边凝思，脑子里出现林逋的咏梅名句：“疏影横斜水清浅，暗香浮动月黄昏。”是的，今夜我在船上为小姑画梅，就画她站在岸上，伸开双臂迎接我。不一会，宣纸上出现一幅极美的画面：水边，一株枝干秀逸的梅树斜倚在草坪上，两支长长的枝条向水面伸去，水面上漂浮着一只小小的乌篷船。为庆贺武昌的克复，也为祝愿田家镇的胜利，彭玉麟破例调了一点丹砂，给那几朵绽开的梅花点了红。彭玉麟拿起画自我欣赏，对画的构思颇为满意。

“雪琴，你又在画梅花了。”彭玉麟回头一看，曾国藩笑容可掬地站在身后。

“哦，是涤丈，快请坐。”

曾国藩在彭玉麟的对面坐下，说：“我和你一起欣赏了很久，你竟然一点不知，真有祖asd之不闻雷响的功夫。”

彭玉麟给曾国藩泡了一杯龙井茶，双手递过来，说：“玉麟画技粗疏，不堪入涤丈法眼。”

“雪琴，我常听人说你最喜画梅，素日无暇求睹，今日见这幅水畔梅花图，真使我耳目一新。”

“涤丈夸奖了。玉麟从未拜过师，无事画画，以娱自己眼目而已，实在登不了大雅之堂。”

曾国藩说：“丹青之艺，原是慧心灵性的表露，不在乎从师不从师。唐人张璪说得好，‘外师造化，中得心源’，这造化所生的千姿百态的梅花，便是最好的老师。”

彭玉麟平日只知曾国藩经史诗文最好，听了这两句话后，方知他对绘画亦有研究，心中甚为折服，忙说：“涤丈所论，最为精辟。玉麟这些年也着实观赏过成千上万朵梅花，只是心性不灵，到底所画的都只是俗品，今后还求涤丈多加指点。”

曾国藩摇摇头说：“我平生最是拙于画，简直不能开笔。那年在翰苑，曾有幸一睹大内所藏王冕画的墨梅图，真是大饱眼福。”

“王冕的墨梅图果然还存在世上，日后若有机会看一眼，死都瞑目了。”

“那墨梅图上还题着王冕自书的一首绝句：道是：‘我家洗砚池边树，朵朵花开淡墨痕。不要人夸颜色好，只留清气满乾坤。’从来说画品出自人品，王冕蔑视轩冕、高蹈远俗的雅洁品格，使得所画梅花进入神品，这固然不错。但世人都没有注意到，王冕的那种雅洁品格，也是长年受梅花熏陶的结果。”

彭玉麟说：“涤丈所言甚是。人爱梅花，梅花也熏染人，人和花就渐渐地合一了。”

“雪琴常画梅，定然胸襟高洁，非我辈所能比。”

“非是胸襟高洁，画梅乃另有所托。”彭玉麟话一出口，便有点后悔。

曾国藩一进船舱，便看见摆在木箱上的麒麟梅花图，听了彭玉麟的这句话后，心里明白了几分。他指着麒麟梅花图说：“雪琴，不想你还藏着一件精致的绣品。麒麟梅花，真有意思。你刚才说画梅另有所托，是不是玉麒麟在想红梅花呢？”

彭玉麟不好意思地脸红了。曾国藩以一个兄长的口吻对彭玉麟说：“雪琴，你不要怪我唐突，你今年已过三十八岁了，尚不成家，莫非心中一直在恋着一个不可得到的人，画梅就如同当年李义山写无题诗？”

彭玉麟很佩服曾国藩对世事人情观察得这样细微精到，真可谓一眼看穿。与曾国藩相处近一年了，无论是人品，还是才学，彭玉麟对曾国藩佩服得五体投地。既然已被看出，彭玉麟也不想再隐瞒，便把压在胸中一二十年来的那桩既有欢悦，但更多哀怨的往事，第一次一五一十地告诉眼前这位一向视为师长、引为知己的湘勇统帅。

曾国藩听完彭玉麟这段肺腑之语，心中十分激动。他本是一个于情感上极为丰富细腻的人，在这个江水拍打战船的秋夜，彭玉麟的往事重重撩拨了他的心。去年在衡州一见玉麟，便如同见到故交。几个月来，他对彭玉麟治理水师的才能、勇敢果决的性格和不居功不自夸的品德十分欣赏，多次在心里称赞玉麟是个不可多得的人才。今夜，听玉麟深情的叙述，他对玉麟更加敬重。如此深情的男子，今世能有几人！这样心性专一的人，一定是忠心耿耿的贤臣良友。曾国藩说：“梅小姑在天之灵，会永远感激你的。但小姑既已仙逝，你也不必再痴情为她一世鳏居。还是我去年跟你说的那句话：‘不孝有三，无后为大。’为一个女子而使自己绝后，也毕竟不是大丈夫之所为。夜已深了，你这就安歇吧。明天早点开船，午后可以到黄州，我和你去悄悄地游一番东坡赤壁如何？”

第二天天未亮，十营水师便启碇开船，申正时分到了黄州。一个月前，黄州还是陈玉成驻扎的地方，武昌失守后，陈玉成退到蕲州。黄州知府许赓藻今天一上午就率领一班文武，在江边恭候。曾国藩站在船头，向江岸拱拱手，算是领情了。船一刻未停，直向下游驶去。船过黄州十里外，彭玉麟就下令停船。郭嵩焘、刘蓉等人都游过黄州赤壁，懒得再上岸。曾国藩吩咐郭、刘不要告诉任何人，说罢和彭玉麟换上便服，带着王荆七一道离船登岸。

这黄州赤壁，本不是当年周瑜火烧曹操之处，只因苏东坡那年谪居黄州任团练副使，夜泛赤壁，写下前后《赤壁赋》和那首“大江东去，浪淘尽千古风流人物”的词后，遂使得这个黄州赤壁，比嘉鱼那个真正的“三国周郎赤壁”还要出名得多。历代文人迁客路过黄州时，莫不到这里盘桓流连。前年曾国藩奔丧时路过此地，当然无心游赤壁。这次即使是大战在即，也不能不去游一下。三人登岸，沿江边走了两里多路，便看到前面一座石山矗立。靠江的那边，如同被一把大斧劈过一样，现出一块高十余丈，宽七八丈的大石壁。曾国藩和彭玉麟估计这就是黄州赤壁了，兴冲冲地向前走去。快到石壁边，果然见岩石赭红，竟是名副其实的赤壁。赤壁边有一条人工开凿的石磴。三人拾级而上，来到赤壁顶上。曾国藩站在山顶，看眼底下正是“乱石穿空，惊涛裂岸，卷起千堆雪”的壮观，江风吹来，颇有点飘飘欲仙的味道。山上有一座苏仙观，观里有一尊东坡泥塑像。那像塑得呆板臃肿，全无一点苏仙的风骨，倒是四壁青石上刻的《前赤壁赋》，笔迹飘逸潇洒，值得一看。观里的道士极言这是按苏东坡的手迹刻的，曾国藩和彭玉麟看后微微一笑。

曾国藩对玉麟说：“今日游赤壁，我倒想起东坡谪居黄州时所写的一首猪肉诗，道是：‘黄州好猪肉，价贱如粪土，富者不肯吃，贫者不解煮。慢着火，少着水，火候足时他自美。每日起来打一碗，饱得自家君莫管。’”

玉麟笑着说：“看来烧东坡肉的诀窍在火候了。素日吃别人家做的东坡肉，名虽美，味都不佳，原来是没有读过这首诗，不懂得‘慢着火，少着水’的奥妙。”

曾国藩也笑着说：“除火候掌握不好外，还有肉不好。东坡肉硬要用黄州的猪肉才烧得好，如同杏花村的酒，只有用当地的水才行。可惜我们这次没有口福了。”

玉麟说：“东坡是天才，诗文字画，自是当时之冠。不过天才也有小失，他的那篇《石钟山记》，说石钟山是因水击石窍，窾坎镗鞳，类似钟声，其实不然。”

“足下何以知其不然？”

“我幼读东坡此文，便觉可疑。水击石窍，岂独彭蠡之石钟山？我的家乡便可常常见到。那年我路过湖口，特地去看了一下，才解开这个疑点。原来此山之名，并非拟声而得，实乃以形而得。那座山，远远地看去，恰如一座石刻的大钟。”

“雪琴，你可以写一篇辨石钟山的文章，跟东坡唱一唱对台戏。”曾国藩笑道。

“平定发逆后，我是要把这件事记下来，那时再求涤丈给我修改。”二人都一齐笑起来。正说得高兴，前面走来一人，对着曾国藩深深一鞠躬，说：“侍郎大人别来无恙。”

曾国藩被弄得莫名其妙，那人抬起头来，荆七惊奇地叫道："你不就是杨相公吗？怎么到这里来了？"

曾国藩也感到奇怪，说："真的是杨国栋！你这几年可好？"

杨国栋答："说来话长，寒舍离此不远。今日天赐能与侍郎大人在此幸会，真令国栋做梦都没有想到。就请侍郎大人和这位大人——"

"这位是彭统领彭玉麟。"曾国藩介绍。

"啊，久仰久仰！就请侍郎大人和彭统领及七哥一起到舍下一叙。"

荆七说："杨相公，你那年不辞而别，后来又伪造大人家的古玩去卖，害得大人白白丢了八百两银子。"

杨国栋大惊："有这样的事？如此，则罪孽深重，容国栋今夜慢慢向大人说清。"

杨国栋是什么人，王荆七为何说他害得曾国藩白白丢了八百两银子？事情发生在五年前。

一天上午，曾国藩正在求阙斋用功，王荆七领来一个衣着寒碜的穷书生，说："大人，这位杨国栋先生一定要拜见您，我说了好多话都不能拦住。"

曾国藩放下手中的《韩文公集》，用他目光深邃的三角眼将来人打量一下。只见此人三十余岁，长条脸，两眼乌亮有神。从脸色和衣衫来看，是个处于困厄中的潦倒者。曾国藩对来访的读书人，一律予以谦恭热情的接待，不管是富有的，还是贫寒的。读书人只要有真才实学，还怕没有出头之日？今日鱼虾，明日蛟龙，是常见的事。何况眼前这位杨国栋那双黑亮的眼睛，分明表示他是个聪明灵秀的人。曾国藩一点不摆侍郎的架子，站起身来，客气地招呼杨国栋坐下，并要荆七泡一碗好茶来。曾国藩微笑问："足下是哪里人？找鄙人有何事？"

杨国栋说："晚生乃湖南桃源人。"

"足下是桃源人，为何无一点桃源口音？"曾国藩感到奇怪。

"大人，晚生生在桃源，七岁时跟随父母到了浙江金华，一直到二十岁上下才出来游学求师，故现在没有一点桃源口音了。"杨国栋在曾国藩的面前，神态自若，全无一点寻常士子忸怩胆怯的模样，使曾国藩对他颇有好感。

"足下是到京师来游学的吗？"

"晚生此番到京师，是特来谒见大人的。闻得大人乃当今理学名臣，天下士人都愿一识荆州。国栋此来，不求富贵，只求大人收留我做个学生，早晚得听大人咳唾。"

曾国藩摸着胡须，微微一笑："足下读先贤之书，想来一定有高见。"

"晚生读圣贤书，谈不上高见，却也有点心得。"杨国栋并不谦让，放胆而谈，"某以为程朱之学，以'不欺'二字可以尽之。不欺人，尤贵不欺己。今人不欺人者，千不得一，不欺己者，万不得一。某知之二十年，试行二十年，而终不能做到，故千里来京，求教于大人。"

曾国藩听了很高兴，说："足下功夫犹未到家，知而不行，非真知也；若一旦真知，自然能行。朱子讲先知后行，阳明讲知行合一，二位先贤讲的都有道理。朱子说：'义理不明，如何践履？'又说：'知行常相须，如目无足不行，足无目不见。'阳明说：'知是行的主意，行是知的功夫；知是行之始，行是知之成。'又说：'知之真切笃实处即是

行，行之明觉精察处即是知。'先贤这些至理名言都说得深刻，足下好好领会，身体力行，必然大有长进。"

杨国栋闻之大为折服，伏拜于地，说："大人指教之言，真药石也。"

曾国藩扶起杨国栋，二人纵谈朱陆异同及阳明学派之利与害，大为畅快。曾国藩破例收下杨国栋，并在朋友之间称赞杨国栋学问根基深厚，悟性甚好。遇到曾国藩称赞时，杨国栋也并不怎么感谢。别人问他，他说自己是来求学的，并不是来求名的。有人前来拜访，杨国栋总拒而不见，国藩渐渐地对杨国栋敬重起来。

杨国栋在曾府住了三个月。一日，忽然不辞而别。四处找寻，都不见他的踪迹。曾国藩很觉奇怪。一连几天寻不到，也就算了。后来，杨国栋这个人也被曾府逐渐淡忘。

这一天，曾国藩与朋友游琉璃厂，在一个古玩摊上见到几轴字画。曾国藩拿起一看，大吃一惊，原来都是自己平日收藏的旧物。正在疑惑不解时，又瞥见一个荷叶砚台。国藩拿起荷叶砚台，心中暗暗叫苦。这个砚台，不琢不雕，其形天然作一片荷叶状，砚面青翠发亮。更稀奇的是，砚面能随四时天气变化而变化，晴则燥，雨则润，夏则荣，冬则枯，就像一片真荷叶。天雨时，砚上自有水滴如泪珠，用来磨墨，无须另外加水，写出来的字，格外光亮。此砚本是汤鹏家的祖传之宝。汤鹏与曾国藩原是很要好的朋友。汤鹏自负才高，目中无人。一次与曾国藩为一小事争论起来，竟勃然大怒，骂曾国藩不学无术。曾国藩恼火，与他绝了往来。后来，倭仁知道此事，指责曾国藩不对，说一个研习程朱之学的人，不能有这样大的火气。曾国藩心悦诚服地接受。第二天便主动登门向汤鹏道歉，又设宴邀请汤鹏来家叙谈。汤鹏大为感动，二人和好如初。汤鹏病危时，向曾国藩托付后事，并将这个祖传古砚送给他。曾国藩十分喜爱这个砚台，通常不用，珍藏于箱底。"这砚台和字画怎么会到这里来呢？"曾国藩心中甚是诧异。问摊主这些东西是哪里来的。摊主说是从一个名叫杨国栋的那儿买来的。曾国藩骇然，忙问杨现住何处，答住在西河沿连升店。曾国藩立即命家人到连升店找杨国栋。店主说杨早已离开，不知去向。曾国藩无奈，只得将家中所有现银拿出，凑足八百两，将砚台和字画赎回来。为此事，曾国藩足足有半个月心里不快，自己埋怨道：真是瞎了眼，将一个窃贼留在家里，不但看不出，还视之为奇才而加以敬重。为顾全面子，他命令家中人谁都不要向外人谈起此事。

偶尔一天下雨了，曾国藩命荆七取出古砚来，磨墨写字。又怪了，古砚并不像过去那样，遇雨溢水。曾国藩叹息着，把砚台拿在手中细细把玩，却发现似乎没有过去那种沉甸甸之感。他起了疑心。遂命家人全部出动，翻箱倒柜寻找。结果汤家祖传古砚找出来了，字画也找出来了。原来，赎回的竟全是赝品，真的并没有丢！他惊呆了。马上要荆七到琉璃厂去找那个古玩摊主，但早已不见了。曾国藩大惑不解：究竟谁是骗子呢？说古玩摊主是骗子，他怎么会知道我家珍藏的东西？说杨国栋是骗子，他为什么不将真物窃走？

此时曾国藩在这里邂逅杨国栋，真个是他乡遇故知，又能解开多年的疑团，岂有不去之理？曾国藩叫荆七先回去告诉郭嵩焘、刘蓉，说今夜不回船了，明日一早再来接。

杨国栋带着二人走了一里多路，来到一个山坳口，指着前面一片竹篱茅舍说："这就是寒舍。"

曾国藩见茅屋前一湾溪水，几株垂柳，环境清幽安静，说："足下居此福地，强过京师百倍。"

说着进了屋。谁知这茅舍外面看似简陋，里面却不大一般。厅堂四壁刷着石灰，显得明亮雅洁。墙上悬挂着名人字画，屋里摆的尽是精致的上等家具。坐在这里，并未感到是荒山野岭，仿佛来到繁华市井中的官绅家。

刚坐下，杨国栋对里屋喊："阿秀，端茶来敬献二位大人。"

话音刚落，从里屋出来一个二十二三岁的女子。托着一个黑漆螺钿茶盘，步履轻盈地走进客厅。那女子大大方方地把两碗茶放在几上说："请二位大人用茶。"

说罢莞尔一笑，转身进屋了。彭玉麟看着这女子极像梅小姑，尤其是那莞尔一笑的神态和清脆的越音，简直如同小姑复生。他不由地多看了阿秀两眼。彭玉麟的瞬间表情，杨国栋没发觉，曾国藩却注意了。杨国栋说："这是小妹国秀，老母瘫痪在床上已经几年了，恕不能起身招待。"

曾国藩说："足下那年突然离去，使我挂牵不已。"

杨国栋说："学生那年贸然拜访大人，蒙大人错爱，留在府中。三个月来，跟随大人，所学竟比我寒窗十年还多。大人恩德，学生没齿不忘。那年突然离去，原是出于一桩意外的事情。"

阿秀又出来，摆出各种时鲜果品。曾国藩发现彭玉麟又看了阿秀两眼，心里忽然冒出一个念头。杨国栋继续说："那天我正在前门大街上办点事，正巧遇到从老家来的仆人。他一把抓住我，说：'相公，我在京城里找你半个月了，今天终于碰到，快跟我回家。'我忙问：'家里出事了？'仆人说：'相公有所不知，老爷在家，为祖上的坟地和谢家打起官司来，被官府锁在牢中，急等你回家。'我一听慌了神，说：'我现在礼部侍郎曾大人家，曾大人这两天在园子里当值，过两天曾大人回来后，我跟他说明，再离京回家。'仆人说：'老爷现在狱中，天天盼你回家，再等得几天，不知回去后还能不能见到老爷。'老仆说着掉下眼泪。我心想：他是我家的仆人，都如此着急，我还能再等吗？不如先回去，两三个月后再回京跟大人道歉。我连忙回府收拾行李。我原本没有什么行李，只有几样假货。那是在大人家住的时候，闲来无事，有一天，我照大人家藏的字画临摹了一张。自己看着，觉得也还像。顿时兴起，要跟世人开个小玩笑。一连几天，我早出晚归，逛琉璃厂，与那些古董商人闲扯，从他们那里套得了不少造假古董的技艺。我用重价买了几张明代年间出的纸，又买了一支古墨，关起门来，用心临摹、炮制，将大人家藏字画，每幅都精心临摹了一份。又特别喜爱大人家的古砚，也照样仿制了一个。我于是把这几种东西带上，留下一张'急事暂别'的纸条，来到仆人所住的西河沿连升店。"

曾国藩听得极有兴趣，微笑着插话："现在我明白了，那张黄山谷的字是你自己临摹的。"又说，"这张纸条不曾听府里人谈起。"

"当时放在书案上，也可能后来被风吹走了。我来到连升店，仆人问：'相公身上也带了钱没有？'我身上一文不名。仆人也只剩下十几两银子，这点钱，主仆二人无论如何到不了家。仆人看到包袱里的字画，说：‘相公，目前是救老爷要紧，你这几张字画就变卖了吧！我知道你舍不得，到如今也没有法子了，救得了老爷，日后还可以再买。’我心里好笑。不过，他这一说倒提醒我。看来这几幅字画临摹得还可以，至少眼前的仆人是骗过了。如果能被哪个好古董而又不识货的人买去，虽然有点缺德，事到如今，也顾不得许多了。我问：‘紧急之间，卖给谁呢？’‘有人买，隔壁就住着一个卖字画的摊主。’仆人当即叫来一个中年汉子。我心想：正好检验一下我仿古的本领如何。便煞有介事地向那个汉子吹嘘，说是祖传下来的真迹，目前要救老爷，只得忍痛卖掉。那汉子早几天便与仆人混熟了，因而对我所讲的毫不怀疑。他眯起眼睛将那几幅字画和古砚细细鉴赏一番，问我：‘你开个价吧！’我说：‘这几幅字画和古砚，论价不会低于一千五百两银子，现在急要钱用，我没工夫再找别人，你给七百五十两吧！’那汉子和我讨价还价，最后开出五百两。我心里想：好笑，这几样东西十两银子都不值，经过这样的瞎吹胡闹，居然就值几百两银子了，便一手从汉子手中接过五百两银子，一手将那几样冒牌货给了他。”

曾国藩说：这个杨国栋真是模仿古物的奇才，贩卖古物的人被他骗了不说，连我这个古物的主人都让他给骗了。这种以假乱真的本事，天下怕难找到第二个。原先的那股疑惑，早已被冲得干干净净。彭玉麟也暗自诧异惊佩，笑着说：“杨兄，凭你这个本事，走遍天涯海角都不愁没钱花。”

“彭统领取笑了。这种小技只可偶一为之，哪可做立身之本。我带上银子，急急忙忙和仆人赶路。谁知到家后，老父已瘐死狱中。谢家因有人做大官，结果我家花了几千两银子也没打赢官司。谢家人平素口口声声讲孔孟程朱，却原来是这样的狼心狗肺。”说到这里，杨国栋望着曾国藩苦笑一下，“不怕大人见怪，我一气，从那时起，就不再读孔孟程朱的书了。程朱之书说的都是诚，不诚无物。其实，这世上哪来的诚！谢家讲诚，就不会有我老父瘐死狱中；我若讲诚，便没有主仆二人回家的盘缠。我过去二十多年，都被它误了。原来悟出的‘不欺’二字，竟是完完全全地欺骗了自己！”

曾国藩正色道：“程朱讲的都是对的，只是世人没有照着做罢了。足下不过因偶尔受挫，便愤世嫉俗以至如此，大可不必。”

“大人说得有理。”杨国栋说，“不过这几年，学生倒学了不少真本事。老父死后，我也不愿意再在老家待下去，便带着老母幼妹来到黄州府投靠母舅。母舅原是黄州知府衙门的书吏，早几个月，被长毛杀了。我们在苏仙观旁起几间草房，母亲和妹妹长年住在这里，我到处云游，见什么学什么。不瞒大人说，我早两天刚从广东回来，在广东还跟着洋人学会做火药子弹哩！”

曾国藩眼睛一亮，说：“以足下的灵慧，自然是学什么精什么，想必足下现在一定精于军火制造。”

“精于谈不上，不过造出来的火药子弹，也不比洋人的差。”

曾国藩大喜：“足下大才，目前正可施展。不知足下还愿像五年前那样，和我相处在一起吗？”

“大人乃当今最为有才有德之人，在广东时，我便知道大人正统率湘勇，以灭长毛为己任。国栋多时便想前去投奔，怎奈老母罹病，不忍赴兵凶战危之地。今日天使我重遇大人，国栋愿像五年前那样，为大人执鞭随镫。”

“伯母卧病在床，确不便远离，你过两年再来找我也行。”

“今日若不遇见大人，我这几年确不准备远离老母。但我听七哥所言，学生犯了不赦之罪尚不自知。我万万没想到，那些赝品居然蒙过了大人之眼，骗去了大人的八百两银子。学生负罪深矣。因此，为报大人之恩，为赎学生之罪，我决定跟大人去江宁，我可以为大人造火药子弹。”

曾国藩大喜道：“军中正缺足下这种能人，明日我们就一道登船吧！”

彭玉麟也笑道：“有杨兄参战，湘勇如虎添翼。”

杨国栋说：“大人，我前月从一农夫手中买了一匹好马，为抵学生之罪，我将此马送给大人。请大人随我到后院观看。”

自从王世佺把王氏祖上宝剑送给曾国藩后，曾国藩便渴望有一匹与剑相匹配的马，自己虽不能骑着它冲锋陷阵，但作为水陆两支人马的统帅，没有一匹像样的马，总是一件憾事。曾国藩和彭玉麟来到后院，只见马厩里果然拴着一匹高头大马。杨国栋把它牵了出来。那马浑身火炭，无一根杂毛，来到坪中，昂首长鸣，甩颈炮蹄，吓得树上的鸟雀乱飞。曾国藩赞叹：“好一匹龙马！那农夫怎来的如此好马？”

杨国栋说：“我当初也感到奇怪，便问那农夫。农夫说此马原为一个长毛丞相所有。长毛占领黄州时，亲兵牵出去溜达。农夫杀了亲兵，盗了这匹马，藏在家中，等长毛走后才拿出来卖。见到的人都说它是关云长的赤兔马，我也就叫它赤兔了。”

曾国藩说：“谁见过关云长的赤兔马了？那都是罗贯中胡诌瞎编的。我看它浑身就像熟透了的枣子样，就叫它枣子马吧！”

彭玉麟说：“好个枣子马！既入俗又脱俗。”

杨国栋也笑着说：“就叫枣子马！”

曾国藩快乐地说：“好！我收下，就算抵了你假冒古董的罪。”

说得大家都笑起来。看看天色已晚，阿秀已摆上满满一桌菜，杨国栋请曾、彭入席。杨国栋指着当中一个大碗说：“这是用黄州猪肉烧的东坡肉。”

曾国藩笑着对彭玉麟说：“刚才还说没有口福，口福就来了。这真叫做‘人有旦夕祸福而不自知’。”

酒席上，大家开怀畅谈，十分欢悦。杨国栋说：“小妹喜欢自制酒令，前一向编了一个酒令故事，可惜才力有限，竟没编完。”

“想不到令妹还有这种才能，真令我们钦佩。杨兄不妨说完，也好助酒兴。”彭玉麟兴冲冲地说。

“我于诗词曲令素来生疏，两位大人都是才学渊博的前辈，我正要求助，使这个酒令故事成为全璧。小妹用身旁现有的古迹编了一个这样的故事：那年东坡谪居黄州，闲来无事，常与秦少游、佛印禅师和黄州太守喝酒谈天。一日，东坡兴起，提出自制新酒令取乐，要求是先举一件落地无声之物，接着说出两个古人，一问一答，讲出一件事，答句必须是现成的两句作归结的诗句。东坡自己先说一令：‘笔毫落地无声，抬头见管仲。管仲问鲍叔，因何不种竹？鲍叔曰：只须两三竿，清风自然足。’秦少游想

了一下，接着说：‘蛀屑落地无声，抬头见孔子。孔子问颜回，因何不种梅？颜回曰：前村深雪里，昨夜一枝开。’佛印禅师不假思考，也来一令：‘天花落地无声，抬头见宝光。宝光问维摩，僧行近云何？维摩曰：遇客头如鳖，逢斋项如鹅。’轮下去应该是黄州太守作，但黄州太守作不出，其实是小妹自己想不出了。”

曾国藩说：“令妹咏絮之才，古今少有。这几个酒令作得太好了，故事也编得高雅，我看不是她不能为黄州太守作一首，而是想考考你这个做兄长的才华如何吧！”

说完大笑。杨国栋也笑道：“大人说得也对。她问我，也自然就是考我，我作不出，但小妹自己至今也还没作出第四首，并说有人能代黄州太守作出，她就服了他。”

曾国藩对此本亦感兴趣，有时间多想想，他也能够为黄州太守作一首，但他另有想法。他转过脸对彭玉麟说：“我素来不懂酒令，雪琴你于此道有研究，今日我们就请道台屈尊，权当一下黄州太守。”

彭玉麟对阿秀很有好感，情愿为她续完这个故事，便不推辞。彭玉麟从佛印禅师的结句“鹅”字上得到启发，想起骆宾王童时作的诗：“鹅鹅鹅，曲项向天歌，白毛浮绿水，红掌拨清波。”顿时有了。他对杨、曾说：“我想起一个，不知像不像黄州太守的口气。”

曾国藩笑道：“你只管念去，像不像由我来评判。”

彭玉麟念道：“雪花落地无声，抬头见白起。白起问廉颇，为何不养鹅。廉颇曰：白毛浮绿水，红掌拨清波。”

“好个‘雪花’‘白起’！”刚一念完，杨国栋就高兴地说，“天衣无缝，我看当年那个黄州太守绝对作不出这么好的酒令，真要胜过东坡、佛印的才气了。”

玉麟不好意思地说：“什么东坡才、佛印才，都是令妹的才。”

阿秀在里屋听见彭玉麟的酒令后，很高兴遇到了知音，出来大大方方地给彭玉麟满斟一杯酒，慌得他忙起身道谢。阿秀笑吟吟地说：“彭统领帮了小女子的大忙。”曾国藩看在眼里，喜在心头。

吃完饭后，杨国栋送曾、彭到客房休息。等杨国栋走后，曾国藩悄悄地问玉麟：“雪琴，你对我说句实话，你是不是喜欢杨国栋的妹妹阿秀？”

玉麟脸红了，说：“涤丈，你是知道的，我多年来都不愿成亲，怎么会一见阿秀就喜欢呢？”

曾国藩说：“你的举止瞒不过我的眼睛，我知道你是一个钟情重义的真正男子，但你今天看阿秀的眼神非比寻常。我猜想，这女子或许像你逝去的梅小姑，你是因为喜欢梅小姑而喜欢她，是吗？”

曾国藩对世态人情的洞悉，一向为彭玉麟所钦服。这个猜测，竟如同看穿了他的肺腑，彭玉麟只得不好意思地点点头。曾国藩说：“雪琴，你的品性为人和我十分接近，我和你虽名有堂属之分，实同兄弟之谊。如果你听我一句劝告，不固执独居的话，阿秀便是你合适的人选。这女子，我虽然没有和她交谈过，看她今天走路说话，是一个端庄的淑女，且能写出这样好的酒令，必然灵慧而饱读诗书。我去跟杨相公提，如阿秀尚未许字的话，我为你作伐，结秦晋之好如何？”

彭玉麟低头不语，曾国藩知已默许，随即走进杨国栋的卧室。杨国栋正在灯下收拾行李，见曾国藩来，忙起身让座，说："大人尚未安歇？"

"我想冒昧问你一句话，请别见怪。"

"大人只管说，学生哪有见怪之理。"

"请问令妹字否？"

"大人问阿秀的事，真令我做兄长的心焦。小妹自幼聪颖，老父爱她如掌上明珠，从小教她诗书字画。谁知小妹读了几句书后，心气高傲得很，不管谁为她提亲，都一概不允，说要得天下一真正名士英雄才嫁。老父去世后，从金华流落至此，人地生疏，再加上我常年不在家，小妹的婚事便耽搁了。"

"令妹贵庚几何？"

"不瞒大人，小妹今年足足二十三岁了。"

"我身边现正有一个名士英雄，不知令妹看得上否？"

"请大人明说。"

"足下看彭雪琴如何？"

"彭统领已是三十开外的人了，莫不是夫人弃世，意欲续弦？"

曾国藩摇摇头："怎是续弦，雪琴根本就未娶过。"

"那是为何？学生见彭统领仪表堂堂，儒雅英迈，才学满腹，又是大人麾下名将，为何未成家呢？"

"这正是雪琴英雄过人之处。以雪琴之人才，何愁没有倩女。只是他自小立志，要成就一番大事业后再谈家室，以致拖延至今尚未成亲。"

国栋不禁面露喜色："这样说来，小妹真正有福了。彭统领适才的酒令，小妹甚为喜爱。待我禀告老母、告诉小妹后，立即回话。"

这边，曾国藩也把杨国栋的话告诉了彭玉麟。一会，杨国栋来到曾、彭所住的房里，对他们说："老母说：'既是曾大人为媒，这件事可办。'小妹没有做声，只是拿出一张纸来，写了几句话在上面，说还要向彭统领请教请教。我拿过纸看时，竟不明白她写的什么。"说罢，将纸递给彭玉麟。曾国藩好奇地凑过来看，只见上面写着这样几行字：

纱窗碧透横斜影月光寒处空帏冷香柱细烧檀沉沉正夜阑更深方困睡倦极生愁思含情感寂寥何处别魂销

曾国藩在心里默读了两遍，已经明白了，偷眼看彭玉麟，见他眉头紧蹙，一副为难的样子。杨国栋心里在骂妹子："成天躲在屋子里没事，尽编些稀奇古怪的文字来难人。"彭玉麟十分赞赏阿秀的才情，无论如何要破这个谜。他反复默读，突然心头一亮，高兴地说："原来是一首《菩萨蛮》！涤丈和杨兄请听：纱窗碧透横斜影，月光寒处空帏冷。香柱细烧檀，沉沉正夜阑。更深方困睡，倦极生愁思。含情感寂寥，何处别魂销。"

"正是正是，雪琴断得好！"曾国藩兴奋地称赞。

杨国栋也笑着说："彭统领大才，小妹不自量，班门弄斧了。我这就去告诉她。"

杨国栋拿起纸就要走，彭玉麟一把拖住："慢点。令妹才华锦绣，世间少见，这四十四个字不知费了她多少闺情。历代才女喜欢写回文诗词，说不定这也是一首回文词。"

曾国藩笑着说："我刚才听你念时，也这样想过，但究竟比不上你对杨小姐的知心。"

彭玉麟脸红起来，说："涤丈取笑了，还不知我说得对不对哩！姑且念念看。"

彭玉麟拖长音调，从最后一字读起，竟然真的又读出一首《菩萨蛮》来："销魂别处何寥寂，感情含思愁生极。倦睡困方深，更阑夜正沉。　　沉檀烧细柱，香冷帏空处。寒光月影斜，横透碧窗纱。"

曾国藩叹道："昔曹大家、苏若兰之才，亦不过如此。"

杨国栋兴冲冲地进了妹子的房。一会，又红光满面地出来说："小妹对彭统领的聪明才学十分佩服，她还想请彭统领就眼前之景和心中之念作一首七律。"

彭玉麟七岁时便会作诗，写一首七律，对他来说是太容易了。但这首诗却非比寻常。眼下自己正分统水师东下，这是将载之于史册的不朽事业，何不把这件事写出来。他认真想想，然后一气挥就：

长江不许大王雄，王濬楼船要建功。
十万天兵驱虎豹，三千犀甲奋貔熊。
旌旗常带潇湘雨，鼓角先清淮海风。
戎马书生少智略，全凭忠愤格苍穹。

杨国栋将这首诗带进内室不久，便喜融融地托出一个锦绣香匣，对彭玉麟说："这是小妹的生庚八字，今夜就交给彭统领了。"

彭玉麟脸上流光溢彩，恭恭敬敬地接过这份重礼，随手从身上取出一只碧玉兔交给国栋，说："玉麟属兔，三朝时，家母亲手把这只玉兔挂在玉麟颈上，至今有三十八年了，今日请小姐收下。"

曾国藩异常高兴地说："今夜成就了雪琴与阿秀的百年好事，我这个红娘不可无表示。"曾国藩饱蘸浓墨，凝神片刻，写了一首《贺新郎》：

艳福如斯也。看江中，雄师东进，君其健者。一从风浪平静后，喜结鸳鸯香社。料不久笙乐细奏，袍是烂银裳是锦，算美人名士真同嫁。好花样，互相借。淋漓史笔珊瑚架。说催妆，新诗绮语，几人传写？才子风流涂抹惯，莫把眉痕轻画，当记取今宵月夜。明年携得神眷归，令老母幼弟同惊讶。悄悄话，声须下。

曾国藩写完，又细看了一遍，不无得意地交给杨国栋说："杨相公，你把这阕词也交给阿秀，待这仗打完，我便打发雪琴前来迎亲，我为他们主婚。"

三　从蕲州到富池镇，太平军和湘勇在激战着

第二天一早，王荆七带了几个亲兵来接曾国藩、彭玉麟。杨国栋拜别老母，吩咐阿秀悉心照顾母亲，管理家务，然后牵出枣子马。阿秀昨夜刚与彭玉麟定亲，很觉害羞，也没敢和彭玉麟说一句话，只是深情地目送他们下山去。走出几十丈远后，彭玉麟禁不住回过头看了一眼，只见阿秀仍倚门眺望，他心头一热，赶紧转过脸去，快步追上。

上船后，曾国藩将杨国栋介绍给大家，并公布了彭玉麟喜结良缘的事，大家都向玉麟表示祝贺。曾国藩悄悄地对刘蓉说："你不是要假古董吗，今后就找这位杨相公。"

"他就是那位临摹山谷诗的人？"刘蓉惊奇地问。

"正是，没有想到在赤壁边遇到他。"

"奇才，真是奇才！"刘蓉赞叹。

船一路顺水直下，傍晚时来到道士洑。杨载福的先头部队早一天已到达。当夜，杨载福向曾国藩做了报告：陈玉成的一万人马——水师三千、陆军七千，在蕲州严阵以待。如何开战，请曾国藩定夺。曾国藩连夜派出三支斥候。一支沿江而下，窥探蕲州敌情。一支到江北打听多隆阿的进程。一支到江南打听塔齐布的进程。

次日午饭后，三路斥候陆续回来。探敌情的一支禀报：蕲州江面战船不多，陆军大部分兵力驻在江南，似乎随时准备援助大冶、兴国州两城。这个情报很重要，曾国藩赏了斥候。北路的一支报告：巴河、兰溪一带未见多军影子，估计人马尚未到黄州。对多隆阿、桂明的北路绿营，曾国藩根本不抱希望。军行迟缓，他不感到意外。南路的一支汇报：塔军现驻金牛镇以东五十里的铁岭口等候命令。

曾国藩在拖罟上与彭玉麟、杨载福、郭嵩焘、刘蓉、杨国栋等人商议。刘蓉说："据情报来看，长毛据蕲州兵力不算太强，号称一万人，实际能打仗的顶多一半。四眼狗虽贼中干将，估计也发挥不了多大作用，且四眼狗只善陆战，水战并非所长。可以立即通知塔智亭和罗罗山，命他们分头进攻大冶和兴国州，引诱陈玉成派兵援救，然后我水军乘此机会，猛冲过蕲州。"

杨国栋说："孟容兄言之有理。我在黄州时就听说，据守大冶和兴国州的将领，原是陈玉成的部下，且兵力都不过一二千。拿下大冶和兴国州，对塔统领的南路军来说是顺手摘桃，即使陈玉成的兵员不动，达不到调虎离山之计，收回两个城池，亦是功劳。"

彭玉麟、杨载福、郭嵩焘等人都赞成刘蓉的建议，曾国藩也认为可行，于是水师暂时驻扎道士洑，不惊动下游。

塔齐布和罗泽南接到命令后，一万二千人分为两支，塔齐布带六千人南下经花油堡向兴国州进兵，罗泽南带六千人沿金河向大冶进攻。

太平天国兴国州知州胡万智，金陵人氏，乃太平天国首科进士。天国癸好三年八月初十日，是东王的寿诞，天京城里举行第一次会试——东试。东试论题是"真道岂

与世道相同”，文题是“皇上帝是万郭大父母，人人是其所生，人人是其所养”，诗题是“四海之内有东王”。胡万智是个穷苦的秀才，考了几次乡试都未中，对朝廷的科举考试很是不满。太平天国定都天京，带来勃勃生气，胡万智拥护天国，欣然前往应试。文章做得花团锦簇，诗也作得珠圆玉润，遂一举高中。胡万智好不高兴，愈加对天国充满感情。

中进士后，东王封他为典朝仪。西征军攻下兴国，胡万智被派往兴国任知州。胡万智到了兴国，全部起用一批新人，其中大部分是穷困潦倒的读书人。半年来，他把全副心思用来整顿兴国州的吏治。正当他准备在兴国州大展宏图，建一番新政时，塔齐布率领的六千人马攻到兴国城下。兴国城里只有一千五百人，情形危急。胡万智一方面布置守城，一方面急忙派人到陈玉成那里讨救兵。陈玉成已探得湘勇水师集结在道士洑按兵未动，料想一时不会有行动，便亲带四千兵赶来救兴国。他刚走到黄州藕口镇时，又遇到驻大冶城的总制汪茂先派出的信使，说湘勇已围住大冶。无奈，陈玉成又分出二千人马到大冶。当陈玉成赶到兴国州时，塔齐布已攻下兴国。陈玉成十分懊恼，率兵再奔大冶。半途中遇到溃兵，报告大冶已丢，汪茂先阵亡。陈玉成气得两眼冒火，率部怏怏回蕲州。

就在陈玉成离开蕲州的这一天，曾国藩会合先天夜晚赶来的李孟群部，水师二十营约一万人，在呼啸呐喊声中冲过蕲州防线，于马口镇对岸停泊下来。罗泽南提着汪茂先的头和太平军大小黄旗上百面、骡马数十匹前来请功。塔齐布也押来胡万智等一干兴国州各衙门官员来会师。曾国藩亲自提审胡万智。只见胡万智昂首挺胸毫无畏色走上大堂。曾国藩喝令跪下，胡万智拒不从命。几个亲兵上前，把他的双腿强压下去，曾国藩骂道：“大胆逆贼胡万智，你身为圣人门徒，却屈身降贼，玷污清白，真是孔门败类，衣冠禽兽。”

胡万智双目圆睁，大声喊道：“无耻汉奸曾国藩，你身为炎黄后裔，却背叛祖训，投靠清妖，认贼作父，你才是真正的乱臣贼子，民族败类！”

曾国藩气得脸色铁青，大呼：“左右，把胡万智这批禽兽一律剜目凌迟，陈尸示众。”

胡万智并不害怕，仍然痛骂不止，亲兵将他强行拖了出去。

处决胡万智后，曾国藩骑上枣子马，带着一批营官和幕僚登上江岸。此地离半壁山不到十里，孤峰挺立的半壁山如同站在眼前。山脚下营垒森严，旗帜林立，鼓角时鸣。江北田家镇上也连营接寨，江中战船逡巡。从半壁山到田家镇，太平军水陆两路人马筑成一道铜墙铁壁。曾国藩看后，心中忧郁，默默地回到拖罟上，对众人说：“驻守此地的长毛，一部分是武昌败将，一部分是秦日纲的救兵。败将复仇心切，救兵气焰嚣张，防守得如此严密，看来有几场恶仗打。”

鲍超说：“长毛是虚张声势，大人不必过虑，明日我率部攻打半壁山，保证马到成功。”

杨载福说：“明早我率先锋营顺流下去闯一闯，探探虚实。”

曾国藩说，先试探一下也好，便点头同意了。

第二天一早，鲍超率霆字营来到半壁山脚下擂鼓搦战。只听见一声炮响，当中大营里冲出一位中年将军。此人正是罗大纲，身后跟着数百名头扎红、黄两色头巾的太平军将士。罗大纲骑马伫立栅栏边，高声喊道："大胆清妖，有本事的过来！"

鲍超气得在马上大叫："操你祖宗八代，老子把你砍成两截！"

他一时忘记了太平军扎营的规矩，一边骂，一边指挥人马向前冲。还未走到百把步，叫声"不好"，已陷于布满竹桩的沟坍中，回头一看，大部分湘勇也陷了进去。对岸太平军士兵拍手欢呼："陷了，陷了！"同时，万箭飞来，湘勇纷纷中箭倒下。鲍超抡起大刀，前后左右挥舞，总算没有被射中。他气得双腿紧卡马腹，那马挣扎着想跳出来，却被竹桩刺得鲜血直流，哀啸不已。罗大纲驱马出了栅栏，吊桥放下。正在这万分紧急时，周凤山带两营湘勇前来救援，鲍超被拉了出来。他不敢再战，和周凤山一起撤退下来。清点人数，少了五十多个。

江面上，杨载福的先锋营也陷于困境。当他们的船来到半壁山脚江面时，看到的是一排钉死在江中的战船，上面竟然横着六根粗大的铁锁！漫说是木船，就是铁舰也休想冲过。杨载福是个水上老手，见此情景，知道不妙，迅速拨转船头。后面火炮轰来，走慢的几艘长龙着火被烧沉。杨载福满面羞惭而回。

水陆两军初战失利，使曾国藩的忧愁又添几分。从靖港败后再起这半年来，湘勇军势大振，尤其是武昌、汉阳的收复，更是名满天下，朝野为之震动，一洗往昔备受讥嘲的侮辱。曾国藩想：眼前这伙长毛尚不是主力，倘若这道防线冲不过去，岂不前功尽弃？无论如何不能被拦阻在这里，不将这股长毛击败，至少要迅速冲过去。他决定先由陆路发起强攻，派塔齐布打富池镇，罗泽南打半壁山。第二天一早，两支人马遵令出兵。

罗泽南的人马来到马岭坳，此地离半壁山太平军营寨只有二里路。罗泽南吸取鲍超的教训，不敢再贸然前进，号令部队停下来，就地扎营。罗泽南带领李续宾、游击彭三元、都司普承尧等人查看地势。马岭坳与半壁山之间隔着网湖的尾部，湖汊纷错，惟左右两堤与山脚相连。正在指指点点查看时，猛然听得山脚一声炮响，从大小营寨里冲出数千名精壮太平军将士。他们越过沟上的吊桥，向湘勇冲来。罗泽南慌忙指挥勇丁列阵应战。彭三元率部从左堤迎敌，普承尧率部从右堤迎敌。正厮杀间，从民房里又钻出一千多名手持利刃的士兵，李续宾急忙率迪字营迎击。太平军四路人马合起来一万多，在此已等候半个月，正巴望着这一天的到来。罗大纲一马冲在前，从左堤直朝罗泽南杀来。罗泽南哪里是罗大纲的对手，急忙闪开，幸得六品军功彭和祥过来接住。交战不到十个回合，彭和祥被罗大纲一枪刺中咽喉。那边恼了都司普承尧，拍马舞刀过来与罗大纲拼搏。半壁山腰，韦俊指挥军士擂鼓为战友助威。右堤那边，彭三元带着一百多名敢死队已冲到吊桥边，正要进入营寨时，从山腰上雨点般飞来碎石，候选县令李杏春、蓝翎千总何如海登时被石块击毙。彭三元吓得勒马后退。这时，从各处民房门窗里纷纷射来炮子、火箭、喷筒，湘勇匆忙后退。罗泽南只得下令鸣金收兵。

下午，李续宾带领二千人又前去弱战。交战不到半个时辰，李续宾便败退而归。罗泽南焦急愈甚。李续宾说："罗师不必忧虑，今下午学生再次出战时，已看清半壁山下的军事部署，下次交战，学生有取胜把握。"

罗泽南惊喜，问："迪庵有何法取胜？"

"长毛三次获胜，所靠的主要在地利。其地利天然所占有二，人为有一。天然者，前为湖堤，后为高山。湖堤限制我军进攻的场所，半壁山居高临下，我军一切活动都在其俯视之中。人为者，长毛在营寨边挖沟埋签，此着厉害。"

"有利地势既已为其所占，我们无法与之争雄。"

"我们不能与之争雄，但可以使长毛的地利减少它的作用。"

李续宾的话启发了罗泽南："你是说可以乘夜偷袭？"

李续宾高兴地说："罗师，我们想到一起了。今日天阴，夜里没有月光，是夜袭的好时候。"

"夜袭可以使半壁山居高临下的优势失去，也可以偷偷越过湖堤，但长毛营前的水沟和陷阱仍在那里。"

李续宾想了想说："这有办法。马上赶制几千个布袋，袋里装满土，一个肩扛一个，把土袋丢到沟里，连竹签连沟都给它埋掉。"

罗泽南很欣赏这个主意，立即传下命令，赶制布袋。军中没有布，罗泽南命令拆被子做。二更时分，李续宾带领三千勇丁，每人肩扛一个装满土的布袋，另一只手拿着武器，腰里插着短刀，悄悄地穿过左右二堤，衔枚疾走，来到太平军营寨边。

因为营寨四周插了竹签，又深开了水沟，且白天激战一天，湘勇大败，罗大纲不曾提防敌人会半夜劫营。按常规巡值的士兵，被李续宾劫营的先锋队砍死，三千湘勇急急忙忙将土袋填沟铺路。已填铺大半，营内尚未发觉。一个叫韦大春的两司马一觉醒来，到营外撒尿。夜色迷茫中，韦大春听到栅栏外有一声声沉重的响动。他警觉起来，揉揉眼睛，轻轻地向栅栏边走去，终于看清楚了。韦大春差点惊叫起来，他跑进大营，把罗大纲喊醒："罗指挥，清妖劫营了！"

罗大纲呼地一下从床上坐起，一边穿衣，一边下令："赶紧传令，立即出营房打仗！"

罗大纲起义以来，跟清军大大小小打过几十仗，从没有遇到过半夜劫营的先例。他对湘勇的凶悍能战暗自佩服。半壁山上的韦俊也很快得到情报。立时，从山腰到山脚，到处灯火通明，李续宾叫苦不迭。水沟边顿时聚集一千多名太平军将士。罗大纲下令发箭。水沟那边如飞蝗般的利箭射来，水沟这边，湘勇一片片倒下，胆小的吓得掉头就跑。李续宾气得两眼冒火，怒不可遏地挥起一刀，杀了一个逃在最前面的湘勇，后面几个吓蒙了，站着不动。李续宾又手起刀落，一刀一个，连杀四五个勇丁，这才把纷纷后逃的勇丁镇住，硬着头皮再去厮杀。李续宾举起刀吼道："弟兄们，今夜里我们拼出去了。谁要是向后逃命，格杀勿论！大家齐心打赢这仗，我为兄弟们请功邀赏！"

李续宾命令普承尧、彭三元守住两头，自己居中调度，又派急足回大营搬援兵。湘勇大半人向对方射击，其余人拼命填土。双方都倒下许多人，但土袋也在一尺尺增高，一步步推进。很快，罗泽南带领守营的二千多湘勇也赶来援助。双方在水沟边、竹签带展开你死我活的争斗。水沟被填平了一长段，附近的竹签也给土袋埋了，李续宾亲自擂起冲锋的战鼓。湘勇们见已占上风，个个发疯似的向前狂奔。在急剧的鼓点声中，湘勇和太平军展开肉搏。湘勇杀红了眼睛，一见戴红、黄头巾的便砍。太平军第一次遇到这样凶蛮不怕死的对手，先自胆怯三分。肉搏一阵，太平军渐渐不支。栅栏边早已安置好的火炮，因为怕伤了自己的人，也不敢发射，气得罗大纲直跺脚。韦俊见势不好，亲率山上一千兵下山救援。双方又激战了半个时辰。太平军致命的弱点是临时参加的人多，训练不严，两广老兄弟都不习惯短兵接战。看看不能取胜，韦俊和罗大纲一商量，决定全体撤退上山。湘勇穷追不舍，都被山上礌石击退，只得眼睁睁地看着太平军上了半壁山。罗泽南下令放火烧营寨，又叫人砍断拴在山脚下的铁锁桩。到了辰正时分，罗泽南、李续宾率领湘勇，满载各种战利品，得意洋洋地回营。

就在半壁山下激战的时候，塔齐布率领六千湘勇，在富池镇与林绍璋部队的战斗也异常激烈。林绍璋与塔齐布面对面的交锋，这已是第二次了。今年三月底的湘潭战役，林绍璋十战十败于塔齐布，最后全军覆没，林绍璋只身脱逃。这不只是林绍璋个人一生中的极大耻辱，也给太平天国带来不可挽回的损失。从那以后，太平军便不能再图湖南，而湘勇的气焰也从此开始炽烈。倘若那次湘潭之战也像靖港战役那样，说不定中国近代史上，就根本没有湘勇的名字出现。

林绍璋报仇心切，还未等塔齐布扎稳营寨，便带兵前来攻打，塔齐布慌乱之中败退而逃。林绍璋大喜收兵。塔齐布与李元度、周凤山等人商议，李元度献计："林绍璋有勇无谋，性情急躁，趁着他目前求胜心切，明天设法将他引出镇外，在桐木岭一带埋两路伏兵截杀。"

塔齐布同意。

第二天一早，塔齐布带一千人前来搦战。一听湘勇喊叫，林绍璋便披挂上阵。康禄劝道："让他们在外面叫骂，不理睬。"

林绍璋见塔齐布人少，恨不得一口吞掉，不听康禄的劝阻，带着三千兵冲出水沟外，康禄只得跟着。塔齐布笑道："林将军，还记得三月的湘潭盛会吗？"

林绍璋虎目圆睁，怒骂："塔妖头，还记得昨日的败逃吗？今日你休想再走脱！"

说罢，便策马冲来，塔齐布接住。双方交战不久，湘勇便溃散四逃。塔齐布瞅着林绍璋一个破绽，拨转马头向桐木岭方向奔去，林绍璋拍马紧追。跑出三里多路外，康禄提醒说："前面树木丛集，恐有伏兵。"

林绍璋顿时醒悟，急忙勒住马。忽然，数十面湘勇军旗从草丛中四处竖起，李元度、周凤山各带二千人从两边杀出，将林绍璋、康禄团团围在中间。一阵混战，太平军人马死伤过半。康禄保护林绍璋杀开一条血路，冲出包围圈。周凤山在后面紧紧追赶，高呼："不要放走了林绍璋！"转进一个小树林后，康禄对林绍璋说："林丞相，你把衣服脱下来给我穿，我把清妖引走。"

林绍璋说："那怎么行！赶紧往半壁山走，到了山边，就不怕妖兵了。"

康禄说："丞相大人，清妖的眼睛一直盯着你，不会轻易放过。我代你把他们引开。"

康禄不由分说地伸手扯下林绍璋的明黄绣龙风衣，又高喊："将帽子扔给我！"

林绍璋脱下帽子，感动地说："兄弟，引他们走出二三里后，你就折转跑向半壁山！"

康禄答应一声，便将马头一扭，回头向周凤山的追兵冲去，嘴里高喊："清妖，林爷爷跟你拼了！"

周凤山伫马劝道："林绍璋，下马投降吧！朝廷可以封你一个副将。"

康禄骂道："你们这些败类，你以为一个副将，就可以使你爷爷出卖祖宗吗？"

说着举刀向周凤山砍来。周凤山并不认识林绍璋，见康禄头上的单龙单凤帽，身上的明黄绣龙袍，认定是林绍璋无疑，决心活捉，立个十分漂亮的大功。周凤山抖擞精神，使出平生本事，与康禄交战。十余个回合后，康禄料定林绍璋已走远，便偷偷地从靴子里摸出一把飞镖来，顺手一挥，那镖直朝周凤山心脏处飞去。周凤山机灵，见镖飞来，赶紧将身一躲，镖从右臂边穿过。周凤山大叫一声，栽下马来。康禄趁机拍马走了。众湘勇扶起周凤山，知"林绍璋"身藏暗器，都不敢追，便吹起得胜号，返回富池镇。

四　彭玉麟洪炉板斧断铁锁

半壁山和富池镇两路陆师的胜利，使曾国藩的忧愁大减。北岸，桂明、多隆阿的绿营兵也赶到田家镇，将秦日纲、石祥祯的兵力牵制住，愈使曾国藩宽慰。现在，他要和彭玉麟、杨载福、李孟群一起，全力以赴夺取江面上的胜利。深夜了，彭玉麟见曾国藩的舱里还亮着灯光，便轻轻推门进来。只见书桌上，整齐地并排摆着六根竹筷，曾国藩坐在一旁，凝神呆望着。

"涤丈，这么晚还没休息？"

"哦，是雪琴来了。"曾国藩从沉思中醒过来，指着床边的木凳说，"坐下，我正要和你商议商议。"

"涤丈，你是在考虑江面那几根铁链子？"彭玉麟指着竹筷问。

"这几根铁链子可不好对付啊！"曾国藩沉重地说，"我为它考虑半个夜晚了。拴在半壁山这头的铁桩虽被罗山砍断，但江中的部分依然牢牢地钉死着，战船如何过得去。"

"为这铁链子，我想了两天，长毛这一着真够狠毒。历史上虽有横江布铁索的，但也只有一两条，何曾见过六条之多。我想来想去，无法可施。金克木，火克金，看来只有火烧一法可用。"

曾国藩说："东吴、后晋的铁锁，也是用火烧断的。但正如你讲的，那只有一两根，现在有六根，却难以烧断。"

彭玉麟说："我已想好了。王濬当年用火炬，王彦章当年用火炉，我们用油锅，不怕它六根铁链子，就是铁罗汉，我也要将它熔化。"

曾国藩想来想去，也只有此一法了，便同意彭玉麟的办法。从曾国藩船舱里出来，彭玉麟又招来杨载福、李孟群及澄海营营官白人虎、定湘营营官段莹器、中营营官秦国禄、清江营营官俞晟、向道营营官孙昌国等，再具体商定明日火攻细节。

第二天，湘勇水师分四队，与周国虞兄弟指挥的太平军水师摆开了阵势。第一队由白人虎率领二十条快蟹，每条快蟹上架设一个炉灶，炉灶上安一口直径五尺的龙头大锅，锅里装满茶油，油中放着棉纱，船尾堆满劈柴。锅旁有七八个勇丁，人人手里拿着劈山斧、铁钳，锅边立着三个大铁墩。船头船尾另站三十名弓箭手。第一队的任务是烧砍铁锁。第二队由彭玉麟亲自带领，集中一百条战船。船上装着浸满油的火把和几十个不封口的布袋，每个布袋里装半袋黄豆。湘勇们都不知黄豆做什么用，只是遵命执行。一百条战船上载着二千名精壮水勇。第二队的任务是保护烧砍铁锁的那二十条快蟹。第三队由杨载福带领，也是一百条战船，二千号水勇，船上也装满火把、黄豆。这队的任务是在铁锁断后，猛冲过去。第四队由李孟群率领，保护老营和辎重船只。

由于半壁山和富池镇陆营的失利，太平军水师的情绪受到波动。少数人鉴于武汉战役的失败，对湘勇有一种畏惧感。这两天，水营逃跑上百人。国虞、国材、国贤兄弟逡巡在江面上，鼓励士气。多数人相信这六根铁锁的威力，必定可以将湘勇的船只拦住。论人数，太平军水师虽有六千，但武昌新败，战船被焚毁一半，船上的火炮、弹药也丢失。仓促之间，在蕲州至田镇一带搜集二百多只渔船，强拉来作为补充，毕竟做不了大用场。人员也有一半是从陆营中临时调来的，几乎没有受过训练。在装备条件和人员素质上，太平军明显不如湘勇，唯一可仗的是横在江面上的六根铁锁。周国虞清楚这一切，心里也颇为担忧。他自己守卫中间一段，国材守北段，国贤守南段。吃过早饭后，远远地看到上游黑压压一片，像乌云似的压过来。周国虞吩咐打出准备迎战的令旗，下令不待湘勇船立稳，便先下手。

白人虎指挥的第一队顺流飞一般下来了。白人虎是华容人，家中饶富，从小强悍不羁，不喜念书，专好棍棒拳击。战火在湖南烧起后，他认为立功当官、显亲扬名的时候到了，便捐资募勇。湘勇水师过洞庭湖时，白人虎率部投军，曾国藩命他组建澄海营。这次他受命做先锋，一心要拿个头功。他戴着铁盔，身穿布满铜钉的战袍，手执一杆长枪，昂然立在第一条船上。

白人虎的船离铁锁只有二十丈了，周国虞手一挥，守卫在铁锁边的水手们便纷纷射出箭来，快蟹上的湘勇不少人中箭落水。白人虎抡起长枪，一边挡箭，一边高喊："不要怕，向前冲！"

船头船侧的藤牌一齐高举，围成一道墙，桨手死命划着，船在艰难中向前进。彭玉麟的第二队也赶到了，急忙向太平军的船和排上扔火把，太平军的火把也向这边丢，许多火把在空中相撞，一起掉进江中。彭玉麟命令，将未封口的布袋用手绞紧缺口，向太平军的船头扔去。这些布袋一落到对方的船上，黄豆便从袋里滚出。太平军水手们先还不知袋子里装的何物，待一看到是黄豆时，便一个个叫苦不迭。原来，这些黄豆很快撒满船头、甲板和舱里，人踩在上面，犹如脚踏滚轮一般，立即摔倒，再爬起，又摔下去。太平军船上，水手们一个接一个倒下，湘勇拍掌狂笑："倒了，倒了！"

周国虞气得咬牙切齿。就在太平军水手们成批跌倒的时候，燃烧着的火把一齐从湘勇船上飞过来。船被烧着，熊熊火起，如几团火球在江面滚动。杨载福的第三队也趁势赶到。箭在飞，火在烧，刀枪相碰，鼓角雷鸣。湘勇为升官发财，个个不顾生死，凶狠狰狞；太平军为活命谋生，人人奋勇硬斗，强蛮顽梗。铁锁上游爆发一场亘古未见的恶仗，只见双方死伤的人一个个掉进水中，未死的在江浪里挣扎，已死的随波逐流，江水已被鲜血染红。半壁山似在低首垂泪，长江水也在呜咽悲号。

这时，白人虎乘机将船划到铁锁边，龙头大锅里的茶油早已烧得沸腾，点上火，“砰”的一声，仿佛酷日跌进锅里，火光冲天，烈焰腾空而起，湘勇们忍受着炙人的高温，将铁锁拉进火焰里煅烧。另外十九条快蟹也划到铁锁边，船上的大锅一齐点着火。锅旁的勇丁，个个被烟火熏得火辣辣、晕乎乎地，汗水如大雨般将全身浸湿。他们干脆把上衣全部脱光，露出油光黑亮的胸脯，魔鬼似的在锅旁火中晃动。一个年轻的湘勇被热气熏得头晕目眩，忽地一阵发黑，一头栽进锅里，立即被滚油烈火烧得血肉模糊，发出一股恶臭。锅旁的湘勇同时惊叫着，本能地向后退。白人虎一个箭步冲到锅边，双手抓起死者僵硬的双足，猛地一拖，拖出一个无头无肩的半截人来，顺势往江中一丢，用长枪指着后退的湘勇吼道：“继续烧，谁敢逃，就戳死在这里！”

那几个勇丁只得重围在锅旁，用铁钳夹着铁锁在锅上烧。看看铁锁烧得差不多了，白人虎命令将铁锁夹到铁墩上，几个手拿大斧的人奋力劈砍。砍了几斧，居然断了！满船一齐喝彩。白人虎立在船头，高喊：“铁锁烧断了，弟兄们加油啊！”

周国材正带着北岸的船队过来支援，见白人虎耀武扬威地乱叫，气得肺都炸了，他弯弓搭箭，“嗖”的一声射过来，正中白人虎的左目。白人虎惨叫一声，从船头栽进水中。湘勇们眼睁睁地看着他被江浪卷走，谁也不想救，也不能去救。定湘营营官段莹器与白人虎是至交好友，见白人虎被射死，便指挥战船向周国材驶来。快要靠近的时候，段莹器恶狠狠地叫了一声，飞身跳到国材的船上，抡起手中大刀，向国材扑来，随后又有几个不怕死的湘勇也跳过船。周国材没料到湘勇这般凶悍，几个胆小的兵士吓得直往舱里躲。周国材挥刀迎战。段莹器出身船夫，自投湘勇以来，就是凭借着敢打敢斗爬上营官的位置，现在一要为好友报仇，二又仗着湘勇已占上风的势头，愈战愈勇。周国材船上功夫本来欠佳，船一晃动，一身本事使不出来。斗了十多个回合，可怜一个忠良之后，竟成了段莹器的刀下之鬼。段莹器杀得性起，又砍倒几个，再拿起火把，从船头到船尾放起火来，最后又纵身跳回自己的船。就在这个时候，铁锁又有好几处被烧化砍断，杨载福指挥第三队按预定计划猛冲过去。杨载福杀得眼红，将衣帽全部脱去，仅穿一条短裤在船头指挥。第三队二千湘勇水师见杨载福如此，一齐脱去衣帽，乱呼乱叫，为自己助威壮胆。他们顺流东下，遇船便烧，见人就杀，转瞬间船到武穴，天忽然转起东风来。杨载福斗志甚旺，命令所有战船掉头回驶，借着东风再杀回田家镇。彭玉麟指挥第二队向下冲。彭杨两队将太平军水师夹在中间。

北岸桂明、多隆阿见江上火起，知中路水师已发起进攻，也乘机向驻扎在田家镇上的秦日纲大营猛攻。田镇上的防兵，两天前已抽调二千人过江支援半壁山，北岸力量减弱了。桂明、多隆阿的绿营，本不是太平军的对手。这时因南岸陆师及江面水师的得势，也增添了勇气，双方激战，势均力敌。

塔齐布、罗泽南乘势占住半壁山和富池镇。安设在半壁山上的炮台，全部被湘勇占领，反过来将火炮一发发向太平军战船轰去。从田家镇到武穴三十里江面上，太平军水师渐渐处于劣势。

周国虞气得暴跳如雷，他对身旁将士狠狠地叫道：“今日横竖是死在这里了，先杀他一百个垫底。”

国贤见二哥战死，心中非常悲愤，他担心大哥若再有个三长两短，自己今后便会孤掌难鸣。他将船移过来，纵身跳到大哥船上，恳切地说：“大哥，南岸已被清妖占领，北岸也正在鏖战，无法援助，形势对我们极不利。好汉不吃眼前亏，咱们先突围出去吧，留下这血海深仇，日后再报。”

不待大哥分说，国贤将战船集合起来，带头向下游猛冲。

段莹器的船正回头向上游杀来，恰碰上国贤。国贤见了杀死自己二哥的仇人，怒火中烧。两船刚要相撞时，国贤冷不防跳了过去，以迅雷不及掩耳之势，一枪戳进段莹器的胸膛，再一挑，把他拨下江去。湘勇船上的几个勇丁正要向国贤扑过来时，国贤又纵身跳了回去。就在这个时候，国虞带领的战船被江流冲出十几丈，水手们一齐放出利箭，压住后面的追兵，顺流向九江方向驶去。

北岸秦日纲、石祥祯见大势已去，也率部沿通往黄梅方向的大路撤退。至于南岸败阵的将士，则早已由林绍璋、罗大纲收集，向江西瑞昌方向走了。

经过三个时辰的激战，湘勇突破田家镇、半壁山之间横江铁锁，占领了这两个重要集镇。这场战役的结果是：太平军死了一千二百余人，除周国虞一队二十多条战船冲出外，全部船只化为灰烬；湘勇也扔下八百余具尸体，被毁战船一百多号。

五　委托东征局办厘局

大战结束后，曾国藩将部队集合在田家镇休整。第一件事便是向朝廷报捷，为出力最多的几个将官讨封赏，为阵亡的将官请恤。对于一般的湘勇，曾国藩对其后事的安排也颇为重视。他懂得优恤死者，可以激励生者，并在田家镇上建起一座规模宏大的祠堂，取名为田镇昭忠祠。凡哨长以上的将领，都在昭忠祠里供有神主。哨长以下的勇丁，也将每人的名字、籍贯、生卒年月刻在石碑上。这样的石碑共有八个。曾国藩还亲自为昭忠祠题写一联：“巨石咽江声，长鸣今古英雄恨；崇祠彰战绩，永奠湖湘子弟魂。”祠堂落成那天，曾国藩带领全体营官和幕僚恭恭敬敬地向死在田镇的亡灵祭奠。在香烟缭绕中，曾国藩充满感情地诵读祭文。读着读着，他忽然放声大哭起来，使得所有参加者大受感动。

第二件大事，便是安排杨国栋陪彭玉麟到黄州迎娶杨小姐。在这场火烧铁锁的战役中，彭玉麟功劳最大。曾国藩对他，更增几分倚重，今后将水师交给此人统带，是完全可以放心的。

数日后，亲兵报湖南巡抚骆秉章遣东征局郭崑焘、李瀚章等人前来犒军。东征局是骆秉章应曾国藩所请，在长沙成立的专为湘勇服务的后勤部门，由郭崑焘、李瀚章为头经办。李瀚章字筱荃，是刑部郎中、安徽庐州人李文安的长子。李文安是曾国藩的会试同年，对曾国藩的学问很是钦佩，后来又叫次子李鸿章来北京，拜曾国藩为师。前年，李瀚章以拔贡分发湖南。曾国藩相信这个年家子会实心实意为他出力，便将他调来东征局。

曾国藩听说郭、李二人来到，喜出望外，亲自率众迎接。郭崑焘以平辈之礼见曾国藩。李瀚章正要以晚辈身份行大礼时，曾国藩忙把他一手扶起，口中说“不须如此”。李瀚章忸怩一番，最后以下属之礼参拜。曾国藩问：“少荃近来可好？”

“老二上月来信说很不得意，他想到湖北来投奔老师。”

曾国藩听后哈哈一笑。寒暄毕，郭崑焘说：“往日长沙官场和士绅都说湘勇是相勇——木偶勇士，现在，他们都不得不承认是真正的湖湘勇士了。”

众皆大笑。曾国藩凄然地说：“为争得这三点水，湘勇付出了一千多人的代价。”

一句话，说得大家心里都不好受。过了一会，他又自解道：“打仗哪有不死人的道理，我们毕竟争了这口气，把三点水夺了回来，也对得起死去的兄弟。”

郭崑焘紧接着说：“正是这话。三湘父老凑集十万两银子，再加上四川解来的六万、广东解来的四万，合起来共二十万两，给弟兄们庆庆功。”

听说带来这么多银子，曾国藩大为高兴。这两个月来，他为军饷之事颇伤脑筋。先以为武汉攻下后会得到一笔钱，谁知湘勇从营官到勇丁，几乎个个饱了私囊，大营却没有得到几两银子。他奏请朝廷饬陕西巡抚王庆云解银十四万，江西巡抚陈启迈解银八万，至今不见分文。尤其是陈启迈，更令曾国藩气愤。率师东下，不正是为了江西吗？他居然可以无视这支人马的存在！

“陈启迈也太过分了。”郭崑焘说，“不过，筹饷也真是难事。百姓一贫如洗，有钱人家的银子，宁肯被土匪抢去，也不肯捐献。这十万两银子，还多亏季高兄的苦心经营。”

“百姓也的确是穷到家了。”郭崑焘叹息。过一会，他突然问大家：“诸位听说过雷总宪在扬州抽商贾之税充军饷的事吗？”

众人有的说听过，有的说没听过。郭崑焘说：“去年年底，左都御史雷以諴到扬州佐江北大营，眼见营中饷银奇绌，乃仿汉代算缗之法，对商贾实行十文抽一之税，听说每个月可得银七八万，江北大营从那以后，再不虞饷银匮缺。”

“雷总宪实行厘金事，我亦有所风闻。”一直坐在旁边未开腔的刘蓉说，“听说现在苏北关卡林立，百姓怨声载道，厘金局混进不少贪劣之辈，乘机敲诈勒索，实际上不是十文抽一，而是抽三抽四。这样的抽法，商贾何能承受得了！我们湖南地方贫瘠，非官商大贾辐辏之区，财富不过敌江苏一大县而已。倘若湖南也仿照苏北设关立卡，怕的是商贾裹步，民不聊生。”

“孟容说的诚然有道理。”郭崑焘接过刘蓉的话头，“苏北厘金对商贾百姓有害，且经营不得人，我们可以前车之覆为鉴，把事情办好些。”

“筱荃，你看湖南可以办厘局吗？”曾国藩问李瀚章。

“回涤师的话，雷总宪在扬州办厘金事，晚生亦有所闻。”李瀚章虽未直接拜曾国藩为师，但他也和二弟一样，口口声声称曾国藩为师，他对办厘金垂涎已久，因为资望年龄都还不够，故不敢唐突提出。他以稳重的口吻说，“厘金之事，我久思在湖南推行，只因人微言轻，不敢率尔建言。晚生想，既然军饷如此缺乏，为了剪灭长毛的大业，暂时行此权宜之计，亦未尝不可，关键在用人要当，规矩要严。”

这话正投曾国藩下怀，他点头说：“筱荃的话有道理。事出不得已，我看也只有用此下策了。意诚，”曾国藩亲切地叫着郭崑焘的表字，“回去跟骆中丞说说，由东征局出面，就先在长沙、湘潭、益阳、常德、岳州、衡州六个地方办着试试看，切切注意的是，要用真心实肠的人，绝不能让私人侵吞这批银子。否则，我们就无法向三湘父老交代，也愧对天下后世。”

郭崑焘、李瀚章大喜过望，立即满口答应。大家正说着，荆七过来，对着曾国藩的耳朵悄悄地说：“康福回来了。”

曾国藩站起来，拱拱手说：“诸位继续谈谈，我有点要事，失陪了。”

六 康福带来朝廷绝密

康福的北京之行，除他们二人外，整个湘勇中再无人知道，故曾国藩将会见康福的地点定在卧室，并吩咐荆七：“今晚任何人都不见。”

对于如何向曾国藩报告在京所得的情报，回来的一路上，康福做了深思熟虑。这趟京师之行太重要了，许多机密，在两湖是永远无法知道的。如果不了解朝廷的真实意图，再好的作为行事，都有可能成为瞎碰乱撞。为此，康福十分佩服曾国藩派他进京的这个决策。康福没有做过官，不懂官场奥妙。他以为曾国藩这两年来拼死拼活组建湘勇，攻克武昌、汉阳，朝廷上下一定会是一片赞扬之声。谁知大谬不然。那些不利的消息要不要告诉他呢？康福苦恼地想了许多天。最后，他决定和盘托出。康福认为这才是对曾国藩的真正忠诚，如果报喜不报忧，反而会误大事。

“大人，我这次在北京盘桓十天，遵令拜谒了周学士、袁学士。穆中堂患病，我第一次没见着，第二次再去仍没见到。穆中堂打发家人送给大人两个玉球。”康福从包袱中将球拿出。曾国藩看到这两个熟悉的深绿色和阗玉球，如同见到羸弱憔悴的穆彰阿，一股宦海沉浮难测的悲怆之情涌上心头，他在心底深深地叹了一口气。玉球在曾国藩的手中轻轻滚动两下后，被搁置在书案上。康福又从包袱里拿出一幅字来，递给曾国藩说：“穆中堂还送给大人一张条幅。”

曾国藩忙接过，打开看时，心里倒抽一口冷气。原来那条幅赫然写的是“好汉打脱牙和血吞”八个字，旁边一行小字，“与涤生贤契共勉”。字迹歪歪斜斜，可以想见书写者作字的艰难。曾国藩心里一阵酸楚。他绝没想到，当年八面威风的恩师，居然会给他送来这样一行字！是自己失意愤懑心情的发泄，还是对弟子的教诲？

穆彰阿是曾国藩道光十八年会试大总裁。这年，第三次赴京会试的曾国藩以第三十八名的身份中式，同行的郭嵩焘落榜。殿试下来，国藩取中三甲第四十二名，赐同进士出身。那时，曾国藩用的名字为曾子城，字伯涵。看完黄榜后，曾国藩心情郁郁。按惯例，三甲一般不能进翰林院，分发到各部任主事，或到各省去当县令，而曾国藩梦寐以求的则是进翰苑。

“筠仙，我们明天就启程回湖南吧！”曾国藩将书一本本收拾好，心情沉重地说。

“明天就走？”嵩焘大惊。

郭嵩焘尚只二十一岁，又是第一次参加会试，没有连捷，他并不以为意。这些天

来，他一直为曾国藩高中而兴奋。令曾国藩感动的是，报捷那天，嵩焘特地买了酒菜，祝贺国藩；自己落榜，无半点苦恼。

“伯涵兄，还有朝考哩！”

“不考了。”国藩将最后一本书重重地往竹箱子里一扔，“历来三甲有几个进翰苑的？我干脆回家去，等着赴哪个偏远小县吧！”

“伯涵兄，那次我们拜访劳御史时，他很赞赏你的才华，说若需要他帮忙处，他将尽力而为。你何不去找找他，他或许有办法。”

是的，善化劳崇光是个爱才又结交很广的人，去求求他！曾国藩抱着一丝希望，来到煤渣胡同劳府。

“三甲进翰苑的，每科都有几个。”劳崇光在听完曾国藩的话后，沉思一会说，“不过，那几个破例的人，或是有很硬的后台，或是有万贯家财。你一个湘乡县的农家子弟，一无靠山，二无钱财，要以三甲进翰苑，怕难啊！”

曾国藩一听，如同掉进冰窟，浑身发冷。既然这样，过两天我就回湖南算了。他后悔不该到劳府来。

“慢着。”对曾国藩的才学，劳崇光一向清楚，虽然前两次会试未中，但湘籍京官无人不称许他。就是这次殿试列三甲，其房师季芝昌也为之抱屈。劳崇光久宦京师，阅人甚多，他料定这个农家之子总有一天会大发，不如现在趁其困顿之际助一把。主意一定，劳崇光拍着曾国藩的肩膀，笑道：“他们凭靠山，凭钱财，你可以凭诗文嘛！”

听到这句话，曾国藩又如同从冰窟来到温室，浑身充满融融暖意。

“老前辈，我的诗文，如果考官不赏识怎么办呢？”凭诗文进翰苑，当然是正路，但殿试不也是考的诗文吗？你写得再好，主考不喜欢，有什么办法！曾国藩紧张地瞪着眼，望着悠然自得的劳崇光，聆听他的下文。

“伯涵，你知道唐代举子的行卷吗？”

行卷，是唐代科场中的一种习尚。应举者在考试前把所作诗文写成卷轴，投送朝中显贵，这就叫“行卷”。国藩当然知道，但他没有干过。一来国藩与朝中任何显贵无一面之识，二来他相信自己的场中诗文定然会十分出色，无须行卷。经劳崇光这一提，曾国藩倒有点悔了，若通过朋友辗转投送，平日所作诗文，也有可能到达朝中一二显贵之手。不过，现在已晚了。

“老前辈，殿试都完了，行卷还有什么用呢？”

“常规行卷固然已晚，但如果你朝考中的诗文，能在阅卷官评定之前，到达一些显贵名流手中，通过他们来揄扬，事情就好办了。但时间甚为仓促，只在一两天之内就要办好，此事亦颇棘手。”

曾国藩顿时茅塞大开，兴奋地说：“晚生有个办法，可以让多人很快就见到我的场中诗文，只是要仰仗老前辈鼎力相助。”

“有什么好主意？你说吧！”

“晚生从试场出来后，就径来老前辈府上。请老前辈帮我叫十个抄手，备十匹快马，把我的场中诗文立时誊抄十份，火速分送十位前辈大人，请他们帮忙。”

“好主意，就这样办！”

朝考一结束，曾国藩顾不得休息吃饭，立即赶到煤渣胡同，劳崇光早已安排好一切。次日傍晚，主持朝考的大学士穆彰阿和各位考官，都从四处听到三甲同进士湖南曾子城的诗文甚是出色。穆彰阿特地调来试卷，先看他的策论。策论命题为《烹阿封即墨论》。文章的开头，便引起穆彰阿的兴趣："夫人君者，不能遍知天下事，则不能不委任贤大夫；大夫之贤否，又不能遍知，则不能不信诸左右。然而左右之所誉，或未必遂为荩臣；左右之所毁，或未必遂非良吏。""立论稳妥，是廊庙之言。"穆彰阿边看边想，一直读下去。当读到"若夫贤臣在职，往往有介介之节，无赫赫之名，不立异以徇物，不违道以干时"时，更是心许。穆彰阿才地平平，朝野中外诋毁者不少。道光帝有次婉转责问他："卿在位多年，何以无大功大名？"穆彰阿答："自古贤臣顺时而动，不标新立异，不求一己之赫赫名望，只求君王省心，百姓安宁。"曾国藩的这番议论，说到穆彰阿的心坎上，真可谓不相识的知己。穆彰阿主持过多次会试，阅过数千份试卷，大凡年轻新中进士，几乎个个心高气傲，口出大言，唯独此人不这样，难得！他当即圈定曾国藩为翰林院庶吉士。排名次时，列为一等第三名。名单进呈道光帝时，穆彰阿又特地在皇上面前，将曾国藩诗文大为称赞一番。道光帝拿过《烹阿封即墨论》，粗粗读了几句，颇觉清通明达，于是用朱笔将名字由第三名划在第二名。

曾国藩感激劳崇光，更感激穆彰阿。当晚，曾国藩便去拜谒穆彰阿。

穆彰阿在书房里客气地接见这位新门生。曾国藩步履稳重，举止端庄，甚合穆彰阿之意。寒暄毕，穆彰阿说："足下以三甲进翰苑，实不容易。老夫读足下诗文，以为足下勤实有过人之处，然天赋却只有中人之资。但自古成大事立大功者，并不靠天赋，靠的是勤实。翰苑为国家人才集中之地。雍正爷说过：国家建官分职，于翰林之选，尤为慎重，必人品端方，学问纯粹，始为无忝厥职，所以培馆阁人才，储公辅之器。足下一生事业都从此地发祥，愿好自为之。"

穆彰阿这几句话，对曾国藩来说，好比醍醐灌顶，既实在，又寄予厚望。遇到这样一位恩师，真是最大的福气。大恩大德，将何以报答？国藩含着热泪，用着近于颤抖的声音说："中堂大人，门生永远铭记您山高海深般的恩情，铭记您今晚的谆谆教诲，做一个对国家有用的人才，报答您对门生的知遇之恩。"

穆彰阿对曾国藩的感激很是满意。他是一个阅世甚深的老官僚，凭他的观察，知道这个湖南乡下人的这番话，是发自内心的。这种出自边鄙的人，一旦确定一种信念，产生一种情感，便会终生不渝；而那些出自官宦之家，生于通都大邑的阔少爷，尽管说起话来滔滔不绝，发起誓来指天画地，但他们的感情，大多来得快，去得也快，表演的成分多，实在的东西少。穆彰阿微笑地望着曾国藩，说："我想问足下一件国事，你尽管按自己的想法谈。"

曾国藩对穆彰阿如此信任自己，感到诚惶诚恐。他战战兢兢地回答："不知中堂大人要垂询何事？门生长年处于偏远之地，见闻一向浅陋，只恐有辱下问。"

穆彰阿随手从茶几上拿起两个深绿色和阗玉球，站起身，平稳地走了十几步，又坐下来，谦和地望着曾国藩微笑，玉球始终在手上圆熟地滚动。穆彰阿的这种宰辅风度，令曾国藩倾倒。

"不要紧，随便谈谈。这几年，英夷在我东南海疆一带寻事生非。去年，其东印度司令马他仑率领兵船在广州海口扬威耀武，老夫荷蒙皇上信任，权中枢之职，内事好办，唯有对英夷之侵犯，深感难于处置。今夜无他人，老夫想听听足下的意见。”

穆彰阿此时并非已知曾国藩有处理军国大事的才能，只是早闻朝野对自己办理夷务啧有烦言，各省进京举子中有些是清流派的中坚力量，他想通过与曾国藩的谈话，来试探一下应试举子们，尤其是考中的进士们对他举措的评价。曾国藩知道穆彰阿对外的态度一贯柔软，这种态度遭到不少血气方刚的举子的痛责。在这些人面前，曾国藩有时也附和一两句。不过他的对外态度，基本上和穆彰阿是一致的。今天正好当面对这位恩师倾吐自己的意见：“中堂大人在上，这样大的国事，您能下问门生后进小子，使门生受宠若惊。中堂大人既然如此信任门生，门生就将心里话直说吧！”

穆彰阿暗思：听这口气，此人莫非亦是那批激进少年？难道看错人了？

“中堂大人，这几年英夷向我天朝大肆倾销鸦片，害我人民，吞我白银，对我中国犯下大罪，且陈兵海疆，意欲威胁，更无耻之尤。”话一说出口，曾国藩就不再拘谨了，他侃侃而谈，“中堂大人受朝廷重托，以怀柔之策处理之。对于此种举措，门生在湖南时，也曾听到有人非难；这次来到京师，又听到外省举子中有讲闲话的。但门生却以为这班人貌为爱国，其实对国事不负责任，不明事理，最终将堕为清谈误国之辈，对于中堂大人老成谋国之苦心全然不知。”

穆彰阿听到这里，已明白曾国藩的意思，心中很感欣慰：这个人是看准了。

“请说下去。”

受到鼓励，曾国藩索性来个慷慨激昂：“自南宋以来，君子好诋和局，以主战博爱国美名之风兴起，而控御夷狄之道绝于天下者五百年矣。今之英夷，船坚炮利，国力强盛，更非历来入侵夷狄可比。我朝宜开放码头，与之交易，以行和抚之策为上。若凭一时意气，妄开边衅，以今日中国之船炮，门生以为，不可能全胜英夷；既不可全胜，又劳民伤财，国家不宁，故居枢垣者，当以国家千秋大局为重，决不可凭一时意气办事。门生深为钦佩大人虑远谋深，以国事为重的宰相气度。我朝与英夷交往，应持一种忠信态度。圣人云：言忠信，行笃敬，虽蛮貊之邦行矣。门生以为，与夷狄相往来，忠信笃敬是基础。至于鸦片一事，宜与英夷讲妥，此种东西不能作为正常贸易品。对内，则给予勾结英夷，私贩鸦片，从中牟取暴利的官民，以严刑峻法，那些吸食者，亦要加以从重处罚。只要我们自己内部严行禁绝，门生想，英夷之鸦片在中国市场上就会自然消除，此为釜底抽薪之策。而与英夷作刀兵交锋，不过是扬汤止沸罢了。”

穆彰阿十分欣赏曾国藩的这番议论。他目视这位厚貌深容的新翰林，觉得他才是自己门生中最有才干最有识见的人，前途不可限量。穆彰阿停下手中的玉球，说：“足下对国事思之甚深，足见足下器识非比一般。请问，足下的名字是谁给你起的？”

“是门生曾祖父起的。”

穆彰阿摇摇头说：“‘子城’，这个名字小气了点。若足下不在意的话，老夫替你改个名如何？”

听说大学士要给自己改名，曾国藩欣喜过望，赶紧说：“请恩师赐予。”

穆彰阿注视曾国藩良久，郑重其事地说：“足下今为翰林，我朝宰辅之臣大半出于此地，足下切莫以一名士才子自限，而要立志做国家的栋梁之材。老夫想足下当改名为国藩，取做国家藩篱之意。足下以为如何？”

“谢恩师赏赐。门生从今日起改名曾国藩！”曾国藩离开座位，在穆彰阿面前跪下，恭恭敬敬地磕了一个头。

穆彰阿任军机大臣已十余年，门生故吏遍天下，曾国藩万分庆幸能得到他的如此垂青。“朝中有人好做官”，曾国藩一直最犯愁的便是朝中无人。现在终于找到了靠山，而且是最可靠的靠山。春日明媚，春风骀荡，春闱顺遂的荷叶塘世代农家子弟，决心既要充分利用一切可用的外在条件，又要扎扎实实地积蓄学问、锻炼才干，在这个最高的权力角逐场中，经过二十年三十年的奋斗，击败所有的竞争对手，登上人臣的权位顶峰——大学士的宝座。

皇天不负苦心人。有穆彰阿的存心笼络，再加上后来唐鉴的实心揄扬，曾国藩仕途一帆风顺，几年工夫，便已迁升为从四品衔翰林院侍讲学士。曾国藩名位渐显，为人却更加谦虚谨慎，门祚鼎盛，每以盈满为戒，遂将书房命名为“求阙斋”，时时提醒自己。

“曾国藩，朕闻你的书房名为‘求阙斋’，是何意？”一次侍讲完毕，道光帝问曾国藩。

曾国藩答：“臣今年三十七岁，上有祖父母、父母椿萱重庆，下有弟妹、妻儿俱全，臣又荷蒙皇恩，供职翰苑。臣思自身是何等愚贱之辈，居然能享此罕见天伦之乐。此生足矣，夫复何求！遂自命书房曰‘求阙斋’，取求全于堂上，而求阙于己身之意也。”

道光帝听毕，频频颔首。道光帝是个极重天伦的人。他没有想到在自己身边的四品衔臣僚中，尚有祖父母、父母、弟妹妻子一应俱全的福人。他为此深感欣慰，以为是自己的仁德感召天地，降此福人。道光帝已经六十多岁了，他近来考虑得最多的是自己百年以后的事。道光帝有九个阿哥。大阿哥早年夭亡，七、八、九阿哥均年幼，二、三、四、五、六阿哥中唯有四阿哥奕詝、六阿哥奕䜣最得他的欢喜。奕詝平实，奕䜣聪敏，谁来继承大统呢？他想了一个点子。正是春暖花开时，道光帝先天下诏：明日到南苑射猎，能去的阿哥都随侍。奕詝连夜为此事请教师傅杜受田。杜受田仔细考虑后，教给奕詝一个计策。第二天傍晚收猎时，道光帝叫各位阿哥自报猎获数目。奕䜣所获最多，奕詝一矢未发。道光帝奇怪，奕詝奏道：“时方仲春，鸟兽孳育，儿臣不忍伤生以干天和。”道光帝听后大喜：“吾儿此语，真帝者之言。”当即思立奕詝为太子。不过，道光帝也清楚，奕詝到底才具平平，且过于仁柔，必定要破格简拔几个品行端方、诚实可靠又有才学的人来辅佐他。道光帝想：曾国藩尚只有三十七岁，与其说是天赐予我以福臣，不如说是天赐奕詝以福臣！望着跪在脚下的曾国藩，道光帝轻轻地说：“曾国藩，你明日一早到养性殿来，朕有话要跟你说。”

第二天一早，曾国藩来到养性殿。养性殿是皇宫收藏前代名人字画的宫殿，皇帝接见臣下，一般不在这里。守殿的大太监名叫过业大，人称大公公。国藩与大公公打声招呼后，便端坐在养性殿候驾。一坐整整两个时辰，时至正午，尚不见召，国藩心中犯疑，请大公公打听。一会，大公公告诉他：皇上今天不来了，明天在养心殿召见。

曾国藩是个心细的人，他回到家里，越想此事越蹊跷。在翰林院当差七年了，受皇上召见也有好几次，从来没有遇过这样的情况，也没有听说过有这样的事。他赶紧套上马车，去见恩师穆彰阿，请教此中原委。穆彰阿也觉得奇怪。详细询问事情的前前后后，和阗玉球在手中滚过百把圈后，他明白了。穆彰阿立即叫仆人带上三百两银子去找大公公，要大公公将养性殿内的陈设，尤其是四壁悬挂的字画，一幅不漏、一字不漏地抄出。夜间，大公公送来抄单。穆彰阿要曾国藩读熟记住。

翌日，道光帝在养心殿东阁召见曾国藩。

"朕昨日有事耽搁了，卿在养性殿坐了很长时间，殿里的字画都看到了吗？"

穆彰阿真是神机妙算！倘若不是背熟了大公公的抄单，曾国藩如何能讲清殿内四壁所悬挂的众多字画。

"臣昨日在养性殿候驾时，略为浏览了一下。"

"都有哪些？"

"臣记得殿东壁挂的是隋代展子虔的《游春图》，唐阎立本的《步辇图》，五代顾闳中的《韩熙载夜宴图》。西壁上挂的是唐韩滉的《五牛图》，宋郭熙的《窠石平远图》，李公麟的《临韦偃牧放图》，张择端的《清明上河图》。南壁上挂的是颜、柳、欧、苏、黄、米、蔡及赵孟頫、董其昌、沈周、文徵明、唐寅、仇英、徐渭、朱耷、华嵒等名家的法书。北壁上供奉的乾隆爷大阅图，是臣最仰慕的。皇爷骑在赤白两色马上，身着戎装，右手握弓，左手挈缰，雄姿英发，真天神下凡，前代帝王无一人可及！尤其是乾隆爷御笔亲题的那首五律更是气魄豪迈，绝不是唐宋间那些文人骚客的笔墨所可比拟的。"

"卿可曾背诵得出？"道光帝对曾国藩的对答如流很满意。

"能。"曾国藩流利地背诵，"八旗子弟兵，健锐此居营。聚处无他诱，勤操自致精。一时看斫阵，异日待干城。亦已收明效，西师颇著名。"

道光帝暗自诧异：此人对事物观察之细和记忆力之强，非常人可及，好一个不可多得的福人能臣！

不久，道光帝亲自主持大考，将曾国藩升授内阁学士，兼礼部侍郎衔。曾国藩惊喜非常，由从四品骤升从二品，一连升四级，尽管天天巴望着升官，也没有想到会升迁得这么快。曾国藩想：十年之间，由进士而得阁学者，唯有房师季芝昌和张小浦及自己三人，湘籍官员中，三十七岁位至二品者，本朝立国二百年来，仅只自己一人。他感激恩师穆彰阿的深厚关怀，感激皇恩浩荡。是的，没有穆相，没有皇上，他这个卑微的荷叶塘农家子，怎么可能在短短的十年间，便成了朝廷的卿贰之贵！

正当曾国藩紧跟穆彰阿，效忠道光帝的时候，道光帝却龙驭上宾了。皇太子奕詝登位，即咸丰帝。咸丰帝做太子时便厌恶穆彰阿在朝中拉派结党，即位不久，就撤了穆彰阿的一切职务，强令致仕。曾国藩因为谨慎，并没有被咸丰帝目为穆党，仍给予信任，但曾国藩却自此失去了一个强有力的靠山。在京中时，曾国藩也悄悄到穆府去过几次。他永远感激穆彰阿的恩德。这次派康福去穆府，固然是去询问消息，也是要康福代他去看望看望。没有想到，两年多不见，恩师已衰弱至此！曾国藩心里觉得冷冰冰的。

康福见两个玉球、一幅字，便使曾国藩沉思这样久，很有点纳闷，他不敢贸然动问，只得在一旁呆立着。

“价人，你慢慢细细地讲，不要怕啰唆，越详细越好。”好半天，曾国藩才回过神来，亲自将条幅卷好，放进竹箱，然后对康福说。

这两句话打消了康福的顾虑，他缓缓地说：

“除开周、袁二位大人外，我还见了我的两位远房亲戚，也听到一些议论。”

“他们在哪个衙门？”从没听说过康福有亲戚在北京，曾国藩有点奇怪。

“我哪有在衙门里做事的阔亲戚。”康福苦笑一下说，“一个在崇文门外开南货店，是我共太公的堂兄的内弟。一个在前门外大栅栏开一家小药店，是我母亲娘家的族弟。”

曾国藩禁不住在心里笑起来：原来是这样远的瓜蔓亲，难怪康福不曾提过。

“这种亲戚，从我个人来说，实在没有走动的必要，但我想了解一下京师下层百姓对湘勇的看法，问问他们还是合适的。”

曾国藩轻轻地点头赞许。康福继续说下去：

“当我到了京城的时候，武昌、汉阳同日克复的捷报先已到了。我的表兄表舅对大人和湘勇的战绩赞不绝口。表兄说‘到底还是我们湖南人厉害’。表舅还得意地说他见过大人，那年大公子生病，他亲自送药到府上，说大人是当今的郭子仪。”

“说得过头了。”曾国藩嘴上谦虚，心里却乐滋滋的：不要小看这几句话，这是京师的舆论啊！

康福喝了一口茶，又说下去：“我那晚去拜访周学士，恰逢他家中有客，周学士留下大人给他的信，要我明晚再去。第二夜我又到周府。学士甚是客气，看得出，那是一位豪爽旷达、极好相处的人。”

康福对周寿昌的评价，使曾国藩略感意外。自从周寿昌那次在妓院喝花酒后，曾国藩就不喜欢他了，认定他是一个风流放荡的才子，像杜牧、唐寅那样，不是一个成大器的人物。只是上次周寿昌给郭嵩焘来信，谈到奕䜣、肃顺荐举的事，才使得曾国藩觉得他也还重友情，讲义气，于是主动给他去了信，周寿昌也回了信，二人重归和好。至于周寿昌的豪爽旷达、极好相处这些特点，曾国藩先前注意不够，经康福一提，想一想，也的确如此。他想：平素总自诩会识人用人，白跟周寿昌相处这多年了，竟不如康福一面之交看得准确！

“周学士说，他对大人一向尊敬。过去只着重大人的道德文章，没有发现大人的军事才干。周学士说，大人真正有经天纬地、安邦定国之才，大人既然想打听朝中之事，他把与大人有关的情况，就所知的，全部说出来，要我回来告诉大人，好使心中有数。”

“荇农知道许多内情。”曾国藩预感到有些不祥，两只眼睛专注地望着康福，听他的下文。

康福说：“周学士从一位王爷那里听到一件极机密的事。”

曾国藩心里紧缩起来。

“那天，皇上正在养心殿东阁批阅奏章，内奏事处送来武昌、汉阳克复的捷报。皇上看后，高兴地离开座位站起，大声说：‘想不到曾国藩一介书生竟然建此殊勋，朕要重重地赏他。’立刻吩咐内阁拟旨。内阁拟好后呈上，皇上亲自添了一句：‘曾国藩着赏给二品顶戴，署理湖北巡抚，并加恩赏戴花翎。’内阁将圣旨由兵部用火票递出。第二天，大学士祁寯藻见皇上。皇上又在祁寯藻面前竭力夸奖大人，并说那年幸亏他出班说情，不然真会冤枉了忠臣。谁知祁寯藻那昏老头，不仅不为大人说话，反而，”康福说到这里，犹豫了一下。

“反而什么，说下去。”

“祁寯藻反而说：‘曾国藩不过一在籍侍郎，犹匹夫耳。匹夫居间里，一呼百应，恐非朝廷之福。’”

“这个老夫子，怎么说出这种话来，岂不是越活越糊涂！”曾国藩在心里狠狠地骂道。

康福见曾国藩脸色不悦，便借喝茶的机会停了下来。

“皇上听了这话如何呢？”曾国藩追问。

“周学士讲，祁寯藻这么一说，皇上像是被提醒了似的，说：‘老先生老成谋国，忠心可嘉。朕一时高兴，没有想到这一层。看来曾国藩不宜署理湖北巡抚。’祁寯藻说：‘老臣今日正为此事而来。我朝制度，兵皆世业，将皆调补，士兵本身登于国家名册，家口载于兵籍，尺籍伍符，兵部按户可稽，国家对于将弁，铨选调补，操于兵部，故军队归于中央。虽然白莲教造反时，各省都组织乡勇，但只是捍卫乡里，剿匪安境而已，人员也不过数十上百。现在曾国藩的勇丁已达二万，勇由将募，将听曾国藩之令。这二万人马，已变成听命于曾国藩一人之令的军队。皇上想过没有，现在再授予曾国藩巡抚之职，握有地方实权，后果将会如何？皇上，古话说得好：水能载舟，也能覆舟啊！’皇上明白祁寯藻的意思，说：‘那就收回成命，赏他一个兵部侍郎衔吧！’”

原来如此！过了好一阵，他才问康福：“荇农这个消息可靠吗？”

“周学士说，这是王爷亲口对他说的，绝对可靠。”

“荇农还说了些什么？”曾国藩强压住满腔愤懑，停了片刻后又问。

“周学士说，也是武昌攻克之后不久，皇上有次在南书房，当着潘祖荫等一批值班翰林说，现在江北大营围江宁之北，江南大营围江宁之南，桂明、多隆阿的军队从长江北岸向江宁进攻，曾国藩的湘勇从长江南岸和江面上向江宁开进。朕已布置四路大军将江宁包围住了，谁先攻下江宁，活捉贼首，朕便封他为王。”

“皇上真的这样说过？”曾国藩对此表示怀疑。自平定三藩之乱后，清朝历代再也不封汉人为王。难道是皇上忘记了祖制？还是皇上鉴于长毛气势猖獗，难以平定，特为破格悬此重赏？抑或是皇上断定自己这个四路大军统帅中的唯一汉人，不能最先攻下江宁？

“周学士说，皇上的确这样说过，当时听到这话的有好几个翰林学士。而且，袁大人也知道有这事。”

如同一个古董爱好者的眼前忽然出现了商周彝鼎，曾国藩周身滚过一阵热浪，两只三角眼炯炯发光。大丈夫生当封万户侯。现在岂止是侯，只要努力，竟然可以得到一人之下、万人之上的王的尊贵了。这个荷叶塘的世代农家之子，哪怕是最狂热的时候，也都没敢企望到达这一步。他在心里暗暗下定决心：只要能先克江宁，受封王爵，眼前和今后的所有艰苦委屈，甚至是侮辱，都要忍受下来。这样一想，刚才的愤懑差不多立即化光。他换了一种轻松的口吻问："漱六身体怎样？还是肥肥胖胖的？"漱六是他对亲家湘潭袁芳瑛的昵称。

"袁学士的确很胖。他要我告诉大人，他已外放苏州知府，不久就要离京赴任了。"

"漱六真正好福气。上有天堂，下有苏杭，如果放我去当几天苏州知府，这一生也不枉过了。"曾国藩心情一开朗，说话也有风趣了。

"袁学士的太太还送给夫人一段衣料，送给大小姐一对金手镯，都放在包里，等下一并拿出来。"

"你刚才说，漱六也知道皇上讲的那句话，他还给你讲了些什么？"曾国藩对夫人的衣料、女儿的首饰毫无兴趣，他关心的是朝廷对他和湘勇的看法。

"袁学士对此事比周学士还了解得多些。袁学士说，皇上在南书房里说的话，立刻被传了出来，大家都在议论这件事。据说几天后，科尔沁亲王僧格林沁对皇上说，皇上将最高爵位赏给攻下江宁的人，必定对前线是个极大的鼓舞。但他提醒皇上，江北大营是琦善为首，江南大营是和春为首，北路大军是桂明、多隆阿为统帅，他们都是满人，若立此盖世功勋，当然可以封王。但水路和南路是曾部堂在指挥，倘若曾部堂先攻下江宁，若封王又坏了祖制，不封王又失信于天下。皇上说，琦善、和春就在江宁旁边，当然是他们先攻下江宁。僧王说那不一定，琦善、和春均非成此大功之人，除非皇上对南北两大营再增兵加饷。袁学士说，从那以后，朝廷事事优待南北两大营。袁学士对此颇为气愤，说：皇上是想汉人出力，满人封王。"

袁芳瑛的话使曾国藩大为震动，难怪陕西、江西的协饷至今未到，难道是朝廷把它调给了江南、江北两大营？一股委屈的情绪袭上心头。

"袁胖子这个人就喜欢信口开河，将来会在这点上吃亏的。"说的当然是真话，但这样的真话岂是随便可说的！曾国藩很为自己这位言行不甚检点的亲家担心。

"袁学士还跟我说了一件绝密的事。"

"什么事？"尽管曾国藩听到这些话后时忧时喜，但这些消息的确是太重要了。听说又有一桩绝密事，曾国藩禁不住神情肃然起来。

"袁学士讲，那是湘勇尚未出湖南境内时，一日，皇上忽然召见他，袁学士颇为紧张地来到懋勤殿。皇上问：'你和曾国藩是亲家？'袁学士答了声'是的'，心里想，皇上怎么会知道？皇上又问：'有人说，曾国藩在衡州练勇，接受王夫之后人送的宝剑，而这把剑是前明永历所赐，王夫之曾持此剑与我南下大军为敌。你知道这事吗？'袁学士对我说，他当时听到皇上的发问，浑身流汗，内衣都湿透了，心里又惊又怕。这是哪个龟孙子告的密？若皇上存心追究，加上一个谋反的罪名都有可能。王夫之后人赠剑的事，他一无所知。袁学士说，幸而他曾经访问过王夫之故居，知道王氏家藏的这把宝剑的来历，于是他对皇上说：'曾国藩受没有受王夫之后人所送的剑，这事我不知道。但有一点我清楚，藏在王夫之故居的那把剑，并不是永历赠给王夫之的，而是洪武赐给王夫之祖上的。'皇上问：'你怎么知道？'袁学士答：'臣是湖南湘潭人，湘潭离衡州只有两百余里。臣少时在衡州读书多年，到过王夫之的故居，见过这把剑，并且从王夫之后人那里打听过这把剑的来历。'皇上说：'既不是永历赐给王夫之的，那这事就不消过问了。’袁学士说：‘皇上圣明。据臣所知，王夫之虽然做过前明的臣子，他后来还是拥护我大清的，故康熙爷赠米给他，死后还被宣付国史馆立传，乾隆爷修《四库全书》时，还收了他的四部著作。曾国藩乃一荆楚下士，蒙两朝圣恩，才有今日的地位。其耿耿忠心，皇上是知道的。何况此剑并非王夫之的，即便是王夫之的，也不能据此而对他的忠心有所怀疑。臣听说曾国藩在湖南练勇，艰苦备尝，其为人刚正廉明，疾恶如仇，在湖南得罪不少人，或许有人挟嫌亦未可知。祈皇上明察。’皇上称赞袁学士奏对得体，没有再问下去了。袁学士对我说，挟嫌之人很可能就是陶恩培。此人惯行的手段是用重金收买京官，又最喜欢向朝廷上密折。衡州知府陆传应是他的心腹，船山后人赠剑事，多半是陆传应得知后，再告诉陶恩培，陶恩培再密告皇上的。袁学士又说，德音杭布极有可能是僧格林沁等满蒙亲贵安置在湘勇中的密探，要大人加倍提防。”

康福一直谈到半夜才离开。下半夜，曾国藩一直未眠。两件大惑不解的事总算有了解答。衡州出师之日所受到的降二级处分，改署抚为兵部侍郎衔，原来都事出有因。这些事，年轻的王闿运看得透彻，自己有时反而不清醒。他深悔不该接受王世全所赠之剑，那时只想到这是攻克江宁的吉兆，却没有料到会授仇人怨家以把柄。好危险啊，若不是袁漱六能言善辩，岂不招致巨祸！“人无远虑，必有近忧”。曾国藩反复默念先哲的格言，仿佛觉得今夜长进了很多。他从心里佩服皇上的圣明，感激皇上的信任，对皇上优待江北江南大营，也宽怀释然了。曾国藩发誓，今生今世要竭忠尽力为国效劳，以报答两朝圣主的知遇之恩。转念，他又想：皇上还年轻，识人和治国的经验都不够，难保今后没有人在他面前再进谗言。尤其是那批满蒙显贵，对汉人从来就抱有深刻的偏见，对手握重兵的汉人更不放心，皇上也最听得进他们的话。历史上带兵在外的将帅，为取信君王，有刘秀遣子侄于朝、王翦索赏田园以示无大志的先例。曾国藩想，到一定时候，这些都可以仿效。而眼下先要在皇上面前建立一个谦虚谨慎、不居功不自恃的形象。他走到书案前，抽出一张纸来，给皇上拟了一道奏折：

> 臣奉命援鄂皖，肃清江面，岂不知艰大之责，非臣愚所能胜任，只以东南数省大局糜烂，凡为臣子，至此无论有职无职，有才无才，皆当毕力竭诚，以图补救于万一，遂自忘其愚陋，日夜愁思，冀收天下之效。然守制未终，臣之方寸，常负疚于神明。虽治军近两年，平日墨绖素冠，常如礼庐之日，而夺情视事，此心终难自安。日前田镇大捷，皆臣塔齐布、罗泽南、彭玉麟、桂明、多隆阿等人之功，微臣毫无劳绩。刻下臣拟会同水陆两路，向九江进发。嗣后湖南之勇，或得克复城池，再立功绩，无论何项褒荣，何项议叙，微臣概不敢受。伏求圣上俯鉴愚忱。倘借皇上训诲，办理日有起色，江面渐次廓清，即当据实奏明回籍，补行心衷，以达人子之至情，而明微臣之初志。

写好后，天已放明，曾国藩正准备出门散散步，塔齐布急忙来报：“长毛伪翼王石达开已到江西，在九江、湖口一带修筑堡垒。请大人下令，急速东下。”

第十章　江西受困

一　浔阳楼上，翼王挥毫题诗

早在湘勇围攻武昌的时候，翼王石运开受天王、东王之命，来到安庆主持西征军务，当田镇失守、湘勇即将出湖北下江西的严峻时刻，石达开率五千劲旅，从安庆渡江来到九江。翼王虽年纪轻轻，却是个文武全才，且为人豪爽倜傥重情义，在太平军中一向有很高威望。翼王进九江后几天，韦俊、石祥祯、罗大纲、林绍璋等陆路逃散的人马也陆续从各地来到九江，聚会在翼王旗帜下。

湘勇离开田镇的消息传到九江的这天上午，石达开决定亲自巡视九江城的防守。

林启容说："殿下，我陪你去。"

"不用。"石达开说，"我和韦国宗、绍璋、大纲等人去看看，都穿老百姓的衣服，不易被人发觉。九江城哪个不认识你？你去反而碍事。"

石达开带着韦俊、石祥祯、林绍璋、罗大纲、周国虞等人，脱掉龙凤绣袍，穿上青衣布履，走出府门。林启容安排几个卫士远远跟着。

展现在石达开等人眼中的九江城，已充满着大仗前夕的紧张气氛。街头巷尾到处响着清脆而迅急的马蹄声，一队队留着长发、包着红、黄两色头巾的太平军士兵，正抬着各种军需，匆匆地向东南西北城门走去，队列整齐，表情肃穆，不时可以看见百姓走上来帮士兵的忙。城墙上飘拂着成千上万面三角蜈蚣旗，全身披挂的将士在上面往来奔走，除开器械碰地时发出的声响和将官们简短的命令外，听不到多少嘈杂的声音。石达开对九江城忙而不乱的军事调配感到满意。这时，他忽然看到城墙上有一个瘦小矫健的人在走动，身影很熟。石达开想起来了：那不是两年前打长沙时火烧城隍菩萨的勇士吗？石达开要上城墙去看看此人。

康禄正在指挥十几个士兵安置一座千斤重炮，回过头来一眼看见身着平民打扮的罗大纲，忙说："罗指挥，这里已基本安排就绪，请你检查。"

罗大纲笑呵呵地说："不忙，不忙，你看看谁来了。"

康禄定睛看时，仿佛眼前突然明亮，站在罗指挥身后微笑的不正是翼王吗？他赶紧跪下叩头："卑职拜见翼王殿下，愿殿下千岁千千岁！"

石达开叫罗大纲扶起康禄，笑着说："两年没有见到你了，还好吗？"

康禄正要回答，罗大纲已抢在先了："翼王，康禄打仗勇敢，现在已是师帅了。"

"好哇！"石达开很是高兴，"你现在已指挥两千多号人了。你要把弟兄们都带成你一样的勇敢，那力量就大了。"

康禄忙说："谢翼王殿下夸奖，兄弟们打仗都还不错。"

石达开拍拍康禄的肩膀，说："看看你这段的城防。"

康禄陪着石达开等人，仔细地查看这段长达一里的防线。石达开见上面安置了三座八百斤、两座一千斤的大炮，炮筒擦得油黑发亮，炮后堆满着火药。兵士们个个精神抖擞，有的在修补砖石，有的在擦刀，更多的在搬运刀枪食品。石达开在心中称赞。

"康禄，"石达开问紧跟在他身后的年轻师帅，"武昌失守，田镇兵败，你以为原因在哪里？"

这是个很重要的问题，康禄这些天来也想过，但没来得及理清。他稍稍思索一下，说："回禀翼王殿下，卑职以为主要原因在于轻敌，其次在纪律不严明，平素缺乏训练。"

石达开点头说："你说得对。孙子曰：'知己知彼，百战不殆。'轻敌，实际上就是不知敌。现在跟我们打交道的曾妖湘勇，不同于绿营、八旗，以对待绿营、八旗的方式来对待曾妖湘勇，这就是我们失败的主要原因。"石达开转过脸来，问韦俊、石祥祯等人："你们认为呢？"

祥祯、韦俊等都赞同翼王的分析。石达开补充道："曾妖湘勇的最大特点是能打硬仗，我们必须以硬对硬。"

众人一齐称是。石达开问康禄："你这一师兄弟们的士气如何？"

康禄答："武昌、田镇两次失败，我师死伤兄弟二百多。前几天，不少兄弟还在颓丧之中，有的甚至提起湘勇就有点怕。"

"孬种，曾妖的湘勇有什么可怕的？"林绍璋忍不住在一旁插话。

康禄说："卑职也训过他们：胜败乃兵家之常事，胆怯害怕的不是男子汉。他曾妖头也是人，我们为何要怕他？湘勇更不必说，先前和我们一样作田做工，岳州、靖港之役照样打得他们抱头鼠窜。吃一亏，长一智，我们会更聪明，还有天父天兄的保佑，曾妖的湘勇哪里打得过我们！"

"说得好！"石达开鼓励道，"我看你是个好带兵人。现在兄弟们的精神好些了吗？"

"现在好多了。兄弟们都说，翼王亲自到九江来指挥打仗，报仇雪恨的日子到了。"

大家兴致勃勃地继续观看城墙上的防卫，也随时提出些改进意见，康禄一一记下。

石达开问康禄："你家里还有哪些人？"

"父母都已过世，唯有一兄。"

罗大纲说："康禄的胞兄武功文才都极好，只可惜在替曾妖卖力。"

石达开严肃地问："你胞兄叫什么名字？"

康禄恭敬地回答："家兄叫康福。"

"禄胞。"康禄以为翼王会大骂他的哥哥，谁知翼王却以亲热豪放的口吻说，"你想法把福胞叫到我们这里来，自家兄弟，迷路走错了道，一概不计较。你就讲是我说的，只要投奔天国，过去的事既往不咎，本王将封他为军帅，给他带兵大权；日后立功了，本王向天王保奏他当丞相、检点。”

康禄赶紧说：“卑职遵命！”

一个月前，与康禄一道投军的邻居从沅江下河桥探亲后回来告诉康禄，曾国藩为康福买了三百亩水田，并请乡邻王矮爹代为管理收账，康福将田产分为二份，一份记在康禄的名下。康禄加入太平军后，懂得了很多道理，他深以哥哥接受曾国藩所赐为耻，认为这是不义之财。写信给王矮爹，说他分文不要。当把这一情况向翼王禀告时，石达开哈哈大笑：“康禄，你也太拘谨了。天下财产都是天父天兄的，人人都有份。曾妖给你哥哥，你哥哥分一半给你，你受之无愧。你想想，你不要，三百亩田的收入就全部归你哥哥了。你为何不将你的那份收入接过来，周济四邻乡亲呢？”

经翼王点拨，康禄明白过来，他很是钦佩翼王博大的胸怀和高超的见识，立即说：“翼王殿下教导的是，康禄将那一百五十亩水田的收入再要过来，分给下河桥的苦难乡亲。”

“这就对了。康禄，曾妖水陆两军已向九江压来，过两天就有大仗打，你要督促兄弟们严阵以待，再不可轻敌。”石达开又转脸对韦俊等人说：“我们到市上去看看吧！”

石达开一行下了城墙，信步来到十字街口。尽管气氛较为紧张，但市面上的店铺仍在营业，百姓们在采购着日常生活用品。士兵们也在买东西。他们照价给钱，公平交易，没有见到强抢掳掠的现象。酒楼茶肆依然人来人往，人们的神情并不惊慌。石达开对林启容治理九江的成绩不禁佩服起来。他想起近日内传出天王将要授予自己的长兄次兄以大权的消息，心里很不是滋味。王长兄次兄只能坐享荣华富贵，他们哪有管理军国大事的才能呀！而眼下这个林启容，才真正是上马带兵、下马治民的人才。是的，待推翻咸丰妖头、光复全国以后，一定要向天王力荐几个像林启容这样的大才，还要越级提拔像康禄那样有头脑有能力的将帅，决不能让王长兄次兄等庸才占据要津，否则，天国的江山难以永固。

石达开正在思考之间，突然传来一阵“闪开，闪开”的威严喝令声，抬头看时，五匹飞骑已来到十字街口。骑兵跳下马来，背着大砍刀，满脸杀气，百姓自然地散开了。旁边有人轻轻地说：“太平军又要杀犯事的弟兄了。”

这时，一队十余人的队伍押着两个犯人，正向十字街口走来。犯人是一男一女，都只二十多岁年纪。队伍来到街心，两个犯人自觉跪下，头低着，男的阴沉着脸，女的嘤嘤哭泣。石达开听到旁边的人在议论：“这一男一女准是一对夫妻，昨夜相会时被抓的。”

“你怎么知道？或许是通奸吧！”

“我已在这里看到两次了，都是规规矩矩的夫妻，真可怜啦！”

“太平军的纪律其他都好，就是这条太无人道。”

“是呀！当个太平军，连老百姓都不如。”

“我原打算去投军，后知道有这条纪律，我就不敢去了。”

“听说他们当官的可以睡老婆。”

“当官的也不行，除非当王，像天王、东王、翼王就可以讨很多个老婆。”

石达开听到这里，心里很难过。他始终不明白，天王、东王为什么要制定这样一

条律令。在自己管辖的部属中，他从来没有认真执行过，只是严禁通奸、偷情和新的男婚女嫁罢了。

队伍的最后是一位骑马的军帅。他凛然地来到街中心，一个两司马上前禀报："大人，犯人已验明正身，请你下令吧！"

那女人一听到这话，突然发疯似的站起，跑到男的身边，抱着男的大哭。男的也紧紧抱住她，大喊："幺妹，是我害了你！"

两人哭成一团。士兵们并不过来拉开，军帅也只是呆呆地看着，不下令，有意让他们去哭。四周围观的百姓纷纷摇头叹息。哭了一阵，男的站起来，随即把女的也扶起来，说："幺妹，我俩二十年后再成夫妻！"

然后朝石达开站的地方走前几步。罗大纲大吃一惊，轻轻地说："这不是韦永富吗？他怎么这样糊涂！"

罗大纲异常痛苦，但束手无策，他干脆闭上双眼，生怕与韦永富的目光接触。石祥祯想起跟蚕儿的事，也为韦永富抱屈。韦俊、周国虞、林绍璋也都看不过意。街中心传来军帅的声音："韦永富、白幺妹，你二人也不要怪我心狠，我也是身不由己，奉命执法罢了。你们死后，我会将你们合葬在一起，好让你们世世代代为恩爱夫妻。"

一番话，说得韦永富、白幺妹又放声大哭起来。石达开再也看不下去了，对罗大纲说："你把那个军帅叫到对面绸缎铺来，我叫他放掉这两个人。"

罗大纲巴不得翼王这句话，立刻纵身跳进十字街心，大喊："刀下留人！"

军帅先是一怔，见是一个粗黑的百姓，顿时恼怒起来："你是什么人？胆敢来犯天王的诏旨、东王的诰谕！"

罗大纲走到军帅身边，对着他的耳朵悄悄说了几句话，军帅立刻神情肃然，跳下马来，随罗大纲走出人圈，进了绸缎铺。过一会，军帅重新出现在十字街中心，喜气洋洋地对韦、白二人说：

"永富、幺妹，你们真是三生有幸。翼王训谕：念你们是初犯，宽恕一次，即刻拿刀上城墙，抗妖保城，立功赎罪。"

韦永富、白幺妹不敢相信自己的耳朵，还以为是在做梦，仍如石头般地站在原地不动。军帅下令松绑，两个士兵上前用刀割断绳索，他们这才知道是真的，二人跪下，泪流满面，口里念道："翼王殿下，翼王殿下……"

围观的百姓也终于弄清了事情突变的原因，莫不在心里赞叹："还是翼王英明！"人群中有人喊了句："翼王在绸缎铺，我们看他去！"人们立时蜂拥向绸缎铺，但翼王一行早已走了。

因为救了韦永富夫妻，石达开心里高兴，当他看到耸立江边的浔阳楼时，兴致勃发，对众人说："我们上去喝两杯吧！"

大家一口气登上浔阳楼的最高一层，酒保热情地送上酒菜来。几杯酒下肚，石祥祯想起三个月内连失武昌、汉阳、蕲州、田家镇，忽然间闷闷不乐起来，林绍璋、罗大纲、周国虞也跟着情绪低落。尤其是韦俊，他更是心事重重，倒不是因为武昌、田镇的失败，而是因为前不久接到其兄韦昌辉的密信的缘故。

韦昌辉信里说：自进小天堂以后，天王沉湎女色，隐居深宫，不问军政大事，杨秀清则专横跋扈，唯我独尊，重用亲信、排斥异己。自己虽名为北王，实际上不过是杨秀清一个奴仆而已。前几天，韦的大哥与杨秀清的妾兄为争房屋吵了起来，杨秀清大怒，将韦的大哥痛打一顿，并交给韦发落。慑于杨秀清的淫威，也为了韦氏家族的长远利益，韦不得不狠心将其大哥处以五马分尸极刑。韦决心把仇恨埋在心底，等待时机到来，一定要杀掉杨秀清，报仇雪恨。

韦俊当时看完信后，为大哥的惨死悲痛欲绝，但也不敢有丝毫表露，深夜将信悄悄销毁。韦俊是个精细明白人，一年多来，天王和东王的行径他看得很清楚。他知道，东王会演一出逼宫之戏，只是时间早迟而已，那时免不了有一场大规模的互相残杀，谁胜谁负很难预料。他深知哥哥韦昌辉的为人。昌辉虽富有谋略，却器局狭窄，城府太深，杨秀清加给他的耻辱，他是绝不会善罢甘休的。到那时，自己的哥哥卷入了这场内讧，只会促使内讧更激烈，死人更多，即使哥哥站在天王一边，取得胜利，天国元气也会大伤；倘若败在杨秀清手里，韦氏全族都要被诛夷，自己虽手握重兵，也难逃桩沙、剥皮、点天灯的厄运。韦俊想到这里，对韦氏家族的命运，对天国的前途深为担忧，两眼呆呆地望着酒杯，已无心思再喝了。

酒桌上的气氛低沉，使石达开心中不快。他不知韦俊的心思，以为也和祥祯、绍璋等人一样，是为前向的失败而痛苦。翼王一向乐观豁达，不以战事胜败为怀，且大战在即，也不容许这些重要将领们有丝毫悲观泄气的心绪。他离席走到窗边，一股江风吹来，很觉舒心。但见头上蓝天白云，闪亮耀眼，脚下大江滔滔，一泻千里；远望依稀可见匡庐顶峰上的烟云，近看九江城繁华富庶，人烟稠密。好一派壮丽非凡的山河！翼王从心里升起一股豪情。他举杯对众人说：

“兄弟们，自古打江山的英雄，谁没有千百次磨难？武昌、田镇眼下虽落入曾妖之手，但只要我们在九江城下打败曾妖，收回失地就易如反掌，何须忧愁烦恼！诸位看，这浔阳楼外的江山是何等的壮美。古人诗云：庐山南坠当书案，湓水东来入酒卮。兄弟们，举起杯子来，为我们光复河山的大业干杯！”

被翼王的豪情所感动，石、罗、林、周一齐站起，将杯中酒一饮而尽，韦俊也勉强起身喝了一口。石达开扫了一眼酒楼四壁，冷笑道：“浔阳楼乃江南名楼，各位看它壁上所题的那些歪诗，非粗俗鄙陋，即柔靡颓废，岂不有污它的名声？”

众人知翼王能诗善文，都说：“你题一首吧，将那些庸作压下去！”

翼王爽快地答应。罗大纲高叫一声：“酒保！”酒保慌慌张张跑过来：“客官有何吩咐？”

“拿纸笔来，我们要题诗。”

浔阳楼历来有题诗的风气，酒保不以为怪，立即拿来笔墨。翼王凝神片刻，然后饱蘸浓墨，大步走到一块空白墙壁旁，挥毫疾书：

扬鞭慷慨莅中原，不为仇雠不为恩。
只觉苍天方愦愦，要凭赤手拯元元。
三年揽辔悲羸马，万众梯山似病猿。
妖氛除时寰宇靖，人间从此无啼痕！

写完最后一字时，石达开放下笔，铜像般地叉腰伫立在粉壁前。他的身旁已聚集一堆人，大家念着赞叹着，不时对诗人投来敬意。浔阳楼掌柜本是个不第秀才，这时从人堆中挤出，恭恭敬敬走到石达开身旁，说：“鄙人乃此楼掌柜。客官此诗，气吞山河，声盖宇宙，使四壁诗尽皆失色。客官，请留下大名吧！鄙人将派高匠把这首诗拓下制匾，永久挂在这里。”

石达开见浔阳楼掌柜说得恳切，便从酒保手里接过笔，在诗左边写下“太平天国左军主将翼王石达开题”十四个字，掌柜两眼睁得大大的，四周人群也都惊讶不已。掌柜蓦地两腿跪下，战战兢兢地喊着：“翼王殿下千岁，千千岁！”

所有人都跪下，跟着掌柜喊：“翼王殿下千岁，千千岁！”

石达开也跪下，石祥祯等人不明白翼王此举的目的，也跟着跪在他后面。石达开眼含泪水，以至诚至敬的神态高声唱道：“我们赞美上帝。”

九江城里的百姓在太平军治理下生活了两年之久，对太平军拜上帝的礼节很熟悉，一齐跟着石达开一句一句地唱道：“我们赞美上帝为天圣父，赞美耶稣为救世主，赞美圣神风为圣灵，赞美三位为合一真神。”

石达开站起，大家也跟着站起。他激奋昂扬地说：“各位兄弟，九江归于天国已达两年，大家在天父天兄的爱抚下，过着幸福的日子。在生快快乐乐，死后灵魂升天堂。现在咸丰妖头指派曾妖率兵侵犯我们，清妖的战船即将来到九江。各位兄弟不要害怕，天父天兄随时都在眷顾我们。天国将士和各位父老一起，誓死保卫九江城，我们不但要把曾妖歼毙在这里，还要打到北京去，活捉咸丰妖头，埋葬满虏丑夷，光复我神州十八省。”

石祥祯等人胸中早已燃起了复仇的怒火，罗大纲领着大家高喊：“听从翼王殿下指挥，誓死保卫九江！”

二　水陆受挫，石达开一败曾国藩

在由原九江知府衙门改建的太平军翼王府里，石达开召集韦俊、石祥祯、林启容、白晖怀、罗大纲、周国虞等人，商讨聚歼曾国藩湘勇的办法。

韦俊、罗大纲将武昌、田镇失守的情况向翼王作了汇报，着重强调湘勇水师的凶悍能战。林启容说：“我看两位将军把曾妖头抬得太高了。胜败兵家之常，不必因武昌、田镇之挫而长敌人威风。湘勇的底细我清楚，说来说去，无非是书生加农夫而已。前年在南昌，我已杀得他们丢盔卸甲，若不是江忠源出城救援，罗泽南早已成了我的刀下之鬼。诸位放心，九江、湖口一带我们已做了牢固防守，现在翼王殿下又亲来指挥，我们有五万人马在此，曾妖头插翅也飞不过江西。”

林启容三十来岁，广西人，是金田起义的老兄弟，以骁勇善战闻名全军。从金田打到天京，林启容每仗必冲锋陷阵，每仗结束后都必得迁升。杨秀清对他格外器重，有意加以笼络，结为亲信。这次西征，天王点了赖汉英、胡以晃、石祥祯三人。杨秀清认为赖汉英是天王的人，胡以晃是北王的人，石祥祯是翼王的人，活着的四王，唯独自己无人在内，便在后来添派林启容、白晖怀进了西征军。待到九江、湖口等江西十余州县为西征军所控制时，杨秀清便借口赖汉英久攻南昌不下，将他调走。于是，江西就成了杨秀清的领地。林启容是条直汉子，虽然对东王的屡屡提拔和重用很感激，但对赖汉英也很尊敬，而他尤为佩服的却是翼王。对于翼王主持西征军务，这次又亲来九江城，林启容是完全拥护的。

“你与湘勇是重逢了，我可才是第一次看见他们。”石达开也很喜爱林启容的忠勇，他见林启容完全不把湘勇放在眼里，遂提醒道，“不过，今非昔比，一年半之前的湘勇，还只是处在衡州组建时期，今日湘勇，大小打过几十仗，新近又攻下武昌、汉阳、黄州、蕲州、田镇，气焰嚣张，实战能力也大大加强。现在的罗泽南，也大概不会轻易中你的埋伏了。”

“眼下无须埋伏，明日谁敢来攻城，我就叫他眼睁睁地死于我的枪炮之下。”林启容攻占九江已近两年。在他的治理下，这座长江岸边的千年名城百业复苏，市井安宁，万余守城官兵亦训练有素。张芾在巡抚任上，曾几次派兵想把九江夺回来，但每次都碰得头破血流。现在又平添几万人马，还有翼王亲来指挥，九江、湖口真可谓固若金汤，莫说是曾国藩、罗泽南这批书生，就是咸丰妖头御驾亲征，也休想从他手里夺过去。

周国虞说：“九江、湖口已经经营一年多，武昌、田镇自然不可比拟。不过，老贼曾国藩水师仗着洋炮，陆师也大增刀枪马匹，且全军新胜，也不可小视。以我跟老贼打的几次交道来看，若不施奇策，恐一时难以取胜。”

石达开说：“周将军说的有道理。我尚未跟曾妖头直接交锋过，情况不熟，目前一切军务，仍听林将军安排。曾妖急于进犯天京，估计一两天之内就会来搦战。林将军，这第一仗由你来指挥，我在城头上为你擂鼓助威。”

九江上游十余里处，有一个市镇名叫竹林店，传说是东晋诗人陶渊明的故居，攻打九江的湘勇水陆两支人马，已驻扎在这里几天了。昨天，胡林翼奉杨霈之命，率领二千绿营前来支援，并带来皇上奖励攻克田镇的圣旨和诸如狐腿黄马褂、白玉四喜扳指、白玉巴图鲁翎管、玉把小刀、火镰等赏物，曾国藩及湘勇水陆将领再次沐浴着浩荡皇恩。几乎与太平军会议的同时，在曾国藩宽大的拖罟上，湘勇的军事会议也在紧张的气氛中进行。曾国藩指着挂在船舱板壁上的地图，对身旁的塔、罗、胡、彭、杨、李等人说：“九江北枕大江，东北有老鹳塘、白水港，西南有甘棠湖，西有龙开河，东南多山，林启容在九江盘踞多时。据查，老鹳塘、白水港、甘棠湖、龙开河等地，外有长毛水师把守，内建堡垒，东南山上筑有炮台，看来九江城防很严。现在又来了贼中悍将石达开。据说此人能文能武，又会笼络人心，非寻常草寇可比。明日攻城，诸公有何高见？”

罗泽南一来要报昔日之仇，二来也为感激皇上的恩赏，曾国藩话音刚落，便站起来说：“泽南与贼酋林启容除国仇外，今生还有永不可解之私怨。明日攻九江，正是报仇的时候，泽南定当一马当先。石达开号称贼中枭雄，依泽南看来，那石达开不过二十几岁的人，生在愚氓之中，长在边鄙之地，有何见识？有何本事？只不过是一时被风卷起的水底沉渣罢了。我湘勇水陆二万，乃堂堂正正奉天讨逆之王师，目前正充溢连战连捷之军威，又乘着皇恩浩荡之春风，定可一鼓攻下九江，活捉石逆林逆。我军人马众多，明日可定四面合围之策，决不能让长毛逃走一人。”

这一番话说得曾国藩肃然起敬，众人都纷纷赞同。于是曾国藩命塔齐布、鲍超攻西门，罗泽南、李续宾攻东门，彭玉麟、邓翼升率水师由桃花渡登岸，攻打九华门，杨载福、李孟群封锁江面，挡住从下游湖口增援的敌军，并堵住北门。四路人马合力并举，务必要大获全胜，一举拿下九江城。

平常惯例，湘勇每天吃完早饭后天才亮。今天提早半个时辰，吃过早饭，罗泽南将部队率领到九江城东门脚下时，天才渐渐放亮，犹如那年南昌永和门外一个样，城门紧闭，城墙上亦不见一兵一旗。罗泽南正在四处张望之时，猛听得城内一声炮响，刹那间，东门城墙上竖起无数面犬牙三角旗，城门洞开，林启容亲率一彪人马杀了出来。城楼上，石达开身穿九龙黄绸袍，头戴单龙双凤战盔，亲自监督鼓手擂鼓。

林启容跨马奔出吊桥，直向罗泽南冲来，一眼看见这个当年的手下败将，不觉哈哈笑起来，大声取笑道：“腐儒，那年让你跑了，留下一条老命，你也该醒悟了，不在家安安稳稳教蒙童糊口，却又跑到这里来送死，何苦来？”

罗泽南气得咬牙切齿，骂道：“我把你这无父无君、造反作乱、灭九族的逆贼碎尸万段。谁给我上！”

话未落音，李续宜拍马舞刀迎去，林启容举枪接过，二人大战开来。战了几个回合，李续宜已觉两手发软，而林启容却在城楼鼓点的振奋下越战越勇。他大吼一声，挺起丈二点钢枪直向李续宜咽喉刺来。眼看李续宜就要丧命，身后参将营官童添云举起狼牙棒挡住，另一参将林源恩也拍马前来助战。三匹马将林启容围在中间，犹如当年三英战吕布。大战几十个回合，林启容卖了一个关子，瞅空冲出包围圈，直向吊桥奔去。石达开在城楼上急令放炮。童添云以为林启容战败了，驱马紧追，冷不防一炮打来，正中前额。童添云惨叫一声，从马上坠下，当即身亡。这时，城上数十门大炮一齐发射，两边山上，炮子如雨点飞来，湘勇队伍中一片一片地倒下。罗泽南只得下令退兵。

正当东门大败之际，西门塔齐布、鲍超也遭到强烈的抵挡。周国虞指挥的数千名从田镇过来的太平军将士，憋足满腔怒火，依仗着九江西门的异常坚固和林启容所布置的强大火力，人人勇气倍增，斗志旺盛，血管里奔涌着报仇雪恨的急流，两眼迸发出焚烧耻辱的烈焰，直杀得湘勇丢盔卸甲，卷旗逃命，塔齐布、鲍超无法制止。

正午，罗泽南、塔齐布带着东西两门溃败的人马回到竹林店。不久，彭玉麟、杨载福两路水师也无功而回。曾国藩心中焦急。

彭玉麟建议绕过九江城，攻取湖口和湖口对面江中的梅家洲，同时，仍遣小部分兵攻打九江，以牵制九江兵力。曾国藩采纳了这个建议。水陆两路在竹林店略事休整，便分兵攻湖口和梅家洲。

石达开亲眼看见林启容大败湘勇，对九江城防很是满意，下游五十里远的湖口防卫如何，他尚不放心。半夜，石达开乘船离九江，天亮时进了湖口县城。湖口也是长江南岸的一个重要码头。它外连长江，内接鄱阳湖，是五百里鄱阳湖的进出口。对面江心梅家洲，是一个长约四十里、宽约四五里的大沙洲。梅家洲北面江面狭窄，大船不能通过，主航道在南面。石达开看中湖口与梅家洲之间，正是聚歼湘勇水师的绝好战场。他一到湖口，便立刻命令罗大纲带一万人马过江驻梅家洲，在洲上筑垒架炮，封锁江面。石达开又巡视湖口的军事部署，将城内兵力抽调三千，交由白晖怀率领，扎在城西五里处的盔山。刚安排妥当，探马报，湘勇水路由彭玉麟、杨载福率领，陆路由胡林翼、罗泽南率领，正向湖口杀来。

胡林翼、罗泽南求胜心切，带着六千湘勇和二千湖北绿营一口气奔到湖口县城下，督促兵勇架炮攻城，恨不得将湖口一口吞下。这时，石达开率三千人马从西门冲出，部将石凤昆从南门冲出，将胡林翼、罗泽南围在中间。湘勇分成两队应战。攻城火炮完全不能发挥作用。湘勇远途来攻，太平军以逸待劳，更兼石达开勇猛过人，交战不到半个时辰，湘勇便开始败退。这时，白晖怀率部从盔山上冲下来，切断湘勇西归的退路，湘勇顿时一片混乱。胡、罗只得指挥兵勇死死挺住。

江面上，彭玉麟的水师也冲进罗大纲精心布置的火力网中。洲头是数百条战船拦截，洲尾是上百门大炮封锁，彭玉麟的水师前后受敌。自从衡州受命，组建水师以来，彭玉麟几乎没有败过，湘潭、岳州、武昌、黄州、田镇，一路势如破竹，为湘勇的节节胜利奠定了基础，没有想到，现在却在梅家洲遭到围困。他传令将战船集中在一起，避开两个火力点，全力攻其中段，强行登陆，企图在洲上与太平军短兵接战。这时，胡林翼、罗泽南也败退来到江边，招呼彭玉麟接他们上船。彭玉麟将胡、罗溃勇接上船后，改变攻梅家洲中段的计划，集中全力向上游突围。经过一番苦战，终于冲出包围圈。

两次水陆失败，使曾国藩很恼火。他决不相信，一个乳臭未干的长毛匪首，能够阻挡乘胜前进的王师。

三　水师被肢解，石达开二败曾国藩

曾国藩做梦都没想到，几仗打下来，石达开这个太平天国的年轻王爷，已看穿了水师的致命弱点，要置他的性命所在——湘勇水师于死地。

石达开兴奋而冷静地对众位将领说："连日来，我用心观看了曾妖的水师，见其装备精良，指挥得法，是一支能打仗的军队，我军水师目前比不上他们，怪不得在长江上连连得手，耀武扬威。但是，曾妖水师有一个致命的薄弱之处，不知诸位看出没有？"

众位将领面面相觑，一齐摇头。石达开继续说："曾妖水师中，长龙、快蟹大而笨，只可用于指挥载重，却不宜迅速移动，必须依靠舢板的灵巧机动，才能发挥战斗作用。反之，舢板离开长龙、快蟹也不能作战。曾妖将大小战船配合使用，相得益彰。这正是曾妖水师的最大长处。但天下事有一利则有一弊，倘若将其大小船分开，则都失去了作用。这叫做合则双美，分则俱败。"

众将十分佩服石达开的卓见，但如何拆开呢？大家都望着翼王，知道他一定成竹在胸。

“曾妖水师自出长沙以来，转战千里，连陷重镇，侥幸获胜，没有得到充分的休整。屡胜则骄，骄则轻敌；久战则疲，疲则松弛。故用兵，骄、疲为失败之因。我这里有个小小的计策，各位将军看可用不可用？”

石达开将自己的主意说出，众将都说好。

从第二天开始，九江、湖口、小池口、梅家洲各处太平军一律遵循翼王将令，任水陆湘勇如何挑战，一概置之不理。入夜，太平军则派兵沿长江两岸鸣锣敲鼓，放出船到江中，将火箭、火球射入湘勇的战船中，弄得湘勇夜夜惊恐，不得安宁。如此相持半个月，石达开估计曾国藩粮草将尽，军心浮躁，便命罗大纲依计而行。

这天半夜，九江码头灯火昏暗，隐约可见江面上一溜儿摆开了数十条货船，一队队太平军士兵一声不响地扛着沉甸甸的麻袋，从城里来到码头边，踏过跳板，来到船舱。有些麻袋扎得不牢，雪白的大米漏出来，撒得满地都是。将到凌晨，货船上都压着垒得高高的麻袋。

九江码头上的这个不寻常举动，早已被湘勇斥候看在眼里，报告了水师协统李孟群。

“涤帅，九江装了满满四十条船的粮食，即将开船运往湖口。”李孟群忙将这个重要情报报告曾国藩。

“装的都是粮食吗？”曾国藩心中一动。

“都是顶好的大米，估计有七八十万斤。”

湘勇在竹林店驻扎已近一个月，二万名水陆将士，一天要消耗四万余斤粮食。陈启迈没有提供军粮，全靠他们自己在瑞昌、黄梅、广济一带筹集。筹粮是件很难办的事，军中存粮只够三四天了。早听得九江城里粮草堆积如山，但城攻不下，一粒也得不到。现在这么好的机会，如何能让它错过！见曾国藩沉默不语，李孟群着急了：

“涤帅，这事交给我去办吧，四十条粮船，我叫它全部掉头向竹林店开来。”

郭嵩焘、陈士杰也认为机会不可错过，只有彭玉麟提出不同的看法：“长毛是不是在钓鱼？”

“我看不是。万一情形不对，我再把人带回来。”夺回这批粮食是个很大的功劳，李孟群要争这个功。

军中粮食匮缺，曾国藩何尝不着急。此中是否有诈，他一时犹疑不定。但不管它诈在哪里，抢回这批粮食，就是大胜利。

“鹤人，你带三千水师，将这几十船粮食全部抢回来。记住！务必速战速决，快去快回。”

李孟群调出二百五十条舢板，兴冲冲地离了竹林店。水勇们奋力划船，顺着水势，舢板箭也似的飞向下游。果然，李孟群看见前面缓缓地走着一队粮船，船上码着整齐的麻袋，正向湖口方向驶去。李孟群挥动着表示加速的令旗，二百五十条舢板像端阳竞渡，你追我赶，向粮船冲去。

罗大纲看着后面来了一大片舢板，暗自钦佩翼王的谋算。他站在船头，对着号筒大喊：“清妖来抢粮了，弟兄们快点划！”

这是有意让李孟群听到。罗大纲号令一下，四十条粮船明显地加快速度。江面上，太平军的粮船在前拨浪前进，湘勇的舢板在后穷追不舍，不知不觉来到湖口城边。眼看就要追上了，只见粮船向右一转，一齐向鄱阳湖驶去。就要到手的粮食，岂能让它眼睁睁地跑掉！李孟群仗着人多船多，也跟着进了鄱阳湖。谁知湘勇水师一进湖口，便突然从入口处驶出数百条战船，将口子全部封锁起来，康禄指挥火炮猛烈向舢板射击。二百五十条舢板如同掉进锁了口的袋子里，再也无法出去了。这时，李孟群方知中计，便索性指挥舢板向湖心划去。

一直到吃中饭时，尚不见李孟群回来，曾国藩急了，忙派飞骑前去打听。很快回报，二百五十条舢板全部陷入鄱阳湖中。

正在这时，彭玉麟急匆匆地进来禀报：“涤丈，长毛的战船向我们开来了！”

曾国藩出舱看时，只见下游黑压压一片，数千条战船向竹林店压来。曾国藩、彭玉麟等急得直跳。全部舢板都已离开，就像猛虎失去四肢，鹰隼砍断双翅，这些快蟹、长龙只能蹒跚笨拙地移动，艰难应敌，昔日那种灵活快速、主动出击的局面已不复存在，全仗船上装的重型火炮，才使得太平军的船只不敢过于靠拢。

周国虞认得中间偏后的那艘特大座船是曾国藩的拖罟，便率领十条快船从四面八方围攻。这十条快船如同十条矫健灵敏的猎狗，曾国藩拖罟就像一只愚笨的狗熊，被这群猎狗弄得目眩头晕，终于惊慌失措。先是拖罟上的十二门大炮拼命发射，不多久，炮弹发完，便没有一点还手的能力了。周国虞高喊：“清妖的炮弹没有了，大家冲啊！”

十条快船一齐冲过来。周国虞率先跳上拖罟，接着快船上的一百名水手纷纷上了船。拖罟上的湘勇仓猝应战，一个个倒在甲板上。周国虞握刀寻找曾国藩，要亲手宰掉他，以报从野人山以来所结下的不共戴天之仇。

曾国藩虽为二万湘勇的最高统帅，却手无缚鸡之力。他躲在内舱里，身边只有王荆七和几个亲兵，康福、彭毓橘等人都不在拖罟上。曾国藩两眼死死地盯着船上的厮杀，既不能指挥兵勇们去肉搏，更不能自己持刀上前去抵抗，猛然听得一声喊：“周将军，曾妖头躲在这里！”

立时舱门口出现一个长身壮健的汉子，手拿一把明晃晃的砍刀，杀气腾腾地就要进舱，亲兵们立即一窝蜂上去阻挡。曾国藩看到数步之外刀枪拼击，不觉心胆俱裂，四肢痉挛，知道此次必死无疑。他不愿落到长毛手中遭抽筋剥皮的痛苦，便推开舱门，滚进江中。王荆七也跟着跳下水去。曾国藩自小牢记“道而不径，舟而不游”的孝子之道，从来不敢下水学游泳，这时正如一个秤砣，挣扎两下，便往江底沉去。幸而王荆七跟在后面，立即将他托起。恰好彭三麟驾着水师中仅存的一条舢板赶来，七手八脚地将曾国藩拖上船，急忙送上岸去。

换了一身干衣服后，曾国藩醒过来了。他想起拖罟上有不久前皇上亲赐的黄马褂、玉扳指、玉刀等，还有许多文卷书函，此刻一定都葬于江底了。连自己的座舱、皇上的赏赐都保不住，还当什么水陆两军的统帅！他立即想起靖港败后，湖南官场对自己的冷酷，好比又沉到冰冷的江里，浑身发抖，上下牙齿打起仗来。一阵剧烈的悲痛很快就过去了。靖港败后虽受辱，但接下来的便是武昌大捷、田镇大捷，假若那时真的

死了，哪有后来的殊荣！他庆幸刚才的死里逃生，对王荆七、彭玉麟分外感激。不能死，“好汉打脱牙和血吞！”恩师穆彰阿的赠言浮现脑中，日后要用更大的胜利来洗刷今日的耻辱。不过，刚才从水中被救起的形象一定十分狼狈，将士们将会怎样看待自己这个不能舞刀上阵的统帅呢？

“杨国栋，把枣子马牵来！”曾国藩突然高声喊叫。

杨国栋奇怪，这匹马到湘勇军营中两三个月了，曾国藩从来没有骑过，今日遭受这样大的打击，还要骑马做什么？杨国栋牵来枣子马，曾国藩颤悠悠地站起来，叫人搀扶到马身边，又叫人把他扶上马，然后挺起腰板，双手一拱：“各位，我曾某人上有负皇恩，下愧对诸公，今日只有效先轸之榜样，死在长毛刀枪之下，才能稍赎罪过。”

说罢就要举鞭。只见彭玉麟平地跳起，抢过马鞭，说：“曾大人，先轸不足法。”

杨国栋一手抓紧马缰绳，忽然兴奋地喊：“长毛败了！”

曾国藩从马上看去，原来鲍超领着二千外出打粮的人马恰在这时赶回，从太平军的背后杀出。塔齐布、罗泽南等见太平军队伍已乱，于是又重整人马，回头杀去。石达开见水师已大胜，怕陆军有失，便鸣金收兵。曾国藩见太平军撤退，又喜又愧。忽然，一股恶腥涌上心头，喷出一口鲜血来，随即眼睛一黑，从枣子马上栽下来，竟然死了过去。

四　湘勇厘卡抓了一个鸦片走私犯，他是万载县令的小舅子

曾国藩三十岁时咯过血，后来虽然痊愈，但身体一直不健壮。这次遭受石达开的沉重打击，又加之落水受了惊吓，旧病复发了。众人慌忙将他抬进大营，好半天才慢慢回转气来，但却一病不起，连续几天几夜发高烧，讲胡话，不吃不喝，文武部属都急得不知所措。眼看就要不济了，亏得杨国栋在一个人迹罕至的村落里，寻得一位年近九十的老郎中。老郎中给曾国藩诊了脉，开过处方，几剂药吃下去，居然起死回生了。曾国藩感激不尽，封了五十两银子，叫亲兵送给老人。谁知那个老郎中不但分文不受，反倒送给曾国藩一张纸条，那上面写着：“干戈四起，人命如纸。老朽一生行医，以救死扶伤为职志，睹此惨景，心何悲怆！然老朽亦知天心如此，人力难以阻挡，但愿大帅慎积阴功，勿滥杀无辜，是为至盼。”曾国藩览毕，淡淡一笑，顺手将纸条夹在案桌上的《庄子》中。调养几天后，曾国藩实在不能忍耐了，叫荆七将堆积如山的军情文报送到床边。他看着看着，不禁心惊肉跳起来。

原来，就在曾国藩卧病在床的这些天里，石达开又指挥了一场惊天动地的战役。石达开在两败曾国藩后，立即命令驻在安徽的燕王秦日纲、护天豫胡以晃、检点陈玉成率师溯江西上，收复长江两岸失地。几天后，又派韦俊带一万人马增援。这两支人马浩浩荡荡沿江西进，很快收回被清军占领的武穴、田镇、蕲州、黄州，军锋锐不可当。咸丰五年二月十七日，太平天国乙荣五年二月二十七日，韦俊率军第三次攻克武昌。巡抚陶恩培被击毙城中，总督杨霈仓皇出逃，朝野震动。咸丰帝撤了杨霈的职，任命荆州将军官文为湖广总督，擢按察使胡林翼为湖北巡抚。胡林翼匆匆带了二千绿

营赶回湖北战场。从武昌到江宁，长江两岸的重要集镇，全部又由太平军控制。江面上，挂着绣龙杏黄绸缎蜈蚣旗的太平军战船往来航行，畅通无阻。太平天国又一段兴旺的时期来到了。

曾国藩登上小山丘，眺望江中上下如飞的太平军战舰，再低头看蜷缩在岸边的东倒西歪的快蟹长龙，想起被锁在鄱阳湖里的舢板，心中很是痛苦。水师是曾国藩的命根，他不能让它就此一蹶不振。为重振水师，他派杨载福带一批将官回到岳州，不分昼夜，不惜工本，立即造出二百条新的快蟹长龙和四百条舢板；派陈士杰募工匠就地维修，凡能修缮的船只尽量修复；又遣彭玉麟间道赶到鄱阳湖，与李孟群联系上，尽一切力量攻下鄱阳湖边的重镇南康府。

十天过后，彭玉麟送来捷报：内湖水师攻克南康府。进入江西三四个月，终于拿下了一个府城，曾国藩心里略感安定。他命塔齐布带五千陆师继续驻扎竹林店，其余全部人马跟着他迁到南康。曾国藩决定以南康为据点，在江西住下来，不收复九江、湖口，决不离开。

南康城内只有几万居民，到处屋颓墙倒，茅草丛生，一派荒芜冷清的景象。曾国藩将大营设在原知府衙门内，略事安定后，便着手筹办两个工厂。一是火药厂，委托杨国栋负责，制造火药、军械，并设法再向广东购买洋炮。一是修船厂，委托邓翼升负责，修复舢板，制造长龙快蟹，重新装备内湖水师。一切都好安排，唯一缺乏的就是银子。曾国藩冥思苦想，实在想不出别的办法，只好求助于巡抚陈启迈，请他设法速拨二十万饷银到南康来。尽管前次在湖北时碰了壁，曾国藩想，现在是在江西，完全是为了收复江西的失地而与长毛作战，谅他陈启迈不会置之不理。曾国藩根本没有想到，事情大大出乎他的意外。陈启迈不但不拿出分文，反而奚落了他一番。充当特使的德音杭布也受到了冷遇。德音杭布气不过，告诉曾国藩：陈启迈以及藩司陆元烺、臬司恽光宸都说，现在湖南湘乡、平江、新宁一带起屋成风，家里只要有一人当湘勇，全家人都不要做事了，银子用不完。李续宾的父亲买了一千亩水田，湘乡没有买的，买到衡州去了。曾国藩家买的田更多，把皇上的银子都运到自家去了。莫说我们拿不出，就是拿得出也不能给他。这番话，把曾国藩气得暴跳如雷。

这时，有一个人走上前来，对曾国藩说："恩师不必动怒，学生有办法可以得到银子。"

曾国藩转脸看说话的人，原来是前几天来投奔的万载县举人彭寿颐。

彭寿颐本是万载县团练副总，在剿匪事上与县令李浩不和。李浩是陈启迈夫人娘家的侄儿，仗着陈启迈的势力，诬蔑彭寿颐私通长毛。彭寿颐斗不过李浩，便逃到九江，打听到湘勇统帅正是他前年乡试的主考官曾国藩，便来投靠，希冀得到这把大红伞的保护。曾国藩那年主考江西，原是一桩企盼多年的美差：既可以收一批门生，得一大笔程仪，又可以就近回家省亲。谁知行至安徽太湖，忽接母死噩耗。这对他的打击太大了。主考当不成了，他改服奔丧，取道黄梅县，觅舟未得，乃渡江来到九江城，准备雇舟溯江西上。恰在此时，江西学政沈兆霖动员全体应试举子捐银一千两，星夜送到九江城。这一千两银子，对于曾国藩来说，无异雪中送炭，他十分感激江西举子的深情厚谊。因为这层关系，曾国藩对彭寿熙很有好感，加之他又是已中的举人，而

且说起办团练来头头是道，便欣然认他为门生，留在身边。

当下曾国藩望着彭寿颐，将信将疑地问："你有什么法子？"

彭寿颐说："恩师，饷银一事，学生思之已久，有三条途径可以试着走。"

"三条？"曾国藩想，自己一个办法也没有，他倒可以一口气说出三条，且听听他的主意，"长庚，你慢慢讲。"

曾国藩的火气降下来了，他习惯地半眯着眼睛，靠在太师椅上，认真地听这位江西门生的意见。

"第一个办法，请在籍前刑部侍郎黄赞汤黄大人出面。黄大人为人极是正派，虽在籍守制，但忧国忧民之心未减，听说黄大人亦看不惯陈启迈的行事。若恩师去饶州拜访一下黄大人，请他出面，劝说乡绅捐助，我想一定可以得到几万银子。"

"黄大人什么时候回籍的？"曾国藩暗责自己消息闭塞。咸丰元年，曾国藩署理刑部左侍郎，那时黄赞汤任刑部郎中。咸丰三年，黄赞汤擢升刑部左侍郎。在那个时代，官场上是极讲究关系的，有这层关系在内，自然比别人要亲密三分。

"去年秋上，黄老夫人吃完米寿酒后，当天夜里无疾而终，黄大人立即辞官回来守丧。"

"老太太也真是福寿双全。"德音杭布插话。

"第二个办法，我向恩师告个假，到南康、九江、饶州一带联络几个壬子同年，他们都是殷实之家，又一向慕恩师的道德文章，我估计他们也可以拿出几万银子来。"

曾国藩很赞赏彭寿颐的忠诚灵泛，但嘴上却并不说一句话，只是含笑点点头。

"第三个办法最可靠，也最有效。"

彭寿颐见曾国藩睁开眼睛，棒色双眸晶光闪亮，两道眼光逼得他不可正视。他立即转过眼，继续说下去："我们自己在赣北设厘卡抽税。"

曾国藩微微一怔，双眼立时又半眯起来。设卡抽税之事，他不是没有想过，只因怕招致江西官场的物议，投鼠忌器，不敢贸然下手。现在，陈启迈既然不仁在先，也不能怪我不义了。江北大营可以在扬州设卡，湘勇为何不可在赣北设卡呢？他看了一眼身旁的德音杭布，先听听他的口气再说："泉石兄，你看设卡之事可为吗？"

德音杭布不假思索地回答："我看可为，陈启迈不给军饷，朝廷一时又无饷可发，湘勇眼看要喝西北风了。事出无奈，可以权变。陈启迈要是有意见，我愿为大人向朝廷作证。"

德音杭布似乎找到向陈启迈发泄的好机会，说起话来显得颇为激动。

"泉石兄也支持，那事情就好办了。我明天到饶州去拜访黄大人，若捐输顺利，则不设厘卡，实在不行，再设不迟。"

第二天，曾国藩带着康福、彭寿颐等人，在内湖水师保护下，渡过鄱阳湖，当天傍晚在乐亭镇进入鄱江口，也不惊动饶州知府，就在城里一家小小客栈住下来。次日一早，便打轿拜访黄赞汤，并送了五百两银子的赙仪，又以晚辈身份在黄老太太的遗像前磕头。黄赞汤十分惊喜，听完曾国藩陈述到江西几个月的困境后，果然一口答应，并建议曾国藩向朝廷申请一千张空白部照，按银两多少，发给捐输者相应品衔的部照，鼓励他们踊跃捐助。曾国藩很欣赏黄赞汤的建议。翌日回南康，立即向朝廷申请两千张空白部照。半个月后，黄赞汤送来捐银十万两，彭寿颐也募来三万。曾国藩大喜。恰好部照亦到，便给黄赞汤一千张，彭寿颐二百张。一时间，饶州、九江、南康一带，便平添许多八品、九品、从九品的顶戴。这些乡下士绅戴着装有镂花金顶的伞形帽，真个是脸上出油，衣角生风，神气至极。亲朋见了，人人艳羡，没有几天，捐银便又增加好几万。曾国藩见江西的银子并不难得，便采纳彭寿颐的第三个建议。又见彭寿颐能干，一发将办厘卡的事也交给他。

彭寿颐领下办厘局的美差，心中踌躇满志，决心要好好地办出一番事业来。这厘局是真正的肥缺，委派一下来，便有许多人来找彭寿颐，想在厘局谋个差事。彭寿颐的家远在万载，自家的亲戚一时无法来，便依靠在南康府的两个朋友，一个叫夏镇，一个叫吕伦，两个都是壬子乡试同年。夏、吕二人见彭寿颐受曾国藩器重，便格外起劲地巴结他，偷偷地给彭寿颐送五千两银子。曾国藩委夏、吕二人为厘局委员。彭寿颐在南康设总局，又在星子、瑞昌、德安、建昌、武宁、靖安、奉新、安义、丰城等县设分局，每个县的重要关隘、集市都设上厘卡。后来曾国华在瑞州打开局面，彭寿颐又在高安、上高、新昌设分局。厘局开办一个月，便收厘金六千两。彭寿颐自己留下一千，将一千分给委员们，给曾国藩上缴四千。曾国藩着实将彭寿颐夸奖了一番。但设卡之处，无不民怨沸腾，弱者忍气吞声，敢怒不敢言，强者则与厘卡人员争吵、斗殴，毁卡杀人的事件时有发生。消息传到南昌，陈启迈大为恼火：

“江西是我当巡抚还是曾国藩当巡抚！居然不与我商量，便在我的治下办起厘局来，欺人太甚！”

“姓曾的也太目中无人了。中丞，我们要向朝廷告他。”恽光宸也很愤怒。

陆元烺的火气虽然没有陈启迈、恽光宸大，但也觉得曾国藩的手伸得太长了。这样大的事，越过地方衙门，自行做主，无论怎么说都讲不通。他也同意陈、恽的意见，暂不惊动曾国藩，先向朝廷告发，待圣旨下来后再来收拾。陈启迈的告状折发出不久，瑞州厘局就出了一桩大事。

瑞州厘局的总管便是夏镇，夏镇的父亲是瑞州的大财主。夏镇平时都住瑞州，上个月来南康走亲戚，与彭寿颐往来密切。夏镇先在总局当委员，后来彭寿颐任命他为瑞州分局总管。他领了这个任命，兴冲冲地回到家乡，在瑞州府辖地到处设厘卡，委用自己的三亲六戚、朋友相好为卡丁。这些人乘机大肆勒索，高抬厘率，贪污中饱。夏镇平均每天可得一百两厘金。他算了一算，一个月可得三千余两，上交二千两，净赚一千余两，三四个月下来，本钱就捞回来还有余，只要当上三年的总管，便可捞上三万余两雪花银，实在不亚于一个县令！他心里美滋滋的。瑞州的百姓则恨死了这些到处林立的鬼门关。地方官员也厌恶，但他们一则不敢得罪手握重兵的曾国藩，另一方面，夏镇和各分局的头头们也时常分些钱给他们。既然巡抚都没有出面干涉，他们也便不做声了。

这一天，瑞州城外锦江码头厘卡拦住一只大货船，货主大名叫高山虎。其人左脸上有一块极不体面的长疤，绰号叫高疤脸。高疤脸声称船上装的是浏阳夏布，运到南昌去卖。厘卡头领赵有声，是夏镇的表弟，排行老三，身材矮小，尖嘴猴腮，卡丁们当面叫他三爷，背地里叫他山猴子。

山猴子上了船，用一根约三尺长的细铁棍，敲打着用粗棉纱布包的包包。

“这里装的都是浏阳夏布？”山猴子用怀疑的眼光盯着高疤脸。

“是的，是的。老总，船上装的都是浏阳夏布。”高疤脸哈着腰，满脸恭敬地回答。

山猴子用铁棍这个包敲敲，那个包戳戳，然后阴沉地命令：“抽十两厘金！”

“老总，哪能抽这多！这些夏布值几个钱！”高疤脸急了，原以为顶多二两。

“值几个钱？”山猴子冷笑道，“你这船夏布往少说也卖得五百两银子，值百抽二，抽十两还算多？”

“老总，你莫取笑了，这船布最多也只值一百两银子，况且我们在界埠已被抽去二两，在灰埠又被抽去二两。你看，”高疤脸指着包上的灰印说，“这都是界埠、灰埠两处盖的。”

“我不管这些！”山猴子对灰印不屑一顾，又用细铁棍死劲戳着顶上一个布包。戳进去后，又用力将铁棍从包里抽出。因用力过猛，布包顺势滚下，在山猴子脚边散开了，露出雪白的夏布来。山猴子家里正要夏布做蚊帐，极想将这包夏布弄到手。他把散包的夏布一拖，突然，从夏布里滚出一个纸包。这时，高疤脸的两片脸一下子变得煞白。山猴子是个久混江湖的人，晓得包里有名堂。他一边嘿嘿地笑着，一边把纸包撕开。一块块棕黑色的膏片露出来，船上立时充斥着一股恶臭。山猴子高声嚷道：

“好啊！你违抗朝廷禁令，私贩鸦片，该当何罪？”

山猴子走到高疤脸面前，舞起铁棍，声色俱厉地威胁。他以为高疤脸会马上跪在他的面前，告饶求情。谁知高疤脸这时脸反而不白了，异常冷静地微笑着。原来，这高疤脸并不是一个普通货主，他乃是万载县县令李浩姨太太的弟弟，堂堂七品县太爷的小舅子。这船货本是从万载县开出的，为保密才诡称从上高来。高疤脸仗着姐夫的关系，偷偷地从广东经湖南偷运鸦片，然后再把这些鸦片运到南昌，卖给南昌的官场、商场，从中牟取暴利。高疤脸把利润分一半给姐夫李浩，李浩又从中分出一部分给陈启迈。这个生意，高疤脸已做了大半年，虽有人探得点风声，但谁敢惹怒他！高疤脸先想以一个老实胆小的小商贩的面目混过厘卡，现在见原形败露，知道哀求无用，只有狠心出一笔大钱来买通。高疤脸的沉着，反而使山猴子感到奇怪。山猴子是个有经验的人。没有金刚钻，不敢揽瓷器活，这小子敢于走私鸦片，必定非良善之辈。山猴子想到这里，反而收起了刚才的凶相。

“老总，请舱里坐。”高疤脸客气地邀请。山猴子叫卡丁们上岸去，他一人跟着高疤脸进了舱。坐下后，高疤脸开门见山地说：

“老总，要多少银子过关，你开个价吧！”

山猴子眯着眼，歪着头，在心里掂了掂，说：“倒三七吧！”

高疤脸听了，嘿嘿笑道：“老兄，你也太心贪了，顺三七吧！”

“你说我心贪，好，老板，我明告诉你，管厘局的可不是陈中丞，而是曾大人。曾大人在湖南是有名的曾剃头。你不愿意，我也不勉强。我把这些禀报曾大人，但到那时，恐怕是你一个子也拿不到，还得坐几年班房。”

这一招确实厉害，高疤脸好一阵开不了口。

“老兄，倒三七，总没有这种开法的吧。如果你硬要这样，我宁肯去坐班房。你想想，那样做，你又捞得了一个子？”

两人讨价还价，结果达成对半分的协议。这一夜，山猴子在船上将所有的布包都搜查了一遍，一共搜出二百斤鸦片，按当时价，可卖一千五百两银子，获利八百两，对半分，山猴子可得四百。这四百两银子，山猴子想独吞，他要一手交银，一手放船。高疤脸说：“船上现在没有这么多银子，你稍等两天，我打发伙计回去拿。”

山猴子于是在船上住下来。第二天刚断黑，一个家人慌慌张张跑到船上：“三爷，太太和姨太太又打起来了！”

“这两个贱人！”山猴子骂了一句，把家人拉到一边吩咐，“你给我好好地看着，不准任何人上下船，我去去就来。”

山猴子走后，高疤脸见机会来了，笑嘻嘻地对赵家的家人说：“老兄，辛苦了，来，喝两杯。”

这家人并不知船上所发生的事，见高疤脸客客气气地，又有好酒好菜，便和他对酌起来。舱外，高疤脸的伙计正按照他的布置，将二百斤鸦片用油纸包得严实，再绑两块石头在上面，直溜溜地把它沉到江底。趁着家人微醉的时候，又悄悄叫船老大将船向下游方向移动二十多丈。一个时辰后，山猴子急急赶回船。鸦片沉了，高疤脸不怕山猴子了。第二天一早，他便皮笑肉不笑地对山猴子说：“老兄，我们要开船了，请回府吧！”

“回去？四百两银子呢？”山猴子边擦眼睛边问。

“谁欠了你的银子？你怕是梦还没做醒吧！”高疤脸轻松地跷起二郎腿。

“好哇，你想赖账，我也不要银子了，你和我到衙门里去走一趟。私贩鸦片，看你如何赖得掉！”山猴子凶恶地盯着高疤脸，两只袖子捋了起来，做出一番打斗的架势。

“哈哈哈！”一声狂笑，把山猴子弄得莫名其妙，“你血口喷人！谁私贩鸦片，鸦片在哪里？！”

说罢，一步步紧逼过来，露出县太爷舅子和江湖无赖的本色。山猴子有点慌了，无头神似的在船头船尾到处乱找，哪里还有鸦片的影子！“糟了！莫不是他把鸦片运走了？”他把家人喊过来，问：“我走后有人上船吗？”

“没有。”家人很惶恐。

“船上有人背东西离开吗？”

“也没有。”家人见主人急得那副模样，心里愈加害怕。山猴子一把抓住高疤脸的衣领，两眼圆睁，发怒道：“你这个蠡贼，你一定把鸦片沉到江里去了！”

高疤脸一听，又急又恼，伸出右手来，朝山猴子的腰上就是一拳，山猴子痛得哇哇叫，他一手捂着腰，一只手向高疤脸的头上击来。高疤脸的脑袋向旁边一躲，一边向后退。就在这时，高疤脸被拴铁锚的绳子绊住脚，身子朝后一仰，后脑勺碰在铁柱上，当即死去。这下，山猴子害怕了。高疤脸在船上的几个伙计一声喊起，立时拿绳子把山猴子捆绑起来，上岸到瑞州府衙门，击鼓告状。瑞州知府阙玉宽平素也恨厘局作威作福，当即准状。阙知府坐轿来到江边，上船验了尸，把山猴子打入死牢，一面飞报抚台衙门。这边家人回去告诉李浩，李浩姨太太哭哭啼啼，李浩气得胸口堵塞，

一边写信请阙知府秉公办理，又连夜打发人晋省告诉陈启迈。

陈启迈接到阙玉宽和李浩的信，心里暗暗高兴。他和陆元烺、恽光宸一商议，要借这个案子好好地将厘局和曾国藩整一整。他当即将阙玉宽的信以咨文形式过录一通，送到南康府，要曾国藩按律惩办凶手。曾国藩看完陈启迈的咨文后，把彭寿颐叫了来，对他说："这个案子非比一般。江西官场原本与我们有隙，这次会借机闹一场。"

彭寿颐深愧自己用人不当，惹出乱子，给曾国藩增添了麻烦："恩师，学生有负信任。学生亲到瑞州去一趟，一定要把这事处理妥当。"

彭寿颐带着两个局员来到瑞州，他一进瑞州知府衙门，便被高疤脸的伙计认出：这不是潜逃在外的彭举人吗？急忙将这一发现告诉李浩。李浩得知彭寿颐当上了曾国藩手下的厘局总管，这一气非同小可，当即飞马报知陈启迈，同时派出四名捕快，叫他们不露声色地将彭寿颐捉拿归案。

四名捕快来到瑞州衙门，乘彭寿颐不备，将他拿下。彭寿颐大怒："你们是什么人，竟敢捆起我来？"

捕快头贺麻子冷笑道："彭举人，不要大喊大叫了，我们奉了李老爷李浩的命令，特来捉拿你到万载归案。"

彭寿颐没料到这几个人竟然是万载县衙门的人，只得自认晦气，但他凭借曾国藩的力量，并不害怕："既然这样，那就请把我送到南昌去吧！"

李浩已知彭寿颐非过去可比，事先就已告诉贺麻子，要他将彭直接送给陈启迈。送来了潜逃在外的彭寿颐，这是陈启迈的意外收获。他要恽光宸亲自处理，非要彭寿颐招供滥杀无辜、私通长毛的罪行不可。

一波未平，一波又起，两桩事情搅得曾国藩很不安宁。他决定带着刘蓉等人，亲自到瑞州去走一趟。

五　参掉同乡同年陈启迈的乌纱帽

曾国藩的亲自到来，使瑞州知府阙玉宽感到意外，他率领文武出城门迎接。曾国藩吩咐阙玉宽将山猴子和当时在场的卡丁、两家的伙计家人和船老大一齐叫来，他和刘蓉一一亲加审讯。首先带上堂的是山猴子。刘蓉喝道：

"赵有声，今天曾大人亲自提审你，你要将如何打死高山虎的事从头老实招来，休得有半句假话！"

山猴子一听堂上坐的是曾大人，忙连连将头对着砖地磕，喊道："曾大人，您老可要为小人申冤啊！"

山猴子一把眼泪一把鼻涕地把事情的经过说了一遍，只是不提自己想得四百两银子。末了，他重复说："曾大人，这件案子冤枉。第一，高山虎的确私贩鸦片，足足有二百斤，小人亲自验过，还有卡丁可以作证。第二，高山虎的确是自己碰死在铁墩上的，并不是小人打死的。曾大人，求您老给小人做主。"

曾国藩把夏镇唤到公堂。夏镇跪着说："学生有负恩师信任，不该叫赵有声办厘务。

不过学生也听说过，高山虎的船上确实装有鸦片。他私贩鸦片有半年之久了，请恩师明察。”

接着又审讯卡丁。卡丁们证明，船上确有鸦片，只是数量多少不知。又审讯高山虎的伙计。伙计先是否认，禁不住曾国藩的严词追问，最后只得说出私贩鸦片的事实，并供出高山虎是李浩的内弟。

退堂后，刘蓉说：“看来高山虎私贩鸦片是实，只要坐实这件事，这个案子就好办了，关键是把那二百斤鸦片找出来。”

曾国藩说：“就当时情况来看，鸦片十之八九是沉到江底去了。明天派人去打捞。”

第二天，派了两个当地的船民下水打捞，在停船的地方打捞了一天，并未发现鸦片的踪影。瑞州知府暗自得意。曾国藩和刘蓉感到奇怪：鸦片到哪里去了呢？灯下，二人苦思不得结果。好一会，刘蓉突然失声笑道：“我们重蹈刻舟求剑的覆辙了！”

曾国藩恍然大悟。船老大被带上来了。曾国藩分开扫帚眉，吊起三角眼，船老大见这副凶神恶煞的模样，早吓得浑身像筛谷般地颤抖。曾国藩盯着船老大的脸，半天不语，船老大魂已吓跑，只知一个劲地磕头不止。突然，传来一声炸雷：“你从实招来，那夜赵有声上岸后，你的船开动了多远？”

船老大抖抖索索地回答：“回大人的话，那夜赵有声上岸后，高山虎陪赵家家人喝酒，后来又叫我把船向下游移动了二十多丈远。”

“你说的是实话？”

“小人有几个脑袋，敢在大人面前说谎。”

曾国藩把船老大锁在一个小屋子里，不让他出去。天亮后，曾国藩带着船老大来到江边。船老大指着一个地方说：“船原来就停在这里。”

两个船民下了水，很快便抬出一个油纸包。打开一看，正是鸦片！搜出了鸦片，曾国藩踏实了。他告别阙玉宽，径直回南康府。他指使夏镇、吕伦等分头搜集陈启迈来江西的所作所为。这一夜，他将所得材料整理了一下，亲自给咸丰帝上了一份“奏参江西巡抚陈启迈”的奏折，给陈启迈列了几条罪状：一替已革总兵赵如春冒功邀赏，二替奉旨正法守备吴锡光虚报战功，三多方掣肘饷银，四对有功团练副总彭寿颐无端捆绑，拟以重罪，五指使万载县令李浩伙同其内弟私贩鸦片，牟取暴利，六丢失江西五府二十余县。这六条罪状写好后，曾国藩料想陈启迈的乌纱帽保不住了，为向皇上表示一片公心，他又提笔写了几句：

> 臣与陈启迈同乡同年同官翰林院，向无嫌隙。在京时见其供职勤谨，来赣数月，观其颠错倒谬迥改平日之常度，以至军务纷乱，物论沸腾，实非微臣意料之所及。

想起恽光宸一味跟着陈启迈走，严刑拷打彭寿颐的可恶，曾国藩又在折末添了一笔：

臬司恽光宸不问事之曲直，严刑拷打办团之缙绅，以伺奉上司之喜怒，亦属谄媚无耻，不堪居此要职。

全折写好后，曾国藩又逐字逐句细读一遍，自认无一字瑕疵后，方才叫司书连夜誊抄。这时，刘蓉进来了。刘蓉看了奏折后，说："痛快！对这种庸吏就要这样严参。"过一会，又对曾国藩说："陈启迈就厘局之事已上告朝廷，你不妨再附一片，陈述不得不办厘局的苦衷，并说明目前赣南尚无厘局，请饬江西省迅速在赣南建局，以助军饷；同时表明，一俟湘勇离开江西，赣北所建之局全部归还江西。这样既可使朝廷放心，又利于与新巡抚相处。"

"你想得真周到！"曾国藩对这个主意甚为赞赏。

曾国藩知道德音杭布也恼火陈启迈，便将奏折送给他看，请他履行向朝廷作证的诺言。德音杭布也拟了一折，把陈启迈和江西吏治大骂一通，寄给兵部尚书阿灵阿，托他代奏。正当曾国藩为出了一口怨气而舒心的时候，康福进来报告："塔提督在九江没了！"

真如晴天一声霹雳，曾国藩被这突来的噩耗震得双目失神，六神无主。

六　塔死罗走，曾国藩感到从未有过的空虚

塔齐布盛年溘然去世，是曾国藩根本不能想象的事。正是曾国藩将塔齐布由一名都司衔署理抚标中营守备，一年多时间，便迅速提拔为湖南水陆提督。也正是这个塔齐布，知恩图报，尽心尽力为曾国藩打赢了几场大仗，为湘勇大壮声威。曾国藩需要塔齐布带兵打仗，更需要塔齐布为他制造一个满汉亲密无间的形象，以消除朝野内外的各种猜忌、嫉妒以及形形色色的流言蜚语。如今在战时进退维谷、局面晦暗不明的时候，塔齐布却因九江久攻不下呕血归天，曾国藩整整一夜为此而黯然神伤。

第二天一清早，曾国藩便带着一批高级将官和幕僚，骑马离南康赴竹林店。曾国藩在塔齐布的灵柩边饮泣不已，亲自指挥，在灵堂两侧挂上昨夜写就的一副挽联："大勇却慈祥，论古略同曹武惠；至诚相许与，有章曾荐郭汾阳。"又吩咐从湘勇内银钱所拿出二千两银子，先行派专人送给塔齐布的老母，又派副将玉山带三百弁兵护送塔齐布的灵柩至南昌，在南昌公祭之后，再由守备长春护送回原籍；又亲自给朝廷拟折，奏明塔齐布创建湘勇、屡获战功的勋绩，并请在长沙为其建专祠。塔齐布遗言，荐周凤山统带驻扎竹林店的五千人马。曾国藩认为绿营出身的周凤山担不起这个重任，出于对塔齐布的感情，也按他的遗言办了。曾国藩对塔齐布的丧事料理得如此周到细致，对其身后倍加尊崇褒奖，使湘勇将官勇丁都十分感动。

曾国藩回南康不久，江西官场发生大的变化。咸丰帝接受曾国藩的参劾，罢免巡抚陈启迈和臬司恽光宸的官职，将原湖北藩司文俊升为江西巡抚，原吉南赣道周玉衡升为臬司，陆元烺依旧当他的藩司不变。文俊是个旗人，老于官场，深通世故。他一

上任，便亲到南康拜访曾国藩，邀他搬到南昌去住。曾国藩谢绝了，文俊心中不悦。不久，他便看出曾国藩身边的幕僚，唯德音杭布与众不同。凭着他的官场经验和旗人特有的嗅觉，知道此人来头非比一般，便倾力结交，和德音杭布认了世谊，往来密切。周玉衡本是陈启迈的亲信，他对陈、恽的被罢感到委屈。不过一则慑于朝廷对曾国藩的倚重，二则自己也是靠了这次变故才获得迁升的机会，便也不言语。文俊不敢像陈启迈那样，与曾国藩明目张胆地对立，但也不甘心江西白花花的银子都落到湘勇的手中，他在湘勇还没来得及设卡的地方，全都设上厘卡，在湘勇设卡的地方也加卡，把湘勇的厘税夺走一半以上。百姓则更苦不堪言。江西官场从司道到府县，都对曾国藩打长毛无功，收厘金起劲的做法不满，不少府县暗中怂恿人殴打湘勇卡丁，以便挤走他们，让自己的厘卡独霸地盘。湘勇厘卡的诉苦书一封封报到南康，曾国藩对此毫无办法。

太平军方面，石达开率主力进入湖北战场，在鄂东、鄂南一带接连收复好几座城池。林启容、白晖怀依然分别驻扎九江、湖口，周国虞驻梅家洲，罗大纲驻小池口，均按翼王的部署，暂按兵不动。江西战事呈现相对平静。

这一天，罗泽南单骑匹马，从义宁赶到南康。曾国藩很觉奇怪，问："罗山来南康何事？"

"有大事相商。"坐定后，罗泽南对曾国藩说，"江西军事宁静，早晚必有大战爆发。"

"你看出什么啦？"

"石逆统兵进湖北，意在巩固武昌，巩固武昌的目的，又在于保证长江水道的通畅，一旦武昌巩固，就会卷土重来江西。那时，其挟湖北取胜之余威，与屯兵休养之九江、湖口逆贼联合，必与我军有一番恶斗。"

曾国藩眼睛顿时明亮起来，说："罗山顾虑的是。"

"若贼不能固武昌，则无暇来江西，故依泽南看来，一定要与石逆拼力争武昌。"

罗泽南见曾国藩点头，便侃侃而谈："长江要害凡四处。一曰荆州，西连巴、蜀，南并常、澧，自古以为重镇；一曰岳州，湖南之门户也；一曰武昌，江汉之水所由合，四冲争战之地，东南数省之关键所在；一曰九江，江西之门户。此四处，皆贼与我死力相争之地。今九江与贼相持，而贼又上据武昌，长江四处要害已失两处。欲制九江之命，必由武昌而下，欲破武昌，必由崇、通而入。今润芝军驻麻城、黄安一带，鹤人兵在黄陂、孝感，均未制贼之要害。依我之见，须由江西增援劲旅，从崇阳、通城进入湖北，配合润芝、鹤人三路夹击，则武昌可复。而江西境内亦同时攻九江、湖口，大局庶有转机。若不主动出击，待石逆从湖北回师，则江西势更危迫。"

说罢，两只眼睛紧紧盯着曾国藩。曾国藩暗思，罗泽南的这番话不错，但眼下江西能调得出人马吗？

"仁兄说得有理，但哪有人进湖北呢？"

罗泽南立刻接话："这就是我到南康来与你相商的大事。我思来想去，当前唯有我率领在义宁的三千人马去才行。"

"你去？"曾国藩惊讶地说，"塔智亭刚去世，周凤山实际上统不了九江军。次青

平江勇只两千人，温甫的那几营才募集不久，不能挑大梁，江西靠的正是仁兄的这支人马。仁兄若率领入鄂，江西的力量不要说再打九江、湖口，就是应付长毛，也会很费力了。你不能去，实在要去，次青带平江勇去吧！”

“涤生，若真的要早日收复武昌，就不能让次青去。倘若次青败在石逆之手，反而增加逆贼的气焰。我还有一个顾虑，不知你想到没有？”

“你是怕润芝、鹤人不是石逆的对手？”

“不是。润芝富有谋略，鹤人亦勇猛善战，估计石逆亦难轻易取胜。我是想，石逆兵力已到咸宁、蒲圻，他们很可能会再犯湖南。”

罗泽南看到曾国藩手中的茶杯微微动了一下。

“涤生，若石逆再犯湖南，季高、璞山匆忙之间，势必难以堵住。这批无父无君的匪盗，什么事干不出？湘勇这两年和他们结下了血海深仇，他们会饶得过将士们家中的亲人吗？”

曾国藩心里打了一个冷战。石达开进湖南，第一个要攻打的必是荷叶塘，第一批要杀的必是自己的老父稚子，第一批要刨的必是自己的祖坟！

“倘若湖南有个风吹草动，”罗泽南说，“湘勇必定军心动摇。所以泽南此番入鄂，当分军两路，一攻武昌，一扼通城、蒲圻，决不让长毛一兵一卒再犯湖南。”

曾国藩想了一下，说：“三千人马不可再分，要么集中攻武昌，要么集中扼鄂南。不过，兵机瞬息万变，进湖北后再相机行事吧。”

罗泽南连夜赶回义宁。塔齐布死了，罗泽南又要走，曾国藩心里感到一种从未有过的空虚，一连几天，心绪不宁。这天午后，人报刘蓉病重，卧床不起，曾国藩闻讯急忙赶到刘蓉的身边。只见刘蓉闭目躺在床上，面有戚容。曾国藩摸摸刘蓉的额头，体温正常，看看室内，陈设整齐。想起前两天，刘蓉说要告个假，回湘乡省母的事，曾国藩心里明白了。塔死罗走，军机不顺，曾国藩几乎天天要跟刘蓉商量大事，怎么能走呢？他对老朋友此刻的这种想法很不高兴。曾国藩深知刘蓉的为人，遂坐在他的床头，一边轻轻地抚摸着刘蓉的脸，一边以真挚悲怆的声调说：“梅九，梅九，你可千万不能走哇，你能甘心让我当欧阳子吗？”

一连说了几遍，刘蓉终于忍不住笑起来，掀被坐起，责备道：“涤生，人家心乱如麻，你还有心开玩笑。”

原来，这里有个典故，除曾、刘二人外，别人都不知道。那还是他们相识不久的时候，二人都自负文章好。曾国藩有次戏言：我俩好比欧阳修与梅尧臣。刘蓉说，那谁是永叔，谁是圣俞？二人都要当欧阳修，不愿屈为梅尧臣。最后曾国藩说，欧阳修后死，梅尧臣先亡。以后我们二人，谁后死谁是欧阳修，刘蓉同意。想不到二十年后，曾国藩还记得这个故事，在目前军机不顺的时候，还有这份闲心情。

“孟容，你心思乱，你知不知道，我的心思比你还乱？这个时候，你能忍心抛下我回湘乡过逍遥日子吗？”

刘蓉心软了，但并不松口，说：“你是朝廷重臣，你有责任，我是你的私人朋友，我没有责任，我想走就走，没有我，自然有人为你办事。”

曾国藩心里想，莫不是刘蓉对至今还是一个候补知府衔有意见，或是对前途失去信心？他说："你回家省母是大事，我怎能不同意，况且又不是一去不回。只是我不能须臾无你在身旁，今日有难同当，来日有福同享。一听你要走，我的方寸已乱，想写首诗送给你，都感到难以成句了。"

"那好吧，你就写首诗给我吧，若写得好，我就不走了。"

"你定要回家，我的诗即使写得好，你也不会说好，如何评判呢？"

刘蓉想了想说："这好办，我看后笑了就算好，不笑不算好。"

"说话算数？"

"我什么时候说过空话？"

曾国藩背着手在屋里踱来踱去，一刻钟后，他走到书案前，挥笔写了一首诗，递给刘蓉："你看吧！"

刘蓉看时，却是一首宝塔诗，轻声念道：

"虾。豆芽。芝麻粑。饭菜不差。爹妈笑哈哈。新媳妇回娘家。亲朋围桌齐坐下。姑爷一见肺都气炸。众人不解转眼齐望他。原来驼背细颈满脸坑洼。"

刘蓉不动声色，曾国藩在一旁有点着急，屏住气，不敢做声。隔一会，只见刘蓉的头点了两下，终于扑哧一声笑出声来。

"好，笑了，笑了！"曾国藩孩子似的乐了起来。

"涤生，你把你们荷叶塘骂新姑爷的俚语拿来逗我！"

"管他俚语也罢，村言也罢，你笑了就好！"

"我再给你续两句吧！"刘蓉提笔在后面再补下两句："涤生诗才大有长进真堪夸。刘蓉认输留在军营莳竹栽花。"

"妙，妙！孟容，你真是诚信君子。"

离开刘蓉回到书房，曾国藩沉思起来。从刘蓉告假一事上，他终于明白了罗泽南离赣赴鄂的真正用心。原来他们都对江西战局失去信心，功名心重的罗泽南要到湖北去建功立业，功名心不太重的刘蓉则想及早抽身回籍。曾国藩情绪低沉，不断地问自己：我在江西真的就陷入了困境吗？

七　樟树镇受辱，石达开三败曾国藩

不久，咸丰帝实授曾国藩为兵部右侍郎，仍在江西督办军务，其职由沈兆霖兼署。这道任命并没有改变曾国藩在江西孤悬客位的局面，各府县听的是巡抚、两司的命令，并不买兵部堂官的账。前几天，曾国华派人来诉苦，说手下一哨长因公夜行，被新昌县当长毛拿获。曾国华拿着盖有"钦差兵部右侍郎关防"的公文去交涉，竟被新昌县令置之不理，还说以前的公文盖的都是"钦差兵部侍郎衔前礼部侍郎关防"，为何又变了，曾大人到底是个什么官？弄得曾国华啼笑皆非。曾国藩窝着一肚子气，又无法发作。到头来，还得动用文俊的巡抚大印才放了那个哨长。彭寿颐也来诉苦，说厘金日渐减少，卡丁一天到晚尽受气，被打死活埋的事屡有发生。曾国藩苦恼极了，没有银子，这支庞大的军队如何生存打仗？

“银子的事，还有办法可想。”郭嵩焘的父、叔都经过商，到底于此见得多些。他见曾国藩一天到晚为饷银事愁眉苦脸，出主意说，“我为你跑一趟杭州，游说浙抚何桂清，要他支援三万引浙盐。这三万引浙盐在江西推销，估计可获利十万两银子。另外，还可向朝廷陈说困难，请朝廷从上海关税中拨一批饷银来。上海商贾云集，货物山积，银子多得像水一样，分出十万八万应无问题。”

曾国藩认为这两个主意都很好，立即委派郭嵩焘去杭州，又奏请朝廷速拨十万上海关税银子，以济湘勇燃眉之急，并提名由苏州知府袁芳瑛专办。又派人送家信至湘乡，要九弟国荃在原募勇丁基础上扩大一倍，从醴陵一路入赣，以填补罗泽南去后的空缺。正当曾国藩为摆脱经济、军事困境而多方措力的时候，太平天国翼王石达开和他的战友们又在谋划一场大的行动了。

石达开兵进湖北后，一路势如破竹，鄂东南的州县几乎全被太平军克复。罗泽南入鄂后，自己带一支人马直向武昌奔去，他想以奇兵冲进武昌，夺下收复武昌的首功；另分偏师由李续宾统带，扼住蒲圻一带，防太平军南下。石达开放开大路，让罗泽南长驱直入。他的策略是关门打狗，放罗泽南进来，然后再和韦俊、胡以晃联合起来，南北夹攻，全歼罗泽南军。

“殿下，卑职有一个不同的想法。”因埋伏湖口截击李孟群舢板有功，被越级提拔为中军总制的康禄对石达开说。

“小兄弟有何想法？”石达开很喜欢艺高心灵的康禄，虽然他比康禄只大得两岁，但在石达开的高级僚属中，康禄和陈玉成一样，毕竟是属于年纪最小的一批，故石达开常称他和陈玉成为小兄弟。

“殿下，南北合击罗泽南的主意很好，但卑职以为，韦国宗等在武昌防守坚固，罗泽南好比鸡蛋碰石头，不足为虑。现在倒是曾妖头在江西的老巢，却因塔齐布死、罗泽南走而空虚。卑职听说，曾国华骄而无能，周凤山勇而无谋，李元度优柔寡断，彭玉麟内湖水师陷在鄱阳湖。曾妖在江西，已是势孤力弱。此时我军不如返旆回赣，乘机一鼓捣毁湘妖老巢，活捉妖头曾国藩。”

石达开极为赞赏康禄这个主意，神不知鬼不觉地率师翻越幕阜山，以迅雷不及掩耳之势，一举攻克义宁州。三四天之内，便接连拿下新昌、万载、上高等县，曾国华被迫东逃。消息传到南昌，文俊大惊，飞马请曾国藩派勇抵挡。曾国藩调周凤山率驻竹林店的五千人马，先往瑞州遏制，自己协助曾国华整顿溃勇，随后跟上。就在赶赴瑞州的路上，又听到一连串的不利消息：石达开在江西天地会大龙头周培春的配合下，相继攻下临江府、袁州府十余州县，才上任的按察使周玉衡及吉安知府陈宗元被击毙于吉安，翼王旗已插上了赣南名城吉安城楼。

曾国藩带领周部、华部两支人马七千余人，来到离临江府五十里远的樟树镇，吩咐就地驻营。周凤山、曾国华不解。曾国藩说：“樟树镇西近瑞、临，东接抚、建，为赣江沿岸重镇，省城咽喉。石逆兵力今集中在吉安府一带，料近日内必率师北上进犯南昌，水陆两军都必经樟树镇。我军在此安营扎寨，以逸待劳，必可取胜。”

周凤山、曾国华都赞同这个分析。曾国藩又火速派人通知彭玉麟率内湖水师出青岚湖，由武阳水过三江口镇，驶进赣江，南下到樟树镇集结，与长毛在樟树决一死战。

几天后，康禄带中军来到永泰市。探马报，曾妖头亲率七千陆师驻扎在樟树镇、横梁、芗溪一带。康禄命令扎营，等候翼王到来。次日，石达开带领殿右一指挥赖浴新赶到了。赖浴新打仗最是勇猛，湘勇恨他怕他，称他为赖剥皮。

石达开策马查看樟树镇的地势。只见这一带除一道赣江外，尽是起伏不定的黄土丘陵，南面接着百丈峰的尾部。此地两旁是山，中间一条大路。时为早春，雨水未至，山上的树木枯干，似乎堆放了满山遇火即着的干柴。石达开看在眼里，心里有了主意，对赖浴新、康禄说："曾妖头打仗，从来不亲上战场，只躲在后边营寨里。上场交战的是周凤山、曾国华，这两个草包求胜心切，当可利用。"

康禄说："适才随翼王查看地势，我想百丈峰麓那片干树林，是天赐我们的有利条件。"

"好放火！"赖浴新一语点破。

石达开和康禄都笑起来。达开说："我们都想到一块了。就在此地火烧湘妖。不过，周凤山、曾国华再是草包，也会防这一着，得想一个办法诱他们上钩。"

翼王、总制、指挥三人细细考虑着。

第二天黎明，康禄带二千人来到樟树镇搦战。康福在曾国藩身边，看着弟弟身着龙袍凤盔，神采飞扬地骑在高头大马上，心里很为弟弟高兴，想到骨肉相残，又顿觉悲凉起来。曾国藩命周凤山、曾国华带三千人前去应战。曾国华对周凤山说："你在正面应付他们，我从侧面冲他们的后队。"

说罢，带着一千五百人与周凤山分道而行。

康禄拍马上前，与周凤山交战，战了十余回合，便渐渐不支，周凤山暗暗高兴，越战越有劲。正在这时，曾国华从后面杀出，两支军队前后夹攻。康禄抵抗不住，打马向东冲去，二千人马溃不成军，纷纷将身上背的东西丢下，夺路而逃。湘勇多时没有打过胜仗了，见丢在路旁的包袱、什物，个个眼红，慌忙来抢。打开一看，尽是金银珠宝，喜得咧嘴大笑。曾国华提醒周凤山："为何长毛丢下这多值钱的东西，此中有诈。"

周凤山说："六爷过虑了。长毛劫来的财宝，不随身带，放到哪里？打败了，只得忍痛丢下逃命。"

曾国华见康禄带兵远远逃去，不像是设下的圈套，便不再制止，让手下的勇丁去你争我夺抢个饱。晚上，周凤山对曾国藩说："看来石逆还在吉安没来，领头的小贼是个无用的家伙。"

曾国藩也一直未见有翼王字样的旗号，心想：正好趁石逆未来之前歼灭这股敌人，鼓舞久已衰竭的士气。当晚将周凤山和六弟着实称赞一番。

隔天，康禄又来挑战。尝足甜头的湘勇个个奋勇，人人争先，康禄边战边退，慢慢地将周凤山、曾国华引到百丈峰脚，太平军纷纷丢下身上的东西，朝树林中逃去。湘勇见又有东西可捡，无不高兴，先头部队不知不觉地进了树林。周凤山和曾国华刚进林子，便有亲兵来报，说前面路边竖起了十来幅大画，全画的是曾大人。周凤山、曾国华好生奇怪，驱马进了树林。行不到几丈远，果然见前面竖起好些牌牌。这些牌牌约有五尺见方，钉在木桩上。牌上糊着白纸，纸上画着图画。周、曾二人看时，第一幅画的是一把大刀，拦腰砍断一条大蟒蛇。旁边一行大字：刀砍癞皮蛇——曾妖头！曾国华气得七窍冒烟，在马上大叫：“给我把这个牌子剁碎！”

勇丁们一窝蜂上来，捣毁了这个牌；再向前走几步，又是一块牌，画的是靖港投水：曾国藩披头散发，正从船舱狼狈跳向湘江。勇丁们不待吩咐，又一齐上前毁掉。原来，太平军最喜画画，军中有不少会画的人才。每到一处，周围都贴满了漫画，一来作为娱乐，二来借此鼓舞士气。所以翼王定下这条计策，很快就有高手画出了十来幅大画来。全画的曾国藩靖港、岳州、九江、湖口打败仗的情景。数千湘勇都怀着好奇心，争先恐后挤进树林，一边看，一边捣毁，一边议论，几乎忘记是在打仗了。大家正在得意忘形之时，一骑飞进树林，向周凤山、曾国华传令：

“曾大人有令，前面树木密集，须防火攻，速速撤退！”

周凤山、曾国华如梦方醒，急令撤退，但已来不及了。猛听得一声炮响，树林中飞出无数条火蛇来。这些火蛇斜着向树梢飞去，擦着树枝便燃烧起来，落下后，又燃烧地上的枯枝败叶。一刹那间，树林中烧起无数堆烈火，劈劈啪啪，越烧越旺，浓烟升腾，火星四溅，把挤进林中的数千湘勇吓得惊慌失措，四处乱窜，被踩死的不计其数。这时，林中到处插上了绣着斗大“石”字的翼王旗，周凤山、曾国华才知石达开早已到了，勇丁们丧魂失魄，勇气全失。周、曾指挥湘勇从来路上冲出去，劈头看见虎目圆睁的赖浴新，心里叫苦不已，不敢恋战，仓皇夺路逃命。一万太平军将士从四面八方包围过来，杀得湘勇鬼哭狼嚎，抱头鼠窜，大片大片地跪下磕头求饶。

在另一条路上，康禄率领五百轻骑直袭樟树镇湘勇老营。曾国藩知道前部惨败，勇丁已无斗志，便下令撤退，自己由康福、彭毓橘保护，向南昌方向逃去。康禄因在白杨坪见过曾国藩一面，便跟着骑在枣子马背上的曾国藩死追不放，一边高喊：“弟兄们，活捉骑红马的曾妖头！”

康福听见喊声，知道是自己的弟弟在追，便紧随曾国藩的左右，一步不离。康福深知弟弟飞镖的厉害，从腰间抽出刀来，留心谛听马后的声音。这时，康禄已甩掉后面的将士，独自一人在前追赶曾国藩。曾国藩枣子马的速度，是其他骏马追不上的，身旁除康福外，也再无别人了。康禄在后面又喊起来：“曾妖头，下马投降，可以饶你一死！”

曾国藩将手中的马鞭用力一抽，枣子马发疯似的向江边小路奔去，康福紧紧跟在后面。江中水面上，远远地已见一队船驶来。康禄怕曾国藩从江上逃走，便从镖袋里取出一支镖来，运足气力，向曾国藩的后背打去。康福听到飞镖的声响，将腰刀向后一挥，只听得“哐当”一声，飞镖碰在腰刀上，迸出一星火花，一齐落在马屁股下。康福知道一镖不中，还有第二镖飞来，急中生智，从自己的马上一跃而起，跳到枣子马上，坐在曾国藩的后面，回头高喊：“兄弟，你哥哥康福在此！”

康禄正要打出第二镖，听得这声喊，愣住了：果然是自己的亲哥哥！这镖怎能放？康禄手一软，镖掉到草丛中。枣子马乘隙飞奔。船队靠近了岸，曾国藩看到前头大船甲板上站的正是水师统领彭玉麟，高喊：“雪琴救我！”

彭玉麟忙将船划过来，把曾国藩和康福接上船。船上水勇一齐朝岸上太平军放炮，逼得康禄勒马回头。彭玉麟将溃勇收上船，张开风帆，顺流向鄱阳湖开去。

船开出多时，曾国藩惊魂始定。他抚摸着康福的肩膀说："今日多亏贤弟，否则，此时早已不在人世了。"

康福忙说："大人何出此言，这是大人的福气。只是大人赐我的腰刀，不慎被飞镖击落，遗憾不已。"

"一把腰刀值什么！"

"大人亲手所赐，康福视它如同性命。"

曾国藩听了，感动地说："回南康后我再亲手赠你一把。"

"谢大人。"

"价人。"曾国藩看着慢慢后退的房屋田陌，缓缓地说，"我在马上听你对后面的追贼高喊兄弟，那个追贼是你什么人？"

康福见曾国藩的眼中闪过一丝阴冷的光，知道已不可隐瞒，便将弟弟的事告诉曾国藩，但有意隐去了白杨坪行刺一节。他想起在武昌亲眼见到的剜目凌迟惨象，忽然毛骨悚然："大人，亲兄弟沦为造反逆贼，做兄长的却不能使他改邪归正，心中万分痛苦。康禄不忠不孝，罪不容诛。望大人看康福薄面，有朝一日将康禄擒拿后，千万容康福见一面，劝说他弃暗投明，为朝廷效力；若康禄不听教诲，再杀不迟。"

曾国藩抚须眯眼，半晌不语，良久，才慢慢地说："良家子弟失身为贼，已是家中的败类贼子，何况死心塌地为逆首卖命，即使剜目凌迟，亦不为过。不过，既然是你的胞弟，自当别论，且我亦爱他武艺高超，倘若肯弃暗投明，为国效力，本部堂不但不杀他，而且要重用他。你放心吧，日后遇到机会，一定要把兄弟劝说过来才是。"

康福忙说："小人一定谨遵大人钧命，劝说兄弟脱离贼窝，归顺朝廷。"

稍停一会，曾国藩自言自语地说："那年在家，也遇到一个善用飞镖的刺客，今番又是一个会使镖的，我难道前世与镖手结了仇？"

康福只当没听见，走进了船舱。船已到三江口，只见前锋掉过船头来报："湖口逆贼白晖怀拦住了下游。"

彭玉麟怒气冲冲地命令："准备厮杀！"

"且慢！"曾国藩制止彭玉麟，"雪琴，陆师大败，士气低落，此刻不是打仗的时候，不如改道由赣江西下，暂住南昌，休整几天再说。"

彭玉麟遵令指挥战船改道复入赣江，直向南昌奔去。

曾国藩一行刚进南昌的第二天，石达开便率部将南昌团团包围起来。南昌城里，曾国藩和文俊、陆元烺慌了手脚。曾国藩一面指挥城内军队死守，一面飞马传调鲍超、李元度火速来南昌救援。连日来，太平军不断向城内发射火箭、炮子，又四处挖地洞，绑云梯，攻势十分凌厉。李元度、鲍超的陆勇和李孟群的水师被堵在包围圈外，不能入内。曾国藩每天登上城楼，看城外太平军旌旗飘扬，人山人海，心胆俱碎。他决定立即把在湖北战场上的罗泽南、李续宾部调回。刚把传令的亲兵打发出去，随罗泽南出师湖北的参将刘腾鸿单骑冲进南昌城内，将一个意想不到的凶讯告诉曾国藩：初一日，罗泽南在武昌城下右额中弹，初八日死在军营。曾国藩惊得目瞪口呆。刘腾鸿将罗泽南临终前写的信递给曾国藩。上面写着：

涤生仁兄大人左右：

二十余年前，与兄相识于高嵋山下，即结骨肉之情。四年来，追随兄创办湘勇，赖兄之德识才力，湘勇复岳州，出洞庭，下武昌，夺田镇，威播大江，名震寰宇。实指望与兄饮马下关，全歼巨寇，使我大清中兴；岂料中道分手，宏愿未竟，悠悠苍天，此恨曷极！犹记离赣时，兄再三叮嘱："君所部仅五千，贼众常数万，是可合不可分，分则不足以应大敌。"泽南此次败，恰败在分军上。兄言在耳，追悔莫及。方今武昌未复，江西又危，正不知兵火何时能熄。泽南年已半百，死何足惜，事未了耳！迪庵忠贞之士，余部可命其统率，润芝宽厚得众，足可为湖北之主。雪琴、厚庵、璞山，均世之英才，堪寄以大任。左季高，人中蛟龙，可为百万大军统帅，不宜让其久困湖南。泽南一生，自谓求学尚能刻苦，然学业未成，事业未就，愧见先祖于九泉。近年来与长毛作战，亦有一点心得。今将远别，愿送与我兄："乱极时站得住，才是有用之学。"万语千言，难以倾诉，愿仁兄为国珍重。

曾国藩阅毕，泪如泉涌，哭道："罗山大才，世所罕见，中道分手，乃我湘勇之大不幸，所遗诸言，自当谨记！"

传令在南昌城为罗泽南设灵堂，亲自率众吊唁。城外，石达开指挥太平军攻城更急。城内到处是火堆，三街六市一片混乱。曾国藩强令五十岁以下、十五岁以上的男子全部上城抵抗，自己骑着枣子马昼夜巡逻。他暗自下定决心，一旦城破，立即自刎，追随塔齐布、罗泽南于地下。曾国藩把荆七叫到身边："倘若城破，你要设法逃出去。"又指着一个包袱说："这里包的是几年来皇上的朱批、朝廷的命令及历次奏稿与信函的副本，你要把它送到我的老家去，留给后世子孙观看。"王荆七点头答应。略停一会，又说："南康衙门里，有我平时积蓄的八百两银子，你把它带回荷叶塘。事已危急，不能详细作书，当为你写一字条。"

随手拿来一张黄竹纸，匆匆写了几行字：

父亲大人万福金安：

儿已为国尽忠。这八百两银子不是军饷，乃儿之俸银，今由荆七带回，其中四百两为父亲大人养老之用，四百两为纪泽娶亲之资。请父亲大人多多珍重。

男国藩跪禀

这夜，曾国藩将王世佺所赠宝剑放在枕边，以便随时自裁。待到天黑时，城外炮声渐渐稀落，劳累几天几夜，曾国藩一倒在床上，便呼呼入睡了。一觉醒来，文俊进来兴奋地说："长毛全撤了！"

曾国藩擦擦眼睛，见窗外红日高挂，知不是梦。他忙登上城楼，只见五万太平军一个不留地走得无影无踪。他暗自诧异，却不知何故。各路援军都已进得城来，曾国藩看着他们，恍如死而复生，感慨万千地说："前几天闻春风之怒号，则寸心欲碎，见贼船之上驶，则绕屋彷徨，真不料还有今日相逢之一天。"

曾国藩还没有高兴几天，从东边北边又连连传来丰城、进贤、安仁、万年失守的消息。原来，向荣江南大营围攻天京，石达开奉天王洪秀全之命，率部出江西，取道皖南返回天京解围，故一夜之间全部撤离南昌。石达开走后，江西军务先由翼贵丈黄玉昆、后由北王韦昌辉主持，相继攻克抚州府和饶州府。到咸丰六年六月，江西十三府有九府掌握在太平军手中，形成了一片比较巩固的天国统治区。这九府是：九江、临江、袁州、吉安、抚州、建昌、瑞州、南康和饶州。曾国藩在江西处于危困的顶点。

八　在最困难的时候，曾氏三兄弟密谋筹建曾家军

曾国藩瞅着太平军一个空子，又把南康夺回来了。他吸取过去在长沙与湖南官场不合的教训，湘勇老营仍设在南康，尽量离官场中心远一点。就在曾国藩接连吃败仗的时候，九弟国荃却乘着石达开大军撤离江西的机会，一进江西，便攻占了安福县。首次带勇出省便攻下城池，这给一向心高志大、办事果决的曾国荃以极大的信心，也给屡败中的曾国藩带来希望。他有许多事要跟九弟商量，派人来到安福，叫国荃立即到南康去。

曾国荃今年三十二岁，除开眼睛细长和肩膀单瘦外，其他无一处不酷肖大哥。他十七岁时跟着父亲进京，在大哥家一住三年，终因不能接受大哥严谨规范的家教而回到荷叶塘。他渴望像大哥那样年轻高中，步步高升，却又不能像大哥那样刻苦攻读，看着别人一个个进学中举，升官发财，自己却一次又一次地落榜，急得两眼发红。二十七岁那年，好容易才中了个秀才。去年，湖南学使特意赏他一个优贡，曾麟书为此在荷叶塘摆了三天酒庆贺。这个外表单薄文弱的书生，为人办事却异乎寻常地倔犟凶狠。八岁那年，大哥曾国藩还未中秀才，曾家在荷叶塘并无权势。国荃喂养的一只心爱的小狗，被邻家的牯牛踩死了，他失声痛哭，从厨房里拿了一把柴刀，背着人磨得锋快。他持刀跑到邻人家门口，声言若不赔他的狗，就要杀死邻人家的牛。邻人不理睬他。他便坐在那人的门口，一坐就是一整天，任何人也拖不回。直到半夜，邻人真怕这个强伢子杀了他的牛，只好赔了一只小狗罢休。这两年，曾国荃眼睁睁地看到湘勇在外打胜仗，发洋财，心里早就羡慕死了，一再写信给大哥，要到军营来杀贼立功。自从大哥要他在家募勇后，便和国华一人招募一千勇丁，日夜勤练，决心抛掉"四书"、"五经"，走上战场立军功之路。几个月前，一则因为妻子难产，二则见勇丁尚未练好，他有意暂不出山。这次进江西，曾国藩指示他改道援吉安。他以下吉安为由，将原一千勇丁和临时扩招的一千勇丁改编为四营，分别命名为前、后、左、右营，都以吉字为头，他觉得兆头很好。果然给他碰上了好机会。太平军安福守将韦有房是个粗鲁贪杯的汉子，平时待兵士苛严。攻下安福后，他为了表示对兄弟们的奖赏，让他们开怀痛饮三天，自己更是天天烂醉如泥。他只知道曾国藩的军队在北面，做梦

也没想到，曾国荃的吉字营从西边攻来。吉字营的勇丁急着要发财，都猛冲猛打不怕死，城里的守军是人人两腿软绵绵，两眼红通通，交战不到半个时辰，安福城便易了主。曾国荃将安福城里一切可以动用的财产，全部赏给吉字营的兄弟们，自己一匹快马，带了几个侍从，匆匆赶到南康。

又有两年未见面了，今日见到首战告捷的九弟，曾国藩喜不自胜，国华也闻讯赶来。吃过晚饭后，兄弟三人秉烛夜谈，分外亲切。

国荃将这次攻占安福的战事，绘声绘色地对两个哥哥演说了一通。曾国藩边听边惊讶不已，想不到九弟还是个将才！打虎还靠亲兄弟。真正靠得住的，还是自己的亲弟弟。日后再把国葆叫出来，自己运筹帷幄，三个弟弟各领一支军队，这不就是曾家军了吗？曾国藩将九弟着实称赞了一番后说："沅甫有识见，有一次信里明白跟我说，现在湘勇主力是罗山的人，要尽早建立自己的嫡系。过去我总想，大家以诚相待，目的在剪灭长毛，管他谁的人都一样，若在湘勇中建嫡系，便是自己先不诚了。这两年，先是璞山瞒着我，叫两个弟弟在湘乡募勇，后又是次青公开提出扩大平江勇，连罗山那样的志诚君子，也要率部离赣去鄂。虽说援鄂可以阻挡长毛进犯湖南，但我知罗山内心里是怕跟着我困在江西，立不了功。我遍视湘勇诸将官，除雪琴外，人人心里都有自己一把小算盘。眼下湘勇势力还不大，日后胜仗打多了，诸将功劳大了，人马扩充了，一定有尾大不掉的一天到来。"说罢，轻轻地叹了一口气。

沅甫说："大哥顾虑的是。天下事，先下手为强。现在罗山已死，璞山在湖南，罗山原来的一支人马，就只有迪庵在湖北的那几千人了。鲍超粗直，是大哥一手提拔的，谅必他日后不敢与大哥作对。周凤山是绿营的人，不会跟我们始终一条心。依我看，塔提督留下的人，就干脆让春霆统带算了。"

"鲍超虽无野心，但军纪太差。"温甫打断沅甫的话，"鲍超手下的人，大部分人强抢掳掠，为非作歹，人马交给他不行。"

"温甫说得对，春霆只能为将，不能为帅。"曾国藩对此早已深思熟虑，现在见九弟出手不凡，遂下定最后决心，"周凤山不能再当统领了，塔智亭的人分为三支，分出二千人由鲍超统带。他打仗勇敢，也能督促部下不怕死，病在军纪差，纵容部属抢劫，这大概也是春霆有意以此为刺激。另一支划给温甫。加上这一支二千人，温甫你有多少人了？"

"有三千五百多人。"

"好。日后再招募一些，有五千人就可以打大仗了。"

"另外还有一千五百余人就给沅甫。沅甫加上这支人马，也有三千五百人了，也慢慢发展到五千人。"

"不，大哥，攻下吉安后，我立即就回湘乡募勇，吉字营明年就要达一万人。"

沅甫的勃勃雄心，使曾国藩甚喜，说："打下吉安后，你招一万人可以，不过军饷你要自己筹集，我手里没有那样多银子。"

"我自己有办法，一切不要大哥操心。"曾国荃斩钉截铁地答应。

"沅甫，你的长处是敢于任大事，不畏艰难，这自然是好的。但带勇之事，千难万难，日后困难还多得很，要慢慢磨炼。你手下目前最缺的是营官，我送几个好营官给你。”

沅甫很高兴，问：“哪些人？最好要湘乡人。”

曾国藩笑道：“岂止是湘乡人，还是我们的亲戚世谊哩！这几年，我身边有六个贴身亲兵，我有意按营官的要求培养他们，他们也还争气，现在可以派他们作大用场了。彭毓橘、萧庆衍、萧启江、江继祖、过两天都由沅甫带去，前后左右，恰好四个营官。”

“谢谢大哥厚赐。”沅甫立即起身致谢。

温甫说：“大哥也太偏心了，一下送四个，上次只送两个给我。”

曾国藩笑道：“都是亲弟弟，哪有偏心的道理。我身旁的人，除康福外，只要满意的，再挑两个去。两双对四个，一碗水端平。”

说着，兄弟三人都大笑起来。沅甫说：“六哥明年人马也要扩大，至少也得一万人。这些年来，日日夜夜巴望建功立业，出人头地，现在是时候了，我们如果不能放开手脚，烈烈轰轰做一番事业，那就成了好龙的叶公。”

温甫点头说：“九弟好气派，我何尝不这样想，只是大哥先前总不大赞成。”

曾国藩不语。沅甫继续说：“现在大哥看清楚了，真的要完成剿灭长毛的大业，还得靠我们自家亲兄弟。四哥在家照顾家乡田产，贞干也让他出来。我和六哥一人带三万，贞干带二万，有八万军队在我们兄弟手里，其他什么人都可不必指望。我担保，凭着这八万曾家军，一定能辅佐大哥平定逆贼，建千古不灭之功勋。”

曾国藩望着慷慨激昂的九弟，眼中射出兴奋的光芒。他多么希望，当初从长沙杀出的湘勇将官，人人都这样痛痛快快地向他宣誓效忠啊！但可惜没有一人！就是最可信赖的彭玉麟，也没有这样坦率地表白过，亲兄弟到底是亲兄弟，与外人就是不同。他庆幸二十余年来，自己对诸弟的教育没有白费。若把那些年代的教诲比作耕耘，那么，现在就是收获的时候了。为着使两个弟弟在最困难的时候坚定信心，曾国藩将近日收到的郭嵩焘的密信拿了出来。郭嵩焘从杭州寄来的信上说：江宁城内，长毛内部争权夺利，愈演愈烈，大有内讧之势头。沅甫看完信，兴奋得用手猛地一拍桌子，高声喊道：“若真如筠仙信上所说，那将是天助我也！”

曾国藩急用手捂住他的口，轻声说：“莫大喊大叫，军中现在除我们兄弟三人外，无一人知道此事，你们务必不能泄露半个字。若露出风声，军营就会丧失斗志，坐等大功告成。如这样，反而自己害了自己，懂吗？”

沅甫明白过来，很是敬佩大哥的谨慎有远见。

“大哥，”隔一会，沅甫问，“有一事要请教你。俘虏的长毛如何处置，是不是都杀掉？”

“对长毛喊口号、贴布告，自然要讲明投降不杀、胁从者释放回籍的话，不过，”曾国藩轻松地说，“其实这两年来，凡捉到的长毛，无论男女老少，一律剜目凌迟，无一例外。”

“剜目凌迟？”沅甫心微微一跳，“大哥，那也太残酷了点，难道不可以少杀些吗？”

曾国藩站起来，轻轻地一拍沅甫的肩膀，亲切地说：“九弟，你还初离书房，没有打过几天仗，怪不得有此仁慈之念。我当初也和你一个样。孟子说君子远庖厨，读书人连杀羊杀牛都不忍看，岂能亲手操刀杀人？但现在我们已不是书斋里的文人，而是带勇的将官。既已带兵，自以杀贼为志，何必以多杀人为忌？又何必以杀人方式为忌？长毛之多虏多杀，流毒南纪，天父天兄之教，天王翼王之官，虽使周孔生于今日，也断无不力谋诛灭之理。既谋诛灭，断无不多杀狠杀之理。望弟收起往日书生的仁慈恻隐之心，多杀长毛，早建大功，做一个顶天立地的真男子。”沅甫点头，牢牢记住了大哥这番教导。

谈了大半夜国事，兄弟三人又扯到家事。曾国藩问：“沅甫，你刚从家里来，我问你一件事。”

“什么事？”看到大哥一脸正色，沅甫猜想一定问的是大事。

“去年年底，我写信要各位老弟代我将衡州五马冲的一百亩水田退掉，不知现在退了没有？”

“早退了。”沅甫听问的是这么一件小事，心想，这也值得如此认真！遂不经意地说，“大哥还挂着那件事！接到大哥的信后不久就退了。四哥也是一番好心，说大哥在外带兵，顾不得家事，我们把大哥寄回的钱买点田放在这里，今后也好为侄儿们谋点家业。五马冲的田，还是请欧阳老先生去看的，田蛮好。”

“退了就好。澄侯及各位老弟的心意我领受了。纪泽母子在家，承大家照顾，大哥心里已很感激，还要买什么田呢？父亲与叔父至今未分家，老班兄弟尚且怡怡一堂，哪有大哥自置私田之理！此风一开，将来澄侯必置产于暮下，温甫必置产于大步桥，沅甫、季洪必各置产于中沙、紫甸数处，将来子孙必有轻弃祖居而移徙外家者。”

说到这里，曾国藩脸色严峻，温、沅也敛容恭听。

“昔祖父在时，每讥人家好积私产者为将败之征，又常讥驼五爹开口便言水口，达六爹开口便言桂花树，想诸弟亦熟闻之。你们嫂子女流不明大义，纪泽年幼无知，全仗诸弟教训，引入正大一路，若引之于鄙私一路，则将来计较锱铢，局量日窄，难以挽回。子孙贫富各有命定。命果应富，虽无私产也会有饭吃；命果应贫，虽有私产多于五马冲十倍百倍，最后也可能没有饭吃。大哥我阅历数十年，对于人世的穷通得失思之烂熟。”

温甫、沅甫见大哥说得道理凛然，深为钦佩，说：“大哥教导的是。”

“家业之兴与败，全在勤、敬二字上。能勤能敬，虽乱世也有兴旺气象，一身能勤能敬，虽愚人也有贤智风味。祖父在生时留给我们八字家训，这几年，你们都照办了吗？”

“祖父留下的考、宝、早、扫、书、蔬、鱼、猪八字，虽不能说样样都办得好，但在父亲督促下，人人都不敢忘。”沅甫答道。

曾国藩感叹地说：“祖父有过人的智能，只是生不逢时罢了。即就这八字而言，一家奉之，一家兴旺，家家奉之，国泰民安。”

说到这里，沅甫想起纪泽、纪鸿各有一封给父亲的信，连忙拿了出来。曾国藩见八岁的纪鸿也能写几句通顺的话来，心里甚是欢喜，看了纪泽的信后说：“这孩子新近完婚，还望祖父和各位叔父严加督教。父亲当年完婚也是十八岁，满月即就外傅读书，纪泽要以祖父为榜样，也应速就外傅，不能虚度光阴。新妇是贵家小姐出身，未习劳苦，过门后要遵我家风，教以勤俭恭谨，纺绩以事缝纫，下厨以议酒食，孝敬以奉长上，温和以待同辈。这些都是妇道之要。我要写信给纪泽，以后新妇和女儿们，每人每年要亲手给我做一双鞋，做几样腌菜送来，看看谁做得好。”

沅甫笑道：“老辈妯娌正是这样做的。”

说着从包里将欧阳夫人及四个弟妇所做的六双鞋、六双袜子，欧阳夫人单独做的两套衣服取出，国藩一一收下。

第二天，温甫带着本部人马奔瑞州，沅甫则带着彭毓橘等人回安福，准备进攻吉安。曾国藩把其他营的饷银压下来，给两个弟弟一人十万两银子。

郭嵩焘所听到的传闻，终于变成千真万确的事实。咸丰六年七月二十二日，太平天国丙辰六年七月十六日，杨秀清在天京金龙殿公开威逼洪秀全封他为万岁，刚烈自负的洪秀全岂能受此挑衅，密令正在江西战场上的北王韦昌辉、苏南战场上的燕王秦日纲和湖北战场上的翼王石达开，回京制杨护驾。清历八月初四日，天历七月二十七日凌晨，韦昌辉和秦日纲带兵冲进东王府，把杨秀清和他的家人及王府侍从全部杀尽。为剪除杨的党羽，韦、秦又行苦肉计，诡称天王降旨，严责杀戮过多，愿自受杖刑四百。杨秀清部下五千多人，放下军械前来观看，待杨部全部进入两座预先准备好的空屋后，韦、秦士卒将两座屋包围，五千赤手空拳的将士，一个不剩地被杀掉。待到这五千武装人员被戮以后，杨部其他人便束手就擒。三个月里，天京城里血流成河，尸积如山，杨秀清部二万余人同归浩劫，连婴儿都不能幸免，演出了中国历史上空前未有的一幕内讧惨剧！天朝人心惶惶，几于崩溃。石达开急速从武昌赶回，严斥韦昌辉灭绝人性的凶暴行为。韦昌辉大怒，布置兵丁欲杀石达开。达开连夜缒城出走。韦遂杀石全家。石达开在安庆起兵靖难，请天王杀韦以正国法、平民愤。洪秀全联络朝中各官，将韦昌辉诛杀。这场亘古未有的农民起义军内部自相残杀的悲剧发生后，清廷朝野上下，莫不深感意外，他们相信这是天助圣清，长毛必灭。咸丰帝立即任命江南提督和春为钦差大臣，接办七月间在丹阳自杀的向荣的军务，和帮办江南军务的张国梁一起，重建江南大营。尤其是处在湖北、江西、安徽、江苏、浙江前线的清将官兵勇，如同看到步步进逼的敌营忽然瘟疫疾行，顿失战斗力，纷纷庆贺自己死里逃生。乘此机会，胡林翼率部再克武昌，李续宾、杨载福率水陆二军沿江东下，连克兴国、大冶、蕲州、蕲水、广济、黄梅，陈师九江城下。这期间，李元度攻克宜黄、崇仁，鲍超攻下靖安、安义，周凤山率新从湖南募来的勇丁攻下分宜、袁州，曾国华攻下武宁、瑞州，曾国荃攻下安福，李续宜攻下瑞昌、德安。江西局面对湘勇来说略有好转，但太平军的力量仍很强大。十三个府城还有七个控制在太平军手中，林启容雄踞九江，屡挫围师。这个江西战场上众望所归的将领，将各路人马团结在自己的周围，忍受着天京内讧的巨大悲痛，依然顽强地对付着湘勇的进攻。曾国藩并没有从危困中解脱出来。

一日，刘蓉对曾国藩说：“林启容初为杨秀清部下，由杨一手提拔。今杨逆被杀，林逆心中一定怀怨，攻城不破，可以转而攻心。涤生作书一封陈说利害规劝，事或

可为。”

曾国藩说:“《襄阳记》上说得好，用兵之道，攻心为上，攻城为下，心战为上，兵战为下。不是你提醒，差点忘了这个不易之道。只是这下书人，找谁为好呢？”

曾国藩话音刚落，一人朗声应道:“若恩师信得过，学生愿当下书人。”

曾国藩转脸望见说话之人，心中甚为满意。

九　邹半孔出卖奇计

原来说话的人，正是彭寿颐。他走前一步，说:“寿颐蒙恩师重用，并无尺寸之功。前错用赵有声，几给恩师带来大麻烦，学生前去九江下书，以赎前愆。”

曾国藩说:“林启容是贼中死党，不一定能被言辞所动，你此去或有不测风险。”

彭寿颐说:“大不了一死耳！学生幼读诗书，粗知大义，杀身成仁，正志士之归宿。”

曾国藩抚着寿颐的肩膀亲切地说:“江西读书人都如足下，长毛不足平。”曾国藩当即修书一封。彭寿颐带着信，飞马出了南康城。在九江城外见过李续宾后，只身来到永和门外。守城卫兵拦住，喝道:“哪里来的清妖！”

彭寿颐答:“我受曾部堂之命，从南康来到此地，要面见林将军，将曾部堂的信交给他。”

卫兵搜遍彭寿颐全身，除一封信外，并不见任何东西，便用黑布蒙住他的双眼，将他带到贞天侯衙门。卫兵禀过以后，林启容传令带见。卫兵去掉黑布，彭寿颐走进大堂，只见堂上正中端坐着一位面孔黧黑、五官端正的年轻将领，他料想此人必是林启容无疑，便上前一步，双手作揖:“万载举人彭寿颐叩见林将军。”

林启容把彭寿颐看了半晌，然后问:“你是清妖举人，我是天国上将，我们之间水火不容，你来见我做甚？”

“我奉曾部堂将令，特来九江送亲笔信一封给林将军。”

彭寿颐说罢，从身上取出信来，早有一个小兵下来接过信，交给林启容。林启容见信上写着:

林启容将军麾下勋鉴:

盖闻知几为哲人，识时为俊杰，时危势去而不觉悟，则为下愚，徒为智者之所鄙笑也。自洪秀全、杨秀清倡乱以来，蔓延十省，掳船数万，自以为横行无敌。乃渡黄河者数十万人，屠戮殆尽，片甲不返，匹马不归，而军势顿衰。本部堂办理水师，分布湖北、江西，烧毁逆舟，截其粮源，而军势更衰。洎今年七月，韦昌辉诛杀杨秀清，凡东嗣君及杨氏家族官属，斩刈无遗。石达开自武昌归去，几不免于杀害，而后洪秀全又杀韦昌辉。金陵内变，而军势于是乎大衰。想林将军亦深知之而深恨之，痛哭而无可如何也。

本部堂前在九江时，统率水陆环攻浔城，林将军兵单粮少，坚守不屈。

本部堂嘉尔有强固之志。守军拔营之后，尔未尝毒杀百姓，本部堂嘉尔无殃民之罪。尔林将军亦可谓一杰出者矣。昔者统领尔党、慑服众心者，杨秀清也；能知将军用将军者，杨秀清也。今杨氏既诛，谁能统领而服众乎？谁能知尔用尔乎？尔与石达开皆杨氏之党，韦党必思所以除，此尔目前之患也。本部堂嘉尔有一节之可取，特谕招降。尔能剃发投诚，立功赎罪，奏明皇上，当以张国梁之例待之。可以保身首，可以获官爵，并可诛戮韦党，以快私仇。为祸为福，在尔一心决之。熟思吾言，无遗后悔，或愿或否，速行禀复。

林启容看完，冷笑着。他有心揶揄几句，便问彭寿颐："听说你家大帅浑身生着蛇皮癣，每天晚上要四个女人轮流给他搔痒，才能入睡，是真的吗？"

堂上一阵哄笑。彭寿颐虽恼怒，却不敢发作，说："将军不要听信谣传，曾部堂身边并无一个女人，所患牛皮癣，近亦痊愈。"

"你不要为你家大帅遮丑了，他是个有名的伪君子。他想凭这一张纸就要我交出九江城，像张国梁那样认贼作父，真是白日做梦！"

堂上一片肃杀，刚才嬉笑的场面已消失得无影无踪，仿佛根本不曾出现过似的。

"曾国藩是我的手下败将，你回去告诉他，要他好好回忆一下，从那年罗泽南在南昌城外打败仗算起，一直到今天，他和他的喽啰们在我手下奔逃过几次了？"

林启容威严的声音使彭寿颐的心怦怦乱跳。他自思到九江来，只是送封书信而已，信送到了，任务也就完成了，千万不要再多说一句话，万一哪句话说歪，惹怒这个杀人不眨眼的魔王，脑袋立即就会搬家。想到这里，他觉得就是刚才为曾国藩辩护的话也不应该说。他下决心再不开口。

"你回去告诉曾国藩，不要为天京城里的事高兴得太早了，江西大部分城池还在我们手里，圣兵还有十万之众，只要我一声令下，什么时候都可以取曾国藩的头。"

林启容将曾国藩的信撕得粉碎，从堂上掷下，喝道："滚吧！"

彭寿颐抱头鼠窜，恨不得一步跨出九江城。

"慢着！"林启容拖长声音叫道。彭寿颐惊恐地站住，忐忑不安。"你回去怎么向你家的大帅交差呢？曾国藩会相信你到过九江城吗？来呀，弟兄们。"

只听见两个亲兵高声答应一声，走上前来，彭寿颐吓得面如死灰。

"为让曾国藩相信这个彭举人送到了书信，割下他一只耳朵为证！"

彭寿颐浑身乱抖，一个亲兵拿着一把明晃晃的牛耳尖刀过来，另一亲兵拿出一个瓷盘，彭寿颐早已瘫在地上，任凭他们摆布。那亲兵提起彭寿颐的右耳，只轻轻一划，一只耳朵掉进瓷盘。彭寿颐惨叫一声，捂着右边脸踉跄走出大堂。

当曾国藩看到失去了一只耳朵的彭寿颐，听完他沮丧的禀告后，勃然大怒。刘蓉也为自己的失策而惭愧。这时，康福进来禀告："大人，大门外有人贴了一张红纸条，上写'奇计出卖，价格面议'八个大字，旁边尚有一行小字，'问计者请到状元街灰土巷找邹半孔'。门人觉得好笑，特揭下送了进来。"

说着将红纸条递上去。曾国藩看了一眼，扔在桌子上。彭寿颐说："这邹半孔莫不是个疯子！"

曾国藩又拿起红纸条，细细地欣赏一番，然后缓缓地说："康福，你带一顶轿到状元街去一趟，把邹半孔接来，我要当面向他问计。"

康福领命，骑着马，带着两个轿夫，一顶空轿，一路寻问，来到状元街灰土巷。在一间破败低矮的旧屋里，找到了邹半孔。此人五十岁左右，留着稀稀疏疏的山羊须，高高瘦瘦的，面孔蜡黄，衣衫不整，一看便知是个落魄的文人。康福不敢怠慢，恭恭敬敬地说："曾大人派我来接先生前去面商奇计。"

邹半孔并不谦让，摇着一把纸扇上了轿。轿子抬进衙门二门，曾国藩已在花厅等候了。邹半孔抢着上前一步，跪下说："学生邹半孔叩见。"

曾国藩忙扶起，说："先生免礼。"

邹半孔坐下，王荆七端过茶来。曾国藩将邹半孔仔细端详一番后，问："先生贵庚几何？"

邹半孔答："学生今年四十有九。"

说完，又伸出几个指头比画着，露出很不自然的笑容来，坐在凳子上，手脚不知如何放。曾国藩见此人举止神态有点猥猥琐琐，心中不甚欢喜。

"平日在家治何经典？"

"学生不治经典，平生喜爱的是稗官野史。"

此人不是正经读书人。曾国藩心想，接着又问："也读兵书吗？"

"最爱读兵书。"邹半孔得意地回答。

"先生常读哪些兵书？"

"学生第一爱读的兵书是《三国演义》。"

曾国藩一听，双眉紧皱。曾国藩最不喜欢的书便是《三国演义》，认为它纯粹胡编瞎扯，何况《三国演义》也不是兵书。邹半孔没有注意曾国藩脸上的变化，劲头十足地说："《三国演义》是历朝历代最好的兵书，书中的计策学不完、用不尽。孔明是最好的军师，学生最佩服他，故改名为半孔，希望做半个孔明。"

曾国藩心里冷笑：真是一个不自量的人！

"先生说有奇计出卖，请问卖的是何奇计？"

邹半孔扬扬自得地说："听说大人几次攻打九江不利，学生在家一直为大人思索良策。那日重读空城计，突然大悟，思得一妙计，因见不到大人，故贴红条相告。"

曾国藩认真地听着，不知他葫芦里卖的是什么药。

邹半孔眉飞色舞地说下去："我想，大人也可以学孔明来个空城计，将南康城内人马全部撤出，埋伏在四面八方，派一小股人去九江，将林启容引进南康，然后伏兵四处出动。这样，林启容也捉了，九江也破了。"

康福在一旁忍俊不禁，曾国藩这时才真正明白，来者乃是一个心里不明白的人，便有意逗弄他："邹先生，倘若林启容不出九江，此计不成呢？"

邹半孔瞪大眼睛，扪着脑门想了半天，忽然大声说："有了。大人，你可以在军中找一个丹凤眼、卧蚕眉、面如重枣的人，化装成关云长，要他领着兵马去打九江。长毛最怕关帝爷，关爷一去，九江必下。"

"哈哈哈！"曾国藩终于忍不住大笑起来。

邹半孔不明白曾国藩笑什么，挺认真地说："大人手下上万名将士，一定可以找到一个和关爷长相差不多的人。若大人信得过，邹某愿代大人到军中一个个查看。"

曾国藩站起来，笑着说："好！先生献的果是好计。荆七，拿十两银子来酬谢邹先生。"

说罢，拱手与邹半孔道别，进了内屋。康福跟着进来说："大人，这个姓邹的不是呆子便是骗子，你何必白白送他十两银子，还要遭人讥笑。"

"价人，你知道古人千金买马骨，筑台自隗始的故事吗？我今日对邹半孔这样的人尚待之以礼，真有才能的人必会挟长来就了。"康福半信半疑地点了点头。果然不出所料，第二天，第三天，曾国藩衙门便来了十余起人。有献八面围城计的，有献里应外合计的，有献掘壕引江计的，也有献反间计的。曾国藩反复权衡，觉得掘壕引长江水断绝城内城外联系，将林启容困死在城内的计策最为稳当可行，便指令李续宾遵行。但行之半月，并无成效。掘壕的兵勇一个个被太平军杀死在壕边，壕沟未成，兵勇倒死了不少。曾国藩一筹莫展。恰在这时，折差送来一份兵部火票，又把曾国藩抛进忧愁之中。

十　大冶最憎金踊跃，哪容世界有奇材

兵部火票递的是军机大臣的字寄，抄录关于上海厘金的上谕：

> 前因曾国藩奏请在上海抽取厘金，接济江西军饷等情，当谕令怡良等体察情形具奏。兹据奏称，江苏军需局用款浩繁，专赖抽厘济饷，未能分拨江西。且上海地杂华夷，该地方官绅年余以来，办理尚能相安。若再行派员办理，实多窒碍。所奏自系实情。所有上海厘金只可留作苏省经费，曾国藩所请饬调袁芳瑛专办抽厘以济江西军饷之处，着毋庸议。

曾国藩读完这道上谕，心里凉了半截。调拨上海厘金，并由袁芳瑛专办的如意计划，竟遭到两江总督怡良的断然拒绝。

"怡良可恶！"曾国藩在心里狠狠地骂道。如今朝廷，居然这般软弱，怡良说不给就不给。曾国藩想，这种事在宣宗时代是绝不可能发生的。哎！今日之情势，真要办事，非得要有督抚实权不可！随便在哪个省当个巡抚，供应二万勇丁都不成问题，何来向人乞食这副狼狈相。曾国藩在房间里踱来踱去，心中充满委屈。这时，门被轻轻推开。

"哎呀！筠仙，你几时回来的！"正在为军饷担忧的曾国藩，一眼瞥见从杭州运盐回来的郭嵩焘，仿佛见到赵公元帅一样高兴。

"刚到南康，就来向你交差了。"

几个月的劳累奔波，郭嵩焘显然黑瘦多了。曾国藩亲切地说："这趟差使辛苦你了，看瘦成这个样子。"

按照待老友的惯例，曾国藩亲手为郭嵩焘泡了一杯浮梁茶。

“瘦一点不打紧，事情没办好。”郭嵩焘满脸倦容。

“三万引盐如数运到广信，你为军营立了大功，怎说没办好呢？”曾国藩知道郭嵩焘一向不讲客气话，这中间必有难处。

“涤生，现在世道人心都坏了。国家遭大难，本应和衷共济，共拯危难，其实大谬不然。”郭嵩焘很气愤，“一到浙江，先是巡抚何桂清高低不肯拨，说是浙江也是受长毛蹂躏区，不能承担八万军饷的义务。幸而不久户部下来公文，他只好勉强接受。派去办理的各级官吏层层盘剥，弄得百姓怨声载道，知道是要运到江西充军饷，都骂你没良心。”

“愚民无知，就让他骂去吧！”曾国藩苦笑道，“自出山办团练以来，我也不知挨过多少无端的咒骂了。”

“好容易运进江西，在玉山解开几包准备食用时，发现上当了。”

“怎么啦？”曾国藩惊讶地问。

“盐里掺了观音土。一包盐一百斤，至少有十斤观音土。”

“这批混蛋！”曾国藩脱口骂道。

“这倒也罢了。”郭嵩焘继续说，“原拟每引盐可售价二十五两，除去成本和各项开支外，在广信一带出售，每引可赚四两多。谁知每引只能卖到二十两左右，几乎赚不到钱。”

“这是什么原因？”曾国藩感到事情严重了，净赚十万两的计划岂不要落空！

“后来一打听，近来大批走私淮盐正在出售，价格也在每引十九、二十两之间，有的还便宜些。”

“三令五申严禁私盐，为何没有堵住？”曾国藩气得站起来，在屋里走来走去。

“江西的州县，不是你这个兵部侍郎所能管得了的。你可能还不知道，那些从安徽贼区买淮盐的私贩子，几乎个个都有官府作靠山。走私盐是州县官吏的一大财路，他们会真正地禁止吗？据说，”郭嵩焘走到曾国藩身边，小声说，“藩司陆元烺、署理盐法道南昌知府史致谔就是最大的走私犯。”

“筠仙，你有确凿根据吗？”曾国藩转过脸，咄咄逼人地问，“如果有，我即刻上奏弹劾。这班人，简直是国之巨蠹！”

“确证当然有。不过你可以弹劾一个陆元烺，弹劾一个史致谔，你能弹劾掉全江西的官吏吗？世道人心已坏，整个风气已坏，是根本无法扭转的。”

曾国藩长长地叹了口气，不再做声。他觉得自己已走在荆天棘地之中，前面是张开血盆大口的虎豹豺狼，这似乎还好对付些，而身后及左右的蚊虫蛇蝎、刺丛陷阱，却无力制裁防范。他咬紧牙关，狠狠地吐出一句话：“如果有朝一日我当了两江总督，我要把这些腐败家伙全部清除！”

“涤生，我这次来一则向你交差，二则向你辞行。”

“怎么，你也要离开军营？”曾国藩深感突兀。

“我已服阕，理应回京供职，明日我即离开南康，先回湘阴安置一下，然后再北上。”

“江西局面仍在危困之中，你再帮我一把吧！”曾国藩实在不愿意郭嵩焘离开。

“涤生，按我们的交情，我是应该留在这里帮帮你的，但这次办理盐务，办得我心灰意冷了。我想，我们大清帝国怕真的要亡了。不是亡在长毛手里，而是亡在自己人手里。我这次在杭州，看到一本介绍英国国情的书，夷人有许多长处值得我们学习。我真想到英国去亲眼看看。”

“夷人的确有许多东西比我们好，就拿他们造的船和炮来说，就强过我们百倍不止。你帮我平定长毛，大功告成后，我向皇上奏明，保你出洋考察何如？”

郭嵩焘苦笑说：“我不过说说而已，你就抓住这点和我做起交易来了。这几年的辛苦奔波，也使我烦腻了。你是知道的，我这个人最耐不得烦剧，你还是让我到翰林院去过几天清闲日子吧！”

曾国藩知不可挽留，说：“明天我和孟容为你置酒饯行。”

郭嵩焘见曾国藩答应了，反觉过意不去，他深情地望着曾国藩，说：“涤生，你顽强坚毅，定会做出大事业来。我禀性柔弱，在这方面不能望你项背。刚才所说的，我自思也过于灰心了。有志者事竟成，国事也并非就到了不可收拾的地步。明天我要走了，今天我要送你几句肺腑之言。”

曾国藩也颇动感情地说：“贤弟请讲。”

“你若像我这样，不在地方办事，又不带勇剿贼则罢，倘若指望办成大事，剿灭逆贼，你有些做法要改。”

“旁观者清。我哪些地方做得不对，你就直言不讳吧！”曾国藩已感受到郭嵩焘的一片真心。

“第一，要联络好地方文武，不要总是站在与他们为敌的地位，当妥协处则妥协。常言说得好，强龙不压地头蛇。第二，越俎代庖之事不能再做，费力不讨好，反招怨敌。第三，要利用绿营的力量，不要再单枪匹马地干。若做到这三点，许多事情会办得好些。”

“筠仙，你这三点的确是金玉良言。今后是要按你的意见办，否则弄得焦头烂额，最后还是一事无成。”曾国藩说到这里，想起江西局面的困危，眼眶潮润了。

第二天，曾国藩请来刘蓉，一同为郭嵩焘送行。曾国藩拿出一幅字来，对郭嵩焘说：“贤弟要走了，我无物可赠，心绪烦乱，亦无佳作，现录十六年前旧作，权当为贤弟送别。”

郭嵩焘接过来看时，写的是四首七律，题作《寄郭筠仙之浙江四首》：

其一

一病多劳戴护持，嗟君此别太匆匆。
二三知己天涯隔，强半光阴道路中。
兔走会须营窟穴，鸿飞原不计西东。
读书识字夫何益？赢得行踪似转蓬。

其二

碣石逶迤起阵云，楼船羽檄日纷纷。
螳螂竟欲当车辙，髋髀安能抗斧斤？
但解终童陈策略，已闻王歙立功勋。
如今旅梦应安稳，早绝天骄荡海氛。

其三

无穷志愿付因循，弹指人间三十春。
一局楸枰虞变幻，百围梁栋藉轮囷。
苍茫独立时怀古，艰苦新尝识保身。
自愧太仓縻好爵，故交数辈向清贫。

其四

向晚严霜破屋寒，娟娟纤月倚檐端。
自翻行箧殷勤觅，苦索家书展转看。
宦海情怀蝉翼薄，离人心绪茧丝团。
更怜吴会飘零客，纸帐孤灯坐夜阑。

录道光二十年旧作为郭筠仙送行，咸丰六年冬于南康军营

郭嵩焘接过这幅字，看着上面刚劲挺拔的字迹，往事浮上心头。那是曾国藩大病初愈时，郭嵩焘应浙江学政罗文俊之聘离京入浙，也似今日，曾国藩在寓所为他置酒饯行，后来又将这四首诗写在信里寄给他。郭嵩焘想：涤生今日把这四首诗重新抄给我，是不是暗责我在困难时离他而去呢？他心里怀着一丝歉意。

“涤生，我到京城住两年就回来。”似乎是为了表示自己的惭愧，郭嵩焘说出这句言不由衷的话。

“筠仙，你的性格才情，宜在翰苑，而不宜在军旅。你回京是件好事，今后若不是别有缘故，也不必再到军中来。你为我在京联络京官感情，了解朝中大事，勤写信来，就是帮我大忙了，或许比在军中起的作用还大。”

刘蓉说：“刚才涤生提起联络京官感情，了解朝中大事，倒使我想起一件事，不知二位知道不？”

“什么事？”曾国藩心中有一种莫名的不祥预感。

“前几天，文中丞府里的袁巡捕到南康来清点湘勇在营人数。”

“文俊又不按人头发饷银，他凭什么来管我的人多人少？”曾国藩打断刘蓉的话。

“袁巡捕说，大军在江西，地方招待不好，文中丞准备给兄弟们发点礼，故来点一

下人数。”

“这里头有蹊跷。”郭嵩焘说。

“我也觉得不大对头。袁巡捕又说不必跟曾侍郎说了，我便更加怀疑。于是留下他，客客气气地请他吃饭，乘他酒酣耳热之时，我拿出一副象牙骨牌送给他。”

“你哪来的这种东西。”刘蓉一向规矩严谨，从不涉牌赌，曾国藩对他有骨牌感到奇怪。

“我哪里有这种东西。”刘蓉笑着说，“这是春霆的战利品，他要我给他保管，说金银丢了不要紧，这东西不能丢，放在我这里保险。”

“春霆就是爱赌爱喝酒，终究不是将帅之才。”郭嵩焘一向不喜欢粗野的鲍超。

“我把这副象牙骨牌送给袁巡捕，他高兴极了。”刘蓉不想议论鲍超，接着说，“我乘势问他，省城近日对曾侍郎和湘勇有些什么看法。姓袁的附在我耳边悄悄说：‘我前天听文中丞和德音杭布在议论曾侍郎。’”

曾国藩两眼盯着刘蓉那张已变粗黑的脸，心中有点七上八下。

“姓袁的讲，德音杭布说，寿阳相国跟皇上提过，曾某人在江西一无成就，但勇丁却不断增加，现在又叫一个弟弟招募几千兵到江西来了。一家三人都带兵，而且都集中在江西，这可不是一件好事呀！”

曾国藩听到这里，心里一阵恐慌，手心渗出冷汗。

“又是那个祁老头子在使坏，早就该致仕了，却总这样恋栈，成事不足败事有余。”郭嵩焘很愤怒。曾国藩两条扫帚眉锁成一条线，三角眼黯淡无光，嘴唇紧闭。

“姓袁的讲，文中丞听后说：‘寿阳相国老成谋国，所虑的是。’文中丞还说，姓曾的刚愎冷酷，不能相处，陈子皋是他的同乡同年，军饷拨慢点，就下此毒手。跟此人共事，得处处提防，并要德音杭布注意点。德音杭布说姓曾的城府深，心思摸不到。我当时听到这些胡说八道，直气得发抖。心想，这分明是文俊、德音杭布和祁寯藻上下串通一气，在算计我们。一旦有个风吹草动，他们就会第一个弹劾。”

“这一伙魑魅！”郭嵩焘骂道。

屋子里的空气顿时紧张起来。良久，曾国藩长叹一口气，无力地说：“夕阳亭事，不久就会重演了。”

刘蓉心里一紧。他后悔刚才不该一股脑儿把话都倒出来，引起曾国藩这样大的伤感，便安慰道：“杨伯起生当乱世，又遭权贵所害，才弄得被迫自杀。今日天子圣明，祁寿阳虽然糊涂，究竟不是权奸，他与你个人无私怨，那年对你冒死直谏也很称赞。我想他只是对你这几年所做的事尚不甚了解，想到历史上常有拥兵作乱的事，提醒皇上注意罢了。即使不是你，换成另外一个汉人，他也会有这种疑心的。”

曾国藩说：“孟容这话倒也不错，虽然祁寿阳上次也在皇上面前说过我的坏话，不过，此人到底还不是耿宝一流人。”

“再说，皇上比汉安帝也英明百倍。”郭嵩焘插话。

“是的。”刘蓉继续说，“今后你事事注意点，一切小心谨慎，必可避祸趋吉，平安无事。”

“小心谨慎自是应该，不过，”曾国藩的紧张心绪已消除，代之而起的是极为委屈的痛苦，“当世如祁相国这样的人，学识才具，二位都很清楚，顶多当个‘平庸’二字，却天子信赖，群僚拥戴，位高秩隆，身名俱泰，且这种人尚不只祁寯藻一人。咸丰二年，国藩乃一在籍侍郎，本可不与闻国事，只是想到两朝恩重，斯文无辜，不忍心看鼎移贼手、孔孟受辱，才不自量力，以一书生募勇练团。实指望上下齐心，扫除凶丑。谁知在长沙时，鲍起豹不容，靖港败后，一片诟骂，湘勇进城者竟遭毒打。这两年在江西，步步艰难，处处掣肘。在地方上受如此苦不说，还要在朝中遭无端猜忌。唉！虹贯荆卿之心，见者以为淫氛而薄之；碧化苌弘之血，览者以为顽石而弃之。看来我死之日将不久矣。二位他日为我写墓志铭，如不能为我一鸣此屈，九泉之下，永不瞑目。”

说罢，神情黯然，怆叹良久。忽然，他离开酒席，走到书案边，奋笔疾书。然后，对郭嵩焘说：“刚才那幅字不要带了，我另送你一首诗。”

郭嵩焘和刘蓉接过看时，上面写着：

送郭筠仙离营晋京

域中哀怨广场开，屈子孤魂千百回。
幻想更无天可问，牢愁宁有地能埋。
夕阳亭畔有人泣，烈士壮心何日培？
大冶最憎金踊跃，那容世界有奇材！

郭嵩焘嗟叹，刘蓉饱噙泪水，三人望着冰冷的杯盘，再也无心吃下去了。突然，门外响起急促的脚步声，曾国藩的心立即紧缩起来。

十一　重踏奔丧之路

“大人，瑞州紧急军报！”康福一阵风似的进门来，将一封十万火急请援书送到曾国藩手里。这是曾国华从瑞州军营里派人送来的。原来，在湖北战场上失利的罗大纲、周国虞率所部人马，从湖北来到江西，将瑞州城团团包围，扬言要攻下瑞州，千刀万剐曾老六，以报昔日之仇。曾国华见城外太平军人山人海，一时慌了手脚，火速派人请大哥救援。曾国藩对六弟遇事惊慌很不满意，但又不能置之不管，若真的瑞州城丢失了，六弟在湘勇中就站不起来。但眼下四处吃紧，哪方兵力都不能动。他想来想去，唯有李元度一军可暂时移动下。当曾国藩带着李元度的二千人马急急赶到瑞州城下时，罗大纲、周国虞已在先天下午撤走了。他们原本路过瑞州，只不过借此吓吓曾国华而已，并没有真打瑞州的意思。这场虚惊过后，曾国藩心里更忧郁了，江西长毛气焰仍旧嚣张，军事毫无进展，银钱陷于困境，一向被视为奇才的六弟竟然如此平庸，自己与江西官场方枘圆凿，今后如何办？他遣李元度仍回南康，自己留在瑞州帮六弟一把。再不济，也是自家兄弟，今后还得依靠他来当曾家军的主将哩！

这天深夜，曾国藩跟六弟在书房谈了大半夜带勇制敌之道，正要就寝，康福来报："蒋益澧在门外求见。"

"他怎么来了？"曾国藩深为奇怪，"快叫他进来。"

蒋益澧风尘仆仆地进得门来，向国藩、国华行了礼。曾国藩问："芗泉，你不在南康侍候德音杭布，跑到这儿来干什么？"

"回禀大人，"将益澧恭恭敬敬地回答，"我不是从南康来，而是从南昌来。"

"德音杭布又到南昌去了？"

"是的。大人先天走，他第二天就要我收拾行李，陪他到了南昌。"

"他这样迫不及待地到南昌去干什么？"曾国藩皱着眉头，像是问蒋益澧，又像是自言自语。

"大人不知，"康福在一旁插嘴，"前几天，文中丞给他在胭脂巷买了一套房子，又用一千两银子在梨蕊院里赎了一个妓女，那烟花女据说是豫章一枝花。他早就想到南昌去，只是碍着大人在那里。"

"怪不得大哥一走，他就急急忙忙往南昌溜。"曾国华是曾氏五兄弟中对女色最有兴趣的一个，家有一妻一妾，还时常在外面寻花问柳。对德音杭布的艳福，他甚是羡慕。

"康福，你怎么知道得这样清楚？"曾国藩笑着问。

"我是从彭寿颐那里听说的，他早两天到南昌去过一趟。"康福嘴边露出诡秘的一笑。

曾国藩望着蒋益澧，打趣地说："芗泉现在跟着这位满大人，正好在花花世界里享受一下，为何深夜跑到这儿来？"

益澧红着脸说："我岂敢忘了大人的嘱托，夤夜至此，有重要事情相告。"

众人都收起笑容。荆七给益澧送来饭菜。跑了两个时辰的快马，又累又饿，蒋益澧不讲客气，狼吞虎咽地连吃了几大碗饭。他抹抹嘴，对曾国藩说："昨天夜晚，文中丞、陆藩台、耆臬台、史太守四人请德音杭布到南昌知府衙门喝酒。他有意不要我跟着，愈发引起我的怀疑。中途，我借送衣的机会进了衙门，偷偷地躲在屏风后面，听他们谈话。没想到这些堂堂大员，酒席桌上谈的全是美食和女人，我听了大倒胃口。正想退出，忽听得史致谔问德音杭布：'听说曾侍郎准备给朝廷上折，严令禁止淮盐进入江西，德大人知道有这事吗？'德音杭布说：'有这事。这次郭嵩焘从杭州贩浙盐亏了本，据说是因为淮盐入赣的缘故。'德音杭布说完后，酒席间沉默片刻，然后是陆元烺的声音：'看来曾侍郎打算在江西长期待下去。'只听见德音杭布叹了一口气，说：'也是我的命苦，好好地在盛京，却被皇上派到军营来受罪，也不知哪辈子作的孽。'耆龄说：'是的哩！有一个娇滴滴的解语花，又不能天天陪着，还要趁人家离开南康的机会，急匆匆地来偷情，也真可怜。'满座哄堂大笑。"

"这些人，一说起女人来，就兴致高得很。"康福鄙夷地说。

"笑过之后，陆元烺说：'德大人要想带如夫人回盛京享福亦不难。'德音杭布忙问：'陆大人有何法教我？定当重谢。'陆元烺压低声音说：'皇上要你来看着曾侍郎，曾侍郎不再辛苦了，你的差使不就完了吗？''正是的。但那个姓曾的倔强得很，任是怎么打败仗，怎么碰壁，也是死不回头。他如何肯离军营？’‘曾侍郎自己当然不会离开，他亲手创建的军队，他肯拱手让给别人？若皇上不要他在军营了，他还待得住吗？’这话像是提醒了德音杭布。略停一会，他说：‘各位大人提供点材料，我给皇上上个折子，话说得重点，让皇上撤了他的督办军务的职，我便感激各位不尽。”

曾国藩听到这里，脸皮绷得紧紧的，心里骂道：这个祸国殃民的德音杭布，不惜拿皇上的江山来换他个人的享乐，真正可耻可恶至极！口里却不动声色地问：“他们都编派些什么？”

蒋益澧说：“我竖起耳朵听，听见他们在杯筷之中凑了这样几条：一是纵容部属奸虐掳抢，举了鲍超一军攻下靖安为例。一是网罗一批痞子流氓无赖办厘局，公开卖官鬻爵，举了夏镇、吕伦为例。”

曾国藩心扑通扑通地跳：这两个例子都挨得上边，真的让皇上知道，撤职查办是完全可能的。

“这些鬼蜮！”曾国华气得一拳打在桌上，油灯也给掀翻了。荆七忙过来点灯。蒋益澧说：“更毒辣的还在后面。是陆元烺说的。这个老混蛋说：‘我听几个湘籍勇丁说，他们的曾大人诞生那天，老太公梦见一条龙从天上飞进曾府。曾大人是真龙下凡，日后有天子福分。德大人，把这条也写上去。或许今后真正篡皇位的，不是长毛，而是曾国藩。”

“砰”的一声，曾国藩手中的茶杯掉在地上，打得粉碎，把大家都吓了一大跳。只见他脸色煞白，几乎昏厥过去。曾国华忙过来扶起大哥，蒋益澧赶紧停住嘴。过一会，曾国藩恢复过来，又问：“他们还说了些什么？”

蒋益澧说：“德音杭布听后，高兴地说：‘行了，仅这一条，就可以置姓曾的于死地。’接着又是一片劝酒劝菜声。我估计后面不会有再重要的东西了，也怕待久了被人发觉，就悄悄地溜出来。今天下午，我便打马来到瑞州。”

“你离开南昌，是怎么跟他说的呢？”

“我说回南康取东西。”

“好！你今天太辛苦了，好好睡一觉，明天吃过中饭就回南昌。”

“大人，”蒋益澧着急了，“这批恶棍真是狼心狗肺，你就让他们这样上告皇上吗？”

曾国藩淡淡一笑：“他要告，我有什么办法呢？你放心去睡觉，容我慢慢对付他。”

蒋益澧走后，曾国华气愤地说：“大哥，不能由他们这样诬陷你，要给他一点厉害瞧瞧。”

康福也说：“德音杭布是满人，他果真上这样的折子，对大人是极为不利的。”

“岂止不利，杀头灭门都不为过。”曾国藩又是淡淡一笑，“前些年在湖南，鲍起豹、徐有壬、陶恩培他们虽不能容我，但尚不至于这般卑鄙阴毒。他们是明火执仗，表里一致。这些恶魔，则是口蜜腹剑，笑里藏刀，当面是人，背后是鬼。倘若不是芗泉听到，岂不是死在他们手中，尚不知冤在哪里！正是康福说的，他们五人中有三个满人，且德音杭布又是皇上亲自派来的，皇上自然会相信他们的话。”

康福说：“陆元烺从前比陈启迈、恽光宸还客气一点，现在何以变得这样黑心？”

曾国藩说："查淮盐走私，查到他的致命处了。还有史致谔，原本也还马马虎虎过得去，我一查淮盐，他就又怕又恨了。关键还是在德音杭布身上。此人既贪又蠢，为了不在军营吃苦，真是不择手段，这人终究会吃大亏的。文、陆正是利用他的愚蠢来达到自己的目的，他却一点都看不出，日后朝廷查出是诬告，惩办的又是他，文、陆都会赖得干干净净。"

"大哥，量小非君子，无毒不丈夫。我看我们得先下手！"曾国华杀气腾腾地走到大哥身边。

"你说怎样下手法？"曾国藩两只三角眼里，射出冷气逼人的凶光。

"杀掉德！"曾国华低低地但却是沉重地抛出三个字。

曾国藩望着六弟，两把扫帚眉连成一条横线，阴沉沉的脸上没有一点表示。他抬起左手，慢慢地抚摸着垂在胸前的胡须。康福神色庄重地说："六爷说得对。德音杭布一死，那个折子也就吹了，还为我们湘勇拔去一个眼中钉。大人，这个任务就交给我吧！我会像捏死一只蚊子一样干得干净利落。"

曾国藩仍旧在抚摸着胡须，仿佛那是一个智囊，可以给他以启迪和智慧，又仿佛那是千军万马，可以给他以勇气和胆量。终于，他将胡须向右边一甩，霍地站起来，两道阴森森的目光朝康福、曾国华扫了一眼，然后一言不发地走进卧室。这是一个经过反复考虑后而决定的杀人的信号，曾国藩身边的人都清楚。

"六爷，我明早和芗泉一起去南昌，你看还有什么要吩咐的。"康福摸了摸腰间的新腰刀问。曾国华沉思一会说："你要耐着性子，寻一个好机会，最好让他死在文俊、陆元烺的衙门里。到时，我再要大哥给朝廷上个折子，告他一个谋杀之罪，让他们一世脱不了干系！"

康福、蒋益澧走后的第四天傍晚，文俊衙门的袁巡捕急匆匆地来到瑞州，哭丧着脸对曾国藩说："曾大人，德大人德音杭布昨夜被人暗杀了！"

曾国藩心中甚喜，脸上故作惊讶地问："德大人在南康好好的，怎么会被人暗杀呢？"

"德大人他，他不是死在南、南康，而是死在南、南昌。"袁巡捕一着急，说话就有点结巴。他有意慢点说，"德大人早在一多天前就到南昌来了。昨夜，文中丞请他来巡抚衙门议事。两人在书房密谈。一会，文中丞外出方便，回来一看，吓了一大跳，德大人已倒在血泊中断了气。文中丞立时命人封锁衙门，却找不到刺客的踪影，文中丞已下令四处严查。"

袁巡捕说到这里，凑近曾国藩耳边把声音放低："文中丞因德大人死在他的衙门里，当时又无第三人在场，心里有点怕，怕说不清楚。"

干得好，康福有心计。曾国藩心里想，口里却严峻地对袁巡捕说："德大人是朝廷派来的留都郎中，圣祖爷的后裔，当今皇上的叔辈，就是本部堂亦敬重他，兵凶战危之地，从不让他去。他住在南康，有一队亲兵专门保护，现在却无缘无故地死在文中丞的衙门里，又没抓到刺客，叫我如何向朝廷交代！"

说罢，拿出手绢来擦眼睛。袁巡捕见状，也只得陪着流泪，又结结巴巴地说："文、文中丞自知保护不力，有负朝廷，故遣卑、卑职恭请大人到南昌商、商量，一起捉拿凶手归、归案。”

曾国藩冷冰冰地说：“瑞州军务繁忙，我如何离得开！”

袁巡捕哀求道：“文中丞一再叮、叮嘱卑职，务必请大、大人放驾。”

曾国藩心想，不去看来不行，今后朝廷追问起来，也不好回话。去呢，又有点心虚。他坐在椅子上，做出一副又哀又怒的样子，让心情慢慢平静下来。他深恨自己胆气薄弱，缺乏董卓、曹操那种乱世奸雄的禀赋。这事做得神鬼不知，天衣无缝，你怕什么来？曾国藩经过这样一番心理上的自责自慰后，胆子壮起来：“好！我明天和你同去南昌，一定要把这件事查个水落石出。”

袁巡捕慌忙鞠躬：“多谢曾大人！”

“大哥！”曾国藩正要叫人收拾行装，准备明日启程，忽见曾国华哭着进了门。

“什么事？”堂堂五尺大汉，居然泪流满面，岂不是脓包一个！曾国藩真的有点看不起这个六弟了。

“大哥。”曾国华经此一问，哭得更厉害，“父亲大人去世了！”

“你说什么？听谁说的？”曾国藩猛地站起来，双手死劲抓着六弟的肩膀问。

“四哥打发盛三送讣告来了。”

曾国藩手一松，瘫倒在太师椅上，泪水从微闭的双眼中无声地流出来。好一阵子，他才睁开眼睛，轻轻地吩咐左右：“拿丧服来！”然后转过脸，对袁巡捕说：“国藩遭大不幸，不能应命前往南昌，请代我多多向文中丞致意，务必请他早日缉拿凶手归案，以慰德大人在天之灵。”

深夜，曾国藩从悲痛中苏醒过来。他前前后后冷冷静静地想了又想，如果说当年母亲去世最不是时候的话，那么父亲不早不迟死在这个时刻，真可谓恰到好处。目前局面，处处掣肘，硬着头皮顶下去，日后会更困难，无故撒手不管，上下又都会不许，不如趁此机会摆脱这个困境，把这副烂摊子扔给江西，给朝廷一个难堪。这水陆二万湘勇，除开他曾国藩，还有谁能指挥得下？到时，再与皇上讨价还价不迟。曾国藩的心绪宁静下来，他坐在书案边，给皇上拟了一个《回籍奔父丧折》：“微臣服官以来，二十余年未得一日侍养亲闱。前此母丧未周，墨绖襄事；今兹父丧，未视含殓。而军营数载，又功寡过多，在国为一毫无补之人，在家有百身莫赎之罪。瑞州去臣家不过十日程途，即日奔丧回籍。”他想起德音杭布之案，今日之境遇，是越早离开越好，决定不待皇上批复，即封印回家。

咸丰七年二月二十一日，是个愁云惨淡、天地晦暗的日子。早几天气温和暖些，水边的杨柳枝已吐出星星点点的嫩牙尖，这几天又被呼啸的北风将生命力凝固了，偶尔可看到的几朵迎春花，也全部萎落在枯枝下。光秃秃的树枝，在寒风中瑟瑟发抖。鸟儿不敢出来觅食，全部蜷缩在避风的窝里，企望着艳阳天的到来。吃过中饭后，曾国藩告别前来瑞州送行的彭玉麟、杨载福和康福等文武官员僚属，以及文俊专程派来吊唁的粮道李桓和瑞州城的知府、首县等人，带着六弟国华、九弟国荃、仆人荆七踏上回家奔丧的路途。

兄弟三人都不说一句话，默默地骑在马上赶路。曾国藩的心更像满天无边无际的阴云一样，沉甸甸、紧巴巴的。他望着水瘦山寒、寂寥冷落的田野和马蹄下狭窄干裂、凹凸不平的千年古道，陷入深深的悲哀之中。这悲哀不是为了父亲的死。父亲寿过六十八岁，已身功名虽仅只一秀才，但儿子为他请得一品诰封和皇上的三次赏赐，整个湘乡县，没有第二人有如此殊荣。做父亲的可以瞑目，做儿子的也对得起了。曾国藩悲哀的是他自己出山以来的处境。

从咸丰二年十二月出山以来，五年过去了，其中的艰难辛苦，屈辱创伤之多，正如眼前的锦江水一样，倾不完，吐不尽。锦江水尚可以向人世间倾吐，自己肚子里这一腔苦水，向谁去倾吐呢？——“好汉打脱牙和血吞”，他也不愿向别人倾吐。望着不见一只航船的枯浅的锦江，他眼中出现水面平静的湘江和波涛起伏的长江。这两条曾被他深情吟咏过的江河，差点儿吞没了他的躯体。两次投江，羞辱难洗，多少年后都将成为子孙后世的笑柄。满腔热血、一颗忠心为了收复皇上的江山，捍卫孔孟名教的尊严，却落得个皇上猜疑、地方排挤，四面碰壁、八方龃龉，几陷于通国不容的境地。这几年除了痛苦，得到了什么呢？论官职，依旧只是个侍郎。江忠源带勇，从署理县令升到巡抚。胡林翼带勇，也从道员升到巡抚。这倒也罢了。还有许多像陶恩培、文俊、耆龄一类人，心地又坏，才质又庸劣，也一个个加官晋爵，手握重权。天下事真是太不公平了。但是，想想自己，他又不禁摇头叹气。论功劳，武昌、汉阳、蕲州、田镇，收复了又丢失，最后还是别人再夺回的。来江西两年多，九江、湖口至今未下，长毛仍控制七府四十余州县，有何功劳可言！难道说长毛不能灭，大清不能兴吗？难道说今生就只配做一个书生，不能做李泌、裴度吗？

不远处的田塍上，一个农民牵了一头羸弱的水牛在走着。看着这头疲惫不堪的牛，曾国藩突然想起衡州出兵那天，用来血祭的那头牛。水牛渐渐地消失在薄暮中，看不见了。曾国藩低头看着自己，猛然发现，这几年来，自己明显地瘦弱了。还不到五十岁，何以衰老得如此之快！脑子里又浮现石鼓嘴下的那头牛，它即将断气，痛苦地抽搐着，两只榛色的眼球鼓鼓地望着苍天。曾国藩奇怪地觉得，那头牛仿佛就是他！

天色更暗，北风更紧，黄昏来临了。四周的山河、田地、房屋、道路慢慢模糊起来。出路在哪里？前途在哪里？曾国藩无法预卜，只觉得眼前天昏地暗，心情万般苍凉。他现在什么都不想了，也不要了，仅仅巴望着早点回到荷叶塘。他太疲倦了。他要在父亲的墓旁静静地休息一段时期，然后，再将这几年所经历的一切，作一番细细的回顾……